Kate Stewart
THE RAVENHOOD
EXODUS

KATE STEWART

THE RAVENHOOD EXODUS

ROMAN

Deutsch von
Bettina Hengesbach

blanvalet

Die Originalausgabe erschien 2021 unter dem Titel »Exodus«.

Das Zitat auf S. 299 stammt aus dem Gedicht »Der Traum« von Edgar Allan Poe, in: »Edgar Allen Poes Werke«, herausgegeben von Theodor Etzel, übersetzt von Theodor Etzel und Hedwig Lachmann, Propyläen, Berlin, 1921/22.

1. Auflage 2023

Redaktion: Susann Rehlein
Umschlaggestaltung: www.buerosued.de nach einer Originalvorlage von Pan Macmillan
Coverdesign: Moesha Parirenyatwa
Covermotiv: © Shutterstock
DK · Herstellung: sam
Satz: Vornehm Mediengestaltung GmbH, München
Druck und Bindung: CPI books GmbH, Leck
Printed in the EU

ISBN 978-3-7341-1274-4
www.blanvalet.de

TEIL EINS

DAMALS

KAPITEL EINS

»*Du* bist der Frenchman.«

Er antwortet mit einem knappen Nicken. Sein feindseliger Blick brennt sich voller Verachtung in meine Haut. »Würde es dir was ausmachen, die verdammte Musik leiser zu drehen?« Jedes einzelne seiner Worte ist von seinem starken französischen Akzent durchzogen, was meinen Verdacht nur bestätigt.

Dominic hat kaum je Französisch gesprochen, weshalb mich der Spitzname schon die ganze Zeit gewundert hat. Aber zu dem Mann hier und zu seiner Ausstrahlung passt er.

Eine Schweißperle läuft an seiner Schläfe hinab, während ich ihn eingehend betrachte. Sein Anzug ist maßgeschneidert und eines Königs würdig. Der Stoff schmiegt sich an seinen Körper und betont seine rohe Männlichkeit. Obwohl seine Miene feindselig ist, macht mich sein Gesicht sprachlos, mein Mund ist trocken. Vor mir steht zweifellos der schönste Mann, den ich jemals gesehen habe. Ich bin so gefesselt, dass ich den Blick nicht von seinem dichten, tintenschwarzen, welligen Haar abwenden kann, das er nach hinten gegelt hat. Die scharfe Kontur seines Kiefers begrenzt ein makelloses sonnengebräuntes Gesicht. Die Augen, in denen orangegelbe Flammen züngeln, sind von dichten Wimpern umrahmt, seine markante Nase wirkt noch dominanter, als er jetzt die Nasenflügel bläht. Seine vollen Lippen sind vollkommen symmetrisch. Doch der Zorn, der von ihm ausgeht, bringt mich schier um den Verstand.

Er ist der Teufel, gekleidet in Armani.

Und er stellt eindeutig eine Bedrohung für mich dar.

Ich greife nach der Fernbedienung auf dem Tisch neben mir und drücke hektisch auf die Lautstärketaste. »Ich wusste nicht, dass d-du der Frenchman bist«, stammele ich und taste nach meinem Bikinioberteil. »Ich w-wusste nicht, dass es dich überhaupt gibt.«

»Das solltest du auch nicht.« Sein scharfer Ton schnürt mir die Kehle zu und raubt mir den Atem.

Ich schaue mich hektisch um und suche vergeblich nach meinem Oberteil. Schließlich verschränke ich, rot vor Scham, die Arme vor der Brust. »Warum machst du dir dann überhaupt die Mühe, dich zu erkennen zu geben?«

»Weil die beiden schwanzgesteuerten Schwachköpfe es offenbar nicht lassen können …« Er verzieht die Lippen und bleckt die Zähne wie ein Raubtier.

»Mit dem Feind rumzumachen?« Ich schüttele den Kopf. »Ich bin nicht eure Feindin. Und wir machen nicht nur rum.«

Seine Kiefermuskeln zucken, sein Blick ist voller Hohn. »Nein, du machst dir nur ein schönes Leben mit Daddys schmutzigem Geld.«

»Ach, darum geht's. Ich hab mir schon Sorgen gemacht, das Funkeln in deinen Augen könnte was anderes bedeuten.«

»Ich ficke keine kleinen Mädchen«, sagt er gedehnt, und der Akzent lässt seine Worte noch verächtlicher klingen. »Und ich weiß ganz genau, dass du dich durch meine ganze Crew gevögelt hast.«

Seine Bemerkung tut weh, aber ich lasse mir nichts anmerken. »Es waren nur zwei, und so, wie es aussieht, könntest du auch ein bisschen Ablenkung gebrauchen. Du wirkst ziemlich angespannt.«

Genervt schiebt er seine Hände in die Hosentaschen. »Was zur Hölle willst du von mir?«

»Ich will Antworten. Und ich will, dass mein Vater in Sicherheit ist.«

»Das kann ich nicht garantieren.«

»Aber *du* wirst nicht derjenige sein, der ihm etwas antut?«

Sein Zögern jagt mir einen Schauer über den Rücken.

»Zumindest nicht körperlich. Doch ansonsten auf jegliche erdenkliche Art.«

»Und was ist mit mir?«

»Du hast mit der Sache nichts zu tun.«

»Mittlerweile schon.«

»Nein. Dafür habe ich gesorgt.« Seine selbstgefällige Antwort lässt eine Erkenntnis in mir aufkeimen.

»Du bist der Grund für das Ganze. *Du* hast Sean und Dominic gezwungen, mich zu verlassen.«

Mir gehen die Worte durch den Kopf, die Dominic vor wenigen Tagen zu mir gesagt hat. *Wir haben versucht, ein Zeichen zu setzen, und wir sind kläglich gescheitert.*

Jemand, der auf dem Treffen war, muss ihm verraten haben, dass ich hier bin.

Nach einem langen Moment der Stille spricht der feindselige Fremde wieder. »Du hättest niemals herkommen dürfen.«

»Du wusstest von mir. Ihr alle wusstet von mir.« Natürlich war es so. Regel Nummer eins lautete, seinen Feind und dessen Schwächen zu kennen. Aber für sie war ich die naive Tochter, die keine Gefahr für ihre Pläne darstellt.

»Wer genau bist du?«

Stille.

»Warum tauchst du *jetzt* hier auf?«

Er bleibt stumm.

Jemand konnte ein Geheimnis nicht für sich behalten.

Irgendjemand aus einer der anderen Gruppen muss ihm alles gesteckt haben, und das ist der Grund, warum Sean und Dominic mich an jenem Abend in der Werkstatt plötzlich ignoriert haben. Sie haben versucht, die anderen zu täuschen, in der Hoffnung, dass ich so unter dem Radar des Mannes bleibe, der nun vor mir steht und mich wütend anfunkelt. Sie wollten mich vor ihm beschützen.

Mit einem Mal wird mir alles klar.

»Deshalb war *ich* das Geheimnis«, flüstere ich zu ihm hoch. »Du hattest keine Ahnung, dass ich hier bin. Du wusstest, dass Roman und ich uns nicht nahestehen.«

Seine Augen blitzen auf, und auf meinen Lippen breitet sich ein zufriedenes Lächeln aus.

Nun weiß ich, warum er so wütend ist. »Du hast nicht damit gerechnet, dass ich hier aufkreuzen würde. War ja auch eine spontane Entscheidung. Die beiden haben mich vor dir verborgen. Du hast nichts mitgekriegt und bist jetzt sauer.«

Er macht einen bedrohlichen Schritt auf mich zu. »Du ahnst nicht mal annähernd, in was du hineingeraten bist. Hör auf, das taffe Mädchen zu spielen, und fang an, *richtig* mit mir zu sprechen, denn ich gebe dir nur zwei Minuten.«

Und das tue ich. Ich höre mit dem Schauspiel auf, weil ich um mehr kämpfe als nur um meinen Stolz. »Ich bin nicht die Verräterin, für die du mich hältst.«

»Was ich über dich denke, spielt keine Rolle.«

»Das glaube ich aber schon. Es spielt sogar eine große Rolle. Du hältst mich fern von meinen …«

»Du kannst dir jemand Neues zum Vögeln suchen, *Cecelia.*« Er spricht meinen Namen voller Ekel aus. Offenbar betrachtet er mich als Gefahr und definitiv als jemanden, der seine gut durchdachten Pläne durchkreuzt.

Ich kann nicht dagegen an, dass ich bei diesem Gedanken

Schadenfreude empfinde. »Vielleicht hasst du meinen Vater, aber im Moment verhältst du dich genauso wie er, wie ein gefühlloser Kontrollfreak, der sich für Gott hält.«

Er bläht wieder die Nasenflügel. »Pass auf, was du sagst.«

»Und wenn nicht?«

Er steht über mir, und seine Augen funkeln warnend. »Du willst mich nicht wütend sehen.«

»*Das* ist noch nicht wütend? Und wer bist du überhaupt, dass du meinst, mir Anweisungen erteilen zu können? Du hast vielleicht die meisten Karten auf der Hand, aber meine fehlt dir noch. Ich würde dir raten, nett zu mir zu sein, wenn du willst, dass ich mitspiele … und schweige.«

Er erwidert nichts, aber die angespannte Haltung, die er plötzlich annimmt, genügt.

Das waren genau die Worte, die mir nicht hätten über die Lippen kommen sollen. Jetzt, da ich sie ausgesprochen habe, bin ich nicht mehr vertrauenswürdig. Ich habe Sean und Dominic hintergangen, indem ich diesem Arschloch bewiesen habe, was er ohnehin schon vermutet hat. Er versucht, alles auseinanderzunehmen und zu analysieren, um ihnen klarzumachen, dass mir zu vertrauen ein Fehler war. Dominic wäre unendlich enttäuscht.

Mir kommen die Worte in den Sinn, die Dominic gesagt hat, als ich damals wutentbrannt aus ihrem Haus gestürmt bin.

»Sie hat es nicht drauf.«

»Gib ihr Zeit.«

Alles fällt mir wieder ein, alle Prüfungen, denen sie mich unterzogen haben. Das nervtötende Hin und Her zwischen Dominic und mir. Die ganze Zeit über hat Sean versucht, mir das beizubringen, woran er und die Bruderschaft glauben, während Dominic mich verspottet und mir die Worte im Mund umgedreht hat. Von dem Moment an, als sie beschlossen haben, mich in ihre Gruppe aufzunehmen, haben sie mich auf eine Konfrontation wie diese vorbereitet. Und all das wegen des Mannes, der nun vor mir steht. Sie haben mich auf den Shitstorm vorbereitet, den mir der Frenchman liefern würde. Seine Rückkehr war unumgänglich.

»Ich kann ein Geheimnis wahren. Aber ich will den Plan kennen.«

»Nur weil du hier bist, heißt das noch lange nicht, dass du ein Teil des Plans wirst. *Sie* haben eine unüberlegte Entscheidung getroffen, und das wissen sie. Dass du mit ihnen gevögelt hast, gibt dir kein Mitspracherecht. Und ich weiß, dass du es niemandem erzählen wirst«, sagt er voller Überzeugung. »Aber aus den falschen Gründen.«

»Wieso sind meine Gründe falsch?«

»Weil du es für *sie* tust.« Er deutet mit dem Kopf in Richtung Wald. »Und weil du deine Gefühle nicht ausblenden kannst, statt dir bewusst zu machen, dass Roman unverzeihliche Dinge getan hat und es verdient hat, dafür zu leiden. Also lass die Vergangenheit hinter dir, so wie *sie* es getan haben, und … lebe dein Leben.«

»Ist das ein Befehl?«

»Nein, das ist ein gut gemeinter Ratschlag«, versetzt er. »Und den solltest du annehmen.«

»Ich will sie sehen.«

»Auf keinen Fall.«

»Ich bin kein kleines Mädchen, das angepisst ist, weil es seine Spielkameraden verloren hat. Rede mit ihnen. Sie werden dir von mir erzählen. Und sie können beschwören, dass man mir vertrauen kann.«

Er lässt seinen Blick voller Abscheu über mich wandern. »Ich weiß genug.«

Ich lasse die Arme sinken und entblöße damit meine Brust,

um ihn zu ärgern. Ich werde mich von ihm nicht für etwas niedermachen lassen, von dem er keine Ahnung hat, und ganz bestimmt werde ich mich nicht mehr unwohl in meiner Haut fühlen, nachdem ich doch einen ganzen Sommer lang daran gearbeitet habe, meine Hemmungen abzulegen.

Aber meine Taktik scheint nicht zu wirken, denn er schaut mir immer noch fest in die Augen.

»Du willst das wirklich durchziehen?«

»Wir leben in unterschiedlichen Welten. Die Augen vor der Wahrheit zu verschließen ist in deinem Fall vielleicht das Beste, Cecelia.«

»Auch wenn er und ich keine enge Bindung haben, will ich nicht, dass ihr meinem Vater etwas antut. Wenn du mir versprichst, dass er in Sicherheit ist, kann ich euch helfen.«

»Ich verspreche gar nichts. Er hat auch ohne uns viele Feinde. So läuft das nun mal in der Business-Welt.«

»Das sehe ich anders.«

»Das ist dein Problem.«

»Was zur Hölle soll ich also tun?«

Er dreht sich in Richtung Wald und macht eine wegwerfende Handbewegung. »Lackier dir die Nägel.«

Wütend taste ich nach dem nächstbesten Gegenstand und finde eine Flasche Sonnencreme. Ich werfe sie und treffe ihn am Rücken.

Er wirbelt zu mir herum, und ich zucke zusammen, weiche auf meinem Liegestuhl zurück, setze mich ganz an den Rand.

Er greift meinen Arm, zerrt mich zu sich hoch.

Das zwischen uns ist kein Knistern, sondern ein tosendes Feuer von Hass, Zorn und Groll, der nichts mit mir zu tun hat. Der Mann hasst mich wirklich, das kann ich spüren.

»Wenn du mich noch mal linkst, mache ich dich fertig.«

Sein Blick brennt sich durch meine Haut, sein Griff um meinen Arm ist unerbittlich.

Ich bemühe mich, nicht vor Schmerz zu ächzen.

»Du machst einen Fehler. Sean und Dominic sind in erster Linie meine Freunde, und ich will ihnen helfen. Sie haben dir die Treue gehalten, und von dir kenne ich nicht mal den Namen. Du magst Roman hassen, aber ich bin unschuldig. Ich wusste von nichts. Und ich weiß immer noch nichts.«

»Du bist zu jung und zu naiv. Du hast ihnen jedes Wort geglaubt, und jetzt musst du endlich einsehen, dass sie das bekommen haben, was sie von dir brauchten. Du kannst gehen.«

Ist das so? Vielleicht war ich Mittel zum Zweck für sie, um sich Zugang zu Roman zu verschaffen. Mein Herz wird schwer, als ich an den Tag zurückdenke, an dem Sean zu mir gekommen ist, um sich zu entschuldigen. Dominic ist kurze Zeit später ins Haus meines Vaters gegangen, während Sean mich abgelenkt hat. Ich habe mich vielleicht hinters Licht führen lassen, aber …

»Ich bin keine Hure.«

»Mir ist egal, ob du eine Hure bist oder nicht. Das musst du mit dir selbst ausmachen.«

Sicher, sie haben mich benutzt. Doch nach jenem Tag hat sich alles verändert. Sie haben mich in ihre Welt gelassen, weil sie mich dort haben wollten. Da bin ich mir ganz sicher. Sean hat es mir gestanden. Er ist ein großes Risiko eingegangen, indem er mich in die Gruppe aufgenommen hat. Er hat mir Geheimnisse anvertraut, womit er mich automatisch an sich und seine Freunde gebunden hat. Und indem er mit mir zusammengeblieben ist, hat er seine und Dominics Glaubwürdigkeit und Position in der Bruderschaft gefährdet. Wenn ich jemals einen Beweis für ihre Liebe brauchte, habe ich ihn nun.

»Sie bedeuten mir viel. Lass mich einfach meinen Teil zu eurer Sache beitragen.«

»Wenn sie dir etwas bedeuten, dann hör auf, so verdammt egoistisch zu sein. Sie sind bereit, dich zu vergessen, und du musst dich zusammenreißen und das Gleiche tun.«

»Du kannst mich nicht von ihnen fernhalten.«

»Doch, und das weißt du ganz genau. Niemand wird dir die Tür öffnen. Niemand wird dir nahekommen. Von jetzt an … existierst du nicht mehr. Du hast nie existiert.«

Eine Wut, wie ich sie noch nie verspürt habe, schießt durch meinen Körper, als ich ihm die Worte entgegenwerfe. »Fick dich, und hör auf, den harten Kerl zu spielen – du bist doch nur ein Hinterwäldler, der einen auf Robin Hood macht!« Ich entreiße ihm meinen Arm, und er unternimmt nichts dagegen. »Verschwinde!«

Er tritt einen Schritt zurück und schiebt seine Hände wieder in die Hosentaschen. Seine Augen glühen, doch seine Stimme ist kalt. »Das ist genau der Grund, warum ich dich nicht in unserer Nähe haben will.«

Ich hebe eine Hand. »Du benutzt die Tatsache, dass ich eine Frau bin, als Ausrede, um mich aus eurer Bruderschaft auszustoßen? Du und deine Bürgerwehrtruppe seid doch angeblich die Guten, oder? Und wir sollen euch Wichsern dankbar sein?« Ich schnaube. »Na, dann danke ich dir im Namen aller Frauen.« Ich verbeuge mich übertrieben. Ich hebe das Kinn. »Sean und Dominic haben mir vertraut, weil ich sie liebe, und sie wussten, dass ich *wegen* meiner Liebe hinter ihnen stehen würde. Tu meine Gefühle ruhig ab, aber sie sind der Grund dafür, dass ich euch nie gefährden würde. Im Gegenteil, ich würde alles tun, um sie zu beschützen, genauso wie sie mich beschützen. Und dich.«

Ein Anflug von Erkenntnis huscht über seine Züge, doch

verschwindet genauso schnell wieder. »Du hättest nie in die Sache reingeraten sollen.«

»Aber nun, wo es einmal geschehen ist, lass mich meinen Teil zu eurer Sache beitragen.«

»So, das waren deine zwei Minuten.« Er wendet sich ab, um in Richtung Wald zu gehen.

Ich muss etwas sagen, denn ich weiß, dass ich keine zweite Chance bekommen werde. »Ich liebe sie wirklich«, sage ich leise gegen seinen Rücken. »Vielleicht haben sie Mist gebaut, aber der Grund dafür, dass ich in die Sache überhaupt hineingeraten bin, ist ihre Loyalität dir gegenüber – das, wofür ihr kämpft und wofür ihr steht. Sie haben nicht damit gerechnet, dass sie meine Liebe erwidern würden, sondern wollten mich nur benutzen. Und weil sie es nicht übers Herz gebracht haben, mich derart zu betrügen, stehe ich nun hier und verteidige sie. Bitte. Lass mich helfen.« Ich wische mir die Tränen aus den Augen und starre ihm hinterher.

Er ist mächtig und grausam und so viel mehr, als ich erwartet habe. Ich hatte mit meinem goldenen Sonnenjungen oder meinem grimmigen Typen für Regentage gerechnet, und ich kann den Gedanken, dass ich sie vielleicht nie wiedersehe, nicht ertragen. Ich bettele, auch wenn ich das nicht tun sollte. Stattdessen sollte ich meine Sachen packen und abhauen. Scheiß auf meinen Vater und was er getan hat. Wir haben nichts miteinander zu tun, und ich könnte auch einen anderen – sichereren – Weg finden, meiner Mutter zu helfen. Aber als ich darüber nachdenke, stehen mir Bilder von Sean und Dominic vor Augen, und ich kann mich nicht dazu durchringen fortzugehen. Noch nicht.

»Ich glaube an das hier – an alles, was ihr tut, an alles, wofür ihr steht. Ich will ein Teil davon werden.« Es ist die Wahrheit, doch ich befürchte, dass ich meinen Standpunkt zu spät klargemacht habe.

Er hat mir noch immer den Rücken zugewandt, als er in seine Tasche greift, mein Bikinioberteil herauszieht und es fallen lässt. »Ich denke darüber nach.«

KAPITEL ZWEI

Der erste Anflug von Herbstkälte bestätigt seine Entscheidung. Es musste so kommen.

Es ist erst ein paar Wochen her, seitdem ich dem feindseligen Fremden begegnet bin, aber die kalte Luft scheint eine quälende Endgültigkeit mit sich zu bringen. Keine Sommernächte mehr mit Dominic unter dem Sternenhimmel, keine langen Wanderungen mehr mit Sean. Meine Liebe, Zuneigung, Loyalität und Hingabe bedeuten nichts.

Das Ende der Jahreszeit läutet das Ende von allem ein, was mir während meiner Zeit hier wichtig geworden ist. Ich bin erst seit gut drei Monaten hier, aber ich spüre die Veränderung in mir. Ich bin nicht mehr das neugierige Mädchen, das ich war, als ich angekommen bin.

Meine Realität verändert sich so schnell wie die Bäume um mich herum, die unterschiedliche Schattierungen von Braun, Purpurrot und Gelb angenommen haben. Und in meiner Verfassung kann ich die Schönheit nicht wertschätzen, sondern nur die Botschaft darin erkennen.

Der Sommer ist nicht endlos.

Es ist vorbei.

Das College hat diese Woche angefangen, und ich habe mich ins Studium gestürzt. Meine Schichten in der Fabrik sind, seit Sean gekündigt hat, anstrengender.

Nur einmal habe ich meiner Neugier nachgegeben und bin

über die große Wiese hinter Romans Haus bis zur Lichtung gegangen – wo jedoch vollkommene Stille herrschte. Die Picknickbänke sind weg, und langsam wächst das Gestrüpp wieder höher. Es ist, als wäre all das nie passiert. Abgesehen von der neuen Vegetation und dem Rascheln der Bäume herrscht kein Leben dort.

Meine Sonnenbräune verblasst langsam, und ich weiß, dass ich abgenommen habe. Mein Körper wird hager, und mein Herz verdorrt, zehrt nur von den Erinnerungen an die letzten Monate, als Lächeln sich nicht angefühlt hat wie eine Verpflichtung.

Meine Träume verschaffen mir manchmal Erleichterung. Träume von langen Wanderungen, begleitet von heißen Blicken, Wetterleuchten und leidenschaftlichen Küssen. Wenn ich erwache, bin ich voller Schmerz und Trauer.

Melinda ist überraschend nett zu mir; sie verbringt endlose Schichten damit, mir alle Neuigkeiten über Triple Falls zu erzählen, wobei sie alles ausspart, was mit denjenigen zu tun hat, von denen ich am dringlichsten hören möchte. Aber wahrscheinlich weiß sie ohnehin nichts.

Sean hat behauptet, er würde die Sache geradebiegen, eines Tages.

Eines Tages.

Ein Begriff, der so vage ist, so viel Spielraum für Interpretationen lässt, dass sich jeder Tag anfühlt wie eine Strafe.

All der Herzschmerz ist zwei Geistern zuzuschreiben, die mich immer wieder heimsuchen. Ich habe mich an Seans Bitte gehalten. Ich fahre nie zur Werkstatt und schreibe ihnen keine Nachrichten. Es würde ohnehin nichts bringen. Sie haben ihre Entscheidung getroffen und gezeigt, wo ihre Loyalität liegt. Dass wir mal zusammen waren, ist nicht mehr wichtig. *Ich* bin nicht wichtig genug, als dass sie um meinetwillen ihre Pläne ändern würden.

Zumindest ist das der Schluss, den ich aus ihrem Schweigen ziehe.

Christy baut mich in unseren langen FaceTime-Gesprächen auf. Wir reden über unsere gemeinsamen Pläne und dass wir in einem Jahr daran weiterarbeiten. Das verschafft mir ein wenig Trost. Triple Falls sollte nur ein Zwischenstopp sein, doch für mich ist es zu einem Wendepunkt geworden, und ich habe das Gefühl, nirgendwo mehr sicher landen zu können.

Je länger sie schweigen, desto stärker schmerzt mein Herz.

Zwar schaffe ich es immer irgendwie durch den Tag, aber jeder Schritt, jedes Ticken der Uhr drückt mich nieder. Jeden Morgen schüttele ich meine sehnsüchtigen Träume ab, fest entschlossen, mein Herz zu schützen, als hätten sie es nicht längst zerrissen. Aber je mehr Blätter von den Bäumen fallen, desto mehr Splitter sammeln sich in meiner Brust an.

Ich habe geglaubt, dass ich Liebeskummer kenne, und vielleicht stimmt das auch, aber noch nie vorher habe ich mich gefühlt, als hätte ich einen Teil meiner selbst verloren.

Ich lasse mich treiben, lebe nur für die Erinnerungen, für meine Träume, bade in dem endlosen Schmerz, in der Qual des Vermissens, und bin kurz davor, mich selbst zu vergessen.

Eines Tages.

Heute habe ich mich gezwungen aufzustehen und wollte unbedingt versuchen, ein paar Stunden nicht zu grübeln. Als ich im Ortskern ankomme, finde ich nur mit Mühe einen Parkplatz, ehe ich mich der Menschenmenge aus Einwohnern von Triple Falls und Touristen anschließe, die mit einem erwartungsvollen Lächeln aus ihren Autos steigen. Melinda redet seit Tagen pausenlos vom Apfelfest, und als ich um die Ecke biege und mich auf dem Platz umschaue, muss ich fast losprusten.

Es ist nichts weiter als ein kleines Dorf-Straßenfest, auf dem man an Flohmarktständen lokale Spezialitäten probieren kann.

Es ist weit entfernt von einem Stadtfest, aber als ich den Platz betrete, komme ich zu dem Schluss, dass das Event seinen ganz eigenen Charme hat. Natürlich gibt es auch Äpfel aus der Gegend.

Ein kurzer Blick auf das Banner der Obstplantage, zu der mich Sean damals zu unserem nächtlichen Picknick mitgenommen hat, weckt alte Erinnerungen.

Je länger ich an den Ständen entlanggehe, desto mehr bereue ich es, hergekommen zu sein, und mit jeder Sekunde wird der Drang zum Auto umzukehren größer. Erinnerungen daran, wie er mich im Wald angebetet hat, ersticken mich und machen mir erneut bewusst, dass ich nicht mehr die Gleiche bin, die ich war, als ich hierhergekommen bin. Und vielleicht werde ich das auch nie wieder sein. Ich trete hinter die Stände, auf den Bürgersteig, und bleibe abrupt stehen, als sich die Tür eines Tattoo-Studios öffnet und eine Gruppe von Typen herauskommt.

Als jemand »Ich weiß« sagt, erkenne ich die Stimme. Ich blicke auf und schaue in ein bekanntes Gesicht.

Es dauert ein paar Sekunden, bis mir einfällt, woher ich ihn kenne.

»RB, richtig?«

Er ist fast zehn Zentimeter größer als ich und sieht mich aus seinen honigfarbenen Augen belustigt an. »Richtig. Und du bist Doms Freundin.«

»Ich …« Ich suche nach Worten, als mein Blick auf das frische Tattoo fällt, das sich bis zu seinem Hals hinaufschlängelt – Federspitzen.

Ich reiße die Augen auf, und RBs Grinsen wird breiter. Er zieht den weißen Verband an seinem Arm runter, sodass schwarze Flügel zum Vorschein kommen. »Ist wahrscheinlich gut, dass wir nicht *denken* wie *du*«, sagt er verächtlich.

Verblüfft suche ich nach den richtigen Worten und lasse beschämt die Schultern hängen. Er hat meine Angst vor ihm in jener Nacht gesehen, mein Zögern und dass ich voreilige Schlüsse gezogen, ihn für einen Kriminellen gehalten habe, obwohl er mir keinen Anlass gegeben hat.

»Kopf hoch, Süße, fang nicht gleich an zu heulen.«

Ich könnte ihm unzählige Ausreden auftischen. Ich könnte erwähnen, dass ich nur Angst hatte, weil ich die Gegend nicht kannte, weil ich Doms Waffe gesehen habe, weil ich nicht wusste, worum es in ihrem kurzen Wortwechsel ging, aber nichts davon ist gut genug. Ich habe das Schlimmste von Dominic und RB gedacht. Und ich habe mich getäuscht. »Es tut mir leid.«

Seine Antwort ist ein Lächeln. Er spannt voller Stolz seinen Bizeps an, sodass der Rabe zuckt. »Deshalb respektiere ich Dominic, er hat schon gesehen, was in mir steckt, als wir noch Kinder waren.«

Ich bin sprachlos und beschämt, zwinge mich, ihm fest in die Augen zu sehen. Wieder einmal wurde mir eine Lektion erteilt, aber ich habe gelernt, dass ich an solchen Situationen nur wachsen kann. Sean hat mir in den letzten Monaten eine Menge beigebracht, aber in erster Linie hat er mir gezeigt, wie wichtig Demut ist, und demütig schaue ich jetzt zu RB auf. Und ich hoffe, er kann sehen, was ich fühle.

Einer seiner Freunde, dessen Arm ebenfalls verbunden ist, meldet sich zu Wort. »RB, wir müssen los, wir haben einiges zu erledigen.«

Zwei neue Mitglieder in der Bruderschaft der Raben.

Und ich beneide sie, weil ich weiß, wohin sie fahren. Ich bin dort nicht willkommen.

Ich gehe auf den Mann zu, der mit RB gesprochen hat, und strecke ihm meine Hand entgegen. »Hi, ich bin Cecelia.«

Er blickt belustigt auf meine Hand runter, bevor er sie schüttelt. »Terrance.«

»Schön, dich kennenzulernen. Und herzlichen Glückwunsch.«

Er grinst, aber in seinen Augen liegt eindeutig Stolz. »Danke. Du bist Doms Freundin?«

»Ja. Nun, das war ich zumindest. Jetzt bin ich mir nicht mehr sicher.«

Ich schaue RB wieder an, weil ich weiß, wo er gleich sein wird und dass er sich mit den beiden Männern treffen wird, nach denen ich mich so verzweifelt sehne.

»Ich habe kein Recht dazu, um einen Gefallen zu bitten, a-aber wenn du … sie siehst, wenn du … Dominic siehst …« Ich schüttele den Kopf, denn ich weiß, dass die Nachricht niemals so rüberkommen wird, wie ich sie meine. Ich habe nicht mehr mit ihm gesprochen, seitdem ich die Wahrheit über den Tod seiner Eltern erfahren habe und dass mein Vater den Vorfall vertuscht hat. »Vergiss es.«

RB legt den Kopf schief und zieht die Brauen zusammen, sieht mich aus seinen hellbraunen Augen forschend an. »Sicher?«

»Ja.«

»Na gut, dann sehen wir uns …« Wir schenken einander ein kleines verschwörerisches Lächeln.

»Das hoffe ich. Eines Tages.« Ich hoffe inständig, dass dieser Tag kommen wird. Dass ich mich in der Bruderschaft wieder frei bewegen kann – ein Privileg, das ich als selbstverständlich betrachtet habe.

Als sie gehen, schlucke ich die Reue herunter, die sich in meinem Hals zu einem Knoten verdichtet hat. Meine Brust schmerzt, meine Gedanken rasen. Als ich einem Kinderwagen ausweiche, schüttet mir jemand sein Bier über den Ärmel.

Er entschuldigt sich, und ich streiche mir die Nässe vom Arm.

»Kein Problem«, versichere ich ihm und trete vom Bürgersteig auf die Straße.

Menschenmassen zwängen sich durch die endlosen Reihen aus Verkaufsständen. Die meisten Leute lächeln und wissen nichts von dem Krieg, der tobt. Ahnen nicht, dass hinter den Bäumen ihrer Nationalparks eine Gruppe Männer für sie kämpft, damit die lokale Wirtschaft floriert und die Wilderer ihnen nicht alles nehmen.

Je länger ich über die letzten paar Monate nachdenke, desto bewusster wird mir, was vorgefallen ist und was dagegen unternommen wird. Ein Teil von mir wünscht sich, ich könnte die Augen davor verschließen und vergessen, was ich weiß, aber das würde die Erinnerung an die beiden Männer auslöschen, in die ich immer noch so verliebt bin – jetzt mehr als jemals zuvor.

Obwohl mein Groll gegen sie wächst, weil sie sich zurückgezogen haben.

An sonnigen Tagen sehne ich mich nach Sean, nach seinem Lächeln, seinen Armen, seinem Schwanz und unserem Lachen. Nach seinen salzigen, nach Nikotin schmeckenden Küssen. Nach seiner Zunge auf meiner Haut. Nach seinem Zwinkern, wenn er mal wieder wusste, was ich denke.

An Regentagen sehne ich mich nach Dom, der mich eingehüllt hat wie eine Wolke. Nach den Küssen, die mein Verlangen geweckt haben, nach seinen sündhaften und weichen Zungenschlägen, nach seinem halben Lächeln, das mich innerlich glühen lässt. Nach weich gekochten Frühstückseiern und Kaffee.

Diese Männer haben mich unter ihre Fittiche genommen, mich das gelehrt, woran sie glauben, meine Sexualität zum

Leben erweckt und sich selbst unvergesslich gemacht. Wie soll ich nach ihnen weitermachen?

Tränen laufen mir die Wangen hinab, schniefend bahne ich mir meinen Weg durch die größer werdende Menschenmenge vor dem Rathaus, wo auf einer hohen Bühne eine Band spielt. Ungefähr ein Dutzend Paare, die aussehen, als hätten sie das ganze Jahr geübt, tanzen mit synchronen Schritten auf der Straße.

Ich betrachte die beiden, die mir am nächsten sind und einander anlächeln, als würden sie ein Geheimnis miteinander teilen. Während ich ihren stummen Austausch verfolge, empfinde ich nichts als Neid, denn das Gleiche hatte ich mit Sean und Dominic.

Ich hatte es.

Und meine Geheimnisse, die ich für immer bewahren muss, werde ich nie mit jemandem teilen können. Doch ich werde mein Versprechen nicht brechen, ohnehin wäre niemand in der Lage zu begreifen, was vorgefallen ist. Meine Geschichte würde klingen wie ein verworrenes, sexuell provokantes Märchen mit einem traurigen Ende oder – noch schlimmer – ohne Ende.

Als ich hergekommen bin, wollte ich meine strengen Moralvorstellungen über Bord werfen und nicht mehr so prüde sein, damit ich mich in meinem neuen verwirrenden Leben zurechtfinden würde.

Dieser Wunsch hat sich erfüllt.

Ich sollte dankbar sein.

Aber das bin ich nicht; ich trauere.

Und das kann ich hier nicht.

Ich will nur noch weg, setze einen Fuß vor den anderen und zwänge mich durch die Menge, um den lächelnden Gesichtern, dem Lachen und den glücklichen Menschen zu entkommen, die nichts von dem inneren Kampf ahnen, den ich austrage – damit ich sie nicht anschreie, dass sie verdammt noch mal aufwachen sollen.

Aber vielleicht sind sie ja so schlau, dass ihnen die Tyrannei um sie herum bewusst ist, doch sie haben beschlossen, alles zu ignorieren.

Der Kampf zwischen Gut und Böse ist nichts Neues. Jeden Tag hört man davon. Aber mittlerweile sind sogar die Nachrichten nicht mehr verlässlich. Wir sehen das, was wir sehen wollen, und bei den meisten Menschen scheint das nicht allzu viel zu sein. Vielleicht bringt es nichts zu fliehen, sondern es wäre besser, eine von ihnen zu werden und meine Augen vor dem zu verschließen, was in dieser Scheißwelt falschläuft, denn so könnte ich zumindest durchatmen und eines Tages wieder ein ignorantes Lächeln auf den Lippen tragen. Aber je mehr Zeit vergeht, desto mehr wird mir bewusst, dass es keinen Weg zurück gibt.

Die Männer in meinem Leben haben mir die Augen geöffnet, haben mir gezeigt, welchen Krieg sie angezettelt haben. Und ich weiß jetzt, dass ich mich ihnen – würde man mich vor die Wahl stellen – voller Überzeugung anschließen würde. Und zwar für immer.

Am Rand der Menschenmenge, ich will gerade in eine Gasse abbiegen und mich entfernen, werde ich aus meinen Gedanken gerissen, als der Leadsänger der Band die Anwesenden begrüßt und ein ohrenbetäubendes Jaulen aus seinem Mikrofon schrillt, woraufhin er sich entschuldigt. »Und jetzt, wo wir eure Aufmerksamkeit haben«, er lacht und gibt dem Schlagzeugspieler ein Zeichen, »lasst uns richtig loslegen.«

Als die Musik einsetzt und Gitarre und Bass zu hören sind, wische ich mir mit dem Ärmel meines dünnen Pullovers Gesicht und Nase ab.

Mitten auf der Straße, auf einem Apfelfest, bin ich zu einem emotionalen Wrack geworden. Ich kann das nicht. Zumindest noch nicht.

Der Sänger setzt zur ersten Strophe des schnellen Songs an, der Text handelt davon, dass man auch dann lächeln soll, wenn man sich verloren fühlt und eine schwere Zeit durchmacht.

Ich kann ein bitteres Lachen nicht unterdrücken. Als mir weitere warme Tränen übers Gesicht laufen, wische ich sie mit dem Ärmel weg.

Ja, ich muss hier weg.

Eines Tages wird es bestimmt einfacher werden.

Als ich mich in die Richtung umdrehe, wo mein Auto geparkt steht, legt mir jemand eine Hand an die Hüfte. Abrupt schaue ich mich um, und im gleichen Moment trifft mich der Geruch von Zedernholz und Nikotin. Schockiert stoße ich die Luft aus. Als ich wieder einatme und den Duft aufsauge, lasse ich mich an seine Brust sinken.

Sein warmer Atem trifft auf mein Ohr. »Hey, Süße.«

Wieder treten mir Tränen in die Augen, und ich starre ihn mit offenem Mund an.

Seine funkelnden Augen trüben sich, als er meinen Gesichtsausdruck sieht.

»Was hast du …« Ehe ich meine Frage aussprechen kann, legt er den Arm um meine Taille und greift mit seiner freien Hand nach meiner.

»Was soll das?«, flüstere ich alarmiert.

Er schiebt sein Bein zwischen meine Beine, geht in die Knie und lässt die Hüften kreisen – einmal, zweimal. Ich stehe wie gelähmt da, kann mich nicht rühren.

»Komm schon, Süße«, fleht er und drückt meine Hand.

Mittlerweile sind einige Blicke auf uns gerichtet.

Er wiegt sich im Rhythmus der Musik, will mich dazu motivieren mitzumachen. »Komm schon, Babe«, drängt er, doch sein Lächeln gerät ins Wanken, als ich immer noch stocksteif dastehe, »gib mir ein Zeichen, dass Leben in dir steckt.«

Schmetterlinge regen sich in meinem Bauch, als er versucht, mich zu locken, indem er das Gewicht auf die Fersen verlagert und sexy die Hüften wiegt. Ich kann den Blick nicht von ihm abwenden, und schließlich gebe ich nach, lasse mich von der Musik treiben, gehe mit ihm zusammen in die Knie und bewege meine Hüften.

Er zwinkert mir aufmunternd zu, vollführt dann eine schnelle Drehung und greift hinter seinem Rücken nach meiner Hand. Seine Bewegungen wirken weich und geübt.

Ein paar Umstehende feuern uns an und johlen.

Ich spüre, dass Röte an meinem Hals heraufkriecht. Aber hier ist Sean mit seiner Superkraft, und ich tue das Einzige, was mir übrig bleibt, ich tanze.

Sein perfekter Körper bewegt sich im Takt, die Bässe streicheln uns. Eine Mundharmonika kommt zum Einsatz. Wir tanzen auf der überfüllten Straße, entfernen uns mit leichten Schritten voneinander, um anschließend wieder zusammenzukommen. Wir tanzen, als würden wir das schon seit Jahren tun, nicht erst zwei Monate lang. Stolz blitzt in seinen smaragdgrünen Augen auf, als er sieht, dass ich beginne, von innen heraus zu strahlen. Mitten im Song hält er plötzlich inne, ebenso wie die anderen Tanzenden um uns herum.

Alle werfen die Hände in die Luft und singen grölend den Refrain mit. Eine kurze Pause entsteht, ehe sich alle weiterbewegen.

Ich habe den Song noch nie gehört – und ich weiß schon jetzt, dass ich ihn nie vergessen werde. Er ist ein Geschenk, berührt meine Seele. Hier auf der Main Street genießen wir unseren gemeinsamen Augenblick, lassen uns ineinander sinken und … tanzen einfach. Dieser gestohlene Moment gehört nur uns beiden, und so ignorieren wir die verquere Welt um uns herum, die Umstände und das Schicksal, das sich gegen uns gewendet hat. In diesen wenigen Minuten an dem sonnigen Tag im Herbst kann ich ein wenig aufatmen, und der Schmerz klingt ab.

Nichts spielt mehr eine Rolle, außer der goldenen Sonne und der Liebe, die ich für Sean empfinde. Ich schüttele den Kopf, als er mich tanzend durch die Menge führt, trotzig, so als würde er jeden davor warnen wollen, uns diesen Moment zu ruinieren.

Ich weiß, dass das gar nicht möglich wäre – niemand kann uns das nehmen, was wir miteinander haben.

Als der Song endet, beginnen alle um uns herum zu jubeln.

Sean umfasst mein Gesicht mit seinen Händen. Er beugt sich kurz herunter, und im nächsten Atemzug erobert er meine Lippen mit einem so leidenschaftlichen Kuss, dass der Schmerz, den ich gerade abgeschüttelt habe, mit einer solchen Wucht zurückkehrt, dass er zur Qual wird.

Instinktiv weiß ich, dass heute nicht *eines Tages* ist.

»Ich muss weg«, murmelt er in mein Ohr, streicht mir das Haar von den Schultern und bittet mit einem stummen Blick um Verständnis.

»Nein, bitte …«

»Ich muss. Es tut mir leid.«

Ich schüttele den Kopf und senke den Blick. Tränen treten mir aus den Augen.

Er hebt mein Kinn an und sieht mir suchend in die Augen. Er sieht genauso niedergeschlagen aus, wie ich mich fühle. »Bitte, Süße, iss etwas.« Er streicht mit dem Daumen über mein Kinn. »Tanze, singe, lächele.«

»Bitte geh nicht.«

Mit ernstem Blick drückt er mir einen sanften Kuss auf die Lippen.

Ein Schluchzen kommt mir über die Lippen. Es endet viel zu schnell. »Sean, warte …«

Als er sich von mir löst und seine Wärme verschwindet, lege ich mir die Hände ans Gesicht und stoße einen gequälten Schrei aus. Schluchzend schüttele ich den Kopf, kann den Schmerz meines gebrochenen Herzens nicht ertragen. Heiße Tränen fließen mir in die Hände. Die Menge schließt sich zwischen uns, und ich kann jeden Schritt, den er sich von mir entfernt, förmlich spüren.

Ich kann nicht loslassen. Ich kann einfach nicht.

Schließlich lasse ich die Hände sinken, schaue mich in die Richtung um, in die er gegangen ist, will ihn nicht fortlassen, will nicht zulassen, dass dies unser letzter Tanz war, weil es nie genug sein wird. Mein Herz zieht sich zusammen, als ich ihn nicht mehr sehen kann. Ich drehe mich im Kreis, schaue in alle Richtungen, werde von der Menschenmasse verschluckt, die näher zur Bühne drängt.

Während ich mich zwischen den Leuten hindurchkämpfe, steigt Panik in mir auf. »Sean!«, rufe ich und schaue mich überall um. Schließlich entdecke ich seine blonden zerzausten Haare und laufe schneller. »Sean!« Ich dränge mich an einer Familie vorbei und stoße dabei einen kleinen Jungen um, der einen Paradiesapfel in seinen klebrigen Händen hält. Ich helfe ihm auf und entschuldige mich, ehe ich weiterstürme. »Nein, nein, nein!« Panik raubt mir den Atem, als ich ihn nicht finden kann. Vergeblich suche ich die Menge ab und spitze die Ohren, als ich gedämpftes, aber unverkennbares Motorengeräusch höre. Ich laufe ihm entgegen, eine Straße entlang, um die Ecke, und blicke in silberne Augen.

Dominic lehnt an Seans Nova und betrachtet mich mit verschränkten Armen.

Auch Sean sieht mich nun. Er steht auf der anderen Seite des

Wagens und wirft mir über das Autodach hinweg einen letzten Blick zu, bevor er auf der Fahrerseite einsteigt.

Mein Blick fällt wieder auf Dominic, der mich von Kopf bis Fuß mustert.

Mein Herz macht einen Satz, und ich gehe vorsichtig einen Schritt auf ihn zu, doch er hebt abwehrend das Kinn, bedeutet mir zurückzubleiben.

»Bitte«, flüstere ich, und meine Tränen beginnen wieder zu fließen. Ich weiß, dass er mein stummes Flehen versteht.

Gefühl blitzt in seinen silbernen Augen auf, und für einen Moment lässt er mich sehen, was in ihm vorgeht. Seine Finger zucken an seinen Seiten. Ich weiß, dass er nichts so sehr will, wie den Abstand zwischen uns zu schließen.

»Bitte«, flehe ich noch einmal. »Bitte, Dom, bitte geh nicht.«

Ich spüre, dass er mit sich ringt, dann schüttelt er langsam den Kopf. Es sind seine Augen, nicht seine Haltung, die am meisten preisgeben. Darin erkenne ich Sehnsucht, Reue und Wut über unsere Lage. Und das genügt. Es muss genügen.

Ich hatte mit seiner Zuneigung nicht gerechnet. Niemand kann das, was wir miteinander hatten, herabsetzen oder leugnen. Niemand. Und ich werde nicht zulassen, dass es mir jemand nimmt.

Aber keiner von beiden versucht, mich zu beruhigen. Sie stehen einfach da und sehen zu, wie ich blute. Und das ist es, was mich am meisten verängstigt.

Dominic umfasst den Griff hinter sich und öffnet die Tür, während Sean seinen Blick nach vorn richtet – entweder um uns einen ungestörten Moment zu ermöglichen oder weil er mich nicht mehr ansehen kann.

Ich finde keinen Trost in seinem Verhalten. Ein letztes Mal schaue ich Dominic an und lasse ihn meine Tränen und meine Liebe sehen. Ich lege mir beide Hände an die Brust, schließe die Augen und spreche die Wahrheit aus. »Ich liebe dich.«

Als ich die Lider wieder öffne, sehe ich, welche rohen Gefühle mein Geständnis in ihm hervorgerufen hat. Er tritt einen Schritt vor, sein Gesicht verzerrt vor Schmerz. Doch eine Sekunde später unterbricht er unsere Verbindung und steigt zu Sean in den Wagen. Und im nächsten Atemzug sind sie verschwunden.

In diesem Moment weiß ich, dass sie den Kampf um mich verloren gegeben haben.

Und das *eines Tages*, von dem der Frenchman gesprochen hat, wird vielleicht niemals kommen.

KAPITEL DREI

In *Twilight* gibt es eine Szene, in der Bella starr vor Liebeskummer in einem Sessel sitzt, aus dem Fenster blickt und zusieht, wie die Jahreszeiten sich ändern. Und auf meinem Balkon, während die Bäume kahl wurden, habe ich erkannt, dass ich die letzten drei Jahreszeiten meines Lebens genauso verbracht habe wie Bella, als sie ihre Liebe verloren hat.

Die Liebe hat im letzten Sommer ein übles Spiel mit mir gespielt, aber als der erste Schnee zu fallen begann, war es mein Hass, der wuchs. Hass gegen einen namenlosen Mann, der mir einen Großteil meines Glücks geraubt hat, indem er mich in einen Zustand der Verbannung versetzt hat.

Wenn ich mich jetzt nach denjenigen sehne, die mich verlassen haben, ersetze ich dieses Gefühl durch Abscheu für den feueräugigen Mann, der den Befehl erteilt hat, mich auf meinen Platz zu verweisen – der nirgendwo ist.

Weihnachten kam und ging. Die Feiertage habe ich mit meiner Mutter und Christy verbracht, wobei ich versucht habe, mein gebrochenes Herz zu heilen, und doch keine einzige Sekunde mit einem der beiden bereut habe.

Ich war dankbar.

Ich kenne mich selbst jetzt besser, aufgrund der Erfahrungen, die ich mit ihnen gesammelt habe. Es war nicht nur ein Sommer, sondern eine Jahreszeit der Selbstfindung. Ich vermute, dass die meisten Menschen durchs Leben gehen, ohne sich selbst so tiefgründig zu erforschen, wie ich es getan habe. Diese Tage voller Lust und die Nächte, die ich mit meinen beiden Männern unter einem Baldachin aus grünen Baumkronen und funkelnden Sternen verbracht habe, haben mich zu einem neuen Menschen gemacht.

Während die Minuten, Stunden, Tage und Monate vergangen sind, bin ich nicht wieder zum Leben erwacht, sondern habe nur funktioniert. Ich habe in alten Erinnerungen geschwelgt, bis ich mich eines Tages dazu gezwungen habe, wieder zu leben. Das College war kein Problem für mich, und auch mein Job wurde leichter, je besser ich Melinda und ein paar der anderen Frauen, die mit mir Nachtschicht hatten, kennenlernte.

Niemand aus der Bruderschaft hat mit mir gesprochen – keine einzige Person. Ob ich einem von ihnen im Ort an der Tankstelle begegnet bin oder irgendwo anders, ich war für alle, die das Tattoo trugen, unsichtbar. Ich hatte nicht nur meine Jungs verloren, sondern noch dazu meine Freundinnen und Freunde. Auch Layla und alle anderen, die mit der Bruderschaft zu tun hatten.

Der Mistkerl hat sein Versprechen gehalten. Ich bin vollkommen allein.

Je mehr Zeit vergeht, desto bewusster wird mir, dass ich so besser dran bin. Jeglicher Kontakt zu Leuten, die mit Sean und Dominic rumhängen, würde mir nur Hoffnung auf eine Zukunft vorgaukeln, die nicht kommen wird.

Am Ende des Frühlings habe ich meine ersten zwei Semester am College mit herausragenden Noten hinter mich gebracht, und auch das Jahr, in dem ich für meinen Vater arbeite, nähert sich dem Ende. Drei Viertel der verabredeten Zeit habe ich überstanden, nun muss ich nur noch ein paar Monate durchhalten.

Noch ein Sommer in Triple Falls, ehe ich mich von Roman Horner und meinen Verpflichtungen ihm gegenüber befreien kann und meine Mutter finanziell abgesichert ist.

Die Freiheit ist nahe.

Seit unserer letzten Unterhaltung ist Roman nicht wieder aus Charlotte zurückgekehrt, und damit habe ich auch nicht gerechnet. Abgesehen von einer wöchentlichen E-Mail gibt er sich keine Mühe. So wie ich vermutet hatte, hat er nie hier gewohnt. Vielmehr scheint die Villa für ihn ein Statusobjekt zu sein.

Wenn dieser Sommer vorbei ist, muss ich keine unterschwellige Angst mehr davor haben, ihm zu begegnen. Außerdem werde ich einen Großteil seines Vermögens bekommen, und wir werden nichts mehr miteinander zu tun haben.

Merkwürdigerweise habe ich es nicht eilig, Triple Falls zu verlassen.

Der Ort und die Menschen sind mir ans Herz gewachsen. Die Monotonie meiner Arbeitstage macht mir nichts mehr aus. Aber jetzt, wo das Semester vorbei ist, gehören meine freien Tage wieder ganz allein mir, und sie zu füllen ist eine schwierige Aufgabe.

Ich überlege mir gut, was ich an diesen Tagen unternehme.

Oft gehe ich wandern. Niemals jedoch auf den Pfaden, auf die mich Sean mitgenommen hat, denn ich will mich nicht mehr selbst quälen. Ich bin aber fitter geworden; meine Muskeln brennen nicht mehr nach langen Wanderungen durch den Wald und zu den Klippen hinauf. Mithilfe meiner App habe ich mein Französisch verbessert und bin fest entschlossen, die nächsten Sommer mit einem vollen Bankkonto im Ausland zu verbringen. Und jetzt, wo es nicht mehr ganz so frisch ist, habe ich wieder damit begonnen, mich in Romans Garten zu sonnen, zu schwimmen und zu lesen.

Ich habe mir erlaubt, »normal« neu für mich zu definieren, und so gehe ich mit meinen Kolleginnen spätabends nach unserer Schicht in Bars und begleite Melinda hin und wieder zu ihrer Familie. Ich bemühe mich, ihr eine Freundin zu sein und für sie da, genauso wie sie für mich da war, als ich neu in Triple Falls war.

Aber der heutige Abend ist besonders schwer. Nachdem mich meine beiden Ex-Freunde acht Monate lang ignoriert haben, habe ich wieder ein Date. Ich kann nicht sagen, dass ich darauf brenne.

Nach einer heißen Dusche schminke ich mir die Lippen knallrot und denke daran zurück, wie Sean sie mit den Fingern berührt hat, als ich sie um seinen Schwanz geschlossen habe. Ich verdränge die Erinnerung an die Laute, die er ausgestoßen hat, an sein lustvolles Ächzen und sein Stöhnen, als er gekommen ist.

»Du hast ein Date. Ein Date, Cecelia.« Ich schließe die Augen, denn Bilder von meinem letzten Date treten vor mein inneres Auge.

Dominics Lächeln kommt mir in den Sinn, und ich denke daran zurück, wie ich die Muskeln unter seiner Haut mit meinen nackten Zehen nachgefahren bin, als wir in seinem Camaro saßen.

Fluchend greife ich nach einem Taschentuch und wische an der Stelle über meinen Mund, wo ich abgerutscht bin.

»Ein Date, Cecelia. Konzentrier dich auf dein Date. Sein Name ist Wesley. Und er ist höflich und gebildet und heiß.«

Nicht so heiß wie Sean. Nicht so heiß wie Dominic. Und trotz meines Hasses auf ihn ist kein Mann so heiß wie der Frenchman.

Scheiß auf ihn.

Jedes Mal, wenn ich an den arroganten Wichser denke,

beginne ich, innerlich zu brodeln. Vielleicht sehe ich ihn nie wieder, aber ich werde nicht zulassen, dass er noch einmal Macht über mich erlangt. Er hat mir mein Glück geraubt, ohne einen zweiten Gedanken daran zu verschwenden, hat über mich geurteilt und mir seine unmenschliche Strafe auferlegt. Vor wenigen Monaten hätte ich ohne zu zögern bei jeder seiner Aktionen mitgemacht, nur damit er mich wieder in die Nähe meiner beiden Männer lässt. Aber die Zeit war auf meiner Seite; sie hat mich geheilt und gestärkt und mich wütend gemacht.

Er sollte sich in Acht nehmen, wenn er mir noch einmal über den Weg läuft, denn er hat uns gnadenlos auseinandergerissen.

Doch Sean und Dominic haben nichts dagegen unternommen, und auch das ist in meinen Augen unverzeihlich.

Eines Tages, wenn ich den Zorn nicht mehr brauche, um mich daran aufzurichten, werde ich ihnen verzeihen. Um meiner selbst willen. Aber das wird nicht allzu bald geschehen.

Ich schüttele den Kopf und konzentriere mich auf meine Augen, um dick Mascara aufzutragen. Meine Stimmung ist alles andere als ideal für ein Date, und das weiß ich. Aber ich muss diesen letzten Schritt wagen. Ich muss mich wieder dort hinauswagen.

Ich habe aufgehört, auf das *eines Tages* zu warten, von dem der Frenchman sprach, sondern warte nun stattdessen auf *irgendjemand anders.*

Und vielleicht ist dieser Jemand ja Wesley.

Mein Handy vibriert auf dem Schminktisch und zeigt eine Nachricht von ihm an. Ich betätige den Türöffner, statt ihm den Code zu nennen. Diesbezüglich habe ich meine Lektion gelernt.

Erwartungsvoll gehe ich in meinem neuen eng anliegenden

Neckholder-Kleid, zu dem mir die Besitzerin meiner Lieblingsboutique geraten hat, die Treppe runter und fahre mir mit den Fingern durch die Haare.

Ich will einfach wieder lachen, ohne am Ende in Trauer zu versinken. Will nicht mehr meine Gegenwart ruinieren, indem ich in der Vergangenheit lebe. Ich möchte einfach wieder Nähe spüren, auch wenn es nicht die der beiden Männer ist, die aus meinen Träumen nicht so schnell verschwinden wollen wie aus meinem Leben. Außerdem will ich wissen, ob ich immer noch in der Lage bin, ein Kribbeln zu spüren, eine Vorahnung, irgendein Zeichen, dass ich noch lebe, abgesehen von meinem schmerzenden Herzen.

Allein zu wissen, dass die Möglichkeit besteht, wäre genug.

»Bitte«, murmele ich leise. »Nur ein Prickeln, ein Flüstern, *irgendwas*«, flehe ich.

In dem Moment fährt Wesley vor und steigt aus seinem Truck aus. Als er den Blick über meinen Körper wandern lässt und sich seine braunen Augen weiten, ehe er mir seine perfekten Zähne zeigt, weiß ich, dass das Date für mich gelaufen ist.

Nichts. Das ist es, was ich gefühlt habe. Während des Dinners und auch jetzt, als Wesley auf dem Weg zurück zu seinem Truck meine Hand nimmt. Kein Kribbeln, keine Aufregung, als er die Beifahrertür öffnet, mir sanft die Haare aus dem Gesicht streicht und sich vorbeugt.

Die Bewegung triggert mich, und in letzter Sekunde wende ich den Kopf ab, denn einen Kuss könnte ich nicht ertragen. Es sind nicht Seans Berührungen oder Dominics Küsse.

Wesley senkt sein Kinn und mustert mich ernst. »Hat dich jemand verletzt?«

»Tut mir leid. Ich dachte, ich wäre bereit.«

»Schon okay. Es ist nur … Es hat sich angefühlt, als ob du

mir nicht richtig zugehört hast, als ich beim Essen geredet habe, und ich konnte trotzdem nicht die Klappe halten.«

»Es liegt nicht an dir …« Ich verziehe das Gesicht, denn als ich sehe, wie sich seine Miene verändert, wird mir bewusst, wie grausam dieser Satz ist.

Doch er hat genügend Selbstironie, um zu lachen. »Autsch.«

Am liebsten würde ich unter seinen Wagen kriechen.

Er hilft mir beim Einsteigen und beugt sich zu mir vor. »Alles gut, Cecelia. Ich hab so was auch schon durchgemacht.«

Schuldbewusst schaue ich ihn an. »Ich gebe dir das Geld fürs Dinner zurück.«

»Wie oft willst du mich denn heute Abend noch beleidigen, und was für Arschlöcher hast du vorher gedatet?«

Unvergessliche Arschlöcher.

»Ich würde es dir nicht mal übel nehmen, wenn du mich mit dem Taxi nach Hause fahren lassen würdest.«

»Deine Ehrlichkeit tut weh, aber sie beeindruckt mich auch.« Er beißt sich auf die Lippe und schaut zu mir auf. »Und deine Schönheit tut auch weh. Ich fühle mich geschmeichelt, dass ich dein erster Versuch war. Und vielleicht«, er zuckt mit den Schultern, »können wir es ja irgendwann noch mal versuchen.«

»Gerne.«

Wir wissen beide, dass das eine Lüge ist, aber damit geht es mir besser.

Ich schnalle mich an, als er um den Truck herumgeht. Nachdem er sich neben mich gesetzt hat, verfallen wir in Schweigen, und er macht sich auf der Rückfahrt am Radio zu schaffen. Als er endlich wieder spricht, bin ich erleichtert. »Und, war es jemand aus der Gegend?«

»Nein. Nur ein Arschloch, mit dem ich zu Hause in Georgia zusammen war.« Es wird immer einfacher, mir diese Lügen auszudenken. Aber die Wahrheit ist keine Option.

Vor meiner Tür zieht mich Wesley in eine freundschaftliche Umarmung und bietet mir an, ihn anzurufen, wenn ich mich bereit fühle.

Als er wegfährt, verfluche ich mein treues Herz und bin so wütend auf mich selbst, dass ich die Tür hinter mir zuschlage.

Entmutigt schleppe ich mich die Treppe zu meinem Zimmer hinauf. Dort angekommen schlüpfe ich aus meinen Sandalen und schreibe eine Nachricht an Christy.

Projekt »Komm drüber hinweg« war ein totales Desaster.

Christy: *Gib nicht auf. Der Nächste ist sowieso nur ein Übergangstyp.*

Ich bin immer noch nicht bereit.

Christy: *Dann bist du eben nicht bereit. Kein Grund zur Eile. Irgendwann kommst du schon an den Punkt.*

Was geht heute Abend bei dir?

Christy: *Netflix und Chillen. Zwinkersmiley. Morgen erzähl ich dir alles.*

Gut gemacht. Und ja, du musst mir unbedingt davon berichten. Hab dich lieb. Gute Nacht.

Ich beschließe, Frieden mit mir zu schließen. Ich war immerhin auf einem Date, ob nun erfolgreich oder nicht. Das ist doch ein Anfang.

Ich schließe mein Smartphone an das Ladekabel auf dem Nachttisch an, setze mich auf die Bettkante und fahre mit den Füßen über den flauschigen Teppich.

Der Versuch, nach zwei hochentzündlichen Beziehungen,

die ich auch noch gleichzeitig hatte, ein »normales« Leben zu führen, ist ermüdend.

Selbst nach all den Monaten vermisse ich immer noch die chaotischen Nächte, die Geheimnisse, die Aufregung, die Verbundenheit und den Sex. Gott, der Sex.

Ich habe mir genügend Zeit zum Trauern gegeben. Wenn mein Herz auf meinen Kopf hören würde, würde es mir so viel besser gehen. Ich fahre mit den Fingern über meine unberührten Lippen und beschließe, dass ich mir erst morgen früh in der Dusche das Make-up abwaschen werde. Ich werfe die Dekokissen von der Tagesdecke, um es mir mit einem Buch bequem zu machen. In dem Moment entdecke ich den Metallanhänger auf meinem Kopfkissen.

Ich schließe meine Finger darum, halte ihn hoch und kann kaum glauben, dass ich tatsächlich das Gewicht in meinen Händen spüre und was das bedeutet. Schließlich springe ich vom Bett auf. Mein Herz beginnt zu hämmern, als ich mich im Raum umschaue.

»Sean? Dominic?«

Ich gehe ins Badezimmer, doch dort ist niemand.

Der Balkon: leer.

Verzweifelt suche ich das Haus ab, nur um festzustellen, dass alle Türen verschlossen sind. Nicht dass sie das fernhalten könnte, das hat es noch nie. Der Beweis dafür liegt in meinen Händen. Mit wachsender Hoffnung schließe ich den Verschluss um meinen Hals und eile zur Hintertür. Ich greife nach meinen Gummistiefeln, schlüpfe hinein und hole die Taschenlampe aus meiner Regenjacke. Einige Sekunden später leuchte ich den Garten mit dem schwachen Lichtstrahl ab.

»Sean? Dominic?«

Nichts.

Ich steuere geradewegs auf den Wald zu, gehe an der weiten

Fläche frisch gemähtem Rasen vorbei, und das warme Metall an meinem Hals gibt mir den ersten Hoffnungsschimmer seit Langem. Als ich den kleinen Hügel erreiche, der hinauf zum Wald und zu der Lichtung führt, sprinte ich fast.

Der Anblick, der mich dort erwartet, raubt mir den Atem. Hohes Gras wiegt sich hin und her, und dazwischen blitzt gelbgrünes Licht von Hunderten Glühwürmchen. Sie fliegen vom Unterholz ins dichte Geäst und glitzern wie Diamanten, bevor sie im Lichtschein des Vollmonds verschwinden.

»Sean?« Ich suche jeden Winkel der Lichtung ab, leuchte mit der Taschenlampe in jeden Schatten zwischen den Bäumen. »Dominic?«, rufe ich leise und bete, dass einer von ihnen oder beide auf mich warten. »Ich bin hier.« Immer noch suche ich im dunklen Wald nach einem Lebenszeichen, doch das schwache Licht ist mir keine große Hilfe. »Ich bin hier«, wiederhole ich und befühle die Kette mit meinen Fingern. »Ich bin hier.« Doch es ist sinnlos, meine Stimme verliert sich im Nichts.

Hier draußen ist niemand außer mir.

Vollkommen verwirrt drehe ich mich im Kreis, sodass mir schwindelig wird, suche, hoffe und bete, dass einer von ihnen mich hört.

Die Hoffnung, die ich noch vor wenigen Minuten hatte, verliert sich im Wind, raschelt durch die hohen, schimmernden Kiefern ringsum. Aber ich verliere mich nicht in meinem Schmerz, sondern lege mir eine Hand an die Brust und genieße die Symphonie aus Lichtern über mir und zu meinen Füßen, die Melodie, geräuschlos, aber fesselnd. Fasziniert vom Mond und von den Lichtern umschließe ich den Rabenflügel mit Daumen und Zeigefinger.

Einer von ihnen hat mich zu der Seinen gemacht. Oder vielleicht waren es auch beide.

Jemand hat die Kette auf mein Kissen gelegt.

Noch einmal rufe ich nach ihnen. »Sean? Dominic?«

Die Luft um mich herum scheint plötzlich stillzustehen, als mich die Vorahnung, dass sich jemand nähert, trifft wie der Schlag. Ich erstarre, als ich nur wenige Meter entfernt einen französischen Akzent höre.

»Tut mir leid, dich enttäuschen zu müssen.«

KAPITEL VIER

Er tritt aus den Schatten der Bäume zu meiner Linken.

Ich weiche zurück und schalte meine Taschenlampe ein, um den Lichtstrahl auf ihn zu richten. »Was willst du?«

»Wollen? Von dir *nichts*«, antwortet er verächtlich, als er näher kommt, sodass ich ihn sehen kann.

Im Licht meiner Taschenlampe kann ich sein Gesicht deutlich erkennen, seine glatten Züge, die markante Nase und die harte Linie des Kiefers. Es ist zu schade, dass ich ihn hasse, sonst könnte ich die Schönheit seiner Fassade wertschätzen. Ich schalte die Taschenlampe aus, beschwöre die Schatten, ihn zu verschlucken, aber selbst als er nur noch vom Mondlicht und den Leuchtkäfern um uns herum erleuchtet wird, kommt seine maskuline Schönheit zur Geltung. Er ist ähnlich gekleidet wie an dem Tag, an dem ich ihm zum ersten Mal begegnet bin, abgesehen vom Jackett und der dünnen schwarzen Krawatte. In seiner eleganten Hose und den edlen Schuhen wirkt er vollkommen fehl am Platz.

»Was machst du hier? In diesem Outfit.«

»Das Gleiche könnte ich dich fragen.«

Abgesehen von den gepunkteten Gummistiefeln bin ich noch genauso gekleidet, geschminkt und gestylt wie für mein Date. Damit bin ich genauso overdressed für einen Spaziergang im Wald.

»Ich wohne hier.«

»Nein, tust du nicht.«

»Das ist Auslegungssache. Und du hast hier nichts verloren.«

»Ich kann sein, wo ich will.« In seinen Augen liegt die gleiche brennende Grausamkeit, an die ich mich noch von unserer ersten Begegnung im letzten Jahr erinnere. Und sein Tonfall klingt noch genauso herablassend und missmutig. Und so einfach es auch wäre, einfach wegzugehen, will ich ihn wissen lassen, dass ich mir ebenso ein Urteil über ihn gebildet habe wie er über mich.

»Du bist widerlich. Du hast diese Art an dir.« Ich hebe die Hand und wedele damit durch die Luft. »Als hättest du das Recht, dich unmöglich aufzuführen und mich schlecht zu behandeln.«

»Soll das etwa eine Moralpredigt werden? Denn ich kann dir versichern, dass du mich allein durch deine Existenz schon in genügend Schwierigkeiten gebracht hast.«

»Das ist lächerlich, und du bist es nicht wert, dass ich mich weiter mit dir unterhalte.«

»Du vergisst, mit wem du sprichst.«

»Alles klar, du kannst deinen Schwanz wieder einstecken, Arschloch. Das ist kein Pinkelwettbewerb.«

»Du bist widerlich.«

»Du bist ein Wichser und ein Arschgesicht, und ich lasse mir von Soziopathen mit null Mitgefühl nicht vorschreiben, wie ich reden soll.«

Er steht direkt vor mir, und sein Geruch dringt in meine Nase. Er überragt Sean und Dominic um ein paar Zentimeter. Seine Statur ist ungeheuerlich, bedrohlich.

»Du bist ein einsames kleines Mädchen mit schlechten Manieren. Und wenn ich eine Unterhaltung nicht wert bin, warum stehst du dann noch hier und streitest dich mit mir?«

»Stimmt eigentlich. Fick dich.« Ich trete einen Schritt nach hinten, doch in diesem Moment schnellt seine Hand nach vorn und umfasst mein Handgelenk so fest wie ein Schraubstock.

Ich versuche, mich ihm zu entwinden.

Er schaut mir nicht in die Augen, sondern auf den Rabenflügel an meiner Kette. »Was ist das?«

Ich kann ein Grinsen nicht unterdrücken. »Ich glaube, das weißt du ganz genau.«

»Wer hat dir das gegeben?«

»Das geht dich nichts an. Lass mich los.«

Er zieht mich näher zu sich heran, und ich lasse die Taschenlampe fallen, um an seiner Hand zu ziehen, mit der er mich festhält, doch er hebt die andere und will nach meiner Kette greifen.

Als ich erkenne, was er vorhat, verliere ich die Beherrschung. Mit der freien Hand schlage ich ihm ins Gesicht, dann hole ich aus, um ihm eine noch härtere Ohrfeige zu verpassen. »Wage es ja nicht!«

Doch ich bin ihm körperlich nicht gewachsen. Er packt mich und schüttelt mich wie eine Stoffpuppe, bevor er mich ins Gras stößt und sich auf mich setzt.

»Runter von mir!«, schreie ich, so laut ich kann, wehre mich gegen ihn, kratze über seine Hose, kann jedoch keine freie Hautstelle finden.

Er wehrt mich so mühelos ab wie eine Mücke und drückt meine Handgelenke in das kühle Gras. Seine Augen über mir brennen vor Zorn. »Sag mir sofort, wer dir die Kette gegeben hat.«

Ich spucke ihn an und freue mich, als ich sehe, dass ich ihn am Kinn getroffen habe.

Mühelos umfasst er meine Handgelenke mit einer Hand, drückt sie auf den Boden und wischt sich den Speichel mit der Schulter ab.

In diesem Moment sehe ich Zähne aufblitzen, und mir wird bewusst, dass er … auf eine Art lächelt, bei der mir schwindelig wird.

»Ich habe Menschenleben schon für Unwichtigeres beendet.«

»Du machst mir keine Angst. Du bist nichts als ein massiger Körper mit einem hohlen Kopf.«

Sein düsteres Lachen lässt mir einen Schauer über den Rücken laufen. »Du weißt selbst noch nicht, dass du feucht bist.« Sein aufreizendes Flüstern klingt gefährlich in meinen Ohren. »Vielleicht hätte ich warten sollen, bis es dir selbst auffällt, bis du deinen Slip ausziehst und dich wunderst.«

»Fick dich.«

Er beugt sich zu mir herunter, und der Duft von Zitrusfrüchten und Leder steigt mir in die Nase. »Bist du einsam, Cecelia?«

»Geh von mir runter.« Ich winde mich unter ihm, sammele all meine Kräfte, doch es ist hoffnungslos.

»Genug mit den Spielchen. Wer hat dir die Kette gegeben?«

»Selbst wenn ich es wüsste, würde ich es dir nicht sagen.«

Scheiße, Scheiße, Scheiße.

»Du weißt es nicht.« Seine vollen Lippen verziehen sich zu einem hämischen Grinsen. »Das wird ja immer besser. Du weißt nicht, welcher von den beiden dir die Kette geschenkt hat.«

Er beugt sich weiter runter. »Ich werde dafür sorgen, dass du es *niemals* herausfindest«, sagt er mit bedrohlicher Stimme. Dann packt er meine Kette, und ich wehre mich mit aller Kraft gegen ihn.

»Nicht! Bitte nicht!«, bettele ich, ziehe an seiner Hand, als der Metallverschluss schon in meinen Nacken schneidet. Im nächsten Moment ist die Kette gerissen. Wütend schreie ich auf. Tränen des Zorns brennen mir in den Augen. »Warum? Warum? Es war meine. Er liebt mich!«

»Wer … *Wer* liebt dich, Cecelia?«

»Sie war für mich bestimmt, zu meinem Schutz. Als Versprechen!«

»Vor wem musst du denn beschützt werden?«

Vor dir.

Aber ich wage nicht, die Worte auszusprechen. Es spielt keine Rolle, ob ich ihm die Macht gebe, mich zu terrorisieren, oder nicht – er ist kein Typ, der um Erlaubnis bittet.

»Das sind eure Gesetze, hast du das vergessen? Du kannst dich ihnen nicht widersetzen. Er hat mich auserwählt!«

»Du bist so armselig.« Er lässt von mir ab, erhebt sich mit der gerissenen Kette in der Hand und blickt auf mich herab. »Du glaubst, eine Kette kann dich beschützen? Sie bedeutet gar nichts.«

»Mir bedeutet sie etwas.«

»Du bist ein kleines Mädchen, das verknallt ist.«

»Ich bin eine zwanzigjährige Frau, du ignoranter Wichser.« Ich stehe auf, um mich ihm gegenüberzustellen, obwohl mir die Knie zittern. »Und ich gehöre zu ihm.«

»Weil er das behauptet hat? Das ist nicht deine Entscheidung. Du machst dir Illusionen. Und nein, Schätzchen, du gehörst nicht zu ihm. Er ist mein Bruder.«

»Dein Bruder, dass ich nicht lache. Vielleicht habt ihr zusammen Burgen gebaut, als ihr noch klein wart. Aber inzwischen bist du was … fast dreißig? Und du läufst immer noch rum und tötest imaginäre Drachen.«

»Glaub, was du willst, aber du hast gesehen, wozu wir fähig sind.«

»Zu kleinen Diebstählen und Partys? Das ist keine große

Leistung.« Ich lüge, denn ich will nicht, dass er herausfindet, wie viel ich weiß. »Und ich *weiß*, zu wem ich gehöre.«

Er beugt sich herunter, sodass er mit mir auf Augenhöhe ist. »Sicher?«

»Ich liebe ihn.«

»Dann sag mir, wer es war.«

»Das spielt keine Rolle …«

»Jaja, du liebst beide, das hab ich mir schon mal angehört, also spar's dir.«

»Du wirst dafür bezahlen, dass du mich angerührt hast.«

»Glaubst du das wirklich, hm?« Er schaut sich um. »Und wer genau kommt, um dich zu retten?«

Die Wahrheit versetzt mir einen Stich. Er hat recht. Keiner von beiden ist hier, um mich vor diesem durchgedrehten Wichser zu retten. Aber sie haben mir beigebracht, wie ich mich selbst schützen kann.

»Ich kann dir versichern, dass ich schon Schlimmeres gemacht habe«, sagt er mit leiser, bedrohlicher Stimme, als hätte er meine Gedanken gelesen. Sein französischer Akzent in Kombination mit seiner unverhohlenen Feindseligkeit lässt seine Worte noch gefährlicher klingen.

Aber ich weiche nicht zurück. Ich habe meinen Hass monatelang schwelen lassen, und jetzt bin ich bereit, ihn freizusetzen.

»Warum bist du so wütend? Es ist Freitagabend, und du hast nichts Besseres zu tun, als *kleine verknallte Mädchen* zu stalken? Gibt es keine Tiere, die du quälen oder umbringen kannst? Wer ist hier armselig?« Ich nehme all meinen Mut zusammen und straffe die Schultern. Meine Wut kocht über. »Du bist nur ein ängstlicher kleiner Junge, der sich zu einem Kontrollfreak entwickelt hat, weil er als Kind nicht genug Liebe bekommen hat.«

Im nächsten Moment liege ich flach auf dem Rücken. Mein

Herz setzt einen Schlag aus, denn der Aufprall raubt mir die Luft. Mein Mund wird erobert – in etwas, das einem Kuss ähnelt. Er drückt sich mit seinem vollen Gewicht auf mich, während er meine Lippen gefangen nimmt, sie mit der Zunge teilt.

Mit aufgerissenen Augen liege ich wie erstarrt da und beginne schließlich zu husten und um Luft zu ringen.

Er hat die volle Kontrolle über mich, stiehlt mir meine Küsse und löscht den letzten Kuss aus, den Sean mir gegeben hat, und Dominics quälende Zungenspiele. Und ich kämpfe dagegen an, klammere mich an diese vergangenen Küsse mit allem, was ich habe, doch sie entgleiten mir. Der Verlust und der Hass treiben mich an. Ich versuche, den Kopf wegzudrehen, mich ihm zu entziehen, doch er macht es mir unmöglich.

Mit jedem Stoß seiner Zunge raubt er mir etwas, verschlingt mich und nimmt mich gefangen. Mit einem Mal werde ich in ein tosendes Feuer gestoßen. Die Hitze durchdringt meinen Schutzwall, lässt ihn einstürzen; Rauch umgibt mich, und ich liege wehrlos unter ihm, eingehüllt in blaue Flammen.

Ich gebe den Kampf auf, wieder zu Atem zu kommen, und gebe mich meinem Verlangen hin. Seine quälenden Zungenschläge, mit denen er meinen Mund erobert, sind gnadenlos. Ein Wimmern entfährt mir, als mich das tosende Inferno verschlingt, bis es schließlich erloschen ist.

Bis ich erloschen bin.

Und wiedergeboren durch einen gewaltsamen Kuss.

Ein Kuss, der mir wieder Leben eingehaucht hat, ein Leben, das in den letzten Monaten der Zurückweisung und Isolation bedeutungslos geworden ist.

Unter ihm betrügt mich mein verräterischer Körper mit einem neuen Gefühl von Intensität, mit einer Begierde, die in meiner Mitte beginnt und sich in meine Glieder ausbreitet. Ich begegne seiner Zunge in einem Kampf, dringe in den Mund meines Feindes ein. Meine Schenkel öffnen sich wie von selbst, und er verlagert sein Gewicht, um seine Erektion an meinen ausgehungerten Körper zu pressen. Zorn und Lust lassen mich nun aus einem anderen Grund kämpfen. Ich klammere mich an ihm fest, ziehe ihn näher zu mir heran, treibe ihm meine Fingernägel in die Haut und neige meinen Kopf zurück, um ihm besseren Zugang zu verschaffen. Da ich immer noch nicht zu Atem gekommen bin, raube ich ihm die Luft, während unsere Zungen miteinander kämpfen und er meinen Mund mit leidenschaftlicher Dominanz austrinkt.

Unbändige Lust ergreift mich, und als ich in die dunkle Unterströmung gezogen werde, lasse ich mich hineinsinken. In der Welle gefangen sauge ich eine neue Art Atem in mich auf. Mein Mund ist gierig, mein Körper pulst, öffnet sich, heißt ihn willkommen. Ich schlinge die Beine um seine Hüften, und er gleitet mit seinem Schwanz über meine Öffnung. Der dünne Stoff schützt mich kaum vor direktem Kontakt. Ich drücke den Rücken durch, mein Körper bebt haltlos. Meine Brüste sind prall und meine Nippel hart. Meine Klitoris pocht, und ich klammere mich an ihn, während er mich weiter erobert.

In seinen Berührungen liegt keine Zärtlichkeit, aber das macht mir nichts aus, denn ich weiß, der kleinste Anflug davon würde mich zerstören.

Erschrocken über den Gedanken entziehe ich ihm meine Lippen und schaue ihn mit offenem Mund an.

»H–hör auf«, stammele ich.

Er ignoriert meine Worte, und ich nehme erneut den Kampf gegen die übermächtige Lust auf, die mich verzehrt. Er stößt meine Hände weg und senkt den Kopf, beißt mir in die Kehle, in die Schulter und nimmt schließlich meine Brust in den Mund, befeuchtet den dünnen Stoff meines Kleides.

Mein Nippel richtet sich auf, und er löst sich lange genug von mir, um den Stoff mit rauen Händen wegzuschieben und meinen BH runterzureißen, sodass sich ihm meine Brüste entgegenrecken. Wieder senkt er den Kopf und saugt an meinem Nippel, bis ich schmerzhaft seine Zähne spüre.

Im nächsten Atemzug schiebt er mein Kleid hoch und drückt seine Finger fest in meinen Oberschenkel.

Ich mache mich an seinem Gürtel zu schaffen, doch als ich das Geräusch der Schnalle höre, erstarre ich, und in der nächsten Sekunde lässt er mich abrupt los.

Mit offenem Mund rutsche ich nach hinten, und sein raubgieriger Blick folgt mir. Ich bin mir sicher, dass mir der Schreck über das, was ich gerade getan habe, ins Gesicht geschrieben steht. Meine entblößte Brust hebt und senkt sich, und ich schüttele wild den Kopf, als er mich mühelos am Stiefel wieder unter sich zieht.

Er beugt sich hinunter und küsst mich erneut, bedrängt mich mit seiner Zunge und erkundet alle Stellen, die er nicht anrühren sollte. Als er endlich seinen Mund von mir löst, starren wir uns an, und nur unser abgehackter Atem ist zu hören.

»*Tu n'y connais rien à la fidélité.*« Du weißt nichts über Treue.

Auch wenn mir nicht ganz klar ist, was er mir damit sagen will, begreife ich, dass er mich beleidigen will. Ich hebe die Hand, um ihn zu ohrfeigen, aber er packt sie und beißt in meine Handfläche. Ich kann ein Wimmern nicht unterdrücken, als er seine stahlharte Erektion wieder an mich presst und das Gefühl seiner Länge an meiner feuchten Scham mich fast in den Wahnsinn treibt. Als er mir noch einmal seine Hüften entgegendrängt, bin ich kurz vor dem Orgasmus.

»*Tu ne peux pas échapper à la vérité. Tu me veux.*« Du kannst der Wahrheit nicht entkommen. Du willst mich. Er zieht mich auf die Knie hoch, und er kniet sich ebenfalls hin, hakt meine Finger in seinen Hosenbund ein. Wir atmen so schnell, als wären wir gerade einen Marathon gelaufen; ich funkele ihn wütend an, doch er hebt nur herausfordernd eine Augenbraue. »Du bist dran.« Ich entziehe ihm meine Hände, und er lacht düster. »Ich frage mich, was deine beiden *Freunde* denken würden, wenn sie wüssten, dass du mich freiwillig küsst.«

Das habe ich wirklich getan. Ich habe seinen Kuss erwidert und noch viel mehr. Sehr viel mehr.

Ich wollte ihn.

Und ich kann noch nicht mal dem Alkohol die Schuld geben.

Innerlich sterbe ich. Äußerlich knie ich in meiner Scham, während er mich hämisch angrinst.

»Sie werden dich hassen.«

»Ist das so? Dann verrate mir, wo sie sind, Cecelia.«

Er schließt seinen Gürtel, drückt sich auf die Füße hoch und lässt mich vor sich knien. »Ich hätte dich ficken können, und das weißt du. Du kannst nicht mal denen treu sein, die dich *lieben*.« Sein Akzent lässt das Wort klingen, als hätte es die gegenteilige Bedeutung. Dann hält er mir die Kette vor die Nase, lässt sie an seinen Fingern baumeln, quält mich. »Glaubst du immer noch, du verdienst es, dich zu erklären und seine Hingabe zu bekommen?«

Mein Kinn bebt, und meine Lippen sind schmerzhaft geschwollen. Ich versuche zu begreifen, was gerade geschehen ist. »Ich hasse dich.«

»Das ist mir scheißegal.«

»Bitte.« Ich wende meinen Blick von der Kette ab in einem Versuch, mich wieder ins rechte Licht zu rücken, die Würde wiederzuerlangen, die er mir geraubt hat. »Lass mich einfach in Ruhe.« Ich kann ihm nicht in die Augen schauen, denn er weiß, dass er gewonnen hat, und ich bin mir nicht sicher, ob ich stark genug wäre, den Männern, denen ich mein Herz geschenkt und meine Loyalität geschworen habe, treu zu sein.

Fast ein Jahr lang war ich ihnen vollkommen ergeben, habe unsere Erinnerungen in Ehren gehalten, bin ihnen treu geblieben, ohne dass meine Zuneigung erwidert worden wäre – bis heute Abend, als ich die Kette gesehen habe. Und innerhalb von wenigen Minuten habe ich alles ruiniert.

Ich habe es ruiniert, indem ich ein Monster geküsst habe, das in den Schatten gelauert hat, um sich an mir und meiner Schwäche zu weiden.

Und ich habe mitgemacht. Was zur Hölle stimmt nicht mit mir?

Stimmt es, was er mir vorwirft? Bin ich nur ein ahnungsloses Mädchen, das in zwei Männer verliebt ist, mit denen es letzten Sommer rumgemacht hat?

Nein.

Nein, ich kann ihn nicht gewinnen lassen. Ich darf nicht zulassen, dass er meine Gefühle kleinredet, um irgendwelche Psychospiele mit mir zu spielen. Ich weiß es besser. Ich habe viel gelernt.

»Schade, dass dein Date nicht gut gelaufen ist, aber du musst dir einen anderen zum Spielen suchen, Cecelia.«

Ich mache mir erst gar nicht die Mühe zu fragen, woher er das weiß, denn es ist eindeutig, dass er jedes Geheimnis kennt, auch meins. Dass er in meine Privatsphäre eindringt, beweist nur, dass er mir kein bisschen vertraut.

Er hat mich beobachtet. Und zwar die ganze Zeit. Ich war naiv, das nicht zu erkennen. Offensichtlich betrachtet er mich immer noch als Bedrohung.

Ich reagiere schnell, erhebe mich und schließe den Abstand zwischen uns. Mein Kampfinstinkt ist überwältigend, und so lasse ich zum ersten Mal seit Monaten meiner Wut freien Lauf.

Ich schaue auf die Beule zwischen seinen Beinen. »Du bist immer noch hart.«

Seine bernsteinfarbenen Augen weiten sich warnend. »Das hat nichts zu bedeuten.«

»Du wolltest mich genauso sehr. Und du willst mich immer noch. Wenn ich so ein dummes, albernes Mädchen bin, warum bist du dann so scharf darauf, den Platz deines *Bruders* bei mir einzunehmen?«

»Ich wollte nur beweisen, dass ich mich nicht täusche. Du bist nicht vertrauenswürdig.«

»Sag das mal deinem Schwanz.« Ich schlage ihm gegen die Brust und lasse meine Hand an seinem muskulösen Bauch hinabgleiten.

Sein Blick bleibt starr, und er regt keinen Muskel.

Als ich seinen Schwanz in die Hand nehme, fällt mir der Umfang auf, und ich bemühe mich, keine Reaktion zu zeigen. Er hätte mich zweigeteilt, wenn er mich so grob gevögelt hätte, wie er mich geküsst hat. Ich packe fester zu und höre, dass er den Atem ausstößt. Ein kleiner Sieg, den ich aber noch nicht feiern will. »Bevor du gehst …« Ich gleite grob an seinem Schwanz auf und ab und lege ihm die andere Hand auf den Rücken. »Hab zumindest den Anstand, mir den Namen meines Feindes zu verraten.«

Ohne zu antworten, löst er sich aus meinem Griff, indem er einen Schritt nach hinten tritt. Er schwingt die Kette in seine Handfläche und lässt sie in seiner Tasche verschwinden.

»Na schön. Ich wette, ich werde eine Menge Spaß dabei haben, es rauszufinden.«

»Dann streng dich an.« Er scheint immer noch zu glauben, dass er die Oberhand hat.

In diesem Moment trete ich zurück und lasse das Leder zwischen uns zu Boden fallen.

Er schaut hinunter, und ich freue mich über die Überraschung, die in seinen geweiteten Augen aufblitzt, als er seine Brieftasche im Gras liegen sieht. Ich weiche noch weiter zurück, hebe meine Taschenlampe auf und den Ausweis so hoch, dass ich ihn lesen kann. »Jeremy hat mir diesen Trick beigebracht.« Grinsend studiere ich den Ausweis. »Lass deinen Charme vor ihren Augen spielen, während du sie von hinten fickst. Ich lerne schnell, Ezekiel Tobias …«

Nein. Nein. Nein. Nein!

»King«, vollendet er seinen Namen, und wieder hat er gewonnen. Er schlägt mir die Taschenlampe aus der Hand und entreißt mir seinen Ausweis. »Tobias *King*. Ich bin Dominics *Bruder*.«

Die Wahrheit schmerzt. »Das ist nicht … Er hätte …«

»Es dir erzählt? Nein, hätte er nicht. Und jetzt ist es auch deine Bürde. Also würde ich verdammt noch mal die Klappe halten und es niemandem verraten, wenn ich du wäre.«

»Ich weiß ohnehin nichts.«

»Sean hat dir vieles erzählt.«

Ich bete zu Gott, dass ich mir bei seinen Worten nichts habe anmerken lassen, und straffe die Schultern. »Ich weiß nicht, wovon du sprichst.«

»Ach, wirklich nicht? Ist das der Grund, warum du um die Sicherheit deines Vaters gebettelt hast, als wir uns zum ersten Mal begegnet sind? Wenn du mich anlügst, tust du dir keinen Gefallen. Aber fast alles, was er dir erzählt hat, weiß ohnehin jeder im Ort.«

Sean hat mir auch erzählt, dass mein Vater der meistgehasste Mensch im Ort sei; deshalb vermute ich auch, dass er der Grund dafür ist, dass es die Ravenhood-Bruderschaft überhaupt gibt.

Betrachte es als Versprechen.

Ein Versprechen. Ein Versprechen zwischen zwei Waisenkindern und ihren Freunden, zum richtigen Zeitpunkt Rache zu üben. Dominic hat mir erzählt, dass er knapp sechs war, als seine Eltern gestorben sind. Tobias ist nicht viel älter als er. Sean hat angedeutet, dass sie geduldig waren. Denn das mussten sie sein. Zuerst mussten sie erwachsen werden, sich Wissen aneignen und eine Armee zusammenstellen.

»Aber du siehst nicht aus wie …« Sie haben keine große Ähnlichkeit miteinander, abgesehen von ihrer Haarfarbe und von ihrem Teint. Während Dominic sanfte Züge hat, ist Tobias' Gesicht eher von markanten Linien und Konturen geprägt. Aufgrund der französischen Abstammung habe ich schon vermutet, dass sie miteinander verwandt sind, aber nicht, dass sie Brüder sind. Sean hat mir in der Fabrik verraten, dass Dominics Mutter vor ihrem Ex-Mann geflohen ist.

»Ihr seid Halbbrüder.«

Er schiebt seinen Ausweis wieder in die Brieftasche und geht nicht auf meine Bemerkung ein,

»Ich hab recht, oder? Ihr habt die gleiche Mutter.«

»Das ist scheißegal, zu niemandem ein Wort, ich warne dich.«

»*Niemand* weiß, dass ihr Brüder seid? Das kann ich mir nur schwer vorstellen. Ihr seid doch hier aufgewachsen.«

Da er ein bisschen älter ist, ist es gut möglich, dass er Triple Falls schon vor Jahren verlassen hat. Und er hat nicht in der Nähe gewohnt, sonst hätte er schon früher von mir erfahren.

»Du warst nicht in den USA. Warst du in Frankreich?«

Er schweigt und bestätigt so meine Vermutung.

»Das auf dem Bild warst nicht du, sondern dein Vater, richtig?« Er hat einen amtlich ausgestellten Ausweis mit einem falschen Foto? Oder ist der Ausweis gefälscht? Ich komme mir vor wie in einem Spionageroman, nicht wie im richtigen Leben.

»Dann habt ihr also die gleiche Mutter? Aber du hast den Namen von Dominics Vater angenommen. Warum?«

Er schweigt weiter.

Aber wenn seine Mutter wegen Tobias' Vater aus Frankreich geflohen ist …

»Dann ist dein Vater also noch schlimmer als du?«

»Pass auf, was du sagst«, versetzt er. Ich habe offenbar einen wunden Punkt getroffen.

»Dann warst du die ganze Zeit in Frankreich? Und was hast du da gemacht?« Ich fahre mir mit den Händen durch die Haare. »Verdammt. Wo überall habt ihr eure Finger im Spiel? Agiert ihr international?«

»Das willst du alles gar nicht wissen.« Er legt den Kopf schief. »Das ist kein Spiel mit Fake-Pistolen, Extra-Leben und Monopoly-Geld. Wir haben die Festung verlassen und schon vor langer Zeit jeden Beweis dafür vernichtet, dass wir existieren, Cecelia.«

Alles ergibt plötzlich Sinn. Er ist ein Unbekannter in einer unbekannten Organisation gewesen, weil er der Drahtzieher ist. Da bin ich mir ganz sicher. Und wenn er der Anführer ist, gibt es eindeutig auch eine Rangordnung. Sean wäre dann so etwas wie ein Fußsoldat, und Dominic wäre der Denker – und seinem Verhalten nach zu urteilen auch der Handlanger.

Aber Tobias ist der Teufel, dem man nur dann begegnet, wenn man einen so großen Fehler begangen hat, dass es kein Zurück mehr gibt.

Sein Tonfall hat sich verändert, ist noch düsterer geworden. Und ich glaube ihm – die Sache ist viel weitreichender, als ich mir jemals ausgemalt hatte. Und ich will kein Teil davon sein. Nicht mehr. Nicht ohne die beiden. Wegen meines gebrochenen Herzens habe ich fast den Verstand verloren. Das darf nie wieder passieren.

»Ich kann nicht für die Fehler meines Vaters bezahlen. Es ist ohnehin schwer genug, seine Tochter zu sein. Aber es tut mir leid, okay? Das mit deinen Eltern tut mir leid. Und dass mein Vater eventuell was damit zu tun hatte. Eigentlich bin ich nicht diejenige, die sich entschuldigen muss, aber ich muss auch nicht dafür *bezahlen*. Diesen Krieg müsst *ihr* mit ihm austragen.«

Ich seufze erschöpft, denn meine Glieder sind schwer von dem Kampf. »Ich bin nur wegen meiner Mutter hier. Ich will sicherstellen, dass sie versorgt ist und dass es ihr an nichts fehlt. Sie ist krank. Ich bin mir sicher, dass Sean dir das erzählt hat.« Ich schließe kurz die Augen. »Oder vielleicht auch nicht. Aber das ist jedenfalls der Grund dafür, dass ich hergekommen bin und dass ich immer noch hier bin. Sie steht für mich an erster Stelle, und ich möchte mir nicht ausmalen, wie es wäre, sie zu verlieren. Also: Es tut mir leid, dass die Sache passiert ist. Aber zum letzten Mal, ich bin nicht deine Feindin.« Meine Haut brennt noch von seinen Bissen, und mein Körper pulsiert vor Lust. Ich schüttele verärgert den Kopf. »Ich weiß, dass ich dir gleichgültig bin, zumal du mir gerade jede Sicherheit entzogen hast. Verdammt, das ist so eine Scheiße.« Ich gehe zum Rand der Lichtung, bemühe mich, einen klaren Kopf zu behalten. »Ich bin fertig mit eurem Mist, okay? Halt dich von mir fern.« Ich sammele mich und wende mich in Richtung Haus.

»Du bist in Sicherheit.«

Ich bleibe wie angewurzelt stehen, und seine Worte legen sich um mich wie Balsam. Als ich mich umdrehe, sehe ich, dass er dicht vor mir steht, so als wäre er mir heimlich gefolgt.

»Sorry, wenn ich dir das nicht abkaufe. Das Königreich gehört ganz allein dir. Ich bin im Spätsommer weg.«

»Dafür werde ich sorgen.«

Da ich unendlich erschöpft bin, lasse ich zu, dass er das letzte Wort hat. Auf dem gesamten Weg zurück zum Haus spüre ich seinen Blick auf mir.

KAPITEL FÜNF

Einige Tage später sitze ich an meinem Schminktisch und betrachte mit offenem Mund die Bissspur an meinem Brustansatz. Ich sehe aus, als wäre ich brutal angegriffen worden, und in gewisser Weise stimmt das ja auch … bis sich mit einem Mal alles verändert hat.

Am Morgen nach unserer Begegnung habe ich eine Ewigkeit damit verbracht, die von seinen Zähnen malträtierte Stelle an meinem Hals abzudecken, doch dann habe ich die Blutergüsse an meinen Handgelenken entdeckt und aufgegeben. Die Bissspuren waren feuerrot, jetzt sind sie blasser, aber sie sind noch immer da, und ich fühle mich nicht in der Lage, meine Schicht mit Melinda anzutreten.

In den letzten Tagen habe ich mich die meiste Zeit in meinem Zimmer verkrochen und konnte die Erinnerungen an die Küsse nicht verdrängen. Gleichzeitig habe ich versucht, all die neuen Informationen zu verarbeiten.

Dominics Bruder.

Ich habe ihn geküsst.

Aber es war nicht nur ein Kuss.

Damit habe ich meine Erinnerung an Sean und Dominic ruiniert, und das ist schwer zu ertragen, aber mir gehen noch immer unzählige Fragen durch den Kopf. Und immerzu sind die Schuldgefühle da, eine schwere Last, die mich dauerhaft niederdrückt.

War es Sean oder Dominic, der mir die Kette auf mein Kissen gelegt hat? Oder waren es beide? Und würden sie mich hassen, wenn sie wüssten, dass ich denjenigen, der uns auseinandergerissen hat, fast gevögelt hätte?

Spielt es überhaupt eine Rolle? Es sind viele Monate vergangen, und alles, was sie mir gegeben haben, ist eine Kette. Die ganze Zeit war ich in der Dunkelheit gefangen, ohne mich an etwas festklammern zu können, und die Kette soll mich an sie binden?

Das genügt nicht. Nicht mal annähernd. Da sie so lange nichts von sich haben hören lassen, macht sich Trotz in mir breit. Und vielleicht ist das der Grund, warum ich Tobias' Kuss erwidert habe.

Ich habe gespürt, dass meine Verbindung zu Sean und Dominic unterbrochen wurde, sobald Tobias seinen Mund auf meinen gepresst hat. Noch immer kann ich spüren, wie sich seine Lippen anfühlten und die Wurzeln des Waldes unter meinem Rücken. Innerhalb von Sekunden hat er mich mit seinen Küssen von einer Kämpferin in eine Unterworfene verwandelt. Ich habe mich selbst nicht wiedererkannt.

In den letzten Tagen habe ich viel nachgedacht, habe Informationsfetzen zusammengefügt und Theorien aufgestellt. Aber je mehr ich mich bemühe, alles zu verstehen – mich selbst zu verstehen –, desto schlechter geht es mir.

Ich muss loslassen, muss vergessen. Dringender als jemals zuvor.

Denn es ist nicht nur Tobias' Schuld, sondern ich habe mehr von mir selbst erwartet, hätte mehr einfordern sollen. Und die Menschen in meinem Leben machen es mir schwer, daran zu glauben, dass ich mehr verdient habe.

Als mein Vater davon erfahren hat, dass ich nicht zur Arbeit gekommen bin, habe ich auf seine E-Mail geantwortet, dass ich mir ein Virus eingefangen habe. Damit hat er sich zufriedengegeben. Er tut nicht mal mehr so, als hätten wir irgendeine Beziehung zueinander. Es würde ohnehin nichts bringen. Bald bekomme ich so oder so sein Geld.

Meine Mutter ruft mich immer seltener an. Ich vermute, dass sie sich wieder in ihre eigene Welt zurückgezogen hat, aber ich kann ihr nicht helfen, solange sie sich mir nicht öffnet. Wenn sie erst einmal reich ist, holt sie sich vielleicht die Hilfe, die sie braucht. Aber das ändert nichts an der Tatsache, dass ich mich trotz meiner zwanzig Jahre fühle wie ein Waisenkind.

Manchmal erlaube ich mir, sie beide ein bisschen dafür zu hassen. Doch meistens nagt der Schmerz an mir.

Keinem einzigen Menschen auf dieser Welt, abgesehen von Christy, bin ich wichtig genug, dass er mich an die erste Stelle setzen würde.

Vielleicht ist aber auch derjenige, der mir die Kette aufs Kopfkissen gelegt hat, eine Ausnahme. Doch selbst er hatte nicht den Mut, sich zu erkennen zu geben und zu mir zu stehen. Seine Entscheidung öffentlich zu machen. Für mich zu kämpfen. Zumindest nicht so, wie ich es mir wünschen würde. Mein Selbstwertgefühl leidet aber auch unter den Dingen, die ich mir selbst einrede. Ich werde das Gefühl nicht los, dass die Begegnung mit Tobias nicht nur ein Machtkampf mit einem Mann war, der mich zerstören will, sondern dass ich daraus etwas über mich lernen kann.

Ich wollte ihn – *Dominics Bruder.*

Ich wollte ihn.

So sehr, dass ich jede Stelle an mir hasse, die er berührt hat.

Unter der Dusche schrubbe ich meine Haut gnadenlos und versuche, seine Spuren auf meinem Körper auszulöschen. Der brennende Schmerz verschafft mir eine gewisse Befriedigung, auch wenn das Schrubben die Bissspuren an meinem Hals und an meiner Brust nur verschlimmert. Er hat die Haut um meinen rechten Nippel herum tatsächlich verletzt, und in seinem Kuss konnte ich anschließend eine Mischung aus Blut und Betrug schmecken.

Dieser kranke Wichser.

Aber wenn *er* krank ist, was bin ich dann? Was sagt es über mich, dass ich nicht aufhören kann, mir vorzustellen, was passiert wäre, wenn ich nachgegeben hätte? Es war nicht nur die Art, wie er mich geküsst hat, sondern schon bei unserer ersten Begegnung hat er starke Empfindungen in mir ausgelöst. Damals habe ich sie auf meine Nervosität und den Schock zurückgeführt, doch das kann ich mir jetzt nicht mehr einreden. Als ich heute Morgen nach einem Traum von dem Mann, den ich hasse, aufgewacht bin, war mein Slip feucht, und ich habe mich mühelos selbst zu einem intensiven Orgasmus gebracht.

Als ich jetzt aus der Dusche trete, mache ich mir nicht die Mühe, den beschlagenen Spiegel abzuwischen, denn ich will mich nicht sehen. Das Wasser tropft von meinem Körper auf den Marmorboden, und ich taste nach dem Handtuch, das ich neben das Waschbecken gelegt habe. Doch da ist es nicht. Ich beschließe, vorsichtig in mein Zimmer zu tapsen, um ein neues Handtuch aus dem Schrank zu holen. Als ich die Tür öffne, schreie ich auf.

Dominic steht vor mir. Er sieht gefährlich gut aus in seinem maßgeschneiderten Anzug. Mein abhandengekommenes Handtuch baumelt an seiner Hand, und er lässt seinen Blick gierig an meinem Körper hinabwandern.

Ich ignoriere den Rausch, den ich unter seiner Aufmerksamkeit empfinde, und deute zu meiner Tür. »Raus hier. Verschwinde, verdammt noch mal.«

Sein brennender Blick gleitet weiter über meinen Körper,

von meinem nassen Haar über meinen Hals und meine Brüste, und in seinen Augen blitzt Anerkennung auf, bevor er zu dem schmal rasierten Streifen zwischen meinen Beinen schaut.

Ich kehre ihm den Rücken zu, reiße die Schublade meiner Kommode auf und hole einen Slip und ein langes T-Shirt heraus.

»Du musst gehen, sonst …«

»Sonst was?«

Ich spüre ihn hinter mir. Sein warmer Atem trifft auf die Haut zwischen meinen Schulterblättern, und meine Nippel werden hart.

»Hab ich was verpasst?«, frage ich und nehme einen BH aus der Schublade. »Ich hab zu niemandem ein Wort gesagt und habe nichts verbrochen.«

Langsam dreht er mich zu sich um, legt mir das Handtuch um meinen tropfenden Körper und knotet es zusammen. Einige angespannte Sekunden lang sehen wir einander in die Augen, dann tritt er ein paar Schritte zurück.

»Wir müssen reden. Zieh dich an, und komm nach unten.«

Ich ziehe ein Sommerkleid an und lege den Kopf schief, als ich von unten das Pfannengeklapper höre. Verwirrt renne ich die Treppe hinunter, nehme zwei Stufen auf einmal. Nachdem ich das Esszimmer durchquert habe, sehe ich Tobias in Romans Küche stehen und … Gemüse schneiden.

»Was zur Hölle tust du da?«, frage ich vom Türrahmen aus.

»Ich koche«, erwidert er ungerührt, ohne den Blick von seiner Aufgabe abzuwenden.

»Ist dir klar, dass du in Roman Horners Küche bist?«

Er … grinst.

Ich traue meinen Augen nicht. Ihn ohne Jackett und mit hochgekrempelten Hemdsärmeln zu sehen, die den Blick auf seine muskulösen, geäderten Unterarme freigeben, löst unwillkommene Empfindungen in mir aus.

»Du grinst darüber, dass du in seiner Küche stehst und für seine Tochter kochst?«

»Es verschafft mir eine merkwürdige Befriedigung.« Er schiebt sich gerade eine Olive aus einer geöffneten Packung in den Mund, als die Hintertür ins Schloss fällt.

Ich zucke zusammen und schaue Tobias an, der vollkommen entspannt wirkt.

Plötzlich steht auch noch Tyler auf der Türschwelle. »Alles roger.«

Tobias nickt und wirkt zufrieden.

Tylers Blick wird weich, als er mich auf der anderen Seite der Kücheninsel bemerkt. Seine Grübchen kommen zum Vorschein. »Sieh dich nur an. Du bist noch schöner geworden.« Meine Augen brennen.

Ich spüre Tobias' neugierige Blicke.

Je näher Tyler mir kommt, desto auffälliger wird, wie sehr er sich verändert hat. Obwohl sein Haar immer noch soldatisch kurz ist, sieht er mittlerweile eher aus wie jemand, der ein entspanntes Leben auf einer Insel führt. Seine Haut ist sonnengebräunt, und in seinen braunen Augen liegt ein Funkeln, das bei unserem letzten Treffen in Delphines Haus noch nicht da war. Er sieht gesund und glücklich aus. Ich halte mich davon ab, ihn zu umarmen, und stelle ihm all die Fragen, auf die ich so dringend eine Antwort brauche. Dass Tobias nur einen Meter von uns entfernt dasteht und uns zusieht, ist so einengend, dass *ich* mich fühle wie der Eindringling.

Und letztendlich stimmt das auch – ich bin die Außenseiterin.

Die Tatsache, dass sie sich im selben Raum aufhalten, fühlt sich merkwürdig an und macht mir wieder einmal bewusst, dass ich in etwas eingedrungen bin, das schon seit langer Zeit existiert. Sie kennen sich nicht nur, sondern sie betrachten einander als Brüder. Ob wir uns nahestanden oder nicht, Tyler hat *mir* keine Loyalität geschworen, sondern dem Mann, der neben mir steht und uns mit Blicken durchbohrt.

Tyler wirkt, als würde er überlegen, ob er näher kommen soll. »Ich hab dich vermisst.«

Ich schaue ihn wieder an und verschränke meine Arme vor der Brust. »Ach, plötzlich existiere ich wieder für dich? Wie praktisch.«

Er seufzt. »Ich weiß, dass du sauer bist …«

»Sauer?« Ich schnaube. »Was für eine Untertreibung.«

»Cee …«

Ich schüttele den Kopf, will mir seine lahmen Ausreden nicht anhören. »Das kannst du dir sparen. Was willst du hier?«

Er verzieht das Gesicht. »Hab was zu erledigen.«

Ich schaue wieder zu Tobias, der meinem Blick herausfordernd begegnet. Mehrere Sekunden vergehen, doch er weigert sich, mir eine Erklärung zu liefern.

Tyler, der die Anspannung im Raum zu spüren scheint, räuspert sich und zeigt mit seinem Daumen über die Schulter. »Ich … ich bin dann mal weg.«

Tobias nickt. »Wir sehen uns später.«

»Alles klar, Alter.« Tyler schaut mich an, scheint zu überlegen, ob er wirklich gehen soll. »War schön, dich zu sehen, Cee.«

Ich erwidere nichts, Schmerz hat mich übermannt.

Ein paar Sekunden lang verharrt er so, bevor er sich umdreht und die Schultern sinken lässt. Als er die Küche schon fast verlassen hat, kommt mir ein Gedanke.

»Hast du uns verraten?« Ich schaue kurz zu Tobias, dessen Kiefer angespannt ist, bevor ich den Blick wieder auf Tyler richte. »Du hast versprochen, dass du für mich da sein würdest, dass du hinter mir stehen würdest. Ich hab gedacht, du bist mein Freund.«

»Ich stehe hinter dir. Das wird immer so bleiben.« Er kommt auf mich zu und nimmt meine Hand. »Und ich *bin* dein Freund.« Er schaut Tobias an und dann wieder mich. »Nein, Cee, ich war es nicht. Und glaube mir, ich bezahle trotzdem dafür.«

Ich glaube ihm tatsächlich. Er war von Anfang an für mich da. Der Gedanke, dass er uns drei verraten hat, ist absurd und wäre eine Beleidigung, wenn nicht auch er mich monatelang ignoriert hätte.

»Ich weiß, dass du es nicht warst«, gebe ich widerwillig zu und schlucke. Dann schaue ich zu ihm auf. »Ich bin so verdammt wütend auf dich.« Ich ärgere mich darüber, dass meine Stimme bebt.

»Ich weiß. Das ist der da auch.« Er deutet mit dem Kopf auf Tobias. Dann beugt er sich vor und gibt mir einen Kuss auf die Wange. »Es tut mir leid. Und ich muss mich bei dir bedanken.«

Er lässt mir keine Zeit zu fragen, wofür, denn im nächsten Moment wendet er sich ab und geht in Richtung Hintertür, schließt sie leise hinter sich.

Eine lange angespannte Stille entsteht zwischen uns, dann senkt Tobias den Kopf und schneidet Tomaten.

Ich fahre mir mit den Fingern durch das nasse Haar und binde es mit dem Haarband an meinem Handgelenk zu einem losen Dutt zusammen. »Was hatte er zu erledigen?«

Tobias betrachtet die nun sichtbare Bissspur an meinem Hals. »Er hat das Haus durchsucht und ein Reset am Sicherheitssystem vorgenommen.«

»Das hat Dominic doch schon vor Monaten getan.«

Er lässt sein Messer ruhen. »Und jetzt hat es Tyler noch mal getan.« Seine Stimme ist so scharf wie das Messer in seiner Hand – die armen Tomaten.

Ich setze mich auf einen Hocker an der Kücheninsel. »Warum bist du hier … und machst Essen?« Ich deute auf das Schneidebrett.

Wieder lässt er das Messer ruhen und blickt kurz zu mir auf.

»Wir werden zusammen zu Abend essen und uns unterhalten.«

»Warum?«

»Weil ich gegen das Monster ankämpfen muss, das du in mir weckst. Das hier ist nichts als Business.«

»Was genau willst du eigentlich von mir? Meine Freundschaft?« Ich schnaube. »Vielleicht kommst du einfach nicht mit der Tatsache klar, dass ich dich hasse …«

Er schaut mit brennendem Blick zu mir auf. »Nein, keine Freundschaft. Und mir ist scheißegal, ob du mich hasst oder nicht.«

»Was willst du dann?«

»Gott!« Er knallt sein Messer auf das Brett. »Ich mache Dinner. Und du wirst essen. Wir unterhalten uns, und dann gehe ich wieder.«

»In Ordnung!«

»In Ordnung! *Bordel de merde!*« Verdammte Scheiße!

Ich stehe auf, reiße die Kühlschranktür auf und nehme zwei Wasserflaschen heraus. Eine davon stelle ich geräuschvoll vor ihm ab. »Hier!«

»Danke, verdammt noch mal«, versetzt er und öffnet die Flasche.

Für eine Sekunde begegnen sich unsere Blicke, und im nächsten Moment brechen wir in Gelächter aus.

Ihn so zu sehen ist umwerfend. Und falsch, so falsch. Ich darf – und werde – den Humor, der in seinen Augen tanzt, nicht genießen. Ebenso wenig wie das strahlende Weiß seiner perfekten Zähne oder den Kontrast seines olivfarbenen Teints zu dem weißen Hemd. Mir darf sein markanter Kiefer nicht gefallen und auch nicht seine definierten Schultern oder wie der Gürtel an seinen schmalen Hüften sitzt. Innerhalb von Sekunden bin ich wieder auf der Lichtung, auf meinen Knien, und stelle mir vor, was hätte passieren können.

Bald stelle ich fest, dass mein Lachen verklungen ist und er zusieht, wie sich meine Brust hebt und senkt, und mir dann in die Augen schaut. Regungslos steht er auf der anderen Seite der Kücheninsel, und sein Blick verdüstert sich. Schließlich legt er das Messer ab, fährt sich mit einer Hand durch das Haar und greift sich in den Nacken. Als er spricht, ist seine Stimme leise. »Was an dem Abend passiert ist, war …« Sein Blick trifft auf meinen. »Nenn es Neugier.«

»Du meinst, du warst nicht du selbst? Du hast auf jeden Fall ziemlich gewirkt wie du selbst.«

»Du kennst mich nicht.«

»Das will ich auch gar nicht.«

Er fährt mit der Hand über die Arbeitsplatte, um das geschnittene Gemüse in eine Schale zu streichen.

Wieder verfallen wir in Schweigen, und ich erkenne einen Anflug von Schuldgefühlen in seinen Augen. Doch selbst wenn er sich aufrichtig entschuldigen würde, wäre das nicht genug.

»Wenn es also nicht Tyler war, muss jemand von einem der Treffen dir von mir erzählt haben. Hast du so von mir erfahren?«

Er hält kurz inne und scheint abzuwägen, ob er antworten soll, doch schließlich nickt er. »Es war die Miami-Crew. Ein paar von denen sind nicht mehr so loyal wie früher.«

»Liegt es daran, dass der Typ beim Autorennen Sean fast umgebracht hätte? Der, den Dominic anschließend zusammengeschlagen hat?«

Er schüttelt den Kopf. »Das hat das bereits existierende Problem nur noch schlimmer gemacht. Ich habe begonnen, mir Sorgen zu machen, als Dom mir erzählt hat, was passiert ist, und sich danach nicht mehr regelmäßig bei mir gemeldet hat. Mein Bruder war vorher noch nie schwer zu erreichen gewesen. Und Sean auch nicht.«

»Dann hast du also die oberste Regel gebrochen und hast nachgefragt …«

»Sie haben mir keine Wahl gelassen«, rechtfertigt er sich. »Ich musste es noch nie tun, bis …« Die Andeutung liegt schwer zwischen uns, bevor er scharf ausatmet und fortfährt. »Mein Bruder und ich sind uns derzeit in vielen Dingen nicht einig. Er hat militante, extreme Ansichten. Aber ich kann ihm keine Vorwürfe dafür machen, wie er in der Nacht reagiert hat.« Tobias wendet sich wieder dem Herd zu und rührt die Pasta um.

Ich finde es merkwürdig, ihn bei so einer alltäglichen Handlung zu beobachten. Er wirkt eher wie der Typ Mann, der in Business-Meetings sitzt, knallharte Deals aushandelt, den Raum beherrscht und anschließend seiner Assistentin den Rock hochschiebt und sie vögelt, während er gleichzeitig eine Siegeszigarre raucht.

Er wirkt definitiv nicht wie ein Mann, der einkaufen geht. Aber am Ende des Tages ist bei den Typen mit den Raben-Tattoos ohnehin nichts so, wie es scheint.

»Ich spüre, dass du mich beobachtest«, sagt er, obwohl er mir den Rücken zugekehrt hat.

»Nenn es Neugier«, wiederhole ich seine Worte. »Warst du einkaufen?«

»Wo soll ich sonst die Zutaten zum Kochen herhaben?«

»Arsch.«

»Den starrst du auch an.«

Schuldbewusst wende ich den Blick ab.

»Du wirkst so, als würdest du dich ziemlich wohlfühlen in der Küche. Was wäre, wenn mein Dad jetzt reinkommen würde?«

Er wirft mir über die Schulter einen vielsagenden Blick zu. »Vergiss es, du weißt wahrscheinlich sogar, wann er zur Toilette geht.«

Nun dreht er sich zu mir um und stützt sich mit den Händen auf der Arbeitsplatte hinter ihm ab. »Dein Vater sitzt gerade im Flieger. Und das Letzte, was er über mich weiß, ist, dass er eine Abfindung unterschrieben hat, als er mich mit elf Jahren zum Waisenkind gemacht hat. Ich bin mir sicher, nach der Zahlung hat er vergessen, dass es uns gibt.«

Wenn er damals elf war, muss Tobias heute einunddreißig sein.

»Bist du dir sicher, dass es seine Schuld war?«

»Ich bin mir zumindest sicher, dass er es unter den Teppich gekehrt hat. Außerdem weiß ich, dass er krumme Geschäfte macht, und das genügt schon. Es geht aber nicht nur um mich. Meine Beweggründe sind nicht nur egoistisch.«

»Das hab ich auch nie behauptet.«

»Es ist Business.«

»Business. Dann war also auch der Kuss Business?«

»Ich wollte nur etwas klarstellen, und die Tatsache, dass du alles hinterfragst, ist der Grund für diese Unterhaltung.«

»Wenn das ein Angebot sein soll, bin ich nicht interessiert. Du kannst deine Business-Angelegenheiten woanders regeln. Deine Anwesenheit hier ist sinnlos. Ich hab dir doch gesagt, dass nicht ich für Roman Horners Fehler bezahlen sollte, und über mein Leben kannst du verdammt noch mal nicht bestimmen. Ich bin dir nichts schuldig. Und das bedeutet, dass unser *Business* beendet ist. Du findest sicher allein den Weg nach draußen.«

Blitzschnell hat er die Küche durchquert und umfasst so fest meinen Kiefer, dass es wehtut. »Meine *Neugier* basiert auf der Tatsache, dass die zwei Menschen, denen ich am meisten vertraut habe, mich angelogen und hintergangen haben. Ich glaube, du weißt, wie beschissen sich das anfühlt. Ich bin mir ziemlich sicher, du hast es erst vor Kurzem selbst erlebt.« Eine lange Stille entsteht, bevor er weiterspricht. »Mehr als die Hälfte meines Lebens habe ich damit verbracht, Pläne zu schmieden und sie auf den Weg zu bringen, aber dann bist du aufgetaucht ...« Er festigt seinen Griff, sodass meine Lippen eingequetscht werden. »Ich bemühe mich wirklich, eine vernünftige Unterhaltung mit dir zu führen. Ich war wütend, das bin ich immer noch, und das wird sich so schnell auch nicht ändern. Aber ich werde versuchen, die Sache zivilisiert zu regeln, denn so machen das Erwachsene nun mal. Ich lasse jetzt dein Gesicht los, und du kooperierst, denn ob es dir passt oder nicht, wir müssen einen *Business*-Deal aushandeln. Mittlerweile haben wir beide etwas, das dem anderen nutzen könnte. Und wenn du mitspielst, gebe ich dir vielleicht ein paar der Antworten, die du so unbedingt willst. Ich will mich nur mit dir unterhalten. Mehr nicht. Würde ich dich nur vögeln wollen«, er macht eine Pause und blickt zu meinem Brustkorb hinunter, der sich hebt und senkt, »hätte ich das längst getan. Meine Geduld ist bald am Ende, also lass uns einen Waffenstillstand schließen, damit wir uns einigen können, bevor alles nur noch schlimmer wird. Blinzele einmal, wenn du einverstanden bist, und zweimal, falls nicht.«

Wütend versuche ich, mich aus seinem Griff zu befreien, aber seine Augen blitzen warnend auf.

Ich blinzele einmal.

Er lässt mich los, und ich bewege meinen Kiefer, um die Schmerzen zu vertreiben. »Verdammt, du bist echt ein Wichser.« Er wendet den Blick von mir ab und geht wieder zum Herd. »Machst du das mit allen Frauen so? Du brichst bei ihnen ein, belästigst sie und zwingst sie dann zum Essen?«

Er holt ein Sieb aus dem Schrank und gießt die Nudeln ab.

»Ich kann mir nicht vorstellen, dass sich das irgendeine langfristig bieten lässt. Es ist lächerlich. Wie kannst du dir mit jemandem ein Leben aufbauen, wenn es auf Lügen basiert?«

»Auf Vertrauen«, korrigiert er mich verärgert. »Es basiert auf Vertrauen, nicht auf Lügen. Und momentan vertraue ich nicht.«

»Du nennst es Vertrauen, ich nenne es Geheimnisse und Halbwahrheiten. So habe ich es zumindest erlebt.«

»Das hängt davon ab, mit wem du zusammen bist.«

»Zum Glück bin ich aber mit niemandem zusammen.«

Er schaut mich nicht an, während er kaltes Wasser über die Nudeln laufen lässt. »Deine Gefühle machen dich zu einem Risiko, Cecelia, und das ist verdammt schlecht fürs Business. Als wir uns zum ersten Mal begegnet sind, habe ich dir schon gesagt, dass du ihnen aus den falschen Gründen treu warst.«

»Du meinst Liebe. Aber dieser Grund ist nicht mehr wichtig. Ich schaue nach vorn und date wieder. Das weißt du ja.«

Er schaut mich an und zieht skeptisch die Augenbrauen hoch.

Ich ahme seine Haltung nach und hebe das Kinn. »Warte … darum geht es also? Weil ich auf einem Date war und versuche, nach vorn zu blicken, glaubst du, ich würde dem nächsten Typen, mit dem ich schlafe, eure Geheimnisse verraten?«

Sein Schweigen macht mich wütend.

»Stell dir mal vor, mir ging es vor nicht allzu langer Zeit viel schlechter als jetzt, und ich war wütender, und trotzdem habe ich kein Wort gesagt. Nicht mal zu denen, die mir am nächsten stehen. Deine Logik ist absurd.«

Er zeigt keine Reaktion. »Du hast auf sie gewartet. Deshalb hast du für sie geschwiegen. Betrachte die Sache für einen Moment objektiv. Wenn du in meiner Haut stecken würdest, würdest du dann das Schicksal einer gesamten Gruppe in die Hände eines emotionalen klein…«, er verdreht die Augen, als sich meine Miene verhärtet, »einer zwanzigjährigen *Frau* legen?«

»Vielleicht hättest du dir das überlegen sollen, bevor du …«

Er schüttelt den Kopf ironisch. »Bevor ich dir deine Freunde genommen habe? Du bestätigst meine Theorie immer wieder. Und nach deinem Verhalten in der Vergangenheit zu urteilen …«

»Wage es nicht, diesen Satz zu beenden! Du hast mich schon genug beleidigt. Du bist ein sexistisches Arschloch.«

»Sag, was du willst, aber ich habe *zweimal* erlebt, wie du zugelassen hast, dass deine Gefühle dein Urteilsvermögen benebeln, und das kann ich nicht noch mal riskieren.«

Auf einmal wird mir alles klar. »Das ist keine einfache Unterhaltung. Es ist eine Verhandlung.«

Er will einen Deal aushandeln.

Seit ich hier bin, habe ich meine Position noch kein einziges Mal ausgenutzt. Aber ich habe gelernt, dass alles seinen Preis hat. Und ich scheine die Einzige zu sein, die bezahlt hat. Bis jetzt.

»Du glaubst wirklich nicht, dass Liebe und Loyalität miteinander Hand in Hand gehen?«

»Es sind zwei unterschiedliche Wörter mit zwei unterschiedlichen Definitionen. Aber wenn du Synonyme für *Liebe* nachschlägst«, er schaut mir in die Augen, »bin ich mir sicher, dass du auch *Schwäche* finden wirst.«

»Und was genau glaubst du, für einen Deal in der Hand zu haben? Du hast mir das Einzige genommen, das …«

Er hebt die Brauen.

Mein Erbe. »Meine Mutter …«

Er zuckt mit den Schultern. »Aber für mich spielen ein paar Monate mehr oder weniger keine Rolle.«

Das ist also sein Angebot. Er wird damit warten, meinen Vater bloßzustellen, bis ich mein Erbe bekommen habe. Damit hat er sein Druckmittel.

Fuck.

Es ist an der Zeit, dass auch ich etwas in die Waagschale lege, und wir wissen beide längst, was das ist – mein Schweigen. Indem ich schweige, kann ich ihn vielleicht davon abhalten, mir mein Erbe zu stehlen und seinen Racheplan durchzuziehen.

Als hätte er meine Gedanken gelesen, hebt er das Kinn. »Was ist deine Bedingung?«

»Du glaubst wirklich nicht daran, dass ich ohne Erpressung den Mund halten kann?«

»Das ist keine Erpressung. Und die eigentliche Frage ist, ob ich dir vertraue. Das tue ich nicht. Aber nimm es nicht persönlich.«

Ich öffne den Mund, um etwas zu erwidern, aber er hebt die Hand.

»Lass uns mit den Beleidigungen bis zum Dessert warten. Du musst wirklich darüber nachdenken, was du willst.«

Was ich will, ist, dass er bezahlt. Ich will ihm sein Selbstvertrauen rauben, ihn beschämen, so wie er mich beschämt hat. Ich will seinen Stolz verletzen und seine Gefühle, falls er überhaupt welche hat. Und in diesem Augenblick habe ich eine Idee.

Seine Augen blitzen auf, als hätte er meinen Einfall erraten. »Cecelia …«

»Garantiere mir die Sicherheit meines Vaters.«

»Das kannst du nicht ernst meinen.« Er flucht und schüttelt ungläubig den Kopf.

»Das ist das Einzige, was ich will. Vielleicht hat er das, was ihr ihm finanziell antun wollt, verdient, aber du hast selbst gesagt, dass du ihm nie körperlichen Schaden zufügen würdest. Also kannst du es mir genauso gut schwören.«

»Wie gesagt hat er auch noch andere Feinde.«

»Und du weißt, wer das ist?«

Er nickt.

»Umso besser. Dann bist du derjenige, der für seinen Schutz sorgen kann.«

»Du verlangst zu viel, Cecelia. So oder so ist er dem Untergang geweiht. Wann das geschieht, ist deine Entscheidung.«

Ich stütze mich auf die Arbeitsplatte und beuge mich vor. »Du willst dir meine Loyalität erkaufen? Dann warte mit allem, was du vorhast, bis das Geld auf meinem Konto ist, und schwöre mir, dass mein Vater in Sicherheit ist.«

»Du verlangst zu viel.«

»Er ist mein Vater, Tobias. Was auch immer er getan hat, ich kann dir versichern, dass er dafür bezahlt. Der Mann hat kein Leben. Seine Firma ist alles, was er hat. Wenn du ihm seinen Reichtum und seine Stellung nimmst, bleibt ihm nichts mehr. An einem Toten kannst du dich nicht rächen. Und Rache ist doch das, was du willst.« Ich gehe um die Kücheninsel herum und schaue zu ihm hoch.

»Ich habe dir schon gesagt, dass es nicht nur um mich geht.«

»Aber du kannst deinen Sieg viel mehr genießen, wenn du die Macht über ihn gewinnst und er gezwungen ist zuzusehen.«

Wir schauen einander fast eine Minute an, ehe er schließlich knapp nickt.

»Sprich es aus, Tobias.«

»Er untersteht von jetzt an unserem Schutz – bis wir mit ihm fertig sind.«

»Schwöre es.«

Seine Augen blitzen auf. »Ich wiederhole mich nicht.«

»Na schön. Und jetzt?«

Er deutet mit dem Kopf zum Schneidebrett. »Dinner.«

KAPITEL SECHS

Tobias sitzt mir mit leicht zerzausten Haaren in seiner Anzughose und dem faltenfreien, makellosen Hemd auf dem Boden gegenüber und studiert das Spielbrett, ehe er seinen Zug macht und eine meiner Figuren kassiert.

Während des Abendessens haben wir größtenteils geschwiegen und einen stummen Machtkampf ausgetragen. Obwohl er mich beim Essen beobachtet hat, habe ich ihm kein Kompliment für seine Kochkünste gemacht und mich auch nicht bedankt. Ich habe aber auch keinen Streit angezettelt, sondern friedlich jeden Bissen meines Hühnerfilets mit griechischem Pastasalat verputzt. Nur mit Mühe konnte ich mich davon abhalten, Laute der Begeisterung auszustoßen.

Eigentlich hatte ich damit gerechnet, dass er gehen würde, sobald er seinen Willen bekommen hatte, doch stattdessen hat er mich anschließend aus der Küche und ins Esszimmer gezogen und verkündet, dass wir Schach spielen.

Bei der ersten Partie hat er mich geschlagen, was keine Überraschung war. Es ist schwer, ihm gegenüberzusitzen. Ich bin erschöpft davon, das ständige Knistern auszublenden, das ich spüre, wenn er mir so nahe ist.

Mein Hass auf ihn wächst genauso wie meine Faszination für ihn. Ich bin in einem Zustand dauerhafter Wut und Erregung, und sein brennender Blick wirkt immer berechnend und abschätzend, wenn ich ihn dabei erwische, wie er mich beobachtet.

Es liegt nicht daran, dass er mich einschüchtert oder Macht ausstrahlt. Es liegt an der Intimität, die ich in seinen Küssen gespürt habe, und an der Tatsache, dass seine Worte und sein Verhalten sich in jeglicher Hinsicht widersprechen.

Zweimal habe ich ihn dabei erwischt, wie er mich mit der gleichen Neugier angeschaut hat wie ich ihn, und beide Male hat er meinen Blick mit seinen lodernden Augen festgehalten. Aber keiner von uns beiden hat ein Wort darüber verloren.

Und was gäbe es auch schon zu sagen?

Keiner von uns beiden will den anderen begehren. Keiner von uns will mehr als Hass und Verachtung empfinden, und dennoch ist die Anziehungskraft zwischen uns so stark und so offensichtlich, dass es mich nervös macht.

Mir würde es nichts ausmachen, die Empfindungen einfach zu verdrängen, bis unser Deal endet. Aber allein die Tatsache, dass dieser Mann existiert, ist eine Offenbarung. Er ist der Inbegriff des Geheimnisvollen. Wäre er an jenem Tag nicht zum Pool gekommen, hätte ich niemals von ihm erfahren. Die Tatsache, dass Dominic und Sean ihn vor mir verheimlicht haben, ist alarmierend.

Ihr seid gut, Jungs, ihr habt es wirklich drauf.

Diese Männer sind Meister des Betrugs und der Verschleierung. Aber wenn ich nun an die Anfänge zurückdenke, sehe ich das große Ganze. Und ich weiß, dass ich immer noch keine Ahnung habe, wie mächtig die Organisation wirklich ist.

»Ich kann es immer noch nicht glauben, weißt du?« Ich bewege eine Spielfigur, nur um sie sogleich an ihn zu verlieren.

Er erahnt meine Züge im Voraus, genauso wie er es in der Realität getan hat, seitdem er vor einem knappen Jahr in mein Leben getreten ist.

»Was genau?« Er weiß natürlich, was ich meine, und das

beunruhigt mich nur noch mehr. Wenn man ahnt, was eine andere Person denkt, ist das ein Zeichen für eine gewisse Intimität.

Ich stoße frustriert die Luft aus. Ich muss meine Worte mit mehr Bedacht wählen, entscheide mich zur Sicherheit für Schweigen. Diese Psychospielchen sind zermürbend.

»Theoretisch«, sagt er, denn er weiß, dass ich mir nicht die Mühe machen will, über meine Wortwahl nachzudenken, »kann man dich schlecht anzeigen, wenn du dir das nimmst, was andere stehlen.«

»Das weiß ich, aber rächen sie sich nie?«

»Dummerweise ja, und zwar oft.« Mit seinem nächsten Zug schlägt er meinen Springer. »Und warum findest du es immer noch unglaublich? Hast du nicht genug gesehen?«

»In gewisser Weise schon, aber …«

»Du kannst nicht glauben, was gleich bei dir um die Ecke passiert, und das ist das, was am schwersten zu verarbeiten ist.«

»Richtig.«

Seine feuerfarbenen Augen funkeln, als er mich forschend ansieht. »Du weißt, dass es Gangs gibt, oder? Aber du hast dich noch nie in solchen Kreisen bewegt. Du hast noch nie eine Schießerei oder einen Bandenkrieg erlebt, stimmt's?«

»Auch richtig.«

Er lehnt sich zurück und verschränkt die Arme vor der Brust.

»Glaubst du, dass Kartells existieren?«

»Ja.«

»Die Mafia?«

»Natürlich.«

»Warum? Weil du *Good Fellas* gesehen hast?« Er schüttelt den Kopf und schmunzelt. »Warum ist es dann so schwer zu glauben, dass sich eine Gruppe von Menschen aus einem Grund zusammengeschlossen hat, der es in ihren Augen rechtfertigt, extreme Aktionen zu planen und zu versuchen, etwas zu verändern?«

»Es ist einfach so …«

»Als du hineingeraten bist, warst du ahnungslos, bis du es mit eigenen Augen gesehen hast.«

»Ja.«

»Und du hast gerade zugegeben, dass es trotzdem noch unglaublich für dich ist. Meinst du dann nicht, dass es für die meisten Menschen unglaublich wäre?«

Ich nicke nachdenklich. »Ich glaube schon, ja.«

»Es gibt so viele Menschen, die erst dann an etwas glauben, wenn sie es selbst gesehen haben, dass es fast schon lächerlich ist.«

»Das habe ich ungefähr schon hundertmal gehört.«

Er schmunzelt, aber in seinen Augen blitzt Stolz auf. Der Stolz eines Lehrers. »Von Sean.«

Und von dir.

»Kartelle sind korrupt«, merke ich an und mache den nächsten Zug. »Und die Mafia ist auch korrupt.«

Ich schaue zu ihm auf. »Und …« *Ihr.* Von Erpressung und Bestechung bis hin zu Diebstahl machen sie alles. Die Ravenhood-Brüder sind genauso korrupt und gesetzlos wie jede andere extreme Organisation. »Und du meinst also, ihr seid weniger böse als die ganz Bösen?«

Er macht einen Zug, und als ich daraufhin meine Spielfigur bewege, antwortet er mit einem Zug, der ihm einen noch größeren Vorteil verschafft.

»Wie rechtfertigt ihr das? Was unterscheidet euch von den anderen? Dass ihr unschuldigen Menschen nicht schadet?«

»Wenn du glaubst, nicht in Gefahr zu sein, bist du nicht so schlau, wie ich gedacht habe. In solchen Kriegen gibt es keine Sicherheit für Unschuldige. Es sei denn, unser Gegner ist menschlich genug, Unschuldige zu verschonen.« Er beendet den Satz, indem er meinen Bauern vom Brett kickt.

»Können wir das Spiel beenden?«

»Nein«, antwortet er schnell. »Noch drei Züge, dann habe ich gewonnen.«

Während ich den nächsten Zug mache, hebt er schon seinen Springer an.

»Die Tattoos sind ziemlich blöd, findest du nicht? Sie belasten euch. Wie wollt ihr euch verstecken?«

»Es gibt ohnehin die Last der Beweise, die jeden in die Scheiße reiten könnten.«

»Ist das nicht ein bisschen arrogant?«

»Nein, ist es nicht. Die Last der Beweise wird immer genauso existieren wie Ausnahmen von der Regel. Ich rechne damit. Ich rechne mit Widerstand. Ich rechne mit Rache. Ich rechne damit, dass mich Menschen überraschen werden – wie du zum Beispiel, als du mir in die Quere gekommen bist. Aber auch Amerika selbst ist ein Unternehmen, ein Business. Dein Vater weiß das; jeder, der eine Machtposition unter der Flagge hat, weiß das. Roman ist nicht dumm. Er weiß ganz genau, dass er Feinde hat, ob ihm bewusst ist, wer das ist, oder nicht. Er weiß auch, dass ein falscher Schachzug ihn alles kosten könnte. Und jeder Mann, der eine Machtposition innehat oder in irgendeiner Form wichtig ist, wird von irgendeiner Person beobachtet, die nach Schwächen sucht und probiert, seinen nächsten Schritt vorauszusagen, um ihn zu Fall zu bringen.«

Er setzt seinen Springer. Schachmatt.

»Du hast ja nur noch zwei Züge gebraucht«, merke ich an.

Mir entgeht nicht das subtile, aber vertraute Lächeln, das seine Mundwinkel hebt.

Als er zu mir aufblickt, zieht er die Augenbrauen zusammen. »Was?«

»Nichts.«

»Du hast gerade meinen Bruder in mir gesehen.«

»Wie kommst du darauf?«

»Es ist das erste Mal heute, dass du mich nicht angeschaut hast, als ob du mich entweder vögeln oder töten wolltest.«

»Ich will dich nicht vögeln. Aber Töten klingt verlockend.«

»Vielleicht bekommst du eines Tages deine Chance.« Er schenkt mir ein anderes Grinsen, eines, das typisch für *ihn* ist, und ich bemühe mich, bei diesem Anblick ungerührt zu bleiben. Warum muss er nur so verdammt schön sein? Warum kann er nicht ein schlechter Abklatsch von Dominic sein? Damit könnte ich besser umgehen. Und dass ihm aufgefallen ist, dass ich ihn schon den ganzen Abend lang mit meinen Blicken ausziehe, löst ein Schwindelgefühl in mir aus.

Aber langsam begreife ich, warum ich mich zu ihm hingezogen fühle. Wenn ich ihn anschaue, sehe ich tatsächlich Dominic. Und Sean. Wenn er spricht, höre ich sie beide. Offenbar schaue ich ihn immer noch auf die gleiche Art an, denn er hebt fragend das Kinn. »Was?«

»Du bist so was wie ein Joker.«

Er zieht wieder die Augenbrauen zusammen. »Erklär mir, was du damit meinst.«

»Nein.«

Er lehnt sich an den Kamin und trinkt den Gin aus, den er sich aus der gut ausgestatteten Hausbar meines Vaters eingeschenkt hat.

»Dann weißt du also, dass es nur eine Frage der Zeit ist, bis du auf einen würdigen Gegner triffst …«

Er schaut zu mir auf.

Furchtlos. Er ist furchtlos.

Er rechnet damit, dass eines Tages jemand besser sein wird als er. Er rechnet damit, dass die Feinde, durch die er und seine

Organisation Geld machen, dafür sorgen, dass er bezahlt, und mit diesem Wissen lebt er jeden Tag.

Das tun sie alle.

Letztendlich sind sie Soldaten.

Die Tatsache, dass ich ihn dafür respektiere, ärgert mich selbst.

Tobias steht auf und nimmt seine Jacke von der Couch. Während er sie anzieht, schaut er mir in die Augen.

Auch ich erhebe mich langsam. Meine Gedanken rasen, denn ich versuche immer noch, all das zu verarbeiten, was er mir soeben gestanden hat.

»Sicherheit ist also wirklich eine Illusion«, schlussfolgere ich. Mit einem Mal fällt auch der Rest meiner naiven Unwissenheit von mir ab.

Er nickt. »Aber wenn du dich damit abgefunden hast, ist es einfacher, größere Risiken einzugehen und Erfolge zu erzielen. Trotzdem sollte man sich nicht zu unüberlegten Schachzügen hinreißen lassen.«

Wie recht er doch hat. In jedem Bereich meines Lebens ist Sicherheit eine Illusion. Ich kann mich in diesem Haus einschließen, aber ein Sturm könnte mir das Dach über dem Kopf wegwehen. Ich kann mein Herz schützen und es niemandem schenken, werde aber unweigerlich den Schmerz der Isolation fühlen. Ich könnte aus Angst an jedem Tag meines Lebens nur die richtigen Schachzüge machen, und dennoch könnte mich eine andere Person vom Spielbrett fegen.

Jede Entscheidung, die wir im Leben treffen, ist ein Spielzug, nur ist unser Gegner unsichtbar. Der Feind kann eine Krankheit sein oder jemand, mit dem man schläft – das weiß man nie, bis der Gegner sich zu erkennen gibt.

Laut Tobias' Theorie sind wir alle Spielfiguren, die gegen unsichtbare Gegner antreten, wobei wir immer nur einen falschen Spielzug oder eine unüberlegte Entscheidung davon entfernt sind, unseren Feind zum Vorschein zu bringen. Indem ich mich mit diesen gefährlichen Männern umgeben habe, habe ich vielleicht neue Gegner bekommen und einen anderen Lebensweg eingeschlagen. Bisher habe ich mich sozusagen für unsterblich gehalten, und Tobias hat mir diese Illusion geraubt.

Wahrscheinlich hat jeder irgendwann einen Aha-Moment dieser Art, aber für mich gab es innerhalb des vergangenen Jahres einige davon.

Tobias scheint meine Angst zu spüren, denn er kommt einen Schritt auf mich zu, überlegt es sich dann aber anders, dreht sich um und verlässt den Raum. Kurze Zeit später höre ich, wie die Haustür hinter ihm ins Schloss fällt.

»Danke fürs Dinner und den Brainfuck«, murmele ich, während ich durch das mit Eisblumen bedeckte Fenster neben der Haustür beobachte, wie er in seiner schwarzen Limousine zurücksetzt.

Aus Gewohnheit schließe ich die Tür ab und schalte die Alarmanlage ein, doch in der nächsten Sekunde wird mir die Ironie bewusst, und ich muss lachen.

Ich habe einen Pakt mit dem Teufel geschlossen. Ich werde sein Geheimnis bewahren, damit er die Sicherheit meines Vaters gewährleistet. Da aber Sicherheit nur eine Illusion ist, ist es unmöglich für ihn, sich an seinen Teil der Abmachung zu halten.

Und mir wird klar, dass meine unvermeidliche Erkenntnis Tobias' dritter Schachzug war.

Sein wahres Schachmatt.

Kopfschüttelnd und erschöpft gehe ich die Treppe zu meinem Zimmer hinauf. *»Connard«*, sage ich auf Französisch. Bastard.

KAPITEL SIEBEN

Ich reibe mir den Schlaf aus den Augen und recke mich in meinem Bett, als mir mein Traum erst bruchstückhaft und schließlich vollständig wieder einfällt. Es heißt, dass Träume eine Art des Unterbewusstseins sind, Dinge zu verarbeiten, die man im Wachzustand verdrängt. Da ich mich schon seit Jahren immer genau an all meine Träume erinnern kann, bin ich der festen Überzeugung, dass die Theorie stimmt. In der letzten Nacht habe ich von der Sonne geträumt, die jedoch so nahe war, dass ich meine Hand ausstrecken und sie berühren konnte. Die Hitze war nicht schmerzhaft, sondern angenehm. Plötzlich schoben sich Wolken davor, die sich schließlich in Regen ergossen. Ich konnte die kühlen Tropfen auf meinem Gesicht spüren. Ein Regenbogen erschien in der Ferne. Nur noch ein paar Schritte, und ich hätte ihn erreichen können. Doch als ich geblinzelt habe, war er verschwunden, und ich lag allein auf der Lichtung, von wo aus ich hinauf in den leblosen Himmel starrte. Der Wind trug die Stimme meiner Mutter zu mir, die mich bat, nach Hause zu kommen, doch ich ignorierte ihr Flehen, weil ich damit beschäftigt war, nach der verschwundenen Sonne zu suchen.

Tränen treten mir in die Augen, als ich die Decke zurückschlage.

Ich öffne die Doppeltür, gehe hinaus auf den Balkon, um mich vom Morgen begrüßen zu lassen. Das Flüstern des Windes streicht durch mein Haar, und ich heiße den neuen Sommertag willkommen. Wenn es eine Sache gibt, die ich an Romans Anwesen vermissen werde, dann ist es der Ausblick.

Das Geräusch von plätscherndem Wasser lenkt meine Aufmerksamkeit auf den Pool.

Ich sehe starke, maskuline Arme, die Schwimmzüge im Wasser vollführen und kleine, aber kräftige Wellen erzeugen. Als er sich zuvor die Ärmel hochgekrempelt hatte, habe ich nicht darüber nachgedacht, aber nun wird mir klar, warum kein Tattoo sichtbar war. Seine Rabenflügel befinden sich auf seinem Rücken und erstrecken sich über seine Schulterblätter, was seine Stellung in der Hierarchie bestätigt. Ich wünsche mir so sehr, dass ich sie ihm von der Haut kratzen oder sie irgendwie entstellen könnte. Er ist es nicht wert, zwei Brüder zu haben – blutsverwandt oder nicht –, die ihm treu ergeben sind.

Und noch wütender macht mich, dass er so heiß dabei aussieht, wie er durch das Wasser gleitet und seine starken Beine bewegt, um von einer Seite zur anderen zu schwimmen.

Einen Moment lang bewundere ich ihn, während er noch eine Bahn schwimmt und den Rücken wölbt, sodass Wasser an seinem athletischen Körper hinabperlt.

Mächtig, gewaltig und einschüchternd. Er ist ein herzloses, seelenloses Raubtier.

Und jetzt dringt er in meine Privatsphäre ein, verknüpft unsere Leben miteinander, nur um zu beweisen, dass ich eine Weile ihm gehöre.

Eines von drei Telefonen klingelt auf einem bereitliegenden Handtuch am Beckenrand. Ich erkenne, dass zwei davon das gleiche Modell sind, wie die Wegwerfhandys, die Sean benutzt hat. Als ich ein leises *»Oui?«* höre, beschließe ich, zu ihm nach unten zu gehen.

Als ich am Beckenrand ankomme, hat Tobias mir den

Rücken zugewandt, ruft wütend Anweisungen ins Telefon und flucht in einer Mischung aus Englisch und Französisch. Ich höre aufmerksam zu, kann jedoch nicht viel verstehen, außer dass er verärgert ist. Sein Akzent klingt weich, sexy, betörend. Plötzlich verspannt er sich, dann dreht er sich um und sieht, dass ich ihn schamlos belausche. Er zischt eine letzte Anweisung, beendet das Telefonat und wirft das Handy neben die anderen. Anschließend legt er die Arme ausgestreckt auf den Beckenrand.

»Klang ziemlich ernst.«

»Und was, glaubst du, hast du gerade mit angehört?«

»Le Wut, le Zorn.« Ich recke die Nase in die Höhe und versuche, eine Miene aufzusetzen, wie ich sie mir an einem französischen Snob vorstelle. »Le Blabla, noch mehr Wut und Bullshit.«

Wir funkeln uns für ein paar Sekunden an, ehe er den Kopf zurückwirft und lacht.

Ich unterdrücke den Drang zu grinsen, verschränke stattdessen die Arme vor der Brust und schiebe eine Hüfte vor. »Nimm dich in Acht, Frenchman, mein Französisch wird besser.«

Sein Lachen verebbt, und er schüttelt den Kopf. Belustigt betrachtet er mich von oben bis unten.

»Und mit welcher Krise hast du heute zu kämpfen?«, frage ich höhnisch.

»Mach dir keine Sorgen deswegen.«

»Ich mache mir keine Sorgen, aber ich frage mich, warum du schon wieder hier bist. Hast du kein Zuhause?«

»Sogar mehrere.«

»Warum nistest du dich dann hier ein?«

»Ich nutze nur meine Position aus. Und das solltest du auch tun. Das Wasser ist warm.« Er betrachtet mich in meinen Shorts und dem Spitzentop.

»Ich verzichte. Im Ernst, kannst du bitte deine Probleme woanders lösen?«

»Es gibt zwei Arten, mit Problemen umzugehen«, setzt er an, und ich verdrehe genervt die Augen.

»Toll, Mansplaining, da steh ich drauf.«

»Und zwei Arten von Leuten«, fährt er vollkommen ungerührt fort. »Es gibt diejenigen, die jeden Tag an einem Papierschnipsel auf dem Boden vorbeikommen und sich sagen, dass sie sich bald darum kümmern werden. Und es gibt diejenigen, die ihn einfach aufheben. Sie werfen ihn in den Müll und vergessen im selben Augenblick, dass er jemals da war. Aber für diejenigen, die jeden Tag daran vorbeilaufen, wird er zum Problem. Es wird immer störender – noch eine zusätzliche Sache, um die sie sich kümmern müssen. Sie schauen immer wieder hin, sind genervt, aber sagen sich trotzdem, dass sie ihn morgen aufheben werden. Und eines Tages ist es kein Papierschnipsel mehr, sondern eine Krise.«

»Lass mich raten – bei dir liegen keine Schnipsel rum.«

Sein rechter Mundwinkel hebt sich, als er angewidert hervorstößt: »Ich hasse Schnipsel wie die Pest.«

»Aber ein Schnipsel ist doch keine große Sache.«

»Nur für diejenigen nicht, die ihn sofort aufheben.«

»Konfuzius sagt also: *Hebt immer schön eure Schnipsel auf.* Verstanden. Noch mehr Weisheiten, die du gerne mit mir teilen möchtest, bevor du gehst? Darf ich ab jetzt jeden Tag mit deiner plötzlichen und unerwünschten Anwesenheit rechnen?«

»Du darfst damit rechnen, dass ich dort sein werde, wo ich sein muss, bis unser Deal beendet ist.«

»Super. Wenn du mich jetzt entschuldigen würdest? Ich habe Besseres zu tun, als mich deiner Gehirnwäsche zu unterziehen.«

»Tu nicht sofort alles ab, was ich dir anbiete, Cecelia. Wir könnten beide voneinander lernen.«

»Du meinst, du kannst mehr Informationen über meinen Dad aus mir herausbekommen? Nein danke.«

»Ich weiß eine Menge, aber der Teufel liegt im Detail. Seinen Gegner sollte man gut kennen.«

»Ich hab kein Interesse daran, mehr über dich zu erfahren.«

»Dein Blick sagt aber was anderes.« Auf seinem Gesicht zeigt sich nicht der kleinste Anflug eines Lächelns, und sein Tonfall ist frei von Überheblichkeit, was mir zeigt, dass es nichts bringt, mit ihm zu diskutieren.

Vielleicht spürt er, dass ich mich zu ihm hingezogen fühle, ebenso wie ich spüre, dass es ihm genauso geht. Ein weiteres Zeichen, dass er mein Untergang sein könnte.

»Du bist ein ziemlich heißer Typ, Tobias. Das will ich nicht abstreiten. Bestimmt hast du das schon oft zu deinem Vorteil genutzt.«

Er schwimmt zu meiner Seite des Pools, wo ich am Beckenrand stehe. Mit gleichmäßigen Zügen kommt er näher und betrachtet mich eingehend.

Lust hüllt mich von Kopf bis Fuß ein, aber ich rühre mich nicht, auch dann nicht, als er sich aus dem Pool stemmt und Wasser an seiner muskulösen Haut hinabläuft. Er stellt sich vor mich, kommt mir absichtlich viel zu nahe. Mehrere Sekunden steht er einfach da und lässt das Wasser auf meinen Körper tropfen. Ich spüre, dass ich feucht werde und sich meine Nippel aufrichten.

Ihm scheint meine Erregung nicht zu entgehen, denn sein Blick gleitet nach unten zu meinen Brüsten, bevor er mir wieder in die Augen schaut. »Du willst das, was ich dir anbiete. Du bist nur zu starrsinnig, um mich darum zu bitten. Aber es liegt dir auf der Zunge, also sprich es einfach aus.«

»Ich will gar nichts von dir, abgesehen davon, dass du verschwindest.«

Er kommt noch näher, und wieder tropft kaltes Wasser auf meine Brust und meine Beine. »Du willst, dass ich dir vertraue, aber das kann ich nicht.«

»Ich will gar nichts von dir.« Ich drehe mich um, doch er hält mich auf, indem er mein Handgelenk packt.

Ich schaue ihn wütend an, aber er hält meinem Blick stand.

»Ich kann dir nicht vertrauen. Auch wenn du es dir wünschst. Mein Vertrauen ist teuer«, sagt er. »Und du kannst es dir nicht leisten. Und trotzdem können wir voneinander lernen.«

»Und was genau willst du mir beibringen?« Ich hebe die Hände und lasse sie über seine Schultern und an seinem Körper hinabgleiten, wobei ich meine Fingernägel in seine nasse Haut grabe. Ich empfinde Genugtuung, als ich sehe, wie er sich anspannt, und schaue zu ihm hoch.

Er packt meine Hände und drückt sie, ehe er sie loslässt. »Wie gesagt, wir können voneinander *lernen.*«

Ich schnaube. »Und was genau glaubst du, von mir lernen zu können?«

Unser Atem trifft aufeinander, und etwas in mir zieht sich zusammen.

»Du hast Fragen, Cecelia. Warum stellst du sie nicht einfach?«

Ich wende den Blick ab und versuche, nicht darauf zu achten, dass mein Blut in Wallung gerät.

Eine Sekunde vergeht, und dann noch eine. Schließlich lehnt er sich vor, um mir etwas ins Ohr zu flüstern. »Mein Angebot hat nichts damit zu tun, wie du mich gerade ansiehst, aber wenn ich dich jetzt berühren würde«, sagt er ganz langsam, »so, wie du es dir in diesem Moment wünschst, würdest du mich nicht zurückweisen.«

»Deine Masche wird langsam langweilig.«

»Ach ja?«, flüstert er. »Dann lass ich mir vielleicht was Neues einfallen.« Er beugt sich vor, sodass sein warmer Atem auf die kühlen Tropfen an meinem Hals trifft. »Frag mich, Cecelia.«

Ich wende den Kopf ab, damit er nicht mehr sehen kann, was in mir vorgeht.

»Vergiss es.«

Das Handy klingelt auf der anderen Seite des Beckens, und wir schauen beide hin.

Schließlich dreht er sich um und kehrt mir seinen Rücken zu. Mit angespannten Schultern entfernt er sich und geht zu dem klingelnden Telefon, während ich wieder auf das Haus zusteuere.

Zu dem Zeitpunkt, als ich die Tür erreiche, erteilt er dem Anrufer schon wieder Befehle. Ich muss mich nicht umdrehen, um zu wissen, dass sein Blick auf mir ruht. Ich kann auch aus mehreren Metern Entfernung das Brennen auf meiner Haut spüren.

KAPITEL ACHT

Genervt davon, dass der Jaguar in der kreisförmigen Einfahrt steht, betrete ich das Haus und bereite mich auf den Kampf vor.

Aus der Küche höre ich eine wütende Stimme, die Französisch spricht.

»*Trouvez-le.*« Finden Sie ihn.

Eine kurze Pause entsteht.

»*Pas d'excuses. Vous avez une heure.*« Sie haben eine Stunde.

Tobias beendet das Telefonat, als ich eintrete. Er schaut ratlos drein und tippt wütend etwas in seinen Laptop, der auf der Kücheninsel steht.

»Willst du mir verraten, was zur Hölle du schon wieder hier machst?« Ich gehe an ihm vorbei und öffne den Kühlschrank, um ein Wasser rauszunehmen. Ich bin verschwitzt von meiner Wanderung.

Er schaut mich kaum an, als er antwortet. »Ich schütze meine Interessen.«

»Meinst du, das kannst du auch woanders tun? Am besten irgendwo ganz weit weg?«

Er betrachtet den Bildschirm und klappt den Laptop zu. »*Putain!*« Fuck. Seine Brust hebt und senkt sich, als er nach einem seiner Handys greift und wählt. »Bring den Neuen her. Du hast zehn Minuten.«

Er durchquert die Küche, greift nach einer Flasche Gin und

gießt eine großzügige Menge in ein mit zwei Eiswürfeln gefülltes Glas. In Gedanken vertieft schwenkt er die klare Flüssigkeit herum, sodass das Eis klirrt, zweimal, dreimal, ehe er einen großen Schluck trinkt.

»Ist es nicht ein bisschen früh für einen Drink?«

Stille.

»Tolles Gespräch.« Ich verdrehe die Augen. Ich bin auf halbem Weg ins Esszimmer, als er hinter mir spricht.

»Du hast dich übrigens geirrt. Es geht nicht um Menschen wie dich und deine Mutter.«

»Was?«

»Als wir zum ersten Mal miteinander gesprochen haben, hast du behauptet, ich würde für Menschen wie dich und deine Mutter kämpfen.«

»Ja. Was stimmt daran nicht?«

»Nichts daran stimmt«, versetzt er. »Nichts. Damit machst du dich wichtiger, als du bist.«

»Ich meinte ...«

»Ich weiß, was du meintest. Es geht nicht nur um die Arbeiter in der Fabrik deines Vaters oder sonst wo. Das wäre zu einfach.«

»Na schön. Ich hab mich also geirrt. Ich täusche mich oft, und meine Loyalität gilt den Falschen. Generell bin ich ziemlich beschränkt. Tut mir leid, aber mich interessiert einen Scheiß, ob ich deine Erwartungen erfülle oder nicht.«

Wieder schwenkt er die Flüssigkeit ein paarmal in seinem Glas herum und nimmt dann noch einen Schluck.

»Du beobachtest ohnehin jeden meiner Schritte. Musst du dafür zwingend hier sein?«

»Ich bereinige das Chaos, das man mir hinterlassen hat.«

»Ich verstehe nicht, warum du mich derart kontrollieren willst. Ich weiß nicht, ob du in letzter Zeit auf einem der

Rabentreffen warst, aber hast du dir die Leute mal angesehen, die unter deiner Fuchtel stehen?«

Er beäugt mich misstrauisch über den Rand seines Glases hinweg und lässt es dann sinken.

Gerade als er etwas sagen will, klingelt es an der Tür, und ich verdrehe die Augen.

»Das hier ist nicht euer Hauptquartier. Es ist zurzeit mein Zuhause – also such dir einen anderen Ort, um deine krummen Dinger zu drehen.«

Er ignoriert meine Bemerkung, geht an mir vorbei und zur Tür.

Eine Sekunde später kommen RB und Terrance herein.

»Hi«, begrüßt mich RB.

Terrance schaut zwischen mir und Tobias hin und her. »Ich dachte, du bist mit Dom zusammen. Keinen Bock, dich festzulegen, was?«

Mir steigt Schamesröte ins Gesicht, als er mich auf eine Art mustert, die deutlich macht, was er von mir hält.

Tobias' Körperhaltung verändert sich, mit versteinerter Miene dreht er sich zu mir um. »Gib mir deinen Schlüssel.«

»Was?«

Er schaut zu dem Schlüsselbund in meiner Hand hinab. »Gib mir deinen Autoschlüssel, Cecelia.«

»Auf keinen Fall.«

Er kommt her und hält mir seine offene Hand hin.

Seufzend lege ich den Schlüsselbund hinein.

Tobias dreht sich um und wirft ihn Terrance zu, dem es knapp gelingt, ihn an seiner Brust aufzufangen, wobei er vor Schmerz das Gesicht verzerrt. Tobias' Ton ist barsch, als er spricht. »Wasche und poliere ihren Wagen. Mit Seife, Schwamm, Wasser und Wachs. So ordentlich, dass sie sich am Ende darin spiegelt.«

Ich trete einen Schritt vor. »Das ist nicht nötig, ich …«

Tobias bringt mich mit einem Blick zum Schweigen, und RB schaut genervt zu Terrance.

»Du kannst ihm dabei zusehen«, sagt Tobias zu RB.

Dieser nickt und schaut Tobias voller Respekt an.

Tobias beachtet keinen von beiden, als sie sich im Eingangsbereich umsehen. »Du kommst mit mir.«

»Äh, nein. Ich muss duschen …«

»Wir sind in einer Stunde wieder da«, sagt er zu den beiden, packt mich am Arm und zieht mich nach draußen. »Niemanden reinlassen. Tyler kommt um zehn.«

»Verstanden«, erwidert RB.

Ich entziehe ihm meinen Arm, als Tobias die Fahrerseite seines Jaguar ansteuert. »Ich will mit Tyler sprechen.«

»Nein.«

»Ich bin nicht richtig angezogen«, versetze ich und verschränke wütend die Arme.

»Das ist kein verdammtes Date. Und wir haben unsere Unterhaltung noch nicht beendet. Steig ein.«

Zwei Sekunden lang schauen wir einander in die Augen, dann nehme ich auf dem Ledersitz Platz.

Kurze Zeit später rasen wir über die einsame Straße in Richtung des Ortes.

»Willst du mir vielleicht verraten, warum du alle mit Raben-Tattoo in Romans Haus lässt?«

Stille.

»Du hättest das nicht tun müssen, weißt du? Ich kann mich um mich selbst kümmern. Das war doch nur ein Spruch.«

Er schweigt immer noch.

»Wenn es für dich so ein No-Go ist, sich Frauen gegenüber respektlos zu verhalten, solltest du dir vielleicht mal an die eigene Nase fassen.«

Er fährt einfach weiter, während ich ihn wütend von der Seite anstarre. Mir wird bewusst, dass ich nach meiner zweistündigen Wanderung stinken muss. Meine Haut ist noch immer klebrig vom Schweiß, und meine Haare stehen unordentlich aus meinem Dutt ab.

»Wohin fahren wir?«

Er schweigt weiter und sitzt ganz entspannt da. Nach zehn Minuten biegt er auf den Parkplatz meiner Bank ein.

»Musst du Geld abheben?«

Er fährt rückwärts in eine Parklücke, sodass wir den Eingang im Blick haben.

»Lass mich raten, du planst einen Banküberfall?«

»Mann.« Er schüttelt genervt den Kopf. »Beobachte einfach.«

»Und was?«

»Kriminelle. Ich will, dass du das Gebäude im Auge behältst und mir sagst, wenn du einen siehst.«

»Echt jetzt? Ich soll anhand des Aussehens erkennen, ob jemand kriminell ist?«

»Du hast doch vorhin gefragt, ob ich mir mal die Leute angeschaut hätte, die unter meiner Fuchtel stehen.«

»Ich meinte nur …«

»Die Aussage kannst du durch nichts rechtfertigen. Deshalb würde ich sagen, lass uns nach ein paar Kriminellen Ausschau halten.«

Ein Mann, der über achtzig sein muss, kommt aus der Bank und hält einer jüngeren Frau, die gerade ankommt, die Tür auf.

»Nein.«

»Woher weißt du das? Weil er ihr die Tür aufgehalten hat?«

»Ich kann mir nicht sicher sein. Aber er sieht nicht danach aus.«

»Wer sieht denn kriminell aus? Jemand mit Hoodie? Mit

Tattoos? Leute, die nach Gras riechen und Baggy Jeans tragen? Was ist mit Hautfarbe und Haarschnitt?«

»Okay, ich hab's begriffen.« Röte steigt mir am Hals auf.

»Nein, hast du nicht. Schau genau hin.«

Und das tue ich. Mehrere Minuten lang betrachte ich jede Person, die die Bank betritt und verlässt, ohne jemanden für kriminell zu halten.

»Kein Einziger dabei?«

»Das ist lächerlich. Woher soll ich das wissen?«

»Wie ist es mit dem da?«

Ein Mann in seinen Vierzigern mit schmutziger Arbeitskleidung verlässt das Bankgebäude und steigt in seinen Truck ein.

»Auf jeden Fall ein Typ, der hart arbeitet. Sieht aus wie jemand aus der Gegend. Und es ist ihm wahrscheinlich wichtig, seine Familie zu ernähren. Wir sollten aufhören. Ich hab verstanden, dass es falsch war, zu verallgemeinern, aber …«

»Wer ist kriminell, Cecelia?«

»Ich weiß es nicht.«

»Was ist mit diesem Typen?« Tobias deutet mit dem Kinn zu einem Mann in Anzug, der gerade die Bank betritt.

»Ich weiß es nicht!«

»Dann sieh genauer hin.«

Ich grübele darüber nach, was er mir sagen will, bis ich erkenne, dass ich nur Menschen und nicht das Gebäude betrachtet habe. »Du meinst die Bank, oder?«

»Du glaubst, organisiertes Verbrechen ist das Schlimmste?« Er betrachtet das Logo der Bank und wendet sich dann wieder mir zu. »Denk mal drüber nach. Warum fühlt sich eine zwanzigjährige Bankangestellte vom Management so unter Druck gesetzt, dass sie ihre Oma herbestellt, um ein zweites Konto zu eröffnen, das diese nicht braucht?«

»Weil es ihr Job ist?«

»Sie macht das nur, damit sie am Ende des Tages auf ihre acht neuen Bankkonten kommt, die man von ihr erwartet. Damit sie nicht ihren Job verliert. Es gibt Tausende wie sie, die dachten, es wäre eine gute Idee, in einer bekannten Bank mit herausragendem Ruf anzufangen, und bald erkennen mussten, dass sie nur Marionetten sind. Jeden Tag spüren sie den Druck, neue Konten zu eröffnen. Eine Taktik derjenigen, die die Macht haben, um die Aktienpreise in die Höhe zu treiben, um noch mehr Geld zu bekommen. Es gibt Angestellte, die Konten für Tote eröffnet haben. Das ging jahrelang so. Die kleinen Angestellten brauchten das Geld und fühlten sich so unter Druck gesetzt, dass sie zu Kleinkriminellen geworden sind.«

»Ich habe hier auch mein Konto.«

»Dann trägst du unbewusst zu dem Problem bei. Du glaubst vielleicht, dass die Leute, die auf der Straße dealen, die Bösen sind, aber das ist nichts im Vergleich hierzu. Das Traurige daran ist, dass es viele Kunden nicht mal kümmern würde, wenn sie davon erfahren würden, denn es ist schließlich nicht ihr Problem. Ihr Geld ist auf der Bank sicher, also geht es den meisten am Arsch vorbei, dass sie es bei Kriminellen anlegen. Aber wenn es genug Kunden gäbe, die sich dafür interessierten, würden sie damit nicht durchkommen. Doch sie kommen damit durch. Die Vorstandsmitglieder hätten dafür bestraft werden müssen. Es gab auch eine Anhörung. Sie haben ein hohes Bußgeld gezahlt, aber das hat ihnen nicht wehgetan. Der CEO ist anschließend zurückgetreten, musste aber nicht ins Gefängnis. Und nun geht alles weiter wie bisher.«

Er schaut wieder zum Bankgebäude, und ich kann die Verachtung in seinen Augen lesen. »Wenn du richtige Kriminelle finden willst, musst du nur dorthin schauen, wo Geld ist. Es geht immer um das verdammte Geld. Ich behaupte nicht, dass nichts davon auf legitime Art verdient wurde, aber selbst diejenigen, die auf legale Weise reich geworden sind, stehen in Kontakt mit den anderen. Die Welt ist klein, und jeder steckt mit jedem unter einer Decke.«

»Du meinst das eine Prozent? Die Reichsten.«

»Ein bisschen komplizierter ist das schon, das Geflecht ist nach unten hin verwoben.«

»Das alles ist also wirklich passiert, und sie sind damit durchgekommen?«

Er nickt langsam. »Aber die meisten Leute interessiert es viel mehr, wenn Janet Jacksons Nippel bei der Superbowl-Show hervorblitzt oder sonst was in der Art.«

»Du meinst, so was dient als Ablenkung?«

»Für solche Ablenkungen wird sogar bezahlt. Die Medien lassen sich leicht von den Kriminellen bestechen.«

Er lässt den Motor an und fährt vom Parkplatz.

Während ich ihn beim Fahren beobachte, stelle ich fest, dass ich nicht mehr die gleiche Verachtung für ihn empfinde. Er ist wütend. Nicht nur wegen der Fabrikarbeiter hier im Ort, sondern im Namen aller, denen jeden Tag übel mitgespielt wird. Und ich habe indirekt zu der Ungerechtigkeit beigetragen, indem ich ein Bankkonto dort habe.

»Und wenn ich mein Konto schließe, macht das einen Unterschied?«

»Wenn du dein Konto schließt, fühlst du dich zumindest besser, weil du weißt, dass du nicht mehr zu der Sache beiträgst. Wenn du zehn Leuten davon erzählst, schließen vielleicht noch zwei weitere ihr Konto. Das ist die langsame, mühselige Art, dagegen anzukämpfen, doch am Ende gewinnen die anderen.«

»Und was soll ich stattdessen tun?«

»Konzentrier dich auf die Wurzel, nicht auf die Äste.«

Ich denke kurz darüber nach, ehe ich mich Tobias zuwende

und seine dichten dunklen Wimpern betrachte. »Wenn du mir nicht vertraust, warum ist es dir dann so wichtig, dass ich die Sache verstehe?«

»Wir haben einen Deal. Und ich halte mich daran. Falls du dich fragst, ob ich nicht eigentlich was Besseres zu tun habe, die Antwort lautet Ja.« An der nächsten Ampel setzt er den Blinker und wendet sich mir zu. »Die Leute auf den Treffen haben alle eine Aufgabe, die mit der Ursache zu tun hat.«

Roman. Mein Vater ist Teil der Ursache.

»Dann warten sie also alle auf eine Gelegenheit, das Monster zu bezwingen?«

Eine Sekunde schaut er mich an, betrachtet mich in meinen Shorts und dem Trägertop und gibt schließlich Gas.

Was er mit Roman zu klären hat, ist eine persönliche Angelegenheit, aber er hat mir gerade erläutert, dass mein Dad nur die Spitze des Eisbergs ist. Ich habe Tobias vor nicht allzu langer Zeit gefragt, wie weitreichend die Sache ist, und jetzt hat er mir Einblicke aus der Vogelperspektive gewährt … und zwar aus dem Weltall.

Wir spielen wieder Schach. Aber diesmal habe ich mich vorher ein wenig eingelesen. Ich mache einen Spielzug, um seinen Bauern zu schlagen, und stelle fest, dass ihn das belustigt.

»Der beste Sommer aller Zeiten«, murmele ich.

»Apropos: Was machst du, wenn er vorbei ist?« Er schwenkt die Eiswürfel in seinem Glas.

»Du weißt doch, dass ich aufs College will.«

»Ja.« Er bewegt einen Bauern, und eine dunkle Strähne fällt ihm in die Stirn.

Ich widerstehe dem plötzlichen Drang, sie ihm aus dem Gesicht zu streichen.

»Aber was willst du machen?«

»Nach dem Sommer? Ich weiß nicht. Ich werde auf keinen Fall in die Fußstapfen meines Vaters treten und das Familienunternehmen führen. Aber das würdest du ja ohnehin nicht zulassen.«

»Die Firma interessiert dich doch gar nicht.«

»Das stimmt so nicht. Die Zukunft der Angestellten ist mir alles andere als egal.«

Wieder schwenkt er das Eis in seinem Glas und schweigt für einen Moment, ehe er etwas erwidert. »Roman hat es wie Zuckerberg gemacht. Er hat seinen ersten Businesspartner in den Bankrott getrieben, um die alleinige Kontrolle über die Firma zu übernehmen. Es war ein kleines Unternehmen, aber damit hatte er genug Geld, um sich zum ersten Mal an etwas Größerem auszuprobieren.«

Erschrocken über die Offenbarung lehne ich mich zurück. »Wann?«

»Jahre vor deiner Geburt. So hat er sich seinen ersten Feind gemacht. Jerry Siegal. Die Ironie daran ist, dass er immer noch die gleichen kriminellen Aktionen durchzieht.«

Ich beiße mir auf die Lippe, und als ich aufblicke, sehe ich, dass er mich beobachtet. »Bist du dir sicher?«

Wieder schwenkt er das Eis. Einmal, zweimal, dreimal. Dann leert er sein Glas und erhebt sich.

»Schläfst du eigentlich im Wald?«

Er zieht seine Jacke an. »Vielleicht.« Er deutet mit dem Kopf auf das Schachspiel. »Rühr die Figuren nicht an.«

»Ah, super, dann kommst du also wieder.« Ich stehe auch auf. »Kann's kaum erwarten.«

Er kommt einen bedrohlichen Schritt auf mich zu, und ich trete einen zurück.

Ich wende den Blick ab, um mich vor der Wirkung, die er auf mich hat, zu schützen. Weiter kann ich nicht zurückweichen, denn meine Oberschenkel berühren schon die Lehne der Couch.

Als er noch einen Schritt näher kommt, bin ich von Flammen umgeben. Ich bin wie gelähmt von dem Wissen, dass mein Körper reagieren wird, sollte er mich berühren. Ich halte die Luft an, um seinen Duft nicht einzuatmen. Uns trennen nur noch wenige Zentimeter.

»Was hast du bloß an dir?« Seine Stimme ist nur noch ein Flüstern.

Ich betrachte das als Beleidigung, als wollte er sagen, er versteht nicht, was Sean und Dominic an mir fanden. Um mich von ihm zu entfernen, trete ich einen Schritt zur Seite, doch er folgt mir auch jetzt.

»Kannst du mir einfach ein bisschen Privatsphäre geben? Mehr verlange ich gar nicht. Klopf vielleicht an, bevor du ins Haus kommst?«

Er beugt sich vor, fährt mit der Nase an meinem Hals entlang, ohne mich zu berühren. Doch der Effekt ist der gleiche.

»Nein.« Das Wort ist ein leises Flüstern, aber die Botschaft, die in dem Wort liegt, ist so deutlich, als hätte er sie geschrien.

Kurze Zeit später, als die Haustür hinter ihm ins Schloss gefallen ist, stehe ich immer noch reglos da und schaue in die Richtung, in die er verschwunden ist. Er treibt mich zur Weißglut, aber mit ihm zu diskutieren scheint sinnlos zu sein.

In dieser Nacht träume ich von glutfarbenen Augen und Leuchtkäfern.

KAPITEL NEUN

Am nächsten Morgen werde ich von einer vertrauten Stimme geweckt, die aus dem Erdgeschoss heraufdringt.

Wütend putze ich mir die Zähne und betrachte mich in meinen Shorts und meinem Tanktop im Spiegel, um mich zu vergewissern, dass ich ausreichend bedeckt bin. Als ich auf der Treppe eine zweite Stimme höre, nehme ich zwei Stufen auf einmal. Ich betrete die Küche und erblicke Tobias.

Er sieht wie immer makellos aus in seinem Anzug, und der Duft seines Parfüms steigt mir in die Nase, noch ehe mein Blick auf Jeremy fällt.

Er ist damit beschäftigt, einen neuen Laptop auszupacken, und als er mich sieht, grinst er breit. »Hey du. Ist 'ne Weile her.« Er richtet seinen Blick wieder auf den Laptop.

Ich stelle mich neben die Arbeitsplatte, schiebe meine Hüfte vor und betrachte ihn, freue mich darüber, ein vertrautes Gesicht zu sehen, auch wenn mir das Herz schwer wird. In den letzten acht Monaten, seit ich ihn zuletzt gesehen habe, ist sein Bart ein wenig länger geworden, aber er trägt immer noch sein typisches Outfit, das aus einer dunklen Jeans, Hosenträgern und T-Shirt besteht. Es sind die Nadelstreifen-Hosenträger, die ich im Secondhand-Laden für ihn gekauft habe, weil ich ihn als Freund betrachtet habe. Ich denke an die nächtlichen Gespräche mit ihm zurück, aber verdränge die Erinnerung sofort wieder und konzentriere mich stattdessen auf meinen Groll. Ich ignoriere Tobias' Blick, der über mich streift, gehe zur Kaffeekanne und schalte den kleinen Fernseher auf der Arbeitsplatte ein, um die Morgennachrichten anzusehen.

Als ich die Zuckerdose öffne, stelle ich fest, dass sie leer ist. Ich werfe einen Blick über die Schulter und sehe, dass Tobias gekünstelt lächelt und seinen Becher hebt.

Mit zu Schlitzen verengten Augen sehe ich ihn an.

Jeremy schaut über seinen Laptop hinweg, den er gerade eingeschaltet hat, zwischen uns hin und her. »Wie ich sehe, versteht ihr euch blendend.«

Als wir ihn beide wütend anfunkeln, lacht er leise.

Verärgert wende ich mich ab, öffne den Schrank und entdecke ganz oben eine Packung Zucker, an die ich nicht herankomme. Ich stelle mich auf die Zehenspitzen und versuche vergeblich, danach zu greifen, als ich spüre, dass Tobias hinter mich tritt.

»Ich komme klar«, fauche ich ihn an und nehme eine Kelle aus der Schublade, um damit die Packung zu mir zu ziehen. Sie fällt mir mitten ins Gesicht. Meine Nase brennt, und als Tobias schallend zu lachen anfängt, bin ich kurz vorm Explodieren. Ich ignoriere die beiden, gieße mir Kaffee ein und halte den Blick auf den Fernseher gerichtet.

»Wie geht's dir eigentlich, Cee?«

Ich stütze mich mit den Ellbogen auf der Arbeitsplatte ab und drehe die Lautstärke auf.

»So wütend bist du also auf mich, hm?«

Ich spüre, dass sie hinter mir einen Blick wechseln, doch das ist mir gleichgültig. Das Brennen in meinem Rücken lässt mich allerdings ahnen, dass ich mehr Haut zeige, als ich sollte. Ich schaue mich über die Schulter um und sehe die Ursache für mein Unbehagen. Mit schief gelegtem Kopf betrachtet mich Tobias, dann sieht er wieder Jeremy an. »Alles klar?«

»Ich meine, er hat mir nur einmal gezeigt, wie es geht, aber …« Jeremy schaut wieder zu mir, und ich weiß, worauf er sich bezieht. Sie machen sich Sorgen über die Sicherheit des Laptops.

Wieder wechseln sie schweigend einen Blick.

Ich wende mich wieder meinem Kaffee zu und tue so, als ob ich die Nachrichten schaue.

»Ich glaube, ich hab's hingekriegt«, sagt Jeremy, nachdem er noch ein paarmal auf der Tastatur herumgetippt hat.

»Glaubst du, oder bist du dir sicher?« Tobias' Tonfall klingt unnachgiebig.

Jeremy seufzt genervt. »Es würde helfen, wenn du zulassen würdest, dass ich …«

»Ich finde schon heraus, wie es geht«, versetzt Tobias.

»Du bist zu stolz, um deinen Bruder um Hilfe zu bitten, was?«, frage ich, ohne mich ihnen zuzuwenden.

Sie schweigen.

»Wie geht es *ihm* eigentlich, Jeremy?«

Es folgt eine bedeutungsschwere Pause. »Das weiß ich nicht, Cee.«

»Natürlich nicht.«

Eine Sekunde später spüre ich, dass Jeremy neben mir steht. Ich kann ihn nicht anschauen. Ich kann ihn nicht sehen lassen, dass mich seine bloße Anwesenheit schwächt.

»Wir vermissen dich, weißt du?«

»Ach ja?« Ich trinke einen Schluck Kaffee. Die Verbitterung in meiner Stimme kann ich nicht verbergen. »Schöne Hosenträger.«

Er legt die Daumen darunter. »Sind meine Lieblingshosenträger.«

»Gut zu wissen, dass dir doch nicht alles egal ist.«

»Du bist mir auch nicht egal.« Sein Seufzen klingt frustriert.

Ich bin mir sicher, dass sein Boss ihn anschaut – eine Bedrohung, die nur wenige Zentimeter entfernt ist. Wie es scheint, ist keiner von ihnen mutig genug, um sich diesem Arschloch zu widersetzen.

»Mach dir keine Sorgen um mich. Das hast du schließlich in den letzten acht Monaten auch nicht getan.«

»Komm schon. Du weißt, wir konnten nicht …«

»Du willst wissen, wie es mir geht?« Ich drehe ihm das Gesicht zu und funkele ihn wütend an. »Du kannst Sean ausrichten, dass ich ganz genau weiß, was mit Vögeln passiert, wenn man sie in einen Käfig sperrt.«

»Das wär's«, sagt Tobias, der die Unterhaltung zwischen uns offensichtlich beenden will, zu Jeremy. »Wir sehen uns nachher.«

Kurze Zeit später klingelt es, und Russells Stimme ist über die Sprechanlage an der Haustür zu hören. »Hey, wir müssen in zwanzig Minuten öffnen. Mrs. Carter will, dass wir uns gleich heute Morgen um ihren Wagen kümmern.«

Er spricht von der Werkstatt – ein Ort, den ich für einige Zeit als zweites Zuhause betrachtet habe. Mittlerweile kommt es mir vor, als wäre das eine Ewigkeit her. Ich muss mich zusammenreißen, um nicht zu Russell zu gehen. Aber ich widerstehe dem Drang, denn er wirkt kein bisschen interessiert daran, mich zu sehen. Vielleicht liegt es an Tobias und seiner bedrohlichen Ausstrahlung.

Aber im Grunde spielt das keine Rolle. Diese Männer sind nicht meine Freunde. Ich bin in ihre Geheimnisse nicht eingeweiht. Früher habe ich zu ihnen gehört, jetzt bin ich ihnen lästig.

»Man sieht sich, Cee«, sagt Jeremy neben mir, aber ich schaue ihn nicht an.

Ich kann seine Enttäuschung spüren, als er sich abwendet und geht.

Ich drehe die Lautstärke des Fernsehers hoch, um einer Unterhaltung mit Tobias zu entgehen, und bin erleichtert, als er sich an seinen Laptop setzt.

Ein paar Minuten verstreichen, bis er innehält, als der Reporter über etwas berichtet, das ihn zu interessieren scheint.

»Gestern Abend wurde der bekannte Anführer einer terroristischen Gruppe bei einem erfolgreichen Einsatz durch das US-Militär getötet. Kurz nachdem die Nachricht öffentlich gemacht wurde, wurde der Getötete von einem großen Medienportal als religiöser Gelehrter bezeichnet. In den sozialen Medien sind wütende Stimmen laut geworden …«

»Scheiße!«

»Scheiße!«

Ich drehe mich zu Tobias um, der auf der anderen Seite der Kücheninsel sitzt und genauso perplex ist wie ich. Frustriert fährt er sich mit der Hand übers Gesicht, und ich schalte den Fernseher aus. Einige Sekunden stehen wir schweigend da, dann tritt er an die Spüle und schüttet seinen Kaffee weg. »Einfach schrecklich.«

»Das finde ich auch. Seit wann ist es okay, dass Reporter Terroristen Mitgefühl entgegenbringen?«

»Nein, ich meine den Kaffee. Du brauchst eine Stempelkanne und eine Kaffeemühle.«

Verblüfft starre ich auf seinen Rücken und das maßgeschneiderte hellblaue Hemd.

»Na, dein verwöhnter Gaumen kennt aus Frankreich bestimmt Besseres. Ich bin mir sicher, du hast schon so einiges probiert.«

Er dreht den Kopf, legt eine Hand auf die Arbeitsplatte und schaut mich mit hochgezogenen Augenbrauen an. »Reden wir immer noch über Kaffee?«

»Natürlich«, erwidere ich verwirrt. »Ich frage mich ohnehin

mittlerweile, warum du deine Lieferadresse für deine Supermarktbestellungen nicht änderst und meine angibst.«

Sein leises Lachen erfüllt die Küche.

Als er mich eindringlich anschaut, umfasse ich mein Handgelenk mit der anderen Hand.

»Sie bedeuten dir wirklich etwas«, sagt er leise.

Ich atme tief durch, um die Geduld nicht zu verlieren. »Das hab ich dir doch schon oft gesagt. Unser Deal war vollkommen unnötig. *Du* bist derjenige, der *mir* einen Vorteil verschafft hat. Ich hätte so oder so geschwiegen.«

Er hebt einen Mundwinkel. »Man kann nicht vorsichtig genug sein.« Ich gehe zu ihm, um meine Tasse in die Spüle zu stellen, schaue zu ihm auf. Das Knistern zwischen uns ist nicht mehr zu ignorieren. Seine Augen funkeln heiß.

»*Zärtlichkeit, Verehrung, Hingabe, Wärme, Bindung*; alles Synonyme für Liebe«, sage ich und will mich abwenden, um nach oben zu gehen, aber er hält mich am Ellbogen fest und zieht mich an sich.

Es knistert und glimmt zwischen uns, und mehrere Sekunden lang bin ich wie gelähmt. Es fühlt sich an, als wäre ich in ein heftiges Gewitter geraten. Sein atemberaubendes Aussehen, das Brennen in seinem Blick und sein schwindelerregender Duft machen es mir immer schwerer, so zu tun, als wäre ich immun gegen ihn. Je mehr ich mich gegen seine Anziehungskraft wehre, desto stärker wird sie.

»Bitte keine weiteren Blutergüsse. Ich muss heute Abend arbeiten.«

Er lockert seinen Griff. »Du bist zu empfindlich. Glaubst du etwa, ich verstehe dich nicht?«

»Du kennst mich nicht.«

Er beugt sich zu mir herunter, und sein Atem trifft auf mein Ohr. »Ich kenne dich.« Er streicht mir die Haare von der

Schulter, und ich kann das Zittern, das seine Berührung auslöst, kaum unterdrücken. »Und du hast Angst davor, *wie* gut ich dich kenne.« Er hebt einen Finger und fährt damit sanft über mein Schlüsselbein. »Du glaubst, es ist *Liebe*, aber ich sage dir, es ist *Sucht*.« Langsam lässt er den Finger über meinen Hals gleiten und streicht vorsichtig über meine Lippen. Ich erschauere. »Im Moment bist du high. Das ist deine Währung: ein simples *High*.« Als ich mich von ihm losreißen will, hält er mich fest und lässt den Blick von meiner sich schnell hebenden und senkenden Brust zu meinen Lippen wandern, bevor er von mir wegtritt, seinen Laptop nimmt und die Küche verlässt.

KAPITEL ZEHN

»Es ist Sucht.«

Das Gewicht dieser Aussage lastet während meiner gesamten Schicht auf mir.

»Bist du sicher?«, fragt Melinda, während sie die letzten Behälter aufeinanderstapelt.

»Sorry, was?«

Sie schaut mich besorgt an.

Nun fällt mir wieder ein, worüber wir gerade gesprochen haben. Sie will mich mit dem neuen Jugendpfarrer aus ihrer Gemeinde verkuppeln. Inzwischen ist sie Expertin darin, meine Stimmung einzuschätzen. An den meisten Tagen bringt sie mir Essen mit, um sicherzustellen, dass ich etwas in den Magen bekomme. Es ist tröstlich zu wissen, dass ich ihr wichtig bin; ihre Sorge um mich ist mütterlich.

»Ja«, erwidere ich und beginne damit, unsere Arbeitstheke sauber zu wischen. »Ich fahre nach Hause und gehe ins Bett.«

Sie hält inne. »Liebes, es ist Monate her. Ich will einfach nur nicht, dass du noch mehr Zeit vergeudest.«

Monate. Und heute spüre ich das Gewicht dieser Wahrheit mehr als jemals zuvor.

»Es ist Sucht.«

»Mir geht's gut«, versichere ich ihr. »Ich war vor Kurzem auf einem Date.«

Das scheint sie aufzuheitern. »Ach ja?«

»Ja. Ein echt netter Typ. Und wir treffen uns bald noch mal.« Die Lüge kommt mir ohne Mühe über die Lippen, und ich spüre keine Schuldgefühle, als ich die Erleichterung in ihren Augen sehe. Auch wenn sie mit ihrer Schwatzhaftigkeit manchmal aufdringlich und nervtötend ist, mag ich sie mittlerweile und betrachte sie als Freundin.

»Das ist schön.« Sie schüttelt den Kopf. »Entschuldige, dass ich das sage, aber er ist ein Mistkerl. Und ich verspreche dir, dass er es eines Tages bereuen wird, wenn er das nicht schon längst tut. Ich kann nicht glauben, dass er einfach so abgehauen ist.«

Wir wissen beide, dass sie Sean meint, aber ich wende den Blick ab. Als das Fließband anhält und unsere Schicht vorbei ist, kommt sie einen Schritt auf mich zu und schließt mich zögerlich in ihre Arme.

Ich erwidere ihre Umarmung fest. »Ich werde dich auch vermissen.«

Sie löst sich von mir und legt mir die Hände auf die Schultern. »Mein pausenloses Gerede wirst du wohl kaum vermissen.« Sie lacht und stößt mich mit dem Ellbogen an. »Aber ich werde es vermissen, dass mir jemand zuhört. Wie lange hast du noch?«

»Nur noch ein paar Monate.«

Sie zwinkert. »Die sollten wir genießen.«

Ich nicke und bringe ein aufrichtiges Lächeln zustande. Als sie geht, um sich auszustempeln, laufe ich hinter ihr her. Meine Gedanken schweifen wieder zu der Unterhaltung heute Morgen in der Küche zurück. Für alle, die mir nahestehen, bin ich momentan das Mädchen, dem das Herz gebrochen wurde und das sich zurückgezogen hat.

Und Tobias sieht mich genauso – als schwach. Die Ironie ist aber, dass Menschen wie Melinda – die jeden Tag hart arbeiten, um zu überleben – sowie meine Freundschaft zu ihr und alle in unserem Umfeld mich dazu bewegen, weiter zu schweigen und mich unterwürfig zu geben. Würde ich auch nur eine Sekunde denken, dass Tobias' Pläne ihr oder anderen Menschen, die ich ins Herz geschlossen haben, schaden könnten, hätte ich mein Schweigen schon vor langer Zeit gebrochen und Stärke bewiesen. Aber sosehr ich ihn auch hasse, weiß ich, dass Tobias den Menschen im Ort die Macht zurückgeben will.

Und diesen Plan unterstütze ich.

Macht es mich zu einem schlechten Menschen, dass ich bereit bin, meinen Vater dafür leiden zu lassen? Vielleicht.

Aber ich habe mich für diesen Weg entschieden.

Dass ich so wenig Interesse an seinem Wohlbefinden habe, liegt zum Teil vielleicht an meiner Wut darüber, dass er sein Unternehmen immer mir vorgezogen hat.

Vielleicht lehrt alles zu verlieren ihn Demut, und er bekommt eine zweite Chance, etwas anderes aus seinem Leben zu machen und eine sinnvolle Aufgabe zu finden. Demut hat aus mir definitiv einen neuen Menschen gemacht. Und diese Lektion betrachte ich nicht als selbstverständlich, auch wenn mich diejenigen, die sie mir erteilt haben, als selbstverständlich betrachtet haben.

Wenn ich Dominic für kalt gehalten habe, übertrifft ihn sein Bruder um Längen. Er hat eine undurchdringliche Fassade und betrachtet Liebe als Unannehmlichkeit, die schlecht fürs Business ist.

»Es ist Sucht.«

Wut flammt in mir auf, als ich mein Handy aus dem Spind nehme und meine Nachrichten checke. Christy hat geschrieben, dass sie heute ein Date hat und mich morgen anruft. Sie ruft mich momentan jeden Tag an. Ich weiß, dass es zum Teil daran liegt, dass sie Mitleid mit mir hat und sich Sorgen um mich macht.

Nicht einmal meinen größten Feind kann ich dazu bringen, mich ernst zu nehmen, weil ich meinen Liebeskummer wie ein Abzeichen auf meinem Ärmel trage.

Ich schlage die Tür zu meinem Spind zu, denn Wut schießt durch meinen Körper. Die Menschen in meinem Leben fassen mich mit Samthandschuhen an, weil sie Sorge haben, ich könnte zerbrechen. In diesem Moment wird mir etwas Schockierendes bewusst. Ich werde genau wie meine Mutter.

Es ist Sucht.

Ich bin eine Süchtige.

Bin ich wirklich süchtig danach, high zu sein, verliebt zu sein?

Wenn ich ehrlich bin, habe ich mich oft so gefühlt, als ich mit ihnen zusammen war. Aber darum geht es schließlich bei der Liebe, oder? Es ist nichts anderes als ein Hochgefühl – ein Hochgefühl, das Menschen aufblühen lässt. Eines, das einem aber auch die Seele aus dem Leib reißen und auf dem harten Boden zerschmettern kann.

Und vielleicht ist es die Jagd nach diesem Hochgefühl, die mich dazu bringt, an diesem Abend die Regeln zu brechen. Acht Monate lang habe ich nichts von ihnen gehört. Und wenn ich ein Junkie bin, ist das eine viel zu lange Zeit, ohne high gewesen zu sein. Ich kann das Band zwischen uns dreien stärker spüren als jemals zuvor und denke an das, was in meiner Küche passiert ist.

Wieder hat Tobias mich verspottet.

Und wieder wollte ich *ihn*.

Ich winde mich vor Scham und Schuldgefühlen bei dem Gedanken, und dennoch biege ich auf die Straße ab, die zu dem zweigeschossigen Haus in der Sackgasse führt. Kein einziges Mal habe ich mich wie die Psycho-Ex aufgeführt und bin bei ihnen vorbeigefahren, aber nun ist es an der Zeit.

Als ich das Schild mit der Aufschrift *Zu vermieten* vor dem Haus sehe, wächst meine Anspannung, Wut steigt in mir hoch. Ich steige aus dem Auto, ohne den Motor abzuschalten, und gehe auf das Haus zu, beschirme die Augen mit meinen Händen und spähe hinein. Leer. Kein Lebenszeichen.

Alles ist fort.

Auf dem Weg zurück zu meinem Wagen fällt mir auf, dass das Gras dreißig Zentimeter hoch ist, was bedeutet, dass sie vor einem Monat oder noch längerer Zeit ausgezogen sein müssen. Mein Bauchgefühl sagt mir, dass es noch länger her ist.

Als ich wieder hinter dem Steuer sitze, rase ich die Straße entlang; Blut pocht in meinen Schläfen, während ich versuche, mir den Grund zusammenzureimen. Wo lebt Tyler jetzt? Ich habe ihn erst neulich gesehen, also kann er nicht weit entfernt wohnen, was bedeuten muss, dass das auch auf meine beiden zutrifft. Sean musste gewusst haben, dass ich nach ihm suchen würde. Aber bisher habe ich mich an seine Anweisungen gehalten, habe mich an der Vorstellung aufgerichtet, dass ich ihn eines Tages wiedersehen würde.

Wütend über das, was ich herausgefunden habe, fahre ich die Straßen entlang, die ich mittlerweile in- und auswendig kenne, und nehme mir fest vor, Antworten auf meine Fragen zu bekommen.

Als ich auf den Parkplatz der Werkstatt einbiege und scharf bremse, bin ich erleichtert, Licht in der Halle zu sehen. Ein Teil meines alten Lebens, unverändert. Gedämpfte Musik klingt zu mir nach draußen. Russell schlendert durch die Halle und schaut mich durchs Fenster kurz an. Sofort gehe ich zur Tür und klopfe leise an, denn ich weiß, dass er mich gesehen hat. Als er nicht öffnet, klopfe ich erneut, diesmal fester.

»Mach auf, Russell«, rufe ich. Mein Herz gerät ins Stocken, als ich wieder an das leer stehende Haus zurückdenke.

Nichts.

»Russell!« Ich gehe zum Fenster und schaue ihn wütend an, als er wieder nicht auf mein Klopfen reagiert.

Russell wendet das Gesicht ab, um meinem zornigen Blick auszuweichen.

In dem Moment betritt Jeremy die Halle. Sobald er mich sieht, senkt er den Kopf.

»Ich will nur mit euch reden«, flehe ich durch das dicke Glas, denn ich weiß, dass sie jedes Wort hören können. In der nächsten Sekunde geht das Licht aus, und Russell verschwindet in der Werkstatt.

Jeremy hält die Tür auf, um ihm hinterherzugehen, doch bleibt stehen, als er meine Stimme wieder hört.

»Hör auf damit«, bettele ich und hämmere gegen das Fenster. »Tu mir das bitte nicht an, verdammt! Jeremy!«

Er verweilt noch einen Moment dort, wo er steht, und ich sehe an seiner Haltung, dass ihm sein Verhalten leidtut.

»Bitte, Jeremy!« Ich sehe zu, wie er sich die Hand frustriert ans Kinn legt, doch er schaut nicht mehr auf, sondern verschwindet in der Werkstatt.

Wütend weiche ich vom Fenster zurück, und in diesem Moment trifft mich die Wahrheit, gegen die ich den ganzen Tag angekämpft habe, wie ein Schlag.

Ich bin tatsächlich süchtig.

Ich bin das erbärmliche Mädchen, das einen Wink mit dem Zaunpfahl nicht versteht, das nicht loslassen kann. Wenn ich ehrlich zu mir selbst bin, habe ich es in den Gesichtern aller Menschen gesehen, die mich derzeit anschauen – Mitleid und Sorge. Dass die beiden Männer, die ich liebe, sich zurückgezogen haben, hat mich meinen Stolz und meine

Selbstachtung gekostet und den Respekt der Leute, die mich kennen.

Es hat mich viel mehr gekostet, als jedes High wert ist.

Und es wird Zeit, dass ich mich wieder daran erinnere, wie man um sich tritt …

KAPITEL ELF

Nachdem ich einen Schluck von dem eisgekühlten Whisky getrunken habe, den ich mir aus einer von Romans Kristallkaraffen eingeschenkt habe, springe ich in den Pool. In der schwülen Nachtluft schwimme ich ein paar Bahnen, genieße das warme Wasser auf meiner Haut und baue Aggressionen ab.

Doch obwohl ich mich körperlich verausgabe, spüre ich weiterhin die Frustration in mir und versuche immer noch, einen Grund dafür zu finden, warum sie ihr Verschwinden so sorgfältig geplant haben. Der Betrug, die Demütigung – ich habe mich wegen zwei Männern lächerlich gemacht, die sich seit Monaten nicht bei mir gemeldet haben.

Und wofür? Für das High?

Was für eine Ernüchterung! In den letzten paar Monaten habe ich versucht, mir einzureden, dass ich nach vorn blicke, aber in Wahrheit habe ich die ganze Zeit nur gewartet, dass sie zu mir zurückkommen.

Ich will mich nicht länger selbst belügen, und ich kann nicht mehr vergeblich lieben.

Keiner der beiden Männer, denen ich mein Herz geschenkt habe, ist aus seinem Versteck aufgetaucht, um mit mir zusammen zu sein. Es war naiv von mir zu glauben, dass ich eine Zukunft mit ihnen habe.

Es ist etwas mehr als acht Monate her, seit ich mit Sean auf der Straße getanzt habe. Monate, in denen ich versucht habe, normal zu leben. Rückblickend erschien es so real. Deshalb habe ich mich an die Erinnerung geklammert.

Aber das ist es, was Süchtige tun – sie verleugnen das Problem und finden tausend Ausreden. Dabei liegt es in meiner Hand, mich zu retten.

Also lasse ich die Liebesgeschichte mit Sean und Dom jetzt hinter mir.

Ich höre auf damit, den zwei Männern hinterherzutrauern. Ich will nicht mehr verstehen, welche Motive sie hatten oder welche grausamen Gründe für ihre Abwesenheit.

Jetzt will ich nur noch das Band durchtrennen und mich von dem Schmerz befreien, den unerwiderte Liebe mit sich bringt.

Erschöpft vom Schwimmen und ein wenig benebelt vom Whisky klettere ich aus dem Pool und spüle mir unter der Gartendusche das Chlor aus den Haaren. Ein Handtuch um meinen Körper gewickelt laufe ich nach oben, doch spüre auf halbem Weg, dass ich nicht allein bin.

Genervt gehe ich in mein Zimmer und sehe Tobias, der das Buch auf meinem Nachttisch durchblättert.

Er trägt einen Anzug und eine Krawatte, die lose um seinen Kragen gebunden ist. Sein Haar ist tadellos nach hinten gekämmt.

Ich gehe an ihm vorbei, lasse mein Handtuch fallen, stehe im Bikini da, will Shorts und ein T-Shirt aus der Kommode holen. Mit einer Hand in der Schublade halte ich inne, denn ich spüre seinen Blick auf mir.

»Bist du *geschäftlich* hier, oder geht es um eine Strafe, weil ich ungezogen war?«

Er klappt das Buch zu. »Du hast die Antworten bekommen, mit denen du ohnehin gerechnet hast. Sie haben sich entschieden.«

Und zwar nicht für mich.

Ist Akzeptanz nicht eine der fünf Phasen der Trauer? Ich beschließe, den Schmerz, den seine Worte in mir auslösen, nicht in mein Herz eindringen zu lassen, sondern durchsuche die Schubladen nach etwas zum Anziehen.

Mehrere Sekunden vergehen, in denen er schweigend dasteht, auch wenn ich seinen Blick auf mir spüren kann.

Fest entschlossen, seinen Einschüchterungsversuch zunichtezumachen, drehe ich mich zu ihm um, löse die Bänder meines Bikinioberteils und lasse es fallen. Es ist das gleiche Oberteil, das er am Tag unserer ersten Begegnung in seiner Hand hatte, um mir seine Macht zu demonstrieren.

»Sonst noch was? Vielleicht ein Vortrag darüber, wie die Welt funktioniert?« Mit aufgerichteten Nippeln stehe ich vor ihm; Wasser tropft von meiner Haut und sammelt sich auf dem Teppich zu meinen Füßen.

Er steht neben meinem Bett, scheinbar vollkommen ungerührt von meiner Nacktheit und mit herausforderndem Blick.

Langsam löse ich die Bänder an meinen Hüften und lasse die Bikinihose fallen. Da ist nichts, was er nicht ohnehin schon gesehen hätte, aber dennoch erkenne ich, dass Überraschung in seinen Augen aufblitzt, als ich das Kinn hebe und mich ihm vollkommen nackt gegenüberstelle. Ich lasse mich von ihm nicht mehr schikanieren. Es ist an der Zeit, mich zu wehren.

Er betrachtet meine nackte Haut und spannt den Kiefer an.

»Ich weiß, wer du bist«, sagt er schließlich. In seiner Stimme schwingt die gleiche Warnung mit, die in seinen Augen tanzt.

»Ach ja?«, fordere ich ihn heraus. »Das glaube ich kaum.«

Er kommt einen Schritt auf mich zu, aber ich rühre mich nicht. Ich kann kaum atmen, als er seinen Blick schamlos über die Konturen und Kurven meines Körpers gleiten lässt.

Die Anziehungskraft, die er auf mich ausübt, ist immer schwerer zu ignorieren, je näher er kommt.

»Cecelia Leann Horner, geboren am achten Juni 1995, eins fünfundsiebzig groß, fünfundsechzig Kilo.« Er kommt einen weiteren Schritt auf mich zu, und dann noch einen.

Das Wasser rinnt mir am Rücken hinab.

»Tochter von Roman Horner, CEO, und Diane Johnston, die nie verheiratet waren.«

Er verschlingt mich mit Blicken, und ich ringe keuchend nach Luft.

»Wenn mich das beeindrucken soll ...«

»Ein schüchternes Mädchen, das gerne Liebesromane gelesen hat und bei seiner besten Freundin untergeschlüpft ist, während seine Mutter sich mit ständig wechselnden Freunden vergnügt und Strafzettel wegen Trunkenheit am Steuer kassiert hat.«

Ich schlucke schwer, als er den letzten Schritt macht und direkt vor mir steht. Ein Duft nach Zitrus und Leder steigt mir in die Nase.

Er hebt eine Hand und umfasst mein Kinn, streicht mit dem Daumen über meine Unterlippe, bevor er die Kuppe in meinen Mund gleiten lässt und über meine Zähne fährt. Ich drehe den Kopf, als er sich herunterbeugt, um mir etwas ins Ohr zu flüstern.

»Du wurdest vernachlässigt, bist ohne Vater aufgewachsen und hast es zu deiner Mission gemacht, dich um deine Mutter zu kümmern. Dabei bist du auf Nummer sicher gegangen und warst immer ein liebes Mädchen. Bis dich die Neugier gepackt hat, im Junior-Jahr an der Highschool hast du den Abschlussball geschwänzt und deine Jungfräulichkeit verloren.«

Schockiert wende ich ihm mein Gesicht wieder zu.

»Und das nicht etwa, weil du die unbändige Leidenschaft verspürt hast, nach der du dich so verzweifelt sehnst. Es war einfach an der Zeit, fandest du.«

Ich schaue weg, doch er neigt den Kopf, um meinen Blick wieder aufzufangen und festzuhalten – mich festzuhalten.

Mein Körper reagiert sofort und pulsiert in einer Mischung aus Wut und Begierde, die schnell stärker wird, als er mein Gesicht zärtlich mit einer Hand streichelt und jede meiner Lebensentscheidungen aufzählt. »Als Teenager hast du bei dir zu Hause die Rolle der einzigen verantwortungsbewussten Erwachsenen übernommen und bist mit Absicht durch eine Prüfung gefallen, wodurch du Drittbeste im Abschlussjahrgang der Torrington Highschool wurdest. Das hast du entweder getan, um Daddy wütend zu machen, oder damit deine Mutter sich nicht schuldig fühlt, weil sie sich die Studiengebühren an einem Elite-College nicht leisten konnte, falls dein Vater nicht anbieten würde zu zahlen. Schließlich war es viel einfacher, nicht aufzufallen und die Fehler deiner Mutter als Ausrede dafür zu benutzen, nichts zu riskieren.«

»Das reicht«, sage ich.

Er kommt mir so nahe, dass sich unsere Körper berühren.

»Der Vorteil daran? Du hast den Nervenzusammenbruch deiner Mutter dazu genutzt, dich von der Elternrolle zu befreien. Womit wir hier angekommen wären. Wo du angeblich für deine Mutter bist, aber in Wahrheit hast du hier zum ersten Mal erfahren, was Freiheit bedeutet.«

Ich fühle mich über meine Nacktheit hinaus entblößt.

Er umfasst mein Gesicht mit beiden Händen. »Und jetzt versteckst du dich schon wieder, weil Risiken einzugehen und zum ersten Mal richtig zu leben nicht so ausgegangen ist, wie du es dir erhofft hast. Aber weißt du was, Cecelia? Ich … durchschaue … dich. Immer wieder versuchst du verzweifelt, dich, dein Herz, deine Treue zu verschenken, ob derjenige all das haben will oder nicht. Die Gründe dafür verstehst du selbst nicht, dabei ist es so einfach. Deine Mutter ist selbstsüchtig und narzisstisch, dein Vater hat sich vor der Verantwortung gedrückt, du hast den Eindruck, dass meine Brüder dich benutzt und weggeworfen haben, und du spielst die Tapfere, obwohl du innerlich stirbst.«

Er hebt mein Kinn mit seinem Zeigefinger an, als eine einsame Träne an meiner Wange hinabläuft.

Ich verwehre ihm den Anblick nicht, sondern lasse ihn meine Schwäche sehen.

Tobias wischt die Träne mit seinem Daumen weg. »Du bist traurig und einsam, schottest dich in diesem Haus vor dem Leben ab, und mir sollte das scheißegal sein, aber ich weiß, dass ich zum Teil schuld daran bin. Ich habe mich in dein Leben eingemischt und …«

Das Geräusch, mit dem meine Handfläche auf seine Wange trifft, ist auf merkwürdige Art befriedigend.

Er ächzt, packt meine Handgelenke und drückt mich gegen den Schrank.

Ich funkele ihn wütend an, und in der nächsten Sekunde treffen seine Lippen auf meine.

An seinem Kuss erkenne ich, dass *ihn* mein Schmerz high macht, er genießt meinen Widerstand und die Traurigkeit, die er in mir hervorruft. Er hat mich gerade aus strategischen Gründen niedergemacht.

Ich entreiße ihm meinen Mund und schüttele angewidert den Kopf. »Macht dich das geil, du kranker Wichser?«

»Leider bist du genauso krank«, kontert er und nimmt meinen Mund wieder auf eine Art gefangen, der ich nicht entkommen kann … und will.

Mein Körper hat mir noch nie gehorcht, also erwidere ich seinen Kuss. Schließlich hat er recht. Mein Herz hat am falschen Ort um Liebe gefleht, hat überall nach einem Zuhause gesucht. Aber es ist nicht mein Herz, auf das er es abgesehen hat. Es ist mein Lebensmut, den er zerschmettern will.

Er hebt seine freie Hand, um mein Gesicht zu umfassen, und ich packe seine Handgelenke in der Absicht, mich zu befreien, doch vergeblich. Er hat mich entblößt mit seiner Einschätzung. Ich hasse die Tatsache, dass er alles so deutlich sehen kann, mich so einfach durchschauen kann.

Oder konnte.

Denn ich bin nicht mehr die Frau, die ich gestern oder sogar vor einer Stunde war.

Seine Worte sind ein Flüstern. »Du bist eine Kämpferin, das muss ich dir lassen.« Er tritt einen Schritt zurück und sieht mir forschend in die Augen. »Aber du verschenkst zu viel von dir, ohne genug zurückzubekommen. Du vertraust zu schnell, weil du dein ganzes verdammtes Leben lang einsam warst.«

»Sagt der einsame König zu dem einsamen kleinen Mädchen.«

Sein Brustkorb hebt und senkt sich im selben Rhythmus wie meiner, während wir einander anschauen.

Zum ersten Mal in meinem Leben bin ich ins tiefe Wasser geraten und will nicht länger um mich treten, um an der Oberfläche zu bleiben. Alles, was ich will, ist versinken … mit meinem Feind. Es fühlt sich richtig an. *Er* fühlt sich richtig an.

Und wenn ich diese Grenze einmal überschritten habe, gibt es kein Zurück mehr.

Es ist, als würde er meine Entscheidung spüren, denn er hebt eine Hand, um die Haare in meinem Nacken zu umfassen, und schiebt sie zur Seite, entblößt meinen Hals. Sein Atem trifft auf meine Haut, eine Sekunde bevor seine vollen, warmen Lippen auf meiner Schulter landen und er die Wassertropfen wegküsst. Gierig saugt er sie in seinen Mund, und ich versuche, ein Wimmern zu unterdrücken.

Es ist an der Zeit, dich zu wehren, Cecelia.

Langsam streift er mit den Lippen über mein Schlüsselbein, küsst weitere Tropfen weg, auf meinen Brüsten und meinem Bauch.

Ich kämpfe gegen die Tränen der Wut an und unterdrücke ein Schluchzen.

Fest entschlossen, die Sache durchzuziehen, grabe ich ihm meine Nägel in die Kopfhaut, als er mit dem Mund eine brennende Spur auf meiner Haut hinterlässt.

Er verschlingt mich ungerührt, widmet sich jedem Zentimeter Haut auf seinem Pfad, bevor er mit beiden Händen meine Beine spreizt und beginnt, mich zu lecken.

Ich greife in seine Haare und schreie auf, als er fest zu saugen beginnt, wobei seine Locken meine Schenkel kitzeln. Schließlich spreizt er mich weiter und leckt meine Klitoris mit langen, präzisen Zungenschlägen.

Und mit der nächsten Bewegung seiner Zunge werden meine Glieder weich, ich lasse mich gegen den Schrank sinken, werfe den Kopf zurück und dränge ihm meine Hüften entgegen. »Verdammt!« Ich schlage mit den Handflächen auf seine Schultern.

Seine Zunge wird schneller, und schließlich lässt er einen Finger in mich hineingleiten. Gierig leckt er weiter, angetrieben von meinem Stöhnen.

Ich lehne mich an die Schranktür, sodass sich die Griffe in meinen Rücken bohren. Meine Seele ist voller Sehnsucht, meine Lust auf ihn verzehrt mich, und langsam beginne ich, unkontrolliert zu zittern. Ein Orgasmus kündigt sich an, doch ich versuche, mich zu beherrschen, denn ich hasse ihn, hasse mich, hasse die Tatsache, dass sich noch nie etwas so verflucht gut angefühlt hat.

»*Tu te retiens.*« Du kämpfst dagegen an.

So viel verstehe ich.

Er schaut zu mir auf, während er mich mit seinen Fingern liebkost.

Der Anblick meiner nassen Hitze, die seine Fingerspitzen bedeckt, bringt mein Blut in Wallung.

»Je gagnerai.« Ich werde gewinnen.

Die Lust verschlingt mich, als er mich runter auf den Teppich zieht, meine Schenkel weit spreizt und sich über mich schiebt. Stumm hält er meinen Blick mit seinem gefangen, dann senkt er den Kopf und fährt mit seinen Liebkosungen fort.

Als er seine geschickten Finger lockend in mir krümmt und dazu noch einmal lange an meiner Klitoris saugt, explodiere ich in seinem Mund. Er stößt die Finger in meine pulsierende Pussy und leckt mich weiter, bis mein Orgasmus abgeklungen ist.

Sein Brustkorb hebt und senkt sich schwer, als er von mir ablässt, um erst sein Jackett auszuziehen und dann langsam sein Hemd aufzuknöpfen. Ohne den Blick von mir zu lösen, greift er nach hinten, um ein Kondom aus seiner Brieftasche zu holen, und wirft es neben meinem Kopf auf den Teppich.

Ich wende mein Gesicht der Packung zu, die mich davor zu warnen scheint, wo das Ganze hinführen könnte, wenn ich ihn nicht aufhalte.

Mit diesem einen Akt würden wir alle Brücken niederbrennen und damit jegliche Hoffnung, die ich noch habe. Für ihn bin ich eine Bedrohung, er will, dass ich verschwinde, und das hier ist seine Art sicherzustellen, dass ich keinen Platz und keine Zukunft mehr bei Sean und Dominic habe. Es ist an mir, dafür zu sorgen, dass wir nicht weitergehen.

Aber das tue ich nicht. Das werde ich nicht. Denn ich habe keinen Grund mehr, an der Vergangenheit festzuhalten.

Und außerdem bin ich süchtig.

Ein erbärmliches Produkt meiner eigenen Fantasie.

Bedürftig.

Krank.

Unersättlich.

Und mit Tobias fühlt es sich an, als würde ich Energie inhalieren.

Er öffnet den Reißverschluss seiner Anzughose, zieht sie aus und befreit seinen harten Schwanz, streicht daran auf und ab, lässt mich dabei zusehen und streift sich langsam das Kondom über.

Ich präge ihn mir ein, sauge jeden Zentimeter seines nackten Körpers in meine unersättliche Erinnerung auf. Die olivfarbene Haut seiner breiten und definierten Brust, die leichte Behaarung in der Mitte und die konturierten Muskeln an seinem Bauch bis hinunter zu seinen schmalen Hüften. Ein unglaublich definiertes V rahmt eine Linie aus Haaren ein, die nach unten führt. Er legt eine Hand in meinen Nacken und hebt meinen Kopf an. Er will, dass ich Zeugin seines vermeintlichen Sieges werde.

Und das will ich mir nicht verwehren, wenn auch aus einem ganz anderen Grund, als er vermutet.

Er hält kurz inne, wartet ein paar Sekunden, ob ich Einwände erhebe, und dringt dann langsam in mich ein. Zentimeter um Zentimeter füllt er mich vollkommen aus, und angesichts der Dehnung und seiner Größe bleibt mir die Luft weg. Fluchend dringt er tiefer ein und betrachtet mich eingehend, als sich meine Lippen zu einem Stöhnen teilen. Ein kaum hörbares Zischen entweicht ihm, und sein Körper bebt unter seiner verbliebenen Wut, was mir nicht entgeht. Das hier ist seine Rache – an meinem Vater und an seinen Brüdern, die ihn willentlich hintergangen haben. An mir, weil ich unwissend dazu beigetragen habe.

Und ich lasse ihn gewähren. Ich erlaube ihm, mich zu erniedrigen.

Wieder einmal gebe ich mich meinem inneren Teufel hin, aber diesmal ist es anders, denn ich habe bereits Frieden mit ihm geschlossen. Ich bin fest entschlossen, die Sache zu Ende zu bringen. Und wenn ich mich schon verdamme, dann kann ich wenigstens das Feuer genießen.

Als er weiter in mich eindringt, stoße ich einen Schrei aus, denn er dehnt mich bis aufs Äußerste.

»*Putain de merde.*« Scheiße. »*Tellement serrée.*« So eng.

»*Brûles en enfer.*« Fahr zur Hölle. Die Worte sprudeln mit perfekter Betonung aus mir heraus, und die Augen meines Feindes weiten sich, ehe er ganz in mich eindringt.

Ich spüre einen leichten Schmerz … und genieße das Brennen, das darauf folgt.

Wir stöhnen beide, und er flucht auf Englisch und Französisch, zieht sich ganz aus mir zurück, bevor er wieder in mich hineinstößt und unsere Körper miteinander verbindet. Ich spüre seinen heißen Atem an meinem Hals, klammere mich an seinen Schultern fest, sauge die Luft ein, als er mich wieder bis aufs Äußerste dehnt, und genieße das unbeschreibliche Gefühl.

Er umfasst meine Oberschenkel, spreizt sie weiter und stößt wieder zu, lässt seinen Blick dorthin wandern, wo wir miteinander verbunden sind.

Ich schreie, und mein Körper bebt, während er an jedem Millimeter in meinem Inneren entlangreibt und mich in den Wahnsinn treibt. Nach ein paar weiteren Stößen spüre ich den nächsten Orgasmus in mir aufsteigen und versuche, dagegen anzukämpfen, aber alles, was nötig ist, um mich über die Schwelle zu treiben, ist der Blick aus seinen glutfarbenen Augen und sein Finger an meiner Klitoris.

Ich lasse mich treiben, mich von meinem Orgasmus einnehmen, und während ich mich um seinen Schwanz herum ergieße, kommt mir ein ekstatischer Schrei über die Lippen. Ich drücke den Rücken durch, und mich durchströmt ein Feuer, das sich in all meinen bebenden Glieder verteilt.

Er schließt die Augen und wirft den Kopf zurück. Sein Mund öffnet sich, als ich seinen Schwanz umschließe und unsere Körper beben. In dem Moment öffnet er seine von Lust erfüllten Augen und verliert die Kontrolle.

Und dann ficken wir – unsere Hände finden sich, unser Atem und Stöhnen vermischen sich, Schweiß glänzt auf unserer Haut, während er wie besessen und wahnsinnig vor Begierde in mich hineinstößt. Der Schmerz der Dehnung lässt nach, und mit jedem Stoß dränge ich mich ihm entgegen, bis sich überraschend der dritte Orgasmus ankündigt. Als ich mich um ihn herum verenge, beginnen seine Augen zu brennen.

»Putain, putain«, flucht er. Fuck, fuck. Seine Hände sind überall auf meinem Körper, seine Berührungen sind wie Stromstöße, und wieder baut sich die Lust mit jedem Stoß seiner Hüften in mir auf. Funken sprühen, als seine Bewegungen schneller werden. Unter den klatschenden Geräuschen unserer kollidierenden Körper kündigt sich ein weiterer Orgasmus an, und als ich komme, ist die Entladung so stark, dass ich gegen seine Brust trommele. Mein Kiefer bebt, als ich die Kontrolle verliere und um ihn herum pulse und zucke.

Er bewegt sich schneller, fickt mich unerbittlich und fordert meinen gesamten Körper ein.

Mein Hass treibt mich an; ich fahre mit den Fingernägeln über seine Brust, fest entschlossen, ihm die Haut zu zerkratzen.

Und mit jedem geschickten und mich der Verdammnis weihenden Stoß seiner Hüften weiß ich, dass ich mich nie wieder nach einer Berührung so verzehren werde wie nach seiner.

Dieser Gedanke lässt meinen Körper beben, und wieder drücke ich den Rücken durch, als er, kurz davor zu explodieren, in mir anschwillt. Er umfasst meine Brust fester und kommt mit einem Schrei. Sein Körper zittert, und er öffnet die Augen, schaut zu mir herunter. In seinem Blick liegt eindeutig Angst.

Und darüber freue ich mich.

Ich freue mich über jede Sekunde seiner Verletzlichkeit, und ich erkenne den Moment, als ihm das bewusst wird, was ich längst weiß. Er wollte nichts fühlen, doch stattdessen hat er *alles* gefühlt.

Wir haben uns soeben unseren Hass füreinander ruiniert.

Er umfasst mein Gesicht und schaut mich mit einem Ausdruck des Erstaunens an. Er zeigt es mir nur ganz kurz, aber es ist definitiv da. Dann senkt er den Blick, zieht sich aus mir zurück und greift wortlos nach dem Handtuch in einem Versuch, mich zu bedecken.

Doch ich schlage es weg, angewidert von seiner Feigheit. Wenn ich Zeugin dessen werden musste, was hier passiert, dann muss er das auch. Keinem von uns beiden soll Gnade zuteilwerden.

»Du wirst auch damit leben müssen.«

Meine Worte treffen ihn mit der vollen Wucht, die ich beabsichtigt habe. Sein Gesichtsausdruck ist mit einem Mal angespannt, und jegliche Angst wird durch Zorn ersetzt. Doch ich bin nicht diejenige, auf die er wütend ist. Er springt auf, wirft das Kondom in den Mülleimer unter meinem Schminktisch und greift nach seinen Boxershorts. Mit versteinerter Miene beginnt er, langsam sein Hemd zuzuknöpfen. Das Brennen in seinen Augen erlischt, und er schaut mich eindringlich an, während er den obersten Knopf an seinem Kragen schließt. »Du musst gar nicht erst versuchen, irgendwas in die Sache hineinzuinterpretieren. Es war nur Sex. Rein geschäftlich. Nimm es nicht persönlich.«

Ich bleibe auf dem Teppich liegen und schüttele langsam den Kopf, kann nicht glauben, wie eilig er alles abtut.

»Du solltest wirklich damit aufhören, dich selbst so wichtig zu nehmen«, sagt er und hält für einen Moment inne, blickt auf mich herunter. »Ich kann es dir nicht verübeln, Cecelia. Von klein auf wurde dir beigebracht, beharrlich um Zuneigung zu kämpfen, die nicht erwidert wird, und irgendwie daran zu glauben, dass es sich trotzdem lohnt.« Er deutet mit dem Kopf zu der ramponierten Bibliotheksausgabe der *Dornenvögel* auf meinem Nachttisch. »Aber das ist der Unterschied zwischen einem Jungen in einem Buch oder einem Film und einem Mann in der realen Welt. Manche von uns wollen nicht wissen, was in euch vorgeht und wofür euer Herz schlägt; wir wollen nicht unseren Stolz über Bord werfen oder euch unsere Geheimnisse verraten und unsere Liebe gestehen. Manche Männer wollen euch einfach vögeln, bis wir genug von euch haben, und dann zur Nächsten gehen.«

Als ich mich vom Teppich hochstemme, entgeht mir nicht, dass er mich von oben bis unten mustert.

»Aber du lebst nicht in der realen Welt«, erwidere ich. »Du hast deine eigene Welt erschaffen. Und du wirst niemals genug von mir haben. Das ist deine Strafe dafür, dass du Sean und Dominic hintergangen hast, genauso wie es meine Strafe ist.«

Mit gleichgültiger Miene zieht er die Hemdsärmel zurecht und fährt sich mit der Hand durch seine dichten dunklen Haare. *»Belle et délirante.«* Schön und verkitscht.

Das verstehe ich. »Vielleicht bin ich das. Schließlich bin ich nur ein kleines Mädchen, das du unbedingt vögeln musstest.« Er will mich verletzen. Das spüre ich. Ich spüre den Hass, den Zorn, der von ihm ausgeht.

Er ist zu weit gegangen, und ich habe mitgemacht, aber aus einem ganz anderen Grund.

Doch unsere Strafe ist die gleiche.

Und ich werde mich nach meinem Feind verzehren.

Denn das ist es, was wir sind – Feinde.

»Ich bin nicht die Einzige, die verkitscht ist«, kontere ich. Ich greife nach meinem Handtuch, wickele es um meinen Körper und schaue zu, wie seine Augen sich zu Schlitzen verengen. »Und du bist dumm, wenn du glaubst, du würdest jemals begreifen, was in mir vorgeht und wofür mein Herz schlägt.« Ich hebe sein Jackett vom Boden auf und werfe es ihm ins Gesicht. »Nimm's nicht persönlich, aber verpiss dich.«

Seine Augen blitzen, doch ich drehe mich um und schlage die Badezimmertür hinter mir zu.

Ich stehe auf meinem Balkon und ziehe an einem Joint. Dabei blicke ich zum Horizont in der Ferne und genieße die beruhigende Wirkung, die jeder Zug auf mich hat.

In sieben Wochen werde ich frei sein. Kein Roman Horner mehr, der Bedingungen stellt. In sieben Wochen werde ich weit entfernt von Tobias sein, von seinen prüfenden Blicken und seinem Urteil. Solange ich mich hier aufhalte, kämpfen zwei der mächtigsten Männer um die Kontrolle über mich. Bis ich weggehe, werde ich Roman und Tobias das geben, was sie von mir verlangen, aber zu meinen eigenen Bedingungen.

Tobias hatte vor, mich mit unserem gemeinsamen Akt des Betrugs zu brechen, aber unwillentlich hat er mich damit befreit.

Oh, wie ich die Freiheit genieße.

Violette Wolken kündigen das Ende eines weiteren Tages an, als ich den Joint ausdrücke, den ich mir mit dem Gras gedreht habe, das ich vor Monaten in Dominics Zimmer habe mitgehen lassen. Ich weiß nicht, warum ich es mitgenommen habe, aber als ich den letzten Rauch ausatme, bin ich froh, es getan zu haben.

Ich fahre mir mit der Hand in den Nacken, wo eine kleine Narbe verblieben ist, nachdem Tobias mir die Kette vom Hals gerissen hat. Dort ist damals ein kleiner Schnitt entstanden. Die Kruste habe ich abgeknibbelt, um mich daran zu erinnern, dass ich jemandem einst wichtig genug war, dass er mich als die Seine beansprucht hat, selbst wenn es nur von kurzer Dauer war.

Aber die Kette und das, wofür sie steht, bedeuten mir nichts mehr. Das muss so sein. Tobias hat die Verbindung gekappt, das Band zwischen den beiden und mir zerrissen. Und ich habe es zugelassen, also fühle ich mich ihnen nicht mehr verbunden.

Was er vorhatte, war klar, aber ich hatte meinen ganz eigenen Plan.

Mittlerweile fühle ich mich in meinem Verhalten nur noch bestätigt und weiß, dass ich das Recht habe, nach vorn zu blicken und nicht mehr länger warten zu müssen.

Wenn sie jetzt auftauchen würden, wäre es zu spät. Und außerdem werde ich sie nie wieder so begehren wie früher. All meine naiven Gefühle und Hoffnungen sind in der Nacht erloschen, als ich mit meinem Feind auf dem Teppich seines Gegners gevögelt habe.

Und auch wenn ich Tobias mit jeder Faser meines Körpers hasse, bin ich dankbar, dass er mir die Augen geöffnet hat.

Ich hasse ihn, aber er hatte in vielerlei Hinsicht recht.

Indem er mir meine Fehler vor Augen geführt hat, hat er mich von meinem Herzen losgekettet, das mich runtergezogen hat.

Ein Herz, das sich als wertlos erwiesen hat.

Niemand will es, und ich habe es viel zu bereitwillig verschenkt. Es hat mich unvorsichtig und schwach gemacht. Also höre ich auf, es mit Hoffnung und Lügen zu versorgen. Ich werde seine Existenz und sein sinnloses Streben verleugnen. Ich werde es verdorren lassen, versuchen, ihm seine Stärke zu nehmen und jede Macht, die es bisher über meine Entscheidungen hatte. Und bis ich meine Zeit hier abgesessen habe, werde ich mir erlauben, die Tochter meines Vaters zu werden – kalt, grausam, betrügerisch, berechnend und rücksichtslos.

Aber *eine* Erkenntnis befreit mich wirklich.

Mein Herz gehört nicht hierher.

KAPITEL ZWÖLF

Weaker Girl von Banks dröhnt durch meinen neuen Jeep, und mein frisch geschnittenes Haar peitscht mir im Wind um das Gesicht.

Ein neuer Wagen und eine neue Frisur, um meine neue Einstellung zu besiegeln.

Sich neu zu erfinden kann Wunder wirken.

Ich bin mittlerweile entschlossener als jemals zuvor, die Kontrolle zurückzugewinnen. Über mich selbst, meine Gefühle, meine Ziele und meine Entscheidungen.

Und während die Tage vergehen, stelle ich fest, dass ich mir immer weniger Sorgen darum mache, das moralisch Richtige zu tun, und stattdessen viel intensiver über meinen nächsten Zug nachdenke. Was wir hier spielen, ist kein Schach, sondern ein ganz anderes Spiel.

Die letzte Woche habe ich damit verbracht, in Eddies Bar meine Befreiung zu feiern. Da Kleinstädte laut Melinda sehr aufmerksam sind, habe ich mir innerhalb von ein paar Tagen einen gewissen Ruf aufgebaut.

Zweifellos hält man mich für eine Frau, die sich durch die Gegend vögelt.

Während der gestrigen Abendschicht hat sie versucht, mich davon zu überzeugen, dass ich gerettet werden müsse und in der Kirche jederzeit willkommen sei, um meine Sünden zu beichten und mich von all meinen Missetaten loszusagen.

Doch ich will keine Vergebung.

Ich habe aus freien Stücken mit Tobias geschlafen, denn ich wusste, dass dies meine Verbindung zu Sean und Dominic durchtrennen würde.

Und es hat funktioniert, vielleicht sogar zu gut.

Ich habe nicht nur beschlossen, meine innere Teufelin rauszulassen, sondern mich auch davon überzeugt, dass es das Beste sei, ihr die Herrschaft zu übertragen. Liebe und Zartheit spielen keine Rolle mehr.

Diese Denkweise wird mir zugutekommen, wenn es um den Teufel geht, der versucht hat, mir auf dem Fußboden meines Zimmers meine Würde zu rauben. Und die Aufmerksamkeit der anderen Männer brauche ich, um die Sehnsucht nach dem Teufel zu vertreiben.

Ich fahre in eine Parklücke vor meiner Lieblingsboutique.

Tessa begrüßt mich mit einem herzlichen Lächeln. Ihre Augen weiten sich, als sie meine Haare und mein Grinsen sieht. »Hey, du siehst umwerfend aus.« Sie kommt rüber zu dem Kleiderständer, an dem ich mir gerade ein paar Kleider ansehe.

Ich habe heute schon ein Vermögen ausgegeben, aber im Moment ist mir egal, dass ich mein Konto überziehe. Ich fühle mich befreit, und das will ich genießen, ohne mir Sorgen zu machen. Ich fahre mir mit den Fingern durch die Haare, die sofort wieder in ihre alte Position zurückfallen, was an dem präzisen Schnitt liegt.

»Danke, ich hab mich noch nicht ganz dran gewöhnt.«

»Steht dir.« Sie stellt sich neben mich an den Kleiderständer.

Seit ich begonnen habe, meine Klamotten bei ihr zu kaufen, sind wir schnell Freundinnen geworden. Der Laden scheint gut zu laufen, vielleicht dank der von mir initiierten Hilfe der Bruderschaft. Aber sie hat nichts in dieser Hinsicht erwähnt, und das würde sie auch nie tun. Doch selbst wenn, würde ich mich nicht einmischen. Ich will keine Anerkennung – die Tatsache, dass sie erfolgreich ist, ist Belohnung genug für mich.

Ich schaue mich um und sehe eine Gruppe von Frauen beim Shoppen. »Sieht aus, als würde es gut laufen.«

»Und wie. Unglaublich, was innerhalb von einem Jahr passieren kann.«

»Oh, ich freu mich für dich.«

Als ich ihr ein Kompliment für ihr Kleid mache, fährt sich Tessa mit der Hand durch die Haare. Sie ist hübsch, zierlich, champagnerblond und hat Rehaugen. In diesem Moment kommt mir Tyler in den Sinn. Einen Moment ziehe ich es in Erwägung, die beiden zu verkuppeln, obwohl ich immer noch wütend auf ihn bin. Aber auch wenn Tyler eine entscheidende Rolle bei all dem gespielt hat, was in der Vergangenheit passiert ist, hat er noch immer einen Platz in meinem Herzen. Ich kann die Traurigkeit, die in seinen Augen lag, als wir Delphine besucht haben, nicht vergessen. Doch es scheint ihm gut zu gehen, oder zumindest schien es so, als ich ihn zuletzt gesehen habe.

»Datest du eigentlich jemanden?«, flüstere ich ihr zu, als mich eine der Frauen bei den Kleiderständern beäugt. Ich zwinkere der Frau zu und versuche zu analysieren, woher die Verachtung in ihren Augen kommt. Wahrscheinlich weiß sie von meinen heißen Flirts. Ungerührt wende ich meine Aufmerksamkeit wieder Tessa zu.

»Ich hab keinen Freund, nein«, antwortet sie. »Hier gibt es nicht wirklich viel Auswahl.«

»Ich hätte da vielleicht jemanden für dich.«

Ihr Interesse ist geweckt. »Ach ja? Bitte sag mir, dass er nicht von hier ist.«

»Doch, aber er war jahrelang beim Militär. Er ist ein bisschen älter als du, deshalb bin ich mir sicher, dass du zumindest schon mal von ihm gehört hast. Aber er ist einer von den Guten.«

»Wirklich?«

Ich nicke. »Ja.«

»Na, dann schick ihn doch mal vorbei, ein Kleid für seine Mutter kaufen.«

»Vielleicht mache ich das.«

»Hat er auch einen Namen?«

»Glaub mir, wenn du ihn siehst, wirst du wissen, dass er es ist.« Und vielleicht hat sie ihn längst gesehen; schließlich ist er der Pater. Andererseits weiß ich nicht mehr, was die Bruderschaft derzeit so treibt.

»Echt? Ist er so heiß?«

»Jepp.«

»Dann halte ich die Augen offen.«

Sie schaut mir wieder dabei zu, wie ich die Kleider durchgehe. »Ich kenne dieses Lächeln. Für wen stylst du dich heute Abend?«

Ich nehme einen Hauch von Seide vom Ständer und halte ihn mir an, um mich im Ganzkörperspiegel an der Wand zu betrachten, ehe ich mich zu ihr umdrehe. »Für mich.«

»In dem Fall hab ich genau das Richtige für dich.«

Ich erwache von dem Klang von Eiswürfeln, die gegen Glas stoßen, dem Geruch von Gin, Zitrus und Leder. In der nächsten Sekunde wird meine Nachttischlampe eingeschaltet, die den Raum in ein sanftes gelbes Licht taucht. Tobias sitzt auf der Bettkante. Er trägt einen maßgeschneiderten Anzug, und seine Kiefer mahlen, als er mich aus seinen orange-golden funkelnden Augen ansieht. Er schlägt die Decke zurück und bringt mein neues enges Negligé zum Vorschein, unter dem seitlich ein Stück Brust hervorblitzt.

Heute Abend habe ich keinen Slip angezogen, bevor ich in Eddies Bar gegangen bin, wo ich auf einem Hocker Whisky getrunken haben. Jedes Mal, wenn ich seine Bar betrete, sieht er mich mürrisch an, aber er bedient mich, und ich gebe ihm großzügig Trinkgeld – eine Art stummer Übereinkunft.

Eine ganz andere als die, die ich mit dem Mann getroffen habe, der auf meiner Bettkante sitzt und mich mit brennendem Blick anschaut.

Es ist mehr als eine Woche her, seitdem Tobias über mich hergefallen ist, und ich habe dummerweise angenommen, dass ich ihn nicht wiedersehen würde. Doch ich habe mich wohl getäuscht.

Ich liege auf dem Bauch, meinen Kopf auf das Kissen gebettet, und erwidere seinen Blick.

Langsam hebt er die Hand und nimmt eine Strähne meines frisch geschnittenen Haares zwischen die Finger. Vorher war es fast auf Taillenlänge, doch jetzt reicht es mir in hell- und dunkelbraunen Strähnen gerade noch über die Schulter. Er lässt die Strähne los und fährt mit der Handfläche über meinen Rücken nach unten bis zu meinem Hintern, ehe er an meinem Oberschenkel innehält und leicht zudrückt.

»Harter Tag?«, frage ich.

»Du hast nicht mit denen gevögelt. *Warum?*«

Ich weiß genau, wovon er spricht. Es geht um meine Bar-Flirts. Obwohl ich mit dem Gedanken gespielt habe, mit einem namenlosen, gesichtslosen Mann zu schlafen, um Tobias aus meinen Gedanken zu vertreiben – um auch Sean und Dominic zu vertreiben. Ich konnte es nicht. Nicht weil ich mich zur Treue verpflichtet fühle, sondern weil ich wusste, dass ich mich anschließend so schmutzig fühlen würde, dass ich nie wieder in den Spiegel schauen könnte.

Statt also weiterzugehen, habe ich beschlossen, an meiner

Überzeugung festzuhalten, was den Sommer mit Sean und Dominic betrifft. Dass ich verliebt war und mit zwei Männern Liebe gemacht habe, die ich für würdig befunden hatte. Die Erkenntnis, dass es mir weitaus mehr bedeutet hat als ihnen, war schwer zu verarbeiten, aber mein Selbstwertgefühl hat nicht gelitten.

Tobias vertraue ich kein Stück weit. Er ist der Inbegriff eines Einzelgängers. Und ich weiß, dass sich solche Menschen selten um andere scheren. Manchmal habe ich den Eindruck, für ihn bloß Beute zu sein. Beute, mit der er spielen kann. Ein neuer Zeitvertreib. Eine geschäftliche Entscheidung. Ich spiele gerne das Opfer, um ihn glauben zu lassen, dass er gewonnen hat, aber das Urteil, das er über mich gefällt hat, zählt für mich nicht, und ich werde niemals gesichtslose Männer vögeln, um ihm zu beweisen, dass er recht hatte. Ich gönne ihm keine weitere Genugtuung.

Das Einzige, dessen ich mir in Bezug auf Tobias sicher bin, ist, dass die Sache zwischen uns ein Fehler ist.

Er sieht mich erwartungsvoll an, seine Frage steht noch immer zwischen uns, aber ich strafe ihn mit dem gleichen Schweigen, mit dem er und seine Brüder mich unzählige Male gestraft haben.

»Glaubst du immer noch, sie kommen zu dir zurück?« Er dreht mich mühelos vom Bauch auf den Rücken, um sich besseren Zugang zu verschaffen, und streicht mit den Fingerknöcheln über die Seite meiner Brust. Sein Blick ruht auf dem Stück nackter Haut, dann schaut er mir ins Gesicht. »Oder ist es, weil du auf mich wartest?«

»Ich verachte dich.«

»Das heißt nichts. Du hättest überall hingehen können. Aber stattdessen treibst du dich in der Bar rum, die mir gehört.«

»Du magst eine Menge über mich rausgefunden haben, aber

ich kann dir versichern, dass es mich einen Scheißdreck interessiert, wen du auf dem Highschool-Ball gevögelt hast oder welche Bars dir gehören. Und schon gar nicht interessieren mich deine Psychomacken.«

Er lässt seine Hand ruhen und zieht leicht überrascht die Augenbrauen hoch. »Da hat wohl jemand schlechte Laune.«

»Schieb es am besten auf die Hormone. Das machen Sexisten wie du doch gern mal.«

»Ich muss zugeben, dass ich schon bei unserer ersten Begegnung fast über deine Beschimpfungen gelacht hätte.« Er schmunzelt. »Du bist witzig.«

Er hatte mehr als einen Drink, und ich vermute, dass das der Grund ist, warum er sich erlaubt hat herzukommen.

»So bin ich nicht, und ich bin mir sicher, das weißt du auch, aber nur zu – stell so viele Vermutungen über mich an, wie du willst.« Er stellt das Glas ab und beugt sich vor, um mit der Nase über mein Schlüsselbein zu streichen. »Hast du Gras geraucht? Wer hätte das gedacht?« Lachend streift er mit den Lippen an meinem Kinn entlang.

Meine Nippel richten sich auf, und ich bemühe mich, nicht seinen Duft einzuatmen. Ich will nicht feucht werden. Ich will keine Reaktion zeigen.

»Und welche Botschaft wolltest du aussenden?«

»Es geht nicht um dich.«

»Hast du gedacht, ich würde in die Bar kommen und dich für mich beanspruchen?«

»Wie gesagt, um dich geht's dabei nicht.«

»Ich muss dich nicht jagen. Ich hab dich längst.«

»Du wirst mich nie haben. Nicht so, wie sie mich hatten.«

Seine Augen blitzen auf, und als er den Träger meines Kleides runterschiebt, packe ich seine Hand.

»Das hab ich gerade gekauft, du Wichser.«

Er zeigt keine Reaktion, als ich ihm meine Nägel in die Hand grabe, sondern zerreißt den Stoff und umfasst meine Brüste.

»Unter meinem Bann«, sagt er nachdenklich, schiebt mein Kleid hoch und gleitet mit dem Daumen über meinen Bauch, weiter hinunter über meinen Beckenknochen, den dünnen Strich aus Haaren und legt den Daumen auf meine Klitoris. »Du hasst mich.« Er drückt fester, und ich zucke unter seiner Berührung. Dann hebt er die Hand zu seinem Mund, leckt seinen Daumen nass und fährt mit seinen Liebkosungen fort, massiert mich gekonnt. »Ich hasse dich auch ein bisschen«, haucht er, sodass ich den Gin in seinem Atem riechen kann. »Aber du hast mir auch etwas geschenkt. Ich hätte mir niemals vorgestellt, dass ich hier unter seinem Dach sein und das berühren würde, was ihm wichtig ist.«

Er hält in seinen Bewegungen inne, als ich ironisch auflache. »Du täuschst dich leider, wenn du denkst, dass ich ihm wichtig bin. Er ist nicht in der Lage, etwas zu fühlen. Genau wie du.« Instinktiv schiebe ich ihm meine Hüften entgegen und schließe die Augen. »Erst vor wenigen Monaten hat mir Daddy gestanden, dass er mich nicht lieb hat.«

Nun löst er seine Hand von mir.

Als ich die Augen öffne, sehe ich, dass er mich eingehend betrachtet. Ich lege den Kopf schief. »Tu nicht so überrascht, ich hab dir doch erzählt, dass seine Firma sein einziges Kind ist. Hast du gedacht, ich bluffe? Das Erbe, das er mir gibt, ist eine Abfindung für jede Schulaufführung, die er verpasst hat, für jeden Vater-Tochter-Tanz, vor dem er sich gedrückt hat, für jedes Weihnachtsfest, zu dem er nicht gekommen ist, für seine *Abwesenheit.*« Ich lege seine Hand wieder zwischen meine Beine und spreize die Schenkel weiter, um ihm Zugang zu verschaffen. »Meine Mutter hat mein erstes Fahrrad zusammengeschraubt und mir ein Baumhaus gebaut. Und wie gesagt bin ich für *sie* hier. Nicht jedes Wort, das mir über die Lippen kommt, ist eine Lüge so wie bei dir.«

Nach seinem Gesichtsausdruck zu urteilen hätte ich ihn genauso gut ohrfeigen können. Ich schenke ihm ein müdes Lächeln. »Du hast doch nicht wirklich geglaubt, dass ein Unmensch wie Roman Horner zu einem Gefühl wie Liebe fähig ist, oder?«

Er starrt mich schweigend an.

»Wie gesagt, ihr seid ein und dieselbe Person.«

Seine Miene macht mich wütend.

»Wage es bloß nicht, mich zu bemitleiden, Tobias. Spiel einfach deine Rolle. Falls du's vergessen hast, du bist der *Böse.*«

»Was soll das?« Er beugt sich vor, und seine Stimme klingt misstrauisch. »Was hast du vor?«

»Was ich vorhabe? Nichts. Ich hab geschlafen, aber offenbar komme ich nicht allzu bald wieder dazu, von daher …« Ich stoße seine ruhende Hand an und schließe die Augen.

Ein Atemzug vergeht, und dann noch einer, ehe er seine Liebkosungen sanft fortsetzt.

Irritiert über die unerwünschte Zärtlichkeit seiner Berührungen öffne ich die Augen. Als ich Mitleid in seinem Blick erkenne, hole ich aus und ohrfeige ihn, um ihm den Ausdruck aus dem Gesicht zu wischen.

In der nächsten Sekunde packt er meine Handgelenke und drückt mich auf die Matratze. Er beugt sich so weit zu mir herunter, dass sich unsere Nasen fast berühren. »Hör auf, mich dauernd zu schlagen, verdammt«, knurrt er. Dann presst er seinen Mund auf meinen, drängt seine Zunge an meinen Zähnen vorbei und entlockt mir ein Stöhnen.

Während unsere Münder miteinander verschmelzen, ziehe ich an seinem Hemd, und er vergräbt sein Gesicht an meinem

Hals, fährt mit der Hand zwischen die Beine und dringt mit seinem Finger in mich ein.

Als er feststellt, wie feucht ich bin, knurrt er, stößt mit zwei Fingern in meine Pussy und reibt an dem Kreis aus Muskeln im Inneren entlang.

Ich wimmere in seinen Mund und packe ihn am Nacken, während er eine unberührte Stelle in mir erforscht.

Schließlich löst er sich von meinen Lippen, lässt seine Finger gleichmäßig hinein- und herausgleiten und beobachtet meine Reaktion auf seine Berührungen. Mit brennendem Blick zieht er sich schließlich aus mir zurück, steht auf und zieht sich aus.

Mit entblößten Brüsten und gespreizten Beinen stemme ich mich auf die Ellbogen und sehe ihm zu.

Ich kann kaum noch einen klaren Gedanken fassen, als er seinen Schwanz aus den Boxershorts befreit. Ich bemühe mich, mir meine unbändige Begierde nicht anmerken zu lassen, als er mich zum Fußende des Bettes zieht und seine Hand in meinen Haaren vergräbt.

Dann beugt er sich über mich, um mich zu küssen.

Ein Feuer wird in meiner Körpermitte entfacht, als er seine Zunge wieder und wieder in meinen Mund stößt, bis ich stöhne und nach seinem Schwanz greife, ihn massiere, bis Tobias sich zurückzieht und mich unter schweren Lidern hindurch ansieht.

Benebelt von seinen Küssen lecke ich mir die Lippen.

»Blas mir einen«, befiehlt er, und ich starre ihn mit offenem Mund an – der Mann hat Nerven. Sein Blick bleibt unerbittlich, während ich einen inneren Kampf mit mir austrage und die Spitze seines Schwanzes betrachte.

Mir läuft das Wasser im Mund zusammen. Zögernd schaue ich zu ihm auf und fahre mit festem Griff von seinem dicken

Schaft bis zu seiner Spitze hinauf. Der Tropfen, der daraus hervorquillt, verschafft mir Genugtuung. Ich bin es, die ihn so antörnt.

Ich massiere ihn weiter mit der Hand, während er mit einem Finger meine Lippen nachfährt und schließlich einen zweiten in meinen Mund drückt.

Instinktiv sauge ich daran, und er flucht leise, ehe er seine Finger durch seine Eichel ersetzt, die er zwischen meine Lippen schiebt.

»*Putain.*«

Ich würge fast wegen seiner Größe, und mein Kiefer schmerzt, als ich versuche, ihn ganz in meinen Mund zu bekommen.

Wie gebannt schaut Tobias mir zu.

Ich habe mit seiner Größe zu kämpfen, fülle meine Wangen mit Luft, öffne meine Kehle für ihn. Er ist so groß, dass ich ihn gerade bis zur Hälfte aufnehmen kann, doch Tobias beginnt trotzdem, seine Hüften vor und zurück zu bewegen. Ich klammere mich an seinen Oberschenkeln fest und bemühe mich, ihn aufzunehmen, wobei er mir mit mahlendem Kiefer und halb geschlossenen Augen zusieht. Seine Lippen verziehen sich zu einem selbstgefälligen Grinsen. Der Mann ist verdammt gut bestückt, und das weiß er ganz genau.

Ich entspanne die Kiefer, erhebe mich auf die Knie und beuge mich runter. In dieser Position bekomme ich ihn endlich ganz in meinen Mund. Speichel tropft hinab, und ich ersticke fast an seiner Länge und seinem Umfang. Der Anblick scheint ihn noch mehr anzumachen, denn nun lässt er seine Hände über meinen Körper wandern, während ich mit den Zähnen über seine seidige Spitze fahre.

Er befiehlt mir, auf alle viere zu gehen, und dreht mich so, dass er freien Zugang hat, um mich mit seinen Fingern zu dehnen, wobei er mir weiter seinen Schwanz in den Mund stößt.

Mein Kiefer brennt bei jeder Bewegung, aber sein Stöhnen und sein Dirty Talk treiben mich an weiterzumachen.

Schließlich löse ich mich von ihm, um zu Atem zu kommen, spiele mit seinen Eiern, massiere seine ganze Länge.

Mit den Fingern streicht er über die Linie meines Kiefers und über meine Lippen. Er scheint es nicht eilig zu haben, will sich offenbar Zeit lassen.

Ich verenge mich um seine Finger, nähere mich dem Orgasmus, wobei ich ihn weiter massiere, ihn in Ekstase versetze – einen Mann, den ich hasse.

Aber ich liebe es, ihn in meinem Mund zu spüren, ihn nackt und mir ausgeliefert zu sehen. Ich massiere ihn, sauge an seinem Schwanz, spiele mit dem Feuer, das mich immer wieder verbrannt hat, seit ich von seiner Existenz weiß. Als ich ihn in meinem Mund kaum mehr halten kann, drückt er mich auf die Matratze und zieht mich zur Bettkante, um meine Beine zu spreizen und sich in eindeutiger Absicht über mir in Position zu bringen.

»N-nein.« Ich weiche vor ihm zurück und schüttele vehement den Kopf.

Er hält mich fest und umfasst meinen Hals, drückt mir seine Fingerkuppen ins Fleisch. Wieder schiebt er sich über mich, fährt mit der Zunge meine Lippen nach und flüstert so dicht an meinem Mund, dass ich den Alkohol in seinem Atem rieche. »Du hast die Spirale, und ich vögele keine andere, Cecelia. Ich bin keine Gefahr für dich.« Er greift nach seiner Hose, holt ein Kondom aus der Tasche und lässt es auf meinen Bauch fallen. Dann spreizt er meine Schenkel. »Ich akzeptiere meine Strafe.« Bei seinem Geständnis treffen sich unsere Blicke. »Solange unsere Abmachung gilt, bist du die Einzige.«

Und ich kann ihm nicht länger widerstehen. Ich schaue zu, wie er seine Eichel zwischen meine Beine gleiten lässt, sie auf meine Klitoris drückt, mich liebkost und uns beide quält. Das Kondom liegt immer noch auf meinem Bauch, und ich unternehme keinen Versuch, danach zu greifen, als er damit fortfährt, seine feucht glänzende Spitze zwischen meinen Beinen auf- und abgleiten zu lassen.

Ich bin dran.

Er wartet nur noch einen Moment länger auf mögliche Einwände, ehe ich meine Hüften als Antwort auf seine stumme Frage leicht anhebe.

Ein leises Hauchen entweicht mir, als er mich ausfüllt. Wir schauen uns fest in die Augen, als er mich dehnt und mich auf die intimste Art nimmt. Nachdem er vollständig in mich eingedrungen ist, verengen sich seine Augen zu schmalen Schlitzen, und unsere Lippen öffnen sich.

Ich hasse es, dass es mich antörnt, wie seine Augen glühen, während er meine Reaktion beobachtet. Ich hasse es, dass tief in mir drin eine Stimme versucht, sich zu befreien. Eine Stimme, die will, dass dies hier niemals endet. Und diese Stimme gehört zu mir, zu meiner Dunkelheit, zu der kranken Frau in mir, die nicht genug von diesem miesen Wichser bekommen kann.

Er stößt wieder in mich hinein, lässt die Hand an meinem Körper hinaufwandern und legt sie fest um meinen Hals. »Sag meinen Namen«, befiehlt er mit angestrengter Stimme. »Wir können die Hölle genauso gut zusammen genießen.«

Das Gefühl ist überwältigend; zu sinnlich, zu persönlich. Es ist einfach zu viel, und es treibt mich fast in den Wahnsinn. Seine Stöße werden tiefer, und ich nähere mich schnell dem Orgasmus. Der Druck seiner Finger variiert mit jedem Kreisen seiner Hüften.

Als ich fast keine Luft mehr bekomme, zerre ich an seiner Hand, doch gleichzeitig wächst meine Lust jedes Mal, wenn er zudrückt und wieder loslässt.

»Sag meinen Namen«, presst er hervor, während er seinen Schwanz in mich hineinrammt.

Auf der Suche nach Halt klammere ich mich an seiner Hand fest. Ich bin kurz davor, das Bewusstsein zu verlieren, als er sich aus mir zurückzieht und mit seinem großen Schwanz auf meine Pussy tippt.

Ich winde mich unter ihm, und meine Mitte sehnt sich nach ihm. Er will mich brechen, mich einer Gehirnwäsche unterziehen, mich für sich beanspruchen und meinen Körper so abrichten, dass ich mich nach ihm verzehre – und zwar nur nach ihm.

Warum kann er sich nicht mit dem zufriedengeben, was er sich schon genommen hat?

Als er wieder in mich eindringt, klingt seine tiefe Stimme herrisch. »Sag meinen Namen, Cecelia.«

»Nein.«

Er hat sich schon alles andere genommen. Das werde ich ihm nicht geben.

Als er mich forschend anschaut und die Wahrheit in meinem Gesicht erkennt, stößt er wieder in mich hinein.

Mein Kopf hängt über der Bettkante, und mein Körper windet sich vor Verlangen.

Schließlich beugt er sich runter und erobert meinen Mund, fickt mich mit seiner Zunge und raubt mir die Luft mit seinem Kuss. Seine Hand liegt wieder an meinem Hals. Es ist ein qualvolles Vergnügen. Als er sich von meinen Lippen löst, werden seine Stöße schneller, und ich nähere mich wieder dem Orgasmus.

Er drückt erneut zu, sodass ich nicht atmen kann, gerade als ich kurz davor bin zu explodieren. Mein Körper gibt nach, und eine Welle der Ekstase bricht über mich herein. In dem Moment, als er meinen Hals loslässt, stöhne ich auf, gebe mich bebend meinem Orgasmus hin und vergesse alles um mich herum.

Noch immer zitternd lasse ich zu, dass er unsere Finger miteinander verschränkt und meine Hände neben meinem Kopf auf die Matratze drückt. Unsere Münder kollidieren, und seine Stöße werden schneller. Das klatschende Geräusch treibt mich schon wieder in neue Höhen. Als er spürt, dass ich mich kurz vor einem weiteren Orgasmus um ihn herum verenge, löst er seinen Mund von mir. Meine Lust wächst ins Unermessliche, während er mich weiter festhält und wie gebannt auf meine Lippen starrt. Kurz bevor ich noch einmal komme, lässt er meine Hände los und schiebt sie unter meinen Körper. Er umfasst meine Oberschenkel und hebt mich hoch, gräbt die Finger in meine Schultern, um mich an ihn zu drücken. Nach ein paar Stößen explodiere ich und beiße mir auf die Lippe, um seinen Namen nicht zu rufen. Ich komme so heftig, dass mir schwarz vor Augen wird.

Vollkommen befriedigt wird mein Körper schlaff.

Er legt mich wieder auf das Bett, umfasst mein Kinn und zwingt mich dazu, ihm in die Augen zu sehen, als er noch zweimal zustößt und schließlich auch kommt.

Ich sehe die grenzenlose Lust in seinen Augen, als er mich mit seinem Orgasmus erfüllt. Ein langes Stöhnen dringt aus seiner Kehle, bevor er die Augen schließt und neben mir zusammensackt.

Er achtet penibel darauf, mich nirgendwo zu berühren, als er seine Kräfte sammelt. Ich wende ihm das Gesicht zu und beobachte ihn dabei, wie er gedankenverloren an die Decke starrt.

Irgendwann spüre ich, dass ich müde werde und einschlafe. Als ich später die Augen wieder öffne, sehe ich, dass er mich beobachtet.

Er senkt kurz den Blick zu meinem nackten Körper und schaut schließlich weg. »Das war ein Fehler.«

Ein sarkastisches Lachen entfährt mir. »Ach *wirklich*, Tobias?« Ich schüttele den Kopf. »Sei ehrlich, und gib zu, dass es heute Abend genauso atemberaubend war wie beim ersten Mal. Wenn ich dazu stehen soll, dann musst du das schon auch tun.«

»Du redest genau wie Sean.« Er sieht mich forschend an. Ich sehe Verachtung in seinen Augen. Er ist eifersüchtig oder zumindest fast. Aber es ist allerhöchstens eine körperliche Eifersucht, denn der Mann kann keine Gefühle für mich haben.

»Du kannst mir nicht vorschreiben, mit wem ich schlafe.«

»Das muss ich auch nicht. Du wirst sowieso mit keinem anderen ficken als mit mir. Das hast du dir selbst bewiesen. Und ich teile nicht alle Ansichten meiner Brüder.«

Frauen. Er meint, er teilt sich keine Frauen mit ihnen.

Seine Augen blitzen warnend auf. »Ich rate dir, mich nicht auf die Probe zu stellen.«

»Hm, lass mich kurz nachdenken, was ich dazu sagen soll.« Ich tue so, als würde ich grübeln. »Fick dich. Ich gehöre dir nicht. Und du bist verrückt, wenn du dir einbildest, dass ich Befehle von dir annehme, nur weil wir Sex hatten.«

»Aber du wirst mit keinem anderen ins Bett gehen.« Sein selbstsicheres Grinsen macht mich wütend. Er steht auf, um seine Boxershorts anzuziehen, und ich strecke mich auf dem Bett aus.

»Du bleibst nicht hier. Ich will dich nicht hier haben.«

Mit einem Arm im T-Shirt funkelt er mich wütend an. »Warum zur Hölle glaubst du, ich will hierbleiben?«

Er zieht seine Hose hoch und schließt die Gürtelschnalle, wobei ihm die Haare in die Stirn fallen. Sein Business-Style ist ein Kontrast zu den Outfits aus Jeans und T-Shirt, die ich von den anderen beiden gewohnt bin, und kurz frage ich mich, was ich lieber mag.

Aber was Tobias angeht, bin ich froh, dass ich immer noch nichts anderes empfinde als Hass und Lust. Als sein Blick heute Abend nach meinem Geständnis weich geworden ist, hat mich das nur wütend gemacht. Er ist gekommen, um mir wehzutun. Das war seine einzige Absicht. Aber ich bin immun gegen ihn.

»Tu me crains autant que tu me détestes.« Du fürchtest mich genauso, wie du mich hasst. Ich habe in den letzten Monaten versucht, besser in Französisch zu werden, und obwohl ich noch keine Unterhaltung führen kann, fällt mir immer mehr wieder ein.

Er schaut zu mir herab und schüttelt den Kopf, während er sein Hemd zuknöpft. *»Toujours aussi délirante.«* Immer noch verkitscht. »Ich besitze dich auf die einzige Art, auf die ich dich will. Und deine französische Aussprache ist beschissen.«

»Aber dennoch hast du mich verstanden, und ich habe meinen Standpunkt klargemacht. Mach die Tür hinter dir zu, wenn du gehst.«

Ich spüre seinen Blick auf mir, als ich ihm den Rücken zukehre und die Decke über meinen nackten Körper ziehe.

Als er geht, lässt er die Tür offen stehen.

KAPITEL DREIZEHN

Ich kann ihn fühlen.

Überall.

Und obwohl ich mein Bettzeug gewaschen habe, könnte ich schwören, dass ich immer noch seinen würzigen Geruch in meinem Zimmer wahrnehmen kann.

Ich muss mich nicht umschauen, um zu wissen, dass ich beobachtet werde. Wenn ich ehrlich bin, habe ich es schon vorher gespürt, nicht erst in den letzten paar Wochen.

Ich versuche erst gar nicht, irgendetwas Unüberlegtes zu tun. Es dauert nicht mehr lange, bis ich wieder selbst über mein Leben entscheiden kann. Ich habe damit begonnen, Pläne für meine Zukunft zu schmieden, um mir meinen Platz in meinem neuen Leben zu sichern. Ich muss über jeden Schritt gründlich nachdenken. Jedes Mal, wenn ich meine Zeitkarte auf der Arbeit durchziehe, halte ich mich an meinen Teil der Abmachung mit Roman. An meinem letzten Tag werde ich meiner Mutter eine lebensverändernde Summe überweisen. Und auch ich werde mein Geld gut nutzen, aber ich weiß, dass es nichts an meiner Lebenseinstellung ändern wird; ich werde einfach nur in dem Wissen leben, dass ich mir keine Sorgen um die Zukunft machen muss.

Abgesehen davon will ich mehr vom Leben als geerbten Reichtum. Mit jedem Tag fühle ich mich ein wenig stärker, so als könnte ich das Steuer herumreißen und die Narben bedecken, die sich angesammelt haben, ganz egal, wie tief sie noch sind.

Ich habe gewissenhaft dafür gesorgt, dass ich auch den Rest meiner Zeit hier ohne irgendwelche Vorfälle überstehe, und habe auf Bier nach der Arbeit und Treffen bei Melinda verzichtet, sondern mich über Colleges informiert.

Der Sommer zieht einfach so an mir vorüber, und er ist sehr anders als mein letzter hier, aber daran will ich nicht denken. Jeden Tag verdränge ich die Erinnerungen an die Männer, die mich viele Monate beherrscht haben. Der letzte Neuzugang macht es mir allerdings echt schwer, ihn zu ignorieren. Besonders hart sind die Nächte, in denen mein Unterbewusstsein die Macht über mich hat und mir lebhafte Träume beschert. Mich immer an meine Träume erinnern zu können ist ein Fluch.

Manchmal dauert es Stunden oder sogar einen ganzen Tag, mich davon zu erholen. Doch ich lasse den Schmerz zu, denn ich hoffe, dass er zum Heilungsprozess dazugehört und mich stark macht.

Hier ist kein Platz für dein Herz.

Letztes Jahr hatte ich den Eindruck, mir seien Flügel gewachsen, doch mittlerweile sind sie wieder verschwunden. Mein Trost ist, dass ich mich mehr als jemals zuvor darauf konzentriere, was sein wird, sobald mein Vater keine Kontrolle mehr über mich hat.

Ich ziehe in Erwägung, mich für ein College am anderen Ende des Landes zu bewerben, oder sogar in einem ganz anderen Land. Mit einem vollen Bankkonto und passablen Noten sind mir keine Grenzen gesetzt. Ich kann einen Neuanfang wagen und meinen Abschluss an einem renommierteren College machen. Ich bin erst seit ein paar Monaten Studentin, und obwohl es mir auf dem Campus gefällt, habe ich die härtesten Lektionen hier in Triple Falls gelernt.

Meine Motivation ist dennoch zurückgekehrt, und ich werde diesen Hoffnungsschimmer nicht aufgeben, denn er treibt mich an. Das Einzige, was ich bereue, ist, dass ich Christy jedes Mal auf FaceTime anlüge und Ausreden erfinde, um sie fernzuhalten und zu schützen. In jedem Gespräch führe ich sie bewusst hinters Licht und gewähre ihr nur kleine Einblicke in das Leben, das ich jetzt führe. Ihr neuer Freund Josh kam wie gerufen. Wenn es ihn nicht gäbe, wäre ich in einer viel schwierigeren Lage.

Aber ich will nicht, dass Tobias in ihre Nähe gelangt, und ich weigere mich, von ihm zu erzählen. Mittlerweile sehe ich ihn als Business-Partner, den ich gut im Griff habe. Er verdient es nicht, dass ich ihn als Teil meines Lebens betrachte.

Und meine geschäftlichen Entscheidungen sind etwas, worum ich mich allein kümmere.

Aber vielleicht ist es am besten, wenn Christy und ich bei unserem ursprünglichen Plan bleiben; immerhin haben wir uns beide schon an der UG beworben und müssen dringend wieder Zeit füreinander haben. Vielleicht ruft mir das dann auch die Frau in Erinnerung, die ich war, bevor ich zu viele Geheimnisse zu wahren hatte.

Und ich wahre sie alle. Niemand würde etwas davon haben, wenn ich mein Schweigen breche, stattdessen würden einige darunter leiden.

Ich sitze auf meinem Bett und fülle gerade zur Sicherheit eine letzte Bewerbung aus, als ich seinen Schatten auf meiner Türschwelle sehe. In Bezug auf Tobias scheine ich einen sechsten Sinn zu haben.

Er rührt sich nicht vom Fleck, und dennoch steigt mir schon jetzt sein Duft in die Nase. Und es widerstrebt mir, dass mein Körper sofort darauf reagiert. Meine Finger fliegen noch immer über die Tastatur, als ich ihm zeige, dass ich ihn gesehen habe.

»Ich hab meine Tage«, verkünde ich trocken, ohne aufzuschauen. »Und ich will dich nicht sehen.«

Er bleibt dort stehen, wo er ist, sodass ich die Umrisse seines Körpers im Anzug aus dem Augenwinkel erkennen kann.

»Ich habe gesagt …«

»Ich hab gehört, was du gesagt hast«, versetzt er, »aber du kannst nicht entscheiden, wann du mich siehst.« Er kommt auf mein Bett zu, reißt mir den Laptop aus den Händen, nimmt das Telefon von meinem Nachttisch und legt es auf meinen Laptop, ehe er mit beiden Geräten das Zimmer verlässt. Als ich höre, dass die Tür eines Gästezimmers zugeschlagen wird, weiß ich, wo ich beides finden kann, wenn er wieder weg ist. Er will ebenso wie Sean und Dominic nicht, dass irgendwelche elektronischen Geräte in der Nähe sind, wenn er hier ist. Schon mehrmals habe ich festgestellt, dass etwas fehlte, nachdem er das Haus verlassen hatte, und musste erst danach suchen – dieser Wichser. Er hat absolut keinen Respekt vor meiner Privatsphäre; sogar meine Verhütungsmethode kennt er. Der Teufel liegt im Detail.

»Ich hab gerade an meinem Laptop gearbeitet. Es ist wichtig!«

Seine tiefe Stimme dringt aus dem Flur in mein Zimmer. »Ich werde nicht mit Computern und Handys um deine Aufmerksamkeit konkurrieren.«

»Kommt mir bekannt vor«, erwidere ich trocken. »Und niemand hat dich gebeten herzukommen.«

Ich schaue zu ihm auf, als er wiederkommt, und ärgere mich darüber, dass mein Blut in Wallung gerät, als sich unsere Blicke treffen. »Ich glaube, du hast deinen Standpunkt klargemacht. Wie lange, meinst du eigentlich, dass ich das zulasse?«

»Wie kommst du darauf, dass du daran irgendwas ändern könntest?« Er betritt wieder mein Zimmer und wirft eine Schachtel auf mein Bett.

Ich starre darauf. »Was auch immer es ist, du kannst es wieder mitnehmen.«

»Mach es verdammt noch mal auf.«

»Ich bin nicht deine Hure, also mach mir keine Geschenke.«

Er zieht an der Schleife, die um die Schachtel gebunden ist, und spricht durch zusammengepresste Zähne. »Mach es auf.«

Als ich das Band löse und die Schachtel öffne, entdecke ich ein neues Negligé und einen dazu passenden Seidenmorgenrock. Beides muss teuer gewesen sein. Ich werfe ihm die Sachen entgegen, und sie landen neben seinen Schuhen.

»Für jemanden, der so darauf bedacht ist, nicht wie Daddys Prinzessin rüberzukommen, bist du ganz schön bitchy.«

»Willst du etwa, dass ich dankbar bin?« Ich schüttele den Kopf. »Deine Arroganz ist wirklich bemerkenswert.« Ich richte meinen Blick wieder auf das Geschenk. »Nimm das wieder mit, wenn du gehst.«

In der nächsten Sekunde hat er mich an den Haaren gepackt und schaut mich wütend an.

Ich versuche, mich abzuwenden, doch der Schmerz an meiner Kopfhaut wird stärker, als er meinen Kopf wieder dorthin zurückzieht, wo er ihn haben will. Seufzend gebe ich nach und spüre, dass mein Körper in seiner Nähe zum Leben erwacht. »Verschwinde einfach. Ich habe nichts, was ich dir bieten kann.«

Er quetscht meinen Unterkiefer zwischen seinen Fingern ein, sodass sich meine Lippen ein wenig teilen.

Ich funkele ihn wütend an. »Bitte sag mir, dass du nicht *derart* widerlich bist.«

»Du machst es einem verdammt einfach, ein Arschloch zu sein.«

»Ich will dein Geschenk nicht und dich auch nicht.«

Er drückt mich aufs Bett und presst seine Stirn an meine.

»Ich bin gekommen, um mich dafür zu entschuldigen, dass ich dein Negligé zerrissen habe.«

»Willst du dich auch dafür entschuldigen, dass du meine Beziehungen ruiniert hast, in meine Privatsphäre eingedrungen bist, meine Kette zerrissen hast, mich gebissen, geküsst und gefickt hast?«

»Nein.«

»Warum willst du dich dann überhaupt für irgendwas entschuldigen?«

»Gutes Argument.« Er beugt sich vor und küsst mich, doch ich wehre mich.

Als er seinen Körper an meinen drückt, sich auf mich legt, mir den Atem raubt und meine Sinne benebelt, bis ich nachgebe, lodert längst das Feuer in mir. Ich ziehe ihn an mich, greife in sein Haar und ruiniere seine Frisur, indem ich mit den Fingern durch seine schwarzen Strähnen fahre. Und ich küsse ihn mit der gleichen Begierde, mit der gleichen Leidenschaft, gegen die ich mich noch wenige Sekunden zuvor wehren wollte. Weil ich ihn hasse. Ich hasse, dass ich an ihn denke, hasse das bedrohliche Ziehen in meiner eisigen Brust, das ich in dem Moment gespürt habe, als sich unsere Blicke getroffen haben. Ich hasse, dass ich das Negligé wunderschön finde und mir vorgestellt habe, dass er mich darin vögelt. Und ich hasse, dass ich die Art liebe, wie er mich küsst.

Es ist eine Leidenschaft, die mittlerweile fast an Besessenheit grenzt, und so was sollte ich nicht fühlen. Das werde ich nicht zulassen. Ich beiße ihm in die Lippe, und er beißt mich zurück, woraufhin wir beide aufstöhnen. Wenn er mir so nahe ist, kann ich nichts anderes tun, als ihn zu fühlen und ihn zu wollen, und das weiß er.

Als er sich von mir löst, packe ich ihn, küsse seinen Hals, sauge an seiner Haut, atme seinen Duft ein und genieße die

Laute, die er ausstößt, als er die Hände an meinen Seiten hinabgleiten lässt.

In diesem Moment wird mir bewusst, dass ich auf ihn gewartet habe, und noch schlimmer, sogar darauf gehofft habe, dass er auftaucht. Mir ist vollkommen klar, warum er sich so vertraut anfühlt. Denn ich kenne ihn, und der Grund dafür ist, dass mir alles, wofür er steht, von Sean und Dom in Häppchen aufgetischt worden ist. Ironischerweise fühle ich mich zu ihm hingezogen, weil ich mich im letzten Sommer, als ich mich in die beiden verliebt habe, in gewisser Weise auch in Tobias verliebt habe – in seine Ideale, seine Ambitionen, seine Ziele und seine Lebensanschauung.

Ich reiße mich von ihm los und lasse mich auf den Rücken fallen. Frustration macht sich in mir breit, als ich den Kopf wegdrehe, um ihn nicht ansehen zu müssen. »Geh einfach. Die Sache kann nicht gut ausgehen. Und Gefühl gehört nicht zu unserer Abmachung.«

Er beugt sich hinunter und küsst die Vertiefung an meinem Hals, und als ich keine Reaktion zeige, verspannt er sich und stößt hörbar die Luft aus. »Vielleicht tut mir nicht nur die Sache mit dem Kleid leid.«

Wenn er Reue empfindet, dann ist es längst zu spät. Er kann kein Herz haben. Er sollte kein Herz haben. Das darf er nicht, genauso wenig wie ich.

»Bitte tu das nicht.« Eine lange Stille entsteht, ohne dass er sich über mir rührt.

Ich spüre unser Verlangen, unsere Sehnsucht nacheinander. Er ist mir mittlerweile vertraut, und das macht mir Angst.

Das hätte nicht passieren dürfen.

Wir hätten nicht passieren dürfen.

Es darf nicht sein.

Ich weigere mich, es zuzulassen.

»Ich bin aus Wut in dein Leben eingedrungen …« Er schluckt, und ich schüttele den Kopf.

»Hör auf, dich zu verteidigen, Tobias. Ich weiß, warum du es getan hast. Du hast dich genauso betrogen gefühlt, aber wir sind einen Schritt zu weit gegangen, und nun gibt es kein Zurück mehr. Keine Entschuldigung kann die Sache geradebiegen. Du hast das getan, was du dir vorgenommen hattest, also komm verdammt noch mal damit klar.« Ich drehe den Kopf und schaue zu ihm auf. »Die Sache zwischen uns ist rein geschäftlich.«

Mit grimmiger Miene setzt er sich auf. »Du glaubst, dass es hier um deine verfickte Liebe geht? Es war bloß eine Entschuldigung, aber du hast gleich wieder ein Drama draus gemacht. Das da ist ein Nachthemd, keine Liebeserklärung.« Der Schmerz der Zurückweisung steht ihm für einen Moment ins Gesicht geschrieben, und ich weiß, dass ich einen Nerv getroffen habe. »Du glaubst, ich würde dich nicht einfach ficken, wenn ich Bock drauf hätte?«

Im Liegen stemme ich meinen nackten Fuß gegen seine Brust, sodass die Jeans-Shorts an meinem Oberschenkel hochrutscht. »Dann fick mich, Tobias, und beweise es mir. Mach schon, du böses, lächerliches Monster«, ärgere ich ihn und ziehe die Nase kraus. »Lass uns schmutzige Dinge tun und alles noch komplizierter machen.«

Er schnaubt. »Du bist lächerlich.«

»Natürlich bin ich das.« Ich stemme mich in eine sitzende Position hoch. »Schließlich bin ich nur ein dummes kleines Mädchen.«

Er packt mich am Kinn und blickt zu meinen Lippen hinab. »Ich habe einsam gesagt, nicht dumm.«

»Einsame Leute treffen dumme Entscheidungen. Dass ich dich in mein Bett gelassen habe, ist der Beweis. Entschuldigung nicht angenommen, also raus hier.« Ich ziehe eine College-Broschüre aus dem Poststapel auf meinem Bett und beginne, sie durchzublättern.

Einige Momente lang ist er still. »Du hast die richtigen Rückschlüsse gezogen. Ich wusste von dir, das stimmt. Und ich habe entschieden, dich aus der Sache rauszuhalten. Ich bin derjenige, der dich vor den anderen versteckt hat.« Er entzieht mir die Broschüre und nimmt meine Hand zwischen seine Hände. »Ich bin derjenige, der vor Jahren beschlossen hat, dich aus der Sache rauszuhalten. Aber ich habe mich ablenken lassen und einen Fehler gemacht. Ich habe mir vor langer Zeit geschworen, dass ganz egal, wie weit ich gehen will, um deinen Vater zu ruinieren, du nicht darunter leiden würdest. Es war nie meine Absicht, dich für seine Fehler bezahlen zu lassen.«

Ich versuche, ihm meine Hand zu entreißen, doch er zieht mich zu sich heran, sodass ich gezwungen bin, ihn anzusehen.

»Ich habe dich im Stich gelassen. Nicht Sean, nicht Dominic. *Ich.* Und als ich rausgefunden habe, dass du doch mit reingezogen wurdest … und wie tief …« Seine Stimme ist von Wut durchtränkt. »Ich habe zu spät eingegriffen. Als ich dir also gesagt habe … *Wenn* ich dir also sage, dass du niemals Teil des Ganzen werden solltest, dann meine ich es auch so. Ich hab dich im Stich gelassen, Cecelia. Und wie ich mich verhalten habe, macht mich nicht gerade stolz. Damit könnte ich alles zerstören, worauf ich mein halbes verdammtes Leben hingearbeitet habe.«

Wir sitzen einander gegenüber, und die Anziehungskraft zwischen uns ist nicht mehr zu leugnen. Er löst sich von mir, rutscht auf die Bettkante und reibt sich das Gesicht mit der Hand. Er hat es mir unmöglich gemacht, Mitleid für ihn zu empfinden, aber ich verstehe seine Frustration, seinen Kampf und seine Überzeugung, dass wir einen katastrophalen Fehler begehen. Dafür, dass wir uns zueinander hingezogen fühlen, können wir beide nichts. Genauso wie die Ereignisse im vergangenen Jahr meines Lebens ist es einfach so passiert, auch wenn es noch so sehr nach Klischee klingt.

Und wir wollten beide, dass es passiert, aber aus unseren jeweils ganz eigenen, egoistischen Gründen.

Dennoch wäre ich naiv, ihm das abzunehmen. Bisher hat er nichts getan, was mich an seine Ehrlichkeit glauben lässt.

Und es ist nicht meine Aufgabe, ihn zu trösten. Denn innerhalb des Trümmerhaufens, den die Beziehung zwischen Cecelia Horner und Tobias King darstellt, kämpfen wir immer noch miteinander, klammern uns an der Überzeugung fest, dass wir Feinde sein müssen und den Personen die Treue halten müssen, die wir lieben. Die gleichen zwei Personen, die niemals erfahren dürfen, was zwischen uns passiert ist, denn wenn diese Männer Gefühle für mich haben, wird es sie zerstören.

»Du hast es ihnen nicht erzählt.«

Stille. Sein innerer Kampf zeichnet sich deutlich auf seinem Gesicht ab, ebenso wie die Frage, die zu stellen er nicht das Recht hat.

Also bin ich es, die sie laut ausspricht.

»Du willst nicht, dass sie es erfahren?«

Tobias schweigt einige Momente, ehe er leise antwortet. »Damit wärst du eine Komplizin und kein Opfer, so wie es eigentlich sein sollte, und ich glaube nicht, dass ich damit leben könnte.«

»Ich wusste genau, was ich tue.«

Er wendet mir abrupt seinen Blick zu, und ich weiß, dass ich wahrscheinlich zu viel gesagt habe.

»Mag sein, aber ich nicht«, gibt er zu und zeigt mir einen seltenen Anflug von Verletzlichkeit.

»Du hast mich zu nichts gezwungen. Und wenn es ein

Geheimnis ist, das ich für mich behalten möchte, dann wird das *meine* Entscheidung sein, das kannst du mir glauben. Es wird *meine* Entscheidung sein, es vor ihnen geheim zu halten, nicht deine.« Denn darin ist alles verwurzelt – Geheimnisse und Lügen und die Bindung zu seinen Brüdern, die alles übersteigt.

Kann ich noch ein weiteres Geheimnis für mich behalten?

Will ich das überhaupt?

Will ich Tobias' Strafe mildern? Will ich mir noch mehr Schuld aufbürden, indem ich mich an die Prinzipien halte, die mir der Mann beigebracht hat, der mir den Schutz der beiden entzogen hat?

Mach, was immer du willst, wann immer du willst, und entschuldige dich niemals dafür.

Seans Worte.

Ich studiere Tobias und versuche abzuwägen, ob dies nur ein weiterer Schachzug ist.

»Es spielt keine Rolle«, sage ich schließlich. »Schau dich um. Siehst du sie hier? Du bist derjenige …« Ich weiche vor ihm zurück, angewidert von mir selbst. »Du hättest mich fast überzeugt.« Ich schüttele den Kopf. »Fast.« Ich mache Anstalten, das Zimmer zu verlassen, doch er legt eine Hand auf meinen Oberschenkel, um mich aufzuhalten. »Ich kauf dir das nicht ab«, verkünde ich.

Er ist nur ein Opportunist, der sich das von mir nimmt, was er bekommen kann. Dass er so gut wie immer da ist, erstaunt mich, aber ich bin mir sicher, dass irgendein geheimer Plan dahintersteckt. So muss es sein. Er hat es sich zur Mission gemacht, der einzige Mann in meinem Leben zu sein, um seinen Brüdern eins auszuwischen.

Er beugt sich vor und streichelt mit den Fingerknöcheln meine Wange. »Ich weiß, was du tust, und ich kann es dir nicht verdenken.«

»Ich hab keine Ahnung, wovon du sprichst.«

Er zwingt mich, ihn anzusehen, und gibt mir mit einem Blick zu verstehen, dass er mich durchschaut hat, was mich wahnsinnig ärgert.

Doch wenn sein Geständnis auch nur ein Körnchen Wahrheit enthält, dann hat er versucht, mich zu beschützen. Deshalb hat er seinen Brüdern nichts erzählt. Es ging nicht darum, dass sie mich versteckt hatten; es ging darum, dass ich *entdeckt* worden war.

Und jetzt will der Wichser, dass ich ihm glaube, dass sein schwarzes Herz voller guter Absichten ist, trotz der Art, wie er mich behandelt hat.

»Hinterfrage alles«, sagt er sanft, als könnte er meine Gedanken lesen. »Ich verdiene dein Vertrauen nicht.«

»Natürlich nicht.«

Er stößt den Atem aus und fährt mit dem Daumen über meine Unterlippe. »Aber du hast recht. Es ist deine Entscheidung. Es ist dein Spielzug, und noch dazu der riskanteste. Ich werde deine Entscheidung so oder so akzeptieren. Ich werde nicht dagegen ankämpfen.«

»Vergisst du nicht was?«

Er zieht die Augenbrauen zusammen.

»Du bist derjenige, der uns auseinandergerissen hat. Für mich haben die beiden aufgehört zu existieren, Tobias.« Ich verenge die Augen und entziehe mich ihm. »Was verschweigst du mir?«

»Eine Menge.«

»Hau ab.«

»Ich wünschte, es wäre so einfach.«

»Das ist es aber. Du stehst auf, gehst durch die Tür und kommst nicht wieder. Und dann existierst auch du nicht mehr für mich.«

Er beugt sich vor, sodass ich ihn ansehen muss. »Ich wünschte, das könnte ich. Dann würde ich dich hier sitzen lassen und niemals zurückschauen.«

»Was hält dich dann davon ab?«

Er schluckt und erhebt sich, zieht mich auf die Füße, und ich erlaube es ihm dummerweise. Vorsichtig zieht er seine Fingerknöchel von der Stelle zwischen meinen Brüsten bis zum Knopf meiner Shorts.

»Tobias.« Ich halte seine Hand fest.

»Bitte lass es zu.« Er sieht mich eindringlich an. »Bitte.«

Ich hätte niemals damit gerechnet, dass dieses Wort aus seinem Mund so aufrichtig klingen würden. Ich schweige und sehe ihn vorwurfsvoll an.

Seine Miene bleibt ernst, als er mir die Shorts runterschiebt und mich stützt, damit ich heraustreten kann. Langsam hebt er den Saum meines T-Shirts, zieht es mir über den Kopf und küsst mich auf die nackte Schulter, wobei er gleichzeitig meinen BH öffnet und ihn zu den anderen Sachen auf den Boden wirft.

Nur noch in meinem Baumwollslip, verschränke ich die Arme vor der Brust und bin froh, dass ich mich heute Morgen für einen Tampon entschieden habe. Meine Wangen werden heiß, als er meine Arme sanft auseinanderschiebt und seinen Blick anerkennend über meinen Körper wandern lässt.

Mein Puls beginnt zu rasen, als er das Negligé vom Boden nimmt und meine Arme hebt, um es mir überzuziehen.

Die Seide liebkost meine Haut, als es an meinem Körper hinabgleitet und mich schließlich bis zur Mitte meiner Oberschenkel bedeckt.

Tobias tritt einen Schritt zurück. *»Exquise.«*

Ich beiße mir auf die Lippe, denn ich spüre, wie sich die Atmosphäre um uns herum verändert und angespannter wird.

Plötzlich zieht er seine Brieftasche aus der Hosentasche und wirft ein paar Hundert Dollar auf das Bett hinter mir. Doch er scheint sofort zu erkennen, wie sehr mich diese Geste beleidigt, denn er zieht mich schnell an seine Seite und streicht mit dem Daumen über meine Hüfte. Als er spricht, ist seine Stimme von Lust durchzogen. »Ich wusste nicht, wo du das seidige Teil gekauft hast, also konnte ich es nicht ersetzen. Aber es fühlte sich irgendwie nach dir an. Weich.« Er drückt mir einen Kuss hinter das Ohr. »Sinnlich«, noch ein Kuss, »zart«, er weicht zurück, um meine Reaktion abzuschätzen, und leckt schließlich über meine Unterlippe, »wunderschön«.

Er lässt mich los und tritt mit brennendem Blick einen Schritt zurück. Dann dreht er sich um und geht.

Ich starre ihm hinterher. Sehnsüchtig und vollkommen perplex.

KAPITEL VIERZEHN

Ich spüle mir den Arbeitstag vom Körper und beschließe, Christy erst morgen anzurufen. Mittlerweile weiß ich ohnehin nicht mehr, was ich ihr erzählen soll. Seit Tobias mich nach seinem Geständnis zurückgelassen hat, fühle ich mich wie benommen und bringe mechanisch alles hinter mich. Selbst Melinda hat mich während der letzten paar Schichten mit meinen Gedanken allein gelassen, und ich habe wie auf Autopilot funktioniert.

Nach der Arbeit in der Fabrik bin ich mehr und mehr auf der Hut und habe manchmal sogar dann Angst, wenn mich andere zum Parkplatz begleiten. Obwohl ich weiß, dass ich beobachtet werde und unter Tobias' Schutz stehe, fühle ich mich hin und wieder bedroht. Meine Träume verwandeln sich immer mehr in Albträume, und häufig kann ich nicht einschlafen. Ob es an meinen Schuldgefühlen liegt, weil ich mithelfe, meinen Vater zu Fall zu bringen, weil ich etwas mit Tobias angefangen habe oder ob es wegen der beängstigenden Wahrheiten ist, die mir offenbart wurden – ich spüre, irgendetwas stimmt nicht.

Ich habe einen Punkt erreicht, an dem ich nichts und niemandem mehr traue.

Ich habe Tobias gesagt, er fürchte mich ebenso sehr, wie er mich hasse, aber so, wie er sich vor einigen Tagen bei mir im Zimmer verhalten hat, versucht er eindeutig, etwas an seinem Verhalten zu ändern und sich in ein besseres Licht zu rücken.

Doch ich weigere mich, ihm zu vertrauen. Zu oft hat er mich schon belogen, als dass ich mir einbilden würde, seine Entschuldigung sei ernst gemeint. Die plötzliche Veränderung in seinem Verhalten schreibe ich einem weiteren Versuch zu, mich zu manipulieren. Irgendetwas scheint er von mir zu wollen, ich muss nur herausfinden, was es ist und ob es mir die Sache wert ist.

Sein plötzlicher Sinneswandel kam viel zu plötzlich und scheint mir zu weit hergeholt. Er war überzeugend, das muss ich ihm lassen, aber ich werde auf sein Schauspiel nicht reinfallen. Er wird mich nicht austricksen. Ganz egal, wie sehr ich ihn begehre.

Je mehr ich über unsere Unterhaltung nachdenke, desto mehr interessiert mich, warum er so große Angst hat, dass man uns auf die Schliche kommt.

Würde es ihnen überhaupt noch etwas ausmachen?

Seit neun Monaten kein Lebenszeichen von Sean und Dominic.

Aber Tobias' Geständnis klang irgendwie so, als würde er davon ausgehen, dass die beiden überhaupt nicht damit einverstanden wären, dass wir miteinander schlafen. Und dennoch vergehen die Tage ohne ein Wort von ihnen, ohne einen Beweis dafür, dass sie existieren.

Als wir uns auf der Lichtung begegnet sind, konnte sich Tobias nicht sicher sein. Er hat angenommen, dass die Kette von Dominic stammte.

Warum?

Was verschweigt er mir? Das ist es, was ich herausfinden muss.

Doch sein Geständnis hat ihn mir gegenüber verletzlich

gemacht, und er hat behauptet, er würde meine Entscheidung akzeptieren. Er hat mir eine Granate gegeben und meinen Finger auf den Auslöser gelegt. Ich kann mir nicht vorstellen, wie das in irgendeiner Weise für ihn von Vorteil sein sollte, es sei denn, er glaubt, dass er mich dahin gehend manipulieren kann, dass ich unser Geheimnis für mich behalte.

Oder vielleicht erwartet er sogar von mir, dass ich alles gestehe.

Möglicherweise ist das sein Motiv.

Der Mann ist ein wandelndes Psychospiel.

Ich bin gerade dabei, meine Haarspülung auszuwaschen, als ich ein vertrautes elektrisches Knistern wahrnehme.

Ich reibe mir die Augen, spähe durch das Glas und sehe, dass Tobias davorsteht, nackt und sein Blick von Lust durchzogen. In der Sekunde, als wir uns anschauen, lösen sich alle Gedanken in Luft auf, und meine Erregung gewinnt die Oberhand.

Wir können die Hölle genauso gut zusammen genießen.

Er öffnet die Tür und tritt zu mir unter die Dusche.

Ich strecke die Hand nach ihm aus, und unsere Münder treffen aufeinander.

Sein Kuss ist hart; mit der Zunge erkundet er jeden Winkel meines hungrigen Mundes, und ich erwidere seinen Kuss mit der gleichen Leidenschaft. Innerhalb von Sekunden ist er in mich eingedrungen und presst seine Lippen auf meinen Hals, während er mich wild an den geheizten Kacheln fickt, bis mein Körper in seinen Armen schlaff wird. Er schiebt noch einmal seine Hüften nach vorn und ergießt sich in mich. »Putain. Putain. Du fühlst dich so verdammt gut an«, raunt er heiser und küsst mich, bis mir schwindelig wird.

Ich fahre mit den Nägeln über seinen Rücken und durch sein Haar, doch plötzlich schreckt er vor meiner Berührung zurück. In dem Moment sehe ich, dass seine Haare nass sind, jedoch nicht vom Wasser. Ein dunkelroter Tropfen trifft auf seine Schulter, und ich ziehe die Luft ein, als ich sehe, dass er blutet.

»Was ist passiert? Du bist verletzt.«

Ich stelle mich auf die Zehenspitzen, um die Wunde in Augenschein zu nehmen, aber er schiebt mich sanft von sich.

»Es geht mir gut.«

»Du blutest. Tobias, das sieht übel aus.«

Er dreht sich zusammen mit mir um, sodass das Wasser auf seine Kopfhaut trifft und pink zwischen unseren Füßen aufkommt, ehe es im Abfluss verschwindet. Er fährt sich mit einer Hand durch die Haare, und ich bemühe mich, einen Blick auf die Wunde zu erhaschen.

»Was ist passiert?« Ich ringe mit ihm, bis er schließlich nachgibt und sich auf die Duschbank setzt, damit ich seinen Kopf untersuchen kann. Die Wunde ist zweieinhalb Zentimeter lang.

»Das solltest du nähen lassen.«

»Es heilt schon wieder.«

Als er sich abgeduscht hat, tritt er mit mir raus, aber gerät ins Taumeln und muss sich am Waschbecken festhalten. Er schließt die Augen und wird blass.

»Du hast zu viel Blut verloren.«

Er beißt sich auf die Lippe. »Es geht mir gut.«

»Setz dich hin. Sofort.«

»Alles in Ordnung.«

»Wenn du hinfällst und dir den Kopf aufschlägst, lasse ich dich sterben.«

»Nein, das würdest du nicht tun, so bist du nicht.« Er ergreift meine Hand und schaut mich mit einem schwachen Lächeln an.

»Setz dich hin, verdammt noch mal.«

Er gehorcht, und ich beginne, ihn abzutrocknen. Ich muss

mich zusammenreißen, um meine Lippen dabei nicht auf seine Haut zu pressen. Vielleicht liegt es an seiner Hilflosigkeit, dass ich plötzlich das Bedürfnis habe, etwas so Intimes zu tun.

Er beobachtet jede meiner Bewegungen, während ich das Wasser von seinem Körper tupfe und ihm schließlich sage, dass er sich auf die Bettkante setzen soll.

»Und du glaubst, es war schlau, mich in diesem Zustand zu vögeln?«

»Ich glaube, es war zumindest die zusätzlichen Kopfschmerzen wert, die ich jetzt habe, weil du nicht aufhörst zu nerven.«

Ich verdrehe die Augen, und er versucht, mich auf seinen Schoß zu ziehen.

»Tobias, du bist kurz davor, ohnmächtig zu werden. Hör auf, du bist so weiß wie das Laken.«

»Immer noch besser, als von einem Laken bedeckt zu sein.«

»Kann ja noch kommen.«

Sein Grinsen entgeht mir nicht. »Vielleicht hasst du mich gar nicht mehr so sehr.«

»Mach dir keine Hoffnungen.«

Als ich seine Kleidung vom Boden aufhebe, sehe ich, dass der Kragen seines Hemdes von Blut durchtränkt ist, ebenso wie die Rückseite seiner Anzugjacke.

»Wie lange hast du geblutet, ohne was dagegen zu unternehmen? Du hast eine Menge Blut verloren.«

Er deutet mit dem Kinn auf seine Kleidung. »Verbrenn das.«

»Ich fürchte, mein Ofen hat den Geist aufgegeben.« Ich beiße mir auf die Lippe, um ein Lachen zu unterdrücken.

Er verdreht die Augen. »Pack alles in eine Tüte, ich nehme es mit.«

Ich hebe scherzhaft die Kleidung auf. »Dann ist hier also überall belastende DNA dran. Ich habe alles, was ich brauche, um dich dranzukriegen, was?«

Das scheint er nicht amüsant zu finden.

»War doch nur ein Witz.«

Er bleibt ernst. »Du hast ohnehin schon alles, was du brauchst, um mich dranzukriegen.«

Da mich seine Worte aus dem Konzept bringen, schauen wir uns eine Weile stumm an, bis er vor Schmerzen zusammenzuckt.

Ich stemme meine Hand in die Hüfte. »Die Wunde muss wirklich genäht werden. Es blutet immer noch. Gibt's bei euch nicht irgendeinen schmutzigen Mafia-Arzt, den du bar bezahlen kannst?«

Er stößt ein Lachen aus. »Du hast zu viele Filme gesehen, aber das ist keine schlechte Idee. Die Wunde ist nicht so tief, sie hört definitiv bis heute Abend auf zu bluten. Kein Arzt. Eine nervige Krankenschwester reicht mir.«

»Na schön.« Ich verdrehe die Augen. »Warte hier.« Eilig ziehe ich mich an und gehe zum Schrank im Flur, aus dem ich einen Müllbeutel und das Erste-Hilfe-Set hervorhole. Zurück im Zimmer sprühe ich ein Antiseptikum auf seine Wunde. Ich kann ein Lachen nicht unterdrücken, als er ein Wimmern ausstößt, lege Mull auf seine Wunde und weise ihn an, den Finger draufzulegen.

»Großes Baby.«

»Das tut verdammt weh.« Seine Haltung wirkt misstrauisch, aber er hält gehorsam den Mull fest.

»Ich hole Pflaster.«

Er packt meine Hand. »Nein.«

»Keine Diskussion.«

Unten angekommen betrete ich Romans Schlafzimmer, schaue in seinen Medizinschrank und nehme zwei Vicodin heraus. Dann öffne ich seine Schubladen und hole eine unbenutzte Boxershorts und ein T-Shirt hervor. Bevor ich nach oben gehe, mache ich noch Halt in der Küche. Zurück in meinem Zimmer reiche ich Tobias die Schmerztabletten und ein Glas Saft.

Er nimmt es und betrachtet dann angewidert die Kleidung in meinen Händen – die dem Mann gehört, den er hasst.

»Es sind doch nur ein paar Klamotten. Du kannst schließlich nicht nackt rumlaufen.«

»Wer sagt das?«

»Sei nicht albern. Die Boxershorts sind sogar noch verpackt.«

Ohne ein weiteres Wort reißt er die Packung auf und zieht die Shorts und das T-Shirt an.

Ich halte ihm die Serviette hin, auf der das Croissant liegt, das ich eilig mit Käse belegt habe. »Hier, iss das. Die perfekte Mahlzeit für einen Franzosen.«

»Hab keinen Hunger.«

»Iss, sonst wirst du ohnmächtig.«

Er nimmt mir das Croissant ab und schiebt sich die Hälfte davon in den Mund. Langsam kauend wendet er den Blick kein einziges Mal von mir ab.

»Du führst dich auf wie ein verwöhntes Kind. Als hätte Mami dich gezwungen, dir eine Stoppelfrisur schneiden zu lassen. Sag einfach Danke, dann fühlst du dich besser.«

Er spricht leise, aber ich höre es, als ich das Badezimmerlicht ausschalte. »Merci.«

»War das eigentlich irgendeine Abschreckungstaktik, weil ich bald weg bin?«

»Nein, es war einfach nur ein harter Tag.«

»Ein Gegenschlag?«

Er trinkt seinen Saft, ohne auf meine Frage einzugehen.

»Weißt du, dass dein Bruder den gleichen Scheiß abgezogen hat?« Ich verdrehe die Augen. »Ich frag mich, von wem er das hat.«

Ich schlage die Decke zurück und richte die Kissen.

Er isst den Rest seines Croissants und sitzt da, als wüsste er selbst nicht recht, wie er hier gelandet ist. Und ich bin genauso verwirrt. Statt Fragen zu stellen, bedecke ich das Kissen neben meinem mit dem benutzten Handtuch und bedeute ihm, sich hinzulegen.

Er steht auf, zerknüllt die Serviette in seiner Hand und geht ins Bad. Eine Sekunde später höre ich Wasser laufen.

»Was machst du?«, frage ich vom Bett aus.

»Ich putze mir die Zähne.«

»Ernsthaft?«

»Ich will doch nicht nach Schweizer Käse riechen.«

Ich lache auf. »Ich hoffe, du benutzt nicht meine Zahnbürste.«

»Hab noch eine unbenutzte im Schrank gefunden.«

Ein paar Sekunden später sehe ich, dass das Licht ausgeht, und dann kommt er zu mir ins Bett.

»Fühlst du dich jetzt besser, mit geputzten Zähnen?« Ich presse die Lippen zusammen.

Er verdreht die Augen. »Lach nur.«

Als mein Lächeln verschwindet, liegen wir still und einander zugewandt auf unseren Kissen.

»Warum bist du hergekommen? Ich bin nicht deine Freundin.«

»Nein, das bist du nicht.« Seine Stimme klingt müde, und genauso wirkt sein Blick. Er muss erschöpft sein.

»Du beantwortest meine Frage nicht?«

»Nein.«

Aus der Nähe betrachte ich sein gewelltes feuchtes Haar, seine dichten schwarzen Wimpern, die markanten Züge seines Gesichts, seinen Mund. Seine Oberlippe hat einen maskulinen Schwung und ist etwas schmaler als seine Unterlippe. Er erwidert meinen Blick und lässt seinen ebenso forschend über mein Gesicht wandern.

»Welches Spiel spielst du?«, frage ich.

»Welches spielst du?«, kontert er sofort.

Wir sehen einander schweigend und herausfordernd in die Augen.

»Ich werde dir nie ein Wort glauben können, Tobias.«

»Das erwarte ich auch nicht von dir.«

»Warum gibst du dir dann überhaupt Mühe, nachdem du mich so mies behandelt hast? Hast du plötzlich ein Gewissen? Auf einmal bin ich es wert mitzumachen«, ich wedele meine Hand durch die Luft, »bei was immer du tust?«

»Du hast den Eindruck, dass ich dir auf einmal mit mehr Respekt begegne? Als hätte ich dir vorher was Schlimmes angetan und dich fürchterlich behandelt, und jetzt muss ich mich dafür entschuldigen? Ich bin kein Unmensch, Cecelia.«

»Da bin ich mir nicht so sicher.«

Er seufzt. »Wie gesagt, ich erwarte nicht, dass du mir glaubst.«

»Das tue ich nicht, und das wird sich auch in Zukunft nicht ändern.«

Er schaut an meiner Schulter vorbei, und eine tiefe Falte bildet sich zwischen seinen Augenbrauen.

»Alles in Ordnung?«

Er sieht mich wieder an.

»Te soucies-tu vraiment de moi?«

»Tobias, so gut ist mein Französisch nicht.«

Er räuspert sich; die Frage scheint ihm schwerzufallen. »Bedeute ich dir wirklich etwas? Eigentlich solltest du mich hassen.«

»Das tue ich auch.«

»Nein, tust du nicht. Das würdest du gern, aber so bist du nicht. Du willst immer das Gute in Menschen sehen.«

»Ist das so falsch?«

»Nein.« Er schluckt. »Ist es nicht.«

»Nur schlecht fürs Business«, schlussfolgere ich.

Er nickt kurz, ehe sich sein Blick umwölkt.

Ich beuge mich vor und kann ein Lächeln nicht unterdrücken. »Die Tabletten beginnen zu wirken, hm?«

Auf seine Lippen legt sich ein kleines Lächeln, das an meinem Herzen zieht. Und in dem Moment glaube ich, dass er recht haben könnte. Ich habe tatsächlich versucht, das Gute in ihm zu sehen. Doch da ich ihm nicht vertrauen kann, spielt es keine Rolle. Als er sich in der nächsten Sekunde tiefer ins Kissen sinken lässt, wird mein Lächeln breiter.

»Ohhh, du bist total high.« Ich setze mich rittlings auf ihn, beuge mich runter und drücke meine Nase an seine. »Voll berauscht.«

Er schaut mit einem so strahlenden Lächeln zu mir hoch, dass ich das vertraute Flattern von Schmetterlingen in meinem Bauch spüre.

Langsam erlischt sein Grinsen, und er stemmt sich vorsichtig hoch, um mich zu küssen. Dabei streichelt er mein Gesicht auf eine Art, dass ich es abwenden muss, um ihn die Empfindungen nicht sehen zu lassen, die in mir aufkeimen. Die Geste ist viel zu intim.

»Lass das.« Ich richte mich auf, um von seinem Schoß zu klettern, doch er hält mich zurück, indem er die Hände auf meine Oberschenkel legt. »Wirst du mir erzählen, was passiert ist?«, frage ich.

»Es ist besser für dich, wenn du es nicht weißt.«

Ich weiche zurück und nicke. »Ich hab mir schon gedacht, dass du das sagen würdest. Nicht mal ein bisschen kannst du mir geben?«

Mir entgeht nicht das verschmitzte Schmunzeln, das sich

auf seine Lippen legt, als er seine Hüften anhebt, um mir mit seiner wachsenden Erektion zu zeigen, dass er mir sehr wohl etwas geben könnte.

Ich verdrehe die Augen, lege mich neben ihn und schalte die Nachttischlampe aus. Wir liegen nur wenige Zentimeter voneinander entfernt in der Dunkelheit, aber berühren uns nicht. Wir waren noch nie zusammen im Bett, zumindest nicht, um zu schlafen. Und ich verfluche mich selbst für die Gefühle, die ich nicht haben sollte, als er beginnt, meinen Arm zu streicheln.

Es ist ein absolutes Desaster.

Minuten vergehen, in denen ich still neben ihm liege. Seine Berührungen versetzen mich in einen Zustand der vollkommenen Entspannung.

Doch plötzlich hält er inne. »Warum hast du mit beiden geschlafen?«

»Wow.«

Ich knipse das Licht wieder an und rutsche ans Kopfende, um mich anzulehnen und zu ihm runterzublicken.

Nach seinen Pupillen zu urteilen ist er vollkommen benebelt. Diese Schmerztabletten sind entweder extrem stark, oder er verträgt nicht viel. Andernfalls würde er mir niemals seine Eifersucht zeigen, die nun unverkennbar in seiner Stimme mitschwingt.

»Warum willst du das wissen?«

Er hebt eine Schulter. »Aus Neugier.«

»Nein, du bist nicht neugierig, du verurteilst mich dafür. Aber es geht dich nichts an.«

Seine Stimme klingt matt, als er spricht. *»Je n'en ai aucun droit.«*

»Ich verstehe nichts, Tobias.«

»Ich habe kein Recht dazu. Antworte auf die Frage.«

Seine Stimme klingt so rau, als hätte er schon lange darüber nachgedacht und als würde es ihm Schmerzen bereiten zu fragen. Was habe ich schon zu verlieren, wenn ich ehrlich bin? Nichts. Dieser Mann kennt mich. Er hat mich besser durchschaut als die meisten anderen, die ich schon mein ganzes Leben kenne. Aber nur weil er mich als seine Gegnerin betrachtet und studiert hat.

»Für mich war es so wie eine typische College-Phase, in der man sich austobt. Ich hatte vorher erst mit zwei Männern geschlafen.«

»Du warst aber nicht auf dem College.«

»Trotzdem ist es ein guter Vergleich.«

»Schon verstanden«, erwidert er leicht gereizt. Aber in seinen Augen liegt tatsächlich keine Verurteilung, sondern nur Interesse.

»Ich weiß, dass ich nicht die erste Frau bin, mit der sie einen Dreier hatten, also ist es keine große Sache. Und sei nicht so prüde. Kommt der Begriff *Ménage-à-trois* nicht aus dem Französischen?«

Er verengt die Augen zu schmalen Schlitzen.

»Komm schon. Ich kenne dich mittlerweile gut genug. Du bist auch kein Heiliger.«

»Das stimmt.«

»Warum spielt es dann eine Rolle?«

Er sieht mich erwartungsvoll an.

»Jetzt, wo ich so offen zu dir war, musst du mir auch etwas erzählen.« Als er den Mund öffnet, um etwas zu erwidern, hebe ich die Hand. »Und es muss was Gutes sein. Ein richtiges Geständnis.«

Er schenkt mir ein jungenhaftes Schmunzeln, das ich mir einpräge, denn ich weiß, dass er diese Seite von sich nicht oft zeigt. Er hat sich aus der Deckung gewagt, auch wenn es vielleicht nur an den Medikamenten liegt. »Als ich einundzwanzig war, habe ich mit jeder Frau aus der Juniausgabe eines französischen Unterwäschekatalogs geschlafen.«

Ich bin mir nicht sicher, ob ich dieses Geständnis gebraucht hätte.

Als er meine Reaktion sieht, heben sich seine Mundwinkel.

»Sieh mich nicht so an. Ich bin nicht eifersüchtig, sondern …«

»Verurteilst mich?«

»Nein. Aber wie viele Frauen waren es denn?«

»Viele.«

»Du verarschst mich nicht?«

Er schüttelt langsam den Kopf und presst die Lippen zusammen, als wollte er ein Grinsen unterdrücken.

»Wie hast du das überhaupt geschafft?«

»Ich hatte Langeweile.«

»Du hattest … Langeweile?«

»Ja.« Er zuckt mit den Schultern. »Aber es ist nur einmal vorgekommen.« Sein Akzent lässt die Worte fast klingen wie einen Witz. Fast.

»Und die anderen elf Monate haben dich nicht interessiert?«

»War nur eine College-Phase«, erwidert er trocken.

»Na dann.« Ich räuspere mich. »Siehst du?« Ich lehne mich zur Seite, um das Licht wieder auszuschalten, aber er hält mich zurück.

»Damit ist die Frage nicht beantwortet.«

Ich kreuze meine Beine zum Schneidersitz und schaue ihn stirnrunzelnd an. »Du willst es wirklich wissen?«

»Sonst hätte ich nicht gefragt.«

»Weißt du es nicht längst? Bist du nicht derjenige, der jeden Schritt meines Lebens verfolgt hat?«

Stille.

Ich schaue zu, wie er sein Kissen zurechtrückt, wobei die

Muskeln an seinem trainierten Arm hervortreten. Ich öffne die Wasserflasche auf meinem Nachttisch und stelle mir Tobias vor, zehn Jahre jünger und in einem Hotelzimmer mit nackten Unterwäschemodels. Und auf eine kranke, besitzergreifende Art macht es mich an.

Seine Augen blitzen auf, als hätte er meine Gedanken gelesen. Er schiebt seine Hand zwischen meine Beine, doch ich schlage sie weg. Ein wissendes Lachen kommt ihm über die Lippen, und meine Wangen werden heiß.

»Lass uns einfach schlafen.« Wieder mache ich Anstalten, die Lampe auszuknipsen, doch er packt mich wortlos am Handgelenk.

Ich begegne seinem Blick und seufze. »Na schön. Als ich hergekommen bin, ist mir bewusst geworden, dass mich hier niemand kennt. Ich hatte also die Chance, mich neu zu erfinden. Deshalb habe ich beschlossen, das Beste daraus zu machen und Spaß zu haben. Wie du schon gesagt hast, war ich sauer auf Roman, weil er mir ein Jahr meines Lebens rauben wollte, und das hat mich vielleicht ein bisschen rebellisch gemacht. Ich habe meine Freiheit gewonnen, wie du schon ganz richtig festgestellt hast. Als ich Sean begegnet bin, kam es mir vor, als hätte mir das Universum eine Einladung geschickt. Ich hab mich sofort zu ihm hingezogen gefühlt. Und wir waren sowohl körperlich als auch mental auf einer Wellenlänge. Aber Dominic hat mich von Anfang an gehasst.«

Er schaut mich erwartungsvoll an. Vielleicht ist es keine gute Idee, dem Teufel noch mehr Details über mich zu verraten.

»Ich habe Sean vertraut, weil er sich Zeit gelassen hat, er hat sich meine Zuneigung verdient. Und als er mir erzählt hat, dass ihm aufgefallen ist, wie heiß ich Dominic finde, und er mir keinen Vorwurf machen würde, wenn ich es auslebe, habe ich es mir erlaubt. Ich habe Sean genug vertraut – mit meinem Körper und meinem Herzen –, dass ich mit ihm etwas Neues ausprobieren wollte. In Sean hatte ich mich längst verliebt, aber für Dominic hatte ich eine Art Hassliebe. Nachdem es passiert war, sind wir … enger zusammengewachsen. Ich kannte sie nach einer Weile in- und auswendig, und keiner von ihnen hat mir Schuldgefühle eingeredet. Es hat sich einfach alles ganz natürlich ergeben.«

Vorsichtig hebt Tobias die Hand, um mir das feuchte Haar von den Schultern zu streichen. Die Geste ist so intim, dass ich unwillkürlich zittere und verzweifelt versuche, mich nicht in seinen Augen zu verlieren.

»Ich muss zugeben, dass es gegen meine Natur war und es mich viel mehr gequält hat, als ich mir habe anmerken lassen. Zumindest am Anfang. Aber je näher wir uns gekommen sind, desto weniger konnte oder wollte ich mir vorstellen, einen von beiden aufzugeben. Und sie haben mich auch nicht gezwungen, mich zu entscheiden. Wir waren alle damit einverstanden. Wir waren sogar glücklich, bis sie …«

Tränen treten mir in die Augen, als ich an die Werkstatt zurückdenke und die qualvollsten Minuten meines Lebens.

Tobias umfasst mein Kinn mit beiden Händen. »Bis sie was getan haben?«

»Sie haben mich auf eine ziemlich kranke Art indirekt als Hure bezeichnet. Kennst du den Song *Cecilia* von Simon & Garfunkel?«

Er schüttelt den Kopf.

»Darin geht es um eine Frau, die mit mehr als einem Mann schläft, und der Text ist abwertend. So haben sie die Sache mit mir beendet. Sie haben den Song gespielt, als ich in der Werkstatt aufgetaucht bin, und mich öffentlich bloßgestellt, um dir zu zeigen, dass sie nur mit mir gespielt haben. Sie haben mich also auf eine Art fertiggemacht, von der sie wussten, dass es funktionieren würde. Und das hat es ja auch. *Ich* habe die Botschaft verstanden, auch wenn das nicht auf dich zutraf. Ich glaube, ich bin noch nie so verletzt worden.«

»Je suis désolé.«

»Wie bitte?«

»Es tut mir leid.«

Ich möchte ihm glauben. Alles an seinem Gesichtsausdruck und seiner Haltung sagt mir, dass er ehrlich ist, aber ich bin mir trotzdem nicht sicher. Er muss verstehen, dass ich ihm nicht glauben *kann*.

Er führt meinen Zeigefinger an seine Lippen und küsst die Kuppe in einem Versuch, mir zu versichern, dass mein Geheimnis bei ihm gut aufgehoben ist.

Obwohl ich weiß, dass es besser wäre, nicht mehr preiszugeben, fahre ich fort. »Rückblickend weiß ich, dass ich zum Teil deshalb sexuell so viel Neues ausprobiert habe, weil ich mich von dem Mauerblümchen verabschieden wollte, das ich war, bevor ich hergekommen bin. Du hattest recht. Ich bin immer auf Nummer sicher gegangen und hab selten was riskiert. Hab nie Grenzen überschritten. Als mein Vater mir offenbart hat, dass er *versucht* hat, mich zu lieben, hat das eine Wunde bei mir hinterlassen, die zu tief war, um zu heilen. Ich will nicht behaupten, dass ich mich mit Absicht selbst sabotiert habe, aber ich habe mit Sicherheit viel impulsiver gehandelt als vorher. Dafür will ich aber nicht ihm oder meiner neuen Freiheit die Schuld geben, denn ich habe mich in sie verliebt. In beide. Und das Beste daran ist, dass Sean und Dom nicht zugelassen haben, dass ich mich dafür entschuldige oder mich selbst verachte. Ich hatte mich noch nie bei jemandem so sicher gefühlt wie bei ihnen, denn sie haben mich so akzeptiert, wie ich bin. Ich bereue die Zeit mit ihnen nicht, und das werde ich auch nie tun. Und ich schäme mich nicht dafür. Was meine Liebe für sie betrifft … Du kennst sie ja selbst. Die beiden sind die Menschen, die dir am nächsten stehen, richtig?«

»*Oui.*«

»Wie hätte ich sie also nicht lieben können?«

Wir schauen einander eindringlich an, bis er einmal kurz nickt. Fest entschlossen, seine Reaktion nicht weiter zu analysieren, schalte ich nun endlich das Licht aus und lege mich mit dem Rücken zu ihm auf das Kissen.

»Ich werde die Sache nie wieder ansprechen.«

Diesmal verstecke ich mich hinter seiner Muttersprache. »*Es-tu jaloux?*« Bist du eifersüchtig?

»*Non.*«

Ich verdränge den kleinen Stich, den seine schnelle Antwort mir versetzt. »Ich war nur ehrlich zu dir.«

Er zieht meinen Rücken an seine Brust und legt den Kopf auf mein Kissen, sodass sein warmer Atem auf mein Ohr trifft. »Ich auch. *Je ne veux pas n'être qu'une phase pour toi.*«

»Ich verstehe kein Wort.«

Stille.

Innerhalb von Sekunden ist er eingeschlafen.

Als ich am nächsten Morgen aufwache, sehe ich, dass mein Telefon neben mir auf dem Kissen liegt. Nachdem ich es entsperrt habe und das Display aufleuchtet, erkenne ich, dass jemand meine E-Mails gecheckt hat, auch die neueste von meinem Vater.

Er bestellt mich ein – damit ich für mein Erbe unterschreiben kann. Und zwar schon *morgen*.

Tobias hat sie gelesen. Was bedeutet, dass unser Deal beendet ist, sobald die Tinte getrocknet ist.

Wenn das Geld auf meinem neuen Konto eingegangen ist, war es das mit uns. Ich werde frei sein, und er kann sich Roman vornehmen.

KAPITEL FÜNFZEHN

Ich stehe mitten in meinem Zimmer und treffe spontan die Entscheidung, eine Tasche für eine Nacht zu packen und mir in Charlotte ein Hotel zu nehmen, um mich mental vorzubereiten. Ich will ihn nicht in meinen Laken riechen oder die Blutstropfen auf meiner Decke betrachten und über die Gefühle nachgrübeln, die während unseres vertrauten Gesprächs in mir erwacht sind.

Nicht mehr an das zu denken, was gestern Nacht zwischen uns passiert ist, ist das Schlaueste. Ich hatte den Eindruck, als hätte eine Veränderung in unserer Hass-Fick-Beziehung stattgefunden. Aber ich will den Gedanken verdrängen, dass es mehr gewesen sein könnte als ein nächtliches Geplänkel zwischen zwei Feinden während eines kurzen Waffenstillstands.

Aber was, wenn jedes seiner Worte, jeder Kuss und jede Berührung aufrichtig waren? Er hatte absolut keinen Grund, mich derart hinters Licht zu führen. Er hatte keinen Grund, mir etwas zu offenbaren oder mir diese Frage zu stellen, mich auf diese Art zu berühren. Mich so anzusehen.

Er will dich in den Wahnsinn treiben. Unterzeichne die Unterlagen, kassier ab und geh zurück nach Georgia.

Wenn ich erst einmal unterschrieben habe, sehe ich Tobias möglicherweise nie wieder.

Und das ist auch besser so.

Oder?

Ich habe keine Möglichkeit, ihn zu erreichen, mit ihm in Kontakt zu treten. Genau wie bei den Männern vor ihm – wenn unser Deal zu Ende ist, werde ich wieder ausgeschlossen.

Er ist ganz klar im Vorteil. Und was sollte ich ihm auch sagen?

Irgendwie ist er tiefer vorgedrungen als nur in mein Bett. Er hat es geschafft, meine Gedanken zu vereinnahmen. Aber im Moment kann ich mich noch aus dem Staub machen, ohne eine weitere Narbe davonzutragen.

Er ist ein Lügner. Seine Worte, seine Blicke, seine Berührungen – nichts als Lügen. Er will mich als Komplizin für seinen Plan. Mehr nicht. Ich weiß nicht mal, wo er wohnt.

Wir sind Geschäftspartner.

»Sei nicht so naiv«, murmele ich, während ich eine elegante Hose, eine Seidenbluse und High Heels in meine Reisetasche werfe.

Als ich fertig gepackt habe, schließe ich das Haus ab und sehe im gleichen Moment, dass die Reservierungsbestätigung vom Hotel in meinem Postfach eingeht. Als ich in meinen Jeep gestiegen bin und mich angeschnallt habe, schreibe ich meinem Vorgesetzten aus der Fabrik eine kurze E-Mail, dass ich mir zwei Tage freinehme. Es ist mir ehrlich gesagt egal, ob ich gefeuert werde. Ich bin überrascht, dass Roman einverstanden war, dass wir zu einem früheren Zeitpunkt die Dokumente unterzeichnen, denn eigentlich hätte ich noch sechs Wochen unserer Abmachung abzuleisten.

Nach etwas mehr als zwei Stunden komme ich in Charlotte an. Ich bin langsam gefahren, denn ich weiß, dass es dort nichts gibt, worauf ich mich freuen kann.

Morgen werde ich Millionärin sein, aber heute fühle ich mich aus irgendeinem Grund arm.

Jede andere Frau würde den Zimmerservice bestellen oder

Champagner trinken. Oder zumindest ein bisschen Online-Shopping machen.

Doch alles, was ich fühle, ist Angst.

Als ich mich auf der Bettkante niederlasse und mir mit einem Finger über die Lippen fahre, kommen die Erinnerungen zurück.

Tobias hat mich mitten in der Nacht geweckt, mit seinen Lippen und seiner Zunge, dann hatten wir Sex.

Er hat nicht nur mit mir geschlafen, er hat mich vereinnahmt; hat meinen Oberschenkel über seine Hüfte gelegt und ist von hinten in mich eingedrungen. Das Blut beginnt zwischen meinen Beinen zu pochen, in meiner Brust wird es heiß, und mein Gesicht brennt.

»Sag meinen Namen, Cecelia«, murmelt er, während er langsam und mit geschmeidigen Bewegungen in mich hineinstößt, mich ausfüllt. Er saugt an meinen Fingern, bevor er sie dorthin führt, wo unsere Körper miteinander verbunden sind, und sie auf meine Klitoris drückt, um mich zum Orgasmus zu bringen.

»Verdammt!« Ich stehe auf und gehe im Zimmer auf und ab, entschließe mich dann, ein Bad zu nehmen. Als ich in das heiße Wasser gleite, zucke ich angesichts der Schmerzen zwischen meinen Beinen kurz zusammen, bevor ich mich ausstrecke und mein Gesicht mit einem Waschlappen bedecke.

Noch vor wenigen Tagen wollte ich ihn so weit entfernt von mir wie möglich wissen. Zu dem Zeitpunkt habe ich noch zwischen Lust und Hass geschwankt.

Ich darf keine Gefühle für diesen Mann entwickeln.

Es ist besser, dass es jetzt endet.

Im Grunde ist es schon vorbei. Ein Abschied ist nicht nötig.

Und vielleicht war das Handy auf meinem Kopfkissen seine Art, mir mitzuteilen, dass es aus ist.

Das ist mir nur recht.

Wir leben in zwei unterschiedlichen Welten.

»Er empfindet nichts für dich. Er kann nur mit dir spielen, wenn du ihn lässt.« Und jetzt, wo unser Deal abgeschlossen ist, wird er genauso schnell verschwinden, wie er gekommen ist.

Gut. Es ist besser so.

Wenn ich Triple Falls verlassen habe, werde ich aufs College gehen, meinen Abschluss und danach Karriere machen. Und vielleicht werde ich eines Tages sogar heiraten und Kinder haben.

Aber das Pochen in meinen Schläfen und das Ziehen in meiner Brust sagen mir, dass dies nicht der richtige Pfad für die Zukunft ist. Will ich dieses Leben?

All meine Pläne kommen mir auf einmal kleingeistig vor, irgendwie langweilig und vorhersehbar. Bevor ich nach Triple Falls gezogen bin, war meine einzige Sorge, zusammen mit meiner Mutter irgendwie über die Runden zu kommen. Ich habe immer von dem Tag geträumt, an dem ich frei sein würde, aber darüber hinaus habe ich nichts geplant. Und jetzt?

Ich stemme mich aus der Badewanne, ziehe meinen Pyjama an und trinke einen Schluck Whisky aus der Flasche, die ich eingepackt habe. Dann rufe ich meine Mutter an, die nach dem zweiten Klingeln rangeht.

»Hallo, Schatz. Was treibst du so?«

»Ich bin in Charlotte und treffe mich morgen früh mit Dad.«

»Ach ja?« Sie wartet auf eine weitere Erklärung.

»Mom, ich unterschreibe morgen.«

»Du klingst nicht gerade glücklich darüber.«

»Geld allein macht nicht glücklich.«

»Das zu wissen ist wichtig. Aber zu wenig Geld zu haben ist auch nicht gut.«

»Ich meine, ich habe es gehasst, als wir pleite waren. Als du krank vor Sorge warst, aber …«

»Wir sind über die Runden gekommen, nicht wahr?« Ich kann das Lächeln in ihrer Stimme hören.

»Fünf Dollar für Benzin und Tater Tots.«

»Ich vermisse dich, Schatz.«

»Ich vermisse dich auch. Aber ich hab nicht grundlos angerufen.«

»Okay.«

»Ich weiß schon, was du sagen wirst, aber ich brauche deine Kontonummer.«

»Was? Nein. Das Geld gehört ganz allein dir. Es ist für dich bestimmt.«

»Ich will es aber nicht. Dieser Mistkerl ist Multimillionär und hat uns jahrelang nur so wenig gezahlt, dass wir uns gerade so durchschlagen konnten. Es ist mein Geld und damit meine Entscheidung. Ich will, dass es dir gut geht. Und ich will, dass du … zum Psychologen gehst.«

»Du meinst, ich soll eine Therapie machen?«

»Ja. Falls du glaubst, dass es dich weiterbringt. Ja … Ich will, dass du dir Hilfe holst. Ich glaube, du brauchst Hilfe.«

»Wow. Du bist ganz schön direkt geworden. Was hast du mit meinem lieben kleinen Mädchen gemacht?«

»Tut mir leid.« Ich nehme einen Schluck von meinem Whisky und genieße das Brennen und die Taubheit, die darauf folgt. »So sollte es nicht klingen.«

»Was ist los?«

»Nichts, mir geht es gut. Wir reden doch von dir.«

»In dem Fall geht es mir auch gut.«

»Hör bitte auf mit dem Scheiß, Mom.«

»Nein, das werde ich nicht.«

»Es geht mir wirklich gut. Ich bin nur … müde.«

»Wieder der gleiche Typ?« Ihr unheilschwangerer Tonfall bringt all meine Gedanken an Tobias zum Stillstand. Mir gefällt ganz und gar nicht, dass ich meine Gefühle nicht vor ihr verbergen kann.

Mit einem Mal ist mein Schutzwall wieder da. Ich muss damit aufhören. Ich muss aufhören, an ihn zu denken, von ihm zu träumen.

»Mom, wir reden ein andermal darüber, okay? Ich überweise dir Geld, sobald das Erbe auf meinem Konto ist. Eine lebensverändernde Summe. Du solltest dich darüber freuen.«

»Du weißt, dass ich kein Geld von dir annehmen kann.«

»Dann nimm Geld von Roman.«

»Er ist nicht der kaltherzige Mann, der er vorgibt zu sein.«

»Dafür ist es jetzt zu spät.«

»Ich will sein Geld nicht, Cecelia.«

»Was willst du dann von ihm?«

Ich kann das Klicken ihres Feuerzeugs hören und wie sie den Rauch ausstößt. »Nichts. Er hat mir das Beste gegeben, das er mir hätte geben können.«

»Warum redest du nie von ihm? Wenn du unbedingt willst, dass ich ihm eine zweite Chance gebe, dann liefere mir einen Grund, nur einen einzigen.«

»Weil er dein Vater ist.«

»Das reicht mir nicht. Glaubt er, du hast versucht, ihn an dich zu binden? Ist das der Grund, warum er so geizig war?«

»Du meinst, wegen der Schwangerschaft? Nein, nein, ganz und gar nicht.«

»Was meinst du dann? Ich will es wirklich wissen. Findest du nicht, das habe ich verdient?«

»Eines Tages werde ich dir alles erklären, aber für den Moment musst du einfach versuchen, geduldig mit ihm zu sein.«

»Nein. Meine Geduld ist am Ende. Er hat mir nichts gegeben, und ich bin nur hier …« Ich breche mitten im Satz ab, denn ich will nicht, dass sie jemals erfährt, dass ich nur nach Triple Falls gegangen bin, damit sie versorgt ist.

»Eltern lieben ihre Kinder, Cecelia, selbst wenn einige nicht in der Lage sind, das angemessen zu zeigen.«

»Warum verteidigst du ihn? Ich versteh's nicht.«

»Ich habe einfach gehofft, dass sich die Dinge zwischen euch ändern würden, wenn du bei ihm wohnst.«

»Er wohnt *hier*, in Charlotte. Ich habe ihn seit dem vierten Juli nicht mehr gesehen.«

»Was? Himmel, Cecelia, du hast die ganze Zeit allein in dem Haus gewohnt?«

»Sozusagen. Na ja. Ich habe … Freunde gefunden.«

»Cee, warum wusste ich nichts davon?«

»Ich wollte dich nicht damit nerven. Du hättest ohnehin nichts ändern können.«

Ich höre, dass sie schnieft.

»Mom, nicht weinen. Es geht mir gut. Noch ein paar Wochen, und ich bin hier weg. Ich komme nach Hause. Ich gehe an die UG, also siehst du mich andauernd.«

»Ich fühle mich schrecklich.«

»Hör schon auf damit. Deshalb hab ich dir nichts erzählt. Du hast keinen Grund, dich schuldig zu fühlen. Das tut er auch nicht, da bin ich mir sicher.«

»Doch. Das weiß ich.«

»Ich glaube, wir reden über zwei unterschiedliche Personen.«

Sie schnieft erneut und flucht leise vor sich hin. »Verdammt, Roman.«

»Mom, schick mir deine Kontonummer, okay?«

»Nein. Was für eine Mutter wäre ich denn dann? Ich und Timothy kommen gut über die Runden. Wir spielen mit dem Gedanken, uns ein Haus am See zu kaufen.«

»Na, jetzt kannst du es dir leisten. Geht auf Roman. Und

dann könnt ihr nach Mexiko fliegen und mit Margaritas feiern. Wir waren noch nie im Urlaub. Versprich mir, dass du verreist. Und versprich mir, dass du dich um eine Therapie kümmerst, wenn du zurückkommst.«

»Cecelia …«

»Ende der Diskussion, Mom.«

»Sei nicht so herrisch. Was ist nur in dich gefahren?«

»Einer zu viel«, erwidere ich, und ich weiß, dass sie mich versteht.

»Erzähl mir davon.«

»Ich bin noch nicht bereit, okay? Und ich vermute, dass du mir ohnehin nicht glauben würdest. Wenn dein Therapeut gut ist, setz mich bitte auf die Warteliste.« Ich stehe auf, gehe zum Fenster meines Hotelzimmers und betrachte das Gebäude meines Vaters auf der anderen Straßenseite. Ihm gehört ein Wolkenkratzer, und Mom und ich haben Mac and Cheese mit in Stücke geschnittenen Hotdogs gegessen, um die Zeit bis zu ihrem nächsten Gehaltsscheck zu überbrücken. Allein wegen dieses Wissens hat sich jede Prüfung, die ich in diesem Jahr bestehen musste, gelohnt.

»Bitte, Mom. Bitte lass mich dir helfen.«

»Das kann ich nicht, Cecelia. Tut mir leid. Es fühlt sich falsch an. Und es ist auch falsch.«

»Ist es nicht.«

»Ich drück dich, Schatz.«

»Mom, warte …«

»Ich liebe dich.«

Seufzend beschließe ich, an einem anderen Tag mit ihr darüber zu diskutieren. Streng genommen habe ich das Geld noch nicht. Aber ich werde diesen Kampf gewinnen. »Ich liebe dich auch.«

Ich trinke noch einen Schluck von meinem Whisky und lege

mich wieder aufs Bett. Ein anderes Bett in einer anderen Welt, in der ich nicht zu Fantasien über ein Monster masturbiere. Eine Welt, in der die Dinge nicht so kompliziert sind und in der ich die Freiheit habe zu tun, was immer mir beliebt.

Und auf einmal scheint mir Freiheit gar nicht mehr so erstrebenswert.

In dieser Nacht tue ich kein Auge zu.

KAPITEL SECHZEHN

Mein Vater betritt den Konferenzsaal, in dem ich seit einer knappen Stunde auf ihn warte, und nimmt neben mir Platz. Ich trinke einen Schluck von meinem Wasser und spüre seinen Blick auf mir ruhen, als ich auf den Stapel aus Unterlagen auf dem Tisch starre. Ich kann immer noch nicht fassen, wie viel er mir vermachen will.

»Wie geht es dir, Cecelia?«

»Gut, Sir«, erwidere ich und straffe die Schultern.

»Wie läuft es in der Fabrik? Ich hoffe, besser, dank der Neuerungen?«

»Ja, alles gut, Sir.«

»Hat dir der Anwalt schon erklärt, was du heute unterzeichnen wirst? Verstehst du …«

»Ja, Sir.« Ich widerstehe dem Drang, mich bei ihm zu bedanken, denn ich habe ihn nie um das Geld gebeten. Als ich schließlich den Blick hebe, um ihn anzusehen, betrachtet er mich eingehend.

Beim letzten Mal, als ich ihm begegnet bin, habe ich ihn beleidigt, weil ich zu beschäftigt mit den Männern in meinem Leben war und zu viel Groll in mir hatte, um das anzunehmen, was auch immer er mir an jenem Tag zu bieten hatte. Nach dem Gespräch mit meiner Mutter habe ich die ganze Nacht darüber nachgegrübelt, wie ich die Sache heute angehen soll, aber nun entscheide ich mich für schonungslose Ehrlichkeit. Jetzt oder nie.

»Was das Verstehen betrifft, musst du mir ein bisschen auf die Sprünge helfen.«

»Was verstehen?«

»Dich«, erwidere ich knapp. »Warum tust du das?«

Er schaut auf die Unterlagen. »Ich habe dir doch erklärt, warum.«

»Dann ist das hier also eine Abfindung? Weil du nie was mit mir zu tun haben wolltest?«

Das leichte Zucken seines Kiefers entgeht mir nicht. »Das Geld soll sicherstellen, dass du für den Rest deines Lebens finanziell abgesichert bist, und wenn du dein Vermögen richtig verwaltest, werden auch deine Kinder abgesichert sein.«

»Was kümmern dich meine Kinder, wenn dir dein eigenes Kind egal ist?«

Sein Blick wird weich, aber seine Stimme klingt barsch, als er spricht. »Das habe ich dir doch erklärt.«

»Nein, hast du nicht. Du hast mir erzählt, dass deine Eltern Snobs und Alkoholiker waren und ihr Vermögen verschleudert haben und dass du nicht viel Liebe bekommen hast. Aber ich hab dich nicht darum gebeten, mich in den Arm zu nehmen, Roman. Ich will nur wissen, warum du das jetzt tust.«

Seine Haltung wird angespannt, aber er sagt nichts.

Fast bin ich versucht, aufzustehen und ihn mit seinem schmutzigen Vermögen allein zu lassen, aber die Erinnerung an den angsteinflößenden leeren Blick meiner Mutter hält mich zurück. Momentan geht es ihr gut, aber was ist, wenn sie wieder in alte Muster zurückfällt? Auch wenn es der ultimative Schlag ins Gesicht wäre, das Vermögen abzulehnen und zu gehen, darf ich das nicht tun.

»Es tut mir leid, dass ich dich im Stich gelassen habe, Cecelia.«

»Es ist schon das zweite Mal, dass du zugibst, mich im Stich gelassen zu haben, und einmal hast du mir gestanden, dass du versucht hast, meine Mutter zu lieben – und mich. Eine Entschuldigung ist aber keine Erklärung. Entschuldigungen habe ich in letzter Zeit wirklich genug bekommen.«

»Das liegt vielleicht an den Leuten, mit denen du dich umgibst.« In der Stimme meines Vaters liegt ein bedeutungsvoller Unterton.

Ich schaue ihn an. »Was soll das heißen?«

»Gibst du dich immer noch mit diesen zwielichtigen Typen mit den Angeberkarren ab?«

»Du kannst beruhigt sein, ich hab mich um ein Upgrade gekümmert. Der neue Typ fährt eine Limousine, doch auch er wird nicht ewig bei mir sein. Die Männer in meinem Leben bleiben irgendwie nie lange da. Aber bestimmt weißt du, wie das ist. Ich hab gehört, sich emotional zu binden ist schlecht fürs Business.«

»In der Regel schon, ja.«

In diesem Moment, in einem Konferenzsaal für zwanzig Personen mit meinem Vater, fällt es mir wie Schuppen von den Augen. Ich muss nicht länger darüber nachdenken, was ich mit meinem Leben machen werde. Als ich ihn anschaue, sehe ich alles ganz klar vor mir – meine Aufgabe, meine Zukunft, sie beginnt hier in diesem Raum.

»Na, dann lass uns aufhören, über persönliche Dinge zu reden, widmen wir uns dem Geschäftlichen.«

Kaum sind wir durch, erhebt sich mein Vater und tischt mir seine Ausrede auf. »Ich hab jetzt ein Meeting.«

»Kein Problem, aber ich muss deine Zeit noch eine Minute in Anspruch nehmen.« Ich erhebe mich, sodass ich ihm gegenüberstehe, und stütze mich mit den Händen auf dem Tisch ab. »Ich will, dass du der Erste bist, der es erfährt. Mit deinem Geld werde ich von jetzt an meine Mutter unterstützen.«

Er zeigt keine Reaktion, womit ich nicht gerechnet habe.

»Damit habe ich kein Problem. Es ist dein Geld, mach damit, was du willst.«

Mit meiner Offenbarung wollte ich ihm eins auswischen, aber er bleibt vollkommen ungerührt. Ich muss mich zusammennehmen, damit mir die Kinnlade nicht herunterfällt. »Was soll das heißen, du hast kein Problem damit?«

»Es heißt genau das, was ich gesagt habe, Cecelia. Ich wünsche deiner Mutter alles Gute. Hast du immer noch vor, an die UG zu gehen?«

Ich beiße die Zähne zusammen. »Das ist der Plan.«

»Ich werde mich darum kümmern, dass die Kosten gedeckt sind. Meine Assistentin kann dir ein Apartment außerhalb des Campus suchen.«

»Du hast mir gerade mehrere Millionen Dollar vermacht und dreißig Prozent deiner Firma. Ich bin mir sicher, dass ich die College-Gebühren selbst bezahlen kann.«

»Es ist meine Aufgabe als Vater, mich um deine Bildung zu kümmern.«

»Das Privileg, dich selbst als Vater zu bezeichnen, hast du nicht verdient.« Ich kann meine Wut nicht länger zurückhalten.

»Ich verstehe.« Er weist quer durch den Raum. »Ich muss jetzt wirklich …«

»War schön, dich zu sehen.« Ich drehe mich um und greife nach meiner Handtasche.

Roman öffnet mir die Tür, doch schließt sie dann wieder. Er kommt auf mich zu, bleibt einen halben Meter vor mir stehen, mustert mich mit kühlem Blick. Doch in seinen Augen – meinen Augen – sehe ich Reue. Ich schlucke den Klumpen in meinem Hals herunter, als es hinter meinen Lidern zu brennen beginnt.

»Deine Mutter hat alles richtig gemacht. Du hast meistens

gute Manieren. Du kannst dich gut unterordnen. Du bist eine hochintelligente und hübsche junge Frau. Du wirst es weit bringen. Ich habe keinerlei Zweifel, dass du eine glänzende Zukunft vor dir hast.«

Tränen stehen mir in den Augen, aber ich bemühe mich, das Zittern in meiner Stimme zu kontrollieren. »Und du hast nichts dazu beigetragen.«

»Sie hat ihre Entscheidungen getroffen, und ich habe meine getroffen.«

»Entscheidungen. Du meinst, indem du deine Tochter vernachlässigt hast? Wenn das eine Entscheidung für dich war, dann offenbar eine leichte.«

Stille. Eine Stille, die mich unfassbar wütend macht.

»Sie hätte mehr von dir verdient. Sie hat fürchterlich gelitten.«

Kurz umwölkt sich sein Blick, doch dann strafft er die Schultern. »Sag, was du willst. Ich habe nichts dagegen, Cecelia. Wenn du dich dann besser fühlst.«

»Vielleicht fühlst *du* dich ja dann besser, aber ich mache es dir nicht mehr so leicht wie früher.«

»Gut. Ich hoffe, dass du dir Männer aussuchst, die besser sind als ich.«

»*Jeder* Mann ist besser als ein Feigling wie *du*.«

Diesmal zuckt er sichtlich zusammen, und ich ärgere mich darüber, dass es mir keine Genugtuung verschafft. »Sonst noch was?«

»Du sollst wissen, dass ich das alles nur für sie getan habe. Um sie langfristig zu unterstützen.«

»Ich verstehe.« Er ballt die Hände an seinen Seiten zu Fäusten.

Ich beschließe, noch weiterzugehen. »Letztes Jahr, an dem Tag, als du nach Hause gekommen bist …«

»Ich hatte kein Recht dazu, einfach so aufzutauchen …«

»Dann verlange das Recht dazu«, erwidere ich heiser. »Kämpfe um mich. Einmal in meinem Leben kannst du um mich kämpfen. Erkämpfe dir deinen Platz in meinem Leben.«

»Cecelia, ich habe Entscheidungen getroffen, und zwar schwere. Dabei habe ich nur im Blick gehabt, was das Beste für dich ist.«

»Was soll das denn heißen? Das sollte keine schwere Entscheidung sein. Väter sollten für ihre Töchter da sein, aber ich scheine dir auf dem Papier mehr wert zu sein als so, wie ich vor dir stehe. Erklär mir das.«

»Das Geld sollte keine Beleidigung sein …«

»Aber warum hast du so gehandelt? Sag mir einfach, was ich getan habe. Oder lag es an ihr? Hasst du sie so abgrundtief, dass du nichts mit mir zu tun haben wolltest, weil ich dich an sie erinnere? Sag mir, warum du nicht der Vater sein kannst, den ich verdiene. Verrate mir, warum du mich nicht lieben kannst. Sag mir, warum sie dich offenbar liebt.«

Er schluckt mehrmals, und ich verliere nun doch die Selbstbeherrschung.

»Das war's, Roman. Das war's. An dem Tag, an dem du zu mir gekommen bist, habe ich Gefühl in deinen Augen aufblitzen sehen. Hier und jetzt ist deine letzte Chance. Hast du gehört? Kämpfe um mich«, stoße ich zusammen mit einem Schluchzen aus. »Ich will einen Vater, kein Vermögen.«

Er steht vollkommen reglos da und senkt schließlich den Blick.

In dem Moment werden all meine naiven Hoffnungen zerschmettert. Nichts. Kein Wort, nichts von dem, worum ich ihn gebeten habe – nur ein Teil seines Vermögens und sein verdammtes Schweigen. In mir entsteht eine Leere, und ich kämpfe gegen meine Gefühle an, versuche verzweifelt, das, was von meiner Würde übrig geblieben ist, zusammenzukratzen.

»Okay.« Ich schlucke und reibe mir die Augen. »Okay. Aber du sollst wissen, dass du sie zerstört hast.«

Wieder umwölkt sich sein Blick, und ich kann die Veränderung in ihm spüren, auch wenn seine Fassade weiterhin kühl ist.

»Du hast ihr das Herz gebrochen, und du solltest wissen, dass du der erste Mann warst, der auch meins gebrochen hat. Bei ihr war es aber zumindest ein klarer Schnitt.« Ich schüttele den Kopf. »Mir hast du das Herz zwanzig Jahre lang immer wieder gebrochen. Manchmal glaube ich, es ist ein Fluch, dass ich ihr Herz geerbt habe, aber nun komme ich zu dem Schluss, dass es immerhin besser war, als dein Herz zu erben.«

»Ich will doch nur …«

Ich schlage mit der flachen Hand auf die Tischplatte. »Das Beste für mich? Hm, das sollte ich wohl zu würdigen wissen.« Ich schüttele angewidert den Kopf. »Unsere Geschäfte sind abgeschlossen, Roman.« Ich halte ihm meine Hand hin. »Das sollten wir mit einem Handschlag besiegeln.«

»Was?« Er starrt meine ausgestreckte Hand an und wird sichtlich blass.

»Das war doch ein Business-Deal, oder? Ich hab noch nicht so viel Erfahrung wie du, aber ich bin mir sicher, dass man so einen Handel abschließt. Mit einem Handschlag, um die Sache zu besiegeln. Ich akzeptiere deine Bedingungen. I-ich akzeptiere Ihre Abfindung, Mr Horner. Ich werde das Geld gut nutzen.«

»Es sollte keine …«

»Doch. Gib mir die Hand.«

Als er die Schultern sinken lässt und seine Hand in meine legt, muss ich mich zusammenreißen, damit meine Knie nicht unter mir nachgeben. Mein Beweggrund ist rein egoistisch, denn ich weiß, dass dies das erste und letzte Mal ist, dass ich die Hand meines Vaters halte. »Und jetzt sieh mir in die Augen«, stoße ich heiser hervor, »und sag Lebewohl.«

Als er mir in die Augen sieht, empfinde ich keine Genugtuung.

»Verabschiede dich, Roman.«

»Cecelia, das ist lächerlich.«

Ich reiße meine Hand weg.

»Ich hoffe, das Karma wird dir das zurückgeben, was du verdienst. Und Karma hat doch etwas Schönes an sich – man weiß nie, wann es zuschlägt.«

»Das werde ich mir merken.« Er räuspert sich, und als er fortfährt, klingt seine Stimme heiser. »Hast du alles gesagt?«

Tränen, die ich nicht länger zurückhalten kann, laufen mir die Wangen hinunter. »Ja. Das war alles.«

»Ich verstehe ja, dass du aufgebracht bist, aber …«

»Tschüs, Roman.«

Diesmal bin ich diejenige, die auf die Tür zusteuert, in den Händen einen ganzen Ordner voller Geld.

Seine Stimme ist nur noch ein Flüstern, als er hinter mir spricht. »Bitte halte mich auf dem Laufenden, wie es dir am College ergeht.«

Als ich mich umschaue, sehe ich, dass Reue in seinen Augen glänzt, doch in der nächsten Sekunde wendet er den Blick ab.

»Fahr zur Hölle«, stoße ich hervor.

KAPITEL SIEBZEHN

Obwohl ich für eine weitere Nacht im Hotel bezahlt habe, fahre ich nach Hause, weil ich mich dort sicherer fühle. Wenn ich ehrlich zu mir bin, fühle ich mich sicherer, wenn Tobias mich beobachtet, und generell fühle ich mich nach dieser kurzen Zeit mit ihm schon sicherer als im Konferenzraum mit meinem eigenen Vater.

Auf der Heimfahrt fallen mir tausend bessere Dinge ein, die ich hätte sagen können, aber ich habe meinen Standpunkt deutlich gemacht, auch wenn das keine Wirkung gezeigt hat.

Nachdem ich meinen Vater im Konferenzraum zurückgelassen habe, habe ich keine einzige Träne vergossen. Nicht im Fahrstuhl, nicht im Hotelzimmer, als ich meine Reisetasche geholt habe, und nicht auf der Fahrt. Aber der Schmerz wird unerträglich, als ich vor dem Haus vorfahre und es wieder einmal als das wahrnehme, was es ist – eine leblose Struktur, die Attrappe eines Lebens, das nicht existiert.

Ein Zuhause, in dem niemals eine Familie wohnen wird.

Ich lasse meine Reisetasche im Auto und gehe träge die Stufen bis zur Tür hinauf, als ich das gedämpfte Geräusch eines Motors höre. Als ich mich umschaue, sehe ich Tobias' Jaguar die Einfahrt hochkommen.

In mir toben widersprüchliche Emotionen, als ich mich mit zu Fäusten geballten Händen umdrehe und der Wagen die letzte Kurve nimmt, bevor er zum Stehen kommt.

Tobias steigt aus, wie immer im Anzug, und kommt mit zielstrebigen Schritten auf mich zu. Vor der Treppe bleibt er stehen.

Ich verschränke meine Arme vor der Brust, als er mich von Kopf bis Fuß mustert und sich so etwas wie Sorge in seinen Augen abzeichnet. Aber ich habe viel zu viele Gedanken im Kopf, um zu analysieren, was das bedeuten könnte.

»Ich kann gerade nicht mit dir reden. Nicht heute, Tobias. Gib mir nur einen Tag.«

Er beißt sich auf die Lippe, zeigt sonst aber keine Regung.

»Warum bist du hier?« Meine Stimme bebt. Ich trete einen Schritt näher zur Treppe. »Die Papiere sind unterschrieben. Unser Deal ist beendet, Tobias. Du hast gewonnen. Nichts steht dir im Weg. Hol dir das, was du willst, ich werde dich nicht aufhalten.« Ich bemühe mich um eine neutrale Miene, auch wenn ich spüre, dass sich in meinem Herzen feine Risse bilden.

Nein. Nein. Nein. Bitte, Herz, tu mir das nicht an.

Er schluckt, schiebt die Hände in seine Hosentaschen und senkt den Blick.

»Geh! Wenn du auch nur ein bisschen Anstand hast, dann verschwinde. Was immer du von mir wolltest, kann warten.«

Langsam hebt er den Blick wieder und schaut mir in die Augen.

Ich presse mir die Hände gegen den Bauch und bemühe mich, die Selbstbeherrschung nicht zu verlieren. »Du hast, was du wolltest. Es ist vorbei. Bald bin ich weg, dann ist kein Vertrauen mehr nötig. Also geh! Das Spielfeld gehört dir.«

Schweigend sieht er zu, wie ich die Kontrolle verliere.

»Bist du gekommen, um dich über mich lustig zu machen? Das kannst du dir sparen. Ich bin jetzt eine reiche Frau.«

»Cecelia …«

»Du hast gewonnen. Du hast gewonnen!« Ich breite die Arme aus und werfe sie in die Luft. »Alles deins. Tob dich aus.«

Sein Gesicht verzieht sich schmerzlich. Er kommt eine Stufe nach oben und dann noch eine.

Ich weiche einen Schritt zurück in Richtung Tür. »Hör auf. Es ist vorbei. Schach, der König hat mich geschlagen. Nur noch ein Spielzug, dann hat er gewonnen.«

Er schüttelt langsam den Kopf.

»Verdammt, du hast mir alles geraubt. Ich habe nichts und niemanden, aber zumindest habe ich einen Haufen Geld. Ich brauche niemanden. Ich *brauche* niemanden! Hast du gehört? Ich will, dass du verschwindest.«

Stille.

»Tu nicht so, als würde ich dir etwas bedeuten. Das ist lächerlich.«

Er fährt sich mit einer Hand in den Nacken und stößt den Atem aus. Reue zeichnet sich in seinem Gesicht und in seiner Haltung ab. Schuldgefühle.

Mir bleibt der Mund offen stehen, als mir bewusst wird, woran es liegt. »O mein Gott, du hast es mit angehört, oder? Du hast jedes Wort gehört.« Ich schnaube und schüttele ungläubig den Kopf. »Nicht mal einen Moment Privatsphäre konntest du mir gönnen.« Ich stoße ein Lachen aus, und Tränen der Scham treten mir in die Augen. »Wow, du musst mich echt für armselig halten. Bist du deshalb hier? Um mir zu sagen, wie armselig ich bin? Dann los. Tu es!« Ich ziehe mir die High Heels aus und werfe sie ihm vor die Füße. »Habe ich dich enttäuscht? Bist du gekommen, um mir zu sagen, dass man sich als Erwachsene nicht so verkitscht aufführen sollte? Dass es so nicht läuft in der Business-Welt? Du musst deine Zeit nicht verschwenden. Du hast deutlich zum Ausdruck gebracht, dass ich keine würdige Gegnerin bin. Geh! Und mach ihn fertig. Es gibt zwischen uns nichts mehr zu sagen.«

Schweigend und schuldbewusst steht er da. In seinem Blick ist Mitleid zu erkennen, was mich nur noch wütender macht.

»Fast hast du es geschafft. Seine Tochter hast du schon ruiniert, jetzt ist es an der Zeit, dir ihn vorzuknöpfen. Bitte«, flehe ich, »mach ihn fertig.« Ich spüre, wie mein Widerstand bröckelt.

Er kommt auf mich zu, nimmt die letzten Stufen, doch ich weiche wieder zurück.

»Nein, wage es nicht!« Ich drehe mich um, aber er packt mich und zieht mich in seine Arme.

In diesem Moment kann ich mich nicht mehr länger zurückhalten. »Ich hasse dich«, schluchze ich und vergrabe mein Gesicht an seinem Hals.

Er fährt mir mit den Händen ins Haar und redet mit schnellen Worten auf mich ein. »Es tut mir so leid, Cecelia. Es tut mir so verdammt leid.«

Sein tröstender Tonfall lässt mich noch lauter schluchzen, und ich kralle mich an seinem Jackett fest.

Er hebt mich hoch, sodass kein Zentimeter mehr zwischen uns ist.

»Atme einfach, okay? Atmen«, flüstert er, als ich an seinen Hals schluchze.

Mein Gesicht brennt von den Tränen, und der Schmerz ist unerträglich. »Er h-h-hat mir eine Abfindung gezahlt, Tobias. Eine Abfindung.«

Er zieht mich noch enger an sich, und ich lasse meinen Tränen freien Lauf. Nach einigen Minuten in seinen Armen lässt er sich mit mir auf seinem Schoß auf der Treppe nieder.

Es fühlt sich an, als würden zwanzig Jahre der Zurückweisung aus mir herausbrechen.

Hier auf der Veranda meines Vaters, in den Armen seines Feindes, finde ich Trost. Tobias murmelt etwas in mein

Ohr, küsst abwechselnd meinen Scheitel und meine Schläfe, wobei er mit seinen warmen Händen an meinem Rücken auf- und abstreicht. Ich kann nicht glauben, dass der Mann, der mich brechen will, mich tröstet; mit den Liebkosungen seiner Hände, mit seinen sanften Küssen. Ich löse mich von ihm und betrachte ihn verwirrt.

Mit den Daumen wischt er mir vorsichtig die zerlaufene Mascara aus dem Gesicht.

Und wir … schauen uns einfach an.

»Ich hätte nicht gedacht, dass ich dich noch einmal wiedersehe.«

Stille.

»Warst du in Charlotte?«

Er nickt langsam.

»Du bist mir dorthin gefolgt?«

Wieder nickt er und drückt seine Stirn an meine.

»Er bestimmt nicht über deinen Wert. Ich weiß, dass es die Sache nicht besser macht, aber er hat dich nicht verdient. Und wir wissen beide, dass auch ich es nicht verdiene, dass du mir verzeihst.«

»Tobias, wir können nicht …«

»Schhh. Nicht jetzt«, flüstert er und zieht mich näher zu sich heran, als würde er ein kleines Mädchen trösten.

Ich frage mich, ob er mich noch immer als eines betrachtet, besonders jetzt in diesem Zustand. Könnte ich ihm jemals begreiflich machen, wie ich fühle? Wenn ich zugeben würde, dass er auf eine merkwürdige Art für mich mehr zu einer Vaterfigur geworden ist als mein richtiger Vater, weil ich von seinen Gefährten gelernt habe, von seinen Brüdern, von *ihm*?

Mein Schluchzen ebbt ab, und als er mein Kinn anhebt, verliere ich mich in seinem brennenden Blick.

Ich schniefe und streiche über das Revers seines Jacketts. »Ich weiß nicht, ob du ein total böser Typ bist, der gute Taten vollbringt, oder ein guter Mensch, der manchmal böse Dinge tut.«

Seine Stimme klingt heiser, als er spricht. »Was glaubst du?«

»Ich glaube, dass ich den Verstand verloren habe, weil ich überhaupt versuche, es herauszufinden.«

Er stößt die Luft aus und fährt mit dem Fingerknöchel über meine Wange. »Mit dir, Cecelia, habe ich festgestellt, dass Wut einen genauso unbesonnen machen kann wie jedes andere Gefühl. Und dennoch stelle ich sehr böse Dinge mit einem sehr guten Menschen an«, flüstert er, bevor er meine salzigen Lippen gefangen nimmt.

KAPITEL ACHTZEHN

Ich wache aus einem traumlosen Schlaf auf der Couch auf, wo Tobias mich nach meinem Zusammenbruch hingetragen hat.

Dort hat er mich an seine Brust gedrückt, und wir haben wortlos dagesessen. Ich kann mich nicht daran erinnern, die Augen geschlossen zu haben und eingeschlafen zu sein, aber nun stelle ich fest, dass er eine Decke über mich gelegt hat und mein Kopf auf einem der Sofakissen ruht. Als ich mich leicht desorientiert aufrichte, höre ich gedämpfte französische Musik aus der Küche.

Ich folge den Klängen und sehe an der Türschwelle, dass Tobias gerade eine Flasche Wein entkorkt.

Ohne in meine Richtung zu schauen, füllt er zwei einfache Gläser und reicht mir eins davon. »Du kommst gerade rechtzeitig für die Show.«

Neugierig nehme ich das Glas und seine Hand, die er mir zeitgleich reicht. Schweigend folge ich ihm zur Hintertür. Die Luft wird sofort kühler, als wir nach draußen treten und uns weiter vom Haus entfernen. Insekten veranstalten einen seltsamen Lärm. Die Sonne geht langsam hinter den Bergen unter und nimmt einen Teil der Wärme mit sich. Das Gras fühlt sich unter meinen nackten Füßen kühl und feucht an.

Er führt mich den kleinen Hügel hinauf und zur Lichtung. »*Une table pour deux.*« Ein Tisch für zwei. Dann legt er sein Jackett auf die Erde und bedeutet mir mit einer Geste, mich hinzusetzen. Ich trage immer noch meine elegante Tweedhose und die zerknitterte Bluse. Meine High Heels sind längst vergessen.

Tobias hat immer noch seine Anzughose an und das von meinen Tränen befleckte Hemd. Er stellt sein Weinglas ab, zieht Schuhe und Socken aus und stellt seine Füße ins Gras.

So sitzen wir da und genießen den Ausblick.

Als der violette Himmel langsam schwarz wird und der Vollmond hell erstrahlt, beginnen die Leuchtkäfer um uns herum mit ihrem Schauspiel.

Mit dem nächsten Schluck von meinem Wein lasse ich mich auf die Erde zurückfallen. Vollkommen entspannt lehne ich mich an seine Seite und bemühe mich, nicht zu viel in seine Worte von vorhin hineinzuinterpretieren, in den weichen Ausdruck, der in seinen Augen lag, und die Zärtlichkeit seiner Küsse. Doch ich bin emotional zu ausgelaugt, im Moment ist mir alles egal. Er war in einem Augenblick für mich da, in dem ich mich vollkommen allein auf der Welt gefühlt habe; alles, was ich gerade empfinde, ist Dankbarkeit.

Mehrere Minuten vergehen, in denen wir mit unseren Blicken die Lichter von der Erde bis zu den hohen Baumwipfeln verfolgen. Der Nachthimmel wird von funkelnden Sternen erleuchtet, und wir lassen uns in eine andere Welt entführen. In meinem ganzen Leben habe ich noch nie etwas so Atemberaubendes gesehen. Bis ich den Mann ansehe, der neben mir sitzt und mich eingehend beobachtet.

»Dein Ausblick gefällt mir um einiges besser«, flüstert er.

»Was soll das heißen? Wir haben doch beide den gleichen Ausblick?«

»Nein, haben wir nicht. Aber langsam sehe ich ihn wieder.« Er spannt sich an und stößt langsam den Atem aus. »Im Moment erlebst du vieles zum ersten Mal. Und in gewisser Weise … beneide ich dich darum.«

Ich hebe eine Augenbraue. »Das ist eine gehörige Portion Ehrlichkeit. Wie viel Wein hast du getrunken?«

Sein Mundwinkel hebt sich, doch im nächsten Augenblick ist jeder Anflug von Humor wieder verschwunden, und er wendet den Blick ab.

»D-danke. Für heute.«

»Du musst dich nicht bedanken«, entgegnet er, sobald die Worte meinen Mund verlassen haben. Er hebt sein Kinn, als das Licht um uns herum heller wird. »Schau.« Wie auf Kommando scheint sich die Anzahl der Leuchtkäfer zu verdoppeln, und es fühlt sich vollkommen unwirklich an. Es ist, als wären wir von einem überirdischen Licht umgeben.

»Dieser Ort. Er ist magisch«, sagt er und klingt erstaunt.

Ich schnaube. »Du bist viel zu realistisch und pragmatisch, um an Magie zu glauben.«

»Es ist realistische Magie«, kontert er. »Denn hier können wir Licht einfangen.« Er streckt den Arm nach einem Glühwürmchen aus, das auf seiner halb geschlossenen Hand funkelt. »Keine Entscheidungen, keine Last, keine Schulden, keine Deals, nicht hier und nicht jetzt.«

»Das ist pragmatisch.«

»Ah.« Er öffnet die Hand, und das Glühwürmchen fliegt zwischen uns in die Luft, bevor es sich entfernt. »Und praktisch ist es auch noch. Denn wenn du dir etwas wünschst, dann musst du es dir an diesem Ort nur erträumen, dann kannst du die Hand danach ausstrecken und danach greifen.«

Vielleicht liegt es am Wein und am Ausblick, aber im Moment klingt das nicht allzu weit hergeholt. Ich trinke noch einen Schluck. »Dann ist dir dieser Ort also wichtig?«

Er nickt. »Dieser Ort hat mich zu dem gemacht, der ich bin. Er kennt jedes meiner Geheimnisse.«

Ich schaue ihn an, doch er richtet seinen Blick weiter auf

die schimmernden Baumkronen. Ich schließe kurz die Augen und lasse den Stress des Tages von mir abfallen, auch wenn der Schmerz bleibt. Er wird wahrscheinlich nie vergehen, aber im Moment nehme ich ihn nur als ein erträgliches Pochen wahr.

Als er wieder spricht, klingt seine Stimme rau, durchzogen von der Vergangenheit. »Einer der angsteinflößendsten Momente meines Lebens war, als mir bewusst geworden ist, dass ich nichts wusste, außer den Dingen, die mir *irgendjemand* beigebracht hat. Ich habe mich noch nie so demütig und verletzlich gefühlt wie zu dem Zeitpunkt, als ich erkannt habe, wie sehr ich auf andere Menschen angewiesen bin.«

»Wann war das?«

»In der Nacht, in der ich die Menschen verloren habe, die mir am meisten beigebracht hatten. In der Nacht, als Delphine gekommen ist, um uns zu sagen, dass unsere Eltern nie wieder zurückkommen würden … Ich bin aufgestanden, bin aus dem Haus gegangen und einfach weitergelaufen. Ich weiß nicht mehr, wie ich hierhergelangt bin, aber ich bin auf dieser Lichtung gelandet, habe zu den Bäumen aufgeschaut und im Himmel nach Antworten gesucht.«

»Hier hat also alles …«

Er wendet sich mir zu. Sein Haar ist zerzaust, und an seinem Kiefer zeichnet sich ein Bartschatten ab. »Für *mich* hat es hier begonnen.« Er schluckt. »Am Anfang war dieser Ort wie eine Art Kirche, ein Zufluchtsort. Verwildert, überwuchert und unberührt. Die Reinheit hat mich fasziniert. In den folgenden Jahren war es, als würde mich der Ort immer wieder rufen. Zuerst habe ich hier getrauert, weil ich nicht wollte, dass Dom mich so sieht. Irgendwann bin ich hergekommen, um Zukunftspläne zu schmieden und einen klaren Kopf zu bekommen. Nacht für Nacht, wenn Dom geschlafen hat, bin ich die neun Meilen bis hierher gerannt. Manchmal, wenn

Delphine nicht bei Bewusstsein war, habe ich ihren Wagen genommen.«

»Deshalb warst du in jener Nacht also hier?« In der Nacht, in der ich in den Wald gelaufen bin und die Namen seiner Brüder gerufen habe. Als er mich geküsst hat und meine ganze Welt auf den Kopf gestellt hat.

Er schüttelt den Kopf. »Das hier war *mein* Ort. Ich weiß nicht, ob es so etwas wie Schicksal gibt, aber als ich den Ort entdeckt habe, wusste ich es. Ich wusste einfach, dass er für mich bestimmt war.« Er rupft einen Grashalm neben mir aus der Erde und dreht ihn zwischen seinen Fingern. »Deshalb war ich auch nicht überrascht, als Roman hier gebaut hat, nur ein paar Hundert Meter von der Stelle entfernt, an der ich meine und seine Zukunft geplant habe.«

Ich versuche, mir Tobias hier als Jungen vorzustellen, Waise und vollkommen allein im Wald, wie er in den Nachthimmel hinaufschaut. Das Bild, das ich im Kopf habe, zieht an meinem Herzen. In so jungen Jahren alles in einem einzigen Moment zu verlieren ist unvorstellbar.

Er trinkt von seinem Wein und schluckt hörbar.

»Ich höre Papa immer noch, wie er uns seine großen Träume schildert. Seine Pläne für uns, hier in diesem neuen Ort, den er uns allen schmackhaft machen wollte, in dieser neuen Welt, an die er so sehr geglaubt hat und die sich gegen ihn gewendet und ihm seinen Lebenstraum geraubt hat. Nach dem Tod meiner Eltern habe ich mich vollkommen zurückgezogen. Und je mehr ich über das gelernt habe, woran mein Vater geglaubt hat, über die Leute, denen er blind vertraut hat, desto wütender bin ich geworden.« Er betrachtet mich eingehend. »In meinem Leben gab es keinen Platz für irgendetwas anderes als meine neuen Ziele. Jeden Plan, den ich hier geschmiedet habe, habe ich in die Tat umgesetzt.« Er wendet sich mir zu. »Aber irgendwo auf dem Weg habe ich vergessen zu leben. Ich habe diesen Ort zu etwas Negativem gemacht. Nach ein paar Jahren war er nicht mehr mein Zufluchtsort, denn mit meinen Plänen habe ich ihn in ein Kriegsgebiet verwandelt. Deshalb sehe ich ihn gern mit deinen Augen. Du siehst den Ort jetzt so wie ich, als ich zum ersten Mal hier war.« Er trinkt einen großen Schluck Wein, während ich über seine Worte nachdenke.

»Ich persönlich glaube an Schicksal«, entgegne ich. »Wirklich. Heute in dem Konferenzraum habe ich es gespürt. Etwas in mir hat klick gemacht. Es war wie eine Stimme, die ich noch nie zuvor gehört hatte. Und ein paar Sekunden lang habe ich meine Zukunft ganz klar vor mir gesehen. Ich halte es nicht für Zufall, dass ich nach Triple Falls gekommen bin oder dass ich die Erfahrungen des letzten Jahres sammeln konnte. Es war, als hätten mich all die Qualen, die ich durchstehen musste, zu diesem einen Moment geführt.« Ich drehe mich in seine Richtung. »Vor nicht allzu langer Zeit hast du mich gefragt, was ich vorhabe, und heute ist es mir klar geworden.«

Er richtet seine Aufmerksamkeit auf den Boden und nickt, bevor wir beide aus unseren Gläsern trinken.

»Du bist noch so jung.« Er schaut mich an und streicht eine Haarsträhne beiseite, die mir an den Lippen klebt. Als ich den Mund öffne, um etwas zu entgegnen, legt er einen Finger darauf und bringt mich zum Schweigen. »Ich meine das nicht herablassend. Aber wenn man lange genug lebt, betrachtet man die Dinge nicht mehr als unumstößlich, so wie du jetzt. Du hast einfache Lösungen für komplexe Probleme. Aber je mehr man dazulernt, desto flexibler wird man. Je mehr man seine Entscheidungen hinterfragt, desto bitterer bereut man einige davon. Lass dich nicht verändern. Und vergiss niemals, wie du dich heute in dem Konferenzraum gefühlt hast. Ganz egal, wie viel Zeit vergangen ist.«

»Das werde ich nicht.«

Er beißt sich kurz auf die Lippe, ehe er weiterspricht. »Ich bereue nichts, weißt du? Wirklich nicht. Ich habe Dominic bei den Hausaufgaben geholfen. Ich habe meinen ersten Job mit vierzehn angenommen und habe im Supermarkt Einkaufstüten gepackt, damit ich dem Kleinen zu Weihnachten ein neues Fahrrad kaufen konnte.« Er zieht die Knie an und stützt seine Unterarme darauf ab. »Ich habe es mir zur Aufgabe gemacht, ihn so großzuziehen, wie es Papa getan hätte, ihm alles zu geben, was ich nur konnte. Ich erinnere mich noch genau an den Tag, an dem ich ihm gezeigt habe, wie man sich rasiert. Ich habe mich geehrt gefühlt, dass er mich gefragt hat.« Er lächelt, ein richtiges Lächeln. »Das war vor seinem zweiten Wachstumsschub, also war er noch mehr als einen Kopf kleiner als ich.«

»Dann warst du für ihn also eher wie ein Vater als wie ein Bruder«, schlussfolgere ich.

»So wollte ich es«, sagt er. »Wirklich. Beau war ein guter Mensch. Und ich wollte, dass Dominic aufwächst, als hätte er seinen Vater noch. Ich würde diese Erinnerungen gegen nichts eintauschen. Es ist nur …«

Er fühlt sich schuldig. Das erkenne ich an seiner Haltung und den unausgesprochenen Worten. Er hat sein eigenes Leben aufgegeben, um seinen Bruder großzuziehen und seine Rachepläne in die Tat umzusetzen. Ohne diese Ziele scheint er nicht zu wissen, wer er ist.

In diesem Moment wird mir klar, dass wir beide aus ähnlichen Gründen verloren sind.

Ich bin ihm genauso eine Stütze gewesen wie er mir.

Dass er mir in jener Nacht so viele intime Geständnisse entlockt und mir alle Stationen meines Lebens aufgezählt hat, lag nicht daran, dass er alle Details kannte, sondern dass er verstanden hat, welche Opfer ich erbracht habe. Denn ihm ist es genauso ergangen. Und auch heute noch stellen wir unser eigenes Leben hintan, weil wir uns um die Menschen kümmern wollen, die wir lieben. Er tut es nur schon viel länger als ich.

»Dominic und Sean sind die einzigen beiden Menschen, denen ich jemals vertraut habe.« Er fährt mit seinen großen Fingern durch das Gras. »Es ist nicht ihre Schuld.« Er schüttelt den Kopf. »Das weiß ich. Sie wussten nicht, wie sehr es …«

»Wehtun würde«, beende ich seinen Satz. »Wie sehr dir ihre Heimlichtuerei wehtun würde.«

»Aber das ist meine Schuld. Ich habe erwartet, dass sie genauso verbissen kämpfen wie ich … Ich habe zu viel von ihnen erwartet.«

Niemals hätte ich damit gerechnet, dass ich seine Sichtweise eines Tages verstehen würde. Für mich war er der Teufel. Und dennoch verstehe ich ihn nun, seine Logik. Doch was noch schlimmer ist: Ich kann es nachempfinden.

»Du vertraust ihnen immer noch, Tobias. Und du weißt, dass dein Vertrauen berechtigt ist.«

»Ich würde mein Leben in ihre Hände legen. Aber ich war einfach … eifersüchtig.« Er trinkt einen Schluck Wein und sieht mich an. »Und das bin ich immer noch.«

»Tobias, das kannst du ändern. Jetzt. Du kannst eine Entscheidung für dich treffen …«

Ich schaue ihm in die Augen, aber als ich sehe, wie er meinen Blick erwidert, wird meine Zunge trocken, und mir fehlen die Worte. Ich schlucke und schaue weg, versuche, ruhig weiterzuatmen.

»Ich habe ein Haus.« Seine Stimme ist leise. »In der Nähe von Saint-Jean-de-Luz. Mein Vater hat mich in diesen Ort mitgenommen, als ich noch ganz klein war. Es ist nur ein Erinnerungsfetzen, ein Gefühl von Glück. Aber ein paar Jahre nach meinem Collegeabschluss bin ich noch einmal dorthin gefahren und habe es wieder gespürt. Saint-Jean-de-Luz ist der einzige Ort auf der Welt, an dem ich genauso viel Frieden empfinde wie hier. Sobald ich es mir leisten konnte, habe ich mir also ein Grundstück gekauft, direkt am Wasser, und habe ein Haus gebaut. Vor einem Jahr ist es fertig geworden, und ich war noch nie dort.«

»Warum nicht?«

»Weil ich noch nicht würdig bin.«

»Das ist lächerlich.«

»Noch ist die Zeit nicht reif dafür. Saint-Jean-de-Luz ist mein großes Ziel. Dorthin zu gelangen muss ich mir verdienen. Und das habe ich noch lange nicht geschafft. Aber wenn ich ehrlich bin, habe ich auch Angst davor hinzureisen.«

»Warum?«

»Na ja, wenn die Rache irgendwann vollbracht ist, muss ich einen Weg finden, um mit mir selbst zu leben und mit der Schuld, die ich auf mich geladen habe. Mit der Schuld, die ich noch auf mich laden werde.« Er schaut mich mit gehetztem Blick an. »Aber ich habe mir meine Zukunft erträumt, bis ins Detail. Saint-Jean-de-Luz existiert. Wenn ich bereit bin, wartet es auf mich. Und jetzt habe ich meinen besonderen Ort mit dir geteilt.« Er sieht mich forschend an. »Wovon träumst du?«

»Das mag albern klingen, aber … Paris.«

»Das ist zu einfach umzusetzen. Denk dir was Größeres aus.«

»Ich will Mitspracherecht haben.«

Er nickt und scheint zu verstehen. »Dann wirst du Mitspracherecht haben.«

»Ich will meinen eigenen Zufluchtsort.«

»Dann wirst du ihn bekommen. Träum weiter. Schmiede Pläne. Träume tausend Träume, und mache tausend Träume wahr.«

Er nimmt mir das Weinglas aus der Hand, stellt es hin und stellt seines daneben.

»Einfach so.« Ich lächele; mittlerweile fließt der Wein durch meine Adern. »Wie von Zauberhand.«

»Nein.« Er nimmt meine Hand in seine und dreht sie um, fährt mit der Handfläche darüber, streichelt sie mit seinen Fingerspitzen, und mir wird schwindelig von seinen Berührungen, mein Körper erwacht zum Leben. Eine Strähne seines schwarzen Haares fällt ihm in die Stirn, und ich sehne mich danach, es zu berühren.

Er zieht die Augenbrauen zusammen. »Nachdem du geträumt hast, planst du, und dann beginnt die Arbeit. Das ist der Punkt, an dem es kompliziert wird. Deine Träume können unerreichbar erscheinen, und manchmal verliert man aus den Augen, was wichtig ist, und verletzt Menschen, die sich auf einen verlassen.« Unsere Blicke treffen sich. »Und wenn das passiert«, er schluckt, »fragst du dich vielleicht, wer du eigentlich bist und wie weit du gehen willst.«

Ich kann nicht wegsehen, starre ihn unverwandt an.

»Cecelia.« Seine Stimme wird leise, und noch nie hat mein Name aus dem Mund eines Mannes so schön geklungen.

Fasziniert von allem, was er mir offenbart hat, sitze ich da und kann nicht glauben, dass er der gleiche Mann ist, den ich vor Monaten kennengelernt habe.

»Die Dinge, die ich dir angetan habe, tun mir aufrichtig leid. Was dir heute widerfahren ist …«

»Das hatte nichts mit dir zu tun. Und ich will nicht darüber reden.« Ich halte seine Hand fest, um gegen das anzukämpfen, was seine Liebkosungen in mir auslösen. Wenn ich nicht vorsichtig bin, wird es ihm gelingen, mein verhungerndes Herz mit seinen Worten und seinen Berührungen wieder zum Leben zu erwecken. »Du stellst es so dar, als ob das Spiel für dich schon aus ist, aber das stimmt nicht«, sage ich ihm. »Du bist noch jung genug, um deine Pläne zu ändern. Du hast dein ganzes Leben vor dir. Du kannst immer noch träumen. Du könntest theoretisch morgen in dein Haus in Saint-Jean-de-Luz einziehen, wenn du wolltest.«

»Nein, das könnte ich nicht.« Er dreht meine Hand um und teilt meine Finger, um sie an seine vollen Lippen zu heben und jeden einzelnen zu küssen. Die Funken sprühen, und Flammen züngeln an meiner Wirbelsäule hoch. Angespannt und erregt lausche ich seiner hypnotisierenden Stimme und sehe zu, wie er jeden meiner Finger an seine weichen Lippen drückt. Der Anblick entfacht ein Feuer in mir.

»Meine Pläne und meine Entscheidungen haben mich in die Ecke gedrängt. Aber hier an diesem Ort gibt es keine Außenstehenden, keine Bedrohungen, keine Vergangenheit, keine anderen Menschen. Hier gibt es nur uns.«

Seine Ehrlichkeit raubt mir den Atem.

Mit dem Daumen streicht er über meine Unterlippe und senkt kurz den Blick, ehe er mich anschaut.

»Und deinetwegen sehe ich diesen Ort zum ersten Mal wieder so, wie er ist. Er hat nichts von seiner Magie verloren. Ich habe einfach nur vergessen, danach Ausschau zu halten.«

Ohne den Blick aus meinem zu lösen, beugt er sich so weit vor, dass sich unsere Lippen beinahe berühren, und schaut mich flehend an.

Und ich kann mich nicht länger vor ihm und vor meinen Empfindungen verschließen, denn er sagt die Wahrheit. Seit dem Tag, an dem wir uns kennengelernt haben, fühlen wir uns zueinander hingezogen. Obwohl uns am Anfang nur Wut, Groll und Betrug verbunden haben, war die Anziehungskraft immer da. Trotz allem waren wir von Anfang an miteinander vertraut.

»Ich kenne dich, Cecelia, genauso wie du mich kennst. Und hier an diesem Ort ist uns bewusst geworden, dass es schon die ganze Zeit so war.«

Er drückt mir einen federleichten Kuss auf die Lippen, legt die Hände an meinen Hinterkopf und küsst mich nun fordernd.

Ich kann den Wein auf seiner Zunge schmecken, und ich wimmere in seinen Mund, als er mich erkundet, leckt und kostet. Mühelos hebt er mich hoch, schlingt meine Beine um sich und küsst mich weiter, plündert und vereinnahmt mich. Die Schwerkraft erdet uns, während ich seinen Kuss ungezügelt erwidere. Als er sich zurückzieht, sehe ich nichts als Zufriedenheit in seinen Augen. Er mag es als Erster erkannt haben, aber das Spiegelbild, das ich sehe, ist unverkennbar.

Ich durchschaue dich, Cecelia. Immer wieder versuchst du, dich, dein Herz, deine Treue zu verschenken, ob derjenige es haben will oder nicht. Die Gründe dafür verstehst du selbst nicht, dabei ist es so einfach.

Für ihn ist es einfach, schließlich lebt er in demselben freiwilligen Exil wie ich, aber statt sein Herz zu verschenken, hat er es weggesperrt. Unser Atem vermischt sich, wir schauen uns in die Augen und verstehen uns ohne Worte.

»Was willst du, Tobias?«, flüstere ich.

Er legt mich ins Gras, presst meine Handgelenke auf den Boden und beugt sich zu mir herunter, sodass seine Haare mein Kinn kitzeln. »Einen Moment, in dem ich nur an mich denken darf«, flüstert er sanft. Und er nimmt meinen Mund in einem alles verzehrenden Kuss gefangen.

KAPITEL NEUNZEHN

Lange bevor die Sonne aufgeht, erwache ich, vollständig bekleidet und umhüllt von Wärme.

Tobias schläft friedlich neben mir, hat schützend die Arme um mich geschlungen und das Kinn an meinem Hals vergraben.

Nachdem wir schweigend zum Haus zurückgekehrt sind, bin ich, benebelt vom Wein, in seinen schützenden Armen eingeschlafen. Er hat mich nicht entkleidet, sondern einfach das Licht ausgeschaltet und mich an sich gezogen.

Aus dieser Position befreie ich mich nun, ohne ihn zu wecken, gönne mir eine lange Dusche und ziehe mein weißes Twenties-Sommerkleid an. Mehrere Schichten aus seidigem Stoff fallen mir wie ein Petticoat um die Waden, das Oberteil schmiegt sich eng an meine Kurven, und die zwei Zentimeter breiten Träger hängen lose an meinen Schultern hinab. Ich greife nach meinem Lieblingsbuch und einer dünnen Decke, die mich vor der morgendlichen Kälte schützen soll, und gehe in den Garten. Eingekuschelt auf einem Liegestuhl unter einem mit Glyzinen bewachsenen Gitter schaue ich zu, wie die Sonne in der neuen Welt aufgeht, in der ich nun lebe, und lasse meine Gedanken zu dem Mann schweifen, der tief schlafend in meinem Bett liegt. Im Dunstschleier des neuen Tages lese ich mehrere Stunden und betrachte immer wieder die Welt um mich herum.

Frische Blüten werden von der Sonne gewärmt und verbreiten ihren Duft, während ich die Seiten von *Dornenvögel* umblättere. Es ist mein Lieblingsbuch, oder zumindest war es das, als ich noch jünger war. Ich habe es im letzten Sommer, den ich bei meinem Vater verbracht habe, in der Bibliothek mitgehen lassen und nie zurückgebracht.

Es erzählt die Geschichte von Ralph, einem Priester, und seiner Meggie, einem kleinen Mädchen, das von ihm großgezogen wird und sich als Erwachsene in ihn verliebt. Aber ihre Liebe hat keine Chance. Als sie klein war, hat er ihr von einem Vogel erzählt, der das Nest verlässt und nach dem spitzesten Dorn sucht, um sich daran aufzuspießen und im Tod das schönste Lied zu singen. Sein Lebenssinn bestand einzig und allein darin, den Dorn zu finden, damit er nur einmal in seinem Leben singen könnte.

Aber ihr Herz hat aus der Geschichte, die er ihr in so jungen Jahren als vorbeugende Maßnahme erzählt hat, nichts gelernt. Meggie vergleicht Ralph mit dem Mond. Denn sie weiß, sie wird ihn niemals für sich gewinnen.

Meggie konnte Ralph nie so haben, wie sie ihn wollte, und er konnte seinen Lebenssinn nicht für sie aufgeben. Somit war Ralph auch Meggies Dorn, und sie verbringt ihr ganzes Leben mit der Suche nach dem richtigen Zeitpunkt, um sich aufzuspießen, nur um einmal singen zu können. Schließlich passiert es – sie erleben einen sündhaften Moment miteinander, in dem die Welt und die Zeit stillstehen und die Liebe die Oberhand gewinnt.

Ich höre immer dann auf zu lesen, wenn sie zusammen sind, weil ich das Ende kenne, und am glücklichsten bin ich, wenn sie ihr Lied singen. Ich genieße es jedes Mal.

Irgendwann erhebe ich mich, spaziere über den weichen grünen Teppich unter meinen Füßen und bewundere das Werk der Natur. Endlose Reihen von Rosenbüschen säumen den mittleren Teil des Gartens, und ich bleibe alle paar Schritte stehen, um mit den Fingern die zarten Blüten zu berühren und ihren Duft einzuatmen. Es ist wie ein Traum – die Brise, die Gerüche, der rosa Nebel des frühen Morgens. Ich bin vollkommen berauscht.

Für einen Moment bemitleide ich Roman. Ich bin mir sicher, dass er niemals auch nur eine Minute hier draußen verbringt und einfach das Leben genießt. Er könnte jederzeit beschließen, die Lorbeeren für seine Arbeit zu kassieren, und den Palast genießen, den er sich erbaut hat, doch Zahlen und die Sucht nach Macht beherrschen ihn. Und ich bin überzeugt davon, dass er unglücklich mit seinem Leben ist.

So will ich nicht enden. Niemals.

Die letzten vierundzwanzig Stunden mit Tobias kommen mir unwirklich vor, daher habe ich viel zu große Angst, um einer einzigen Erinnerung zu vertrauen. Ich fahre mir mit einem Finger über die Lippen und denke daran zurück, wie er mich geküsst hat, mich in seinen Armen gehalten hat, als sei ich etwas Besonderes.

Im vergangenen Jahr habe ich eine neue Art Leben kennengelernt, und ich glaube nicht, dass ich es jemals so wertschätzen konnte wie jetzt gerade.

Nach der gestrigen Eingebung in Romans Büro weiß ich, dass meine Zukunft aus großen Plänen und großen Entscheidungen bestehen wird. Ich will alle Erfahrungen sammeln, die das Leben mir bietet. Wo wäre sonst der Sinn?

Ich empfinde nichts als Frieden, wenn ich an die Zukunft denke, für die ich in dem Konferenzraum den Grundstein gelegt habe. Die Entscheidung, im Jetzt zu leben, und zwar obwohl ich weiß, was ich weiß. Risiko und Belohnung. Keine Reue. Ich weiß jetzt, welche Rolle ich spielen werde.

Als ich an den Hecken entlangspaziere, spüre ich ihn plötzlich. Ich schaue auf und sehe, dass er in einer Ecke des Gartens steht und mich beobachtet.

»Hi.«

Er bleibt stumm. Sein zerknittertes Unterhemd spannt sich über seiner Brust. Als er sich rekelt, kommt sein muskulöser Körper noch besser zur Geltung. Die schwarzen Boxershorts heben seine muskulösen Oberschenkel hervor. Er wirkt noch verschlafen – ist ganz anders als der durchgestylte Typ, als den ich ihn kennengelernt habe. So zerzaust sieht er noch besser aus.

Ich fahre mit den Händen an den zarten Blüten entlang. »Schön hier draußen, oder?«

Sein Schweigen ist unerträglich. Mein Herz rast, und die Luft um mich herum wird still. Meine Anspannung wächst, und mein Nacken kribbelt, da sein Blick auf mir ruht. Ich kann mich nicht dazu bringen, ihm in die Augen zu schauen.

»Kaum zu glauben, dass so ein mieser Typ so ein tolles Haus hat.« Ich höre die Traurigkeit in meiner Stimme. In der Nacht, in der Tobias mich ausgefragt hat, war ich ehrlich zu ihm. Während meiner Zeit hier habe ich eine fortlaufende Ernüchterung erlebt. Von dem Tag an, an dem mein Vater mir gestanden hat, dass er mich nicht lieben kann, bis zu unserem gestrigen Zusammentreffen war es nur qualvoll. Auch wenn ich mir das nur ungern eingestehen will, bin ich mit einer gewissen Hoffnung hergekommen, die mittlerweile zerstört wurde. Die Beziehung zu meinem Vater ist nicht mehr zu kitten.

Romans Zurückweisung hat mich zu einem traurigen und einsamen kleinen Mädchen gemacht, und so habe ich mich auch verhalten, indem ich mein gebrochenes Herz vorgezeigt und darauf gewartet habe, dass irgendjemand mir versichert, dass ich etwas wert bin.

»Du hattest recht, weißt du?« Wieder streife ich mit den Fingern die blühende Hecke. »Ich war lange Zeit ein trauriges, einsames kleines Mädchen.« Ich lächele, obwohl sich Tränen in meinen Augen sammeln. »Ich habe nicht verstanden, warum er mich nicht lieben konnte oder *wollte*. Mittlerweile habe ich begriffen, dass ich für ihn nur ein Anhängsel bin, eine Last, für die er sich verantwortlich fühlt, weil wir blutsverwandt sind. Mehr nicht. Aber ich werde mich nicht dafür entschuldigen, dass ich als Kind geglaubt habe, seine Liebe zu verdienen. Und ich werde mich auch nicht für die Entscheidungen entschuldigen, die ich als Erwachsene getroffen habe. Ich stehe zu meinen Entscheidungen. Denn … wie kann Liebe ein Fehler sein?« Eine heiße Träne läuft mir die Wange hinab, als ich endlich zu ihm aufschaue. »Selbst wenn es nicht genügt, selbst wenn es mehr Ärger schafft als Vorteile, selbst wenn es mehr Schaden anrichtet, als Gutes mit sich bringt, selbst wenn alle, denen ich mich hingebe, mich zurückweisen, weigere ich mich zu glauben, dass Liebe ein Fehler ist.«

Nun kommt er schnell auf mich zu, ohne den Blick von mir abzuwenden.

Ich schlucke und wappne mich. »Manchmal … m-manchmal frage ich mich, ob ich jemals erwachsen genug sein werde, um den Unterschied zwischen der Realität und meinen romantischen Vorstellungen zu erkennen.«

Als er mich erreicht, wende ich den Blick ab, da mir eine weitere Träne die Wange hinunterläuft.

»Wie machst du das, Tobias? Wie hältst du dein Herz aus deinen Kämpfen raus?«

Er hebt meine Hand und legt sie an seine Brust.

Als ich zu ihm aufschaue, sehe ich in seinem Blick die gleiche Verletzlichkeit und Angst wie in der Nacht, als ihm bewusst geworden ist, dass er uns beide verdammt hat.

»Bitte tu mir das nicht an«, flehe ich, denn ich weiß, dass ich nicht überleben werde, wenn es wieder nur ein Spiel ist.

Er beugt sich so weit herunter, dass er mit mir auf Augenhöhe ist.

Ich kann sein Herz an meiner Hand schlagen spüren.

»Es gibt etwas, das du wissen musst.« Er schluckt, und sein Oberkörper bebt, als er die Hand an seiner Brust mit seiner eigenen bedeckt. Sein Herzschlag wird schneller, hämmert gegen meine Handfläche, als wollte es ausbrechen.

»Dein Herz ist nicht *deine* Schwäche, Cecelia. Es ist *meine.*« Langsam, ganz langsam beugt er sich vor und presst seine vollen Lippen auf meine.

Und mit diesem Akt ist es mit meiner Selbstbeherrschung vorbei. Wegen ihm, wegen seines Kusses. Ein Kuss, der genauso roh und aufrichtig ist wie in der letzten Nacht, aber bedeutsamer als jeder zuvor. Als er die Hände an mein Gesicht legt, um meinen Kopf zu neigen, umfasse ich seine Handgelenke. Es brennt hinter meinen Augen, denn meine größte Angst wird wahr. Schwindelerregend schnell beginne ich zu fallen, erlebe ganz bewusst die Sekunden und Minuten, die alles hinfällig machen, was ich über Liebe zu wissen geglaubt habe.

Sanft erkundet er meinen Mund, liebkost meine Zunge mit seiner, entlockt mir ein Wimmern.

Mein Herz hämmert schnell, als ich mich von ihm losreiße. »Bitte …«

Er unterbricht mein Flehen mit einem weiteren brennenden Kuss, und noch einem, und noch einem, bis meine Angst ausgelöscht ist.

Er zieht mich am Kinn näher zu sich heran, teilt meine Lippen noch weiter, öffnet mich und dringt wieder in meinen Mund ein.

Feucht vor Lust presse ich meine Oberschenkel zusammen und versuche, mich so eng wie möglich an ihn zu schmiegen.

Und er liebkost mich weiter, zieht mich immer mehr in seinen Bann. Mir wird so schwindelig, dass ich fast das Bewusstsein verliere. Ich gebe mich ihm vollkommen hin, schlinge meine Arme um ihn, während er mich hält und jede Grenze verwischt, die wir vorher gezogen haben. Als er sich zurückzieht und mich unter trägen Lidern hinweg ansieht, ist es nicht seine Begierde, die mir den Atem raubt.

Es ist seine Ehrlichkeit. Er beugt sich wieder vor und nimmt meinen Mund gefangen, auf seiner Zunge liegt ein Geständnis, und ich erwidere seinen Kuss, lege auch ein Geständnis ab.

In diesem Moment erlaube ich mir, mich immer weiter fallen zu lassen, mich in das größte Geheimnis meines Lebens hineinziehen zu lassen. Ein Geheimnis, das ich schon viel länger kenne, als ich jemals zugeben werde.

Ich bin dabei, mich in meinen Feind zu verlieben.

Und ich kann nichts dagegen tun.

Unsere Zungen sind in einem leidenschaftlichen Tanz. Mit geschlossenen Augen genieße ich die Zärtlichkeit und klammere mich an ihm fest, und er nährt mein ausgehungertes Herz. Er beantwortet jede Frage, die ich jemals hatte, mit jedem Zungenschlag und jeder Liebkosung seiner Fingerspitzen. Ich brauche keine Worte oder Versprechen. Sein Kuss macht alles andere unwichtig.

Ich spüre die Begierde in mir vibrieren, und mit jeder Sekunde sehne ich mich mehr danach, ihm all das zu offenbaren, was hinter unserem Hass verborgen lag.

Er beugt sich runter, schiebt den Saum meines Sommerkleids hoch, und ich hebe die Arme, damit er es mir über den Kopf streifen kann, sodass ich vollkommen nackt inmitten des sonnendurchfluteten Gartens stehe.

Er lässt seinen Blick von oben bis unten über meinen Körper wandern, fährt mit den Fingern über meine Haut, bedeckt mich mit ehrfürchtigen Berührungen – eine Entschuldigung für alle gewaltsamen Berührungen zuvor. Eine Träne tropft mir vom Kinn, und er leckt sie mit seiner Zunge fort, bevor er mich hochhebt und mich auf den Liegestuhl setzt. Er unterbricht seine Küsse nur kurz, um sich wortlos sein Unterhemd und die Boxershorts auszuziehen.

Im Schatten eines Glyzinen-Baldachins genieße ich seinen Anblick, während wir uns an unseren Küssen berauschen. Er löst sich von mir, schaut zu mir herunter und streichelt zärtlich meinen Kopf.

»Warum? Warum konntest du mich nicht einfach in Ruhe lassen?«, stoße ich heiser hervor. Ich kann mich nicht mehr gegen die Gefühle wehren, die er in mir wachruft.

»*C'était trop demander.*« Das ist zu viel verlangt.

Er schaut mich eindringlich an, lässt seine Hände über jeden Zentimeter meines Körpers wandern, den er erreichen kann, huldigt mir mit seinen Augen und Lippen. Sein Herz schlägt ganz nah an meinem, als warte es auf ein Bekenntnis. Der Kuss wird fieberhaft, unsere Münder schließen einen Waffenstillstand und geben Versprechen, die wir niemals aussprechen können, denn dann wären wir keine Feinde mehr.

Aber mit nur wenigen brennenden Blicken ist alles fort; seine Verachtung, seine Verurteilung, seine Wut und sein Groll. All das wird ersetzt durch Zärtlichkeit, Sehnsucht und schiere Lust. Er lässt seine warme Hand an meinem Bauch hinabwandern und dringt schließlich mit seinen Fingern in mich ein. Jede Berührung seiner Lippen löst Eruptionen in meiner Brust und in meinem ganzen Körper aus.

Wir lösen unsere Blicke nicht voneinander, als er sich über mich schiebt.

Ich schlinge die Beine um ihn und umfasse sein Gesicht. Nachdem er mich bereit gemacht hat, dringt er ohne zu zögern mit seiner vollen Länge in mich ein. Er drückt seine Brust an meine, um noch tiefer vorzudringen, und mir bleibt die Luft weg. Sein Schwanz ist so tief in mir, dass ich niemals werde vergessen können, wie er sich anfühlt.

Er dringt weiter vor, immer tiefer, und sieht mich dabei die ganze Zeit an, fleht mich stumm an, nicht wegzusehen, ihn zu akzeptieren, *uns* zu akzeptieren und unser Schicksal. Er drückt meine Knie weiter auseinander und beginnt, sich langsam, ganz langsam zu bewegen.

Meine Welt gerät aus den Fugen, als er sanft seine Hüften kreisen lässt, ohne den Blick abzuwenden.

Ich nehme ihn ganz in mich auf, und er brandmarkt meinen Körper, nimmt mich ganz in seinen Besitz.

Mit jedem langsamen Stoß, jedem Kuss, jedem Blick, jedem Atemzug spüre ich, dass wir zusammengehören.

Wir lassen uns treiben, pressen unsere Münder aufeinander, stöhnen und keuchen angesichts dessen, dass wir so perfekt miteinander verschmelzen und er mich so vollkommen ausfüllt. Der Sex mit ihm ist pure Ekstase. Ich erzittere in seinen Armen, ziehe ihn näher an mich heran und schreie auf, als er meine gesamte Brust mit seinem Mund bedeckt, mit den Zähnen über meinen Nippel fährt. Er zieht sich zurück und stößt wieder und wieder bis zum Anschlag in mich hinein.

»Je ne peux pas aller assez loin.« Ich komme nicht tief genug in dich rein.

Mit jedem langsamen Schlag seiner Zunge, jedem besitzergreifenden Stoß seiner Hüften verdammt er uns, das Geständnis in seinen Augen erzählt unsere Geschichte, unser tragisches Schicksal, das uns eine gnadenlose Liebe miteinander teilen lässt, die wir nicht verleugnen, aber auch niemals ganz ausleben können.

Kurz davor zu kommen, unterbreche ich unseren Kuss, schaue ihm in die Augen und rufe seinen Namen, als mich die Welle ergreift.

Es ist der Klang seines Namens aus meinem Mund, der ihn zum Orgasmus bringt, und ich spüre sein Pulsieren, ehe er sich mit einem letzten tiefen Stoß in mich ergießt.

Wir pressen unsere feuchten Körper aneinander, und er zittert in meinen Armen. So viel Gefühl schimmert in seinen Augen. Er ist vollkommen nackt, und ich habe noch nie etwas so Perfektes gesehen.

Er drückt die Stirn an meine, und während wir langsam wieder zu Atem kommen, streiche ich mit den Fingern über seinen Rücken. Langsam verschwindet der Rausch aus seinen Augen, und die Wahrheit zeichnet sich darin ab. Er beugt sich herunter, um mich zu küssen, und als er sich von mir löst, fühle ich mich so beraubt, dass ich ein Schluchzen zurückhalten muss.

Er wendet sich ab, setzt sich auf die Kante des Liegestuhls und lässt die Schultern nach vorn sacken, sodass ich die Flügel auf seinem muskulösen Rücken sehen kann. Das Symbol für den Bund, den er mit seinen Brüdern geschlossen hat, versetzt mir einen Stich. Es ist ein zeitloser Bund, den eine andere Art von Liebe niemals brechen könnte. Ein Bund, den er nur mit seinen Brüdern hat, und sein Lebensinhalt.

Er kann niemals mich wählen.

Er wird niemals mich wählen.

Und ich darf ihn niemals darum bitten.

»Wir können nicht zusammen sein«, sagt er leise.

»Ich weiß.« Ich setze mich hin, und er hebt mein Kleid auf, um es mir zu geben.

Nachdem er seine Boxershorts vom Boden genommen hat,

schaut er sich über die Schulter um, und sein Blick ist voller Schuldgefühle. »Ich kann dir nichts versprechen.«

»Das habe ich auch nicht verlangt.«

»Hier endet es. So muss es sein, Cecelia.«

»Ich weiß.«

Wut macht sich in mir breit, als er seine Boxershorts anzieht und nach seinem Unterhemd greift. Ich wappne mich gegen den Schmerz, den seine Abwesenheit in mir hervorrufen wird, und gegen die Sehnsucht. Mir wurde schon mal das Herz gebrochen. Ich kenne den Schmerz nur allzu gut, aber jetzt tobt er in meiner Brust mit einer Wucht, die ich nie für möglich gehalten hätte.

Kurz hält er inne und schaut mich mit dem Unterhemd um seinen Hals an, ehe er seine Arme hindurchschiebt. Sein gequälter Blick trifft mich, und ich sehe Zorn darin – nicht gegen mich gerichtet, sondern gegen das Schicksal, das sich gegen uns verschworen hat.

Ein verficktes Desaster.

»Ich will nicht gehen, verdammt noch mal. Ich will nicht streiten. Ich will mich nicht selbst hassen. Ich will dir nicht die Schuld geben. Ich hab es satt, wütend auf sie zu sein, und Scheiße … Cecelia, du hättest sie nie kennenlernen sollen, niemals.« Sein Gesicht verzerrt sich vor Wut, und mein Herz zieht sich zusammen. »Du hättest …« Er zieht mich auf die Füße und drückt mich an sich. Sein ganzer Körper bebt vor Zorn, und in seinen Augen liegt ein gequälter Ausdruck.

»Ich hätte dir gehören sollen. Ich hätte immer dir gehören sollen«, sage ich.

Er nickt und zerdrückt mich fast in seiner Umarmung.

KAPITEL ZWANZIG

»Erzähl mir von ihr«, sage ich, als Tobias zu mir hochschaut.

Er ist nackt, und ich habe eine gute Sicht auf seinen schönen Hintern. Obwohl er im Garten noch behauptet hat, wir könnten niemals zusammen sein, hat er das Unabwendbare noch ein wenig hinausgezögert. Seitdem haben wir den Tag damit verbracht, neue Erinnerungen im Haus zu schaffen, beim Reden, Essen, Schachspielen, Schwimmen und – abwechselnd – Vögeln und Liebemachen. Wir wollen es uns beide nicht eingestehen, uns nicht mit dem Unvermeidlichen auseinandersetzen.

»Bitte, ich will's wissen.«

»Sie war … schön, witzig, voller Leben. Eigensinnig und streng, wenn es sein musste, aber auch überraschend sanft. Sie hat Wein geliebt und mir beigebracht zu kochen. Sie konnte so gut kochen. In der Küche haben wir die meiste Zeit zusammen verbracht. Sie konnte mich immer zum Lachen bringen, egal in welcher Stimmung ich war. Sie war meine beste Freundin … mein Ein und Alles.«

»Und dein Stiefvater?«

»Beau war mein *Vater.*«

»Okay. War er zufällig auch ein bisschen launisch?«

Das bringt mir einen Blick ein, der mich zum Lachen bringt.

»Ich muss gerissen sein«, verteidigt er sich, »und rücksichtslos, und du weißt ganz genau, warum.«

»Willst du mir damit sagen, dass du auch anders kannst und manchmal charmant bist? Das würde ich gern sehen.«

Er klatscht mir auf den Hintern, und ich winsele. Ich könnte schwören, dass jedes Mal mein Herz stehen bleibt, wenn er mich anlächelt. »Verdammt, Frenchman. Ich glaube, ich habe dich verändert.«

Er stößt den Atem aus und lässt den Kopf auf meine Brust sinken. »Ich bin auch nur ein Mensch, Cecelia. Ich hatte nie die Absicht … so zu werden, wie ich sein muss. Ich muss die Psychologie eines Kriminellen durchschauen, muss wie einer denken. Ich muss mir Respekt und Treue verdienen.«

»Na, das scheinst du ja geschafft zu haben.«

»Ich persönlich brauche keine Macht, und dennoch ist es eine Notwendigkeit. Und ich hatte auch nie die Absicht, reich zu werden. Aber auch das ist eine Notwendigkeit. Ich bin genauso angewidert wie du davon, was Geld und Macht aus Menschen machen können, aber wenn der Kampf fair sein soll, brauchen wir Geld und Macht.«

Ich schlucke. »Ich weiß.«

»Ich habe schon immer eine Menge Geheimnisse gehabt, aber meine Mutter anzulügen war beinahe unmöglich. Sie hatte immer einen ganz bestimmten Tonfall drauf, und der hat auf mich gewirkt wie Wahrheitselixir. Innerhalb von Minuten hat sie mich dazu gebracht einzuknicken. Gott sei Dank ist sie die Einzige. Und manchmal bin ich froh, dass sie nicht mehr hier ist, um mir alle Geständnisse zu entlocken. Denn ich bin mir nicht sicher, ob sie mich als Sohn noch haben wollen würde, wenn ich ehrlich zu ihr wäre in Bezug auf die Dinge, die ich getan habe.« In seinen Augen blitzen kurz Gefühle auf, ehe sein Blick leer wird. »Meine Mutter hat immer behauptet, mein leiblicher Vater sei ein schrecklicher Typ gewesen, aber ich glaube, dass er vielleicht einfach nur missverstanden wurde.«

»Wie kommst du darauf?«

»Ist nur ein Gefühl.«

»Oder ein Geheimnis?«

»Ein Gefühl«, beharrt er.

»Wir haben offenbar etwas gemeinsam«, rufe ich. »Unsere Daddy Issues.«

»Wenigstens gab es in meinem Leben einen Mann, der bereit war einzuspringen, als mein Vater versagt hat.« Er lässt seine Hand an meinem Oberkörper hinabwandern, senkt den Blick und bläht die Nasenflügel. Meine Situation macht ihn wütend.

»Es geht mir gut.« Ich fahre mit den Fingern über seinen Kiefer und seine Schultern. »Wirklich. Es ist an der Zeit, mich zusammenzureißen und nach vorn zu schauen. Und nicht in einem von meinen tausend Träumen kommt Roman vor.«

»Du glaubst, dass es dir gut geht, aber in Wahrheit wirst du die Enttäuschung dein ganzes Leben spüren.« Seine Augen funkeln. »Ich habe mir noch nie so sehr gewünscht, einen Mann kaltblütig zu ermorden, wie gestern.«

»So was darfst du *nie* denken.«

»Ich werde ihn fertigmachen, Cecelia.« Es ist ein Versprechen. Wahrscheinlich das einzige, das er mir geben kann.

»Ich finde nicht toll, was ihr macht, aber ich werde auch nicht versuchen, es dir auszureden. Darum würde ich dich nie bitten.«

Er sieht mich ungläubig an. »Wie kannst du *immer* noch etwas für ihn fühlen?«

»Ich habe Mitleid mit ihm.«

»Das ist auch ein Gefühl.«

»Ich werde auch dann Mitleid mit ihm haben, wenn du mit ihm fertig bist.«

Er drückt mich runter und schiebt sich über mich, legt mir

eine Hand aufs Herz, nimmt sie weg und küsst die Stelle. »Ich hab mich dir gegenüber wie ein Arschloch aufgeführt.«

»Ja, hast du.«

»Das solltest du mir nicht verzeihen.«

»Das habe ich nicht, und das werde ich auch nicht.« Ich greife ihm ins Haar und ziehe ihn zu mir herunter, damit ich ihm in die Augen schauen kann.

»Du versuchst, mir zu verzeihen«, stellt er fest. »Und das habe ich nicht verdient.«

»Wahrscheinlich nicht. Aber ganz egal, wie sehr ich mich anstrenge, ich kann nicht wütend auf dich bleiben, weil ich den Grund für das kenne, was du tust. Ich weiß, wie naiv ich wirken muss, aber letzten Sommer mit Sean und Dominic habe ich begriffen, worum es euch geht. Und ich respektiere, was ihr tut.« Ich verdrehe die Augen, ehe ich widerwillig weiterspreche. »Ich bewundere dich dafür.«

Er nickt und lässt abwesend seine Finger durch meine Haare gleiten. »Es ist schon so lange mein Lebensinhalt, und mittlerweile bin ich mir nicht mehr sicher, ob sich der Mann, der ich heute bin, und der Junge, der Rache geschworen hat, noch in allem einig sind. Und Dominic erinnert mich so sehr an mich damals. Er wird immer wütender. Wir haben mittlerweile genügend Geld, um seriös zu werden, aber er findet zu großen Gefallen an der Jagd. Und er mag die Straßenspiele. Wir streiten uns oft über die Art, wie er die Dinge hier regelt.«

»Was soll denn deiner Meinung nach passieren?«

»Zu viel, als dass ich alles in einem Leben schaffen könnte. Ich bin mir nicht sicher, wie weit ich gehen will.«

»Was soll das heißen?«

»Ich habe schon zu viel gesagt.« Er lässt den Kopf sinken und schmiegt seine Wange an meinen Bauch.

»Du hast mir nur erzählt, dass du Urlaub brauchst. Das ist wohl kaum ein Riesengeheimnis.«

»Lass uns das Thema wechseln.«

»Nein. Lass uns über Saint-Jean-de-Luz sprechen.«

»Hör auf damit«, warnt er mich, auf einmal mit kalter Stimme.

»Wow. Okay, ich hab's gecheckt.«

Er hebt den Kopf, um mir einen Kuss zu geben, aber ich weiche ihm aus.

»Wage es bloß nicht, mir eine Abfuhr zu erteilen«, knurrt er und saugt meine Lippe zwischen seine Zähne.

»Lieber Himmel, Frenchman! Sie sind heute aber fordernd!«

Er fährt mit seiner Erektion an meinem Oberschenkel entlang. »Du hast meinen Namen gerufen«, flüstert er, und sein Blick verklärt sich, als er seinen Schwanz an meiner Öffnung positioniert. »Das war verdammt heiß.«

»So viele Gefühle auf einmal, hoffentlich kommst du klar …«

»Ich drehe langsam durch.« Er sieht mich aus verengten Augen an. »Und du bist der Grund dafür.«

»Jetzt bin ich auf einmal schuld?«

»Nimm die Schuld auf dich. Bitte«, sagt er leise.

Und ich nicke, kurz bevor ich mich in seinem Kuss verliere.

KAPITEL EINUNDZWANZIG

»Das ist Vanille.«

»Es ist Zimt«, entgegne ich, als er die Milch und die Eier aus dem Kühlschrank holt.

»Ich hasse Zimt«, murrt er.

»Hass ist ein großes Wort«, gebe ich zu bedenken und mache mich daran, die Kaffeebohnen für meine neue Stempelkanne zu mahlen.

Es ist mittlerweile unser Morgenritual. Er macht Frühstück, und ich sehe ihm zu.

Er trägt nur schwarze Boxershorts, und seine Haare sind noch nass vom Duschen. Seine unfassbar durchtrainierten Oberschenkel, seine beeindruckende Länge und sein muskulöser Hintern dehnen den Stoff. Er steht nur wenige Meter von mir entfernt, und sein Anblick ist aus jedem Blickwinkel verlockend.

Als ich heute Morgen aufgewacht bin, wurden meine Handgelenke auf die Matratze gedrückt, und sein Kopf war zwischen meinen Beinen. Eine Entschuldigung dafür, dass er einen Tag zu spät von einem Business-Trip, wie er es nannte, zurückgekommen ist. Ich habe unruhig gewartet und mir Sorgen gemacht, mir alle möglichen Szenarien ausgemalt, alle schlimmer als eine Kopfverletzung. Er war nur zwei Tage weg, aber es hat sich angefühlt wie eine Ewigkeit. Und ich habe es ertragen, nur um ein paar weitere gestohlene Momente mit ihm zu erleben. Mit seiner geschickten Zunge hat er sich ausgiebig entschuldigt, bis ich ihm verziehen habe, und er hat erst aufgehört, als ich unter ihm gebebt habe.

Dann hat er gnadenlos mit mir gespielt, mich so erregt, dass ich ihn angefleht habe, mich zu vögeln. Und als er es schließlich getan hat, waren alle Spiele vorbei. Wir haben uns fest in die Augen geschaut, als er mit einer Begierde in mich eingedrungen ist, als ginge es um sein Leben. Er hat mich so leidenschaftlich geküsst, dass ich mich vergessen habe und vergessen habe, dass falsch ist, was wir tun.

In diesen Minuten, in denen er mich zärtlich und sanft geliebt hat und sich am Kopfende festgekrallt hat, um in mich einzudringen, als sei dies sein natürliches Recht, wusste ich einfach, dass kein anderer Mann mich jemals so gut kennen und niemals jemand so tiefe Gefühle in mir hervorrufen würde wie Tobias.

Wenn wir zusammen sind, ist es einfach, das gefährliche Spiel zu vergessen, das wir spielen, dass wir in den letzten drei Wochen egoistisch waren, nur um Zeit miteinander verbringen zu können. Drei Wochen, in denen wir so getan haben, als würden wir gemeinsam in Romans Haus wohnen.

Ich bin noch nie so glücklich gewesen, und ich habe keine einzige Minute bereut. Mein Herz allerdings ist nach wie vor misstrauisch, und es ist nur natürlich, dass ich vorsichtig bin.

Andererseits habe ich keine Wahl. Tobias hat all meine Schutzmauern durchbrochen. In mir toben so viele widersprüchliche Gefühle, denn in letzter Zeit spiele ich mit dem Gedanken, zumindest zu versuchen, ihm zu vertrauen; denn mein Herz befindet sich im freien Fall, seit er mir in jener Nacht gestanden hat, dass er nur mich will. Und genauso wie er verdränge ich jeden Tag, welche Konsequenzen das nach sich ziehen könnte.

Wir ignorieren die Risse in den Luftschlössern, die wir

gebaut haben, in denen wir tanzen und immer wieder dem Drang nachgeben, uns ineinander zu verlieren. Wir verschmelzen zu einer Person, wenn wir zusammen sind, wie Magneten, die ständig voneinander angezogen werden.

Seit wir uns unseren Gefühlen hingegeben haben, präge ich ihn mir immer wieder genau ein. Das kleine Muttermal auf seiner Wange, sein Gewicht, wenn er auf mir ist, die Intensität seiner Küsse, seinen Akzent, seinen trockenen Humor, seine kleinen Macken, seine sexuellen Vorlieben. Er ist ein Experte darin geworden, mich einzuschätzen, mich anzutörnen, die richtigen Stellen zu berühren. Er erkennt, worin wir uns ähneln, denn er studiert seine Gegner, und bevor er Gefühle für mich entwickelt hat, hat er mich als Hindernis betrachtet. Diese Tatsache ist am schwersten zu vergessen. Was, wenn ein Teil von ihm mich immer noch als Hindernis betrachtet …

Doch mittlerweile kann ich mir das nur noch schwer vorstellen. Tobias hat eine romantische Ader, und schon mehrmals hat er mich mit Dingen überrascht, die einer Königin würdig wären. Während ich arbeite, kocht er stundenlang mehrgängige französische Menüs, kredenzt den perfekten Wein dazu, den wir vor und nach dem Essen trinken. Auch das ist mittlerweile ein tägliches Ritual für uns geworden. Vor einigen Tagen sind wir auf der Lichtung von einem Gewitter überrascht worden und haben uns unter dem Regenguss geliebt.

Er hat mich geküsst, bis mir schwindelig wurde, während wir im Gras lagen und uns einander die Tropfen von der Haut geleckt haben.

Anschließend sind wir bis zum Morgengrauen aufgeblieben, haben Schach gespielt, und er hat mir von seinen Lieblingsorten in Frankreich erzählt. Er hat gerade so viel verraten, dass ich neugierig geworden bin, aber nicht genug, um seine Geheimnisse preiszugeben.

Und darin liegt das wahre Problem.

Er kennt meine Anatomie, die innere und die äußere. Er erregt mich, lässt mich brennen. Aber seine Begierde scheint nicht nur mir zu dienen. Es ist, als würde er einen seiner kühnsten Träume mit mir leben.

Ich bin ständig auf der Hut, weil ich weiß, dass wir eines Tages aufhören müssen, uns etwas vorzumachen.

Und abgesehen davon gehe ich fort. Und zwar schon bald. In wenigen Wochen werde ich nach Atlanta zurückkehren.

Fast hätte ich das Thema gestern Abend angesprochen, als wir eine weitere teure Flasche Louis Latour aufgemacht hatten. Und als ich in seinen Armen im Gras lag, konnte ich die Anspannung in ihm fühlen, das Zögern.

»Werden wir jemals darüber reden, Tobias?«, habe ich ihn gefragt.

Er hat mein Gesicht zu sich gedreht, aber statt etwas zu sagen, hat er mich geküsst, hat ein Feuer in uns beiden entfacht, um die Wahrheit zwischen uns zu verbrennen.

Statt zu protestieren und zu verlangen, dass wir endlich über die Zukunft sprechen, habe ich erleichtert in seinen Mund geseufzt und seine Küsse erwidert.

Und so bleiben wir weiter egoistisch, misstrauisch und gierig.

Was kann schon aus uns werden?

Aber noch bezahle ich bereitwillig den Preis für jede Minute, die ich mit ihm verbringen kann, denn die Alternative, das unabwendbare Ende, ist zu schmerzhaft, um daran zu denken.

»Ich bin derjenige, der Frühstück macht«, verkündet er und reißt mich aus meinen Gedanken. »Also entscheide ich, was wir essen.«

»Ich will aber Zimt.« Ich suche im Gewürzregal, nehme ein Glas heraus und breche das Siegel.

»Auf keinen Fall.«

»Du bist so herrisch.«

»Das ist in meiner Branche nicht unüblich«, scherzt er und rührt den Teig.

Ich wedele mit dem Glas vor seiner Nase herum. »Vielleicht drei Prisen?«

Als er innehält und mich ansieht, könnte ich schwören, dass er rot wird.

»Du schwenkst dreimal das Glas, bevor du einen Schluck trinkst«, necke ich ihn, »tippst dreimal mit der Zahnbürste ans Waschbecken, bevor du dir die Zähne putzt. Du schaltest dreimal das Badezimmerlicht ein und aus, bewegst dreimal den kleinen Finger, bevor du eine Schachfigur verschiebst. Drei Pumpstöße vom Duschgel. Drei scheint deine Glückszahl zu sein. Das ist ein Tick von dir, oder?«

Ich öffne das Zimtglas, und er schaut mich wütend von der Seite an. Mit einem wissenden Lächeln drehe ich das Gesicht in seine Richtung. »Du hast es versucht, Mr King, das hast du wirklich. Du hast es so gut verborgen, wie es ging, aber mir ist es nicht entgangen. Und ganz ehrlich, ich finde niedlich, dass du solche Ticks hast.«

Er zieht eine Augenbraue hoch. Sein schwarzes Haar ist immer noch feucht vom Duschen. Und es gibt kaum etwas, das ich so reizvoll finde wie einen nassen Tobias. Das habe ich schon vorhin bewiesen, als wir zusammen aus der Dusche gekommen sind. Bevor mir mein Traum wieder eingefallen ist. Der Stich, den mir die Erinnerung versetzt, lässt mich zusammenzucken. Dennoch gehe ich einen Schritt auf ihn zu und schüttele das Glas mit dem Zimt, um ihn zu ärgern.

»Wage es bloß nicht«, droht er und kommt langsam näher.

»Aber ich liebe Zimt.« Ich schiebe die Unterlippe vor.

»Das ist dein Problem.« Er greift nach der Schale und hält sie von mir weg, ohne mit dem Rühren aufzuhören, als ich mich ihm nähere. »Bring mich nicht zur Weißglut.«

»Na gut, dann eben ohne Zimt.«

»Schön, dass du Rücksicht nimmst.« Er sieht zu, wie ich drei Prisen Zimt in meine Hand streue, sie hebe und puste. Er keucht, als eine Zimtwolke seitlich auf sein Gesicht trifft und er kurz nichts sehen kann. Fluchend und mit rachedurstigem Blick stellt er geräuschvoll die Schüssel ab und will mich packen, doch ich entwische ihm.

Ich renne weg und schaffe es gerade durch die Hintertür, wo er mich immerhin noch kurz mit den Fingerspitzen streift, sodass ich aufschreie.

»Wenn ich dich erwische«, ruft er hinter mir.

Als ich am Pool vorbeisprinte, wage ich es, mich umzusehen. Er ist mir dicht auf den Fersen; mit einem belustigten Funkeln in den Augen rennt er mir hinterher.

Ich habe es kaum durch den Garten geschafft, als es ihm gelingt, seinen Arm um meine Taille zu schlingen.

Ich winsele, als er mich herumdreht wie eine Stoffpuppe und meine Füße in der Luft baumeln.

Schließlich setzt er mich im Gras ab und vergräbt sein Gesicht an meinem Hals.

Der intensive Geruch von Zimt raubt mir fast den Atem. »Verdammt, du stinkst.«

»J'adore la cannelle.« Ich liebe Zimt. Er schüttelt sein nasses Haar über mir aus, sodass feine Tropfen auf meinen Hals und meine Brust fallen. Der Zimt bildet einen Film auf meiner Haut. Ich versuche, Tobias wegzuschieben. Als er sich von mir löst und ich seine funkelnden Augen und sein strahlendes Lächeln sehe, stockt mir der Atem. Ich erschaudere leicht unter ihm, und mein Lächeln verschwindet, denn mir kommt das Bild wieder in den Sinn, das mich schon den ganzen Morgen verfolgt.

Er zieht die Augenbrauen zusammen. »Was ist heute los mit dir?« Er betrachtet mich forschend. »Bist du immer noch sauer auf mich? Ich hab dir doch gesagt, dass ich nicht früher zurückkommen konnte.«

»Nein.«

»Was ist es dann? Du bist schon den ganzen Morgen mies zu mir.«

Ich schaue kurz zu ihm auf, aber wende schnell den Blick wieder ab. »Ich hatte einen Traum.«

»Das Ganze wegen eines Traums?«

Ich seufze und versuche vergeblich, ihn wegzuschieben. »Das hab ich dir doch erzählt. Träume fühlen sich für mich real an.«

»Aber sie sind nicht real, Cecelia. Und du kannst mir keinen Vorwurf aus einem Traum machen.«

»Für dich ist das leicht gesagt.« Ich kann den Schmerz in meiner Stimme hören. »Du hast mich aus meinem Zimmer ausgesperrt.«

»Du hast geträumt, ich hätte dich aus deinem Zimmer ausgesperrt, und jetzt bist du wütend auf mich?«

»Jepp.«

Er verengt die Augen. »Aber das kann doch nicht alles sein.«

»Doch, das ist es im Prinzip.«

»Du lügst.«

»Nein.«

Er packt meinen Oberschenkel und drückt ihn.

»H-h-hör auf. Ich kann bei dem Zimtgeruch nicht atmen. Runter von mir. Ich hab Hunger.«

Er lässt seine Finger zum Saum meiner Schlafshorts wandern und gleitet zwischen meine Beine. »Das kann ich den ganzen Tag tun«, sagt er und zeigt keine Reaktion, als ich ihn kneife. »Erzähl mir, was ich in deinem Traum getan habe.«

»Non.«

»Non?« Er beugt sich runter, fährt mit der Zunge über meine Unterlippe und streift mit einem Finger ganz leicht meine Klitoris, fängt mein Stöhnen in seinem Mund auf und küsst mich, wobei er sich fast mit seinem vollen Gewicht auf mich sinken lässt und mich ins Gras drückt.

»Hey, du erstickst mich.«

»Wenn du es mir erzählst, lasse ich dich los.«

»Nein.«

Er fährt mit seinen Berührungen fort, saugt an meinem Nippel und quält mich gnadenlos.

»Du bist grausam«, stoße ich heiser hervor und grabe ihm die Finger in die Kopfhaut.

»Ergib dich«, flüstert er, als ich ihm meine Hüften entgegenschiebe.

»Träum weiter.«

»Hast du schon vergessen? *Ein* Finger.« Er fährt mit der Zunge von meinem Hals bis zu meinem Ohr. »Und ich bin mir ziemlich sicher, dass das eine Träne war, die ich dir von der Schläfe geleckt habe.«

»Das lässt du mich nie vergessen, oder?«

Er leckt bedeutungsvoll seinen Finger.

»Tobias«, rufe ich mit heiserer Stimme. »Es war nur ein Traum.«

»Und dennoch lässt du mich dafür bezahlen. Erzähl mir wenigstens, was ich in deiner Fantasiewelt falsch gemacht habe.«

»Du warst gemein zu mir.«

Er drückt meine Handgelenke runter, und ich versuche, mich zu wehren. »Gemein zu dir?« Er verdreht die Augen. »Mit so was kommst du klar.«

»Frühstück«, erinnere ich ihn.

»Das kann warten.«

»Du hattest doch Riesenhunger.«

»Es kann warten.«

»Tobias, verdammt, lass mich los.«

»Im Moment stehst du dir dabei selbst im Weg.«

»Das sehe ich anders.« Ich hebe den Kopf, um ihm ins Kinn zu beißen, aber er wehrt mich mühelos ab. »Hör auf mit dem Scheiß. Du bist fast fünfzig Kilo schwerer als ich. Ich bin total hilflos.«

»Dann musst du dir wohl was einfallen lassen. Oder du erzählst mir einfach, was ich in deinem Traum verbrochen habe.«

Ich spiele kurz mit dem Gedanken, ihm eine Kopfnuss zu verpassen, und schmunzele selbstgefällig.

»Das wird dir mehr wehtun als mir.«

»Hör auf, meine Gedanken zu lesen.«

»Die sind heute offenbar sowieso nicht sonderlich schön. Aber erst, wenn du mir das gibst, was ich will.«

»Na schön.« Ich schließe die Augen. »Als du mir die Tür vor der Nase zugeschlagen hast, standen Unterwäschemodels hinter dir.« Hitze kriecht mir am Hals herauf, und ich öffne ein Auge, um ihn anzusehen.

Eine Sekunde starrt er mich ungläubig an, ehe er in Gelächter ausbricht.

Ich drücke gegen seine Brust. »Das ist nicht lustig.«

Er senkt den Kopf und stupst mich mit der Nase an. »Oh, *mon bébé*, bist du etwa eifersüchtig? Kein Wunder, dass du mich heute Morgen geritten hast, als wolltest du ein Pferd zähmen. Wolltest du Gold holen?«

»Das ist nicht witzig«, wiederhole ich und drücke noch einmal gegen seine Brust. Ich spüre einen Stich im Herzen, als ich erneut daran zurückdenke, wie er mich in meinem Traum mit einer Gruppe halb nackter Frauen im Rücken angeschaut hat, bevor er mir die Tür vor der Nase zugemacht hat. Als ich wieder zu ihm aufschaue und sehe, dass er mich zärtlich anblickt, spüre ich, wie ein Lächeln an meinen Mundwinkeln zupft. Es ist dieser Blick, der mir den Atem raubt und mich als Süchtige wieder rückfällig werden lässt.

»Vielleicht gewöhne ich mich ja dir zuliebe an Zimt.« Er leckt einen Tropfen von dem Zimtwasser von meinem Hals und macht mir mit seinen Lippen bewusst, wie sehr sich sein allererster Kuss von seinen jetzigen Küssen unterscheidet. Alles hat sich verändert.

Alles.

Er liebkost mich mit seinem sündhaften Mund, lässt seine zimtige Zunge an meiner entlanggleiten und küsst mich in der prallen Sonne, die unsere Haut wärmt.

»Du glaubst, Zimt zum Frühstück könnte die schrecklichen Dinge wettmachen, die du getan hast?«

Er zuckt mit den Schultern. »Du meinst, die Dinge, die du dir *ausgedacht* hast?«

Ich schüttele den Kopf, sodass er bei seinem nächsten Kuss meine Lippen nicht trifft, und er beginnt zu lachen.

»So was würde ich niemals tun, *mon trésor.*«

Mein Schatz. Er hat mich gerade Schatz genannt. Falls es ihm rausgerutscht ist, scheint er es zumindest nicht zu bereuen, und er nimmt es auch nicht zurück, sondern blickt mir fest in die Augen.

Nach den letzten Wochen, die wir zusammen verbracht haben, sollte mich das nicht schockieren, aber jeden Tag zeigt er mir neue Seiten von sich, die ich noch nicht kenne, und jeden Tag bin ich aufs Neue positiv überrascht.

Mir fehlen die Worte, und so sehen wir uns einfach nur an, geben uns der natürlichen Anziehungskraft hin, die viel zu stark ist, um sie zu ignorieren. Und jetzt, wo wir uns diese Empfindungen eingestanden haben, gibt es kein Zurück mehr.

Denn in Wahrheit hasse ich Tobias King nicht mehr.

Ich bin in ihn verliebt.

Unersättliche Begierde fließt durch meine Adern wie Lava und verstärkt die vertraute Sehnsucht, die nur er stillen kann. Mehrere Sekunden vergehen, in denen er mir das Unausgesprochene von den Augen abliest. Ich schaue zu ihm auf, flehe ihn stumm an, meine Schwäche nicht auszunutzen.

»Es tat weh«, gestehe ich.

»Dein Traum?«

»Ja.«

Er runzelt die Stirn. *»Ce que te blesse, me blesse.«* Was dir wehtut, tut auch mir weh.

»Meinst du das ernst?«

Er legt meine Hand an seine Brust, um mich die Wahrheit spüren zu lassen. Sein Herz hämmert gegen meine Handfläche, und mein Herz wägt das Risiko ab, weicht zurück.

Ich bin noch nicht so weit.

Wir müssen Vertrauen zueinander aufbauen, und wenn ich ehrlich zu mir bin, fehlt es uns mittlerweile an nichts anderem mehr als an Vertrauen. Aber an die tausend Geheimnisse, die er mir nicht offenbart, stehen zwischen uns.

Er stemmt sich ein wenig hoch, sodass ich bequemer unter ihm liege, und ich schlinge die Beine um seine Hüften. Wir sind voller Zimt und müssten eigentlich noch einmal duschen, aber ich würde keine Sekunde dieses gestohlenen Momentes opfern, denn ich spüre, dass der Tag der Abrechnung naht. Und wir haben ihn viel zu lange hinausgezögert.

»Frag mich, was du willst«, flüstert er und drückt seinen Daumen an meinen Mundwinkel, um meine Lippe nachzufahren. Sein mit Zimt bedecktes Haar hängt über meinem Gesicht. »Frag mich, und ich erzähle es dir.«

»Wir haben keinen Business-Deal mehr«, flüstere ich, und es klingt fast wie eine Frage.

Er schüttelt den Kopf. »Nein, das stimmt.«

Ich kann mich nicht dazu durchringen zu fragen, und so lasse ich es bleiben.

Er beugt sich vor und drückt seine Lippen auf meine, bevor er spricht. »Du hast mich gewarnt, mich nicht in dich zu verlieben. Du hast gesagt, du würdest mich nicht in dein Herz lassen.«

»Du hast das Gleiche behauptet«, erinnere ich ihn, aber mein Inneres vibriert angesichts seiner Offenbarung.

Er kommt noch näher, streift meine Nase mit seiner. »Dann macht uns das wohl beide zu Lüg…«

»Jetzt schau dir das mal an, *Bruder*! Siehst du das Gleiche wie ich?«

Tobias spannt sich an und wird stocksteif. Mit versteinerter Miene stemmt er sich auf die Knie.

Abrupt richte ich mich auf, drehe mich um und schaue in die zornigen Augen seines Bruders.

KAPITEL ZWEIUNDZWANZIG

Neben Dominic steht Sean, und als ich ihn entdecke, werde ich in eine Realität der schlimmstmöglichen Art katapultiert. Ich springe auf und schaue ungläubig zwischen den beiden wütenden Männern hin und her, denen ich vor nicht allzu langer Zeit vollkommen verfallen war. Zwei Männer, ohne die ich glaubte, nicht leben zu können. Zwei Männer, die aufgehört haben zu existieren, nachdem sie mich auf offener Straße haben stehen lassen und weggefahren sind.

Dominics zorniger Blick durchdringt mich Schicht für Schicht.

Tobias und ich sind vollkommen entblößt, und die Schuld steht uns ins Gesicht geschrieben.

Seans Kiefer ist zusammengepresst, und sein Blick, mit dem er abwechselnd Tobias und mich mustert, ist durchzogen von Zorn.

Tobias steht auf und weicht einen Schritt zurück, um Abstand zwischen mir und ihm zu schaffen, aber es ist zu spät.

Vor Angst zitternd und sprachlos stehe ich den beiden gegenüber.

Ihr Blick bleibt unverändert kalt, und ihre Haltung ist so bedrohlich, wie ich es noch nie an ihnen erlebt habe.

Dominic ist der Erste, der spricht. »Ich wollte eigentlich vorschlagen, dass wir uns für ein kleines Update treffen, *Bruder*, aber jetzt sehe ich ja mit eigenen Augen, was du so getrieben hast. Oder sollte ich sagen, mit *wem* du es getrieben hast?«

»Wo wart ihr?«, stoße ich heiser hervor, schaue zwischen den beiden hin und her und lasse die Veränderungen auf mich wirken.

Dominics Haar ist kurz geschoren, und er ist noch muskulöser.

Sean trägt eine Baseball-Cap und ist ebenfalls durchtrainierter. Selbst ihr Benehmen scheint sich verändert zu haben. Nach ihren Gesichtern zu urteilen müssen sie die Hölle durchlebt haben.

Aus ein paar Metern Entfernung sieht mich Dominic voller Abscheu aus seinen silbergrauen Augen an, so als würde es ihm Qualen bereiten, seinen Blick auf mir ruhen zu lassen.

Schockiert angesichts ihrer plötzlichen Wiederkehr sinke ich mit rasendem Herzen zu Boden.

»Wo wir *waren*?«, zischt Sean und wirft einen Blick über meine Schulter. »Willst du ihr die Frage beantworten, Tobias?« Er macht einen bedrohlichen Schritt in unsere Richtung, ballt die Hände an seinen Seiten zu Fäusten, öffnet und schließt sie. Dabei schaut er zwischen uns hin und her, als würde er überlegen, wem von uns er zuerst einen Schlag versetzen soll.

Ich drehe mich zu Tobias um. »Wovon redet er?«

Tobias schließt die Augen, als Sean weiterspricht. »Ist wohl gut, dass wir den früheren Flieger genommen haben, was, Dom?«

Tobias' Miene wird kälter. »Spiel nicht den Unschuldigen, Sean.«

»Unschuldig? Nein, das behaupte ich gar nicht.« Er schnippt übertrieben mit den Fingern und zeigt auf Tobias. »Was hast du noch mal gesagt, bevor du uns weggeschickt hast?«, fragt er abfällig. »Wir müssen einen klaren Kopf bekommen. Also hast du uns für zehn verdammte Monate verbannt, um Pfadfinder zu spielen und für unsere Verbrechen zu bezahlen. Und was hast du in der Zeit gemacht?«

»Was soll das heißen, ihr habt einen früheren Flieger genommen?«, frage ich Sean.

Er ignoriert meine Frage und kommt einen Schritt näher. »Ich habe dich angefleht, mir zu vertrauen. Ich hab dir gesagt, dass ich es wieder geradebiege.«

»Dir vertrauen? *Dir vertrauen?* Du hast mir *nichts* gegeben, und mit nichts hast du mich auch zurückgelassen. Ihr beide.« Ich schaue wütend zwischen ihnen hin und her.

»Dann fickst du also meinen Bruder?«, fragt Dominic mit schneidender Stimme. »Das ist ziemlich mies, Babe.«

»Pass auf, was du sagst«, warnt Tobias.

Dominic lässt seinen Blick an ihm hinabwandern. »Herzlichen Glückwunsch, zumindest bleibt sie in der Familie.«

»Wage es bloß nicht!« Ich schlucke in einem Versuch, meine trockene Kehle zu befeuchten. Ich kann immer noch nicht glauben, wie verändert die beiden aussehen. Sie wirken wie Soldaten, nur in ihren Augen und in ihrem Blick kann ich noch die Männer erkennen, die ich von damals kenne. »Die Sache hat nicht gleich angefangen, als ihr weg wart, und auch nicht kurz danach. Ich habe euch monatelang hinterhergetrauert, ohne mich an irgendetwas klammern zu können, ohne ein Wort von euch!« Ich schaue Sean an. »*Eines Tages* ist nie gekommen.«

»Was, glaubst du eigentlich, ist das hier?« Er fährt sich mit der Hand über das Kinn.

»Es ist zu spät. Zu spät! Ich musste nach vorn schauen. Ihr habt mir keine Wahl gelassen. Ich bin fast durchgedreht und habe mich die ganze Zeit gefragt, ob es sich überhaupt lohnt, mir Sorgen zu machen. Ihr habt mir gesagt, ich soll nicht nach euch suchen, aber das hab ich trotzdem getan. Und ihr seid aus eurem Haus ausgezogen, habt die Werkstatt geschlossen, ihr seid beide spurlos verschwunden. Was sollte ich denn glauben?«

Keiner von beiden erwähnt die Kette, wahrscheinlich weil sie sich vor dem Mann fürchten, der neben mir steht. Und jetzt werde ich es nie erfahren.

Seans dröhnende Stimme reißt mich aus meinen Gedanken. »Wir wurden verdammt noch mal gezwungen zu verschwinden. Waren von der Außenwelt abgeschottet, um *dich* vor *ihm* zu beschützen. Vor dem, was er jetzt ohnehin getan hat.«

Ich wende mich Tobias zu. »Ist das wahr?«

»Ja«, versetzt Dominic, und sein Tonfall ist genauso schneidend wie sein silberner Blick. »Und wieso glaubst du ihm mehr als uns?«

»Weil ihr mich mit nichts zurückgelassen habt!«

»Verfickte Scheiße!«, stößt Dominic aus und dreht sich auf dem Absatz um.

»Halt, Dominic.« Ich gehe auf ihn zu, aber Tobias hält mich am Arm zurück. »Bitte geh nicht, Dom«, flehe ich mit Tränen in den Augen.

Er bleibt abrupt stehen, aber dreht sich nicht zu mir um.

»Bitte sag mir einfach die Wahrheit«, sage ich.

»Die Wahrheit …«, murmelt er mit heiserer Stimme und dreht sich langsam um. »Die Wahrheit, Cecelia, ist, dass du und ich hinters Licht geführt wurden, aber ich von meinem eigenen Bruder!« Mit von Zorn entstelltem Gesicht geht er auf Tobias los.

Tobias tritt zwischen uns und schiebt mich ein Stück nach hinten, stellt sich seinem Bruder.

Sean packt Dom und schlingt die Arme um dessen Brust, flüstert ihm ins Ohr: »Lass es. Nicht hier. Nicht jetzt. Das ist nicht der richtige Ort. Wir regeln das auf unsere Art.«

Mein Herz schmerzt, als ich Tobias hilflos anschaue, doch sein Blick ist starr auf seinen Bruder gerichtet. Scham und Schuldgefühle lese ich darin.

Entschlossen schüttele ich den Kopf angesichts dieser Offenbarung. »Wollt ihr damit sagen, dass ihr die ganze Zeit darauf gewartet habt, zu mir zurückkehren zu können?«

Dominic stemmt sich gegen Seans Umklammerung, zerrt an dessen Armen, Mordlust blitzt in seinen Augen auf, als er Tobias wieder ansieht. »Ja, wir haben verdammt noch mal gewartet – auf das Okay, dass wir nach Hause kommen dürfen. Fick dich!« Er verzieht das Gesicht, scheint aufzugeben, und ich zerbreche innerlich angesichts des Schmerzes in seinen Augen. Dominic schüttelt den Kopf, und Sean hält ihn weiter fest, während er ihm etwas ins Ohr flüstert.

Dominic klopft Sean auf den Arm. »Schon gut. Du kannst mich loslassen.« Als Sean seinen Griff löst, wird Dominic beängstigend ruhig und tritt schließlich einen Schritt näher an seinen Bruder heran. Seine Stimme trieft vor Boshaftigkeit. *»Notre mère aurait honte de toi.«* Unsere Mutter würde sich für dich schämen.

Erst jetzt wird mir bewusst, dass Dominics Aussprache anders klingt – feiner. So wie Tobias', als ich ihm zum ersten Mal begegnet bin.

»Frankreich«, flüstere ich. »Du hast sie nach Frankreich geschickt.«

Alle drei wenden sich mir zu.

Ich schaue Tobias an, der meinen Blick hilflos erwidert, während ich langsam alle Puzzleteile zusammensetze. »Das war es also, was du mir verheimlicht hast.«

Das war sein Geheimnis. Und unsere Beziehung war die ganze Zeit eine tickende Zeitbombe. Er wusste, dass sie zu mir zurückkommen würden.

Er wusste es.

»Du hast sie nach Frankreich geschickt. Du hast sie gezwungen mich zu verlassen.«

Tobias lässt den Kopf sinken. Als er schließlich spricht, klingt er resigniert. »Ich wollte es dir heute Abend sagen.«

»Das ist aber schön«, flüstere ich heiser und komme mir dumm vor.

»Du bist nicht mehr mein Bruder«, sagt Dominic. »Du bist ein Lügner und lebst eine Lüge.«

Tobias reibt sich das Gesicht. »Ich habe diese *eine* Sache für *mich* getan, das ändert nichts daran, dass ich vorher tausend andere Dinge für *dich* getan habe«, sagt er mit Verzweiflung in der Stimme. »Die meiste Zeit meines Lebens habe ich damit verbracht, Schulden zu begleichen und uns den Weg zu ebnen, während ihr beide euren Spaß hattet.« Mit flehendem Blick tritt er einen Schritt vor. *»Tout ce que j'ai toujours fait, c'est prendre soin de toi.«* Ich habe nichts anderes getan, als mich um dich zu kümmern.

»Je te décharge de ça maintenant et pour de bon.« Davon entbinde ich dich jetzt und für immer. Dominic schlägt die Hände zusammen und löst sie wieder voneinander.

Tobias zuckt zusammen.

»Tu es en colère. Je comprends. Mais cela ne signifiera jamais que nous ne sommes pas frères.« Du bist wütend. Das verstehe ich. Aber das heißt noch lange nicht, dass wir keine Brüder mehr sind.

»Dass ich dein Bruder bin, bedeutet dir nichts, das hast du bewiesen.« Dominic betrachtet mich, und ich spüre seine Worte, ehe er sie ausspricht. *»Quand tu la baises, frère, sache que c'est moi que tu goûtes. Tu peux la garder.«* Wenn du sie fickst, Bruder, sei dir gewiss, dass ich es bin, den du schmeckst. Du kannst sie behalten.

»Elle parle français«, versetzt Tobias. Sie spricht Französisch.

Dominic lächelt mich an, doch in seinen Augen ist nichts von dem Mann zu erkennen, den ich kannte, und es liegt keinerlei Liebe darin. »Das weiß ich.«

»Natürlich musst du so einen Spruch raushauen, Dom. War ja klar. Typisch für dich. Sag es auf Englisch, du verfickter Feigling. Nenn mich Hure in einer Sprache, die ich richtig verstehe. Das bin ich doch, oder? Nichts als eine Hure. Nicht die Frau, die du bedingungslos geliebt hast. Ich war dir treu, bis ich keine Chance mehr gesehen hab und dich gehen lassen musste. Aber das spielt keine Rolle, oder? Für dich zählt nur, dass du mich nicht mehr vögeln kannst.«

Dominic senkt den Blick, und Tobias und Sean starren einander wütend an.

Seans Augen glänzen, als er spricht. »Ich hätte nicht gedacht, dass du zu so was fähig bist. Nicht du.«

»Mich trifft nicht mehr Schuld als euch«, entgegnet Tobias in einem schwachen Versuch, sich zu verteidigen. Doch er hat keine Argumente. Er war es, der sie weggeschickt hat. Er hat sie absichtlich verbannt, um uns voneinander fernzuhalten. Er und ich sind die Einzigen, die wissen, dass er damals nicht vorhatte, etwas mit mir anzufangen, aber sie werden ihm niemals glauben.

Und er hat sie fortgeschickt. Er hat sie fortgeschickt, um unsere Herzen zu brechen, weil er wütend und eifersüchtig war und andere Pläne hatte.

In diesem Moment wird mir bewusst, dass Tobias mir gegenüber schon seit einer Weile offen mit seinem Verrat umgeht.

Die Schuldgefühle, die er gezeigt hat, seine Andeutungen bezüglich der Schuld, die er auf sich geladen hat, hingen mit dem unumgänglichen Bruch zwischen ihm und den beiden zusammen. Leider verschafft mir das kein bisschen Trost.

Meine Gedanken rasen immer noch, als Sean mich ansieht und ich das Bedürfnis verspüre, meinen Körper zu bedecken. Ich habe mich noch nie so unwohl in meiner Haut gefühlt.

»Hör auf, mich so anzusehen!« Tränen laufen mir über das Gesicht. »Na los, du kannst mich auch als Hure beschimpfen, oder weißt du was, du kannst dir die Mühe sparen, denn ich sehe es ohnehin in deinem Blick.« Ich balle die Hände zu Fäusten. »Ihr habt mich fast ein Jahr lang im Ungewissen gelassen.« Ich hebe das Kinn. »Ihr Scheißheuchler! Ich hab mich an *deine* Regeln gehalten, Sean. Keine Ausreden, weißt du noch?« Ich schaue zwischen den beiden hin und her. »Und nur weil du dich nicht an das halten kannst, was du anderen predigst, macht mich das nicht zu einem schlechten Menschen. Es macht *euch* zu schlechten Menschen. Ihr seid diejenigen, die mir gesagt haben, dass ich mir das nehmen soll, was ich will, *wenn* ich es will. Aber das trifft wohl nur dann zu, wenn ich *euch* will.«

Sean beißt sich auf die Lippe, und eine Träne tropft ihm auf die Hand, mit der er nun seine Baseball-Cap hält. Der Anblick versetzt mir einen Stich.

»Ich hab auf euch gewartet. Ich war krank vor Sehnsucht. Monatelang habe ich mich wegen euch in den Schlaf geweint. Ich habe gewartet und gewartet, aber ihr seid nicht zu mir zurückgekommen. Und ich wusste doch von nichts.«

Ich schaue Tobias an, der aussieht, als würde er jeden Moment explodieren, aber er hält den Blick weiterhin starr auf seinen Bruder gerichtet.

»Ich wusste von nichts. Sean«, sage ich flehend, »du kennst mich.«

»Das dachte ich auch«, erwidert er heiser.

»Du hast mir nicht mal genug vertraut, um mir zu sagen, wo ihr hingeht.«

»Das wäre gegen unsere Abmachung gewesen.« Er schluckt und schaut Tobias an, der wie angewurzelt dasteht und zwischen uns hin und her sieht.

»Sean, ich wusste es nicht.« Ich gehe einen Schritt auf ihn zu, doch Tobias hält mich zurück, will mich nicht an sich vorbeilassen.

»Für euch war sie nur ein Spielzeug«, sagt er zu Sean.

Der legt den Kopf schief. »Und was ist sie für dich? Mittel zum Zweck? Die ultimative Rache gegen Roman? Wir haben uns schuldig gefühlt, haben deine Befehle ausgeführt, und du hintergehst uns so? Was sollte das werden? Wolltest du uns eins auswischen? Nein.« In seiner Stimme schwingt Abscheu mit. »Du hast dir wahrscheinlich gedacht, geteiltes Leid ist halbes Leid, richtig?«

Tobias geht auf ihn zu. »Die Strafe trifft jeden, der Scheiße baut. Das weißt du.« Er stößt die Luft aus. »Ich hatte nicht die Absicht …«

»Du lügst. Du wolltest sie von der Sekunde an, in der du sie gesehen hast. Vergiss nicht, dass ich dich kenne, Bruder. Du hast das gesehen, was wir auch gesehen haben. Mit dem Unterschied, dass du wusstest, was wir für sie empfinden, weil wir es dir verdammt noch mal erzählt haben.« Seans Arm schießt vor, um ihm zu bedeuten, dass er zurückbleiben soll. »Du hast mich gefragt, ob es die Sache wert war, und ich habe dir mit Ja geantwortet. Wenn du noch einen Schritt näher kommst, vergesse ich unsere Vergangenheit und bringe dich um.«

»Für wen hältst du dich?«, versetzt Tobias kalt.

»Du hast einen Keil zwischen uns getrieben, also wunder dich nicht, wenn du meine Loyalität verloren hast.« Sean schüttelt den Kopf. »Das alles ist deine Schuld.«

Ich kann den Bruch zwischen den dreien förmlich spüren.

Schließlich wendet sich Sean wieder an mich. »Cecelia«,

flüstert er, und sein sanfter Ton bricht mir das Herz. Er schaut mich aus seinen grünbraunen Augen an und zieht mich zurück in eine Zeit, als alles noch einfacher war. Eine Zeit, in der ich ihn ungehindert lieben, die Hand nach ihm ausstrecken und ihn berühren konnte. »Du warst die Erste, an die ich jeden Morgen gedacht habe, und die einzige Frau, von der ich jemals geträumt habe. Und hättest du auf mich gewartet, hätte ich dir alles gegeben.«

Tränen steigen mir in die Augen und laufen mir die Wangen hinunter. In meinem Herzen spüre ich Leere, dort, wo er einst gewohnt hat.

»Sean, ich …«

»Du liebst ihn.« Das ist keine Frage, sondern eine Feststellung, ich spüre die Blicke aller drei Männer auf mir und senke den Kopf.

Eine lange angespannte Stille folgt, ehe Dominic sich umdreht und in Richtung Tor geht.

Als ich mich endlich traue, wieder aufzublicken, schaut Sean Tobias an, der immer noch hinter mir steht, fährt sich mit der Hand durch die Haare und setzt seine Cap wieder auf. Er schaut mich aus blutunterlaufenen Augen an und nickt mir knapp zu. »Ich schätze, wir haben's beide versaut. Pass auf dich auf, Süße.«

Ich bedecke meinen Mund und schluchze in meine Hand, als Sean zu Dominic geht, der am Tor wartet und mir einen letzten Blick zuwirft, bevor sie den Garten verlassen.

Das Zufallen des schweren Tors lässt mich zusammenzucken. Ich wische mir die Tränen aus den Augen, aber bleibe wie angewurzelt stehen, denn ich bin nicht mal annähernd bereit, auch nur einen einzigen Schritt in irgendeine Richtung zu gehen.

So vergehen mehrere Sekunden, und ich kann immer noch

nicht glauben, was gerade passiert ist. Wut steigt in mir auf, dringt in jede meiner Poren vor.

Ich drehe mich zu Tobias um. »Sie haben es dir *erzählt.*« Meine Stimme bebt, denn ich bin kurz davor zu explodieren. »Sie haben dir erzählt, was sie für mich empfinden. Du wusstest es. Und du hast sie trotzdem weggeschickt.«

»Cecelia …«

»Du hast mich glauben lassen, sie wären fertig mit mir. Warum? Weil du eifersüchtig warst? Das ist so erbärmlich. Verdammt, Tobias!«

»Du weißt, dass ich nicht vorhatte, etwas mit dir anzufangen. Ich habe mich acht Monate von dir ferngehalten, bevor wir uns begegnet sind. Ich hatte nicht die Absicht, dich anzurühren.«

»Und du hast es trotzdem getan. Sie wollten die ganze Zeit zu mir zurückkommen. Sie wollten mich. Sie haben mich geliebt!«

»Und was für eine Beziehung wäre das?«

»Das geht dich nichts an.« Ich schüttele ungläubig den Kopf. »Was hast du nur getan?«

Hilflos sieht er mich an. »Ich wollte es dir ja sagen. Ich habe die ganze Zeit darüber nachgedacht, wie ich es dir beibringen soll. Ich wollte es dir wirklich sagen. Sie sollten eigentlich erst nächste Woche wiederkommen.«

»Und dein Geständnis hätte es besser machen sollen? Du bist nichts als ein egoistischer, hinterhältiger Lügner!«

»Ich wusste nicht, dass zwischen uns etwas passieren würde.«

»Aber du hast dafür gesorgt. Ich habe dich so satt. Ich bin fertig mit dir. Bitte geh.« Ich deute in die Richtung, in die Sean und Dominic soeben verschwunden sind.

Er kommt eilig auf mich zu, packt mich an den Schultern und sieht mich mit brennendem Blick an. »Hör auf damit, und hör mir verdammt noch mal zu.«

Ich entziehe mich seinem Griff. »Lass deine verdammten Hände von mir. Ich scheiße auf deine Regeln. Sie haben mich geliebt, und du wusstest es. Du hast uns verarscht. Uns alle drei. Du hast das getan, was du schon die ganze Zeit vorhattest, und es gibt keine Entschuldigung, die dein Verhalten rechtfertigen könnte.« Ich wehre mich, als er versucht, mich zu sich heranzuziehen. Worte bleiben mir in der Kehle stecken, und mein Herz blutet. Der Ausdruck in ihren Gesichtern wird mich für den Rest meines Lebens verfolgen. »Wenn es das ist, was passiert, wenn man dir seine Liebe und Treue schenkt, bin ich nicht interessiert.«

Ich spüre, wie alles, worauf wir unsere Beziehung aufgebaut haben, in sich zusammenfällt.

»Ich habe dir ohnehin nie richtig vertraut.« Wütend schaue ich ihm in die Augen. »Ich will dich nie wiedersehen.«

Er packt mich an den Armen. »Wenn du das nur ernst meinen würdest.« Seine Stimme ist kaum zu hören.

»Was habe ich getan?«, flüstere ich.

»Ich habe das getan, was Verbrecher tun. Ich habe dich gestohlen«, brüllt er und packt mich fester.

Ich weigere mich, ihn anzusehen. Das kann ich nicht, denn auch ich habe meinen Teil zu der Sache beigetragen. Meine Knie fangen an zu zittern, als mir wieder das Bild der beiden Männer in den Sinn kommt.

»Pass auf, Tobias, du wirst emotional«, sage ich tonlos. »Das ist schlecht fürs Business.«

Ich spüre seinen Schmerz, seine Verzweiflung, aber ich werde auf keinen Fall nachgeben.

»Gib mir einfach … eine Chance, mit ihnen zu reden.«

»Geh. Rede mit ihnen. Kümmere dich um deine *Business*-Angelegenheiten. Aber verabschiede dich jetzt, denn ich werde nicht mehr da sein, wenn du zurückkommst.«

»Denk nicht mal dran«, flüstert er so vehement, dass ich spüre, wie ernst er die Drohung meint, auch wenn Verzweiflung in seinem Tonfall mitschwingt.

»Du verdienst sie nicht. Keinen von uns. Du hast gesagt, du würdest dir was Neues einfallen lassen. Das hatte ich die ganze Zeit im Hinterkopf. Weißt du noch? Als ich dir gesagt habe, dass deine Masche langsam langweilig wird? Du hast behauptet, du würdest dir was Neues einfallen lassen.« Ich schüttele den Kopf. »Und verdammt, das ist dir wirklich gelungen.«

»Das war keine Masche. Und das hier ist kein Business.« Er umfasst mein Kinn, um mein Gesicht anzuheben, spannt seinen Kiefer an, und in seinen Augen flammen Entschlossenheit und Schmerz auf. »Vor zwanzig Minuten wusstest du noch ganz genau, zu wem du gehörst, und das weißt du immer noch. Sag mir, dass ich mich nicht täusche.«

»Du hast gesagt, wir können nicht zusammen sein.«

Er drängt sich an mich. »Das sind wir aber.«

Ich schaue ihn wütend an, und meine Tränen beginnen wieder zu fließen. »Ich werde dir nie verzeihen. Und sie werden es auch nicht tun.«

»Ich weiß.« Er beugt sich vor, um meinen Blick aufzufangen. »Ich bin vielleicht der Bad Boy, in den du dich *verliebt* hast, aber das macht mich nicht weniger zum Bad Boy. Bleib hier. Ich komme zurück.«

Reglos stehe ich mitten im Garten und sehe zu, wie er im Haus verschwindet. Einen Moment später höre ich den Motor seines Jaguar. Als er davonrast, geben meine Beine nach, und ich lasse mich ins Gras sinken.

In dem Moment wird mir bewusst, dass ich die alles verzehrende Liebe nicht kannte, bevor ich *ihn* kannte. Und ich bin mir sicher, dass ich sie nie wieder auf diese Weise erleben werde. Kaum hatte ich die Liebe gefunden, wurde sie mir entrissen. Es ist ein Fluch, ein niederschmetterndes Schicksal, in einen Mann verliebt zu sein, den ich als meinen Rivalen hätte betrachten sollen und der stattdessen mein Herz erobert hat.

Nachdem ich stundenlang zu den Wolken hinaufgeschaut habe, stemme ich mich vom Gras hoch, gehe nach oben und beginne zu packen.

KAPITEL DREIUNDZWANZIG

Ich wache im Sonnenlicht auf, umgeben von Schubladen voller Kleidung. Die Balkontüren schlagen in der Sommerbrise an die Wand. Beim nächsten Schlag wird mir klar, warum ich aufgewacht bin. Die Türen stehen noch offen, weil ich die halbe Nacht *Father Figure* von George Michael so laut habe laufen lassen, dass man es bis in den Wald hören konnte.

Ich bin dabei gewesen, wutentbrannt meine Koffer zu packen, als ich den Song in einer meiner Playlists entdeckt habe – ein alter Lieblingssong meiner Mutter. Als ich ihn gehört und mich gleichzeitig durch meine Habseligkeiten gekämpft habe, ist mir aufgefallen, wie verdammt gut der Text zu meiner Lage passt, wie genau er meine Beziehung zu dem Mann widerspiegelt, der mich aufs Übelste betrogen hat, der sich meine Schwäche und mein gebrochenes Herz zunutze gemacht hat. Und mir für eine kurze Zeit all das gegeben hat, dessen ich mich beraubt fühlte. Alles, was ich jemals wollte. Er hat jede meiner romantischen Fantasien wahr werden lassen, uns zu Seelenverwandten erklärt, meinen Körper verehrt. Er hat sich die Mühe gemacht, sich meinem Herzen mit der größten Behutsamkeit zu widmen, hat für mich einen Traum gewebt und mich dort verweilen lassen, bis ich ganz von ihm erfüllt war, eins mit ihm geworden war und er sich einen Weg in meine Seele bahnen konnte.

Also habe ich jetzt am Ende die Musik aufgedreht für den Mann, der so gekonnt mit mir gespielt hat, um ihm zu zeigen, dass er gewonnen hat. Ich habe mit jeder Textzeile zum Ausdruck gebracht, dass ich genau weiß, auf welche Art er mich betrogen hat.

Auf die schlimmste erdenkliche.

Vielleicht habe ich Tobias niemals richtig vertraut, aber ich habe zumindest so sehr an seine Lüge geglaubt, dass ich mich ihm hingegeben habe.

Aber er hat mit mir gespielt. Und er hat mich auf eine Art Schachmatt gesetzt, die alles in den Schatten stellt.

Ob es eine absichtliche Täuschung war oder nicht, werde ich vielleicht nie erfahren, aber ich weiß ganz sicher, dass dieser Mann nun mein Herz besitzt und ich es nie zurückbekomme.

Geh, jetzt, Cecelia. Jetzt.

Ich bin überrascht, wie einfach es diesmal ist zu gehen. Ich werde nicht dagegen ankämpfen, sondern es akzeptieren. Diese Spiele mit den unverhältnismäßig hohen Einsätzen sind nichts für mich. Und gegen Tobias hatte ich, wie es scheint, niemals eine Chance.

Müde rekele ich mich in meinem Bett und zucke angesichts der Schmerzen in meinem Körper zusammen.

Ich erinnere mich nicht daran, wie ich eingeschlafen bin, aber ich bin immer noch umgeben von offenen Taschen und neuen Koffern, die ich letzte Woche anlässlich meiner baldigen Heimreise bestellt habe. Ich habe mir fest vorgenommen, keine einzige Kleinigkeit zurückzulassen, denn wenn ich einmal so weit bin, dass ich durch das Tor fahre, wird es das letzte Mal sein.

Ich habe nicht erwartet, dass Tobias zurückkommt, also war ich nicht enttäuscht, dass er es nicht tat. Vielleicht haben meinen Song nur die Vögel gehört, deren Zwitschern durch die Türen hereindringt. Noch immer wie erschlagen reibe ich mir die Augen und versuche, einen klaren Kopf zu bekommen.

Als ich endlich in der Lage bin, die Augen offen zu halten, frage ich mich, wie es mir gelungen ist, in der Mitte des Bettes in einen derart tiefen Schlaf zu fallen, ohne meine gefalteten Klamotten durcheinanderzubringen. Verwirrt bemühe ich mich, meine Glieder anzuheben. Als ich mich in eine Sitzposition hochstemme, fühle ich mich auf einmal schwach und lasse mich wieder auf die Matratze fallen.

Was zur Hölle ist los mit mir?

Einige Sekunden später spüre ich ein Stechen an meinem Rücken, aber als ich mich in der Erwartung hochstemme, irgendetwas Spitzes zu entdecken, ist da nichts. Ich greife nach meinem Telefon auf dem Nachttisch und stelle beim Blick auf die Uhr fest, dass ich den ganzen Tag verschlafen habe und mir nur noch eine Stunde bleibt, bevor meine Schicht beginnt.

Wenn ich zur Arbeit gehen würde.

Was aber nicht der Fall sein wird.

Stattdessen schicke ich meinem Vorgesetzten eine E-Mail, für die ich aufgrund meiner verschwommenen Sicht Minuten statt Sekunden brauche.

Ich werde nicht zur Arbeit gehen. Nicht heute Abend und niemals wieder. Ich werde meinem Vater nicht Bescheid geben, dass ich vorzeitig abreise, bin ihm keine Erklärung schuldig. Bis zum Zeitpunkt, an dem unsere ursprüngliche Abmachung endet, fehlen nur noch ein paar Wochen, und jegliches Pflichtgefühl, das ich ihm gegenüber zuvor hatte, ist nun verschwunden. Meinetwegen kann er zur Hölle fahren.

Alle können zur Hölle fahren.

Ich erlasse mir meine Strafe frühzeitig. Normalität klingt momentan einfach verlockend. Fest entschlossen, noch vor Einbruch der Dunkelheit zu Hause anzukommen, versuche ich erneut, mich zu erheben, und ächze frustriert.

»Was zur Hölle ist los mit mir?«

Ich blinzele mehrmals und kämpfe gegen die Schwerkraft an, die mich runterzieht. So müde war ich noch nie in meinem Leben.

Mit großer Mühe stehe ich auf, taumele nach hinten und halte mich mit den Händen an der Matratze fest. Ich fühle mich verkatert, obwohl ich gestern Abend keinen Tropfen Alkohol getrunken habe. Was ironisch ist, denn eigentlich gibt es dafür keinen besseren Zeitpunkt, als wenn deine Ex-Freunde nach monatelanger Abwesenheit wie blutrünstige Monster auftauchen und dich in dem Moment erwischen, als du ihrem Bruder deine Liebe gestehst.

»Ha!«, rufe ich angesichts des ganzen Wahnsinns, obwohl niemand außer mir im Raum ist. So viele Geschichten, die ich niemals erzählen kann. Aber wer würde mir schon glauben? Selbst mir fällt es schwer, obwohl ich all das selbst erlebt habe.

Doch werde ich es *überleben*?

Das wird sich zeigen.

Da ich schnellstmöglich nach Atlanta will, versuche ich erneut, meinen benebelten Kopf frei zu bekommen.

Ich muss beim Wäschefalten eingeschlafen sein, weil ich emotional so erschöpft war. Aber so wie es aussieht, habe ich – obwohl ich während des Packens die ganze Zeit lethargisch vor mich hingestarrt habe – so viel geschafft, dass ich in ein paar Stunden losfahren kann, wenn ich mich beeile. Mein Körper macht mir jedoch einen Strich durch die Rechnung, und ich bin gezwungen, mich wieder hinzusetzen, um das Schwindelgefühl unter Kontrolle zu bekommen. Seit Jahren habe ich nicht mehr so tief geschlafen. Und zum Glück kann ich mich an keinen einzigen Traum erinnern.

Ich bin fest entschlossen, mich zusammenzureißen und wieder aufzurichten, doch ich erstarre, als ich bei der Bewegung plötzlich einen brennenden Schmerz am Rücken verspüre. Im nächsten Moment höre ich ein leises Rascheln, erzeugt durch den Stoff meines T-Shirts, der etwas streift. Und dann setzt der Schmerz ein. Als ich nach hinten greife, spüre ich wieder ein Ziehen, das sich schnell ausbreitet. Meine Augen weiten sich, als meine suchenden Finger auf eine glatte Kompresse treffen, die an meinem Rücken klebt.

Was zur Hölle ist das?

Ich reiße mir das T-Shirt über den Kopf, werfe es auf den Boden und hinke zum Spiegel, bemüht, nicht hinzufallen. Dort sehe ich, dass *zwei* Kompressen auf meinen Schulterblättern kleben.

Was zur Hölle soll das?

Ich muss sie nicht entfernen, um zu wissen, was sich darunter verbirgt, aber ich will es mit eigenen Augen sehen. Mir gelingt es, die Ecke einer Kompresse mit dem Daumen zu erreichen, und ich ziehe sie vorsichtig ab. Im Spiegel sehe ich ein schwarzes Tattoo.

Ein Rabenflügel.

»O mein Gott«, hauche ich, als es mir gelungen ist, auch die andere Seite freizulegen. Meine Gedanken rasen, während ich das unverkennbare Zeichen studiere und ungläubig den Kopf schüttele.

Ich war gestern Abend nicht emotional erschöpft, sondern bin unter Drogen gesetzt und … gebrandmarkt worden.

Gebrandmarkt!

Von einem der sadistischsten Lügner, der auch noch behauptet hat, mich zu lieben.

Mein erster Gedanke ist Dominic, aber Sean war genauso wütend, genauso verletzt, vielleicht sogar noch mehr.

Ist das meine Strafe?

Oder ist es ein Beweis dafür, wie viel Macht sie über mich haben?

Tobias hätte mir die Entscheidung niemals abgenommen. Er ist zu besonnen und nicht so emotional. Er hätte mir das nicht angetan, besonders nicht nach seinem Betrug.

Oder doch?

Ich bin vielleicht der Bad Boy, in den du dich verliebt *hast, aber das macht mich nicht weniger zum Bad Boy.*

Im Prinzip würde ich es jedem von ihnen zutrauen. Aber es würde sich nur für denjenigen lohnen, der glaubt, dass er mir zeigen muss, dass er im Recht ist. Wer zur Hölle glaubt ernsthaft, dass ich ihm gehöre? So unumstößlich, dass er mich als sein Eigentum markieren würde?

Das ist nicht nur krank, sondern verstößt auch gegen das Gesetz.

Doch wem mache ich hier etwas vor? Ich habe diese Verbrecher in mein Leben gelassen, zwischen meine Beine, in mein Herz, und jetzt haben sie mich gebrandmarkt.

Ein bleibendes Zeichen – ein äußerst *sichtbares* bleibendes Zeichen. Das hätte definitiv meine Entscheidung sein sollen. Und wozu das Ganze? Damit ich mich nicht mehr hinter meinen Geheimnissen verstecken kann?

Ich weiß immer noch nicht genug, um einen von ihnen zu belasten. Die ganze Zeit bin ich um ihre Grenzen herumgeschlichen, habe alles getan, um sie nicht zu sehr zu bedrängen – und wofür?

Ich muss beim Packen eingeschlafen sein, und in dem Moment haben sie mich erwischt und mich unter Drogen gesetzt.

Sie sind in der Nacht gekommen wie Einbrecher – was sie auch sind – und haben mich gebrandmarkt, mich mit einem Zeichen versehen. Ein Zeichen, das schreit: *Sie ist mein Besitz.*

Das ist nicht wahr. Es kann nicht wahr sein. Ich studiere das

Tattoo auf meinem Rücken und kann nicht glauben, dass dies meine neue Realität ist.

Aber jetzt lasse ich sie hinter mir.

Ich lasse alles hinter mir.

Die Fragen, den Kampf, mein Verständnis, die Geheimnisse. Ich lasse die Fragen hinter mir, das Warten auf Antworten, obwohl ich immer im Dunkeln tappe.

Ich bin einfach fertig damit.

Und heute Abend, wenn der Mond am Himmel aufsteigt, werde ich einen Krieg anzetteln.

Bässe dröhnen dumpf hinter den Metalltüren, und Gelächter dringt heraus. Sie sind alle hier und feiern sorglos, während ich als gebrandmarkte Frau dastehe, ohne Halt auf einer Insel aus Wut und Verbitterung. Ich hebe die erste Flasche und werfe sie. Sie zerspringt an der Tür. Die Musik wird in der Sekunde ausgeschaltet, in der die zweite Flasche durch die Luft fliegt und an der Tür zerbricht.

Tyler ist der Erste, der in die Werkstatthalle kommt. Ich sehe, dass sich seine Lippen bewegen; offenbar berichtet er den anderen, was passiert ist.

Als sich eine der Metalltüren langsam hebt, schleudere ich eine weitere Flasche durch die Luft.

»Verfickte Scheiße«, flucht Sean und zuckt zusammen, als ein paar Glassplitter ihn treffen.

Doch ich höre nicht auf und werfe eine Flasche nach der anderen in seine Richtung.

Seine Augen blitzen zornig auf, als er den Schaden betrachtet, den ich bereits angerichtet habe. Die Reifen all ihrer Wagen, die hinter mir geparkt sind, sind platt. Niemand kann mir heute Abend hinterherfahren.

Es fühlt sich unwirklich an, dass sie alle dastehen und mich mit offenen Mündern anstarren, als hätte ich den Verstand verloren.

Jeremy, Tyler, Dominic, Sean, Russell und sogar Layla, die genau wie alle anderen den Kontakt zu mir abgebrochen hat, schauen mich nun mit großen Augen an.

So lange habe ich geglaubt, dass ich mir meine Zeit mit ihnen nur eingebildet habe. Aber die ganze Gang ist da, und auch noch ein paar andere, mit denen ich nicht gerechnet habe. Einige tragen ähnliche Tattoos wie das, das nun auf meinem Rücken brennt.

Eine Frau hat ihren Blick auf Dominic gerichtet, der gerade einen Joint wegwirft und den Schaden auf seinem Parkplatz in Augenschein nimmt.

Sean tritt zögerlich einen Schritt vor.

Dominic steht hinter ihm, und unsere Blicke treffen sich. Seine Miene bleibt ausdruckslos.

Ich kann nicht glauben, dass ich auf diese Lügner reingefallen bin, diese hinterhältigen Verbrecher, die mich mir selbst geraubt haben.

»Cecelia«, meldet sich Layla mit angespannter Stimme zu Wort. »Liebes, was ist hier los?« Sie schaut Sean und Dominic an. »Was habt ihr Wichser getan?«

»Ach, vergiss es.« Ich winke ab. »Du musst nicht plötzlich so tun, als würde ich dir was bedeuten.«

»Du weißt, dass ich keine Wahl hatte.«

»Das ist Bullshit!« Ich funkele sie an. »Du hattest eine Wahl. Und du hast dich für sie entschieden. Aber weißt du was? Du hast sie verdient.«

In ihren blauen Augen zeichnen sich Schuldgefühle ab. »Es tut mir leid.«

»Das kannst du dir sparen. Du hast deinen Standpunkt deutlich gemacht, und ich glaube, es ist an der Zeit, dass ich meinen deutlich mache.« Ich hebe den Zwanzig-Liter-Kanister und gieße den Rest daraus in die Pfütze vor mir.

»Was zur Hölle machst du da?«, fragt Sean und kommt einen Schritt auf mich zu.

Ich hebe eine andere Flasche, in der sich ein durchtränkter Stofffetzen befindet.

»Heilige Scheiße«, ruft Tyler mit aufgerissenen Augen. »Cecelia, was zur Hölle hast du vor?«

»Wer war es?«, brülle ich.

Sean kommt auf mich zu.

»Noch ein Schritt, ohne mir zu antworten, und ich zünde das hier an. Provozier mich nicht, Sean.«

»Leg die Flasche ab«, ruft er.

Ich versuche ihn zu ignorieren, und auch das Gefühl, das sein Anblick in mir hervorruft. Ihn zu sehen fühlt sich unwirklich an.

Aber ich habe mich viel zu lange verarschen lassen.

»Wer hat mir das angetan?«, schreie ich, denn ich kann mich nicht mehr länger zurückhalten. Ich kann nicht mehr verbergen, was geschehen ist. »Das versteht ihr also unter Loyalität? Ihr wollt mich? Hier bin ich! Ihr wollt, dass ich richtig dazugehöre und alles aufgebe? Glaubt mir, ich hab mich der Sache komplett verschrieben. Und ich habe von den Besten gelernt. Stellt mich auf die Probe.« Ich hebe herausfordernd das Kinn. »Sagt mir, wer es war, dann bekommt ihr euren verfickten Preis.«

Ich entzünde ein Zippo, das ich bei Sean habe mitgehen lassen, als wir noch zusammen waren.

Er zuckt zurück. »Cecelia, nicht!« Sein panischer Blick geht zurück zu Dominic, der sich nun auf mich zubewegt.

Mit sicheren Schritten bahnt er sich seinen Weg durch die Menge.

»Die Bitch ist total durchgedreht«, sagt eines der Mädchen. »Du musst sie zu gut gefickt haben, Dom.«

Ein paar Typen, an die ich mich von den Treffen erinnere, lachen, aber alle anderen bleiben still. Besonders Dominic, dessen Augen zornig aufblitzen. Einen behutsamen Schritt nach dem anderen bewegt er sich immer noch langsam auf mich zu.

»Was zur Hölle soll das?«, ruft einer. »Sie hat uns die Reifen zerstochen!«

Dom hebt eine Hand, um alle zum Schweigen zu bringen.

»Ich schwöre es, Dominic, ich zünde alles an«, sage ich mit fester Stimme. »Bleibt stehen!«

Er gehorcht, aber seine Augen sind kalt, trüb, leblos. Er setzt die gelangweilte Miene auf, an die ich mich nur allzu gut erinnern kann. Und es tut weh – es fühlt sich an, als wäre nie etwas zwischen uns gewesen.

»Warum?« Mein Kinn bebt vor Wut. *»Warum?«* Ich drehe mich um, nur so weit, dass sie die Tattoos auf meinem Rücken sehen können. Dabei beobachte ich ihre Reaktion, aber keiner von beiden lässt sich etwas anmerken. Es muss ein ausgeklügelter Plan gewesen sein, um mich in den Wahnsinn zu treiben.

»Feiglinge! Ihr seid verdammte Feiglinge!« Ich schüttele wütend den Kopf.

In dem Moment beginnen mehrere Handys zu klingeln.

Tyler geht ran, und Dominic und Sean kommen auf mich zu, als wollten sie eine streunende Katze in die Ecke drängen.

»Ich habe nie zu euch gehört, und das werde ich auch nie. Haltet euch von mir fern!«

»Dom!«, ruft Tyler und eilt zu ihm, hält ihm sein Handy ans Ohr.

In der nächsten Sekunde greift Dom nach dem Telefon und kommt plötzlich mit schnellen Schritten auf mich zu.

Ich nehme ihn wie durch einen Nebel wahr. Kurz entschlossen zünde ich die Flasche an und werfe sie in die Benzinpfütze.

Dominic versucht, mich zu erreichen, aber die aufsteigenden Flammen trennen uns voneinander, was mir genügend Zeit verschafft, um zu meinem Jeep zu rennen.

Als ich gerade zurücksetze, erreicht Dominic den Wagen und trommelt vergeblich mit den Fäusten auf die Motorhaube ein. Mein Herz hämmert wild, als ich die Straßen entlangrase und laut schreiend mit den Händen gegen das Lenkrad schlage.

Und so verschwinde ich in die Nacht.

KAPITEL VIERUNDZWANZIG

Ich erreiche Romans Anwesen erst in den frühen Morgenstunden, daher bin ich mir sicher, keine Besucher anzutreffen, denn ich will jetzt endlich meine Sachen packen und abhauen. Meine Glieder sind schwer, und mein Rücken brennt. Ich bin erschöpft vom stundenlangen ziellosen Herumfahren. Mein Körper schmerzt, nachdem ich unzählige Minuten auf die dunkle Straße vor mir gestarrt habe, die ich entlanggefahren bin, ohne zu wissen, wohin. Ich habe keine Ahnung, wie es ab jetzt weitergeht, aber ich werde weggehen. Nicht morgen oder übermorgen, sondern jetzt.

Ich habe das Geld.

Ich bin zwar völlig am Ende, aber immerhin ist es vorbei. Heute ist es vorbei. Die toxischen Beziehungen, die ich eingegangen bin, haben mich bitter gemacht. Ich bin nicht mehr das Mädchen, das vor einem Jahr vor diesem Haus vorgefahren ist.

Ich stelle das Alarmsystem ein, auch wenn ich inzwischen weiß, dass jeder ins Haus kann, der wirklich will. Wände und Türen sind unbedeutend für diese Männer, aber mittlerweile bin ich mir sicher, dass mich keiner von ihnen davon abhalten wird zu fahren. Wir haben einander verletzt und betrogen. Davon kann man sich nicht erholen. Und Tobias' Abwesenheit und Schweigen bestätigen nur, dass ich mich wieder einmal hinters Licht habe führen lassen. Ich weiß vielleicht nicht, was Liebe ist, aber ich weiß, dass *das* keine Liebe ist.

Ich verdränge jegliche Gedanken an Tobias, ziehe den gepackten Koffer vom Bett und beginne, einen weiteren zu füllen. Ich hätte zu Ende packen sollen, bevor ich zur Werkstatt gefahren bin, aber ich war zu wütend, um sachlich zu planen. Immerhin war ich so schlau, erst im Morgengrauen ins Haus meines Vaters zurückzukehren, damit jeder, der mich vielleicht dort gesucht hat, aufgeben würde. Als ich höre, wie die Haustür geöffnet wird, weiß ich, dass mein Plan nicht funktioniert hat.

Ich bin nicht allein.

Vor Angst wie gelähmt stehe ich mitten in meinem Zimmer und warte. Noch nie zuvor habe ich mich vor diesen Männern gefürchtet, und noch nie zuvor habe ich geglaubt, dass sie mir etwas antun könnten.

Und ich hätte auch nicht gedacht, dass sie sich wegen ein paar Reifen an mir rächen würden. Na ja, einer Menge Reifen. Jeder einzelne auf dem Parkplatz. Alle zu wechseln wird sie ein kleines Vermögen kosten. Letztendlich habe ich mich aufgeführt wie eine Psycho-Ex. Und die Aktion lässt mich dastehen wie die Schuldige, auch wenn ich das nicht bin. Doch wer tätowiert eine Frau ohne ihre Zustimmung?

Wahnsinnige, die einen Machtkampf austragen. Ich bin für immer gezeichnet wegen ihnen.

Ich blinzele, als ich Dominic auf der Türschwelle meines Zimmers stehen sehe. Eine Pistole steckt in seinem Hosenbund, an deren Spitze ein Schalldämpfer befestigt ist.

Ein Schalldämpfer.

Schluckend betrachte ich die Waffe und weiche einen Schritt zurück.

Er hebt die Hände. »Cee.« Er schüttelt den Kopf, als sei meine Reaktion lächerlich. »Komm schon.«

Ich habe mich heute Abend vollkommen vor ihnen entblößt, habe labil gewirkt. Emotional. Wie eine Last.

»Ich bezahle für die Reifen. Für alle. I-ich war wütend.« Ich gehe noch einen Schritt zurück, und er lacht ungläubig und zieht die Waffe aus seiner Jeans, um sie hinter sich zu werfen.

Ich höre, dass sie auf der Treppe landet.

Dann kommt er weiter ins Schlafzimmer. »Keine Waffen, okay?«

»W-was machst du hier?«

Er betrachtet meine Koffer und richtet den Blick aus seinen silbernen Augen dann wieder auf mich.

Ich kann das Zittern, das mich überkommt, nicht unterdrücken, ebenso wenig wie die Panik, die mich schnell vereinnahmt. »Ich bezahle für die Reifen, Dom. Ich schwöre. Ich sage nichts. Ich gehe von hier weg, siehst du?« Ich deute mit dem Kopf zu meinen Koffern.

»Komm schon, Cecelia.« Er schnaubt. »Echt jetzt?«

»Ich war wütend. Aber ich hab n-n-niemandem was verraten.«

»Warum zitterst du?«

»Ich kann nichts von dem, was du sagst, glauben.« Ich betrachte mein Handy auf dem Nachttisch, aber er schüttelt ungläubig den Kopf.

»Ich bin nicht hier, um dir etwas anzutun.«

»Ich kenne dich nicht.«

»Doch, verdammt. Du kennst mich.« Seine Stimme klingt kehlig, und tiefe Enttäuschung schwingt darin mit, was mich irritiert.

»Auf einmal sprichst du mit mir? Vor ein paar Stunden hast du mich angesehen, als ob ich dir nichts bedeuten würde.«

Er stößt genervt die Luft aus. »Na, ich bin momentan ein bisschen zerrissen, verdammt noch mal. Und du kennst mich.«

»Ich weiß gar nichts mehr. Aber ich halte dicht, okay? Ich

verrate niemandem etwas. Ich habe zu keinem auch nur ein Sterbenswörtchen gesagt, Dom. Das schwöre ich.«

»Verdammt.« Er reibt sich das Gesicht, und seine Miene wird besorgt. »Was haben wir dir nur angetan?«

Ich schlucke. »Ich will jetzt einfach weg.« Ich bemühe mich, das Beben in meiner Stimme zu kontrollieren. Eine Träne läuft mir über die Wange. »K-kann ich bitte einfach nach Hause fahren?«

Er studiert meinen Gesichtsausdruck, und in seinen Augen zeichnet sich nichts als Schmerz ab.

Als er einen Schritt auf mich zukommt, zucke ich zusammen. »Hat *er* dich hergeschickt?«

Diesmal ist er es, der zusammenzuckt. »Das denkst du von mir? Ich könnte dir niemals wehtun.«

»Ich weiß nicht mehr, was ich denken soll.« Ich schlage mir eine Hand vor den Mund, um mein Schluchzen zurückzuhalten. »Ich weiß nicht, was ich glauben soll.«

»Verdammt, ich glaube, das verletzt mich noch mehr, als nach Hause zu kommen und dich mit ihm zu sehen.« Er lässt den Kopf sinken und schaut dann wieder zu mir auf. »Cecelia. Ich würde dir niemals etwas antun. Für nichts und niemanden.« Er kommt noch einen Schritt auf mich zu. »Komm schon, Babe, sieh mich an.«

Ich schüttele den Kopf.

»Verdammt, Cecelia, sieh mich an. Sofort.«

Ich hebe den Blick.

»Schau. Ich bin es.«

Mein Herz zieht sich zusammen, als er noch einen Schritt macht und dann noch einen. Ich höre auf zurückzuweichen. Sein Name kommt mir mit einem gequälten Schrei über die Lippen, als er mich in seine Arme zieht. Wir klammern uns aneinander, und meine Angst verschwindet.

»Scheiße«, flüstert er und zieht mich eng an sich. Seine Stimme ist von Schmerz durchzogen. »Es tut mir so leid. Es tut mir so verdammt leid. Haben wir es derart versaut?«

Ich drücke ihn an mich, vergrabe mein Gesicht an seinem Hals.

Er lässt seine Hände an meinem Rücken heraufwandern und an meinen Armen wieder hinuntergleiten. »Was haben wir dir angetan?« Seine Stimme ist emotionsgeladen. Er hält mich, und ich atme den vertrauten Geruch ein.

»Ich … weiß einfach nicht mehr, was ich glauben soll.«

»Wir haben es verkackt.« Er löst sich von mir und sieht mir forschend in die Augen. »Sag mir, dass du tief in deinem Inneren weißt, dass wir nicht so sind.« Seine Stimme klingt verzweifelt.

Ich schüttele den Kopf, bringe kein Wort heraus.

»Cee, das bist du nicht.«

»Ich wurde unter Drogen gesetzt und tätowiert. Bist du dir sicher, dass ihr nicht so seid?«

»Verdammt.« Er fährt sich mit einer Hand in den Nacken. »Du hast recht. Ich kann dir nicht verübeln, dass du das Schlimmste von uns denkst.« Er stößt die Luft aus, holt sein Wegwerfhandy aus der Jeanstasche und setzt sich auf die Bettkante. Er wirkt angespannt, als er mich ansieht. »Zehn Monate«, sagt er. »Wir hätten dir sagen sollen, dass wir zurückkommen. Das hätte ich auch gemacht. Sean wollte aber, dass wir uns an die Abmachung mit Tobias halten, um ihm zu beweisen, dass er sich auf uns verlassen kann. Nie im Leben hätte er geglaubt …« Er stößt angespannt den Atem aus. »Das ist jetzt nicht mehr wichtig.«

Ich schaue auf den Boden, und er legt die Hände zwischen seinen Knien zusammen. Eine lange Stille entsteht, bevor er weiterredet.

»Er hat recht, weißt du? Mein Bruder hat die Wahrheit gesagt. Er hat sein halbes Leben damit verbracht, alles für uns zu regeln, hat sich immer im Hintergrund gehalten.«

Ich betrachte ihn und sehe die Erschöpfung in seiner Haltung und in seinen Augen.

»Er hat die Wahrheit gesagt.«

»Ich weiß nicht mal, ob du die Bedeutung dieses Wortes kennst. Ob irgendeiner von euch die Bedeutung kennt.«

»Du wolltest ein Teil von uns werden«, erinnert er mich. »Und das bist du jetzt.«

»Aber nicht so«, erwidere ich. »Und nicht zu diesem Preis.«

»Ich habe dir oft genug gesagt, dass du die Wahrheit nicht wirklich wissen willst. Warum, glaubst du, habe ich dich am Anfang so vehement abgewiesen?« Sein Mundwinkel hebt sich. »Du warst so verdammt perfekt.« Sein Blick wird trüb, als er an damals zurückdenkt. »Als du an jenem Tag in unserem Garten gestanden hast, und nachdem …« Er schüttelt den Kopf. »Ich wollte dich hassen. Ich habe so sehr versucht, dich zu hassen.«

»Ist mir gar nicht aufgefallen.«

Wir lächeln uns traurig an.

»Wir wussten immer, dass die Wahrheit dem Ganzen ein Ende setzen würde. Wir wussten die ganze Zeit, dass wir nur mit dir zusammen sein können, solange wir es dir verheimlichen. Du hast dich mit Lügnern, Dieben und Mördern eingelassen«, sagt er sanft. »Obwohl du viel zu gut für uns warst. Und ich glaube, wir haben uns an dich geklammert, weil du für all das standest, was wir beschützen wollten, aber selbst nie sein können.«

»So habe ich euch nie betrachtet. Niemals.«

»Bis heute, oder?« Er lässt den Kopf sinken. »Auch wenn wir versuchen, das Richtige zu tun, sind wir keine Heiligen, Cecelia.«

Der vertraute Klang meines Namens aus seinem Mund versetzt mir einen Stich, und ich atme tief durch. »Ich bin auch keine Heilige. Dafür habt ihr gesorgt. Ich war für euch ein Spielzeug.«

»Nein.« Er zieht mich an der Hand vom Bett, sodass ich vor ihm stehe. »Du warst nie ein Spielzeug.«

»Warum bist du hier?«

»Hast du mich nicht vermisst?«

Sofort treten mir Tränen in die Augen. »Jeden Tag, bei Sonne und bei Regen.« Ich schnaube und wische mir wütend die Tränen aus dem Gesicht. »Verdammt, warum kann ich dich nicht hassen? Aus irgendeinem Grund kann ich dich nicht hassen.«

Er schaut auf sein Handy und legt es ab, ehe ein trauriges Lächeln an seinen Lippen zupft. »Ich habe noch nie erlebt, dass er eine Frau so angesehen hat wie dich. Dass er so gestrahlt hat. Ich habe es in der Sekunde erkannt, in der ich euch zusammen gesehen habe. Da wusste ich, dass wir geliefert sind. Und Sean wusste es auch.«

»Das spielt doch keine Rolle.«

»Doch. Ich kann ihn so sehr hassen, wie ich will, weil er sich das genommen hat, was ihm nicht gehört, aber es ist wahr.«

»Wir hatten nicht vor …«

Er hebt abwehrend das Kinn. »Das will ich gerade nicht hören, okay?«

»Übrigens gehöre ich niemandem. Auch wenn ich das verdammte Tattoo auf dem Rücken habe. Alles sollte eine freie Entscheidung sein, weißt du noch?«

Er verschränkt unsere Finger miteinander. »Daran erinnere ich mich gerade nicht so gern.« Als er zu mir aufschaut, liegt nichts als Schmerz in seinen Augen. »Wir sind zu spät gekommen.«

»Und deshalb habt ihr mich gegen meinen Willen tätowiert? Ihr seid ausgetickt und habt mir ein Tattoo verpasst?«

Er hockt sich hin und beugt sich vor, drückt die Stirn an meinen Bauch. »Ich kann das gerade nicht. Ich kann nicht … Mach ihn glücklich.«

»Ich fahre jetzt, Dominic. Jetzt gleich.«

»Aber wir wissen beide, dass er dich nicht gehen lässt.«

»Ihm bleibt nichts anderes übrig.«

»Es tut mir leid«, flüstert er und vergräbt sein Gesicht an meinem Bauch, bevor er zu mir aufschaut. »Alles, was wir dir angetan haben, tut mir so verdammt leid. Ich will, dass du das weißt. Uns allen tut es leid.«

Ich schlucke. »Mir tut auch leid, was du durchmachen musstest. Ich hatte nie die Chance, dir zu sagen, wie leid mir tut, was mit deinen Eltern passiert ist.«

»Es war nicht deine Schuld.«

»Ich verstehe nicht, wie du …«

Er schaut abrupt zu mir auf. »Wie ich mit dir zusammen sein konnte?«

Ich nicke.

Er steht auf, und als er die Hand an mein Gesicht legt, bleibt die Zeit stehen. Mehrere Sekunden schauen wir uns in die Augen. »Das ist eine Frage, die ich beantworten kann«, flüstert er und schaut mich eindringlich an. »Ja.«

»Ja, was?«

»Ja.« Er streichelt mein Gesicht. »Ich habe dich geliebt.«

Die Worte berühren mich zutiefst, und mit einem Mal breche ich in Tränen aus.

Er schließt mich in seine Arme, drückt mir einen sanften Kuss auf die Lippen und tritt einen Schritt zurück. »Aber du hast dich in meinen Bruder verliebt.«

Er wischt mir eine Träne von der Wange, und ich schaue zu ihm auf. »Ich schwöre, das wollte ich nicht. Ich habe versucht, ihm die Augen auszukratzen, so lange ich konnte.«

Er lacht leise. »Kann ich mir vorstellen.« Er räuspert sich und betrachtet den Koffer hinter mir.

»Ich werde ihm niemals verzeihen.« Schmerz schnürt mir den Magen ab.

»Mach, was du für richtig hältst.«

»Wirst du ihm verzeihen?«, frage ich.

Er seufzt. »Er ist mein Bruder, verdammt. Und in gewisser Weise war er auch ein Vater für mich. Ich weiß nicht, Cee. Ich hatte zwei richtige Scheißtage.« Er reibt sich das Gesicht. »Lassen wir das, du willst doch nach Hause.«

»Nicht ohne Antworten. Als Erstes …«

Sein Handy vibriert, und er hebt einen Finger, liest die Nachricht und schaut mich abrupt wieder an. »Fuck.«

Seine Miene lässt mich blass werden. »Was ist passiert?«

Er hebt das Kinn, um mich zum Schweigen zu bringen, und rennt aus meinem Schlafzimmer.

Ich gehe ihm hinterher und erstarre, als Dominic mit jemandem spricht, der offenbar unten im Eingangsbereich steht.

»Was machst du hier, Matteo? Ist ein bisschen spät für Besuch.«

KAPITEL FÜNFUNDZWANZIG

Von der Türschwelle meines Zimmers blicke ich über Dominics Schulter nach unten. Panisch versuche ich, mich zu erinnern, gehe in Gedanken meine Unterhaltung mit Sean beim ersten Treffen durch, und plötzlich überkommt mich Angst.

»Das sind Matteo und Andre von der Spanish Lullaby.*«*

»Warum nennen sie sich Spanish Lullaby?*«*

»Benutz deine Fantasie.«

Als Matteo mich entdeckt, verziehen sich seine Lippen zu einem kranken Grinsen, ehe er Dominic antwortet. »Business.«

Dominic steht kerzengerade da, schützt mich mit seinem breiten Rücken.

Ich wende den Kopf ab, um mich Matteos tödlichem Blick zu entziehen.

»Spielst du nicht für die Gegner?«, fragt Dominic.

»Wenn es um Geld geht, ist das unwichtig.«

»Verschwinde! Und wenn ich dich noch mal irgendwo außerhalb von Florida erwische, wird das nicht gut für dich enden.«

»Fickst du sie?«, fragt Matteo, ohne auf Doms Drohung einzugehen. »Ich hatte gedacht, ich könnte sie auch mal austesten.«

Ich bin mir sicher, dass in Dominics Augen Mordlust aufblitzt.

Matteo entgeht seine Reaktion nicht. »Ist die Bitch so gut?« Er klingt belustigt.

Matteo muss ungefähr hundertfünfzig Kilo wiegen, eine Menge davon Muskelmasse. Seine Haare sind gegelt, und er nimmt meine Witterung auf und betrachtet mich mit einem Blick, bei dem sich mir der Magen umdreht.

Plötzlich blitzt in seiner Hand ein Messer auf. Ein mindestens zwanzig Zentimeter langes Jagdmesser.

Panik durchströmt mich, und ich sehe mich in meinem Zimmer nach irgendetwas um, das ich als Waffe verwenden könnte, entdecke aber nichts. Gerade als Dominic spricht, trete ich hinaus auf den Flur.

»Cecelia, Babe, geh wieder zurück in dein Zimmer. *Sofort.*«

Die Tür am anderen Ende des Flures öffnet sich, und Tobias kommt heraus. In der Hand hält er eine ähnliche Waffe wie die, die Dominic vorhin weggeworfen hat. Er wirft mir einen erleichterten Blick zu und schaut dann Dominic an. »Alles klar, Bruder?«

»Alles unter Kontrolle«, erwidert Dominic mit kalter Stimme. »Apropos Bruder, Matteo. Wo ist deiner denn heute?«

»Du kennst ihn doch.« Matteo zuckt mit den Schultern. »Wahrscheinlich in irgendeinem Club.«

»Nein, er ist hier und ruht sich ein bisschen aus.« Tobias deutet mit dem Kopf nach hinten. »Du solltest zu ihm gehen.«

Ich schaue an Tobias vorbei, aber er schüttelt ganz leicht den Kopf, woraufhin ich mich um eine neutrale Miene bemühe.

Keine Reaktion zeigen.

In dem Zimmer ist niemand, was bedeutet, dass die andere Hälfte der *Spanish Lullaby* irgendwo in diesem Haus sein muss. Waren sie die ganze Zeit hier?

Gerade als mir dieser Gedanke durch den Kopf geht, schaut Tobias an mir vorbei, und seine Augen weiten sich. Er hebt seine Waffe und zielt damit über meine Schulter. »Ganz entspannt«, sagt er mit ruhiger Stimme und bedeutet mir mit einer

Kopfbewegung, dass ich noch weiter zurückweichen soll, woraufhin ich meinen Rücken gegen die Wand hinter mir drücke.

Andre erscheint auf der Türschwelle des Zimmers, vor dem ich gerade noch stand. In der Hand hält er ein ähnliches Messer wie Matteo.

Gelähmt vor Angst beobachte ich, wie Andre Tobias aus schwarzen Augen ansieht.

»Ach, da ist er ja«, sagt Matteo mit widerlich hoher Stimme.

»Ich hab mich wohl getäuscht«, erwidert Tobias tonlos.

»Keine Sorge, wir haben noch ein paar andere eingeladen«, sagt Matteo.

In dem Moment klingelt es an der Tür, und ich zucke zusammen.

Ding-dong. Ding-dong. Ding-dong.

Matteo ruft etwas auf Spanisch, und das Geräusch hört auf.

»Aus Respekt wollten wir die Sache eigentlich regeln wie Gentlemen«, sagt Andre zu Tobias.

»Das weiß ich zu schätzen.«

»Das ist das Mindeste, das ich tun kann«, erwidert Andre. »Schließlich bist du derjenige, der mich in euren Kreis aufgenommen hat.«

»Und wo hat das hingeführt?« Tobias' Stimme ist kalt. Er sieht Andre voller Abscheu an. »Was zur Hölle soll das werden, Andre?«

»Die Dinge werden im Süden ein bisschen zu locker.«

»Und deshalb nimmst du einen verdammten Auftrag an, der meine *persönlichen* Interessen verletzt? Keine gute Entscheidung.«

»Ich muss schließlich Geld verdienen«, erwidert er, als ginge es um Alltagsdinge. Und ich vermute, dass es für ihn auch genauso ist. »Deine Interessen sind aber ganz spannend.« Bei diesen Worten schaut Andre mich an.

»Denk nicht mal dran, du schmieriger Wichser«, bellt Tobias.

»Du hast doch gesehen, wozu ich imstande bin«, droht Andre. »Provozier mich also nicht.«

»Tobias«, flüstere ich heiser. Mittlerweile hat sich vor Angst ein Schweißfilm auf meiner Haut gebildet.

Das ist kein Spiel mit Fake-Pistolen, Extra-Leben und Monopoly-Geld.

So viel ich auch während des vergangenen Jahres erlebt habe, sooft ich auch gewarnt wurde, nun erkenne ich, dass ich die ganze Zeit geschont wurde. Was jetzt passiert, ist genau das, was sie versucht haben zu vermeiden. Und nun ist mein schlimmster Albtraum wahr geworden. Ich könnte heute sterben. Und die Männer, die ich liebe.

Realer geht es nicht.

»Lass sie gehen, und ich bezahle dir das Doppelte«, sagt Tobias zu Andre.

»Abgemacht«, erwidert Matteo schnell. »Wir nehmen dein Geld, Bro.«

»Andre«, zischt Tobias warnend.

Als ich mich umdrehe, sehe ich, dass Andre langsam auf mich zukommt.

»Halt.«

Andre bleibt stehen und schenkt Tobias ein verlegenes Grinsen. »Lange nicht gesehen. Ich hätte dich in dem Anzug fast nicht erkannt.«

»Gefällt er dir?« Tobias lächelt, und dieses Lächeln ist das Grausamste, was ich je in meinem Leben gesehen habe. Er wird sie umbringen, beide.

»Wo ist eigentlich Daddy?«, flüstert mir Andre zu. »Sein Wagen ist hier.«

Mein Blick geht zu Tobias, und ich versuche, in seinem Gesicht abzulesen, was die richtige Antwort ist, aber ich bekomme nichts.

»Ich w-w-weiß nicht. Ich bin gerade erst nach Hause gekommen«, stammele ich. Ich ärgere mich, dass ich mich nicht kontrollieren kann. Dass ich meine Hände nicht so ruhig halten und meine Stimme nicht so fest klingen lassen kann wie die beiden Männer, die mich verteidigen und beschützen.

»Ich glaube, ich bin mit der Vereinbarung nicht einverstanden«, sagt Dominic ruhig.

Andre legt den Kopf schief. »Warum?«

Tobias schaut mich an, und ich beginne, unkontrolliert zu zittern.

Nun kann ich die Botschaft an seiner Miene ablesen.

Ruhig bleiben, Baby.

Ich hatte noch nie in meinem Leben so große Angst.

Ding-dong. Ding-dong. Ding-dong.

Tobias richtet seinen Blick auf Matteo und seine Waffe auf Andre. »Willst du nicht aufmachen?«

»Glaub mir, Mann«, erwidert Matteo, »du willst nicht, dass ich öffne.«

Tobias nickt. »Ich kann dir das Geld innerhalb von Minuten beschaffen.«

»Wie gesagt«, zischt Dominic, »ich bin nicht glücklich über diesen Deal.«

Plötzlich sehe ich, dass Dominics Waffe in Matteos Jeans steckt. Er ist unbewaffnet. Er hat es nicht rechtzeitig zu seiner Pistole geschafft. Und es ist meine Schuld. Wenn er sie hätte, wäre all das längst vorbei. Galle steigt in meiner Kehle auf, und ich bemühe mich, das Gleichgewicht nicht zu verlieren, presse meinen Rücken gegen die Wand hinter mir.

»Es ist der einzige Deal, der uns übrig bleibt, Bruder«, versetzt Tobias mit warnender Stimme.

»Cecelia«, sagt Dominic mit dem intimen Tonfall, den er an den Tagen benutzt hat, die wir allein miteinander verbracht haben.

»Dominic«, drängt Tobias, und in seiner Stimme schwingt Angst mit.

»Ich rede mit Cecelia«, entgegnet Dominic.

»Ja?« Tränen laufen mir über die Wangen, als Tobias angespannt zwischen uns hin und her schaut.

»Willst du nachher einen Film schauen?«, fragt Dominic. »Du kannst das Popcorn machen, das ich so liebe. Und wir können uns unter die Decke kuscheln, die nach … Wonach riecht sie noch mal?«

Ich ersticke fast an meinem Schluchzen. »Lavendel«, stoße ich hervor, als ein neuer Schwall Tränen meine Wangen hinabläuft.

»Ja. Und ich sehe mir sogar einen Frauenfilm mit dir an, weil ich eigentlich nur dich dabei beobachten will. Dein Blick wirkt immer total weggetreten, wenn du was Romantisches siehst.«

»Sie muss dich echt gut gefickt haben, Dom«, versetzt Matteo und schaut mich an.

»Wir lieben Regentage, nicht wahr, Baby?« Dominic tritt einen Schritt auf Matteo zu.

»Ja.« Ein Schluchzen entfährt mir, und ich zerbreche fast an meiner inneren Anspannung. Rechts winkt Sicherheit – Tobias –, zu meiner Linken wartet der Tod. Und der Tod ist mir viel näher. Wenn die Klinge mich erreicht, bevor Tobias' Kugel trifft, bin ich als Erste dran. Aber wenn er es nicht rechtzeitig zu seinem Bruder schafft … Tobias muss eine Entscheidung treffen. Er kann entweder seinen Bruder oder mich retten, und Dominic nimmt ihm die Entscheidung ab, indem er versucht, sich mit Absicht in Gefahr zu bringen.

»Wir verhandeln nicht mit verdammten Terroristen.« Dominic legt herausfordernd den Kopf schief, doch Matteo grinst nur. Er ist mindestens achtzig Pfund schwerer als Dominic, aber Dominic ist schnell und unglaublich stark. Doch das müsste er nicht zum Einsatz bringen, wenn ich ihm vorhin vertraut hätte. Wenn ich ihm geglaubt hätte. Ich bin der Grund dafür, dass er seine Pistole nicht hat.

»Dominic«, wimmere ich, als er noch eine Stufe runter- und auf Matteo zugeht.

»Was ist denn, Baby?«

»*S'il te plaît, ne fais rien de stupide. Je t'aime.*« Bitte tu nichts Dummes. Ich liebe dich.

»*Je sais.*« Ich weiß.

»Dominic«, ruft Tobias schroff. »Bleib stehen. Sofort. Wir unterhalten uns.«

Dominic geht noch einen Schritt auf Matteo zu. »Lust auf einen Tanz?«

»Wär mir eine Ehre, Kumpel.«

»Aber sorge dafür, dass es ein guter Tanz wird.«

»Dominic, nein!«, brüllt Tobias, als Dominic sich auf Matteo stürzt.

Tobias hechtet nach vorn, eine Sekunde bevor Andre mich mit seinem Messer erreicht, und stößt mich nach hinten. Dann streckt er Andre mit einem glatten Schuss in den Kopf nieder. Tobias rennt weiter und gerät in dem Moment ins Taumeln, als Dominic Matteo einen Fausthieb versetzt.

Ich höre Knochen knacken und sehe, dass Matteos Nase blutet.

Tobias ist nur noch ein paar Schritte von seinem Bruder entfernt, als Dominic sich jetzt umdreht und Matteo gegen die Brust tritt.

Der fällt nach hinten, knapp an der Treppe vorbei, und bleibt auf dem Boden liegen.

Dominic läuft erst auf Matteo zu, doch dreht sich dann abrupt zu uns um und stößt auf halber Strecke Tobias aus dem Weg.

In diesem Moment ertönt ein gedämpfter Schuss.

Als neben meinem Kopf der Putz von der Wand splittert, schreie ich auf.

Dominic kommt auf mich zugerannt, doch plötzlich weiten sich seine Augen. Die zweite Kugel trifft ihn in den Bauch. Der dritte Schuss trifft seinen Oberschenkel in dem Moment, als er sich an den Magen greift und auf die Knie fällt. Mit dem vierten Schuss, der ihn an der Schulter erwischt, fällt er vornüber.

Tobias zieht ihn aus dem Weg. Brüllend dreht er sich um und feuert mehrere Schüsse auf Matteos untere Körperhälfte ab, bevor er sich am Treppenabsatz auf ihn stürzt. Ein weiterer Schuss ist zu hören, die Kugel trifft irgendwo im Eingangsbereich auf.

Ich laufe auf Dominic zu und sehe, dass sich sein Blick bereits umwölkt und sich seine Lippen öffnen. Schmerz steht ihm ins Gesicht geschrieben, als er die Hand nach mir ausstreckt. Innerhalb von Sekunden bin ich bei ihm, und er zieht mich an sich, bevor er nach hinten fällt und gegen die Wand prallt, daran hinabrutscht. Eine Blutspur bleibt zurück.

Unter uns höre ich Matteo schreien, und ich kann nur noch einen kurzen Blick auf ihn erhaschen, bevor sein Gesicht aus meinem Blickfeld verschwindet und er leblos zu Boden geht.

Dominic hustet, als ich seine Wunde mit den Händen bedecke und ihm in seine silbernen Augen schaue.

»Es tut mir leid.« Ich presse ihm meine Hände auf den Bauch.

Er schaut wild in alle Richtungen. Blut strömt aus seinem Mund und bedeckt seine schönen Lippen.

»Halte durch. Okay? Halte durch.«

Dominic zieht an meinen Händen und hustet erneut.

Tobias erscheint neben mir.

»Geh«, stößt Dominic heiser hervor und verzieht wieder vor Schmerz das Gesicht.

Ding-dong. Ding-dong. Ding-dong.

Wir drehen uns alle zur Tür um und wissen, dass die Uhr tickt. Uns bleiben nur wenige Sekunden.

Ich drücke auf Dominics Bauch, und er zuckt zusammen. Jeder Atemzug scheint ihm schwerzufallen. Er schaut zwischen mir und Tobias hin und her.

»Halte durch.« Verzweifelt versuche ich, die Blutung zu stoppen. »Es tut mir leid.« Ich drücke fester, und er schreit vor Schmerz auf. »Es tut mir leid, Baby. Es tut mir so leid«, murmele ich und presse meine Stirn an seine, während Tobias seinen Gürtel ablegt, um damit die Schusswunde in Dominics Oberschenkel abzubinden. Dominic windet sich, während wir versuchen, seine Wunden zu versorgen, und in diesem Moment sehe ich, dass sein Hosenbein blutdurchtränkt ist. »Geh«, stößt er hervor. Seine Pupillen rutschen unter einer neuen Welle des Schmerzes nach oben, sodass nur noch das Weiße seiner Augen zu sehen ist.

»Scheiße, Dom. Scheiße«, haucht Tobias gequält, als er Doms Schulter in Augenschein nimmt und gleichzeitig seine Hand auf die Schusswunde am Oberschenkel presst.

Dominic bedeckt meine Hände mit seinen und drückt schwach, ehe er den Blick auf seinen Bruder richtet.

Seine Worte klingen schmerzerfüllt und abgehackt. »*Nous savions tous les deux que je n'allais jamais voir mes trente ans, mon frère. Prends soin d'elle.*« Wir wussten beide, dass ich keine dreißig werden würde, Bruder. Pass gut auf sie auf.

Dom hustet noch einmal, wobei ihm neues Blut auf die Lippen tritt und eine Grimasse seine schönen Züge verzerrt. »Geh«, keucht er. »Bitte.«

»Nein.« Ich schüttele vehement den Kopf, und er schaut mich wieder an. »Tut mir leid, aber du kannst nicht sterben, schließlich hab ich mir schon eine Zukunft für dich erträumt.

Halte durch, dann erzähle ich dir davon.« Ich drücke auf seine Wunde und schaue ihm fest in die Augen. »Wage es bloß nicht, mich hier allein zu lassen. Ich warte immer noch auf ein Date mit dir.«

Mittlerweile ist seine Haut schweißnass. Er schaut uns an, und als er wieder hustet, kommt ein Gurgeln aus seiner Kehle.

Ich drücke weiter, und er lässt meine Hände los, lässt endlich zu, dass ich ihm helfe.

Tobias drückt seine Stirn an die seines Bruders, und ich höre, dass Dominic ihm leise etwas zuflüstert. *»Frères pour toujours.«* Brüder für immer.

»Ich liebe dich, Bruder.« Als Tobias zu wimmern beginnt und seinen Kopf sinken lässt, schaue ich auf.

Dominic ist tot; seine Augen werden trüb und fixieren einen Ort, an dem ich ihn nicht länger erreichen kann.

Ich ziehe die Luft ein, und mein Herz setzt einen Schlag aus. »D-D-Dom«, presse ich hervor und schaue Tobias an. »W-wwir hatten nicht genug Z-Z-Zeit, um ihm zu helfen. Wir hatten nicht genug Zeit. O mein Gott, Dom.«

Tobias stößt ein ungläubiges Keuchen aus, und Tränen laufen ihm über das Gesicht.

Ich ziehe Dom an mich. »Du bist gerade erst zu mir zurückgekommen.« Seine Arme hängen schlaff an den Seiten herab. Jegliches Leben hat seinen Körper verlassen. Ich lege meinen Kopf auf seine Brust. Wie lange ich so verharre, weiß ich nicht, aber es kann nur kurz sein, denn bald höre ich, dass es wieder klingelt, und weiß, dass unsere Zeit abgelaufen ist.

Ich schaue zu Tobias rüber und sehe, dass sein Blick auf uns beiden ruht. Ich kann spüren, wie er sich innerlich zurückzieht.

Ding-dong. Ding-dong- Ding-dong.

Tobias und ich schauen zu der Tür, die keinen Schutz für uns darstellt. Die Hälfte der abtrünnigen Miami-Crew steht wahrscheinlich draußen, und in wenigen Minuten wird alles vorbei sein. Doch dieser Gedanke erleichtert mich, denn ich will nicht in einer Welt leben, in der Dominic nicht existiert.

Tobias hebt beide Waffen auf, greift seinem Bruder unter die Arme und zieht den leblosen Körper in mein Zimmer. Hysterisch schluchzend folge ich ihm und sehe zu, wie er Dominic auf den Teppich neben meinem Bett legt. Ich setze mich neben ihn, ziehe seinen Oberkörper auf meinen Schoß und streichele sein schönes Gesicht. Mit den Fingern fahre ich durch sein dichtes Haar und über seinen Kiefer, aber sein Blick geht weiterhin an uns vorbei ins Leere. Dennoch kann ich nicht wegsehen.

Die Haustür wird in dem Moment aufgestoßen, in dem Tobias die Zimmertür zutritt, und unsere Blicke treffen sich, als unten Schüsse zu hören sind.

Ein Kampf findet statt.

Sie sind hier. Die anderen aus der Bruderschaft sind hier.

Wir hätten nur ein paar Minuten gebraucht. Eine Ansammlung von Sekunden. Das war alles, was Dominic gebraucht hätte, um eine Chance zu haben.

Dunkelheit hüllt mich ein, während um uns herum die Hölle losbricht. Ich versinke in einen Zustand des Unglaubens, halte Dominic weiterhin an mich gedrückt und gebe mich dem Sog hin, lasse mich in die Tiefe reißen und gehe unter.

Doch plötzlich hämmert jemand gegen die Tür, und Seans Stimme reißt mich aus meiner Trance. »Tobias? Dom? Seid ihr hier? Ist sie bei euch?«

»Wir sind hier«, rufe ich.

In der nächsten Sekunde stürmt Sean herein, voll bewaffnet, mit drei kugelsicheren Westen in der Hand und Gewehren, die er sich an den Rücken geschnallt hat. Er schaut zwischen uns hin und her, offensichtlich erleichtert, doch dann sieht er Dominic leblos in meinem Schoß liegen. Ein Keuchen entfährt ihm, und sein Blick erlischt. Mit zwei Schritten hat er den Raum durchquert, fällt vor uns auf die Knie und wirft die Westen neben mir auf den Boden. Ein heiserer Fluch kommt ihm über die Lippen, und er wendet den Blick von seinem besten Freund ab, um mich anzuschauen.

Schluchzend beuge ich mich über den leblosen Körper. »Es ist meine Schuld«, gestehe ich. Als ich aufschaue, sehe ich, dass Tobias am Fußende des Bettes steht und uns beobachtet. »Als er hier aufgetaucht ist, hatte ich Angst, dass er mir etwas antun will, deshalb hat er seine Waffe auf die Treppe geworfen.« Ich schaue zwischen Tobias und Sean hin und her. »Es ist meine Schuld, dass er seine Pistole nicht hatte.«

»Cecelia, hör auf damit«, sagt Sean heiser.

Ich schaue zu Tobias auf. »Ich wusste nicht, dass sie hier sind, Tobias. Ich wusste nicht, dass sie hier sind, weil er es mir nicht gesagt hat. Ich hatte keine Ahnung, was vor sich geht. Er hat es mir nicht gesagt, Tobias. Ich hatte keine Ahnung!«

»Das hat er nicht getan, weil er es nicht für nötig gehalten hat«, flüstert Tobias mit belegter Stimme. »Weil ich das Haus durchsucht hatte. Ich weiß nicht, wie sie reingekommen sind.«

»Hört auf, euch gegenseitig die Schuld zu geben. Keiner von euch beiden hat den verfickten Abzug gedrückt.« Sean erhebt sich langsam und schaut zu uns runter. In der nächsten Sekunde verhärtet sich seine Miene, und in seinen Augen blitzt Rachelust auf. Er sieht zu Tobias, der immer noch neben dem Bett steht, und als ich in seine feuerfarbenen Augen sehe, erkenne ich, dass er vollkommen niedergeschmettert ist.

»Sag mir, was zu tun ist«, fordert Sean.

Tobias schaut erst mich, dann seinen Bruder und schließlich wieder mich an.

»Tobias, sag mir, was zu tun ist«, wiederholt Sean.

»Keiner von denen kommt lebend hier raus«, erwidert Tobias ohne zu zögern und lässt kurz den Blick auf mir ruhen, ehe er sich wieder Sean zuwendet. »Gib mir alles, was du dabeihast«, sagt er eiskalt.

Sean reicht ihm eins der Gewehre, die er sich auf den Rücken geschnallt hat, zusammen mit Munition.

Ich schaue runter zu Dominic, streiche ihm über die Haare, drücke ihm meine Lippen auf die Stirn und auf die Schläfe und schließe seine Augen mit meiner Hand. »Schlafe, mein Prinz«, sage ich leise und beiße mir auf die Lippe, als meine heißen Tränen auf sein Gesicht tropfen. Ich verschränke meine Finger mit Dominics und schließe die Augen. »Ich werde dich finden. In meinen Träumen. Wir werden viele Regentage miteinander haben. Ich werde dich finden …«

»Cecelia«, sagt Tobias so barsch, dass ich zusammenzucke und den Kopf hebe, um ihn anzusehen.

Innerhalb von Sekunden nimmt er mich mit seinem Blick gefangen, bevor er spricht. »Geh jetzt, und komm nicht mehr zurück. Komm *nie* wieder zurück.« Sein Befehl klingt endgültig und lässt mir keinen Spielraum für Argumente oder Einwände. Er wendet sich Sean zu, zieht sich eine Weste über den Kopf, schließt sie und nickt in meine Richtung. »Bring sie raus. Ihr Wagen steht hinter der Baumgrenze.«

Ich bin zu sehr mit meinen eigenen Gedanken beschäftigt, zu benebelt von meiner Verzweiflung, um seine Worte oder das volle Gewicht ihrer Bedeutung zu verstehen.

Tobias geht zur Tür, wirft mir noch einen letzten Blick zu und ist verschwunden.

Ich weiß, dass der Schaden, den er mit seinen Worten angerichtet hat, irgendwann in der Zukunft über mich hereinbrechen wird, aber im Moment kann ich nur zu Dominic runterschauen. Ich wische ihm vorsichtig das Blut von den Lippen.

Weitere Schüsse sind zu hören, und plötzlich höre ich Tylers Stimme unter meinem Balkon. »Sean! Die Luft ist rein!«

Sean, der mittlerweile an den Türen zum Balkon steht, schaut mich an, ehe er zwei Schüsse in den Garten abfeuert. »Cecelia, wir müssen gehen.«

Kopfschüttelnd ziehe ich Dominic an mich. »Er ist noch warm.«

Sean kniet sich vor mich hin.

Ich streichele Dominics Wange.

»Wir müssen hier weg, Cecelia.« Er zieht Dominic vorsichtig von meinem Schoß, und ich umfasse seinen Kopf, um ihn sanft auf dem Teppich abzulegen, bevor ich meine Lippen auf seine presse. Ein Schluchzen entfährt mir, aber Sean zieht mich von ihm weg.

Als wir auf dem Balkon stehen, studiere ich im ersten Tageslicht meine mit Blut bedeckten Hände.

Sean hebt mich über das Geländer und lässt mich, so weit es geht, hinunter, ehe er mich loslässt.

Tyler fängt mich mühelos auf.

Von der anderen Seite des Hauses her sind Schüsse zu hören.

Sofort reagiert Tyler und drückt mich hinter sich an die Fassade. In jeder Hand hat er eine Glock, die er nun zu beiden Seiten ausrichtet. Als noch ein Mitglied der Bruderschaft auftaucht, schaut Tyler sich um, betrachtet meine Kleidung und mein Gesicht mit fragendem Blick.

»Dominic«, schluchze ich.

Seine Gesichtszüge entgleiten ihm, und er schluckt. Dann blitzt Hass in seinen Augen auf.

»Wie viele?«, fragt Sean, der von oben neben uns landet. Er hat meine Tasche in der Hand, aus der ein Sommerkleid herausquillt.

»Ich habe zehn Wagen gezählt, als wir angekommen sind«,

antwortet Tyler und deutet mit dem Kopf zu den Bäumen, zwischen denen immer mehr Mitglieder der Bruderschaft hervorkommen und zum Haus rennen.

»Niemand kommt lebend hier raus«, wiederholt Sean Tobias' Anweisung, und Tyler nickt.

Ich drehe mich zu Sean um. »Sean, wo ist Roman?«

»Er ist nicht hier. Er ist in Sicherheit.«

»Aber die haben gesagt, sein Auto ist hier.«

»Er ist in Sicherheit«, wiederholt er, kommt auf mich zu, um mir meine Tasche zu reichen, und dreht sich wieder zu Tyler um. »Bring sie von hier weg. Ihr Wagen steht hinter der Baumgrenze.«

Sean sieht mich an, und in seinen grünbraunen Augen blitzen Emotionen auf, doch in der nächsten Sekunde schiebt er mich in Tylers Arme. »Geh«, flüstert er heiser, wendet sich ab und steuert auf das Haus zu.

»Nein, nicht so. Bitte«, rufe ich ihm hinterher. »Sean!«, schreie ich. Mein Herz bricht, und Angst, dass ich ihn – sie alle – heute vielleicht zum letzten Mal gesehen habe, verzehrt mich.

Er ignoriert mein Flehen, und als er durch die Hintertür ins Haus gegangen ist, höre ich einen Schuss.

Tyler presst mir eine Hand auf den Mund, um meinen Schrei zu dämpfen, und umfasst fest meine Taille, zieht mich mit sich.

»Bitte, Cee, bitte, wir müssen gehen«, ruft er, als ich meinen Hals verrenke, um zum Haus zu sehen. Er bleibt stehen, packt mich an den Schultern und schüttelt mich, damit ich ihn ansehe. »Du musst mitkommen, jetzt!«

Sofort höre ich auf, mich zu wehren, schlucke schwer und nicke. Er umfasst mein Kinn, damit ich meinen Blick nicht abwende, als weitere Schüsse im Haus zu hören sind, die sich zu nähern scheinen.

»Wir haben fünf Minuten. Gib mir fünf Minuten«, fleht Tyler. »Du schaffst das.«

Als ich nicke, packt er mich am Arm und rast los. Ich folge ihm, lasse mich vom Adrenalin antreiben, bis wir bei den Bäumen am Rande des weitläufigen Gartens angekommen sind. Ein paar weitere Raben kommen aus dem Wald und rennen in die entgegengesetzte Richtung an uns vorbei, ohne uns anzusehen.

Gerade durchbricht die Morgensonne die Bäume. Tyler schaut sich im Wald um. Er hat den Kopf geneigt und sich kerzengerade aufgerichtet. Das hat er wahrscheinlich in seiner Militärausbildung gelernt. Er bedeutet mir, leise zu sein und an seiner Seite zu bleiben.

Als er uns sicher zu einer kleinen Lichtung geführt hat, bleiben wir stehen und versuchen, wieder zu Atem zu kommen.

Mein Jeep steht gleich hier an der Straße, und dahinter ist Dominics Camaro geparkt.

Tyler zieht das Kleid aus meiner Handtasche und dreht sich in Richtung Wald um, damit ich meine blutdurchtränkte Kleidung ablegen kann. Als ich wieder angezogen bin, sammelt er die alte Kleidung ein, wendet sich mir zu und drückt mir ein Bündel Geld in die Hand. »Bezahle nur bar, bis du zu Hause ankommst. Steig ein, und halte nicht an, ehe du in Atlanta bist. Rase nicht, und fahr vorsichtig, und sobald du da bist, suchst du dir einen Ort, an dem du dich waschen kannst. Niemand darf dich sehen, ehe du sauber bist. Du warst nicht hier, Cee. Du warst *niemals* hier. Verstanden? Warte auf meinen Anruf.«

»Tyler, ich kann nicht so einfach wegfahren. Ich kann sie nicht alleinlassen.«

»Cee, lass mich zu ihnen zurückgehen.«

Ich nicke, und er zieht mich kurz in eine feste Umarmung.

»Fahr los. *Jetzt.*«

Im nächsten Moment sitze ich hinter dem Steuer meines Jeeps, und kurz darauf ist Tyler zwischen den Bäumen verschwunden. Ich zittere unkontrolliert, als ich den Motor anlasse und in den ersten Gang schalte. Der Anblick des anderen Wagens, an dem ich vorbeikomme, bevor ich das Gaspedal durchtrete, lässt mich einen kehligen Schrei ausstoßen.

Die Straße verschwimmt vor meinen Augen, als die Sonne am Morgenhimmel aufsteigt und ihr Licht auf einen Tag wirft, den ich nicht überleben werde. Ich kann das Lenkrad kaum halten.

Dominic ist tot. Tot.

Davon kann ich mich nicht erholen. Von diesem Verlust. Niemals.

»Gott, bitte.« Ich schlage mit den Händen gegen das Steuer, als ich an die letzten Minuten seines Lebens zurückdenke.

Ich habe nichts unternommen.

Ich habe gelähmt vor Angst dagestanden und zugesehen, wie sie für mich gekämpft haben. Ich habe zugesehen, wie Dominic gestorben ist, um mich zu beschützen, und ich habe *nichts* unternommen. Nichts, um ihnen zu helfen. Nichts, um mir selbst zu helfen. Ich habe wie angewurzelt dagestanden und habe geschrien. Ich habe mich aufgeführt wie ein Feigling.

Wir wussten beide, dass ich keine dreißig werden würde, Bruder. Pass gut auf sie auf.

»B-bitte, G-Gott, b-b-bitte lass sie nicht sterben. Bitte!« Ich rase über die Straße mit dem Geschmack von Dominics Blut auf meinen Lippen, auf meinen Händen. Bald überquere ich die Bezirksgrenze und fahre auf einen Highway, einer Zukunft entgegen, die ich nicht mehr will.

TEIL ZWEI

HEUTE

In dunkler Nächte Gesichten
träumte mir von versunkenem Glück,
doch ein Traum vom Leben, dem lichten,
warf mich gebrochen ans Ufer zurück.

Ein Traum, Edgar Allan Poe

KAPITEL SECHSUNDZWANZIG

Cecelia, 26 Jahre
Vor neun Stunden …

»Auf das Brautpaar.« Überall in dem kleinen Restaurant werden Champagnerflöten gehoben, und ich stoße mit Collin an. Ein entspanntes Lächeln liegt auf seinem schönen Gesicht, als er meine Hand drückt und Teller vor uns abgestellt werden.

Als die Glocke entfernt wird, sehe ich Lammkoteletts mit Minzsoße und Rosmarinkartoffeln. Gerade als ich eine Entschuldigung hervorbringen und mich erheben will, dringt mir ein vertrauter maskuliner Geruch in die Nase. Mir bleibt die Luft weg, als mein Blick auf den sonnengebräunten Unterarm vor mir fällt. Unter dem hochgekrempelten Ärmel des weißen Hemdes zeichnet sich ein unverkennbares schwarzes Tattoo auf der goldenen Haut ab. Als ich hochschaue, blicke ich in grünbraune Augen, die ich im ersten Moment wiederzuerkennen glaube, aber das Gesicht ist ein anderes.

»Herzlichen Glückwunsch«, sagt der Kellner gedehnt, und seine Stimme hüllt mich in Wärme. Ich betrachte wieder das Tattoo, doch da zieht er den Arm weg. Ich rufe ihm hinterher, und er bleibt zögerlich an der Küchentür stehen, wendet sich zu mir um. Seine Gesichtszüge werden mit jeder Sekunde, die vergeht, vertrauter. Ich kenne diesen Mann gut.

»Warte«, krächze ich, und meine Brust zieht sich schmerzhaft zusammen.

Das Stimmengewirr um mich herum übertönt mein Flehen, und so verschwindet er einfach durch die Schwingtür.

In diesem Moment spüre ich ihn.

Langsam erhebe ich mich und betrachte unsere Gäste, von denen niemand den Schatten zu bemerken scheint, der das warme Licht der Kronleuchter verdunkelt. Ich bin froh, dass es niemandem auffällt, denn wenn sie es bemerken würden, hätten sie – im Gegensatz zur mir – Angst. Ich will nichts mehr, als die Ursache ausfindig zu machen.

Collin ist neben mir in eine Unterhaltung vertieft, und ich weiß, dass er nichts bemerkt.

Ich schaue mich wieder im Raum um. Alle sind zu der Feier gekommen – unsere Kolleginnen und Kollegen, unsere Freundinnen und Freunde, Mom und Timothy, Christy und ihr Mann Josh mit ihren beiden Söhnen. Meine Mutter hält einen von ihnen auf ihrem Schoß, während sie sich mit Christy unterhält.

Ich schaue zu der Flügeltür am anderen Ende des Raumes. In einem schwindelerregenden Rhythmus blitzen winzige Lichtfunken hinter den Gardinen auf. Ich weiß, dass ich Angst haben sollte, aber ich fühle mich sicher neben dem kühlen Schatten, der mich lockt, mir eine Gänsehaut bereitet und mich zur Tür – zu sich – heranwinkt. Besorgt lasse ich noch einmal meinen Blick durch den Raum schweifen, um mich zu vergewissern, dass niemand etwas bemerkt, und bin erleichtert. Diese Menschen wissen nichts. Und sie dürfen es auch niemals wissen.

Langsam, um keine Aufmerksamkeit zu erregen, bahne ich mir meinen Weg zwischen den runden Tischen hindurch zur Hintertür, als eine Brise die Blätter zu meinen Füßen aufwirbelt und einen Windtunnel erzeugt, der mich einschließt. Ich kann die Adern in der Mitte des Laubwerks sehen, als die Blätter eine Armeslänge von mir entfernt tanzen und sich wiegen, und ein Kichern entfährt mir.

Sie sind hier. Sie sind zu mir zurückgekommen.

Mit dem nächsten Windstoß schließen sich die Türen hinter mir, ich trete auf die Lichtung und bin umgeben von einem Schwarm Glühwürmchen, die meine Haut in einem grüngelben Ton schimmern lassen. Ich strecke den Arm aus und fange eins von ihnen in meiner Hand ein. Die Flügel kitzeln summend meine Handfläche, ehe es wegfliegt und einen glühenden Schimmer auf meiner Haut hinterlässt. Ich wische mit dem Daumen darüber, aber er lässt sich nicht entfernen. In diesen Sekunden empfinde ich einen so tiefen inneren Frieden wie schon seit Jahren nicht mehr – es fühlt sich an wie eine Heimkehr.

Ich schaue mich lächelnd im Lichtschein um, bis sich der Schatten, der mich bis hierher begleitet hat, entfernt und zwischen die Bäume bewegt.

»Geh nicht! Ich bin hier!«

Dort hinten tritt eine düstere Gestalt aus der Schwärze, die Miene ausdruckslos, die glühenden Augen leblos. Ich öffne den Mund, um etwas zu sagen, aber das lauter werdende Summen der Glühwürmchen übertönt meine Worte. Ich schreie in die Leere zwischen uns, aber die Miene verändert sich nicht.

Meine Brust schmerzt, und Tränen treten mir in die Augen.

Der Kellner erscheint mit einem leeren Tablett neben mir, das er sich an die Seite drückt. Er schaut sich nach hinten um, und ich recke den Hals, um sein Gesicht zu sehen, aber ich kann es nicht erkennen. In der Schwärze erscheint eine weitere Silhouette. Ich erkenne eine dunkle Jeans, schwarze Stiefel, ein schwarzes T-Shirt und ein unverkennbares Lächeln. Ich will zu ihm, aber die Glühwürmchen lenken mich ab. Ihre Bewegungen werden so langsam, dass ich ihre Flügelschläge zählen, jedes Detail ihrer Körper erkennen kann. Der Kellner wendet mir den Rücken zu und geht zu den anderen in die Schwärze des Waldes.

»Ich liebe dich!«, rufe ich ihm nach. »Ich liebe dich! Es tut mir

leid, dass ich damals noch nicht bereit war. Bitte, bitte geh nicht!« Meine Stimme bricht, dann sprudeln die Worte aus mir heraus, schnell diesmal und panisch. »Ich werde mich bessern. Ich werde mich bessern. Verlass mich nicht!«

Da ich unbedingt den Abstand zwischen uns schließen will, schlage ich die Leuchtkäfer weg, die wie eine glühende Wand zwischen uns sind, und verenge die Augen, um besser sehen zu können. Ich strecke den Arm aus, aber das Gewicht meines Spitzenkleids macht es mir unmöglich, mich vom Fleck zu bewegen. Der Stoff ballt sich um meine Füße und hält mich dort fest, wo ich stehe.

»Ich werde mich bessern. Ich kann die Person sein, die du willst. Bitte. Verlass mich nicht. Bitte geh nicht weg!«

Tränen und Lichtblitze verdecken mir die Sicht, doch irgendwann sehe ich zwei brennende Augen in der Mitte des Chaos. Er hebt sein markantes Kinn, betrachtet mein Kleid und begegnet schließlich meinem Blick. Dann nickt er langsam und anerkennend. Als er mir den Rücken zukehrt, schreie ich auf.

»Geh nicht. Bitte geh nicht! Verlass mich nicht! Ich liebe dich!«

Einer nach dem anderen verschwinden sie im dichten Wald, während ich immer noch versuche, mich von der Stelle zu bewegen. Doch das Kleid verhindert, dass ich zu ihnen gelange. Ich packe die Schleppe und beginne, panisch an der Spitze zu zerren, doch der Stoff gibt nicht nach. »Nein! Geht nicht! Verlasst mich nicht!« Das Gelächter der Partygäste hinter mir ist wieder zu hören, ebenso wie das laute Summen der Glühwürmchen, die nun davonschwirren.

»Wartet!«, schreie ich verzweifelt, als die feurigen Augen ein letztes Mal meinem Blick begegnen, bevor sie eins mit der Dunkelheit werden. »Verlasst mich nicht!«

Die Blätter werden wieder aufgewirbelt, rauben mir jegliche Sicht, und hinter mir zerspringen die Glastüren.

Ich schrecke aus dem Schlaf hoch, setze mich abrupt auf und schluchze in meine Hände. Der Druck in meiner Brust ist unerträglich. Verzweifelte Schreie dringen aus meiner Kehle, und Tränen laufen mir über die Wangen. Mein Herz fleht um Erleichterung.

Aber Erleichterung ist mir nicht vergönnt.

Der Schmerz des Verlustes bereitet mir unvorstellbare Qualen. Mit den Jahren sind die Erinnerungen nicht weniger schmerzhaft geworden, und ich weiß, dass das auch nie geschehen wird. Ich weine unkontrolliert und frage mich, warum ich einst dachte, die Fähigkeit, mich so lebhaft an meine Träume zu erinnern, sei eine besondere Gabe und von Vorteil.

Das Gegenteil ist der Fall.

Soeben war ich noch mit ihnen auf der Lichtung, fast hätte ich nach ihnen greifen können, sie waren mir so nahe.

Schwer atmend kralle ich mich in den Laken fest und schreie frustriert auf in einem verzweifelten Versuch, den Nebel zu vertreiben. In dem Moment sehe ich es. Es hängt an meiner Tür, quält mich und verspottet mich. Ich schlage die Decke zurück, springe aus dem Bett, öffne den Reißverschluss der Schutzhülle und befreie das Kleid. Der Schmerz treibt mich an. Ich packe die Spitze mit meinen Fingern, und als ich höre, wie der Stoff reißt, empfinde ich nichts als eine tiefe Befriedigung. Ich lasse mich auf den Boden sinken und zerfetze das Kleid mit den bloßen Händen. Jeder Riss fühlt sich befreiend an und vertreibt das Gefühl von Hilflosigkeit.

Ein paar Sekunden, nachdem ich mein Hochzeitskleid zerrissen habe, wird mir die Realität bewusst.

Ich werde niemals frei sein. Solange ich träume und solange mich diese Träume innerlich zerstören, werde ich nicht frei sein.

Ich betrachte das ruinierte Kleid in meinen Händen und

vergrabe mein Gesicht darin, um meine verzweifelten Schreie zu dämpfen.

Ich könnte tausend Erklärungen für mein Handeln finden, aber ich komme immer wieder zu dem gleichen Schluss.

Ich trauere um eine Zukunft, die niemals Realität werden kann.

Solange ich unsere gemeinsamen Geheimnisse bewahre, solange meine Fragen unbeantwortet bleiben, solange mein Herz schlägt, werde ich in diesem Netz aus Lügen verstrickt sein. Voller Verzweiflung starre ich ins Nichts. Ich weiß nicht, wie lange ich mit dem Kleid auf dem Boden sitze. Als ich höre, dass die Haustür geöffnet und mein Name gerufen wird, raffe ich mich auf, verstaue mein zerrissenes Kleid in der Plastikhülle und werfe es in den Schrank. Jahrelang habe ich versucht, eine rationale Erklärung für meine Träume zu finden. Jahrelang habe ich mir meine Gefühle nicht eingestanden, habe versucht, sie zu verdrängen, und mir immer wieder eingeredet, dass ich die Ereignisse bald mit dem nötigen Abstand werde betrachten können. Jahrelang habe ich mir gesagt, dass eines Tages die Vernunft die Oberhand gewinnen, mir Erlösung bringen und mir erlauben würde, Frieden mit meiner Vergangenheit zu schließen.

Aber es stimmt nicht, das hat die Zeit bewiesen.

Als mein Verlobter die Schlafzimmertür öffnet und die Trümmerteile der leeren und unerfüllten Versprechen sieht, tue ich das einzig Richtige – ich höre auf, uns beiden etwas vorzumachen.

KAPITEL SIEBENUNDZWANZIG

Die Zeit vergeht nicht wie im Flug – zumindest nicht für mich. Sie ist wie eine Welle, die zwischen den Dingen, an die ich mich erinnern will, und den Minuten, die ich am liebsten vergessen würde, fließt. Ihre Bewegungen zwischen Vergangenheit und Gegenwart sind nicht gleichmäßig. Ich muss mich vor der Welle in Acht nehmen, denn manchmal reißt sie mich zu den schönen Erinnerungen mit, aber manchmal zieht sie mich auch in die grausame Realität. Als ich Triple Falls verlassen habe, war ich vollkommen zerstört.

Es hat eine Weile gedauert, bis ich erkannt habe, was man mir hier angetan hatte und wie sehr ich manipuliert worden war.

Ganz egal, wie oft sie mir versichert haben, dass sie mich beschützen würden, ich wurde von den Männern in meinem Leben auf unentschuldbare Weise benutzt.

Ich hätte niemals zulassen sollen, dass sie so große Macht über mich gewinnen.

Ich hätte stärker sein müssen.

Ich hätte viel leidenschaftlicher für mich und für das, was mir zusteht, kämpfen müssen.

Ich hätte nicht zulassen dürfen, dass sie mir so viel verschweigen.

Noch heute verspottet die Frau in mir das Mädchen, das ich damals war. Es ist mir zuwider, dass ich immer noch so oft von ihnen träume und die alten Erinnerungen immer wieder durchlebe, denn das macht mir nur noch bewusster, dass ich in einem Gefängnis lebe, das ich selbst erschaffen habe. Tagsüber bin ich eine intelligente Frau, die ihr Leben fest im Griff hat, aber wenn ich von ihnen träume, bin ich zu schwach, um wütend über die Verbrechen zu sein, die sie gemeinsam an mir verübt haben.

Der Groll sollte die Oberhand gewinnen, aber so ist es nicht. So war es nie.

Die meisten Menschen trauern in der Absicht, irgendwann nach vorn zu blicken, aber tief in meinem Inneren weiß ich, dass ich im Schlaf trauere, um meine Erinnerungen am Leben zu halten. Und meine Träume sind so lebendig, dass sie meine Welt aus den Fugen heben und Mauern niederbrechen, die ich versuche, jeden Tag wiederaufzubauen. Über die Jahre habe ich darum gekämpft, meine Selbstachtung wiederzugewinnen, aber wurde jede Nacht gezwungen, mich den Launen meines Herzens zu unterwerfen.

Das ist der Kampf, den ich mit mir austrage, seitdem ich fortgegangen bin.

Das ist der Krieg, den ich letzte Nacht schließlich verloren habe.

Also werde ich aufgeben und mich der Strömung hingeben, mich von ihr mitreißen lassen. Ich werde in der Vergangenheit leben, meine Erinnerungen ausgraben, aber darauf achten, dass ich den Männern, die das nicht verdient haben, keine Absolution erteile. Doch sosehr ich sie manchmal auch hasse, ich habe Glück erfahren, wie es nur wenigen Menschen zuteilwird.

Ich wurde auf eine Art geliebt, wie es nur wenigen widerfährt.

Und natürlich hat mich das für immer verändert.

Ich parke am Stadtrand und steige aus dem Auto. Der Wind ist eiskalt, und graue Wolken stehen am Himmel. Der Kies knirscht unter meinen Stiefeln, als ich den Eingang am Fuß des kleinen Hügels ansteuere.

Obwohl meine Zeit hier begrenzt ist, habe ich willentlich meine Zukunft aufgegeben, sodass ich keinerlei Orientierung haben werde, wenn ich diesen Ort verlasse. Auf der Fahrt nach Triple Falls ist mir bewusst geworden, dass mein Weg immer hierher zurückgeführt hätte. Trotz all der Dinge, die ich im Leben erreicht habe, weiß ich traurigerweise die ganze Zeit, dass die beste Zeit meines Lebens schon hinter mir liegt. Als ich vor Jahren hier gelebt habe, habe ich ständig von der Zukunft geträumt. Nun ist es mein Ziel, die Zeit anzuhalten und mich auf die Vergangenheit zu konzentrieren.

Alles, was mir von meinen drei Raben geblieben ist, sind die Erinnerungen an unsere gemeinsame Zeit. Als ich den kleinen Friedhof betrete, quietscht das hüfthohe Eingangstor laut. Kurz nachdem ich das abgeschirmte Gelände betreten habe, finde ich ihn und knie mich hin. Ich ziehe meinen Handschuh aus, um die Buchstaben auf dem schweren Grabstein nachzufahren.

PRINCE DÉCHU

Gefallener Prinz

Mehr als zweitausend Tage ist es jetzt her, dass er gestorben ist, dass er uns, mir genommen wurde, und das hat ein klaffendes Loch in mein Herz gerissen. Ich erinnere mich noch genau an seine geschwungenen dunklen Wimpern, als ich seine Augen geschlossen habe. Ich erinnere mich noch an das Gewicht seines Körpers auf meinem Schoß, als ich ihn an mich gedrückt habe, das Gefühl seiner Lippen auf meinen, als ich ihm einen letzten Kuss gegeben habe. Ungeachtet dessen, was er mir angetan hat, empfinde ich nichts als Liebe für ihn. Und Sehnsucht und Dankbarkeit.

Er ist gestorben, weil er mich beschützen wollte. Er ist gestorben, weil er mich geliebt hat, aber er wusste nicht, wie schwer es für mich sein würde, ohne ihn zu leben. Das Opfer, das er für mich gebracht hat, weckt in mir das Gefühl, dass ich eine solche Liebe nicht verdient habe. Auch wenn ich seine Liebe erwidert habe. Aufrichtig. Ich habe ihn genauso geliebt, wie er war, und ich werde das Geschenk, das er mir mit seinem Opfer gemacht hat, immer zu würdigen wissen.

Hätte ich ihm doch nur genug vertraut, um zu glauben, dass seine Liebe echt war, dann wäre er noch hier.

Von allen Fehlern, die ich in meinen sechsundzwanzig Lebensjahren gemacht habe, gibt es einen, den ich mir nicht verzeihen kann. Ich habe mich vor meinem Beschützer gefürchtet – in der Nacht, in der ich ihn verloren habe.

Hätte ich ihm doch nur vertraut.

Sein Grab zu sehen macht jene Nacht nur noch realer für mich, macht unsere Unterhaltung und seine Worte noch wertvoller. Er ist mit sicheren Schritten dem Tod entgegengegangen, und sein einziger Wunsch war ein Regentag mit mir. Ein Tag, für den ich nun alles geben würde.

»Ich wünschte, du hättest mich mitgenommen«, bringe ich mit schwacher Stimme hervor. »Aber in gewisser Hinsicht hast du uns alle mitgenommen.«

Die Erinnerung an ihn, als wir uns zum ersten Mal in die Augen gesehen haben, kommt mir in den Sinn.

»Du hast mir Angst gemacht.« Ich schniefe, als mir Tränen in die Augen treten und schließlich über die Wangen laufen. »Du warst so ein Wichser.«

Als ich Dominic kennengelernt habe, hat er sich hinter der Bruderschaft verbarrikadiert. Dennoch ist es mir gelungen, eine Lücke in seinem Schutzwall zu finden, weil er es zugelassen hat.

Ich hab dich längst reingelassen.

Seine Worte auf unserem letzten Date. Ich kann sie immer noch deutlich hören.

Ich presse mir eine Hand an die Stirn und bemühe mich, mit fester Stimme zu sprechen. »Du bist gegangen, bevor ich die Chance hatte, dir von der Zukunft zu erzählen, die ich mir für dich erträumt habe und in der ich auch vorkam. Es war eher ein Ort. Ein Ort voller Musik, Gelächter, Bücher und langer Küsse an Regentagen. Es war ein Ort, an dem du dein Lächeln nicht mehr verbergen musstest.«

Hätte ich ihm doch nur vertraut.

Ich betrachte den Grabstein, und als mir ein Schluchzen entfährt, presse ich mir eine Hand auf den Mund.

»Ich bete mittlerweile, Dom. Oft. Für dich. Manchmal sind meine Gebete egoistisch, und ich bitte um die Chance, dein Gesicht in meinen Träumen zu sehen. Du lässt nie zu, dass ich dich richtig sehe. Ein Blick auf dein Profil hier und da, aber das genügt mir nicht.« Meine Stimme versagt. »Trotzdem versuche ich es immer wieder. Ich jage dir hinterher.« Ich bin überzeugt davon, dass ich ihn noch nicht richtig gesehen habe, weil ich die Frage, die ich ihm so dringend stellen möchte, noch nicht über die Lippen gebracht habe. Und das Schwerste daran ist, dass ich weiß, dass die Antwort bei mir liegt.

»Bitte lass mich dich sehen, wenn du kannst«, presse ich hervor, und ein verzweifeltes Schluchzen entfährt mir. Ich wische mir die Tränen von den Wangen und beuge mich vor, um die Hände auf die Erde zu drücken, unter der er begraben liegt – für immer. Eine Wahrheit, die zu ändern ich alles geben würde.

Ich habe nicht damit gerechnet. Dass es der Anblick des Grabsteins sein würde, der seinen Tod realer macht. Ich habe mir meinen Verstand zurückerkämpft, ohne einen Beweis dafür zu haben, was in jener Nacht passiert ist, und nun habe ich ihn, auch wenn er mir keinen Trost verschafft. Stattdessen empfinde ich einen unerträglichen Schmerz. Einen, der mich niemals verlassen wird. Ich hatte nie die Chance, richtig um ihn zu trauern. Nicht so, wie ich es verdient hätte, nicht als die Frau, die er geliebt hat und die ihn geliebt hat, weil sich alles verzerrt hat, bevor er getötet wurde. Dennoch bin ich dankbar für die Minuten, die uns vergönnt waren, auch wenn es nur wenige waren. Dafür waren sie umso kostbarer.

Mein Blick fällt auf das Grab neben Dominics, und ich spreche mit der Frau, die nur wenige Monate nach ihm gestorben ist und nun neben ihm ruht. Ich schlucke bei der Erinnerung an die Furcht in ihren Augen, als wir bei ihr waren, und frage mich, ob sie auch noch Angst hatte, als sie gestorben ist. »Und, Delphine, hast du die Hintertür gefunden? Hat dein Neffe sie für dich geöffnet?« Der Wind wird stärker, und ich zittere in meiner Jacke. Zum ersten Mal seit langer Zeit denke ich über meine eigene Sterblichkeit nach. Sie wurde mir vor Augen geführt, kurz bevor ich Triple Falls verlassen habe. Ich fürchte mich nicht mehr vor vielem, und ich bin fest entschlossen, meine Träume wahr zu machen.

Ich lasse den Blick über die Reihe aus Grabsteinen schweifen. Tobias' gesamte Familie ruht hier, und wenn es eines gibt, wovor ich mich fürchte, dann ist es, dass auch er sterben könnte. Dass er eines Tages seinen Platz im Kreis seiner Familie einnehmen wird.

Ich schaue wieder auf Dominics Grab, und erneut überkommt mich eine Welle der Trauer. Doch ich kämpfe dagegen an, weigere mich, mich davon überrollen zu lassen. Ich kann diese Trauer nicht zulassen, denn ich würde sie nicht überleben. Noch nicht.

»Repose en paix, mon amour, je reviendrai.« Ruhe in Frieden, mein Liebster, ich werde zurückkommen.

KAPITEL ACHTUNDZWANZIG

Als ich die Straße entlangfahre, die mich nach Hause führt, und meinen Rückspiegel verstelle, überkommen mich stoßweise Erinnerungen an den Tag, an dem ich geflohen bin.

Die Schüsse, der Geruch von Blut und das Gefühl, wie es an meinen Händen klebte.

Das Adrenalin ist nach der ersten Stunde verschwunden, hat mich mit schmerzenden Gliedern zurückgelassen, und mit einem Mal hat mich die Verzweiflung gepackt. Dies waren die schlimmsten Stunden meines Lebens.

Geh. Und komm nie wieder zurück.

Ich habe ein Schlachtfeld verlassen und wusste nicht, ob die Männer, die ich geliebt habe, überlebt haben, ob sie verletzt waren, ob sie mir die Schuld gaben und mich für immer hassen würden. Diese quälenden Gedanken haben mich dazu gebracht zu glauben, dass ich die Schuld an allem trage, dass ich der Grund für alles war, was schiefgelaufen war.

An die damalige Autofahrt kann ich mich nur bruchstückhaft erinnern. In Atlanta angekommen habe ich Halt an einer überlaufenen Tankstelle gemacht und habe im Spiegel der Sonnenblende gesehen, dass Dominics Blut mir im Mundwinkel klebte. Ich fand eine alte fast leere Wasserflasche im Fußraum des Wagens und reinigte mir mit feuchten Fingerspitzen das Gesicht so gut, wie es ging. Als ich wieder in den Spiegel schaute, sah ich blutunterlaufene Augen mit dunklen Ringen darunter, blasse Haut und einen feinen Schweißfilm. Als die Flasche leer war, betrat ich die Tankstelle, die Hände in den Achselhöhlen vergraben und den Kopf gesenkt. Dann ging ich zur Toilette, entleerte meine Blase und betrachtete mich in dem schmutzigen Spiegel. Eigentlich hatte ich erwartet, dass man mir das, was ich fühlte, ansehen würde, aber das Einzige, was anders war als sonst, waren meine Hände. Befleckt vom Blut des Mannes, der mir nur wenige Minuten, bevor er seinen letzten Atemzug tat, seine Liebe gestanden hatte. Immer wieder drehte ich meine Hände, wollte die Flecken behalten, das Einzige, was mir von ihm geblieben war, so krank und irrational dieser Wunsch auch gewesen sein mag.

Während ich mir das getrocknete Blut von den Händen schrubbte, liefen mir Tränen über die Wangen und tropften von meinem Kinn, und ich sah zu, wie das rosa gefärbte Wasser im Abfluss verschwand.

Als es leise an der Tür klopfte, hörte ich auf zu schluchzen und wusch mir das Gesicht mit kaltem Wasser.

Als ich die Tür öffnete, stand eine Frau mit Polohemd und Tennisrock mit einem kleinen Mädchen in gleichem Outfit vor mir. Sie lächelten mich freundlich an, und ich war schwer geschockt, Menschen zu sehen, die so ordentlich gekleidet und nichts ahnend waren. Ihre Augen waren so voller Leben, das Lächeln auf ihren Gesichtern war so unbeschwert, dass mir bewusst wurde, wie tief ich in die dunklen Machenschaften der Raben hineingeraten war. Reflexartig lächelte ich zurück und wusste mit einem Mal, dass dies meine neue Maske sein würde. Das Lächeln war die erste Lüge, die ich erzählte, nachdem ich Triple Falls verlassen hatte.

Cecelia Horner ist in jener Nacht gestorben, ihre naive Unschuld wurde zusammen mit ihren albernen Träumen ausgelöscht und durch eine Realität ersetzt, die ihr schmerzlich bewusst gemacht hat, dass das Böse existiert. Es lauert in den Schatten und wartet nur darauf, sich auf Unschuldige wie dieses kleine Mädchen in dem Polohemd zu stürzen, das ich an der Toilettentür getroffen habe. Auch ich war einst so ein kleines Mädchen.

In dieser Realität ist es oft die falsche Seite, die gewinnt, Pistolenkugeln sind real, und man muss zusehen, wie Menschen, die man liebt, ihren letzten Atemzug tun und wie das Licht in ihren Augen erlischt.

Und ich wollte Teil der Bruderschaft werden, weil ich zu gierig geworden war; unbedingt wollte ich jene Männer lieben, die mich immer wieder vor sich selbst gewarnt haben, doch ich habe nicht auf sie gehört.

Und nun war Dominic tot.

Viele Stunden saß ich anschließend auf dem obersten Deck eines Parkhauses in meinem Auto und betrachtete die Skyline von Atlanta, eine ganz andere Welt als der kleine Ort, der alles auf den Kopf gestellt hatte, was ich über das Leben und die Liebe zu wissen geglaubt hatte. Mit meinem Telefon in der Hand betete ich zu dem Gott, den ich Stunden zuvor verflucht hatte, weil er mir meinen dunklen Engel genommen hatte. Ich betete darum, dass Tyler sein Wort halten würde, dass die Menschen, die ein Teil von mir geworden waren, den Tag überleben würden, dass ihre Herzen noch schlugen und dass sie noch atmeten.

Das Warten war unerträglich und von Angst geprägt. Als mich Übelkeit überkam, öffnete ich die Tür und übergab mich auf den Zement neben dem Auto. Als die Welle vorüber war, wischte ich mir den Mund ab und schaute auf mein Handy in der Hoffnung, dass es klingeln würde.

Doch stattdessen wurde mir eine E-Mail von meinem Vater angezeigt.

Cecelia,

vielen Dank für deine E-Mail, in der du mir gestern mitgeteilt hast, dass du schon früher abgereist bist, um dich auf das bevorstehende Semester vorzubereiten. Ich freue mich, dass dir deine Arbeit in der Fabrik Spaß gemacht hat. Unsere Abmachung betrachte ich aufgrund der guten Neuigkeiten und deines Vorhabens, dich weiterzubilden, als erfüllt. Im Anhang findest du die Adresse und Kontaktinformationen der Firma, die dein neues Apartment in Athens, Georgia, verwaltet. Ich hoffe, dass du die Geste angesichts der Situation als angemessen empfindest, und möchte dir an dieser Stelle noch einmal gratulieren. Ich werde veranlassen, dass alle Ausgaben für die Dauer deines Aufenthalts gedeckt sind.

Bitte halte mich über deine Leistungen am College auf dem Laufenden.

Roman Horner
CEO Horner Technologies

Dass ich die Geste angesichts der Situation als angemessen empfinde?

Wieder und wieder las ich ungläubig die E-Mail. Als ich meinen Gesendet-Ordner durchsuchte, stellte ich fest, dass mein Vater auf eine E-Mail geantwortet hatte, die Stunden *bevor* ich Sean und Dominic aufgelauert hatte, von meinem Konto gesendet worden war. Doch nicht von mir.

Offensichtlich sollte die E-Mail mir ein Alibi geben und suggerieren, dass ich schon in Atlanta war, als die Schießerei in seinem Haus begonnen hatte.

Roman musste es gewusst haben. Er wusste, was vor sich ging.

Genauso wie Tobias und Dominic wussten, dass die Crew aus Miami auftauchen würde.

Die Hinweise wurden mir nach und nach bewusst, je mehr ich die Nacht analysierte und alle Puzzleteile zusammensetzte.

Das erste Anzeichen war, dass Dominic auftauchte, kaum dass ich zu Hause war. Außerdem stand sein Wagen neben der Lichtung, und mein Auto war anschließend daneben geparkt worden, wahrscheinlich wenige Minuten nach meiner Ankunft.

Und ich war immer die Letzte, die von allem erfuhr.

Genau darin liegt auch meine Wut begründet. Wenn Dominic mir erzählt hätte, was vor sich ging, wenn er mir vertraut hätte … Andererseits habe ich so heftig reagiert, dass er meinte, mich mit Samthandschuhen anfassen zu müssen. Doch mir nicht die Wahrheit zu sagen hat zu Dominics fatalem Fehler geführt – dass er seine Pistole auf die Treppe geworfen hat, sodass er wehrlos war, als Tobias leise das Haus nach der Miami-Crew abgesucht hat.

Tobias muss derjenige gewesen sein, der die E-Mail geschickt hat. Ich vermute, dass dies einer der Gründe dafür war, dass er nicht wie versprochen zu mir gekommen ist. Er hat mein Verschwinden geplant und mir ein Alibi gegeben für den Fall, dass die Polizei sich einschalten würde.

Schließlich waren es Tylers strenge Anweisungen, die mich dazu gebracht haben, tatsächlich ins Auto zu steigen und wegzufahren. Er hat mir Bargeld gegeben, sodass niemand wissen konnte, wann ich abgereist bin. *Du warst niemals hier.*

Tobias war mir immer einen Schritt voraus, aber verraten hat er mir nie etwas.

Auf andere Dinge kann ich mir dagegen bis heute keinen Reim machen. Ganz egal, wie ich mich bemüht habe und wie oft ich im Kopf noch einmal alles durchgegangen bin, einige Details ergeben keinen Sinn.

Selbst wenn Tobias die nötigen Mittel hatte, um den Schaden in Romans Haus zu beheben, kann es nicht sein, dass Roman nichts bemerkt hat. Er muss eindeutig seinen Teil dazu beigetragen haben, die Sache zu vertuschen, was mich unfassbar wütend macht. Er musste etwas gewusst haben. Anders kann es nicht sein. Matteo hat behauptet, dass Romans Auto in der Garage stand.

Aber warum?

Oder war ein ähnliches Auto wie das von Roman nur dort abgestellt worden, um die Miami-Crew anzulocken?

So oder so muss Roman etwas gewusst haben.

Der Tag, an dem ich Triple Falls verließ, war der Tag, an dem ich erkannte, dass sie in Bezug auf Roman Horner und seine schmutzigen Geschäfte nicht gelogen hatten. Diesen einen Beweis hatte ich noch gebraucht, um zu glauben, dass der Mann so korrupt war, wie sie behauptet hatten. Er war tatsächlich schuldig, aber ich hatte schon vor jener Nacht mit ihm gebrochen. Ich hatte ihn längst abgeschrieben.

Aber an jenem Tag, als ich erschöpft und krank vor Sorge auf dem obersten Deck des Parkhauses saß, konnte ich – zerfressen von Trauer – nur mit Mühe dem Drang widerstehen, wieder zurück nach North Carolina zu fahren.

Die Zeit, in der ich einfach dasaß und den stockenden Verkehr auf der I-285 beobachtete, der sich im Schneckentempo vorbeibewegte, war grausam. Leute, die ihren Arbeitsplatz verließen, um nach Hause zu fahren, zu Abend zu essen und fernzusehen. *Normale* Leute. Ich dagegen hatte noch den Geschmack des Blutes von meinem Ex-Freund auf der Zunge.

Als mein Handy endlich klingelte und ich die bekannte

Ortsvorwahl und die unbekannte Nummer sah, ging ich innerhalb von einer Sekunde dran.

»Hallo?«

Mehrere Sekunden lauschte ich, und meine Brust füllte sich mit unvorstellbarer Angst vor den Nachrichten, die am anderen Ende der Leitung warteten.

»Hallo? Bitte. Hallo?«

Mehrere Sekunden später hörte ich, wie ein Zippo geöffnet und wieder geschlossen wurde, und ein Schluchzen entfuhr mir. Sean.

Das Geräusch von Eiswürfeln, die einmal, zweimal, dreimal in einem Glas geschwenkt wurden, ließ mich noch hysterischer weinen. Zwei vertraute Klänge, von denen sie wussten, dass ich sie erkennen würde.

Es geht ihnen gut.

Es geht ihnen gut.

»Bitte. Bitte … sprecht mit mir.« Als ich immer noch nichts hörte, wusste ich aus irgendeinem Grund, dass die unerträgliche Stille Tobias' Anweisung war. Sie würden nichts sagen.

»Es tut mir leid, es tut mir so leid. Bitte, redet mit mir. Es tut mir leid.« Die Stille zog sich dahin, doch als ich gerade nach neuen Worten suchte, hörte ich plötzlich eine bekannte Stimme.

»Hi, Cecelia, sorry.«

»Layla, ich, ich, ich …«, schluchzte ich so atemlos, dass ich würgen musste. Ich öffnete das Fenster und atmete tief ein, um mich zu beruhigen.

»Ach Liebes.« Sie seufzte. »Es ist doch nur ein Umzug. Du kommst schon klar. Hier geht es allen gut.«

Niemandem geht es gut.

»Euch allen?«, fragte ich atemlos.

»Ja, ich schwör's, alles super hier. Und dir wird es auch bald besser gehen«, fuhr sie mit ihren eindeutig eingeübten Worten fort. »Und wir werden dich alle vermissen, aber wir freuen uns für dich, dass du was Neues ausprobierst. Auch wenn es schade ist, dass du so weit weg bist.«

»Layla …«

»Mach dir keine Sorgen, Liebes. Du findest bestimmt neue Freunde, wohin auch immer es dich verschlägt. Du bist taff. Du kommst schon wieder auf die Beine.«

»Ich kann das nicht«, schluchzte ich ins Telefon. »Ich k-k-kann nicht.«

»Dir bleibt nichts anderes übrig, Liebes. Du wirst erwachsen, du musst das College abschließen und dein Leben leben. Wir werden von hier aus zuschauen und dich anfeuern. Ich bin so froh, dass du diesen Scheißort hinter dir gelassen hast und nie wieder zurückkommst.«

»Ich kann euch besuchen.« Daraufhin hörte ich eiliges Flüstern im Hintergrund, konnte aber die Worte nicht ausmachen.

»Ach, nicht nötig, Liebes … Meine Jungs hauen heut ab, und ich weiß nicht, wie lange sie weg sind.«

Sie gehen weg, und sie werden nicht aufzuspüren sein. Ein tausend Pfund schweres Gewicht legte sich in meinen Magen.

»Und ich hoffe, du weißt, dass du dort, wo du jetzt bist, besser aufgehoben bist.« Diese Warnung sprach sie mit der Sanftheit einer liebenden Mutter aus. »Es wäre überhaupt nicht gut, wenn du hierher zurückkämst. Du willst doch nicht als runzelige alte Frau enden, die bis an ihr Lebensende in der Fabrik arbeitet. Wir wollen nur das Beste für dich.«

»Layla …«

»Ich muss Schluss machen, ich wollte dir nur kurz sagen, dass ich dich vermissen werde.«

Als die Verbindung unterbrochen wurde, schrie ich angesichts des Verlustes laut gen Himmel. Weder Sean noch Tobias wollten mit mir sprechen.

Es war vorbei.

Meine Zukunft war entschieden, alle Brücken waren abgebrochen worden, und sie wollten nicht, dass ich zurückkomme. Ich hatte keine Wahl, kein Mitspracherecht. Und es war nicht das erste Mal.

Ich verlor fast den Verstand vor Verzweiflung und zerbrach wieder und wieder an dem Gedanken daran, dass dieser Beschluss endgültig war. Dass es nicht gut enden würde, war immer klar gewesen, aber diese Art von Trennung hatte mir meinen Lebensmut geraubt.

Ich war als Teenager nach Triple Falls gezogen und hatte nichts mehr gewollt als ein paar Herausforderungen und dass ich meine wilde Seite ausleben konnte und ein paar Erinnerungen sammeln, die für gute Geschichten sorgen würden.

Als ich an diesem Abend in meinem neuen Apartment in Athens stand, war ich eine Frau, die durch Betrug, Lügen, Lust und Liebe geformt worden war, deren Innerstes eingehüllt war von lebensverändernden Geheimnissen. Und in mir schlummerten Geschichten, die ich niemals jemandem erzählen konnte. Im Versuch, meine Sicherheit zu garantieren und meine Zukunft zu schützen, hatten sie mich verlassen.

Obwohl meine Jungs sich große Mühe gemacht hatten, um mich zu schützen, und obwohl mein Vater mir ein Erste-Klasse-Ticket hinaus aus der Hölle besorgt hatte, wollte ich nur zurückkehren und mich von den Flammen verschlingen lassen. Aber da die Männer, die ich liebte, mich nur um eins baten, fernzubleiben und ihre Geheimnisse für mich zu behalten, habe ich das getan.

Nun, da ich einmal durchs Feuer gegangen war, trug ich

meine Maske, bis ich mich an sie gewöhnt hatte. Ich habe unsere Geheimnisse bewahrt, mich an ihre Anweisungen gehalten und mich bemüht, ein halbwegs normales Leben zu führen.

Und irgendwie habe ich das auch geschafft, aber die Zeit ist wie eine Schlinge, die sich Zentimeter um Zentimeter fester zuzieht. Und jetzt, wo ich hier bin, will ich die Fassade nicht länger aufrechterhalten. Das wäre zu viel verlangt. Stattdessen fordere ich ausführliche Antworten von dem Mann, der sie mir schuldig ist.

Es ist das letzte Versprechen, das ich mir gebe, als ich die einsame Straße zu der vergessenen Villa entlangfahre.

KAPITEL NEUNUNDZWANZIG

Ein schauriges Gefühl überkommt mich, als ich vom Tor aus das riesige Anwesen betrachte, aber ich hatte auch nichts anderes erwartet. Kalter Regen beginnt, auf die Motorhaube und die Windschutzscheibe meines Audi zu prasseln. Das Gebäude wirkt unter dem grauen Himmel noch bedrohlicher. Doch ich weiß, dass der Großteil meiner Abscheu dem geschuldet ist, was sich in diesen Mauern zugetragen hat.

Ich halte an und steige aus. Meine Tasche lasse ich im Auto und nehme nur den Umschlag mit dem Schlüssel heraus, den mir die Verwaltungsfirma vor Jahren zusammen mit den Sicherheitsinstruktionen und dem Zeitplan aller Angestellten, die sich um das Anwesen des verstorbenen Roman Horner kümmern, geschickt hat. Ich umfasse den schweren Schlüssel, als ich die Stufen hinaufgehe, und drehe mich noch einmal zur Einfahrt um. Obwohl der Wind um mich peitscht und die Kälte des Regens in meine Knochen kriecht, kommt mir das Bild von einem Mann mit goldblondem Schopf in den Sinn, der in schweren Stiefeln und mit verschränkten Armen auf der Motorhaube seines Nova wartet und mich anlächelt. Sean. Sein helles Haar leuchtet unter der Sonne, und seine Augen funkeln verschmitzt und verheißungsvoll. Aber in der nächsten Sekunde ist er verschwunden.

Ich atme tief durch, um mich zu beruhigen, drehe mich um und schließe die Tür auf. Wie erstarrt stehe ich auf der Schwelle und bin verblüfft über das Bild, das sich mir bietet.

Das Haus sieht nicht anders aus als einen Tag, bevor ich weggegangen bin, auch wenn ich mir vorstellen kann, wie viel Schaden in jener letzten Nacht angerichtet worden sein muss. Ich bin mir ziemlich sicher, dass hinter den Rigipsplatten und der neuen Farbe noch Kugeln in den Wänden stecken. Doch alle Spuren der schrecklichen Nacht sind verschwunden, als hätte ich mir alles nur eingebildet.

Wenn es doch nur so gewesen wäre.

Niemand kommt lebend hier raus.

Ich erschaudere, als ich an Tobias' Miene zurückdenke, als er diesen Befehl erteilt hat. Tyler hat gesagt, dass die Miami-Crew mit zehn Autos da war.

Wenn es den Raben gelungen ist, den Befehl auszuführen, musste es hier viele Tote gegeben haben. Ich denke auch an die Bruderschaft. Auch wenn ich nicht alle persönlich kannte, stelle ich mir nur ungern vor, wie viele Brüder sie an diesem Tag wohl verloren haben.

Wahrscheinlich waren es einige.

Am Tag unserer ersten Begegnung habe ich Tobias vorgeworfen, er sei ein unbedeutender Dieb, der Partys schmeißt, doch in Wahrheit haben sie mich abgeschirmt und vor der bitteren Wahrheit beschützt, was der Krieg, den sie führten, für Opfer forderte.

Das hat Dominic mir in der Nacht seines Todes offenbart.

Du hast dich mit Lügnern, Dieben und Mördern eingelassen.

So oft man es mir auch gesagt hat, ich musste es erst mit eigenen Augen sehen, um es zu glauben. Und seit jener Nacht glaube ich es unerschütterlicher, als gut für mich ist.

Aber ich habe ihre Logik verstanden. Sie wollten nicht, dass ich jemals etwas davon mitbekomme, also haben sie mich abgelenkt, haben mich im Dunkeln tappen lassen, solange es möglich war, denn sie wollten nicht, dass ich sie so sehe, wie sie wirklich waren – gefährliche Kriminelle, deren Verbrechen Unternehmensdiebstahl, Erpressung, Schwindel und Spionage umfassten, und wenn es nötig war, auch Racheaktionen, bei denen Blut vergossen wurde.

Sie waren nie kaltblütige Killer, aber keiner von ihnen war unschuldig, und dieses Geheimnis teile ich nun mit ihnen.

Obwohl ich tagelang im Internet nach Berichten darüber gesucht habe, was in dem Haus passiert war, habe ich nichts gefunden. Kein Wort, kein Artikel auf keiner einzigen Website, nicht einmal ein Nachruf für Dominic oder die Ankündigung seiner Beerdigung, was mich zur Weißglut gebracht hat.

Ich habe keine Ahnung, was passiert ist, nachdem ich weggefahren bin, aber es wurde so gut vertuscht, dass ich mir keinen Reim darauf machen kann, wie ihnen das gelungen ist.

Monatelang habe ich immer wieder Zeitungen und das Internet durchforstet, nach Hinweisen auf Verhaftungen gesucht, nach irgendetwas, das etwas mit jener Nacht zu tun hat, aber ich habe nie etwas gefunden. Auch die Zeitungen aus Miami habe ich gelesen und nichts in Erfahrung gebracht. Nicht mal in den umliegenden Bezirken. Monate später habe ich endlich einen Nachruf für Delphine entdeckt, die schließlich ihrer Krebserkrankung erlegen war.

Doch nach meiner Recherche dazu habe ich endgültig aufgehört, denn mir blieb nichts anderes übrig. Meine Gesundheit und mein Verstand standen auf dem Spiel, und ich musste meinen Raben endlich Lebewohl sagen.

Ich musste versuchen, nach vorn zu blicken, damit beginnen, ein halbwegs normales Leben zu führen.

Viele Monate hatte ich in einer Mischung aus Trauer und Wut gelebt, bevor ich beschlossen habe, es zu versuchen. Ich habe nie auf Romans E-Mails geantwortet, in denen er sich erkundigt hat, wie es mir geht und wie es am College lief. Stattdessen habe ich ihn vollkommen ignoriert, bis zu dem Tag, an dem er zwei Jahre nach meinem Umzug an Darmkrebs gestorben ist.

Ich habe kein einziges Mal versucht, jemanden aus der Bruderschaft zu kontaktieren, da ich wusste, dass es ohnehin sinnlos wäre. Wut und Groll haben mir dabei geholfen.

Die Entscheidung, mich selbst zu schützen, hat mir am Ende dabei geholfen, weiterzumachen und mich schließlich aus dem Hamsterrad zu befreien. Aber kurz danach haben die Träume begonnen, und sie haben die Fortschritte, die ich gemacht habe, immer wieder zerstört.

Indem ich hierher zurückkehre, zettele ich einen neuen Krieg an, und ich muss vorbereitet sein. Es geht nicht nur darum, dass ich endlich wieder traumlos schlafen will. Genau genommen weiß ich selbst nicht recht, was ich mir davon verspreche, hergekommen zu sein. Aber mein Traum in der letzten Nacht hat mir den letzten Stoß gegeben, und für den Moment höre ich einfach auf mein Bauchgefühl. Ich weiß, dass mich die Wahrheit niemals vollständig befreien wird, aber vielleicht kann ich ein paar Türen schließen, und ich hoffe, dass das genügt, um meinen Seelenfrieden zurückzugewinnen.

Ich schüttele den eiskalten Regen und die Unruhe ab, die sich in mir breitgemacht hat, als ich die Tür zum Haus geöffnet habe, trete ein und schließe die Tür hinter mir. Erinnerungen drohen mich von allen Seiten zu überfallen. Ich erschaudere trotz meiner Jacke, reibe mir die Arme und gehe zum Thermostat, um es höherzustellen. Als ich über die Couch im Wohnzimmer hinwegspähe, sehe ich, dass das Schachbrett immer noch auf dem Kaminvorsprung steht. Unglaublicherweise scheinen die Figuren nicht bewegt worden zu sein, seitdem ich die letzte Partie mit Tobias gespielt habe.

»Du bist dran«, sagt er, nachdem er eine weitere Figur von mir geschlagen hat.

Ich trinke einen Schluck von meinem Wein und schaue ihn in dem schwachen Licht der Kerzen an, die ich angezündet habe, als ich nach meiner Dusche nach unten gekommen bin.

Wir haben uns ein vertrautes Lächeln geschenkt, als ich ihn ein Stück entfernt habe stehen sehen, wo er eine Flasche Wein entkorkt hat.

Ich habe mich mit Wacholder-Bodylotion eingecremt, weil ich herausgefunden habe, dass ihn der Duft um den Verstand bringt, und mich für einen dünnen, schulterfreien Pullover entschieden. Sonst nichts. Ich besitze keine sexy Unterwäsche, außer des Negligés, das er mir gekauft hat, aber das möchte ich für unsere letzte gemeinsame Nacht aufsparen, bevor ich ans College gehe. Doch daran möchte ich im Moment nicht denken.

Dass er mit meiner Wahl zufrieden ist, sehe ich an seinem Blick, den er anerkennend über meinen Körper wandern lässt, als er mir den Wein reicht und wir uns hinsetzen. Das Schachbrett steht schräg auf dem Kaminvorsprung, neben dem wir einander mit geringem Abstand gegenübersitzen. Das Spiel selbst finde ich immer noch unglaublich langweilig, aber mein schöner, geheimnisvoller Gegner macht es erträglicher. Wenn ich ehrlich bin, ist es wie ein berauschendes Vorspiel.

»Gibt es noch ein anderes Spiel, das du gern spielst?«

»Non.«

»Und du schaust nie was im Fernsehen, außer Nachrichten?«

»Doch, wenn ich krank bin.«

»Und wie oft bist du krank?«

»Alle drei bis fünf Jahre.«

Ich verdrehe die Augen. »Dann werden wir vermutlich keine Filmabende auf der Couch zusammen verbringen.«

In seinen Augen ist ein Anflug von Unsicherheit zu erkennen. »Sollten wir das?«

Seine Frage ist ernst gemeint, so naiv sie auch klingt für einen Mann seines Alters. Im Laufe der vergangenen Woche habe ich herausgefunden, dass er genau wie seine Brüder in keine Schublade passt und kein typisch amerikanisches Leben führt, was immer das ist. Obwohl er im Ausland zur Uni gegangen ist, hat er einen großen Teil seiner Jugend in den Staaten verbracht, was jedoch keinen großen Einfluss auf ihn gehabt zu haben scheint. Und das ist überraschend, wenn man bedenkt, dass er sich auf dem Laufenden hält, was aktuelle Ereignisse und Entwicklungen betrifft. Einerseits weiß er ganz genau, was in der Welt vor sich geht, andererseits scheint er in Abgeschiedenheit zu leben, ein Einsiedlerkrebs, der seine Gewohnheiten liebt. Da für ihn alles in geregelten Bahnen ablaufen muss, weicht er nur selten von seiner Routine ab. Als ich einmal Lust auf einen Big Mac hatte, hat er mir einen endlosen Vortrag gehalten und sich wie ein französischer Snob aufgeführt. Schon ein Erdnussbuttersandwich mit Marmelade war für ihn ein Problem, und jetzt muss ich auch noch Fast Food vor ihm verbergen.

Tobias dagegen kauft teure Kaffeebohnen, isst nur frisch Gekochtes, und seine Weine sind zwar köstlich, aber sehr, sehr teuer. Jeder seiner Anzüge ist maßgeschneidert, und bisher hat er in den zwei Monaten, die ich mit ihm verbracht habe, noch keinen davon zweimal getragen. Auch wenn sein Lebensstil vielleicht ein wenig übertrieben ist, kann ich ihm keinen Vorwurf daraus machen, dass er sich teure Dinge kauft, denn er ist in Armut aufgewachsen, nicht in einem Haus wie dem, das er nun besetzt. Seine Tante war Alkoholikerin und hat Kakerlaken als Normalität betrachtet. Er dagegen hat den Vater für seinen kleinen Bruder gespielt.

Er hatte früher kein schönes Leben, und ich freue mich für ihn, dass er sich diese Dinge jetzt nicht nur leisten kann, sondern sie auch in seinem Alltag einfordert. Er ist kompliziert und dennoch vorhersehbar. Außerdem scheint er nicht auf die gleichen Dinge anzuspringen wie die meisten Männer. Vieles scheint er als Erlebnis zu betrachten. Er liebt nicht eine Musikrichtung, sondern einzelne Songs, er mag nicht ein spezielles Gericht, sondern es muss ein Festmahl sein, er trinkt nicht einfach nur Wein, sondern macht eine Weinprobe daraus. Und Sex nimmt er sogar noch ernster. Für ihn ist es eine Kunst – eine, die er meisterhaft beherrscht.

»Was ist?«, fragt er und schaut mich kurz an, ehe er wieder über seinen ersten Zug nachdenkt.

»Ich hasse dich nicht mehr.« Mir entgeht nicht, dass sich seine Mundwinkel kurz heben. »Du lachst, aber ich habe dich wirklich gehasst, Tobias.«

»Ich weiß.« Sein Lächeln wird breiter.

»Du stehst darauf, dass ich mich dir widersetze.«

»Du bist die einzige Frau auf der Welt, die mich richtig zur Weißglut bringen kann.«

»Das betrachte ich als Kompliment. Und du bist ganz schön direkt. Bist du etwa betrunken?«

Seine Mundwinkel heben sich noch mehr. »Vielleicht ein bisschen.«

Ich verenge die Augen. »Ich weiß, dass du eine halbe Flasche Wein getrunken hast, während ich geduscht habe.«

»Verzeih«, sagt er, aber er klingt so unehrlich, dass ich lachen muss. »Alles klar.«

Er macht seinen ersten Spielzug.

»Nous entraînons-nous ce soir?«, *frage ich, als ich einen Bauern bewege. Üben wir heute Abend?*

»Peut-être.« *Vielleicht.*

»Où vas-tu m'emmener?« *Wohin willst du mich mitnehmen? Ich lecke mir die Lippen.*

»J'étais en train de penser à te pencher sur ce canapé.« *Ich hatte gedacht, du könntest dich über die Couch beugen. »Aber wenn du mich weiterhin so ansiehst, kommen wir nicht so weit.«*

Ich verdrehe die Augen. »Je voulais dire en France, pervers. Où m'emmènerais-tu en premier?« *Ich meinte, wohin in Frankreich du mich mitnehmen willst, du Perverser. Wohin würde es zuerst gehen?*

»Da muss ich nicht lange nachdenken«, erwidert er und betrachtet das Spielbrett mit gerunzelter Stirn. »Zum Eiffelturm.«

»En français, s'il te plaît.« *Auf Französisch, bitte. »Und das ist das Letzte, womit ich gerechnet habe.«*

»Warum? Wollen den nicht alle sehen, die nach Frankreich reisen? Und warum sollte ich dir einen Strich durch die Rechnung machen?« Er betrachtet meine enttäuschte Miene. »Du hattest an einen intimeren Ort gedacht?«

»An deine Lieblingsorte. Ich würde gerne sehen, wo du studiert hast, vielleicht ein paar College-Freunde von dir kennenlernen.«

»Ich habe keine Freunde.«

»Keinen einzigen?«

Er lehnt sich am Kamin zurück. »Zumindest nicht die Art von Freunden, die man anruft, wenn man in der Gegend ist, um sich auf ein paar Drinks zu treffen.« In seiner Stimme schwingt ein Anflug von Traurigkeit mit, und ich verstehe ihn. Er war zu sehr damit beschäftigt, den Erwachsenen zu spielen, um ein eigenes Leben zu führen. Auch mir ist es früher so ergangen.

»Dann hast du also nie einfach Spaß gehabt? Abgesehen von der Sache mit den Unterwäsche-Models.«

»Non.«

»Ich kann eine Freundin für dich sein«, sage ich locker. »Ich kann sogar deine beste Freundin sein, aber dafür musst du dir ein

bisschen mehr Mühe geben. Irgendwann musst du mir verraten, wo du wohnst, mir dein Zimmer zeigen und mir erzählen, wann du zum ersten Mal deine Periode hattest.«

Ich kassiere einen tödlichen Blick von ihm, und dann schlägt er eine meiner Schachfiguren.

Ich ziehe verärgert die Nase kraus. »Ich werde nie gut darin sein.«

»Weil du nicht willst. Ich werde wieder gewinnen. Aber die gute Nachricht ist, dass dein Französisch nicht mehr ganz so scheiße ist. Auch wenn es noch Luft nach oben gibt.«

»Ach ja? Ich wette, du findest es heiß, wenn ich Französisch spreche.«

Er nickt mir mit unergründlicher Miene zu. »Du bist dran.«

»Ich lasse dich gewinnen.«

Er schaut mich durchdringend an. »Warum?«

»Ich will, dass das Spiel schnell vorbei ist, damit wir uns anderen Spielen im Bett widmen können.«

»Du vermischst schon wieder Business und Vergnügen. Du wirst es nie lernen.«

Ich trinke mein Glas aus und stelle es ab. Dann gehe ich auf alle viere.

Er schüttelt den Kopf. »Wir sind noch nicht fertig mit dem Spiel.«

»Ich hab doch gerade gesagt, ich lasse dich gewinnen.«

»Nein«, versetzt er scharf. »Ich würde so oder so gewinnen. Setz dich wieder. Wir spielen weiter.«

»Komm schon«, sage ich und beuge mich so vor, dass er in den Ausschnitt meines Pullovers blicken kann, von meinen nackten Brüsten bis hin zu meinem Bauchnabel.

Er würdigt mich und meinen Körper keines Blickes, sondern ist voll und ganz auf das Schachbrett konzentriert.

»Tu nicht so, als wärst du immun gegen meine Reize.« Ich lehne

mein nacktes Bein an seinen Oberkörper und winkele das andere auf dem Stuhl an.

Er sitzt vollkommen gelassen da, stützt einen Unterarm auf den Kaminvorsprung und den anderen auf sein Knie.

Ich beginne damit, seinen Hals zu küssen und an seiner Haut zu saugen.

»Noch etwas, worin du schlecht bist.« Ich höre die Belustigung in seiner Stimme. »Du kannst es nicht verbergen, wenn du angetörnt bist.«

»Ach, und du glaubst, du kannst das verbergen?«

»Im Moment tue ich das.«

»Ich habe dich längst durchschaut.« Ich schlinge Arme und Beine, so gut es möglich ist, um seinen Körper, fahre mit den Fingern durch seine Haare, kratze leicht über seine Kopfhaut und ziehe sanft.

Er sitzt noch immer konzentriert vor dem Schachbrett, ohne mir Beachtung zu schenken, während ich versuche, ihn zu verführen. Ich mache nicht oft den ersten Schritt. Das musste ich bisher nicht, weil er genauso süchtig nach Sex ist wie ich.

»Sag mal«, flüstere ich und lecke an seinem Ohr. »Wenn ich jetzt deinen Schwanz aus der Hose holen und dir einen blasen würde, so wie es dir gefällt, würdest du dann auch keine Reaktion zeigen?«

»Non.«

Ich beiße fest in sein Ohrläppchen, aber er verzieht keine Miene.

Stirnrunzelnd löse ich mich von ihm. »Du lässt mich niemals gewinnen, was?«

»Non.« *Er wendet mir sein Gesicht zu und schaut kurz an mir hinab, als wäre ich eine Fremde, die sich im Park neben ihm auf die Bank gesetzt hat, ehe er seinen Blick wieder auf das Spielbrett richtet.*

Beleidigt lasse ich den Kopf sinken, aber gebe keinen Laut von mir. Mir entgeht nicht, dass seine Mundwinkel kurz zucken, weshalb ich meine Hand an seiner Brust hinabgleiten lasse und ihm in den Schritt greife.

Bingo.

Er ist stahlhart. Von wegen immun.

»Nicht schlecht, Tobias, aber leider kannst du es bei dieser Größe nicht verbergen, wenn du angetörnt bist.«

»Wie ungünstig«, murmelt er. »Aber es verschafft mir auch einen Vorteil.«

Innerhalb von einer Sekunde liege ich auf dem Boden, und er ist über mir. Ein Wimmern entfährt mir, als er sich runterbeugt und mit seiner Nase über meine streicht.

Ich schaue durch meine Wimpern zu ihm auf.

»Aber da wir ja ab jetzt immer ehrlich zueinander sind, solltest du wissen, dass ich jedes Mal, wenn ich dich sehe, Cecelia, deine Aufmerksamkeit will, deine Lippen, deine Zunge, deinen Körper. Du hast mich mit der gleichen Krankheit angesteckt, und jetzt bin ich auch süchtig.«

»Ich wusste es.«

Er schiebt meinen Pullover runter und saugt an meiner Brustwarze, was mir ein Stöhnen entlockt. »Aber auch wenn ich auf dein schönes Gesicht und deine Nippel stehe, ist es das«, er drückt seine Handfläche auf mein Herz, »und die Tatsache, dass du es auf der Zunge trägst, was dich für mich am interessantesten macht. Ich kannte noch nie eine Frau, die ihren eigenen Untergang riskiert, um die Wahrheit zu erfahren.« Er schaut mir in die Augen, und ich streichele seine Wange. »Aber ich werde dich nie gewinnen lassen. Niemals, nicht aus Gnade und nicht, weil Waffenstillstand zwischen uns herrscht. Und ich will auch nicht, dass du mich gewinnen lässt.«

»Warum?«

»Wenn du aufhörst, gegen mich zu kämpfen, weiß ich, dass ich

verloren habe.« Er küsst mich und löst sich dann von mir. Der Ausdruck in seinen Augen ist vollkommen ernst. »Und eines Tages wirst du mich wieder hassen. Vielleicht schon bald, vielleicht auch erst in ferner Zukunft. Aber es wird so kommen.«

Ich runzele die Stirn. »Da bist du dir so sicher?«

»Ja, und nur du wirst in der Lage sein, mir zu sagen, warum.«

»Tobias …«

»Komm mit«, flüstert er.

Während ich das Schachbrett von der Haustür aus betrachte, kann ich uns zwei und den Rest des Abends deutlich vor meinem inneren Auge sehen. Es war ein Abend, den ich immer und immer wieder im Kopf durchgegangen bin. Kurz nach seinem Geständnis ist er aufgestanden und hat meine Hand genommen, um mich die Treppe hinauf und in mein Zimmer zu führen.

In der Nacht hat er mich so leidenschaftlich genommen, mit so großer Intensität, dass ich vor Ekstase gebebt habe und mein Kiefer gezittert hat, während ich seinen Namen gerufen habe. Es war der beste Sex meines Lebens.

Aber es war sowohl eine Entschuldigung als auch eine Warnung. Zumindest sehe ich das jetzt so. Und die Tatsache, dass ich eine der besten Nächte meines Lebens als Manipulationsversuch betrachte, lässt mich ihn noch mehr verachten. Es war nur einer von vielen Entschuldigungsversuchen, bevor die Bombe geplatzt ist und er drei Beziehungen zerstört hat.

Als ich weggegangen bin und der erste Schock abgeklungen war, hat mich der Schmerz, ihn und all das verloren zu haben, was ich in uns gesehen habe, vollkommen gelähmt. Dennoch habe ich mir eingeredet, dass ich ihn verlassen habe, und das stimmte ja auch. Er hat es verdient. Was er getan hat, ist unverzeihlich. Aber dennoch hatte ich heimlich die Hoffnung gehegt, dass er zu mir zurückkommen würde. Mein zwanzigjähriges Herz hätte ihm wahrscheinlich verziehen. Und das Beste ist, dass ich einen heftigeren Kampf mit ihm ausgetragen hätte als jemals zuvor, wenn er zu mir zurückgekehrt wäre.

Es ist merkwürdig, wie klar einem die Dinge werden, wenn man erst genügend Abstand hat. Wo wäre mein sechsundzwanzigjähriges Herz wohl jetzt, wenn er wiedergekommen wäre und ich ihm verziehen hätte?

Aber mein sechsundzwanzigjähriges Herz hat nie eine Erklärung bekommen und auch keine Entschuldigung, daher werde ich ihm niemals verzeihen.

Mein Blick fällt auf den Esszimmertisch, an dem ich einige verkrampfte Abendessen mit Roman hinter mich gebracht habe. Tobias war nicht der einzige Mann, der mir in diesem Haus das Herz gebrochen hat.

Warum bist du zurückgekommen, Cecelia?

Je mehr Erinnerungen über mich hereinbrechen, desto bewusster wird mir, wie dumm es war, ein Leben aufzugeben, das trotz allem irgendwie funktioniert hat.

Mit Collin Schluss zu machen war unumgänglich. Aber warum setze ich mich willentlich diesen Erinnerungen aus?

Es schmerzt jetzt schon viel zu sehr, und ich bin erst seit einer Stunde hier.

Erschöpft von einem Tag voller Konfrontationen steuere ich auf die Vorratskammer neben der Küche zu, sende ein Stoßgebet zum Himmel und werde erhört. Es ist genügend da.

Ich öffne eine der Flaschen und nehme mir ein Glas. Dann stürze ich den Whisky runter und genieße den Geschmack, der mich an das erste Mal erinnert, als ich Whisky probiert habe. In Eddies Bar mit Sean. Es kommt mir vor, als wäre all das in einem anderen Leben passiert.

Aber das stimmt nicht. Es war hier, in diesem Ort. Und

irgendetwas sagt mir, dass auch die Männer von damals noch hier sind. Wahrscheinlich waren sie nie weg. Noch eine Lüge, die sie mir erzählt haben, um mich fernzuhalten.

Irgendwann muss ich ihnen verraten, dass ich hier bin, wenn sie es nicht ohnehin schon wissen.

Aber nicht heute.

Ich schaue mich in der Küche um und sehe durch das Fenster den Pool und die Liegestühle.

Wieder schleichen sich Erinnerungen an, aber der Whisky fließt längst durch meine Adern. Obwohl es im Haus kalt ist, friere ich nicht. Zum ersten Mal seit Jahren erlaube ich es mir, in Erinnerungen zu schwelgen, statt sie zu verdrängen. Ich muss meinen Gedanken freien Lauf lassen, wenn ich das hier durchstehen will.

Mit meinem aufgefüllten Whiskyglas gehe ich nach oben in mein altes Zimmer und bleibe abrupt dort stehen, wo Dominics Körper lag, als ich ihn zum letzten Mal gesehen habe.

»Ja.«

»Ja, was?«

»Ich habe dich geliebt.«

Der neue Teppich erschüttert mich ebenso sehr wie Dominics Grab vorhin. Er hätte so viel mehr verdient als eine heimliche Beerdigung. Mit einem Mal brauche ich frische Luft und gehe zu der Doppeltür, die hinaus auf den Balkon führt. Ich weiß noch, dass ich auf diesem Weg geflohen bin. Mit geschlossenen Augen denke ich an Seans trauriges Gesicht zurück, als er mir vom Balkon hinunter zu Tyler geholfen hat, während um uns herum Schüsse zu hören waren.

Hätte ich es nicht selbst erlebt, würde ich niemals glauben, dass all das jemals passiert ist.

Was hast du dir nur dabei gedacht zurückzukommen, Cecelia?

Die einzige Erklärung, die ich dafür habe, ist die, die mir

auch schon gestern Abend in den Sinn gekommen ist. Ich kann den Erinnerungen nicht ewig entfliehen. In keinem der letzten sechs Sommer ist es mir gelungen, nach vorn zu blicken.

Niemand kann mir helfen, kein Psychiater kann mich therapieren, ohne die volle Wahrheit zu kennen. Es gibt keine Medizin, die mich vergessen lassen könnte.

Ich vertraue keinem Priester genug, um eine Beichte abzulegen.

Es gibt nur einen Gott, mit dem ich spreche, aber ich bin mir nicht sicher, ob er mich jemals gehört hat, denn vielleicht bin ich ihm nicht wichtig genug.

Ich schenke mir noch einmal aus der Flasche nach.

Dann blicke ich in den grauen Himmel hoch und sehe in der Ferne den Mobilfunkmast, der blinkt, als wollte er sagen »Willkommen zu Hause«.

KAPITEL DREISSIG

Stunden später wache ich leicht verkatert auf; meine Schläfen pochen, und langsam wird mir bewusst, dass mich das Vibrieren meines Telefons auf dem Nachttisch geweckt hat. Das Gute ist, dass ich mich an keinen einzigen Traum erinnern kann. Als ich den Namen auf dem Display sehe, ist es mit meiner Freude jedoch vorbei.

»Hi.«

»Hast du geschlafen? Du hast doch versprochen anzurufen, wenn du ankommst.«

»Tut mir leid.«

»Das sollte es auch.«

Schuldgefühle überkommen mich, als ich das Flehen in seiner Stimme höre.

»Cecelia, bitte komm nach Hause.«

»Collin, das kann ich nicht. Es tut mir leid, aber ich kann nicht.« Orientierungslos erhebe ich mich vom Bett und komme zu dem Schluss, dass ich viel zu nüchtern für dieses Gespräch bin.

»Du kannst nicht oder willst nicht?«

»Ich will nicht. Ich werde mir und dir nicht länger etwas vormachen.« Ich greife nach der Flasche und meinem Glas, laufe zwei Stufen auf einmal nehmend die Treppe runter. Ich habe kein Problem damit, am Tiefpunkt zu sein. Hier geht es mir gut. Am Tiefpunkt ist es zurzeit vielleicht sogar am sichersten, zumindest sicherer als durch die Welt zu spazieren und alle, die ich liebe, eiskalt anzulügen.

Aber die Realität, in die ich mich katapultiert habe, ist die Hölle auf Erden. Es war so viel einfacher zu lügen.

»Verrate mir, warum das alles passiert«, drängt er mit sanfter Stimme. »Komm nach Hause, dann kann ich versuchen, dich zu verstehen. Du bist einfach abgehauen.«

»Ich hab es dir doch erklärt.« Ich drücke mein Glas gegen den Hebel des Eisspenders am Kühlschrank und schenke mir dann eine großzügige Menge Whisky ein. »Collin, ich werde nie wieder zu dir zurückkehren.«

»Das glaube ich dir nicht. Du hast … einen Nervenzusammenbruch oder einfach … Panik.«

»Du hast nicht ganz unrecht, aber ich hab keine kalten Füße bekommen. Ich wünschte, es wäre so banal.«

»Betrachte die Sache doch mal rational. Was wir miteinander hatten, war echt. So eine gute Schauspielerin kannst du nicht sein.«

»Es war ja auch kein Schauspiel. Es war … eine Fassade. Ich wollte, dass es funktioniert. Und die meiste Zeit über habe ich auch geglaubt, dass es das tut.« Ich trinke einen großen Schluck Whisky und schaue auf die Uhr. Es ist kurz nach Mitternacht, womit mein erster Tag in der Hölle beendet wäre.

»Was ist schon dabei, wenn du wilde Zeiten hattest, als du jünger warst. Ich bin auch kein Heiliger. Es ist mir scheißegal, wenn du mit dem halben Ort geschlafen hast.«

»Fragst du dich, ob ich dir treu war?« Ich schlucke, und eine Träne läuft mir über die Wange.

»Du hast mir zumindest gesagt, du seist treu gewesen.«

»Und du glaubst mir?«

»Ja.«

»Aber das würde sich bald ändern. Du würdest dich fragen,

ob ich ehrlich zu dir war, und dann würdest du beginnen, mich zu hassen.«

»Nein, das würde ich niemals tun. Wenn du nur einfach nach Hause kommen würdest …«

»Stopp. Das ist unter deiner Würde, Collin. Ich liebe dich, ja. Und das wird sich auch nie ändern. Ich bin unendlich dankbar, dass ich von dir geliebt wurde.«

»Aber jetzt entscheidest du einfach, dass es vorbei ist, und ich soll das hinnehmen? Willst du mich absichtlich zerstören?«

»Ich weiß, wie grausam das wirkt, aber ich will, dass du erfährst, womit ich seit Jahren zu kämpfen habe. Ich hatte ständig Schuldgefühle, denn ich wusste, dass das, was ich tue, falsch war. Neben Christy bist du die wichtigste Person in meinem Leben, das musst du mir glauben. Aber du kennst mich nicht richtig, und sie kennt mich ehrlich gesagt auch nicht.«

»Verdammt, Cecelia, ich verstehe das nicht.« Seine Stimme bricht.

Wieder fülle ich mein Glas auf. Langsam wird mir bewusst, dass ich ihn tatsächlich verlassen habe.

»Collin, ich bin zu dem Schluss gekommen, dass ich so nicht weitermachen kann. Ich habe in jungen Jahren zu intensiv gelebt, zu viel *er*lebt. Das war heftig, und es hat dazu geführt, dass ich … anders denke, dass ich mich nach einem anderen Leben sehne. Mehr kann ich dir nicht erklären. Ich bin in der Lage, monogam zu leben. Ich war dir körperlich treu. Es ist nur …«

»Du glaubst, ich würde es nicht verstehen. Aber das stimmt nicht.«

»Ich weiß, dass du diese Seite von mir nicht kennenlernen willst. Und ich will auch nicht, dass du sie siehst. So hast du dich nicht in mich verliebt.«

»Hör auf, mir zu erzählen, was ich will.«

Seine Wut ist berechtigt, also setze ich ihm nichts entgegen.

Ich habe den Ball ins Rollen gebracht, und ich muss mit den Konsequenzen leben.

Er schweigt einen langen Moment, bevor er weiterspricht. »Dann bist du jetzt also mit ihnen zusammen?«

»Nein.« Ich ärgere mich darüber, dass er diesen Schluss gezogen hat. »Auf keinen Fall. Darum geht es doch gar nicht. Ich bin mir nicht mal sicher, ob ich ihn sehen werde.«

»Ihn? Nur einer? Ich bin verwirrt.«

»Ich war aufgewühlt gestern Abend, deshalb habe ich es vielleicht falsch erklärt.« Ich verziehe das Gesicht, denn ich weiß, dass kein Whisky dieser Welt mein Geständnis leichter machen könnte. »Ich habe dir erzählt, dass ich als junges Mädchen für ein paar Monate in einer Poly-Beziehung war.«

»Ja.«

»Aber ich hatte tiefe Gefühle, Collin, für beide Männer. Und als es vorbei war, habe ich mich in einen anderen verliebt, und er ist derjenige, den ich nicht vergessen kann. Aber da ich vollkommen ehrlich zu dir sein will: Ich habe noch Gefühle für alle.«

»Ging es …« Ich kann förmlich spüren, dass die Distanz zwischen uns immer größer wird. »Ging es darum in deinen Träumen?«

»Ja.«

»Verdammt, Cecelia.«

»Es war nur ein Jahr, ein Jahr meines Lebens, aber es hat mich verändert. Und ich kann seitdem nicht nach vorn blicken, denn die Zeit mit ihnen und wie es geendet hat, hat mich verändert. Und das ist der Grund, warum ich dir nie alles geben kann, was du verdienst.«

»Ich habe auch noch Gefühle für Frauen aus meiner Vergangenheit. Auch ich hatte hier und da Zweifel. Das gehört alles dazu, wenn man sich bindet.«

»Es ist mehr als das, Collin. Der unvernünftige Teil von mir lebt immer noch in einer Zeit, die ich nicht auslöschen kann, in die ich aber auch nicht zurückkehren kann.« Ich trinke einen Schluck von meinem Whisky und dann noch einen. Ich habe schreckliche Angst davor, noch mehr von der Wahrheit preiszugeben. »Ich habe dir Dinge verschwiegen.«

»Zum Beispiel?«

Ich suche nach den richtigen Worten, denn ich weiß, welche Auswirkungen sie haben werden.

»Ich verdiene es, die Wahrheit zu erfahren.«

»Du hast recht.« Ich schließe die Augen und führe das Glas an meine Lippen, um mich zu wappnen. »Manchmal, nachdem wir Sex hatten und du unter der Dusche warst, hatte ich Fantasien über sie.«

Ich höre, wie er angestrengt durchatmet, und weiß, dass ich seinen Stolz verletzt habe.

»Machst du es dir selbst und denkst an sie, nachdem wir gevögelt haben?«

Ich bestätige seine Vermutung, indem ich schweige. Es ist grausam, aber notwendig, obwohl ich es nicht direkt aussprechen will. Ich will ihm keine Hoffnung machen, obwohl es keine mehr gibt.

»Verdammte Scheiße, Cecelia, du hast an sie gedacht, wenn wir zusammen im Bett waren?«

An *ihn.* Aber ich berichtige Collin nicht. Ich will seinen Zorn. Ich habe ihn verdient. Denn mein Geständnis ist keine Lüge. Es ist die nackte Wahrheit.

Je mehr ich ihm gestehe und das in Worte fasse, was ich seit Jahren denke, desto bewusster wird mir, dass es die richtige Entscheidung war. Ich wäre eine Ehe eingegangen, die auf Lügen basiert hätte.

»Collin, abgesehen von meinen sexuellen Vorlieben kann ich dich nicht so lieben, wie du es verdient hättest.«

»Was immer du meinst, mir nicht bieten zu können, du bildest es dir nur ein. Du machst mich glücklich.«

»Und phasenweise hast du mich auch glücklich gemacht, das weißt du, aber ich kann dich nicht heiraten. Seit wir uns kennengelernt haben, habe ich dich auf unterschiedliche Arten angelogen. Es tut mir leid. Es tut mir so leid, Collin. Ich vermisse dich jetzt schon. Ich bereue es beinahe, aber das ist die Wahrheit, und ich habe es satt, dagegen anzukämpfen.«

»Ich bin kein verfluchter Langweiler, Cecelia. Du kannst deine Fantasien mit mir ausleben.«

»Es geht nicht nur um Sex, Collin. Ich war auch mit dem Herzen niemals ganz bei der Sache.« Ich lege mir eine Hand an die Wange. Meine Lippen zittern, und meine Stimme klingt gequält, denn ich weiß, dass ich meine Beziehung zu dem Mann ruiniere, der mich vergöttert. »Ich bin immer noch in die Erinnerung an einen anderen Mann verliebt, und zwar schon seit ich zwanzig war. Mittlerweile ist mir klar, dass ich nie aufhören werde, ihn zu wollen, und an jedem Versuch, ihn zu hassen, bin ich gescheitert. Ich habe so sehr gehofft, dass ich die Sache hinter mir lassen könnte, und ich habe es wirklich versucht – mit dir –, aber ich habe es nicht geschafft. Ich habe uns beide enttäuscht.«

»Und du weißt nicht mal, ob du ihn sehen wirst? Was für eine Zukunft kannst du mit einer Erinnerung haben?«

»Eine, mit der ich dich nicht hinters Licht führe. Eine, mit der ich dich nicht verletze. Mein eigenes Glück ist mir nicht mehr so wichtig, aber ich will deins nicht ruinieren. Ich war schon egoistisch genug. Such dir eine Frau, die Himmel und Hölle in Bewegung setzt, damit du glücklich bist. Finde sie, und dann kannst du mir vielleicht eines Tages verzeihen. Vielleicht kannst du es eines Tages zumindest versuchen.«

»Du hast mein Leben ruiniert.«

»Nein, mit dir vor den Traualtar zu treten, obwohl ich dir in Gedanken untreu bin, hätte dein Leben ruiniert.«

»Du gibst mir ja nicht mal eine Chance, um dich zu kämpfen.«

»Weil ich mir sicher bin, Collin, ich bin mir ganz sicher. Es ist vorbei.«

Wie erwartet legt er auf, und ich senke den Kopf und lasse den Tränen freien Lauf. Mein Schicksal ist besiegelt. Es gibt kein Zurück, und es gibt kein Vorwärts. Körperlich war ich jahrelang monogam, aber in Gedanken habe ich die Männer, mit denen ich zusammen war, betrogen. Und auf die eine oder andere Art konnten sie dem Vergleich nicht standhalten. Ich bin immer noch süchtig nach dem High aus meiner Vergangenheit, weil ich die Tür niemals ganz geschlossen habe, mir niemals erlaubt habe, richtig zu trauern, sodass ich immer in der Schwebe war.

Mittlerweile bin ich lieber allein, statt zu lügen.

Ich bin zurückgekommen, um meinen Erinnerungen den Krieg zu erklären, um einen Strich darunterzusetzen, und ich bin jetzt schon schockiert darüber, was für eine Erleichterung es mir verschafft, meine dunkle Seite wieder zutage zu fördern.

Vielleicht ist meine schlechte Seite schwerer zu sehen als Romans, aber wir haben weitaus mehr gemeinsam, als ich ursprünglich geglaubt habe. Ich kann auch der Böse sein.

Die Böse.

Darin bin ich sehr überzeugend geworden.

Und in Collins Geschichte nehme ich tatsächlich diese Rolle ein.

Ich scrolle durch meine Kontakte.

Er geht beim zweiten Klingeln dran. »Falls du anrufst, um dich zum Sex zu verabreden, bist du ungefähr vier Jahre zu spät dran.«

»Hi, Ryan, sorry. Ich weiß, es ist mitten in der Nacht.«

»Was ist los? Weder du noch Collin wart zu erreichen. Und danke, dass ihr auch nicht bei der Arbeit aufgetaucht seid. Das war echt scheiße. Ich musste Meetings verschieben.«

»Tut mir leid. Es ist was dazwischengekommen. Ich erklär es dir später.«

Eine kurze Pause entsteht.

»Muss ich mir Sorgen machen?«

»Ryan, ich brauche deine Hilfe.«

»Wobei?«

»Wie schnell kannst du hier sein?«

»Wo ist hier?«

»Ich bin in Triple Falls.«

»Du willst endlich verkaufen?«

»Seine Firma und sein Haus. Ich will in keiner Weise mehr mit ihm verbunden sein. Es wurde ohnehin höchste Zeit.«

»Sicher?«

»Absolut. Ist das letzte Gebot von vor ein paar Monaten noch aktuell?«

»Ich schau mal nach. Falls ja, kann ich ein paar Meetings organisieren. Ich kann morgen gegen Mittag da sein.«

»Bis dann.«

»Willst du mir erzählen, was los ist?«

»Ich erklär es dir, wenn du hier bist.«

»Schon auf dem Weg.«

»Danke, Ryan.«

Ich lege das Telefon auf die Arbeitsplatte und schenke mir Whisky nach.

»Auf dich, Sir.« Ich hebe mein Glas und trinke es aus.

KAPITEL EINUNDDREISSIG

Die Vibrationen der Motoren fahren mir in den Körper, als sie auf der schmalen Straße an mir vorbeisausen.

Aufrecht im Wind stehend, den die Fahrzeuge erzeugen, winke ich mit klappernden Zähnen und zitternd vor Kälte und schaue ihnen hinterher.

Angst überkommt mich, als ich sehe, dass die Straße in der Ferne abrupt endet. Hinter der Baumgrenze ist nichts als Dunkelheit auszumachen.

»Halt!«, schreie ich und wedele warnend mit den Armen, aber ich weiß, dass sie mich nicht hören können.

Panisch trete ich auf die Straße, als Dominics Camaro sichtbar wird. Ich versuche, ihm etwas zuzurufen, aber ich kann nicht. Statt seines Namens kommen mir nur unverständliche Laute über die Lippen. »Halt!« Ich renne ihnen hinterher, aber sie sind schon zu weit entfernt. Ich bin zu spät gekommen. Es ist zu spät.

Ich schrecke hoch, als die Balkontür gegen die Wand kracht und mich ein Luftzug trifft. Wimmernd presse ich die Augen zu und beginne, langsam zu zählen, um meinen Atem und meinen Herzschlag zu beruhigen. Eine heiße Träne tritt mir aus dem Auge, und der Traum nistet sich in meiner Seele ein. Als mich ein weiterer eisiger Windstoß erwischt, klettere ich aus dem Bett, schließe die Doppeltür zum Balkon und betrachte für einen Moment den farblosen von Wolken verhangenen Sonnenaufgang.

Nach einer langen, heißen Dusche, um mich aufzuwärmen, beginnt die Kopfschmerztablette endlich zu wirken. Während ich meinen Schrank und damit die Garderobe einer Zwanzigjährigen durchsehe, nehme ich immer wieder große Schlucke aus einer Wasserflasche. Ich schiebe die Bügel einen nach dem anderen zur Seite und halte inne, als ich das zerknitterte Kleid in der Ecke des Schrankes auf dem Boden sehe. Als ich es an den Trägern hochhebe, fällt der Rest des blassgelben Stoffes runter, sodass die schwachen Flecken sichtbar werden. Sie stammen von dem Wassermelonenkampf an dem Abend mit Sean, als ich ihm gestanden habe, dass ich in ihn verliebt bin.

»Ich nehme es zurück.«

Meine Kehle schnürt sich zu, als ich den Stoff an mein Gesicht drücke in der Hoffnung, einen Hauch seines Duftes wahrzunehmen, aber ich werde enttäuscht. Nach unserer Trennung habe ich es nicht übers Herz gebracht, das Kleid zu waschen. Der Schmerz nagt an mir, als ich es vorsichtig falte und es in ein Fach lege. Dann gehe ich nach unten und hole meinen Koffer aus dem Auto. Ich lasse mir Zeit damit, den Schrank mit meiner neuen Garderobe zu füllen. Ich weiß noch nicht, wie lange ich hierbleiben werde, aber nach meiner gestrigen nächtlichen Entscheidung weiß ich zumindest, dass es einige Zeit dauern wird, alles zu regeln. Und ich brauche eine gewisse Ordnung.

Die letzten sechsunddreißig Stunden waren ein absolutes Chaos. Ich bin schon wenige Stunden nach meiner Ankunft hier eingeknickt, habe meinem Ex-Verlobten unvorstellbare Dinge gestanden, obwohl er nicht verdient hatte, so enttäuscht zu werden. Ich habe zu viel preisgegeben. Ich darf nicht in alte Muster zurückfallen, sonst verliere ich mein Ziel aus den

Augen. Meine Gefühle haben mich vielleicht hierhergeführt, doch ab jetzt muss mir meine Vernunft dabei helfen, den Rest richtig anzugehen.

Nachdem ich ausgepackt habe, gehe ich mit meinem Glas und der halb leeren Whiskyflasche nach unten. Noch immer ein wenig wackelig, weil ich am Abend zu viel getrunken habe, stolpere ich und lasse das Glas fallen, das auf dem Küchenboden zerspringt. Ich hole Besen und Kehrblech und beginne, die Splitter zusammenzufegen, als mir plötzlich ein schwacher, aber unverkennbarer Geruch in die Nase steigt.

Ich lasse das Kehrblech fallen und starre ungläubig zu den Glassplittern hinab. Schließlich hebe ich einen größeren davon auf, um daran zu riechen.

Gin.

Diesen Geruch würde ich überall wiedererkennen. Manchmal kann ich ihn noch immer auf seinen Lippen schmecken.

Big Brother is watching you.

Eilig gehe ich zu der kleinen Kammer, in der sich das Alarmsystem befindet, und lasse die letzten vierundzwanzig Stunden bis zum Zeitpunkt meiner Ankunft zurücklaufen. Aber mein Auto ist das einzige, das auf dem Bildschirm zu sehen ist, und ich bin die Einzige, die das Haus betritt. Ich war in der letzten Nacht allein.

Ich lege mir die Hände ans Gesicht und seufze.

Der Traum, das Kleid, der Alkohol haben offenbar meine Fantasie beflügelt. Ich bin längst wieder eine Gefangene in diesem Haus, und die Geister von früher scheinen mich zu verfolgen.

Ich beschließe, zumindest ein bisschen von meiner Würde zu bewahren, und werfe die nach Gin duftenden Glassplitter in den Müll.

Meine Fantasie spielt mir schon wieder Streiche, aber ich werde nicht mehr darauf reinfallen.

Ich habe mich dafür entschieden, mich mit Ryan in der Lobby zu treffen, und entdecke ihn beim Eintreten sofort, wie er hastig auf seinem Laptop tippt. Ich habe ihn angerufen, weil er einer der besten Firmenanwälte des Landes und die größte Stütze in meinem Unternehmen ist. Außerdem ist er gut darin, mich und meine Interessen zu schützen.

Er schaut von seinem Bildschirm auf und schenkt mir sein Lächeln, mit dem er Frauen um den Verstand bringen kann. Er sieht auf typisch amerikanische Art umwerfend gut aus – durchtrainiert, sandblondes Haar und meerblaue Augen.

Er ist zwar mein vertrauenswürdigster Businesspartner, aber auch ein Ex-Freund aus dem College. Während meines ersten Semesters waren wir ein paar Monate zusammen, ehe er den Abstand leid war, den ich ständig zwischen uns erschaffen habe, damit er mir bloß nicht zu nahekam.

Er betrachtet mein Kleid, und mir entgeht nicht, dass er seinen Blick einen Moment auf meinem Körper ruhen lässt.

Obwohl ich heute Morgen leicht verkatert aufgewacht bin, habe ich es geschafft, mich zusammenzureißen und meine schwarzen Stiefel anzuziehen, die mir immer das Gefühl geben, ich könnte alles erreichen. Dazu trage ich einen schwarzen Bleistiftrock und einen engen Blazer mit Stehkragen, der viel Dekolleté zeigt. Meine Haare habe ich offen gelassen und habe mir Wellen gemacht. Meine Augen sind mit schwarzem Eyeliner betont und meine Lippen knallrot geschminkt. Es ist das gleiche Rot wie der Trenchcoat, den ich über dem Arm trage.

Ryan erhebt sich von dem kleinen Sofa und umarmt mich. Wie immer ist er perfekt gekleidet. Sein Haar hat er zurückgekämmt. Ich spüre die Blicke der beiden Frauen, die an der Rezeption stehen. Er schafft es immer wieder, die Aufmerksamkeit auf sich zu lenken, aber seine Aufmerksamkeit schenkt er allein mir. »Du siehst toll aus.«

»Danke, aber ich fühle mich schrecklich.«

Seine dichten dunkelblonden Augenbrauen ziehen sich zusammen. »Hast du nicht gut geschlafen?«

»Nicht wirklich, nein«, gestehe ich und schaue mich in der Lobby des Boutique-Hotels mit den edlen Möbeln und den Kunstwerken um, in dem Ryan abgestiegen ist. »Schön hier.«

»Sollte für unsere Zwecke genügen.« Er schaut mich neugierig an. »Willst du mir verraten, was zu deinem plötzlichen Sinneswandel geführt hat? Du hast bisher jedes Angebot abgelehnt und wolltest nicht mal mehr über das Haus reden.«

»Ich habe meine Gründe.«

Er klappt seinen Laptop zu und schiebt ihn in die dunkelbraune Lederhülle, die er schon im College hatte. »Geheimnisvoll wie immer.«

Ich zucke mit den Schultern. »Jede Frau braucht ihre Geheimnisse, oder?«

»Ist gar nicht nervig«, kontert er trocken. »Und auch bestimmt nicht der Grund, warum ich mit dir Schluss gemacht habe. Mich würde interessieren, wie Collin zu dir durchgedrungen ist. Es ist, weil er Engländer ist – du stehst auf seinen Akzent, oder?« Sein Lächeln schwindet, als er meinen Gesichtsausdruck bei der Erwähnung von Collins Namen sieht. »Echt jetzt, Cecelia? Selbst ich war geil auf den Mann.«

»Ich will nicht darüber reden.« Ich drehe mich um und gehe durch die Flügeltür nach draußen.

Er hält mich auf dem Bürgersteig auf, indem er mir sanft meinen roten Trenchcoat entwindet und mir hineinhilft. »Tut mir leid«, flüstert er leise. »Das war scheiße von mir.«

»Schon in Ordnung. Es war nur eine Frage der Zeit.«

Erwartungsvoll starrt er mich an.

»Mir geht's gut, Ryan. Entspann dich. Ich fahre.«

Er folgt mir zu meinem Audi, steigt auf der Beifahrerseite

ein und betrachtet den belebten Platz durch das Fenster. »Der Ort ist … charmant. Bist du hier aufgewachsen?«

»Ja und nein.«

»Mann«, murrt er, »hast du 'ne Fortbildung gemacht, wie man Fragen ausweicht?«

Wenn er wüsste … Ich wende mich ihm zu. »Ich war ein Jahr lang hier, als ich neunzehn war. Gelebt habe ich hier nie wirklich.«

»Eine richtige Antwort. Ich bin beeindruckt.«

»So schlimm war ich nun auch wieder nicht.« Ich lasse den Motor an und schaue zu ihm rüber.

»Du wolltest kein Geschenk zum Valentinstag, und als ich dir gestanden hab, dass ich in dich verliebt bin, hast du gesagt, ich sollte allmählich anfangen, mit anderen Frauen zu schlafen.«

Ich verlasse die Main Street, biege ein paarmal ab und folge der Route, die zur Fabrik führt. »Dafür war ich nicht bereit. Und ich wollte dich nicht als guten Freund verlieren.«

»Du hattest mich im Grunde schon nach dem ersten Date abgeschrieben.«

Obwohl sein Tonfall scherzhaft klingt, weiß ich, dass ich ihn wahrscheinlich mehr verletzt habe, als ich dachte. Aber er hatte den Ruf, gern zu feiern und Spaß zu haben, und genau danach habe ich damals verzweifelt gesucht.

»Ich habe nicht damit gerechnet, dass das zwischen uns jemals was Ernstes werden könnte«, sage ich aufrichtig.

»Dann hättest du keine tiefgründigen Gespräche mit mir führen dürfen und lieber alte, bollerige Pullover tragen sollen.«

Als ich an einer Ampel anhalte, grinsen wir uns an. »Ich bin froh, dass wir Freunde geblieben sind.«

»Na, jetzt, wo dein ekelhaft charmanter englischer Gentleman endlich weg ist, können wir vielleicht darüber verhandeln, ob wir nicht wieder mehr werden.«

»Sehr witzig.«

»Ich bin kein Unmensch. Ich gebe dir vorher ausreichend Zeit zum Trauern«, sagt er sachlich, während er auf seinem Telefon herumscrollt. »Wie wäre es mit Dienstag in einer Woche?«

»Halt die Klappe. Wir müssen uns auf das Wichtige konzentrieren. Erzähl mir von dem Gebot.«

»Das ist einfach. Der gebotene Preis ist der Hammer – abgesehen vom gefallenen Aktienkurs ist die Sache ziemlich simpel. Wir treffen uns um zwei mit dem Anwalt des Interessenten.«

»Das ging aber schnell.«

»Die meisten Aktionäre haben schon unterschrieben.«

»Ist das Gebot *so* gut?«

»Ja, ist es. Wenn du das Geld so einsetzt, wie ich vermute, können wir viel erreichen. Aber bist du dir sicher, dass du es tun willst?«

»Ja. Warum fragst du mich das immer wieder?«

»Warum jetzt plötzlich?«

»Weil ich es lange genug vor mir hergeschoben habe.« Ich biege auf die vertraute Straße ab und lächele.

Ich spüre, dass Ryan mich von der Seite beobachtet. »Warum lächelst du?«

Ich öffne die Fenster, sodass der Wind zusammen mit dem Flüstern einer Erinnerung – einer Stimme – durch den Wagen fegt.

Eier: weich gekocht, Kaffee: schwarz.

»Musik«, sage ich und drehe das Radio hoch, »laut.«

»Wie bitte?«, fragt Ryan, der auf seinem Handy scrollt.

»Autos«, fahre ich fort und schaue ihn kurz an, bevor ich das Gaspedal durchtrete, »schnell.«

Ryans Augen treten hervor, und sein Mund öffnet sich, doch ich schenke ihm keine Beachtung, sondern schaue wieder auf die Straße und beschleunige immer mehr. Ich rase die gerade Straße entlang und genieße den Rausch so sehr, dass sich die Haare an meinen Armen aufstellen.

»Cecelia?« Ryans Stimme bebt vor Angst.

»Ja?«, bringe ich lachend hervor.

»Was hast du vor?«

The Pretender von den Foo Fighters dröhnt durch den Wagen. Kopfschüttelnd wechsele ich den Gang. Wenn ich schon Erinnerungen heraufbeschwöre, dann richtig. Ich habe mich den Dämonen gestellt, verdammt, ich habe mich sogar in sie verliebt und überlebt. Ich habe schon viel mehr durchgestanden.

Es wird Zeit, mich zu befreien.

Ich schaue Ryan an und antworte ihm grinsend: »Ich muss Dampf ablassen.«

Wir rasen immer noch in halsbrecherischem Tempo über die Straße.

Ryan stößt einen Schrei aus, der fast so hell klingt wie der einer Frau. »Cecelia, fahr langsamer, bevor ich noch zum Christen werde und bete.«

Ein Lachen entfährt mir. »Warte kurz.«

»O fuck, fuck, fuck«, murmelt Ryan ängstlich neben mir, als ich quietschend eine Kurve nehme. Ich halte das Lenkrad fest umklammert, schalte runter und gebe wieder Gas, sodass Ryan an die Rückenlehne seines Sitzes gedrückt wird.

Er hält sich mit einer Hand am Armaturenbrett und mit der anderen am Griff über der Tür fest. »Jepp, mir ist gerade ein bisschen von dem Omelette hochgekommen, das ich zum Frühstück gegessen hab.«

Ich spüre, wie er mich anstarrt, aber ich bremse nicht ab, sondern sauge das Adrenalin in mich auf und fühle mich zum ersten Mal seit Langem alles andere als betäubt. Ich nehme eine weitere Kurve so schnell, dass wir fast von der Spur abkommen, und lenke den Wagen dann wieder auf die Mitte der Fahrbahn.

»Cee, was passiert hier gerade? Ist das so was wie ein Hilferuf?«

Grinsend wie eine Besessene schüttele ich den Kopf und lasse mich von der Musik antreiben. »Ich wecke alte Geister, Rye, und für mich kommt ohnehin jede Hilfe zu spät.«

»Du weckst alte Geister? Ich hab aber kein Interesse daran, auch einer von denen zu werden, und ich sehe zu gut aus, um so jung zu sterben. Fahr verdammt noch mal langsamer!«

Wieder lache ich wie eine Wahnsinnige, und ich spüre seine Angst neben mir. »Mach dich locker.«

»Du hast gut reden.« Er dreht den Kopf, um nach hinten zu schauen. »Sind wir auf der Flucht?«

»Heute nicht.« Ich nehme eine letzte Kurve, und wir schlingern in die Einfahrt der Fabrik.

Schwungvoll parke ich ein und blicke hinüber zu Ryan, der weiß wie die Wand ist. Grinsend sehe ich an dem Gebäude hoch, aber spüre keine Angst. Ich schaffe das. Ich kann mich befreien. Ich habe die Kraft, es zu versuchen. Und wenn das Schicksal es gut mit mir meint, kann ich mir vielleicht selbst verzeihen, ihnen verzeihen und endlich nach vorn blicken. »Ich glaube, ich bin bereit.«

Ryan atmet tief ein. »Gib mir eine Minute.«

KAPITEL ZWEIUNDDREISSIG

Ich sitze an einem der Konferenztische, die an die Lobby angrenzen, und Ryan geht mit mir Seite für Seite das Angebot durch. Als er fertig ist, setzt er sich neben mich und reicht mir einen Stift. »Unterschreibe hier und hier.« Er blättert weiter. »Diese Paragrafen haben wir ja vorhin schon im Detail besprochen. Mit deiner Unterschrift stimmst du den Verkaufsbedingungen zu.«

Ich bin kurz davor, ein Vermögen zu gewinnen, und nichts daran erfüllt mich mit Freude, abgesehen von den guten Taten, die mir das Geld ermöglichen wird. Ich habe es auch allein zu etwas gebracht, aber diese Unterschrift wird mich zu einer steinreichen Frau machen. Dank der Aktien, die ich an meinem zwanzigsten Geburtstag geerbt habe, und aufgrund von Romans frühem Tod gehört mir der größte Teil von Horner Technologies.

Die Diagnose Darmkrebs kam plötzlich, und ebenso schnell kam sein Tod – wahrscheinlich war es kein schönes Ende. Kein Geld der Welt konnte ihn retten, als sich sein Zustand immer mehr verschlechtert hat. Ich kenne die Einzelheiten nicht, und ich habe auch nicht versucht, zum Ende hin unsere Beziehung zu kitten.

Als ich einen Anruf von dem Pfleger aus seinem Hospiz bekommen habe, habe ich keine Träne vergossen, und ich war auch nicht auf seiner Beerdigung. Ich rechne immer damit, dass sich irgendwann Schuldgefühle einstellen, aber bisher ist das nicht geschehen.

Jetzt will ich mich nur befreien – von meiner Verpflichtung, von ihm und seiner kranken Vorstellung von Erfolg. Und auch mit dem Namen, der alles repräsentiert, was uns ruiniert hat – Macht, Geld und Habgier – will ich nichts mehr zu tun haben.

Manchmal wünsche ich mir, ich hätte weiterhin die Augen vor seinen kriminellen Aktionen verschlossen und nie davon erfahren. Aber ich habe mein Wissen zumindest sinnvoll genutzt und eine Kampagne ins Leben gerufen, die auf CEOs aufmerksam macht, die ihre Unternehmen genauso unfair führen wie mein Vater. Zusammen mit Collin habe ich eine gemeinnützige Organisation für Sozialhilfe und Angestelltenrechte gegründet – das genaue Gegenteil zu dem Karrierepfad, den Roman eingeschlagen hat. Außerdem habe ich mein Erbe dazu verwendet, um ein Start-up zu gründen. Für uns arbeiten viele Anwälte, so auch Ryan, die es sich zur Lebensaufgabe gemacht haben, Unternehmen wie Horner Technologies zu Fall zu bringen.

Wir haben großen Erfolg.

Inmitten meiner Gewissenskrise und angesichts der geplatzten Hochzeit habe ich beschlossen, neue Pläne in Gang zu setzen. Als wir in der Fabrik angekommen sind, haben wir eine kleine Tour gemacht, uns einen Konferenzraum gesichert, und dort habe ich für Ryan die Bombe platzen lassen. Nachdem wir uns zwei Stunden lang angeschrien haben, hat er sich bereit erklärt, einen Vertrag aufzusetzen, mit dem ich meine Rechte an unserer Stiftung Collin überschreibe. Nach dem Verkauf werde ich eine hohe Summe überweisen, damit die Stiftung für mehrere Jahre bestehen bleiben kann. Ich bin stolz auf das, was wir innerhalb von so kurzer Zeit geschafft haben, aber nachdem ich meinem Ex-Verlobten so viel Schmerz zugefügt habe, ist das vielleicht ein kleiner Trost. Collin ist schon seit Beginn an meiner Seite. Und auch wenn ich nicht mehr an *seiner* Seite sein kann, vertraue ich ihm vollkommen.

Mit einer simplen Unterschrift kann ich einen Neuanfang wagen. Und vielleicht ist es gut, dass ich es jetzt statt irgendwann später tue; vielleicht ist es aber auch eine unüberlegte Entscheidung. Rational war sie definitiv nicht, sondern ich habe mich von meinen Gefühlen leiten lassen. Zumindest kann ich weiterhin Gutes tun. Und so höre ich auf mein Bauchgefühl, als ich nach dem Stift greife und ihn auf das Papier drücke. Doch das Logo unter der Unterschrift des Käufers lässt mich erstarren. Der Firmenname war im Vertrag nicht erwähnt, aber das Emblem ist unverkennbar.

Ein Rabe.

»Was ist los?« Ryan entgeht nicht, dass ich mich mit einem Mal vollkommen verkrampfe.

Ich schaue zwischen ihm und dem Anwalt hin und her, dessen Name mir entfallen ist. Er steht hinter mir, um sicherzustellen, dass ich an den richtigen Stellen unterschreibe.

Ryan beugt sich vor, um mir etwas zuzuflüstern. »Ich habe recherchiert, als wir das Angebot bekommen haben. Mit der Firma ist alles in Ordnung, und der CEO ist nur irgendein Milliardär, der eine Chance gewittert hat.«

»Wo ist er denn?«

Ryan runzelt die Stirn. »Er?«

»Tobias King«, spreche ich schließlich den Namen aus, nach dem mein Herz seit Jahren schreit.

Der Anwalt räuspert sich und schaut Ryan Hilfe suchend an, doch wendet sich wieder mir zu, als er keine Reaktion bekommt. »Ms Horner, ich muss Ihnen mitteilen, dass mein Klient ...«

»Entschuldigen Sie«, unterbreche ich. »Wie war Ihr Name noch mal?«

»Matt Straus«, antwortet er knapp und eindeutig beleidigt.

»Es tut mir leid, Mr Straus. Aber er will offensichtlich, dass ich weiß, wer er ist.« Ich ziehe die Flügel mit der Fingerspitze nach. »Alles in Ordnung mit der Firma«, sage ich und unterdrücke ein Lachen.

»Ms Horner«, sagt der Anwalt, »der Vorstand hat bereits unterschrieben und damit die Abwicklung in Gang gesetzt …«

»Das ist mir bewusst, Mr Straus. Aber ohne mein Einverständnis läuft hier nichts, und ich werde nicht unterschreiben, ohne vorher mit Tobias King gesprochen zu haben. Unter vier Augen.«

Auf Ryan ist wie immer Verlass; sofort ist seine Miene entschlossen, und er sieht den Anwalt erwartungsvoll an. Dafür liebe ich ihn. Ryan ist ein Hai, und deshalb ist er hier.

Ich drücke mich vom Tisch ab und verschränke die Arme vor der Brust. »Ich bestehe darauf.«

Mr Straus seufzt, holt sein Telefon aus der Tasche und entschuldigt sich. »Ich bin mir nicht sicher, ob er bereit dazu ist.«

»Oh, das wird er sein«, versichere ich ihm, was mir einen forschenden Blick von beiden Männern einbringt, ehe der Anwalt die Tür hinter sich schließt.

Ryan dreht sich zu mir um. »Was soll das?«

»Vertrau mir einfach.«

»Natürlich vertraue ich dir, aber ich brauche eine Erklärung. Wir wollen schließlich keine Überraschungen. Kennst du den Käufer?«

»Ja.«

»Woher?«

Mr Straus betritt den Raum, bevor ich antworten kann. »Mr King ist in zwanzig Minuten hier.«

Es kostet mich große Mühe, meine Stimme neutral klingen zu lassen. »Heute?«

Er ist hier.

Er ist in Triple Falls.

Wieder denke ich an gestern Abend zurück, als ich den Eindruck hatte, dass ich nicht allein war.

Seine bloße Existenz treibt mich in den Wahnsinn.

Ich war bereit, ihn irgendwann in naher Zukunft zur Rede zu stellen, aber heute? Jetzt? Nervös stehe ich auf und gehe zu der Reihe aus großen Fenstern.

»Bitte entschuldigen Sie uns«, sagt Ryan, ohne den Blick von mir abzuwenden.

Mr Straus nickt. »Ich warte vor der Tür. Wenn er eintrifft, geleite ich ihn rein.«

Ryan schließt mit einem knappen »Danke« die Tür hinter ihm.

Unsere Blicke treffen sich für eine Sekunde, ehe ich meinen abwende.

»Endlich ein Geheimnis, das du nicht für dich behalten kannst. Es steht dir nämlich ins Gesicht geschrieben. Wer ist er?«

»Jemand, von dem ich nie geglaubt hätte, ihn wiederzusehen.«

»Er will dich aber eindeutig sehen.«

»Das stimmt nicht. Er wollte die Sache schnell über die Bühne bringen. Und sein Name steht nicht mal im Vertrag.«

»Er wusste aber, dass du ihm das Logo zuordnen würdest. Er hat es dir zu leicht gemacht.«

»Er wusste, dass es mir auffallen würde, aber er hat klargestellt, dass er mich nicht sehen will.«

»Das ist also der Typ, der *dich* verlassen hat.« Ryan tritt neben mich, und ich schaue wieder aus dem Fenster. »Cecelia, was ist hier los?«

»Ich bin mir nicht sicher.« Aber ich bin mir sicher, dass er immer noch Romans Unternehmen will. Das wusste ich schon immer. Aber seit ich hier weggegangen bin, hat Tobias nicht einmal versucht, die Firma an sich zu reißen.

»Vertraust du ihm genug, um an ihn zu verkaufen?«

Ich nicke.

»Warum siehst du dann so erschrocken aus?«

»Das letzte Mal, als ich ihn gesehen habe, ist es nicht gut ausgegangen.«

»Er bietet weit mehr, als das Unternehmen wert ist.«

»Das hat nichts mit mir zu tun. Es musste ein Angebot sein, das ich nicht ablehnen kann.«

»Ist er so was wie *Der Pate*?«

Der Witz entlockt mir kein Lächeln.

»Bist du dir sicher, dass du das tun willst?«

»Ja. Mach dir keine Sorgen. Er war kein Fan meines Vaters. Aber er hat keine schlechten Absichten, was das Unternehmen betrifft. Meine Vermutung ist, dass er es in den Besitz der Belegschaft übergeben will.«

»Ich verstehe.«

Wieder entsteht eine Pause, und ich kann ihn nicht ansehen.

»Ist irgendwas davon – deine Rückkehr hierher, der Verkauf der Firma oder Mr King – der Grund dafür, dass du mit Collin Schluss gemacht hast?«

Ich antworte nicht.

»Wow, jetzt bin ich richtig neugierig.«

»Das kannst du dir sparen. Er ist nur ein Mann, der das Unternehmen will, die Fabrik im Speziellen. Er hat seine Gründe, und er wird die Sache richtig angehen.«

»Ich will dich aber nicht mit ihm allein in einem Raum lassen, wenn du Angst hast.«

»Ich habe keine Angst.«

»Cee.« Er nimmt meine Hände und zwingt mich, ihn anzusehen. »Du zitterst.«

»Es ist kalt hier.«

Er verengt ungläubig die Augen.

»Es ist einfach lange her.«

»Bist du dir sicher, dass du allein klarkommst?«

Nein.

»Absolut. Ryan, bitte tu mir einen Gefallen, und lass mich eine Minute allein.«

Als er zögert, schüttele ich den Kopf. »Ich schwöre, dass ich allein zurechtkomme.«

»Okay, ich warte direkt vor der Tür.«

»Danke.«

Als die Tür geschlossen ist, trete ich näher ans Fenster und betrachte die Bäume.

Sechs Jahre ohne ein Wort von ihm, und jetzt erwartet er von mir, dass ich ihm kampflos das gebe, was er will? Seine Dreistigkeit lässt meine alte Wut wieder aufflammen. Ich kann seinen Groll gegen Roman und mich nachvollziehen, aber diese Aktion macht das, was in der Vergangenheit passiert ist, nur noch schlimmer.

Jahrelang hatte mein Vater das Wohl und Wehe der Menschen in dieser Stadt unter seiner alleinigen Kontrolle und hat sich schlecht darum gekümmert, also ist es nur verständlich, dass sie sich dagegen zur Wehr gesetzt haben. Tobias hatte schon lange vor, den Arbeitern die Macht zurückzugeben. Ich war damals so jung, dass ich das große Ganze nicht sehen konnte, aber seine Pläne haben sich nicht verändert. Gerechtigkeit für die kleinen Leute war schon immer Antrieb dafür, Krieg gegen große Unternehmen zu führen.

Und das kann ich ihm nicht mal verdenken. Es ist brillant. Als Teenager haben sie sich zusammengeschlossen, und heute kann er seinen bisher größten Sieg verbuchen. Er scheint alles erreicht zu haben, was er sich vorgenommen hat. Alles.

Sein Tag der Abrechnung ist endlich gekommen. Und ironischerweise bin ich diejenige, die ihm das ermöglicht.

Aber nicht ohne auch ein bisschen Gerechtigkeit für mich selbst einzufordern.

Als einige Minuten später die Tür geöffnet wird, schaue ich weiter aus dem Fenster, aber ich spüre dennoch sein Zögern.

»Gut gemacht, Tobias, aber du musst gewusst haben, dass ich es rauskriege.«

Stille. Es folgt eine Minute des Schweigens, und schließlich noch eine. Ich spüre seinen Blick auf mir, meine Wirbelsäule prickelt, und mein Herz flattert in meiner Brust.

»Das war mir egal.« Das Timbre seiner Stimme in Kombination mit seinem starken französischen Akzent bringt mich dazu, die Augen zu schließen, und mein Herz beginnt zu rasen. Jahrelang habe ich davon geträumt, diese Stimme zu hören, und jahrelang habe ich an sein sanftes Flüstern während unserer intimsten Momente zurückgedacht.

»Warum bist du dann nicht gleich selbst hergekommen?«

»Das war nicht nötig.«

»Du meinst, ich bin es nicht würdig, dass du mir die Hand schüttelst? Oder zumindest hättest du kommen können, um mich hämisch anzugrinsen.«

»Das habe ich nicht nötig. Ich bin mir durchaus bewusst, dass du mein Angebot ablehnen könntest. Aber die Firma war dir immer egal.«

»Warum jetzt? Warum hast du so lange gewartet?«

»Ich war mir nicht sicher, ob ich sie noch wollte.«

»Und was hat sich jetzt geändert?«

»Nichts, ich bin einfach zu dem Schluss gekommen, dass ich das Unternehmen noch will.«

Obwohl ich selbst große Ambitionen habe, was meine Karriere betrifft, habe ich Romans Firma nicht angerührt, seitdem ich sie geerbt habe. Denn auch wenn ich noch einen Groll gegen ihn hege, hätte sie niemals mir gehören sollen.

»Das Ganze hätte doch schon vor Jahren passieren sollen. Was war los? Hattet ihr Mitleid mit einem sterbenden Mann?«

»Die Pläne haben sich geändert.«

Ich atme leise aus, drehe mich um und schaue ihn zum ersten Mal seit sechs Jahren an. Als sich unsere Blicke treffen, ist es wie ein Schuss in die Brust, der mir den Atem raubt. Innerhalb von Sekunden lodert ein Feuer in mir, und meine Lippen öffnen sich leicht. Sprachlos schauen wir einander an.

Er ist erschreckend schön, das war er schon immer, aber mittlerweile sieht er noch besser aus. Er wirkt fehl am Platz in diesem altmodischen Büro. Sein dunkler Anzug schmiegt sich an seinen Körper, der immer noch so durchtrainiert ist wie damals, als ich seine nackte Haut unter meinen Fingern gespürt habe und sich unser Atem vermischt hat.

Meine Erinnerungen an ihn werden ihm nicht gerecht. Von der unwirklichen Glutfarbe seiner Augen, seinem starken Kiefer, der majestätisch markanten Nase bis hin zu seinen vollen Lippen wirkt er einfach nur betörend.

Gerade als ich das Feuer in seinen Augen aufblitzen sehe, nach dem ich mich mit jedem Schlag meines betrogenen Herzens gesehnt habe, wird sein Blick, den er nun an mir hinabwandern lässt, wieder kühl.

»Was soll die Feindseligkeit? Ich hätte gedacht, heute ist ein guter Tag für dich, Tobias. Ein Grund zum Feiern. Du hast gewonnen.«

»Nichts habe ich gewonnen.«

Sein Tonfall lässt mir einen Schauer über den Rücken laufen.

»Mir geht's übrigens gut, danke der Nachfrage.« Ich gehe

einen Schritt auf ihn zu, doch er versteift sich. »Du wirst ihnen die Firma zurückgeben, nicht wahr?«

Ein knappes Nicken.

»Sie haben es verdient. Ich habe nichts dagegen einzuwenden.«

Wieder betrachtet er mich von oben bis unten, als wollte er sich vergewissern, dass ich unverletzt bin.

Das bin ich nicht.

»Aber ich werde die Sache auch nicht komplett auf sich beruhen lassen.«

Abrupt hebt er seinen Blick. »Kannst du es nicht einfach hinter dich bringen?«

»In den letzten sechs Jahren bin ich dir nicht ein einziges Mal zur Last gefallen. Ich habe exakt das getan, worum du mich gebeten hast.«

»Ich habe dir gesagt, dass du nie wieder zurückkommen sollst, Cecelia. Das habe ich ernst gemeint.«

»Nun, tut mir leid, dass ich dir Umstände mache, aber mein Vater ist gestorben. Ich habe hier geschäftlich zu tun.«

»Dein Vater ist zwei Jahre, nachdem du weggegangen bist, gestorben, und damals bist du auch nicht aufgetaucht. Aber wenn du ihn als Ausrede benutzen willst, nur zu. Dann sind wir hier vielleicht schneller fertig.«

Ich schaue ihm fest in die Augen. »Sorry, aber ich lasse mir nichts mehr von dir befehlen.«

»Das war schon immer so. Aber wir können uns den Ärger ersparen.«

»Eher nicht, denn ich lasse mich nicht mehr von dir manipulieren. Und ich verlange Antworten.«

»Lass es bleiben. Wir waren damals dumm und haben dumme Dinge getan. Der Teil, den du dazu beigetragen hast, endet in diesem Raum.«

»Dumm …« Ich lasse das Wort nachwirken. »Na, so habe ich mich in den letzten Jahren tatsächlich oft gefühlt.«

Er bläht die Nasenflügel, als ich näher an ihn herantrete und sich die Atmosphäre zwischen uns mit jedem Schritt mehr erhitzt, bis es schwer wird zu atmen.

Sein Blick huscht unbeständig über meinen Körper, und schließlich schiebt er die Hände in seine Hosentaschen. »Willst du eine Entschuldigung?«

»Das würde nicht viel bringen. Was du mir angetan hast, war unfassbar grausam, findest du nicht?«

»Es war aber nötig.«

»Nötig … Nein, das Wort gefällt mir nicht. Und *grausam* ist vielleicht auch zu milde ausgedrückt.«

Seine Kiefer mahlen vor Ärger, und ich würde ihm am liebsten eine Ohrfeige verpassen. Jedes Gefühl, das zwischen uns hin und her springt, ist fast greifbar, aber ich will diese Spannung durchbrechen, denn sie tut weh.

Seine Stimme ist nur noch ein Flüstern, als er spricht. »Was willst du?«

»Ich will, dass du mit mir redest. Eine richtige Unterhaltung mit mir führst.«

»Ich habe dir nichts zu sagen.«

»Ich dir dafür umso mehr.«

Wieder bläht er die Nasenflügel. »Dann sprich.«

»Nein«, erwidere ich leise. »Nicht so. Nicht, wenn andere Leute an der Tür lauschen.«

»Es war ein Fehler herzukommen«, versetzt er und fährt sich mit einer Hand durch die Haare, womit er seine perfekte Frisur in Unordnung bringt. »Die Abmachung war …«

»Wir verhandeln noch«, kontere ich und gehe entschlossen auf ihn zu. »Du hast Pläne und Komplotte geschmiedet und mich dabei als Schachfigur benutzt, und jetzt bist *du* sauer?

Das darfst du gerne sein, aber wie kannst du es wagen, dich hier hinzustellen und derart abweisend zu sein?«

»Wie gesagt … Du solltest niemals in die Sache reingezogen werden. Ich hab dir von Anfang an erklärt, dass du dich verdammt noch mal von uns fernhalten sollst. Aber du wolltest ja nicht hören.«

»Und du hast dich von mir ferngehalten?«

»Das zwischen uns hat dir mehr bedeutet als mir.«

Innerlich sterbe ich. Seine Worte treffen mich genauso schwer, wie er es beabsichtigt hat. Ich schaue wieder aus dem Fenster, damit er nicht sieht, wie sehr er mich verletzt hat.

Als er hinter mir weiterspricht, wird die Atmosphäre noch angespannter. »Alles ist auch ohne dich weitergelaufen.«

»Gut zu wissen.«

»Unterschreib einfach den Vertrag, und fahr nach Hause. Du wirst eine reiche Frau sein.«

Ich drehe mich wieder zu ihm um. Wie verletzt ich bin, muss mir ins Gesicht geschrieben stehen. »Geld bedeutet mir nichts. Und ich bin auch ohne diesen Deal erfolgreich genug.«

»Das ist mir bewusst.«

»Ach ja?« Ich verschränke die Arme vor der Brust. »Klingt nicht so, als hättest du nur nach vorn geblickt.«

»Lass uns nicht wieder davon anfangen.«

Funken blitzen auf, immer deutlicher, je länger wir zusammen in dem Raum stehen, und ich kann das Prickeln zwischen uns spüren, obwohl er versucht, so zu tun, als würde es ihm nicht auffallen. Aber es ist da. Auch wenn ich mir wünsche, dass das Schicksal oder Karma oder was immer uns miteinander verbunden hat, mich endlich freilässt, uns beide freilässt.

Das ist also der Grund, warum er mich nicht sehen wollte: Zwischen uns besteht ein unerklärliches Band. Es war schon vor Jahren unser Untergang, und es ist immer noch genauso stark. Jetzt, da ich wieder dieses Kribbeln spüre, wird mir erneut bewusst, warum wir uns damals nicht voneinander fernhalten konnten.

»Schön, lass uns eine höfliche Unterhaltung führen. Wie geht es Sean?«

»Ist glücklich verheiratet. Er leitet jetzt die Werkstatt und hat zwei Kinder.«

Ich schlucke. »D-das ist toll.« Ich verschränke die Arme vor der Brust. »Habt ihr immer noch viel miteinander zu tun?«

»Nein.«

»Warum?«

Seine Augen blitzen auf, aber diesmal sieht er mich dabei nicht an. »Ich bin hier fertig«, versetzt er, greift nach dem Stift und hält ihn mir hin. »Unterschreibe. Und dann fahr nach Hause.«

»Nein, ich glaube, ich bleibe eine Weile. Ich hab hier ein paar alte Freunde, die ich sehen will. Wie geht es Tyler?«

Er macht einen wütenden Schritt auf mich zu. Es ist fast so, als ob es ihm Schmerzen bereitet, mich anzusehen.

Gierig sauge ich das Gefühl auf, denn in der Nähe dieses Mannes zu sein lässt meine Nerven auf eine Art prickeln, die ich fast vergessen hatte.

Er durchschaut mich mühelos.

»Die Zeiten haben sich geändert. Das ist das Letzte, das uns noch miteinander verbindet.«

Ich lege den Kopf schief. »Ach ja?«

»Unterschreib einfach, verdammt noch mal.« Seine Stimme klingt warnend. »Ich will die Sache mit dir abschließen.«

Ich zucke bei seinen Worten zusammen, und zum ersten Mal, seit er den Raum betreten hat, wird sein Blick weicher, aber es ist zu spät. Ich blute längst.

Hasse ihn. Hasse ihn einfach.

»Unterschreibe«, wiederholt er leise. Zu etwas Freundlicherem wird er sich nicht herablassen.

Die Luft um uns herum flirrt, und ich weiß, dass er es auch spürt. Wir kämpfen beide gegen die Anziehungskraft an, gegen das Schwanken zwischen Liebe und Hass. Je länger wir zusammen in dem Raum sind, desto stärker verwischt diese Grenze, und desto wütender werde ich. Aber ich habe mir selbst ein Versprechen gegeben, das ich nicht brechen werde.

»Ich will die Wahrheit.«

»Dann mach dich darauf gefasst, enttäuscht zu sein.«

»Was soll das heißen?«

»Provozier mich nicht, Cecelia.«

»Ich soll dich nicht provozieren? Das hier ist kein Boxkampf«, presse ich hervor und hebe das Kinn. »Ich verdiene Antworten.«

Die Tür wird geöffnet, und Ryan tritt ein.

Tobias schaut ihn wütend an, aber Ryan richtet seinen Blick auf mich.

»Alles in Ordnung hier?«

»Ja«, erwidere ich schnell, obwohl das Gegenteil der Fall ist. Innerlich zerfalle ich zu Staub. »Wir brauchen nur noch eine Minute.«

Tobias sagt kein Wort zu Ryan, obwohl sie einander für einen angespannten Moment ansehen, ehe Ryan die Tür wieder schließt.

Tobias schaut mich ungläubig an und schüttelt dann angewidert den Kopf.

»Was ist?«

»Natürlich ist dein verdammter Anwalt in dich verliebt.«

»Er ist ein guter Freund und der Beste auf seinem Gebiet. Und er ist übrigens kurz davor, dir die Eier abzureißen, also sei lieber nett. Das hier ist reines *Business*, und ich halte mein

Herz aus der Sache raus. Das hast du mir beigebracht, weißt du noch? Und wer könnte ein besserer Lehrer sein als ein Mann ohne Herz?«

Er schiebt mir die Unterlagen über den Tisch zu. »Unterschreibe.«

»Nein. Auf keinen Fall. Nicht *diesen* Vertrag. Setz einen neuen auf, der mir einen Anteil von fünfundzwanzig Prozent zusichert. Wenn nicht, nehme ich das nächste Gebot an, auch wenn es noch so niedrig ist, einfach nur damit die Firma dir niemals gehören wird.«

Seine Augen blitzen vor Wut auf, aber ich kann mich nicht freuen, denn ich fühle mich niedergeschlagener, als ich es für möglich gehalten habe. Hierher zurückzukommen war der größte Fehler meines Lebens, denn ihn wiederzusehen hat mir klargemacht, dass die Wahrheit mich niemals befreien wird. Ich bin nämlich nicht in eine Erinnerung verliebt, wie ich dachte, sondern immer noch in den Mann, der vor mir steht. Und diese Wahrheit setzt eine Wut in mir frei, die jahrelang in mir geschlummert hat.

»Du hast es dir leicht gemacht, indem du mich ins Exil geschickt hast, aber mit deinem egoistischen Scheiß und deinen Kriegsspielen hast du mich damals gebrochen. Jahrelang war ich am Boden und habe mich gefragt, wie ich dir so wenig bedeutet haben kann. Ich habe fast den Verstand verloren, weil du mich komplett ignoriert und im Dunkeln hast tappen lassen. Ganz allein.« Ich zittere mittlerweile vor Wut. »Ich habe Dominic auch verloren. Nicht nur du. Und dann hast du dafür gesorgt, dass ich auch alle anderen verliere.«

Er schaut mich eingehend an, und ich sehe einen Anflug von Schuldgefühlen aufblitzen, wenn auch nicht annähernd genug. Es wird nie genügen.

Ich hebe das Kinn und fahre mit kalter Stimme fort. »Aber

das Mädchen ist erwachsen geworden, und sie ist wütend auf das Schicksal, das *du* für sie bestimmt hast. Und jetzt will sie das haben, was ihr zusteht. Du kannst die Firma haben, aber du kannst niemals den Kontakt zu mir vollständig abbrechen. Seit Jahren sitze ich die Strafe ab, die du mir auferlegt hast, und jetzt ist es an der Zeit, dass du deine antrittst.« Meine Stimme bebt vor Wut, Schmerz und Hass. »Du hast gedacht, mit dieser Aktion könntest du mich endgültig loswerden? Falsch gedacht.« Mittlerweile stehen wir einander so dicht gegenüber, dass ich seine dunklen, geschwungenen Wimpern sehen kann, den Amorbogen, das blasse Muttermal neben seiner Unterlippe. Ich kann seinen intensiven Geruch nach Zitrus und Leder wahrnehmen. »Ich gebe dir, was du willst, wenn ich meine Antworten bekomme.« Ich greife nach meiner Tasche und meiner Jacke und umfasse die Türklinke. Als ich mich noch einmal zu ihm umschaue, ist sein Blick, wie erwartet, auf mich gerichtet. »Das ist mein Gegenangebot. Nimm es an oder nicht. Die Frage ist einfach, wie wichtig dir die Firma noch ist.«

Ich stoße die Tür auf, gebe Ryan mit einer Handbewegung zu verstehen, dass ich fertig bin, und er kommt schnell an meine Seite.

Er wirft einen fragenden Blick über meine Schulter, während er neben mir her in Richtung Eingangshalle geht. »Was ist passiert, Cee?« Als ich kurz stehen bleibe, hilft er mir in meine Jacke und schaut zwischen mir und der Eingangshalle hin und her.

»Verhandlungen.« Ich zittere immer noch, als er mich zum Parkplatz begleitet.

Als ich hinter dem Steuer sitze, sinke ich in mich zusammen.

Er schaut mich mit großen Augen an. »Verflucht.« Er sieht genauso verwirrt aus, wie ich es bin. »Wer zur Hölle ist der Typ?«

»Nur ein Teil meiner Vergangenheit, den ich hinter mir lassen muss.«

»Das habe ich gespürt, Cecelia. Die Spannung in dem Raum war greifbar.«

»Jepp. Er glaubt übrigens, du wärst in mich verliebt.«

Als eine lange Pause entsteht, wende ich mich ihm zu.

Er kaut auf seiner Unterlippe herum und schaut mich schließlich aus seinen dunkelblauen Augen an. »Das stimmt auch. Und ich war noch nie in meinem Leben so eifersüchtig auf einen anderen Mann wie heute.«

Ich schaue ihn mit offenem Mund an. »Ryan ... Das meinst du nicht ernst ...«

»Mach dir keinen Kopf deswegen. Ich hab dich schon vor langer Zeit abgeschrieben.« Er deutet mit dem Kinn zum Gebäude. »Und kein Mann auf der Welt kann es mit dem da aufnehmen.«

»Ich wollte nie ...« Ich suche nach den richtigen Worten und fühle mich mit einem Mal fürchterlich schuldig. Er hat immer mit mir geflirtet, sogar vor Collin, aber er hatte seit unserer Trennung mindestens ein Dutzend Freundinnen.

Als er meinen schuldbewussten Blick sieht, schüttelt er den Kopf. »Soll ich dir was verraten, damit du dich besser fühlst?«

Ich nicke.

»Ich habe halb Atlanta gevögelt.«

»Das ist eher besorgniserregend.«

»Außerdem bin ich der Grund dafür, dass so viele Assistentinnen gekündigt haben.«

Ich funkele ihn wütend an. »Marcie?«

»Jepp.«

»Scheiße, Ryan! Die mochte ich am liebsten.«

»Ich auch, und deshalb habe ich sie auf deinem Schreibtisch gevögelt, aus Rache.«

»Du Wichser.«

»Ich weiß. Mein Penis war dir nicht treu. Wenn er gekränkt ist, macht er Dummheiten. Fühlst du dich jetzt besser?«

»Ein bisschen.«

Wir lächeln uns an.

»Ich liebe dich auch, das weißt du.«

»Hey, alles in Ordnung zwischen uns«, versichert er mir und holt sein Handy hervor. »Ich will mehr über dieses Arschloch wissen.«

Ich bedecke sein Telefon mit der Hand. »Nicht. Versprich mir, dass du das nicht tust. Versprich es.«

»Warum?«

»Weil ich alles, was ich über ihn wissen muss, schon weiß. Und er ist nicht unser Feind.«

»Na schön. Aber ich hasse ihn.«

»Ich auch.«

Er hebt eine Augenbraue. »Nein, tust du nicht.«

Mit brennenden Augen drehe ich mich zu ihm. »Ryan, er ist mir was schuldig, und ich bin hier, um es einzufordern. Doch das gelingt mir nur, wenn wir den Deal zu meinen Bedingungen abwickeln. Das ist mir wirklich wichtig.«

Er nimmt meine Hand und küsst sie. »Ich helfe dir.«

»Danke.« Ich drehe den Zündschlüssel und erstarre, als ich sehe, dass Tobias vor der Motorhaube auf dem Bürgersteig steht und mich direkt ansieht.

Sein tödlicher Blick richtet sich erst auf Ryan und dann auf mich. In der nächsten Sekunde ist er zwischen den Reihen aus Autos verschwunden.

»Das war ja überhaupt nicht creepy«, sagt Ryan neben mir. »Muss ich damit rechnen, morgen früh einen blutigen Pferdekopf in meinem Hotelbett zu finden?«

KAPITEL DREIUNDDREISSIG

Ich sitze vor dem Haus in meinem Wagen und warte darauf, dass es aufhört zu regnen. In meinem Handy herrscht Stille.

»Christy? Bist du noch dran?«

Ich blicke auf das Handy auf meinem Schoß und sehe, dass die Verbindung nicht unterbrochen wurde. Die Sekunden laufen weiter.

»Chris …«

»Also nur um das klarzustellen.« Ich höre das Plätschern ihres Badewassers. »Vor drei Tagen hast du mich noch angerufen und mich gebeten, dir bei der Sitzordnung deiner schicken High-Society-Hochzeit in Atlanta zu helfen, und heute bist du in Triple Falls, weil du einen Traum hattest, dein Hochzeitskleid zerfetzt hast, mit deinem Verlobten Schluss gemacht und beschlossen hast, die Firma deines Vaters an einen Mann zu verkaufen, der dir das Herz gebrochen hat, und kurz danach hat dir dein Ex aus dem College gestanden, dass er immer noch in dich verliebt ist?«

»Ja, ich weiß, das klingt verrückt, aber …«

»Verrückt? Das ist eine ganze verdammte *Grey's-Anatomy*-Folge, aber gegen Ende der Staffel, wenn es so richtig dramatisch wird. Du hast auch echt nichts ausgelassen.«

Ich habe Ryan an seinem Hotel abgesetzt, und obwohl er behauptet hat, zwischen uns sei alles in Ordnung, hat er einen gemeinsamen Lunch abgelehnt, und schon auf der Rückfahrt herrschte peinliches Schweigen zwischen uns. Er hatte mich gänzlich ignoriert und so getan, als habe er wichtige E-Mails zu beantworten, aber ich habe die Distanz zwischen uns gespürt.

Wie konnten mir seine Gefühle nur so lange entgangen sein?

»Ich hab ein total schlechtes Gewissen.«

»Alle wissen, dass er in dich verliebt ist. Ich hab sein Gesicht gesehen, als Collin dir den Antrag gemacht hat. Er war total traurig.«

»Jetzt fühle ich mich noch schlechter.«

»Du hast ihm ja keine Hoffnung gemacht … Verdammt, ich hätte auch gern mal wieder Männerprobleme.«

»Du hast doch den perfekten Mann.«

»Er hat letzte Nacht die Klobrille nicht runtergeklappt und nicht abgezogen. Ich hatte einen Wutanfall und hab beide Kinder aufgeweckt. Dann haben wir alle bis zum Morgengrauen geschrien. Ich rede immer noch nicht mit ihm.«

Ich kann ein Lachen nicht unterdrücken. Die Welt, die ich verlassen habe, scheint mir so weit weg, während ich hier sitze und Romans Haustür anstarre.

»Diesmal hab ich wirklich Mist gebaut, oder?«

»Nein, es war die richtige Entscheidung.«

»Meinst du?«

»Nein, Collin sieht gut aus, ist witzig, charmant und dir in jeder Hinsicht ebenbürtig.«

»Ich hasse dich.«

»Du liebst mich. Aber wenn du ihn nicht genug liebst, um ihn zu heiraten, solltest du es bleiben lassen.«

»Ich liebe Collin ja, aber nicht so, wie ich *ihn* liebe.«

»Das klingt nicht gesund.«

»Ich weiß.«

»Der Mann hat dir nichts als Schmerz bereitet.«

»Ich weiß.«

»Er hat dich zerstört.«

»Ich weiß. Und als ich ihn heute gesehen habe, ist mein gesamter Körper in Flammen aufgegangen, und zwar nicht vor Wut. Ich habe nicht damit gerechnet, Christy, mit nichts von alldem.«

»Und hat er auch so empfunden?«

»Selbst Ryan hat es mitgekriegt, sagt er.«

»Und ich nehme an, der Typ hat dir auch nach sechs Jahren noch nicht verziehen, dass du damals mit seinem Bruder geschlafen hast?«

Diese Lüge habe ich ihr erzählt, da ich ihr die gesamte Wahrheit niemals verraten kann.

»Zum Teil ist das sicher der Grund dafür, dass es für Tobias so leicht war, Abstand zu mir zu halten und mich aufzugeben.«

»Was hast du jetzt vor, Cecelia?«

»Ich weiß es nicht.« Langsam wird mir das Ausmaß meiner Entscheidungen bewusst. Ich stelle mir Collin in unserem Haus vor, wie er auf die Einladungen starrt, die ich auf dem Tisch habe liegen lassen. Bei diesem Gedanken treten mir Tränen in die Augen. Ich kann mir nicht vorstellen, was er jetzt denken oder fühlen muss.

»Was habe ich nur getan?«

»Du hast dein Leben für einen Mann weggeworfen, der dich nicht verdient hat. Schätzchen, andere Leute würden dich jetzt einweisen.«

»Ich weiß, dass es verrückt klingt, aber ich muss die Sache durchziehen.«

»Geh zu Collin zurück. Er wird dich wieder zurücknehmen.«

»Ich habe ihm die Wahrheit gesagt.«

»Du hast *was* getan?«

»Das musste ich.« Und heute habe ich den Beweis dafür bekommen, dass es die richtige Entscheidung gewesen ist. Es war noch da, ob gesund oder nicht. Alles, was ich für Tobias empfunden habe, ist noch da, und das kann ich nicht länger leugnen. Besonders jetzt nicht mehr.

»Scheiße, Cecelia. Was hat Collin gesagt?«

»Er hat aufgelegt. Und das nehme ich ihm nicht übel.«

»Wie abgefahren. Du weißt, dass das mit der Einweisung ein Witz sein sollte, aber geht es dir gut?«

»Nein. Nein, mir geht es nicht gut. Aber ich kann nicht weiter mit einer Lüge leben, das habe ich jahrelang getan. Es war uns beiden gegenüber nicht fair, und heute … habe ich meine Antwort bekommen. Zwar nicht die, die ich wollte, aber dennoch genügte es. Alle Gefühle waren noch da. Ich hasse die Tatsache, dass ich ihn noch liebe. Dass er immer noch die gleiche Wirkung auf mich hat, wenn er in meiner Nähe ist.«

»Willst du ihn zurück?«

»Ich will ihn nicht lieben«, flüstere ich heiser. »Dummerweise habe ich gedacht …«

»Was hast du gedacht?«

»Dass mein erwachsenes Gehirn sich zu Wort meldet, wenn ich ihn sehe, und mein naives Herz vom Gegenteil überzeugt.«

»Aber so war es nicht.«

»Nein.«

»Du weißt, dass ich dich immer in allem unterstütze. Und wenn du meinst, du musst das jetzt durchziehen und eine Weile dort bleiben, dann tu das. Ich stehe hinter dir, und ich bin für dich da. Aber jetzt solltest du versuchen zu schlafen.«

»Das mache ich. Hab dich lieb.«

»Hab dich lieb.«

Als ich mich zum Badezimmer hochschleppe, spüre ich die Anstrengungen des Tages in allen Knochen. Jahrelang habe ich mir den Tag ausgemalt, an dem ich Tobias wiedersehe, endlich meine Wut rauslasse und die Oberhand über ihn gewinne.

Aber es kommt nie so, wie man denkt. Und besonders bei ihm nicht. Christy hat aber recht. Wenn ich je eine Chance hatte, mir mit jemandem eine Zukunft aufzubauen, dann mit Collin. Ich hole meinen Verlobungsring aus der Handtasche, stecke ihn mir an den Finger und weine mich in den Schlaf.

KAPITEL VIERUNDDREISSIG

Ryan trinkt einen Schluck von seinem Kaffee und betrachtet mich über seinen Laptop hinweg. »Er wird durchdrehen, wenn er das sieht. Jeden Tag ein Morgenmeeting? Temporäre Verlegung des Hauptfirmensitzes nach Triple Falls und … Meinst du das ernst?« Er deutet auf die Liste mit meinen Bedingungen.

»Jepp.«

»Bist du dir sicher, dass er das unterschreiben wird?«

»Jepp.« Und zwar, weil er glaubt, dass er gewonnen hat. Tobias ist übertrieben selbstsicher, was mich betrifft, so war es schon immer. Obwohl er mir gestern ganz schön zugesetzt hat, bin ich fest entschlossen, professionell zu bleiben.

Ryan tippt in Windeseile, während ich mich lächelnd mit meinem Kaffee zurücklehne.

»Du hast dir in den Kopf gesetzt, den Typen zur Weißglut zu bringen?«

»Wie gesagt, ist er mir was schuldig. Und wir verkaufen so oder so. Du kannst ruhig mit einem anderen Interessenten in Verhandlung treten, aber sieh zu, dass er davon Wind bekommt.«

»Was interessiert den Kerl denn so an dieser Firma, abgesehen von dir?«

»Das ist privat.«

»Mich treibst du auch zur Weißglut.«

»Genau das ist mein Ziel.«

»Eins würde mich aber schon interessieren.« Er lehnt sich zurück und sieht mich forschend an. »Was genau erhoffst du dir davon?«

»Einen Neuanfang.«

»Und warum brauchst du den?«

Ich schaue auf den Ring an meinem Finger. »Weil ich meine Fehler wiedergutmachen muss.«

»Inwiefern?«

»Menschen sind wegen Tobias und mir verletzt worden. Und das hat sich bis heute nicht geändert.«

»Sprichst du von deiner Trennung?«

»Nicht direkt.«

»Fuck.« Schwungvoll klappt er seinen Laptop zu, schiebt ihn in die Hülle und steht auf.

»Ryan, es tut mir leid, aber ich kann dir nicht mehr …«

Er greift nach seiner Jacke und zieht sie an. »Ich gehe spazieren.«

»Ryan …« Ich bin im Begriff, ihm hinterherzulaufen, doch in diesem Moment vibriert mein Handy in der Tasche. Die angezeigte Nummer ist mir unbekannt, hat aber eine örtliche Vorwahl. »Cecelia Horner.«

»Findest du das lustig?«

Ich kann mir ein Schmunzeln nicht verkneifen. »Guten Morgen, Tobias. Ich freue mich auf unsere Zusammenarbeit.«

»Das wird nicht geschehen. Ich habe all deine anderen Bedingungen akzeptiert.«

»Alle außer einer. Die einzige, die wichtig ist, hast du nicht akzeptiert.«

»Dir ist hoffentlich bewusst, dass du dich mit dem Falschen anlegst.« Es ist keine Frage.

»Glaubst du, ich weiß nicht, wer du bist und wozu du fähig bist?«, frage ich schnaubend und steuere auf die Ecke der

Lobby zu, wo mich niemand hören kann. Ich schaue zur Überwachungskamera hoch und weiß, dass er mich sehen kann.

»Ezekiel Tobias King, geboren als Ezekiel Tobias Baran am dreißigsten Juli 1984, siebenunddreißig Jahre alt, Sohn von Celine Moreau und Adoptivsohn von Guillaume Beau King. Mit sechs in die USA eingewandert, verwaist mit elf Jahren, zusammen mit einem Bruder namens Jean Dominic King, gestorben mit siebenundzwanzig, keine Autopsie.« Ich schlucke den Schmerz herunter, den mir diese Worte bereiten. »Mit sechzehn bist du nach Frankreich an die IPESUP Prep School gegangen, um am renommierten HEC in Paris angenommen zu werden und deinen BWL-Abschluss zu machen. Deine Zeit dort hast du dazu genutzt, um Verwandte zu rekrutieren und zu überprüfen, damit sie dir bei deinem Vorhaben helfen. Nach deinem Abschluss hast du deine eigene Firma, Exodus Inc, gegründet, was du vor vier Jahren öffentlich gemacht hast. Ihr Wert liegt laut am Ende des gestrigen Tages aufgerufener Quelle, bei knapp zwei Milliarden Dollar. Nach der Gründung deiner Firma hast du damit begonnen, deinen letzten lebenden engen Verwandten zu suchen, deinen leiblichen Vater Abijah Baran, ein französischer Hebräer und Mitglied der Parti Radical, bis bei ihm im Alter von achtundzwanzig Schizophrenie diagnostiziert wurde. Vor sechs Jahren hast du ihn gefunden. Kurz danach hast du ihn in eine psychiatrische Klinik einweisen lassen, wo du ihn einmal im Jahr besuchst. Eine Tatsache, die du allen verheimlicht hast. Seine Verbindungen zu gewissen Extremisten und seine psychische Erkrankung sind bestimmt die Gründe dafür, dass du nie geheiratet und keine Nachkommen hast, ebenso wie für deine Geheimniskrämerei. Und natürlich die Tatsache, dass du dich im Leben um nichts scherst als um deine engsten Verwandten, deinen persönlichen Rachefeldzug gegen Roman Horner, deine ambitionierten

Pläne und deine Selbstsucht.« Ich hebe das Kinn in Richtung Kamera. »Seinen Gegner muss man gut kennen, Tobias. Du bist am Zug, King.« Mit diesen Worten lege ich auf.

Als ich hinausgehe, sehe ich Ryan auf der anderen Seite des Platzes, beschließe aber, ihn in Ruhe zu lassen, da ich ihm keine Antworten geben kann. Ich weiß, wie er sich fühlt, kämpfe ich doch gerade selbst darum, meiner Gefühle Herr zu werden.

»Cecelia, bist du das etwa?«, ruft jemand hinter mir, während ich die Main Street überquere.

Als ich mich umdrehe, sehe ich, dass Melinda mir mit großen Augen entgegenläuft.

»Hi, Melinda, wie geht's dir?«

»Mädchen, du wirst ja immer hübscher, sieh dich nur an.« Sie zieht mich in eine Umarmung, und ich erwidere sie genauso fest. »Du siehst einfach toll aus. Und so erwachsen«, sagt sie, als sie sich wieder von mir löst.

»Danke, du siehst auch gut aus.«

»Das liegt daran, dass ich gerade hundert Dollar für meine Frisur ausgegeben habe.« Sie fährt sich mit der Hand durch die Haare. »Aber lieber Himmel, du bist ja damals ohne ein Wort verschwunden. Ich hab mir solche Sorgen um dich gemacht. Und als du auch nicht zur Beerdigung deines Vaters zurückgekommen bist …« Als sie meinen Blick sieht, bricht sie ab.

»Tut mir leid. Es gab ein paar persönliche Dinge, um die ich mich kümmern musste, deshalb bin ich ganz spontan abgereist.«

»Bleibst du lange hier?«

»Nicht allzu lange.«

Ihre Miene erhellt sich. »Weißt du was? Bald haben wir eine große Hochzeit in der Familie. Du erinnerst dich bestimmt noch an meine kleine Nichte Cassie? Sie heiratet! Kannst du glauben, dass sie erwachsen ist? Es kommt mir vor, als wäre es gestern gewesen, dass ich dir von ihrer Taufe erzählt habe.« Wie immer hat sie in Windeseile ein Foto auf ihrem Handy geöffnet und hält es mir hin.

»Sie ist sehr hübsch.«

»Das ist sie, und ihr Verlobter sieht auch richtig gut aus. Hast du jetzt eigentlich was vor? Komm, lass uns zusammen was essen.«

Als ich die Straße nach Ryan absuche, ihn aber nicht entdecken kann, nicke ich. »Gerne.«

Ihre Augen leuchten. »Super, ich kenne das perfekte Restaurant für einen kleinen Lunch.« Wir gehen die Main Street entlang, in jedem Schaufenster Valentinstagsdeko. Unter unseren Stiefeln knirscht der letzte Schnee.

Als sie mich in das Restaurant führt, ist mir bereits schwindelig von ihrem Geplapper. Nun berichtet sie mir von einem Theaterstück, bei dem sie mitwirkt. Als wir Platz genommen haben, wird ein Brotkorb gebracht, zusammen mit zwei Gläsern Wasser und der Speisekarte. Als ich das Logo auf dem Einband sehe, setzt mein Herz einen Schlag aus – *The Pitt Stop.*

»Entwickelst du etwa Gefühle für mich, Babe?«

Ich fahre die Buchstaben mit dem Finger nach und schaue über Melindas Schulter, während sie immer noch von der Fabrik erzählt. Bilder der Familie Roberts zieren die Wände, und ich versuche trotz der Entfernung, jedes einzelne zu studieren; schließlich entdecke ich Sean mit Anfang zwanzig mit verschränkten Armen und gegen seinen Nova gelehnt. Er lächelt in die Kamera, und seine grünbraunen Augen funkeln. Mein Herz brennt.

Als Melinda mein Gesichtsausdruck auffällt, schaut sie sich um und dann wieder mich an. »Ach Schätzchen, ich hab nicht nachgedacht. Ist es okay für dich, hier zu sein? Ich hätte wahrscheinlich vorher fragen sollen, aber der Klunker an deinem

Finger sieht aus, als hättest du einen neuen Mann gefunden, und zwar einen *guten.*«

Ich blicke zu dem Diamanten an meinem Finger hinunter. Er ist tatsächlich ziemlich groß, aber alles, was ich sehe, wenn ich ihn betrachte, sind Collins Augen, als er ihn mir auf unserer Firmenweihnachtsfeier präsentiert hat. Bevor ich antworten kann, nimmt eine junge Kellnerin unsere Getränkebestellung auf. Ich entscheide mich für Eistee und gebe vor, dass ich zur Toilette muss; ich kann einfach nicht widerstehen.

Dann verbringe ich gut zehn Minuten damit, die Wände zu studieren, und jedes Foto von ihm bereitet mir Qualen. Er hat sein Aussehen hauptsächlich von seiner Mutter, aber den Körperbau und das Lächeln von seinem Vater.

Zahllose Bilder aus allen Lebensphasen meiner ersten Liebe hängen an den Wänden – von Vereinsspielen bis hin zum Abschlussball, dazwischen die Familie zusammen mit Stars, die hier gegessen hatten. So intensiv ich auch nach aktuelleren Fotos suche, ich finde kein einziges. Ich weiß, dass sie irgendwo im Restaurant hängen müssen, und ärgere mich, dass es zu offensichtlich wäre, danach zu suchen. Ich habe keine Reaktion gezeigt, als Tobias mir erzählt hat, dass Sean verheiratet ist, aber das Wissen nagt an mir.

Sean hat eine Frau und zwei Kinder. Er hat geheiratet. Er hat sich eine Zukunft aufgebaut, genau wie es sein sollte.

Ich freue mich für ihn. Und ich bin auch ein bisschen eifersüchtig, will nur an die Zeit zurückdenken, als er mit mir zusammen war. Es ist mein Recht, nicht zu erfahren, wie glücklich er ist.

Ganz egal, wie unkonventionell unsere Beziehung war, sie war gut, bis sie geendet hat. Ich war in ihn verliebt, bis er mir entrissen wurde.

Die Träume, in denen er als Hauptperson vorkommt, sind

oft die schwersten. Die Liebe, die ich für ihn empfunden habe, war rein und unverdorben. Ich weiß nicht, wie man Liebe misst, ich weiß nur, dass ich jeden von ihnen getrennt voneinander geliebt habe. Doch die Liebe, die ich für Tobias empfinde, kann ich nicht mit der für die beiden anderen Männer vergleichen. Auch meine Verachtung für Tobias ist größer, als ich sie jemals für einen anderen Mann empfunden habe.

Ich suche noch an einer weiteren Wand in der Hoffnung, dass ich verkraften kann, was immer ich vielleicht sehen werde, doch ich finde nichts. Vielleicht ist es besser, wenn ich ihn nicht sehe.

Alte Wunden drohen wieder aufzureißen, als ich zu Melinda an den Tisch zurückkehre und schließlich mit einem Kloß im Hals esse.

Ich bin eine Stalkerin.

Ich sollte nicht hier sein.

Aber ich kann mich nicht dazu durchringen zu gehen. Also stochere ich in meinem Essen herum und höre Melinda zu. Als wir vorn an der Kasse bezahlen, verwandelt sich der Kloß zu einem Felsblock. Über die Schulter des Kassierers hinweg sehe ich ein Bild von einem kleinen Jungen mit grünbraunen Augen wie denen seines Vaters. Er sieht so schön aus, dass ich das Foto viel länger anstarre, als angebracht wäre. Nachdem wir bezahlt haben, löse ich mich auf der Straße aus Melindas Umarmung, verspreche ihr, dass wir in Kontakt bleiben, und wende mich gerade rechtzeitig ab, um die erste Träne mit meinem Schal wegzuwischen.

Als ich an meinem Wagen ankomme, sehe ich, dass Ryan mit verschränkten Armen danebensteht. Sein Blick wird weich.

Ich weiß, dass meine Mascara verlaufen ist, und ich mache mir nicht die Mühe, die frischen Tränen zu verstecken, die in meinen Augen schimmern.

Er kommt auf mich zu und hebt langsam meinen Schal, um mein Gesicht abzutupfen. »Eins der Dinge, die ich am meisten an dir liebe, ist die Tatsache, dass du keine Ahnung hast, wie wunderschön du bist.«

Ich schaue in sein makelloses Gesicht. Mir ist bewusst, dass Ryan – wäre ich nicht mit neunzehn nach Triple Falls gezogen – wahrscheinlich meine erste wahre Liebe gewesen wäre. Collin wäre vielleicht meine zweite geworden. So oder so wäre ich jetzt nicht in einer ausweglosen Lage.

»Ich habe mich zu oft verliebt, bevor ich dich kennengelernt habe.«

Er zieht mich an sich und schlingt seine Arme um mich. »Er ist einverstanden mit den Bedingungen. Morgen unterschreiben wir«, flüstert er heiser. »Ich bleibe hier, solange du mich brauchst … Danach kündige ich.«

KAPITEL FÜNFUNDDREISSIG

Am Morgen, nachdem ich mit Ryan die Unterlagen unterschrieben und mein vorübergehendes Büro eingerichtet habe, fahre ich wieder zum Friedhof. Ich war nicht zur Beerdigung hier, und das bedauere ich jeden Tag.

Trotz des verhangenen grauen Himmels bleibt es trocken, und so lege ich meine Jacke auf die Erde und knie mich vor seinen Grabstein. Dann presse ich Play auf meinem Handy und lege es ab, als die ersten Töne von *Wish You Were Here* von Pink Floyd erklingen.

»Dominic, hast du irgendeine Ahnung, wie schwer es für eine sechsundzwanzigjährige Frau im Hosenanzug ist, Gras in diesem Ort zu kaufen? Das nenne ich Diskriminierung.« Ich hole einen meiner selbst gedrehten Joints aus der Tasche und mache es mir auf meiner Jacke bequem. »Und du hast behauptet, ich würde nur nach dem äußeren Schein gehen. Die Leute sind regelrecht vor mir weggerannt.« Ich lache laut. »Und dann ist mir wieder eingefallen, dass du einmal Wayne aus dem Deli erwähnt hast. Netter Typ. Arbeitet immer noch da.« Ich zünde den Joint an, nehme einen langen Zug und lasse mich von der Musik einlullen.

Mehrere Minuten lang lasse ich die Regentage Revue passieren, die wir lesend in seinem Bett verbracht haben. Ich erinnere mich an das Lächeln, das er mir geschenkt hat, wenn er wusste, dass wir unbeobachtet waren. Je länger ich an seinem

Grab sitze, desto überzeugter bin ich davon, dass er wusste, dass seine Zeit auf Erden kurz sein würde.

Wir wussten beide, dass ich keine dreißig werden würde, Bruder. Pass gut auf sie auf.

Er wusste es.

»Was wünschst du dir für die Zukunft?«

»Nichts.«

Er hat sich nicht erlaubt, auf irgendetwas zu hoffen. Wie ein Soldat wollte er, dass so wenige Menschen wie möglich um ihn trauern müssen. Dennoch hat er zugelassen, dass ich ihn liebe. Ich war das eine Mädchen, dem die Ehre zuteilwurde, ihm wirklich nahezukommen.

Ich strecke die Hand aus und berühre den eiskalten Stein. »Gott, ich vermisse dich. Ich vermisse dich die ganze Zeit. Manchmal höre ich einen Song, den du mir vorgespielt hast, oder lese ein gutes Buch, und du bist der Erste, dem ich davon erzählen will.« Da ich den Schmerz nicht mehr länger ertrage, lasse ich meinen Tränen freien Lauf.

»Auch wenn du ein Wichser warst, ich habe dich so gesehen, wie du wirklich bist. Und ich trauere jeden verdammten Tag um dich. Du hast dich getäuscht, Dominic, denn es vergeht kein Tag, an dem ich nicht um dich trauere.« Mein Atem stockt, und meine Brust brennt; endlich spreche ich das aus, was mir seit Jahren Schmerzen bereitet. »Warum? Warum konntest du nicht einfach durchhalten, bis Hilfe kommt?«

Der eiskalte Wind kühlt die Tränen auf meinen Wangen.

»Ich weiß, dass du da bist«, sage ich. Dann nehme ich einen letzten Zug von dem Joint, werfe ihn ins Gras und stehe auf.

Als ich mich umdrehe, durchfährt mich ein Blitz. Tobias steht draußen vor dem Tor und beobachtet mich. Er muss schon eine Weile dort sein, denn sein Gesicht ist vom Wind leicht gerötet. Sein Anblick ist quälend. Er sieht noch genauso perfekt aus wie damals, als ich ihn kennengelernt habe. Durchdringende Glutaugen, kantige Gesichtszüge, sein markantes Kinn entschlossen gehoben. Die dichten tintenschwarzen Haare hat er nach hinten gekämmt, sodass keine einzige Strähne entwischen kann. Über dem Anzug trägt er einen langen grauen Trenchcoat und dazu Lederhandschuhe. Kenne ich ihn noch? Unser Blickkontakt verrät mir, dass ich ihn kenne, doch das würde er niemals zugeben.

Mehrere Augenblicke lang schauen wir uns an.

»Du willst wissen, warum ich hier bin?« Ich drehe mich wieder zum Grab um. »Ich war nie weg.«

Das Tor quietscht, als er eintritt und sich neben mich stellt, um zu Dominics Grab hinunterzublicken. Mehrere Minuten lang denken wir nur an ihn und die Momente, bevor er von uns gegangen ist.

Ein frischer Schmerz breitet sich in meiner Brust aus, als ich versuche, mir vorzustellen, wie es für ihn gewesen sein muss, seinen Bruder zu beerdigen, zusammen mit den Menschen, die ich vor so vielen Jahren ins Herz geschlossen habe. Alle mussten sie sich hier versammelt haben, um seinen Tod zu betrauern, und ich wurde dieser Erfahrung beraubt.

»Ich will daran glauben, dass Vergebung möglich ist, denn wenn ich das nicht tue … Tobias, ich will so nicht leben, ich will so nicht mehr leben. Ich muss Frieden mit dem naiven Mädchen schließen, das ich früher war, anstatt mir die Schuld für das zu geben, was passiert ist. Aber …«

Er schüttelt den Kopf, als wolle er mir widersprechen.

»Ich will einfach nur weitermachen, so wie ihr alle es offenbar getan habt. Aber das war bisher nicht möglich. Ich hatte nie die Chance, mich zu verabschieden«, presse ich mit erstickter Stimme hervor.

Kurz scheint Wärme in seinen Augen auf, doch dann wird

seine Miene wieder kalt und unversöhnlich. Auch wenn ich damit gerechnet habe, tut es weh.

»Ich bin aus dem gleichen Grund hier wie du. Um zu trauern. Um ihn zu vermissen. Es ist mein Recht, hier zu sein.« Sein leerer Blick zerreißt mich in Stücke. Ein Teil von mir will in das Leben zurückkehren, das ich noch vor wenigen Tagen geführt habe, Collin um Verzeihung bitten und die Kontrolle über die Zukunft zurückgewinnen, die ich zerstört habe, aber ich weiß, dass das nicht möglich ist. Und der Grund dafür steht neben mir.

»Du musst nach Hause fahren, Cecelia.«

Ich schnaube, hebe meine Jacke auf und ziehe sie an. »Du weißt ganz genau, dass ich das nicht tun werde.«

»Warum kannst du nicht einmal den einfachen Weg wählen?«

»Dann gibst du also mir die Schuld?« Ich gehe einen Schritt auf ihn zu, und er bläht die Nasenflügel, als würde ihn mein Geruch anwidern. Doch ich ignoriere seine Reaktion, denn ich weiß, dass ich wohl nie mehr von ihm bekommen werde.

»*Ich* hätte in jener Nacht sterben sollen«, presse ich hervor. »Hasst du mich dafür, dass es nicht so gekommen ist?«

»Es ist nicht deine Schuld. Wenn du in meiner Nähe bist, sage ich viele Dinge, die ich nicht so meine. Und in der Sekunde, in der du weg bist, hört es auf.«

Ihm so nahe zu sein, ohne ihn berühren zu können, ist unerträglich. Innerhalb von Minuten verzehnfacht sich die Sehnsucht, die ich seit Jahren spüre. Er spürt es auch. Das weiß ich.

Natürlich vertraut er mir nicht. Vielleicht glaubt er, dass ich was im Schilde führe.

Und in gewisser Weise stimmt das auch.

Aber mittlerweile ist klar, dass mein Plan ein armseliger Versuch war, mich aus seinen Klauen zu befreien. Doch jegliche Hoffnung darauf schwindet, je länger er mich ansieht, je mehr ich mich in seinen Augen verliere. Er hat mir alles beigebracht, was ich weiß. Und zusammen mit seinen Brüdern hat er mir gezeigt, was Liebe bedeutet.

Doch in Tobias tobt das heißeste Feuer.

Ich werde ihn für den Rest meines Lebens lieben, und ich werde ihn gleichzeitig hassen, weil er mir so viel genommen hat, mich verstoßen, ignoriert und verbannt hat. Und ich habe es zugelassen, weil er so einen hohen Preis gezahlt hatte. Doch es war auch mein Verlust, und es ist an der Zeit, ihm das klarzumachen. Ich wende mich ihm vollständig zu und schaue ihn an.

»Ich habe ihn geliebt.«

Er senkt seinen Blick. »Ich weiß.«

»Aber nicht so, wie ich dich geliebt habe.«

Sein Blick huscht zu mir.

Mir ist bewusst, dass es nicht der richtige Zeitpunkt ist, aber ich weiß nicht, ob ich jemals wieder die Chance bekomme. Ich habe es ihm nie gesagt, kein einziges Mal, aber die Wahrheit auszusprechen ist wohl eine neue Angewohnheit von mir. Schließlich habe ich nichts mehr zu verlieren. »Und ob das nun eine Rolle spielt oder nicht … ich verdiene es, um ihn zu trauern. Und ich verdiene Antworten von dir.«

»Ich will nicht, dass du hier bist.«

»War das jemals anders?«

Er wendet den Blick ab, aber ich neige den Kopf und zwinge ihn dazu, mich wieder anzusehen. »Wie wäre es, wenn wir den verdammten Geheimnissen die Schuld an der Tragödie geben? Denn die scheinen den größten Schaden angerichtet zu haben.«

Er dreht sich um und geht durch das Tor.

Ich renne ihm hinterher. »Du hast mir all das verweigert.

Alles. Ich verdiene es, dass du dieses Gespräch mit mir führst, Tobias. Und ich werde nicht nach Hau…«

Er schließt hinter sich die Tür seines neuen Jaguar, und innerhalb von Sekunden hat er den Parkplatz verlassen.

Schnell laufe ich zu meinem Audi und lasse den Motor an.

Tobias rast die Straße entlang, versucht, unserer Vergangenheit und unseren Fehlern zu entkommen – und mir.

Aber ich bin ihm auf den Fersen, überhole ihn trotz doppelt durchgezogener Linie und grinse siegessicher. »Du hättest dir wohl einen Audi anschaffen sollen«, rufe ich und fahre ihm so schnell voraus, dass er mich nicht mehr sehen kann. Ich rase die gerade Straße entlang und entferne mich von ihm, bevor ich den Seitenstreifen ansteuere, die Handbremse anziehe und das Lenkrad rumreiße, sodass ich ihm gegenüberstehen werde.

Ein paar Sekunden später sehe ich ihn. Er bremst scharf und kommt wenige Meter vor mir zum Stehen. Er starrt mich mit offenem Mund und schreckgeweiteten Augen durch die Windschutzscheibe an.

»Hat's dir gefallen? Das hat mir dein kleiner Bruder beigebracht. Du bist dran.«

Er funkelt mich noch eine Sekunde wütend an, bevor er auf den Seitenstreifen fährt und wutentbrannt aussteigt.

Als ich vor ihm stehe, schnellen seine Hände in die Höhe, und er packt mich an den Oberarmen. »Hast du deinen verfickten Verstand verloren? Du hättest uns beide umbringen können.«

»Hm, das hätte uns wohl einiges an Leid erspart«, kontere ich.

»Was auch immer du vorhast, vergiss es einfach.«

Er ist mir so nahe, dass ich den Stoff seines Mantels spüren kann. Sein Geruch nach Zitrus und Leder dringt in meine

Nase, und Erinnerungen treffen mich wie ein Blitz. Doch ich bleibe hart. »Ich kann es nicht vergessen.«

»Du musst in dein Leben zurückkehren.«

»Rede mit mir, einmal nur, mehr verlange ich nicht.«

»Damals ist damals. Es gibt kein Jetzt.« Er lässt mich so abrupt los, als hätte er sich an mir verbrannt.

»Du bist immer noch das gleiche selbstgefällige, widerliche, herrische Arschloch wie früher.«

»Nein.« Sein Tonfall ist schneidend. »Ich bin jetzt viel schlimmer, und ich bekomme immer das, was ich will. Du erinnerst dich vielleicht an vieles, aber das scheinst du vergessen zu haben.«

Er dreht sich auf dem Absatz seines italienischen Lederschuhs um und geht zurück zu seinem Wagen.

»Du hast mich mit deinem Angebot hierhergelockt. Du wusstest, dass ich die Last der Firma früher oder später loswerden will. Du hast dein Wort nicht gehalten und die Firma nicht an dich gerissen, als mein Vater noch gelebt hat. Warum eigentlich nicht?«

Er bleibt stehen und dreht sich zu mir um. »Was spielt das für eine Rolle? Sie gehört jetzt ohnehin mir.«

»Gott, du bist so erbärmlich. Dir muss es doch ziemlich gegen den Strich gehen, dass ich jetzt erwachsen bin und mich nicht mehr manipulieren lasse.«

»Ich habe bekommen, was ich wollte. Also ziehen deine Argumente nicht.«

»Das sehe ich anders. Ich werde dich mit meinen Bedingungen für den Deal festnageln, bis du mir die Antworten gibst, die ich verdient habe. Viel zu lange habe ich in Ungewissheit gelebt.«

»Fahr einfach nach Hause, Cecelia.« Er steigt in seinen Wagen, schlägt die Tür zu und rast davon.

KAPITEL SECHSUNDDREISSIG

Ich setze mich unter der schweißnassen Bettdecke auf. Meine Glieder schmerzen, und ein gequälter Schrei dringt aus meiner Kehle. Ich habe Sean die ganze Nacht durch den Wald gejagt, habe ihn angebettelt, stehen zu bleiben, aber er ist einfach weitergerannt, ohne sich umzuschauen.

»Verdammt!« Ich werfe meine Wasserflasche quer durch das Zimmer, und sie prallt gegen die Wand, um dann vor der vom Mond erleuchteten Balkontür auf dem Teppich zu landen. Flüssigkeit ergießt sich auf den Boden.

Ständig kämpfe ich gegen mein Unterbewusstsein an. Es ist einfacher, wenn ich wach bin, aber fast jede Nacht trauere ich um einen von ihnen oder um alle drei.

Und es ist erbärmlich, weil sie mich in meinen Träumen fast immer zurückweisen.

Ich bettele und flehe sie an, mich nicht zu verlassen, meine Liebe zu erwidern, mir zu verzeihen. Nur einmal in diesen Träumen möchte ich wütend sein, ihnen vorwerfen, dass sie Lügner sind, dass sie mich, meine Loyalität, meine Hingabe, mein immer treues Herz nicht verdient hatten. Und dennoch sind immer sie es, denen ich hinterherrenne, die ich um Vergebung anflehe, um Absolution, darum, dass sie meine Gefühle erwidern.

Trotz der Stärke, die ich tagsüber ausstrahle, und obwohl ich erwachsene Männer mit meinen Business-Deals in die Knie zwinge, bin ich in meinen Träumen immer schwach. Und mein Geist lässt in diesen Nächten nicht zu, dass ich mich an die Realität von heute oder gestern erinnere. Ich wähle Christys Nummer und bete, dass sie drangeht.

»Ich bin ganz Ohr«, sagt sie mit verschlafener Stimme.

»Es wird immer schlimmer. Dieser Ort macht alles nur noch schlimmer.«

»Ich bin da, erzähl mir davon.«

»Tut mir leid.« Ich seufze und werfe einen Blick auf die Uhr. »Ich weiß, dass es spät ist.«

»An meiner Brust nuckelt gerade ein Baby, und ich schaue mir Videos auf Instagram an. Du störst also überhaupt nicht.«

»Gib ihm einen Kuss von mir.«

»Mach ich.«

Ein paar Sekunden lang schweigen wir beide.

Sie wartet.

»Ich bin so dumm. Alle haben einfach weitergemacht mit ihrem Leben.«

»Ich bin deine beste Freundin, und ich sage dir, du warst wie ein Roboter, als du aus diesem gottverdammten Ort zurückgekommen bist. Seitdem warst du nie wieder dieselbe. Und ich behaupte nicht, dass ich dich nicht auch so, mit all deinen Macken, liebe, aber ich sehe doch dein Gesicht, wenn du glaubst, dass dich niemand beobachtet. Du hattest drei Freunde, die dich mental vollkommen fertiggemacht haben. Und dann ist einer von ihnen auch noch bei einem Autounfall ums Leben gekommen, und du hattest nie die Chance, richtig um ihn zu trauern.«

Schuldgefühle nagen an mir, weil ich so viele Geheimnisse vor ihr habe.

»Kann ich dich was fragen, Cee?«

»Blöde Frage. Klar.«

»Bist du schwanger?«

»Was? Nein.« Ich bin schwach. In diesem Zustand kann ich nicht mit ihr reden. Ich trage diese Geheimnisse schon zu lange mit mir herum. »Es war nur wieder ein Albtraum. Alles in Ordnung.«

»Hör mal, irgendwann wird es keine Kinder mehr geben, die mir den Schlaf rauben, weil sie an meiner Brust hängen, und dann werde ich dich umbringen, wenn du mich mitten in der Nacht aufweckst. Ich will, dass du glücklich bist. Und wenn du das mit Collin nicht sein kannst, ist das in Ordnung. Wenn du in das Kaff zurückkehren musst, um mit dem ganzen Scheiß abzuschließen, schön, aber achte darauf, dass du es für *dich* tust. Du hast unter diesen Arschlöchern schon genug gelitten.«

»Ja, das mache ich.«

»Gut. Vergiss nicht, warum du zurückgegangen bist.«

»Glaub mir, das kann ich gar nicht vergessen.«

»Und vergiss vor allem nicht, wer du bist, verdammt noch mal. Du bist CEO und eine absolute Hammerfrau. Du bringst jeden Tag erwachsene Männer zum Weinen.«

»Danke. Ich hab dich lieb.«

»Hab dich auch lieb.«

Ich schaffe es durch drei Viertel meiner Präsentation, wobei ich die ganze Zeit seinen durchdringenden Blick auf mir spüre. Es ist unser erstes gemeinsames Meeting. Tobias hat schon alle Mitglieder des Vorstands gefeuert. Zusammen widmen wir uns der Aufgabe, die Fabrik umzustrukturieren, damit die Angestellten größeres Mitspracherecht haben. Ich frage erst gar nicht, was er mit den anderen Fabriken vorhat, weil ich vermute, dass er sich etwas von mir abschauen wird, wenn er versteht, welche Pläne ich für diesen Standort habe.

Ryan sitzt neben Tobias' Assistentin Shelly und hört mir zu, während ich meine Präsentation halte, an der ich die halbe Nacht gearbeitet habe – ein Schritt-für-Schritt-Plan, um die Fehler von Horner Tech aus der Vergangenheit auszumerzen. Die Arbeit soll für die Angestellten reizvoller werden, und sie sollen eine bessere Krankenversicherung und Rente bekommen. »Ihr Leben wird sich nicht von heute auf morgen verändern, aber nach einem Jahr sollten sich die Neuerungen auszahlen.« Nachdem ich diesen Gedanken ausgesprochen habe, mache ich eine Pause, denn mit einem Mal spüre ich das volle Gewicht der Aufmerksamkeit, die mir der Mann schenkt, der lange nur in meinen Träumen existiert hat.

»Cee?«, fragt Ryan, da ich schweigend dastehe.

Ich bin vollkommen gefangen in der Erinnerung an einen warmen Sommerabend voller berauschender Küsse, Wein, Glühwürmchen; an einen magischen Ort, den wir erschaffen haben, an dem nur wir existierten und an dem wir einander so gesehen haben, wie wir wirklich waren.

»Cee?«, wiederholt Ryan, als ich aus meiner Starre hochschrecke und versuche die Stelle zu finden, an der ich meinen Vortrag unterbrochen habe.

»Sorry.« Ich räuspere mich und spüre, wie mir Hitze am Hals bis ins Gesicht hinaufsteigt.

Ich habe Tobias noch keinen einzigen Blick zugeworfen, aber der gesamte alte Meetingraum knistert vor Energie, seitdem er eingetreten ist.

»Innerhalb des kommenden Jahres wollen wir Angestellten nicht nur mehr Anreize geben, weiterhin für uns zu arbeiten, sondern wir werden auch *zwölf* neue Führungspositionen schaffen.«

»Ich habe schon eigene Pläne für die Fabrik.« Es ist das erste Mal, dass sich Tobias zu Wort meldet, und ich schaue zu ihm auf.

»Ich wollte dir nur ein paar Optionen aufzeigen.«

Seine Antwort ist knapp. »Kein Interesse. Ist das alles?«

»Okay, lass es mich spezifizieren«, versetze ich. »Du hast keine Wahl. Plan B wird durchgeführt.«

»So steht es auch im Vertrag«, kommt Ryan mir zu Hilfe.

Tobias würdigt ihn keines Blickes, sondern sieht mich wütend an.

»Ich schaffe Arbeitsplätze, ich ruiniere nicht deine Pläne.«

»Das ist fraglich«, kontert er und steht auf.

»Es dauert nur noch fünfzehn Minuten.«

Er lässt den Blick an meinem engen Hosenanzug hinabgleiten.

Ich habe mir heute Morgen ein bisschen mehr Zeit genommen, mich zu stylen, als sonst.

»Wenn du ohnehin machst, was du willst, warum muss ich dann überhaupt hier sein?«, fragt Tobias.

»Ihre Anwesenheit in den Meetings ist ebenfalls vertraglich festgesetzt«, sagt Ryan.

Endlich sieht Tobias ihn an. »Leckst du die Sohlen ihrer Stilettos, wenn wir hier fertig sind?«

»Schuhfetisch-Kram ist nicht so ihr Ding«, erwidert Ryan mit einem selbstsicheren Lächeln.

Tobias schaut nun wieder mich an. Sein Blick ist verurteilend. Und jetzt weiß er auch noch, dass ich mit meinem Anwalt geschlafen habe. Wütend funkele ich Ryan an, doch der zuckt nur mit den Schultern und lässt seinen Blick anerkennend an mir hinabwandern, was Tobias nicht entgeht.

»Meine Herren, lassen Sie Ihre Hosen an, und atmen Sie durch«, erwidere ich schnippisch. »Hier geht es nicht darum, wer mehr zu sagen hat. Es geht um die Zukunft von Tausenden Angestellten und was das Beste für sie ist. Ich muss nicht zwingend im Recht sein. Lasst uns einfach zusammen überlegen, was im Interesse der Mitarbeiter liegt.«

Nun meldet sich Shelly zu Wort. »Einverstanden. Was wir geplant haben, ist ähnlich. Ich kann unsere Punkte mit Ihren abgleichen, dann können wir zusammenarbeiten und müssen uns nicht weiter über Fetische unterhalten.«

»Ich kann mich nicht erinnern, Ihnen das Wort übergeben zu haben«, beschwert sich Tobias.

Shelly schießt zurück, ohne zu zögern. »Ich lecke keine Schuhe und ich krieche niemandem in den Hintern, Mr King. Deswegen haben Sie mich doch eingestellt. Cecelia, ich finde die Idee hervorragend, und da ich diejenige bin, die die Informationen zusammentragen und veröffentlichen wird, würde ich gerne die letzten vierzehn Minuten Ihrer Präsentation hören.«

Ich beiße mir auf die Lippe, um mein Lächeln zu verbergen.

Tobias sieht Shelly mit verengten Augen an, ehe er wieder Platz nimmt. »Dann los.«

Alle wenden sich mir zu und schauen mich erwartungsvoll an.

Und das war erst Tag eins.

Fuck.

KAPITEL SIEBENUNDDREISSIG

Ich kann ein Schmunzeln nicht unterdrücken, als Tobias nach unserem Meeting in das Büro geht, das gegenüber von meinem liegt.

Da die Räume Glaswände haben, kann er nicht verhindern, dass er mich während der gesamten Arbeitszeit sieht. Ich spüre seinen Widerwillen, als Shelly ihm alles erklärt, was er über seinen neuen Arbeitsplatz wissen muss. Ich spüre seinen brennenden Blick auf mir, bevor er sich endlich hinsetzt.

Der Wandel von einem klassischen Unternehmen in ein von Angestellten geführtes ist nicht mit ein paar Unterschriften getan. Es wird Wochen dauern, in denen wir alle Details sorgfältig planen müssen, und ich habe vor, diese Zeit klug zu nutzen.

Er kann mich nicht meiden. Aber er wird es ganz bestimmt versuchen. Stunden später tippen wir beide auf unseren Computern, und hin und wieder spüre ich, dass er den Kopf hebt und mich eindringlich anstarrt. Er kann schon den ganzen Tag meine Telefonate mithören, da seine Tür offen steht. Ich muss noch ein paar Dinge regeln, bevor ich die Firma Collin übergeben kann, der übrigens auch nicht mit mir spricht. Er hat mir über seine Assistentin eine E-Mail mit dringenden Fragen zukommen lassen. Und ich habe Verständnis dafür. Aber trotzdem tut es weh.

Ryan sitzt in meinem Büro am Nachbarschreibtisch, und die Atmosphäre ist ziemlich angespannt. Aber ich arbeite weiter, denn ich will alles dafür tun, damit die Übergangsphase so reibungslos und angenehm wie möglich für die Angestellten verläuft. Schließlich war ich auch einst in ihrer Lage. Als Ryan in den Pausenraum geht, um uns neuen Kaffee zu holen, dehne ich meinen Nacken und schaue auf.

Tobias arbeitet an seinem Laptop, und seine Schultern scheinen sich anzuspannen, als er spürt, dass mein Blick auf ihm ruht, aber er tippt weiter, als wäre nichts. Heute trägt er einen Nadelstreifenanzug, in dem er aussieht wie ein Royal oder ein Oldschool-Gangster. Wie passend! Er ist so perfekt durchgestylt, dass er in dem alten Büro, in dem wir arbeiten, vollkommen fehl am Platz wirkt. In der unteren Etage riecht es stark nach Schimmel, und die Deckenkacheln sind mit feuchten braunen Flecken übersät. Ich beschließe, Shelly eine E-Mail zu schicken und zu fragen, ob wir im Budget Spielraum für eine kostengünstige Renovierung haben. Ich habe die Mail gerade versandt, als Ryan wiederkommt. Den Kaffee scheint er vergessen zu haben. »Cee, wir haben ihn. Jerry Siegal.«

Ich zucke zusammen, als Tobias abrupt den Kopf hebt.

Ryan reicht mir sein Handy und gibt mir mit einer Geste zu verstehen, dass ich den Lautsprecher einschalten soll. »Das lasse ich mir auf keinen Fall entgehen.«

Und ich kann es ihm nicht verwehren. Wir arbeiten seit einem Jahr daran, den Typen zu vernichten. Ich spüre den bösen Blick des Mannes im Büro gegenüber auf mir, schüttele aber das negative Gefühl ab, tippe auf den Lautsprecher-Button und begrüße meinen Gesprächspartner. »Jerry, wie geht es dir?«

»Du verdammte Bitch«, zischt er.

Tobias steht auf und kommt zur Tür meines Büros.

Ich wende ihm meinen Rücken zu und beginne, langsam hinter meinem Schreibtisch auf- und abzugehen.

Shelly kommt im selben Moment mit diversen Ordnern herein.

»Jetzt sei doch kein Spielverderber, Jerry. Du kommst schon nicht ins Gefängnis. Fahr einfach für eine Weile mit deiner Frau in Urlaub, du hast sie ohnehin viel zu lange vernachlässigt. Sie braucht das bestimmt nach ihrem – der wievielte war es noch gleich, der zweite? – Selbstmordversuch. Du solltest wirklich mehr Zeit mit ihr verbringen.«

»Ich bringe dich verdammt noch mal um, Horner.«

Ich schaue zu Tobias, dessen Augen belustigt funkeln. »Da musst du dich hinten anstellen. Und die Schlange ist lang. Wird immer länger.«

Ryan setzt sich neben mich und grinst breit, während Jerry mit seiner Tirade fortfährt. »Es reicht wohl nicht, dass dein mieser Vater …«

Ich wedele mit der Hand, obwohl er mich nicht sehen kann. »Schon Roman hat damals sofort erkannt, was für ein Arschloch du bist. Wie schön, dass wir jetzt miteinander zu tun haben. Ich wette, dein Telefon leuchtet gerade dauernd vor Anrufen von Investoren, die sich verabschieden wollen. Am besten nutzt du deine Zeit klug, anstatt leere Drohungen auszustoßen.«

»Ich werde …«

»Wie gesagt, da musst du dich hinten anstellen.« Ich lege meine Hände auf den Schreibtisch und schaue Tobias direkt an. »Und eines will ich klarstellen. Ich bin nicht mein Vater. Noch eine Drohung von dir, und ich werde zu Ende bringen, was ihm nicht gelungen ist.« Dann lege ich auf.

Ryan schüttelt den Kopf und erhebt sich. Wir wechseln einen amüsierten Blick, brechen in Gelächter aus.

»Wir haben es geschafft.« Er strahlt.

»Ohne dich wäre das nicht möglich gewesen«, erwidere ich.

»Na gut, du weißt, was jetzt zu tun ist. Sorge einfach dafür, dass uns niemand auf die Schliche kommt.«

»Bin schon dabei«, sagt er und zieht sich seine Jacke über. »Und ich besorge uns auch eine Flasche. Irgendwas Edles. Den französischen Wein, den du so gerne trinkst. Wie heißt er noch mal?«

Ich schlucke und achte darauf, nicht zu Tobias zu schauen. »Louis Latour, aber den wirst du hier nicht finden.«

»Irgendwas wird es schon geben«, versichert er mir.

Mir entgeht nicht der böse Blick, den Ryan und Tobias tauschen, bevor er an ihm vorbeigeht.

Schließlich schaue ich doch zu Tobias auf, der immer noch im Türrahmen steht und aussieht, als würde er jeden Moment in Flammen aufgehen.

»Ich weiß gar nicht mehr, was ich hier wollte, also habe ich eine gute Ausrede, direkt wieder zu verschwinden«, sagt Shelly, die hinter ihm steht, und wendet sich ab.

Sobald sie außer Hörweite ist, tritt Tobias ein und schlägt die Tür so fest hinter sich zu, dass die Fenster klappern. »Was zur Hölle machst du hier eigentlich?«

»Meinen Job.«

»Cecelia, mit Jerry Siegal ist nicht zu spaßen …«

»Ach, aber du hast ihn trotzdem provoziert. Du hattest es auf ihn abgesehen, aber ich hab ihn früher drangekriegt. Du solltest hierbleiben und mit uns feiern.«

»Er ist nicht euer Mann …«

»Doch, ist er. Konzentrier dich auf die Wurzel, nicht auf die Äste. Deine Worte. Ich weiß, was ich tue. Ich hab alles gegen ihn in der Hand, um ihn vor Gericht zu bringen, und die Vorladung liegt wahrscheinlich schon auf seinem Schreibtisch. Also werde ich auch morgen noch am Leben sein und kann weiterkämpfen. Wenn mir oder irgendjemand anderem aus meiner Firma etwas passiert, wandert er lebenslang in den Knast.«

»Das ist verdammt gefährlich.« Er kommt zwei Schritte näher und platziert seine Fingerspitzen auf meinem Schreibtisch.

»Ich weiß, dass ich mir immer mehr Feinde mache. Aber ich treffe alle Vorsichtsmaßnahmen, um meine und die Sicherheit aller zu garantieren, die für mich arbeiten. Doch das ist meine Nebenbeschäftigung und geht dich nichts an. Und wie kommst ausgerechnet du dazu, mir Vorträge über das zu halten, was ich im Geheimen tue?«

»Ich habe dir diese Information im Geheimen anvertraut.«

»Der alte Geschäftspartner von meinem lieben Daddy musste aber ausgeschaltet werden, Tobias. Also habe ich die Information klug genutzt. Du kannst mir nicht ernsthaft erzählen, dass du nicht wusstest, was ich die ganze Zeit getan habe.«

»Aber das waren kleine Fische.«

»Zumindest die, von denen du wusstest«, entgegne ich. »Die, die ich dir mit Absicht aufgetischt habe. Mittlerweile weißt selbst du nicht mehr alles über mich.«

»Jerry Siegal ist nicht der Anführer, Cecelia. Er ist nur ein Mittelsmann. Du kannst nicht das Bindeglied brechen, ohne damit zu rechnen …«

Stirnrunzelnd schüttele ich den Kopf. »Ich *rechne* mit Widerstand. Ich rechne mit Rache. Mir ist auch bewusst, dass das, was ich nicht weiß, mir schaden wird. Aber ich spiele das Spiel, ich habe meine Figuren auf dem Brett aufgestellt, Tobias, und das schon vor Jahren. Ich brauche und will deine Erlaubnis nicht. Und ganz bestimmt will ich nicht deine Ratschläge. Es ist meine Entscheidung, wen ich mir vornehme.«

»Du zettelst einen Krieg an.«

»Das habe ich schon vor langer Zeit getan, ich habe schwere

Geschütze aufgefahren, weil es nur so funktioniert. Ich leiste meinen Beitrag.«

Mehrere Sekunden starren wir einander an, und ich könnte schwören, einen Anflug von Stolz in seinen Augen aufblitzen zu sehen.

»Das ist die ominöse Vision, die du vor Jahren im Konferenzraum mit deinem Vater hattest.«

Ich nicke. »Ich habe viele Visionen gehabt, aber damit hat es angefangen.«

»Du hast mir nichts davon erzählt.« Er hat die Dreistigkeit, verletzt zu klingen.

Ich gehe um den Schreibtisch herum und stütze mich neben ihm mit den Händen auf die Tischplatte. »Sorry, falls das nicht die Rolle ist, die du für mich vorgesehen hattest, als du mich weggeschickt hast.« Ich schnaube voller Verachtung. »Was genau hast du dir für mich ausgemalt, nachdem ich von hier weggegangen bin? Eine Garage mit zwei Autos, ein Haus mit Garten, eine Veranda mit Hollywoodschaukel? Das alles werde ich haben, wenn ich bereit dafür bin, aber für den Moment habe ich eine andere Aufgabe. Und diesen Typen wollte *ich* ausschalten. Ich weiß aus verlässlicher Quelle, dass Jerry Siegal damals derjenige war, der die Miami-Crew geschickt hat.«

»Verdammt.« Er drückt sich die Fäuste gegen die Stirn.

»Kämpfe meinetwegen gegen jeden, gegen den du kämpfen willst, aber halte mir keinen Vortrag darüber, was gefährlich ist.« Ich drücke mich vom Schreibtisch ab. »Ich hab mich mit der Gefahr angefreundet. Wir stehen uns jetzt nahe. Schlafen im selben Bett. Die Beretta in meiner Handtasche ist mit echter Munition geladen. Und ich habe dafür mit *echtem* Geld bezahlt. In meinen Kreisen weiß man eine intelligente Frau zu schätzen. Und verdammt, ich will, dass sie begreifen, mit wem sie es zu tun haben.«

Tobias umfasst meinen Hals und lässt seinen Blick über mein Gesicht gleiten. »Soll ich dir auf die Schulter klopfen? Willst du, dass ich dich für deine dummen Aktionen lobe?«

»Es war keine dumme Aktion. Es war nur keine von dir geplante.« Wir sind uns jetzt so nahe, dass jeder, der in dem Moment eintreten würde, das Surren spüren könnte.

Ich hebe eine Hand, um seine Finger einen nach dem anderen von meinem Hals zu lösen.

Er lässt es zu und tritt einen Schritt nach hinten.

»Keine Sorge, Mr King, das war vorerst meine letzte Aktion. In letzter Zeit habe ich eher über meine anderen Visionen und Träume nachgedacht.«

Er betrachtet den Ring an meinem Finger und dreht sich um, stößt die Tür auf und marschiert in sein Büro. Verwirrt sehe ich zu, wie er einen Karton öffnet und das Licht ausschaltet. Im nächsten Moment kommt er wieder in mein Büro und knallt eine Flasche Louis Latour auf meinen Schreibtisch. »Dann sollte ich dir wohl gratulieren.«

Ich widerspreche ihm nicht. »Du hast wahrscheinlich keinen Korkenzieher?«

Er beugt sich vor. »Wenn du mich weiterhin fickst, Cecelia, wird dir das noch leidtun«, zischt er eisig.

Ich zucke mit den Schultern. »Alles klar.«

Er dreht sich um, verlässt mein Büro und geht den Flur entlang, bis er außer Sichtweite ist.

Ich sitze an meinem Schreibtisch und starre in sein dunkles Büro.

KAPITEL ACHTUNDDREISSIG

»Horner«, ruft der Gefängniswärter, als die vierte Stunde hinter Gittern für mich vorbeigeht.

Ryan betrachtet mich durch das kleine Fenster, als ich unterschreibe, dass ich meine Sachen wiederbekommen habe, die ich anschließend in einer Plastiktüte durch die Tür trage, die für mich aufgedrückt wird.

Erst als wir draußen sind, beginnt der Vortrag. »Was zur Hölle sollte das?«

»Was meinst du?«, frage ich und ziehe den Mantel enger um meinen Körper.

»Stell dich nicht dumm. Du bist verhaftet worden, weil du hundertsechzig in einer Achtziger-Zone gefahren bist und mit knapp dreißig Gramm Gras erwischt wurdest. Wie würdest du das nennen?«

»Einen geilen Donnerstagnachmittag?«

»Das ist nicht lustig.«

»Kommt drauf an, wen man fragt.« Ich runzele die Stirn. »Und außerdem war es verdammt gutes Gras. Ich glaube, ich muss noch mal zurück in den Laden.«

Ryan sieht mich verzweifelt an.

»Ich wollte einfach nur in Erinnerungen an alte Zeiten schwelgen.«

»Wer zur Hölle bist du?« Er betrachtet mich forschend.

»Mach dich locker, du kannst dafür sorgen, dass sie die

Anklage fallen lassen. Sie haben nicht mal meine Fingerabdrücke genommen. Es war ein Machtkampf. Er wollte mir eine Botschaft senden.«

»Du meinst …«

»Schhh.« Ich lache und schaue nach links und rechts. »Sprich nicht seinen Namen aus.«

»Cecelia, das ist nicht lustig. Ich habe ein bisschen über ihn recherchiert. Ihm gehört der halbe Ort, auch das Hotel, in dem ich übernachte.«

»Und die Polizei. Das weiß ich alles. Und ich habe dir gesagt, dass du keine Nachforschungen über ihn anstellen sollst.«

»Dann weißt du also, dass Exodus Inc …«

»Ja.«

»Er hat mehr Macht als Jerry Siegal.«

»Jerry hat keine Macht mehr.«

»Ich traue ihm nicht über den Weg.« Ryan nimmt mich beim Ellbogen und führt mich zum Parkplatz.

»Ich auch nicht«, erwidere ich trocken.

»Warum provozierst du ihn dann?«

»Ich hab dir doch schon gesagt, dass er mir was schuldet.«

»Er hat dich in den Knast gebracht. Rechne besser nicht damit, dass dein Plan aufgeht.«

»Doch. Siehst du nicht, dass er funktioniert?«

»Ja, eindeutig«, erwidert er sarkastisch.

»Du musst mir vertrauen.«

»Dieser Ort macht mir langsam Angst.«

»Hast du das Gefühl, dass du beobachtet wirst?«

»Wieder nicht lustig.«

»Finde ich schon. Ich hab ihn genau da, wo ich ihn haben will.«

»Auf mich wirkt er ziemlich wütend.«

»Genau.«

»Ich hoffe wirklich, dass du weißt, was du tust.«

»Das tue ich. In gewisser Weise.«

Er seufzt. »Ich kann dafür sorgen, dass sie die Anklage wegen Besitz von Drogen fallen lassen und dass dein Strafzettel wegen Raserei weniger kriminell aussieht, aber dein Auto bekommst du nicht zurück.«

Ich bleibe stehen. »Was?«

»In der Nähe war auch noch ein Van, deshalb glauben sie, ihr hättet ein Straßenrennen veranstaltet. Die behalten deinen Audi für mindestens dreißig Tage ein. Ich kann die Anzeige verschwinden lassen, aber Kleinstädte wie diese hier nehmen dich aus wie eine Weihnachtsgans, um Geld zu machen.«

»Schon in Ordnung.«

»Nichts ist in Ordnung, das war verdammt noch mal gefährlich. Was ist los mit dir?«

Als wir seinen Wagen erreichen, will ich nach seinem Schlüssel greifen, aber er tippt sich an die Stirn. »Auf keinen Fall. Du hast Glück, dass du deinen Führerschein behalten kannst.«

»Na schön.« Ich seufze und steige ein, als er mir die Beifahrertür aufhält.

»Das sieht dir gar nicht ähnlich. Was geht hier ab?«

»Tut mir leid, *Dad*. Lass uns einfach das Bußgeld zahlen, und ich kümmere mich um ein Auto.«

»Ich hab schon einen Leihwagen reserviert. Aber Cee …«

»Ich hab mich für einen Moment vergessen«, gebe ich beschämt zu. »Es war dumm. Aber jetzt ist es vorbei.«

Als er hinter dem Steuer sitzt, betrachtet er mich eingehend. »Du hast dich schon viel zu oft vergessen, seitdem wir hier angekommen sind.«

»Das weiß ich selbst, okay? Ich weiß es. Ich bin in letzter Zeit etwas rastlos.«

»Was genau ist hier eigentlich passiert?«

»Zu viel, um es zu erklären, und zu unglaubwürdig, als dass du es dir vorstellen könntest.« Ich wende mich in seine Richtung. Ich vertraue Ryan vollkommen. Er ist der Einzige, der mir dabei geholfen hat, die Schlimmsten zu Fall zu bringen. Er hat sich immer wieder bewiesen. »Willst du wirklich kündigen?«

»Ja. Beantworte meine Frage.«

»Die habe ich dir schon beantwortet, kurz bevor du gekündigt hast.«

»Und solange du mir Halbwahrheiten auftischst, werde ich meine Meinung auch nicht ändern.« Er lässt den Motor an und fährt los.

»Ich will nicht über die Vergangenheit reden.«

»Das musst du aber. Du hast einem Mann, der dir sowieso schon die ganze Zeit wütende Blicke zuwirft, eine Kriegserklärung gemacht.«

»Ist mir gar nicht aufgefallen.« Ich betrachte durch das Fenster das endlos vorbeiziehende Grün. »Tut mir leid, dass ich dir Umstände gemacht habe.«

»Schon in Ordnung, Cee, ich mache mir nur Sorgen.« Er schaut mich an. »Sag mir einfach, wie ich bei deinem wahren Problem helfen kann.«

»Das kannst du nicht. Das kann niemand. Er weiß, was ich will, und bis er mir genau das gibt, sitze ich hier fest.« Ich lege ihm eine Hand auf den Arm. »Du kannst nach Hause fahren. Hier ist für den Moment alles geregelt. Ich komme klar.«

»Nach dem, was gerade passiert ist, glaubst du, ich würde dich hier allein lassen?«

»Ich muss mich allein darum kümmern.« Als ich wieder aus dem Fenster blicke, sehe ich, dass wir schon auf der schnurgeraden Straße sind, die zum Haus meines Vaters führt. »Der geschäftliche Teil ist erledigt; der Rest ist privat.«

Ich spüre seinen Blick auf mir, aber beschließe, ihn nicht anzuschauen.

Als er vor dem Tor vorfährt, gebe ich ihm den Code, und er pfeift anerkennend, als wir uns der Villa nähern. »Ein Schloss.«

»Eine riesige verdammte Lüge.«

Er runzelt die Stirn. »Was meinst du damit?«

»In dem Haus steckt kein Leben. Willst du eine Führung?«

»Ja, aber ich verzichte trotzdem.«

»Warum?«

»Weil ich dann versuchen werde, dich zu küssen. Und das wirst du nicht zulassen.«

»Ryan …«

Wütend umfasst er das Lenkrad fester. »Wie ich das hasse. Ich hasse die Tatsache, dass ich nach Hause fahren und mir einen neuen Job suchen muss.« Er dreht sich in meine Richtung. »Aber das werde ich. Und ich werde auch eine andere Frau finden. Eine hübschere und schlauere. Eine Frau, die nicht in einen anderen verliebt ist. Sollte doch kein Problem sein«, sagt er sarkastisch.

Ich lehne mich zur Seite und küsse ihn auf die Wange. »Du wirst sie finden, Ryan. Das weiß ich. Gib dich nicht mit weniger zufrieden. Und wenn dein Groll gegen mich abgeklungen ist und du in eine andere verliebt bist, dann ruf mich bitte an. Ich vermisse dich jetzt schon.«

»Bist du dir sicher?«

»Ja. Ich komme schon klar. Dein Job ist getan.«

Er schüttelt den Kopf. »Es fühlt sich nicht richtig an. Ich kann bleiben.«

»Er wird mich beschützen. Das würde er zwar niemals zugeben, aber du musst dir keine Sorgen um meine Sicherheit machen. Vertrau mir. Ich mache mir auch keine Sorgen. Fahr nach Hause, such dir einen Job, aber lass dich von uns bezahlen, bis du was Neues hast. Ich kenne da jemanden, der dich brauchen könnte.«

»Es wird aber nicht das Gleiche sein.«

»Collin braucht dich mehr als ich im Moment.«

Er nickt. »Red mir nur Schuldgefühle ein, Cee.« Er reibt sich das Kinn. »Fuck, ich fühle mich, als würde sich meine Band auflösen.«

»So ist das Leben. Menschen kommen und gehen. Aber ich will dich nicht ganz verlieren. Nicht dich, Ryan. Versprich mir, dass du dich irgendwann bei mir meldest.«

»Das werde ich. Immerhin war ich bereit zuzusehen, wie du einen anderen Mann heiratest. Ich versichere dir, zwischen uns ist alles in Ordnung.« Er streicht mit der Hand über das Lenkrad, ehe er seinen niedergeschlagenen Blick wieder mir zuwendet. »Ich musste es wenigstens versuchen, findest du nicht? Das ist doch der gleiche Grund, aus dem du hier bist.«

Ich nicke traurig. Noch ein Opfer meines grausamen Herzens.

»Ich liebe dich«, sagt er mit fester Stimme. »Komme, was wolle.«

»Ich liebe dich auch.«

Resigniert lässt er den Kopf gegen die Lehne sinken und wendet sich mir zu. »Und jetzt raus aus meinem Wagen. Du riechst nach Gras.«

Mit Tränen in den Augen lächele ich ihn an, steige aus und betrachte die Villa.

Ryan scheint mein Zögern zu bemerken. »Er liebt dich, weißt du?«

Ich drehe mich zu ihm um.

»Nicht dass ich diesen ganzen Mist unterstützen will, denn eins will ich klarstellen, er ist ein aufgeblasenes Arschloch. Aber kein Mann gerät so in Rage wegen einer Frau, die ihm nichts bedeutet. Er kämpft nur dagegen an.«

»Danke. Ruf mich an, wenn du angekommen bist.«

»Ich schreibe dir.« Er senkt den Blick, als ich vom Auto wegtrete.

Ryan ist seit Jahren ein Teil meines Lebens, und ich kann mir nicht vorstellen, ihn nicht mehr jeden Tag zu sehen. Ich habe mein Leben auf den Kopf gestellt und mich von Menschen getrennt. Menschen, die ich liebe. Und all das wegen eines schlechten Traumes, wegen einer Vergangenheit, der ich nicht entkommen kann. Ich schließe die Beifahrertür, er fährt weg – und ich bleibe allein zurück.

Sie sind am Zug, Mr King.

KAPITEL NEUNUNDDREISSIG

Die ersten vier Tage der folgenden Woche meidet Tobias mich, indem er sich – wenn er *nach* dem Morgenmeeting auftaucht – in seinem Büro verbarrikadiert.

Ich beschwere mich nicht, weil es ohnehin sinnlos wäre.

Obwohl er sich entschlossen hat, mich zu ignorieren, habe ich viele Stunden zusammen mit Shelly damit verbracht, die Finanzen und geplanten Programme durchzugehen. Und wir haben viel erreicht. Wenn ich mich jetzt aus dem Staub machen würde, würde Shelly es mit Sicherheit auch ohne mich schaffen.

Tobias hat ebenfalls Erfahrung in der Branche, aber ich bin noch nicht ganz fertig hier, und meine Loyalität gegenüber den Angestellten veranlasst mich, weiterhin hierzubleiben. Die Tatsache, dass er mich so entschlossen meidet, erschwert mir meine Mission jedoch.

Doch selbst an Tagen, an denen er sich in seinem Büro verschanzt, entgehen mir nicht seine neugierigen, bedeutungsvollen Blicke. Ich weiß nicht, was ich tun muss, um meine Antworten zu bekommen, aber je mehr Zeit vergeht, desto mehr glaube ich, dass ich sie niemals bekommen werde. Und so steigert sich meine Wut nur noch.

Da ich zur Abwechslung dringend mal wieder ein freundliches Gesicht sehen will, parke ich ein, steige aus dem Mietwagen und überquere die Straße. Die Türglocke kündigt mich an.

»Ich bin sofort da«, ruft sie aus der Umkleidekabine. Die Boutique hat sich verändert, ist frisch renoviert und hat ein neues Logo. Lächelnd scanne ich die Kleider, denn ich habe noch immer das Bedürfnis, ihren Umsatz ein bisschen zu steigern.

Tessa kommt um die Ecke, hat ihren Blick aber noch auf die Frau in der Umkleide gerichtet. »Versuchen wir's mal mit einer Nummer größer.« Nun dreht sie sich in meine Richtung. »Schauen Sie sich gerne …« Sie bleibt wie angewurzelt stehen.

»Hi, Tessa. Lange nicht gesehen.« Ich lächele und winke ihr verhalten zu.

Sie senkt den Blick, beißt sich auf die Lippe und geht an mir vorbei zu einem Kleiderständer. Als sie die Größe findet, nach der sie gesucht hat, schaut sie mich scheu an. »Wie geht's dir, Cecelia?«

Vollkommen verwirrt über ihre Reaktion bemühe ich mich um ein Lächeln. Ist sie etwa sauer, weil ich damals weggegangen bin, ohne mich zu verabschieden? Es ist nicht so, als seien wir die besten Freundinnen gewesen. Wir haben nie etwas zusammen unternommen.

»Alles gut. Ich bin für ein paar Wochen im Ort und wollte kurz vorbeischauen, um zu sehen, wie es dir geht.«

Sie senkt den Kopf. »Gut. Gib mir eine Sekunde.«

Vielleicht habe ich zu viel erwartet, aber mit dieser Reaktion habe ich definitiv nicht gerechnet. Unsicher schaue ich einen Kleiderständer durch und ziehe ein paar Kleider in meiner Größe von der Stange.

Schließlich kommt sie wieder. Ihre Haare sind ein wenig länger, aber ansonsten sieht sie unverändert aus. Sie war schon immer bisschen kleiner als ich, ist mittlerweile etwas kurviger, aber immer noch eine atemberaubende Blondine mit blauen Augen. Trotz der winterlichen Temperaturen hat sie ein wenig

Farbe im Gesicht. Und bevor sie mich gesehen hat, sah sie … glücklich aus. Sie kommt näher. »Für wen kleidest du dich heute ein?«, fragt sie tonlos.

Ich runzele die Stirn. »Nur für mich selbst. Ich war seit einer Ewigkeit nicht mehr hier, deshalb wollte ich dich sehen und ein paar Kleider kaufen. Schöne Sachen hast du hier. Wie läuft der Laden?«

»Er läuft schon *sehr lange* gut.« In ihren Worten schwingt Verachtung mit. Und ich spüre einen Stich, als sie mich anschaut. »Du siehst … toll aus.«

»Danke.« Wegen ihres merkwürdigen Tonfalls lasse ich meine Erwiderung fast wie eine Frage klingen.

»Du hast schon immer toll ausgesehen.« Das war kein Kompliment.

Mittlerweile finde ich ihr Verhalten nicht mehr verletzend, sondern beleidigend. Anders als früher rede ich nicht mehr um den heißen Brei. »Tessa, hab ich irgendwas getan …«

»Ich bin so weit, Tessa«, ruft die Frau aus der kleinen Umkleidekabine und kommt heraus. »Was meinst du?«

Tessa lässt ihren Blick an mir hinabwandern, ehe sie ihn abwendet. »Manche Leute wissen einfach nicht, wann es an der Zeit ist aufzugeben«, murmelt sie. »Ich bin gleich wieder da.«

Kurz ziehe ich in Erwägung zu gehen. Das Letzte, was ich gebrauchen kann, ist eine weitere Auseinandersetzung mit jemandem, den ich früher mochte. Aber sie sieht mich an, als hätte ich ihr Leben ruiniert.

Ich suche mir noch ein paar Kleider aus, während Tessa mit der Frau spricht. Mit mehreren Bügeln über dem Arm gehe ich zur Kasse. Als sie die Kleider in eine Tüte schiebt, fällt mir der Diamantring an ihrem Finger auf, und mit einem Mal wird mir alles klar.

O Karma, du bist wirklich eine Bitch.

Als ich damals versucht habe, sie mit Tyler zu verkuppeln, hatte ich wohl den falschen Mann für sie im Auge.

»Tessa …«

»Tyler war nicht derjenige, der in die Boutique gekommen ist, nachdem du weg warst. Ich heiße jetzt Roberts.« Sie schaut bedeutungsvoll zu mir auf. »Unseren Sohn haben wir Dominic genannt. Nächste Woche wird er vier. Baily ist zwei. Wir haben sie nach ihrer Großmutter benannt. Aber du hast sie nie getroffen, richtig?«

Ich kämpfe gegen den Kloß in meinem Hals an und schüttele den Kopf.

»Das wären dann hundertdreiundsiebzig Dollar.« Sie hält die Hand auf.

Ich mache mich an meiner Handtasche zu schaffen und reiche ihr schließlich meine Karte. »Tessa, ich wusste nicht …«

»Ich hab oft darüber nachgedacht, was ich zu dir sagen würde, wenn du jemals hierher zurückkommst.« Ihr Tonfall klingt nun nicht mehr anklagend, sondern neugierig. Sie kommt um die Theke herum und gibt mir die Tüte. »Dass du ihn zuerst hattest, sollte wohl keine Rolle spielen, da ich ihn schließlich für immer habe.« In ihrer Stimme liegt weder Angst noch Boshaftigkeit. Sie fühlt sich sicher in ihrer Ehe.

»Ich freue mich wirklich für euch beide.« Ich beiße mir auf die Lippe und nehme ihr die Tüte ab.

»Nimm dir am besten auf dem Weg nach draußen noch ein Kleid mit. Umsonst. Das ist das Mindeste, was ich tun kann. Schließlich bist du der Grund dafür, dass ich eine Familie habe.«

Widersprüchliche Gefühle ringen in mir um die Oberhand. Ich wende den Blick ab. Was soll ich darauf erwidern? Es gibt nichts zu sagen. Ich fühle mich mehr wie eine Außenseiterin als jemals zuvor.

Seans Frau.

Sie ist sicherlich in mehr Geheimnisse eingeweiht, als ich mir vorstellen kann. Einen Moment stehe ich sprachlos mit der Tüte in der Hand da, dann wende ich mich ab, um zu gehen.

»Es tut mir leid, Cecelia«, ruft sie mir hinterher. »Das hast du nicht verdient. Aber ich kann dich einfach nicht ansehen, ohne an den Anfang zurückzudenken.« Sie stößt gequält die Luft aus. »Es hat lange gedauert, bis er mich an sich herangelassen hat. Ich hätte fast aufgegeben. Und als ich rausgefunden habe, dass du es warst, die …« Unsere Blicke treffen sich. »Ich habe einfach angefangen, dich ein bisschen zu hassen, weil du einen besonderen Platz in seinem Herzen hattest. So oft habe ich dir geholfen, das richtige Outfit zu finden …« Sie schüttelt den Kopf, als wollte sie die alten Erinnerungen vertreiben, und zuckt mit den Schultern, aber ich spüre, dass es sie nicht loslässt. »Kleine Orte können ziemlich scheiße sein, findest du nicht? Aber es ist lange her. Ich kann dir wohl keinen Vorwurf daraus machen, dass du mit ihm zusammen warst, was?«

Tränen steigen mir in die Augen, als ich sie anschaue und mir vorstelle, wie sehr sie darum kämpfen musste, sich mit dem Mann etwas aufzubauen, der sich vollkommen verschlossen hatte, nachdem er seinen besten Freund und die Frau verloren hatte, die ihn in seinen Augen betrogen hatte.

»Ich weiß nicht, was ich sagen soll.« Schuldgefühle nagen an mir, aber sie nickt mir ruhig zu. Ich umfasse die Türklinke. »Ich bin keine Gefahr für dich. Ich würde niemals …«

»*Er* würde niemals«, korrigiert sie mich entschieden. »Aber er ist nicht der Grund, warum du zurückgekommen bist.«

Sie weiß es.

Sie kennt meine Geschichte. Und ich könnte ihr eine Reihe von Gründen nennen, warum ich so plötzlich zurückgekommen bin, die nichts mit ihrem Mann zu tun haben, aber sie weiß es ohnehin, und sie sucht keinen Streit.

»Sei vorsichtig, Cecelia. Du weißt sehr gut, dass nicht alles so ist, wie es scheint.«

Das ist keine Drohung, sondern ein Wort der Warnung von einer alten Freundin. Sie will mir helfen, und ich nehme ihre Hilfe an. Doch auch wenn sie keinen Streit anzetteln will, gefällt es ihr ganz und gar nicht, dass ich hier bin.

Und damit ist sie nicht die Einzige.

Als ich die Tür halb öffne, peitscht mir der kalte Wind ins Gesicht. »Mach's gut, Tessa«, ist das Einzige, was ich sagen kann.

KAPITEL VIERZIG

Als ich nervös die dunkle, feuchte Bar betrete, bricht eine Flut aus Erinnerungen über mich herein. Nicht viel hat sich verändert. Noch immer sind die kleinen runden Tische mit den billigen Holzstühlen ohne ersichtliche Ordnung im Raum verteilt. An den Wänden hängen Neonschilder. Neu sind nur die Bühne mit dem dünnen Teppich und die Karaoke-Maschine neben der Jukebox.

»Cecelia?« Eddie, der hinter der Theke steht, mustert mich.

Ich begrüße ihn mit einem Lächeln, und wieder überfallen mich Erinnerungen. *Boys of Summer* tönt aus der Jukebox, als wollte man mich in die alte Zeit zurückversetzen. Der Text ist erschreckend passend, sodass ich für einen Moment nur zuhöre und mich in die Geschichte hineinziehen lasse, die ich hier erlebt habe.

»Hi, Eddie.«

»Du solltest nicht hier sein«, sagt er, als ich mich der Theke nähere. »Das wird ihm nicht gefallen.«

Ich weiß ganz genau, wer *er* ist.

»Hm, das heißt aber noch lange nicht, dass ich mit seinen Regeln einverstanden bin. Whisky-Cola bitte.«

Er schüttelt langsam den Kopf und trocknet ein Bierglas mit einem Handtuch ab.

»Du willst mich echt nicht bedienen?« Frustriert stoße ich die Luft aus. »Im Ernst, Eddie? Ich dachte, wir sind Freunde.«

Mittlerweile sollte ich es besser wissen. Langsam werde ich blind von dem Leuchten des scharlachroten »A« auf meiner Brust. Ich bin eine Ausgestoßene. Als ich Tessas Boutique verlassen habe, habe ich mich gefühlt wie die Hure von Babylon. Nach dem zu urteilen, wie die Leute auf mich reagieren, bei denen ich mich früher am sichersten gefühlt habe, sehen sie nichts weiter in mir als ein ehemaliges Groupie der Bruderschaft der Raben.

»Du solltest nicht hier sein, Cecelia«, wiederholt er.

»Keine Sorge, ich hab was dabei.« Ich hole die halb leere braune Flasche aus meiner Handtasche und hebe sie hoch, sodass er sie sehen kann.

»Die kannst du hier nicht trinken.«

Ich hole mein Portemonnaie heraus und lege hundert Dollar auf den Tresen. »Dann gib mir eine.«

Widerwillig holt er eine Flasche Jack Daniel's und ein Glas hinter der Theke hervor. Als ich ihm das Geld zuschiebe, schüttelt er den Kopf. »Danke, Eddie.«

»Er wird mir die Eier abreißen.«

»Aber du bist gut darin, Geheimnisse für dich zu behalten, oder?«

Er schnaubt, und ich schiebe ihm das Geld wieder hin. »Kannst du mir den kleiner machen?«

Er öffnet die Kasse und tauscht den Schein gegen kleinere Scheine und Münzen aus. Ich nehme mir ein bisschen Kleingeld und stopfe den Rest ins Trinkgeldglas. »Ich freu mich auch, dich zu sehen.«

Als ich die Flasche und das Glas hebe, entfernt er sich, um einen Mann am anderen Ende der Bar zu bedienen, jedoch nicht ohne mir einen warnenden Blick zuzuwerfen.

Ich ignoriere die Warnung jedoch.

Stattdessen lege ich meine Sachen auf dem Tisch neben der

Jukebox ab und gehe mit dem Glas in der Hand die Titel durch.

Auf einmal sehe ich es. *Keep on Smilin'* von Wet Willie. Der Song, zu dem Sean und ich auf der Straße getanzt haben. Nach dem Fest habe ich ihn tagelang in Dauerschleife gehört, wobei ich die Minuten, die wir miteinander verbracht haben, ehe er mich ohne ein Wort hat stehen lassen, habe Revue passieren lassen.

Und heute bin ich seiner Frau begegnet.

Seiner hübschen Frau, mit der er zwei Kinder hat.

Ich stürze den Whisky herunter und versuche, meinen Schmerz mit dem Brennen auszulöschen. Warum zur Hölle soll ich diejenige sein, die den höchsten Preis für die Vergangenheit zahlen muss, die wir zusammen durchlebt haben?

Weil es nun mal so ist.

Weil ich die Böse bin.

Weil ich diejenige bin, die in die Gegenwart eingreift mit ihren Erinnerungen an die Vergangenheit.

Ich tippe die Nummer ein und schaue mich in der fast leeren Bar um, ehe ich meinen Blazer ausziehe und mich hinsetze.

Als die Musik einsetzt, schießen mir sofort Tränen in die Augen.

Jetzt kann ich auf keinen Fall mehr zu ihm gehen, und ich habe Angst davor, ihm zufällig zu begegnen. Ich habe Angst vor seiner Reaktion. Wenn er auch nur halb so kalt ist wie seine Frau, werde ich es nicht überleben.

Doch ohne Antworten kann ich nicht nach vorn blicken. Ich befühle meinen Verlobungsring mit dem Daumen und beschließe, ihn morgen früh abzunehmen. Es wird schmerzhaft sein, mich endgültig von meiner Zukunft und von Collin zu verabschieden, bevor ich Frieden mit der Vergangenheit geschlossen habe. Aber nun muss ich mich mit dieser Reihenfolge zufriedengeben, und es wird höchste Zeit. Ich bin vollkommen in meine Gedanken versunken, als ich einen vertrauten maskulinen Geruch wahrnehme, bevor mir eine vertraute Stimme ins Ohr flüstert.

»Kann ich diesen Tanz haben?«

Als ich den Kopf drehe und ihn erkenne, klappt mir die Kinnlade herunter. »Tyler?«

»Hi, Cee«, sagt er leise. Mit den Händen auf den Tisch gestützt steht er neben mir und lächelt voller Wärme zu mir herab.

Ich schiebe meinen Stuhl nach hinten, springe auf und stürze mich auf ihn.

Er fängt mich mit Leichtigkeit auf und zieht mich in eine enge Umarmung.

Ich drücke ihn so fest, dass er überrascht auflacht. »Hey, Mädel, hey«, beruhigt er mich sanft und zieht mich fester an sich.

Ich löse mich von ihm, schaue ihm in die funkelnden Augen und muss mit den Tränen kämpfen. »Du ahnst ja gar nicht, wie froh ich bin, dich zu sehen.«

Er grinst. »Du siehst zehnmal gefährlicher aus als damals. Du bist verdammt schön.«

»Danke.« Ich betrachte ihn von oben bis unten. Er hat jetzt eine Narbe am Kinn, die weiß und alt ist. Ich fahre mit dem Finger darüber. »Was ist da passiert?«

»Kriegsverletzung«, erwidert er leise.

Ich frage mich, ob es irgendwas mit dem letzten Mal zu tun hat, als ich ihn gesehen habe, aber ich traue mich nicht zu fragen.

Er zieht seinen Mantel aus und setzt sich. »Ich kann nicht lange bleiben.«

»Trinkst du was mit mir?« Ich gieße mehr von dem Whisky aus der Flasche in mein Glas und schiebe es ihm zu. Ich bin zu

Bestechung bereit, wenn ich dafür ein paar Minuten mit einem alten Freund verbringen kann.

Er greift nach dem Glas und leert es in einem Zug, wobei er den Blick nicht von mir abwendet.

»Du weißt, dass er kommen wird, oder?«

»Da bin ich mir nicht so sicher. Die Mühe wird er sich wahrscheinlich nicht machen. Er hat mich immer wieder zurückgewiesen. Alles, was ich will, ist ein Gespräch, und noch nicht mal dazu war er bereit.«

»Hier ist es gefährlich für dich, Cee.«

»Mein Vater ist tot«, flüstere ich leise. »Es ist vorbei. Ich habe ihm die Firma überschrieben, und ich bin nur noch hier, um ein paar letzte Angelegenheiten zu regeln. Trink noch was.« Ich schenke ihm nach und schiebe das Glas wieder über den Tisch.

Grinsend greift er danach. »Auch wenn die Einwohnerzahl wächst, ist das immer noch ein kleiner Ort. Dass du wieder hier bist, geht rum wie ein Lauffeuer. Ein paar Leute sind ziemlich nervös.«

»Ich hab den Mund gehalten, das weißt du ganz genau. Ich bin nicht hier, um eure Geheimnisse auszuplaudern. Ich bin hier, weil ich Antworten verlange.«

»Das weiß ich, und das weißt du, aber einige Außenstehende wissen das nicht.« Er deutet mit dem Kinn zur Bar, und ich sehe, dass uns ein paar Männer beobachten. Ich begegne ihren neugierigen Blicken, einem nach dem anderen, ohne mit der Wimper zu zucken, und schaue dann wieder Tyler an.

»Oh, das ist mir bewusst. Ich bin vorhin *Mrs* Roberts begegnet.«

Er zuckt zusammen.

»Ja«, sage ich und nehme einen Schluck direkt aus der Flasche. »Es war wirklich so schlimm.«

»Und warum bist du nun hier?«

»Für einen Drink?«

Er hebt eine Augenbraue.

»Na schön.« Ich trinke noch einen Schluck. »Vielleicht bin ich hier, um Streit anzuzetteln.«

»Cecelia, er hat sich verändert.«

»Wir alle haben uns verändert.«

Er dreht langsam sein Glas auf dem Tisch. »Ich würde lügen, wenn ich behaupten würde, dass ich mich nicht freue, dich zu sehen. Aber das kann kein gutes Ende nehmen.«

»Verdammt.« Ich setze die Flasche geräuschvoll auf dem Tisch ab. »Scheiß auf ihn. Okay? Er ist nicht der Einzige, der etwas verloren hat. Findest du nicht, dass ich Antworten verdient habe?«

»Du musst doch wissen, dass es besser ist, in der Deckung zu bleiben.«

»Warum? Warum ist er derjenige, der darüber entscheiden darf?«

»Du weißt, warum.«

»Ich gebe nicht nach.«

Tyler sieht mich besorgt an. »Kann ich irgendwie helfen?«

Ich schüttele entschieden den Kopf. »Ich verdiene es, die Wahrheit zu hören, und zwar von ihm. Er ist derjenige, der mich in die Hölle verbannt hat.« Ich kann die Wut in meiner Stimme hören. »Er schuldet mir was, und ich verschwinde nicht ohne Antworten.« Ich schlucke und schüttele den Kopf. »Ich vermisse die Jungs.« Ich trinke noch einen Schluck. »Hier zu sein hat mich sentimental gemacht, und ich weiß, dass ich hier nicht erwünscht bin, aber der Tag, an dem du mich in meinen Jeep gesetzt hast …« Der Blick, den wir wechseln, spiegelt den Schmerz der Erinnerung wider. »Du weißt alles, aber du kannst dir nicht vorstellen, wie es sich für mich anfühlt, nach so langer Zeit immer noch im Dunkeln zu tappen.«

In seinen Augen zeichnen sich Schuldgefühle ab. »Die Sache ist zu kompliziert geworden. Wir wollten nicht, dass es auf dich zurückfällt.«

»Und dafür bin ich euch dankbar. Ihr habt mir das Leben gerettet. Dominic …« Meine Stimme erstirbt. »Aber das ändert nichts an der Tatsache, dass ich Antworten verdiene.«

»Das kann ich nicht abstreiten.« Er seufzt. »Aber manchmal ist es besser, die Vergangenheit ruhen zu lassen.« Er senkt kurz den Blick und dreht sein Glas wieder auf dem Tisch.

»Tut mir leid wegen Delphine.«

Er nimmt mir die Flasche aus der Hand und füllt sein Glas auf. »Ich werde für immer dankbar sein, dass du mich damals zu ihr mitgenommen hast«, sage ich leise.

»Ich muss mich bei dir bedanken.«

»Ihr seid also wieder zusammengekommen?«

Er nickt. »Wir hatten noch knapp zwei Jahre, bevor sie in meinen Armen gestorben ist. Ich kann dir gar nicht sagen, wie viel mir diese Jahre bedeutet haben. Sie hat aufgehört zu trinken und hat hart gekämpft. Es war die glücklichste Zeit meines Lebens.« Er schluckt und spricht mit heiserer Stimme weiter. »Ich werde es nie bereuen. Und diese Zeit mit ihr habe ich dir zu verdanken. Sie hat mir gesagt, dass ich sie geheilt habe, bevor sie gestorben ist.« Sein Adamsapfel hüpft auf und ab. »Sie hatte keine Angst mehr.«

Eine Träne läuft mir die Wange hinab.

Er sieht durch mich hindurch, scheint irgendwo in der Vergangenheit mit ihr zu sein.

»Ich bin froh, dass ihr diese Zeit miteinander hattet.« Ich nehme ihm das Glas aus der Hand und halte inne. »So was will ich auch, weißt du? Inneren Frieden nach allem, was ich verloren habe.«

»Ich würde es dir wünschen. Aber sei vorsichtig.«

»Das war ich lange genug«, erwidere ich trotzig.

Er steht auf und küsst mich auf die Wange. »Ich muss los.«

»Nein, bitte nicht. Bleib hier«, bettele ich. »Ich kauf dir noch eine Flasche. Ich bin mittlerweile reich, falls du das nicht schon gehört hast.«

Er nickt und schaut mich mitleidig an.

»Sieh mich nicht so an. Mir geht es gut.«

»Wenn du das sagst. Bitte sei einfach vorsichtig.«

»Ich habe keine Angst vor ihm.«

Er grinst mich an wie ein kleiner Junge. »Du bist immer noch die gleiche wunderschöne, scharfzüngige, starrsinnige Frau wie damals.«

»Bei dir klingt es so, als wäre das was Schlechtes.«

»Ich muss jetzt wirklich los.«

Ich stehe auf und drücke ihn an mich. Als er seine Arme um mich schlingt, stelle ich mich auf die Zehenspitzen, um ihm ins Ohr zu flüstern. »Ich habe dich vermisst, weißt du? Als ich weggegangen bin, habe ich mich gefühlt, als hätte ich auch dich verloren.«

»Ging mir auch so«, flüstert er und löst sich von mir.

»Bitte bleib noch. Auf einen Drink?«

»Ich kann nicht. Ich fliege in einer Stunde.«

»Du wohnst nicht hier?«

Er schüttelt den Kopf. »Schon seit Jahren nicht mehr.«

Seit Jahren. »Verrätst du mir, was du inzwischen machst?«

»Dies und das.«

Ich verdrehe die Augen. »Ich weiß nicht, warum ich überhaupt gefragt habe.«

»Stimmt. Es ist grundsätzlich besser, das nicht zu tun.«

»Ich würde ja sagen, lass uns in Kontakt bleiben, aber ich weiß, dass das nicht geht.«

Er zieht mich ein letztes Mal in seine Arme und lässt mich dann los.

»Ich wünsche dir alles Gute, Tyler. Werde glücklich, okay?«

»Ich stehe immer hinter dir, Cee. *Immer.*«

»Ich weiß.«

Er zwinkert mir zu und verschwindet dann, so wie die meisten Männer in meinem Leben.

Ich verdränge meine Emotionen, denn ich weiß, dass ich hier unter Beobachtung stehe. Dann schenke ich mir von dem Whisky nach, lege meine Hand um das Glas, hebe für alle neugierigen Zuschauer den Mittelfinger und könnte schwören, dass ein paar von ihnen leise lachen. Als ich noch einen Schluck trinke, wird es einfacher, die Blicke der Männer zu ignorieren, die an der Bar sitzen.

Mehrere Minuten vergehen, in denen ich mich zurücklehne, mich zu meiner – zu Seans – Musik hin- und herwiege und meine Glieder schwer vom Alkohol werden. Schließlich durchsuche ich meine Handtasche nach Seans Zippo, hole es heraus und öffne und schließe es, wobei ich den Typen anschaue, der am Nebentisch sitzt. »Hey«, sage ich und schenke ihm ein Lächeln.

Er erwidert es. »Hey.«

»Du, ich weiß, dass das vielleicht eine merkwürdige Frage ist, aber kannst du mir zufällig sagen, wo ich ein bisschen Gras herbekomme?«

Er grinst, steht mit seinem Bier in der Hand auf und kommt zu mir rüber. »Ich kann dir vielleicht helfen.« Seine Augen blitzen auf, als ich seinen Arm betrachte. Kein Tattoo, und ohne es zu ahnen, ist er gerade in einen Kreis aus Feuer getreten.

»Ach ja? Wie teuer?«

»Umsonst, wenn du mit mir rauchst.«

Ich schüttele den Kopf und bereue meine Entscheidung, das

Gespräch begonnen zu haben. Ryan hat recht. Ich bin dumm und unbesonnen. Aber nach dem heutigen Tag gehen mir immer mehr Dinge am Arsch vorbei. Der Blick des Fremden macht mich nervös. »Ich bin nicht *danach* auf der Suche.«

»Alles gut, ich beiße nicht.«

»Aber ich. Und ich verzichte. Vergiss, dass ich gefragt habe, das war keine gute Idee.«

»Ich finde, das war eine super Idee.«

»War es nicht, glaub mir.«

Er kommt näher und näher und lässt den Blick über meinen Körper wandern.

Ich weiß, dass er kein Wort von dem, was ich gesagt habe, gehört hat.

»Im Ernst, vergiss es. Lass mich in Ruhe.«

»Jetzt sei doch nicht so«, drängt er, stellt sein Bier auf meinen Tisch und beugt sich mit einem anzüglichen Blick zu mir runter. »Wir lernen uns doch gerade erst richtig kennen.«

»Jack«, schaltet sich Eddie ein, der immer noch hinter der Bar steht, »mit der willst du dich nicht anlegen.«

»Genau, Jack«, sage ich, wobei sich ein schwaches, vielleicht nur imaginäres Kribbeln links und rechts von meiner Wirbelsäule bemerkbar macht. »Du solltest gehen.«

Jack schaut erst Eddie und dann mich an, bevor er sich zurückzieht und scheinbar abwägt, wie ernst die Warnung wohl sein mag. Er greift nach seinem Bier, aber es ist zu spät.

Am Eingang der schäbigen Bar steht der tödlichste und heißeste Teufel, und er hat die Hölle gleich mitgebracht. Flammen tanzen in seinen Augen.

KAPITEL EINUNDVIERZIG

Ich stehe langsam auf, wobei der Stuhl hinter mir über den Boden schabt, und bereite mich auf den Kampf vor. »Jack, es gibt einen Ausgang hinter den Toiletten«, flüstere ich heiser. »Hau besser ab.«

Jack steht wie angewurzelt da, als sich die Bedrohung in Bewegung setzt. In seinem maßgeschneiderten Anzug kommt er mit gesenktem Kinn auf uns zu, die starken Arme hat er ausgestreckt, und seine stürmischen Bewegungen sind kaum nachzuverfolgen, doch schon beginnen die Tische durch die Luft zu fliegen und zerbrechen links und rechts von ihm.

Knack. Knack. Knack.

Tische überschlagen sich und zerschellen, als würden sie von einer unsichtbaren Kraft bewegt, während er auf mich zukommt. Sein Blick ist strafend, und er lässt nichts auf seinem Weg unzerstört.

Oh, fuck!

So wütend habe ich ihn noch nie gesehen. Erschrocken drehe ich mich zu Jack um. »Scheiße, verschwinde!«

Jack ist weiß wie die Wand, als er sich umdreht und zu dem dunklen Gang stürzt, der zum Hinterausgang führt.

Ich schlucke, Tobias ist jetzt fast bei mir, und ich bin dankbar für den Whisky, der durch meine Adern fließt und mich davon abhält zu zittern wie Espenlaub.

Tobias erreicht mich, als ich gerade das Glas an meine Lippen führe, und schlägt es mir aus der Hand. Es kommt an der Tischkante auf, und die bernsteinfarbene Flüssigkeit spritzt auf meine Hose, das Glas zerspringt zu meinen Füßen. In dem Moment wird mir bewusst, dass sich die Bar geleert und die Musik aufgehört hat.

»Bist wohl nicht in der Stimmung zu tanzen?«

»Ich hab dir doch gesagt, du sollst verschwinden.«

»Komm schon, wir sollten feiern. Wir sind jetzt Businesspartner.«

»Was zur Hölle, Mann?«, meldet sich Eddie zu Wort, der nun seine verwüstete Bar betrachtet und einen Tisch zurechtrückt.

Tobias schaut zu mir herab, ohne Eddie auch nur die geringste Beachtung zu schenken. »Du musst verschwinden. Ich bitte dich nicht noch mal.«

»Und was passiert sonst?«

»Hör auf mit deinen verfickten Spielen, Cecelia.«

»Du bist doch derjenige, der sich aufführt wie ein Kind. Ich bin nur für ein paar Drinks hergekommen.«

»Was willst du?«

»Die Wahrheit. Ich will die Wahrheit! Ich will wissen, was passiert ist!«

Sein Kiefer mahlt, und sein tödlicher Blick zerreißt mich förmlich in Stücke.

Ich hebe meine Whiskyflasche. »Sicher, dass du nichts trinken willst?«

Er schlägt sie mir aus der Hand, und das Glas zerspringt neben den anderen Scherben am Boden.

»Ich meine, ich weiß ja, du stehst mehr auf Gin, aber das wär jetzt echt nicht nötig gewesen.«

Seine Miene bleibt hart.

»Verdammt, Tobias. Ich will doch nur reden.«

Er lässt seinen mörderischen Blick an mir hinabwandern, und jeder Zentimeter meines Körpers reagiert. Er ist so schön, und seine Wut erinnert mich an die langen Nächte, die wir damit verbracht haben, unseren Hass füreinander auf viel angenehmere Art zu überwinden. Obwohl er älter ist, sieht er immer noch unglaublich aus, und ich verspüre den Drang, ihn an mich zu ziehen, trotz all der Wut.

Ich lege meine Hände auf seinen Brustkorb, der sich hebt und senkt, und verweile dort.

Er bläht die Nasenflügel, aber er lässt die Berührung zu.

»Denkst du manchmal an mich?«, frage ich zuckersüß.

»Nein.«

»Lügner.« Ich lächele ihn an.

Er packt meine Hand so fest, dass es wehtut, und tritt einen Schritt zurück. »Das ist kein Spiel.«

»Ich weiß«, erwidere ich leise. »Menschen sterben. Wie viele sind es mittlerweile? Bin ich auch dabei? Hast du uns beide mitgezählt?«

Meine Worte scheinen ihn genauso hart zu treffen, wie ich es beabsichtigt habe, denn er wendet den Blick ab.

»Denn ich sterbe jeden Tag, seit ich damals weggegangen bin.«

Sein Kiefer zuckt, und ich würde gern sein Gesicht streicheln, seine Wut vertreiben.

Er scheint meine Gedanken zu lesen, denn er grinst mich hämisch an. »Du bist betrunken.«

»Ich will nur reden. Bitte, *bitte* rede mit mir.«

Er nimmt meine Handtasche vom Tisch, fischt meinen Schlüssel heraus und nimmt mich beim Arm wie ein Kind, um mich zum Hinterausgang zu zerren.

»Warte, Tobias, bleib stehen.« Ich entreiße ihm meine Tasche und hole den Umschlag mit dem Bargeld heraus, das ich heute

Morgen abgehoben habe. Ich lege es auf den Tisch und sehe Eddie an, der sich mit hilfloser Miene in der Bar umschaut. »Sorry, Eddie. Das sollte genug sein.«

Eddies Miene verrät mir, dass ich hier in Zukunft nicht willkommen sein werde.

Tobias verschwendet keine weitere Sekunde, sondern zieht mich an den Toiletten vorbei und zur Hintertür hinaus. Dort lässt er mich so abrupt los, dass ich auf meinen High Heels ins Stolpern gerate. In dem Moment, in dem ich die Abendluft einatme, wende ich mich der Hausfassade zu und übergebe mich.

»Putain.« Fuck. Tobias zieht meine Handtasche aus der Schusslinie und kommt näher, um mir die Haare aus dem Gesicht zu halten.

»Das sind nur meine Nerven«, sage ich und würge.

Er flucht, als sich der nächste Schwall meines Mageninhalts auf den Boden ergießt. Dann lässt er mich los und verschwindet hinter der Tür, die laut ins Schloss fällt.

Vollkommen leer stehe ich da und hechele, ekele mich vor mir selbst, weil ich mich nicht zusammenreißen kann. Hier zu sein, ihn und seine Reaktion auf mich zu sehen, so viele Gefühle zu haben ist einfach zu viel.

Eine Minute später kommt Tobias mit einer Flasche Wasser zurück, öffnet sie und drückt sie mir in die Hand.

Menschlichkeit.

Der Tobias, den ich geliebt habe, steckt immer noch irgendwo in dieser kalten Hülle. Tief darin verborgen.

Ich trinke einen Schluck und schaue dabei zu ihm auf.

»Sieh mich nicht so an«, versetzt er und zieht sein Handy aus der Tasche.

»Wie sehe ich dich denn an?« Ich deute mit dem Kinn zu seinem Telefon. »Was machst du?«

»Ich sorge dafür, dass du sicher nach Hause kommst.«

»Warum machst du dir die Mühe? Bestimmt wär es dir nur recht, wenn ich von der Straße abkomme und von einer Klippe stürze.«

»Du bist immer so dramatisch.«

Ich lehne den Kopf an die Backsteinfassade und lache. »Du hast gerade eine ganze Bar auseinandergenommen, und *ich* bin dramatisch?«

Tobias wendet sich von mir ab, holt eine Packung Zigaretten aus seiner Tasche und zündet eine an.

»Ich hatte nicht vor zu fahren.«

Er würdigt mich keines Blickes, als er in sein Handy spricht. »Hey, schick einen Polizeiwagen her.« Eine Pause entsteht. »Ein Auto.« Pause. »Cecelia.«

Ich höre eine gedämpfte Stimme am anderen Ende der Leitung. »Die sind kein Taxiunternehmen. Fahr du sie doch.«

Sean.

»Schick jemanden her, *sofort*.«

»Bin grad beschäftigt, *Boss*. Kümmer dich selbst drum.«

Mit einem Mal nüchtern, gehe ich zu ihm. »Ist das Sean?«

Stille am anderen Ende der Leitung.

»Ich lass mir was einfallen«, sagt Tobias ungehalten, legt auf und zieht an seiner Zigarette.

»Seit wann rauchst du?«

Er stößt den Rauch aus. »Das dient nur dazu, meine Hände zu beschäftigen, damit ich dich nicht erwürge.«

»Haha. Als wir zusammen waren, hast du nie geraucht.«

»Du meinst, in den *fünf Minuten*, die wir zusammen waren?«

»Tu nicht so, als würde ich dich nicht kennen. Das ist beleidigend.«

Er zieht wieder an der Zigarette und funkelt mich an.

»Dann hast du jetzt also auch die Macht über die Bullen,

was?«, höhne ich. »Danke, dass du dafür gesorgt hast, dass ich meinen Wagen verliere, du Arschloch. Wenn das kein Spiel ist und du es ernst meinst, warum machst du dann so was Hinterlistiges?«

»Weil du nicht durch die Gegend rasen und Gras rauchen sollst.«

»Alles klar, *Dad.*«

»Wann wirst du verdammt noch mal erwachsen? Du musst einfach mal klarkommen.«

»Glaub mir, bei all den alten Erinnerungen, die neuerdings in mir heraufbeschworen werden, hab ich definitiv einen klaren Kopf bekommen. Aber wenn ich schon so leiden muss, werde ich mich so oft zudröhnen, wie ich kann, denn niemand hier scheint mir helfen zu wollen. Dafür hast du gesorgt.«

»Du solltest jetzt gehen.«

»Wer bist du eigentlich, dass du glaubst, mir vorschreiben zu können, wo ich sein darf? Dir gehört vielleicht die Hälfte aller Firmen im Ort, aber *ich* gehöre dir nicht. Du findest *mich* kindisch? Wie kindisch ist es bitte, mir zu sagen, dass ich nicht in den gleichen Kreisen verkehren darf wie du? Besonders wenn man bedenkt, dass ich dank des Tattoos auf meinem Rücken sogar das Recht dazu habe.«

Mehrere Sekunden starren wir uns an, ehe er an seiner Zigarette zieht und sie wegwirft und mit dem Absatz seines rahmengenähten Schuhs austritt.

Das Geräusch einer sich öffnenden und schließenden Autotür unterbricht unseren Streit und weckt unsere Aufmerksamkeit.

Mir verschlägt es die Sprache, als eine atemberaubend schöne dunkelhaarige Frau auf uns zukommt. Ihren Blick hat sie auf Tobias gerichtet. Sie ist von Kopf bis Fuß durchgestylt, und ihre seidigen Haare fallen ihr wie ein Vorhang über die Schultern.

Sie sieht umwerfend aus.

Und sie kommt mir bekannt vor.

»Alicia?«

Sie schaut mich an. »Hallo, Cecelia.«

»Ich hätte dich fast nicht erkannt.«

Auch wenn ihr Lächeln warm wirkt, liegt ein gewisses Misstrauen in ihren Augen, als würde sie überlegen, wie sie die Situation einschätzen soll. »Ist 'ne Weile her«, sagt sie schließlich. »Du siehst gut aus.«

Das Haar klebt mir schweißnass am Kopf, und ich bin sicherlich weiß wie die Wand. An meinen Absätzen klebt Erbrochenes.

Sie will nett sein. Noch immer ist sie das nette Mädchen, das ich vor Jahren kennengelernt habe, aber … eigentlich ist sie kein Mädchen mehr. Ich kann immer noch nicht glauben, wie sehr sie sich verändert hat. Sie nähert sich uns mit einer majestätischen Haltung – ein Gegensatz zu dem Teenager, der sie damals war.

»Hi«, begrüßt sie Tobias, als sie bei ihm ankommt, und ihr Tonfall klingt vertraut.

Sein Blick wird weich. »Bin fast fertig hier.«

Mein Herz setzt einen Schlag aus, als Alicia sich vorbeugt, eine Hand an seine Wange legt und … ihn küsst – nur kurz, aber es genügt. Der Anblick raubt mir den Atem, es fühlt sich an, als hätte mir jemand einen Schlag versetzt.

Sie tritt zurück, und Tobias sieht sie voller Zärtlichkeit an. »Nimm den Wagen«, sagt er sanft.

Sie nickt. »Sehen wir uns zu Hause?«

Tobias nickt. »Sorry, dass ich es nicht zum Abendessen geschafft habe.«

»Du machst es wieder gut«, flüstert sie. »Wie immer.«

Meine Eingeweide ziehen sich zusammen, als ich ihr intimes

Gespräch verfolge. Einzeln sind sie atemberaubend, zusammen sind sie niederschmetternd. Sie ist mit alldem aufgewachsen, und sie wirkt so gelassen, wie ich es niemals sein kann. Sie ist perfekt für ihn. Die Art von Frau, die immer ruhig bleibt, egal was um sie herum geschieht, die immer ihre Gefühle unter Kontrolle hat und eine starke, stille Stütze darstellt. Eine wahre Königin.

Und ich wette, sie hat nie mit seinem besten Freund oder seinem Bruder geschlafen.

Innerlich sterbe ich tausend Tode, bevor sie sich wieder mir zuwendet. Sie wirkt kein bisschen eingeschüchtert von meiner Anwesenheit, und das bringt mich aus dem Konzept. Ich spüre den Stich bis tief in meine Seele. Es fühlt sich an, als würde ich Tobias noch einmal verlieren.

»Hat mich gefreut, dich zu sehen, Cecelia.«

Ich kann nur nicken, denn rasende Eifersucht zerfrisst mich von innen.

Alicia entfernt sich, lässt den Motor seines Jaguar an und fährt vom Parkplatz.

Ich starre ihr mehrere abgehackte Herzschläge hinterher, ehe ich wieder Tobias ansehe. Einige Sekunden lang kann ich nichts sagen, doch schließlich finde ich meine Stimme wieder. »Sie ist wunderschön.«

Er nickt und betrachtet mich eingehend.

»Ich freue mich für dich«, stoße ich heiser hervor. »Ich sollte eigentlich in zwei Monaten heiraten, aber ich hab die Hochzeit abgeblasen, bevor ich hergekommen bin.«

Mit undurchschaubarer Miene schiebt er seine Hände in die Taschen.

»Ich schaffe es auch allein nach Hause. Du solltest zu ihr gehen. Ich komme klar.«

»Komm schon«, sagt er und nähert sich einen Schritt, aber ich schüttele abwehrend den Kopf.

Er holt den Schlüssel aus seiner Tasche und nimmt mich beim Ellbogen, doch ich entziehe ihm meinen Arm.

Er ächzt genervt. »Steig jetzt einfach in den verdammten Wagen, Cecelia.«

Meine Brust zieht sich zusammen, und ich sehne mich danach, alles rauszulassen, aber Tränen werden nie genügen, um den unerträglichen Schmerz zu stillen.

»Hättest du mir von ihr erzählt?«

»Das hätte nichts gebracht.«

»Warum? Weil du wusstest, dass es mich verletzen würde? Das schaffst du immer wieder.«

»Lass uns die Sache nicht noch schlimmer machen.«

»Aber du siehst mich gern am Boden. Besonders wenn du derjenige bist, der dafür verantwortlich ist. Warum wolltest du sie also vor mir geheim halten? Du musst gewusst haben, wie sehr es mich treffen würde.«

Er senkt den Blick.

»Sieh mich an, du Wichser.«

Er schaut mich mit brennenden Augen an. »Es ist sechs Jahre her, Cecelia. Was hast du denn erwartet?«

Nicht sie. Alles, nur nicht sie. Alles, nur keine Frau, die in der Lage ist, ihn glücklich zu machen, die die Richtige für ihn ist. Die Frau, die ihn verdient.

Er schaut sich auf dem Parkplatz um, drückt auf die Taste des Schlüssels, um zu sehen, wo mein Mietwagen steht. Er will diese Unterhaltung nicht führen.

»Sie hat sich nicht in deine Brüder verliebt und hat nicht mit ihnen gevögelt«, sage ich, und er hebt abrupt den Kopf. »Damals war sie in Sean verknallt«, fahre ich fort. »Aber das ist wahrscheinlich kein großes Verbrechen im Vergleich zu dem, was ich getan habe. Was will ich eigentlich? Ich weiß nicht, was ich erwartet habe.«

Tobias kommt noch näher, als mir Tränen in die Augen treten.

»Nein.« Ich schüttele immer wieder den Kopf. »Ich habe meinen Verlobten verlassen. Ich hab mein ganzes Leben aufgegeben … Ich bin so blöd.« Tränen laufen mir die Wangen hinab.

»Cecelia, hör auf …«

»Was musst du jetzt von mir denken?« Mein Atem stockt, und mein Herz droht zu zerspringen. »Hast du mich jemals vermisst? Hast du dich jemals gefragt, was aus uns geworden wäre, wenn alles anders gelaufen wäre?«

»Lass uns nicht davon anfangen.« Er schließt den Abstand zwischen uns, nimmt mich wieder beim Arm und öffnet meinen Wagen mit einem Knopfdruck. Dann setzt er mich auf den Beifahrersitz, wirft mir meine Handtasche auf den Schoß und beugt sich runter, um mich anzuschnallen.

»Das schaffe ich allein«, versetze ich und schließe den Gurt.

Er geht um den Wagen herum und setzt sich ans Steuer.

Als er den Zündschlüssel umdreht, lasse ich mich in den Ledersitz zurücksinken, betrachte ihn und fühle mich vollkommen verloren. Ich habe zu viele Gefühle in mir, so war es schon immer. Mir ist egal, ob er sieht, wie es mir geht. Soll er doch. Mein albernes Herz hat mich hergeführt, und nun wurde mir jegliche Hoffnung geraubt.

Wenn er wirklich über mich hinweg ist, wenn er sie liebt, wenn er glücklich ist … Sein Anblick droht mich zu ersticken. Er wollte nicht, dass ich sie sehe. Oder ist er froh, dass es so gekommen ist? Vielleicht hat er mich nie richtig ernst genommen, weil ich eine Vergangenheit mit seinen Brüdern habe. Aber für mich war das, was Tobias und ich miteinander hatten, heilig.

Bloßgestellt und verletzt betrachte ich ihn in dem schwachen blauen Licht des Wagens, als er den Parkplatz verlässt und auf die Main Street fährt. »Tobias …«

»Schlaf einfach.«

»Ich habe genug geschlafen.« Ich schniefe, als die Tränen wieder zu fließen beginnen. »Ich hab mein ganzes Leben geschlafen, bevor ich hierhergekommen bin.«

»Cecelia.« Er seufzt. »Das war vor langer Zeit. Alle haben sich verändert.«

Ich strecke die Hand aus und streiche mit zittrigen Fingern über seine Wange; ich kann nicht glauben, dass er neben mir sitzt.

Als ich ihn berühre, schließt er kurz die Augen.

»So lange ist es nicht her. Liebst du sie?«

»Liebe …« Er legt den Kopf schief, um sich meiner Berührung zu entziehen. »Dir geht es immer um Liebe.«

»Das ist doch der Grund, warum all das hier begonnen hat, oder? Die Liebe zu deiner Mutter, zu deinen Eltern, die Liebe deiner Brüder, ein Versprechen, einander zu beschützen und diejenigen, die sich nicht selbst schützen können.« Ich schlucke. »Aber mich wirfst du immer wieder ins Feuer, obwohl ich diejenige bin, die dich am meisten liebt.«

Er wendet mir abrupt seinen Blick zu und starrt mich mehrere Sekunden lang an, ehe er sich wieder auf die Straße konzentriert.

»Ich wünschte, ich könnte nach vorn blicken.« Ich seufze und drehe das Gesicht wieder nach vorn zu der dunklen Straße vor uns, als wir die Lichter der Stadt hinter uns lassen. »Collin – das war mein Verlobter – hat nicht das verdient, was ich ihm angetan habe. Ich werde mir nie verzeihen, dass ich ihn verletzt habe.«

Ich fahre mir mit den Fingern über die nassen Wangen, aber es ist sinnlos. Bei Tobias will ich keine Sekunde mehr verschwenden. Es ist an der Zeit, ihm alles zu gestehen. »Das erste Jahr war am schwersten.« Ich drehe mich in meinem Sitz zu ihm und lehne mein Gesicht seitlich an das Leder. »Ich war bestimmt hundertmal auf dem Highway, weil ich hierher zurückwollte, zurück zu *dir*. Und die ganze Zeit habe ich gebetet, dass du auch auf dem Weg zu mir sein würdest. Dass du es nicht ernst gemeint hast, als du mich weggeschickt hast, dass du getrauert hast und es nicht so meintest, als du gesagt hast, ich soll niemals zurückkommen.«

Stille.

»Das College hat mich in gewisser Weise gerettet. Jeden Sommer bin ich nach Frankreich geflohen und habe jeden Winkel des Landes erkundet. Es war ein Traum. Ich habe mich verliebt. Es war genauso, wie ich es mir ausgemalt hatte.« Ich schlucke. »Dort habe ich auch ein paar vertraute Tattoos gesehen, aber damit hast du bestimmt nichts zu tun, oder?«

Stille. Er gibt nichts preis.

»Sogar in Saint-Jean-de-Luz war ich. Dein großes Ziel ist wunderschön, Tobias. Ein Traum.«

Seine Miene bleibt ausdruckslos.

»Ich habe so sehr gehofft, dass du mich beobachtest. Dass du stolz auf mich bist.« Ich schniefe, denn wieder kündigen sich Tränen der Traurigkeit und Sehnsucht an. Ich bin erst ein paar Wochen hier, und schon verliere ich vollkommen die Fassung. Ich war in keiner Weise auf das Ganze vorbereitet. »In meinem *neuen* Leben konnte ich nichts tun, ohne an dich zu denken. Jeden Tag habe ich gehofft, dass du erkennen würdest, dass das, was geschehen ist, wichtig für mich war, dass es mich verändert hat.«

Ich sehe ihn forschend an, aber seine Miene verrät nichts.

»Ich bin voll und ganz in meinem Studium aufgegangen, in meinen Plänen. Als ich meinen Master gemacht habe, hatte ich schon meine eigene Firma gegründet. Ich habe es hauptsächlich für mich getan, aber dich hatte ich die ganze Zeit im Hinterkopf. Ich habe gehofft, dass du sehen würdest, dass ich Dominic damit geehrt habe.« Ich unterdrücke ein Schluchzen und muss mich sammeln, ehe ich weiterreden kann. »Obwohl ihr mich nie richtig dabeihaben wolltet, hatte ich mir vorgenommen, meinen Teil beizutragen.« Mit brennender Kehle verliere ich mich weiter in den vergangenen Jahren. »Dann kam Collin und war so … sanftmütig, so verständnisvoll, sexy … Bei ihm habe ich mich einfach … sicher gefühlt. Und ich habe zugelassen, dass er sich in mich verliebt, obwohl ich wusste …«

Tobias fährt weiter, und seine Miene ist weiterhin so ausdruckslos, als würde er nicht einmal zuhören, aber ich weiß, dass ihm kein Wort entgeht.

»Ich war nicht mehr das einsame Mädchen. Ich hatte ein Leben, eine Firma, Freunde und einen Verlobten, der mich vergöttert hat. All das habe ich mir herangeschafft, damit ich ein erfülltes Leben habe, aber es war ein Leben, das ich mir aufgezwungen habe, weil ich keine Wahl hatte.«

Als er auf die Straße zum Anwesen abbiegt, zwinge ich mich dazu, zum Ende zu kommen. Mir bleibt nicht viel Zeit.

»Also habe ich Tag für Tag dieses Leben geführt in der Hoffnung, dass ich diesen Ort vergessen könnte, dich vergessen könnte, dich hassen könnte, aber nachts … wenn ich träume …« Ein wütendes Schluchzen entfährt mir. »Meine Träume lassen mich nicht vergessen. Ich habe alles versucht, aber ich kann nicht einfach so weitermachen, als wäre nichts gewesen. Ich kann nicht. Deshalb bin ich nach Triple Falls zurückgekehrt. Zu dir. Gott, ich habe gedacht, dass es mich stärker und mutiger machen würde, mich alldem zu stellen, aber ich habe mich lächerlich gemacht.« Ich schüttele den Kopf. »Vor dir sollte ich das nicht zugeben, weil es mich armselig dastehen lässt, aber ich habe mit Trauer und Schuldgefühlen zu kämpfen, seit ich weggegangen bin, und ich bin es leid, mir selbst etwas vorzumachen.« Ich wische mir mit dem Ärmel über die Nase und schaue ihn an, nur um festzustellen, dass sein Blick auf mir ruht. »Weil das Leben, das ich wirklich will, nichts mit Perfektion zu tun hat.« Ich merke, wie mir die Augen zufallen. Meine Gefühle haben mich erschöpft. »Es ist nicht sicher«, flüstere ich. »Und der Mann, den ich will, ist alles andere als sanftmütig.«

Und mit diesen Worten schlafe ich ein.

Ich erwache, als ich seine Hände an meinem Körper spüre. Ein sanftes Streicheln meiner Brüste, und er öffnet langsam meine Bluse.

»Tu penses que tu peux juste revenir après tout ce temps et dire telles choses …« Du glaubst, du kannst nach so langer Zeit einfach wiederkommen und mir all diese Dinge sagen …

Ich unterdrücke ein Stöhnen, als er die Seide zur Seite schiebt und meinen Spitzen-BH freilegt. Meine Nippel richten sich unter seinem Atem auf. Er lässt die Hände sanft über meine Haut wandern, streift mich nur ganz leicht mit seinen Fingern, was Tsunamiwellen der Lust meinen Rücken hinabschickt. Ich will ganz bei ihm sein, jede Sekunde auskosten und kämpfe gegen den Alkoholnebel an, der mich immer wieder einzuhüllen droht.

»Je baise mon poing tous les jours en pensant à toi.« Jeden Tag hole ich mir einen runter und denke dabei an dich. Er knöpft meine Hose auf und zieht sie runter. *»Et je te déteste pendant tout.«* Und ich hasse dich die ganze Zeit.

Kurz vergräbt er seinen Kopf an meinem Hals, und sein warmer Nikotinatem weckt sämtliche Erinnerungen an unsere intimen Momente. Meine Glieder zittern, als ich aus meinem Whiskykoma erwache und mich davon abhalte, mich an ihn zu klammern. Aber schließlich entscheide ich mich dafür, mich weiterhin schlafend zu stellen, denn mit jedem seiner Worte keimt neue Hoffnung in mir auf.

»Tu dis mon nom quand tu jouis?« Rufst du meinen Namen, wenn du kommst?

Ja.

»Tu ne peux pas être ici. Je ne laisserai pas voler mon âme une nouvelle fois.« Du kannst nicht hier sein. Ich lasse nicht zu, dass du noch einmal meine Seele stiehlst.

Ich liebe dich. Ich liebe dich.

Er fährt mit dem Daumennagel an meiner Unterlippe entlang. *»Tellement belle.«* So verdammt schön.

Ich gehöre dir.

»Belle et destructrice.« Schön und zerstörerisch.

Wir gehören zusammen.

Ich klammere mich an jedes Wort wie an eine Rettungsleine. Der Whisky fließt noch immer durch meine Adern und droht mich wieder in die Tiefe zu ziehen.

»J'alles bien.« Mir ging es gut.

Lügner.

Er hebt mich an, um meinen BH zu öffnen, und zieht ihn mir aus.

»Putain. Putain.« Fuck. Fuck. *»Tu es en train de partir. Ça n'arrivera plus.«* Du gehst wieder fort. Das darf nicht noch mal geschehen.

Seine Finger fahren an den Seiten meiner Brüste herauf, und mir entfährt ein leises Stöhnen. Er hält in seinen Bewegungen inne, als ich die Augen öffne. In seinem Blick liegen Wut, Lust und Groll. Ich sehe mich selbst darin.

»T'aimer m'a rendu malade et je ne veux plus jamais guérir.« Dich zu lieben hat mich krank gemacht, und ich will nie wieder gesund werden.

Ich lasse mich vom Schlaf übermannen.

KAPITEL ZWEIUNDVIERZIG

Das Heulen des Windes vor meinem Fenster weckt mich aus einem unruhigen Schlaf. Als ich mich aufsetze, sehe ich zwei Advil und eine Flasche Wasser auf meinem Nachttisch. Ich trinke die Flasche leer, aber meine Kopfschmerzen sind immer noch so stark, dass ich mit dem Gedanken spiele, den ganzen Tag im Bett zu bleiben. Doch stattdessen ziehe ich meinen Morgenmantel über und beschließe, dass mir frische Luft guttun wird. Ich öffne die Türen zum Balkon und schaue in den Himmel mit seiner Wolkendecke, die sich vom Horizont aus immer näher auf mich zubewegt. Die kühle Luft lässt mich zittern, und auf einmal überkommt mich ein Prickeln. Ich schaue in den Garten hinab und sehe Tobias auf einem der Liegestühle neben dem abgedeckten Pool. Er trägt noch immer den Anzug von gestern Abend und einen schwarzen Trenchcoat aus Wolle. Er hat sich zurückgelehnt, hält eine brennende Zigarette zwischen den Fingern und hat die Augen geschlossen.

Er war die ganze Nacht hier.

Obwohl mein Schädel pocht, ziehe ich mir schnell etwas Warmes an und gehe hinunter und hinaus auf die Terrasse. Leise nähere ich mich und setze mich auf den Liegestuhl neben seinem, um ihn zu betrachten.

Er ist mittlerweile siebenunddreißig, und als wir zusammen waren, habe ich immer geglaubt, wir würden nicht altern. Die Zeit hat nicht existiert, und tatsächlich haben die Jahre seiner unvergleichlichen Schönheit, seinen markanten Zügen und seinem Körperbau nichts anhaben können. In dem Moment fallen mir seine Worte von gestern Abend wieder ein, seine Berührungen, die sanften, aber besitzergreifenden Liebkosungen seiner Finger, wie sanft er mich aus meinen schmutzigen Kleidern befreit hat.

Ich betrachte ihn, weiß, dass ihm bewusst ist, dass ich hier bin.

Er zieht an seiner Zigarette und setzt sich auf, öffnet die Augen, aber richtet seinen Blick auf den rauen Zement unter seinen Füßen.

»Meine allererste Erinnerung ist ein roter Mantel«, sagt er leise. »Er hatte schwarze Knebelknöpfe und hing neben der Tür. Meine Mutter hat ihn vom Haken gerissen, ihn mir angezogen und eilig zugeknöpft. Ich habe gespürt, dass sie Angst hatte. *›N'aie pas peur, petit. Nous partons. Dis au revoir et ne regarde pas en arrière. Nous partons à l'aventure.‹*«

Hab keine Angst, mein Kleiner. Wir gehen fort. Schau dich nicht um. Wir begeben uns auf ein Abenteuer.

»Aber sie hatte eindeutig Angst. Und als es an der Tür geklingelt hat, stand ein Mann davor, den ich noch nie gesehen hatte, und hat mich angelächelt.«

»Beau? Dominics Vater?«

Er nickt und schnippt die Asche von seiner Zigarette. »Er hat gesagt, dass er uns mit nach Amerika nimmt und dass wir dort glücklich sein würden. Er hat uns und die paar Habseligkeiten, die meine Mutter eingepackt hatte, in seinen Wagen verfrachtet, und dann sind wir losgefahren. Das ist alles, woran ich mich von der Flucht aus Frankreich erinnere. Den Mantel, die Angst meiner Mutter, den rothaarigen Fremden und meinen ersten Flug.« Er fährt sich mit einer Hand über den Bartschatten. »Und wir waren hier glücklich, zumindest meistens.

Aber meine Mutter hat Frankreich schrecklich vermisst. Sie hat niemanden kontaktiert. Das war der Preis, den sie dafür bezahlt hat, vor meinem Vater zu fliehen. Damals hatte er viele Kontakte, und es war zu riskant. In den folgenden Jahren habe ich sie mehrmals dabei erwischt, wie sie sich weinend alte Bilder angesehen hat. Sie hat um ihre Familie getrauert. Besonders um ihre Mutter. Aber sie hat Beau King geliebt, das war klar. Und er war gut zu mir. Streng, aber gut. Er hat uns gerettet. Sie hat mir immer wieder gesagt, dass er uns gerettet hat. Und ich habe ihr geglaubt. Die einzige Erinnerung, die ich an meinen leiblichen Vater habe, ist die, von der ich dir berichtet habe.«

»Saint-Jean-de-Luz.«

Er nickt erneut und zieht wieder an seiner Zigarette.

Schnee fällt träge aus den Wolken über uns, und ich sitze reglos da aus Angst, den Zauber zu brechen.

»Kurze Zeit später wurde ihr Bauch immer größer, und eines Tages sind sie mit Dominic nach Hause gekommen.« Sein Lächeln ist schwach, aber es ist da. »Zuerst habe ich ihn gehasst. Ich wollte die Aufmerksamkeit meiner Mutter nicht teilen.« Er lächelt verlegen. »Also habe ich ihn in eine Orangenkiste gelegt und ihn nach draußen zum Müll gebracht. Ich habe eine Flasche Milch dazugelegt, damit er nicht verhungert.«

»O mein Gott.« Ich kann ein Lachen nicht unterdrücken, und er stimmt mit ein.

»Als sie erkannt hat, was ich getan hatte … Na ja, so wütend habe ich sie noch nie erlebt. Sie hat mir den Hintern versohlt, aber sie hat es Papa nie erzählt.« Er schüttelt den Kopf. »Am nächsten Tag hat meine Mutter darauf bestanden, dass ich Dominic halte. Sie hat mich in ihren Schaukelstuhl gesetzt und ihn in meine Arme gelegt.« Er schaut mich an, aber in Gedanken ist er meilenweit entfernt, und ich bin dankbar, ihm lauschen zu dürfen. »Und da hat er mir gehört. Von dem Moment an hat er mir gehört.«

Ich nicke, und eine heiße Träne läuft mir die Wange hinunter.

»In den ersten Jahren war unser Englisch ziemlich schlecht. Wir hatten richtig zu kämpfen, waren auf den Kulturschock nicht vorbereitet gewesen. Ich glaube, Mom hat Amerika für den Wilden Westen gehalten. Sie war komplett paranoid und hat mich nur selten draußen spielen lassen. Sie und Papa haben sich oft deswegen gestritten, und sie hat immer gewonnen. Sie war so starrsinnig.«

»Kommt mir bekannt vor.«

Tobias verdreht die Augen, und ich muss schon wieder lachen.

»Ich habe die Schule gehasst. Du weißt ja, wie grausam Kinder sein können. Sie haben sich über meinen Akzent lustig gemacht und über meine Klamotten. Wenn ich nach Hause gekommen bin, habe ich Dominic mit in mein Zimmer genommen. Dort habe ich ihm Musik vorgespielt, von den alten Kassetten meiner Mutter.«

Dieses Geständnis lässt mein Herz schmerzen. Die Musik. Die Musik seiner Mutter.

Er wirft seine Zigarette weg und schiebt die Hände in die Taschen seines Trenchcoats. Sein dichtes Haar weht ihm in die Stirn. »Er war so ein glückliches Baby. Hat die ganze Zeit gelacht. Eine Weile war er derjenige, der alles wieder gut gemacht hat. Wegen ihm haben wir die ersten Jahre überstanden. Er hat uns so viel Freude bereitet. Und irgendwann ist alles besser geworden. Mom hat mich draußen spielen lassen, und wir haben uns an das neue Leben gewöhnt.« Er seufzt und betrachtet die Packung französischer Zigaretten neben ihm. »Meine Mom ist immer erschöpft aus der Fabrik wiedergekommen, aber sie hat sich nur selten beschwert. Papa dagegen hat immer von dem Chef erzählt, der seine Angestellten ausgenommen hat, und dass sie sich wehren würden. Sie hat ihm immer gesagt, dass er sich raushalten soll. ›*Je ne lui fais pas confiance. Il y a quelque chose dans ses yeux. Il est mort à l'intérieur*‹.«

Ich traue ihm nicht. Irgendwas liegt in seinen Augen. Als wäre er innerlich tot.

»Da sie nur ein Arbeitsvisum hatten, das Roman ihnen besorgt hatte, hat sie ihn immer wieder angefleht, die Sache auf sich beruhen zu lassen und dankbar zu sein. Aber Papa wollte nicht hören. Er hat angefangen, uns öfter abends allein zu lassen. Ich habe nicht immer alles mitbekommen, aber sie haben sich oft heftig gestritten. An eine Nacht erinnere ich mich gut, denn ausnahmsweise hat Dominic nicht aufgehört zu weinen.«

Ich greife nach seiner Hand, aber er reibt sich den Oberschenkel und weicht meiner Berührung aus.

Ich schlucke den Schmerz der Zurückweisung herunter.

»Meine Eltern haben sich nicht hinter verschlossenen Türen gestritten, deshalb habe ich mich immer zusammen mit Dominic im Schrank im Flur vor ihrem Schlafzimmer versteckt, damit ich meine Mutter im Blick hatte. Papa war nie gewalttätig, aber er war zumindest so aggressiv, dass ich Angst hatte.«

Ich überspiele mein sarkastisches Lachen mit einem Husten.

Er sieht mich scharf an. »Halt die Klappe.«

»Der Apfel fällt nicht weit vom Stamm.«

»Er war nicht mein leiblicher Vater.«

»Aber du bist dennoch Beaus Sohn.«

»Das stimmt.« Er steckt sich noch eine Zigarette an und zieht lange daran. »Papa hat danach immer häufiger mit mir geredet. Ich glaube, er hat angefangen, Mom dafür zu hassen, dass sie nicht begriffen hat, dass er etwas Gutes bewirken wollte. Nicht nur für uns, sondern auch für die anderen Leute, die in der Fabrik gearbeitet haben. Er hat mich auf lange Spaziergänge mitgenommen und lange Gespräche mit mir darüber geführt, was es bedeutet, ein Mann zu sein. Sich um andere zu kümmern. Ich hab mir nicht viel dabei gedacht, sondern einfach angenommen, er wollte mich zu einem guten Sohn erziehen.«

»Meinst du, er wusste, dass er in Gefahr war?«

»Wenn ich jetzt daran zurückdenke, glaube ich, dass er den Glauben daran verloren hatte, sich hier ein gutes Leben aufbauen zu können. Nichts ist so gelaufen, wie er es geplant hatte. Sie waren erschöpft und konnten sich kaum über Wasser halten.« Er zieht an seiner Zigarette. »Und dann haben die Treffen begonnen. Sie haben in unserem Haus stattgefunden, jede zweite Woche des Monats.«

»Dort ist die Bruderschaft gegründet worden?«

Tobias nickt. *»Frères du Corbeau.«* Brüder des Raben. »Ich habe nicht viel mitbekommen, weil ich erst elf war. Aber eines Abends war mir langweilig, und ich hab mich auf der Treppe versteckt, um zu lauschen. Ein paar von ihnen haben drastische Maßnahmen gefordert. Delphine gehörte dazu. Du weißt ja, dass sie meinen Eltern den Job besorgt hatte.«

Ich nicke.

»Sie war auf Papas Seite. An diesem Abend gab es viel Streit, und meine Mutter hat alle überrascht, indem sie sich zu Wort gemeldet hat. Ich vermute, es war das erste Mal. *»C'est la peur qui va nous garder en colère, nous garder confus, nous garder pauvres. Nous devons cesser d'avoir peur des hommes comme eux, des gens qui profitant de nous. Si la peur vous arrête, la porte est grande ouverte. Nous ne pouvons pas compter sur vous.«*

Es ist die Angst, die uns wütend, verwirrt und mittellos bleiben lässt. Wir müssen aufhören, uns vor Männern wie ihm zu fürchten, vor den Leuten, die uns ausnutzen. Wenn ihr euch von eurer Angst zurückhalten lasst, dann geht jetzt. Wir können es uns nicht erlauben, euch in unseren Reihen zu haben.

»Mittlerweile weiß ich, dass meine Mutter einst Aktivistin war, genauso wie mein leiblicher Vater. Aber als sie mich bekommen hat, hat sie aufgehört. Ich glaube, Papa war enttäuscht von ihr, und der Grund für ihre Diskussionen war, dass sie sich geweigert hat, an seiner Seite zu kämpfen. Nachdem sie sich nun aber zu Wort gemeldet hatte, war er stolz auf sie. Und nur eine Person ist gegangen. In der Woche darauf sind meine Eltern gestorben, und niemand in der Fabrik hat geredet. Niemand wusste irgendwas darüber, was geschehen war. Aber Delphine hat rausgefunden, dass der Schichtaufseher, der nicht mal auf derselben Etage war, als sie gestorben sind, kurz danach eine Gehaltserhöhung bekommen hat und befördert worden ist.«

»Was Romans Schuld bestätigt.« Der Magen dreht sich mir um.

»Vermutlich. Danach hat uns Delphine bei sich aufgenommen. Dominic hat dauernd geweint.«

Der Schnee rieselt leise auf die Erde und bedeckt den Boden um uns herum.

»Bei ihr sind wir dann bettelarm und in den schlimmsten Verhältnissen aufgewachsen.«

»Das habe ich gesehen.«

Tobias hält inne und schaut mich an. »Ihr Mann war ein richtiges Arschloch und hatte sie ein paar Monate vor dem Tod meiner Eltern verlassen. Sie hat viel getrunken und war manchmal streng, besonders zu Dom, als er angefangen hat, sich danebenzubenehmen. Nicht alles war schlimm, aber es ...« Er seufzt. »Na, du hast es ja selbst gesehen.«

Ich nicke und blinzele eine Träne weg.

»Ein paar Wochen, nachdem wir bei Delphine eingezogen waren, hatten wir einen merkwürdigen Besucher.«

»Sean?«

»Ja«, sagt er leise. »Von da an ist er einfach immer wieder vorbeigekommen. Er und Dominic haben sich schnell angefreundet, und ich war oft für die beiden verantwortlich, hab sie zur Schule gebracht und wieder abgeholt.« Tobias schüttelt den Kopf, und ein leichtes Lächeln umspielt seine Lippen. »Er war ein richtiger Draufgänger. Seine Haare waren immer durcheinander, immer. Er war schmutzig, ist andauernd auf Bäume geklettert und ist erst nach Hause gegangen, wenn es schon lange dunkel war. Manchmal hat er sich nachts in mein Zimmer geschlichen, und wir drei sind raus in den Wald gegangen. Er hatte vor nichts Angst, dabei war er erst fünf. Fast jeden Morgen hat er sich die Klamotten vom Körper gerissen, die ihm seine Mutter angezogen hatte, und hat sich dasselbe zerfetzte Shirt angezogen. Er hat sich nie an Regeln gehalten, schon damals nicht.«

Wir lächeln uns an.

»Tyler ist kurz danach dazugekommen. Wir hatten nicht viel bei Delphine, aber wir haben uns irgendwie durchgeschlagen. Und die Männer aus der Bruderschaft haben meine Eltern nie vergessen; sie waren unsere Rettung. Sie haben oft was zu essen vorbeigebracht oder auch Kleidung oder Geld mit der Post geschickt – Kleinigkeiten, um uns über die Runden zu helfen. Meine Tante war dankbar und hat begonnen, die Treffen bei sich abzuhalten. Mit der Zeit war ich immer öfter dabei. Delphine war extrem. Ihre Ideen, wie man zurückschlagen könnte, kamen nicht immer gut an, aber dennoch war sie die Anführerin. Zu dem Zeitpunkt gab es nur noch ein paar Leute aus der ursprünglichen Gruppe. Die meisten waren ausgestiegen, weil sie gesehen hatten, was mit meinen Eltern passiert war. Aber ich hab mich mehr und mehr eingebracht, und an meinem fünfzehnten Geburtstag bin ich zum ersten Mal aufgestanden, um etwas zu sagen.«

»Und die anderen haben zugehört.«

Er nickt.

»Kurz bevor ich zur Prep School gegangen bin, habe ich die Treffen schon geleitet und durch Networking mehr Leute an Bord geholt. Sean und Dom haben auch immer mehr mitbekommen. Meine Pläne für die Bruderschaft waren um einiges größer geworden. Die Sommerferien hab ich immer mit Dom und Sean verbracht, die inzwischen aktiv bei den Raben mitgemischt haben. Als ich nach meinem letzten Jahr zurückgekommen bin, hat Dom die Treffen geleitet und die Fraktion im Ort angeführt. Und damals habe ich dich zum ersten Mal gesehen.« Tobias blickt auf und sieht mich an, sieht mich zum ersten Mal richtig an, und ich kann es bis in die Zehenspitzen spüren. Er zieht meine Bibliotheksausgabe der *Dornenvögel* aus seiner Manteltasche. Das Buch passt mühelos in seine Hand.

Erschrocken reiße ich die Augen auf. »Du warst da, als ich es geklaut habe?«

»Dominic hat quasi in der Bibliothek gewohnt. Es war sein Lieblingsort. Er hat Delphine an den meisten Tagen verabscheut, weil sie furchtbar betrunken war. Also ist er dorthin geflohen, wenn er nicht gerade mit Sean unterwegs war. Ich habe ihn abgeholt und mich ein bisschen umgeschaut, während ich auf ihn gewartet habe. Du standest eine Regalreihe weiter, aber ich habe dir keine große Aufmerksamkeit geschenkt, bis Roman hinter dir aufgetaucht ist. Er hat dir gesagt, dass er dir Bücher kaufen kann und du dir keine ausleihen musst. Du hast die Augen verdreht und ihn leise Langweiler genannt, bevor du das Buch in deinen Hosenbund geschoben hast.«

Erstaunt über diese Offenbarung lasse ich meinen Blick zu dem Buch in seiner Hand wandern.

»In diesem Moment wusste ich, dass du nur ein unschuldiges Kind warst. Du wusstest nicht, wer dein Vater wirklich war und was für krumme Dinger er dreht. Man konnte sehen, dass ihr euch nicht nahestandet. Er hat dich hinausgeschoben, und ich bin euch auf den Parkplatz gefolgt. Du hast so unglücklich ausgesehen, aber trotzdem hattest du ein Lächeln auf den Lippen. Als wärst du glücklich darüber, dass du ein bisschen rebelliert hast, indem du das Buch mitgenommen hast.«

Ich war ganz bestimmt glücklich. Das war der letzte Sommer, den ich bei Roman verbracht habe, bevor wir den Kontakt zueinander abgebrochen haben.

Tobias fährt mit den Fingern über den zerfledderten Einband des Buches. »Du warst nur ein Kind, und ich habe mir an diesem Tag geschworen, dass ich dich aus der Sache raushalten würde. Anschließend habe ich dich immer im Auge behalten, und als du nach jenem Sommer nicht mehr wiedergekommen bist, habe ich angenommen, so würde es bleiben.«

Ich reibe meine Handflächen aneinander. »Das hab ich auch gedacht.«

»Dominic war noch am College, und ich wollte uns Zeit geben, um mehr Leute zusammenzutrommeln, bevor wir irgendwas Ernsthaftes starten. Sean hat damals schon die Werkstatt geführt, die wir mit Doms Anteil der Abfindung gekauft hatten, und hat die Treffen dorthin verlegt. Dom hatte sich seinen Platz gesichert, bevor er ans College gegangen war, und hat dafür gesorgt, dass es alle wussten. Sean hat die Gruppe zusammengehalten, während wir beide weg waren.«

Der Schnee weht immer noch zwischen uns durch die Luft, und ich zittere trotz meiner Jacke.

Tobias steht auf und drückt seine Zigarette aus. »Mit vierundzwanzig habe ich meine erste Million verdient, und zu dem Zeitpunkt, als Dominic seinen Highschool-Abschluss gemacht hat, hatte ich gute Kontakte zu großen Unternehmen. Tyler ist zum Militär gegangen, Sean hat vor Ort alles geregelt. Ich konnte also abwechselnd hier und in Frankreich leben, das Netzwerk stärken und alte Verwandte ausfindig machen, die uns helfen wollten. Als ich fünfundzwanzig geworden bin, waren wir schon eine internationale Bewegung, keine Kleinstadtorganisation mehr. Mit den Jahren sind wir nur noch stärker geworden.«

»Und dann bin ich aufgetaucht.«

Er senkt das Kinn. »Als du wieder aufgetaucht bist, hatten wir Hunderte Mitglieder an unterschiedlichen Orten, und wir wurden jeden Tag mehr. Dom hatte seinen Abschluss von der MIT und hat es sich zur Aufgabe gemacht, zukünftige Geldprobleme auszuschließen, indem er größere Summen von Wirtschaftskriminellen gestohlen hat. Die Namen habe ich ihm geliefert. Gleichzeitig habe ich immer mehr Leute rekrutiert. Bei Roman war es nur eine Frage der Zeit, aber als du hergekommen bist und Sean und Dominic Wind davon bekommen haben, haben sie sich mit dir angefreundet und gedacht, sie hätten dich unter Kontrolle.«

Ich nicke, denn diesen Teil der Geschichte kenne ich.

»Du weißt ja, dass ich meinen leiblichen Vater gesucht habe, weshalb ich in Frankreich war und nicht viel mitbekommen habe.«

Wieder nicke ich.

»Als ich ihn gefunden habe, war er schon nicht mehr ganz bei sich. Ich werde also nie erfahren, wer er wirklich war.«

»Das tut mir leid.«

»Schon gut.« Er senkt den Blick, was mir verrät, dass nichts gut ist. »Ich konnte ihn aber so, wie ich ihn vorgefunden habe, auch nicht allein lassen.«

»Du hast das Richtige getan.«

»Wirklich?« Er schluckt. »Ich weiß nicht recht. So, wie meine Mutter über ihn geredet hat …« Er schüttelt den Kopf. »Ich weiß auch nicht.«

»Man kümmert sich um ihn, das ist das Wichtigste.«

Tobias fährt sich mit den Zähnen über die Lippe und betrachtet mich. »Als ich rausgefunden habe, was hier vor sich geht, dass sie dich versteckt haben, bin ich nach Hause geflogen, um ihnen die Leviten zu lesen. Aber verdammt …« Er streicht sich mit einer Hand durch die Haare, und ich muss mich zusammenreißen, um ihn nicht zu berühren. Er lässt seinen schuldbewussten Blick über mich wandern, ehe er ihn abwendet. »Als ich sie bestraft habe, ging es nicht nur um dich. Ich musste sie daran erinnern, warum wir mit der ganzen Sache begonnen hatten, also habe ich sie nach Frankreich zu einem der Partner geschickt, denen ich vertraue. Er hat dafür gesorgt, dass sie das Ziel nicht aus den Augen verlieren, und hat ihnen alles gezeigt, was ich aufgebaut habe. Ich hatte gerade wieder die Führung übernommen, als wir beide unseren Deal ausgehandelt haben.«

Tobias seufzt, legt das Buch auf den Stuhl und die Hände zwischen seinen Oberschenkeln zusammen. »Ich habe verstanden, dass du dich um deine Mutter kümmern musstest, Cecelia. Und du hattest schon genug durchgemacht. Es gab einen guten Grund dafür, dass du nie Teil der Raben werden solltest.«

»Das sagst du immer wieder, aber dann ist es anders gekommen.«

»Ja, weil ich mir erlaubt habe, mich in dir zu verlieren, so wie sie es getan hatten.«

Ich beiße mir auf die Lippe, und meine Augen brennen.

»Ich wollte dich unbedingt vor allem beschützen, weil du so unschuldig warst. Als ich dich zum ersten Mal gesehen habe, warst du ein Kind und hattest keine Ahnung, was dein Vater treibt. Und so habe ich dich immer in Erinnerung behalten, bis zu dem Tag, an dem ich dich am Pool gesehen habe.«

Alles hat sich in der Minute verändert, als unsere Leben miteinander kollidiert sind.

Er hält seinen Blick nach unten gerichtet und blinzelt, als sich ein wenig Schnee in seinen dichten Wimpern fängt. »Noch nie hat mir jemand so große Angst eingejagt wie du. Du hattest dich von einem trotzigen Kind in die schönste, lebendigste und größte Versuchung verwandelt, der ich je begegnet bin. Ich war so wütend, dass sie dich entdeckt *und* dich vor mir versteckt hatten. Ich war vollkommen perplex, als ich zum Pool gekommen bin und von dir zur Rede gestellt wurde.« Er schüttelt den Kopf. »Aber es hat sich wie ein Schlag in die Magengrube angefühlt zu wissen …«

»Zu wissen, dass ich mit ihnen zusammen war.«

Er nickt ernst, und seine Stimme wird mit jedem Wort bitterer. »Ich habe mich von dir ferngehalten, aber dich beobachtet. Dass zwischen uns etwas passiert, war nie meine Absicht. Doch als du mit der Kette um den Hals zur Lichtung gekommen bist und ihre Namen gerufen hast, bin ich wieder wütend geworden. Hauptsächlich, weil ich dich jahrelang vor uns beschützt hatte und du ahnungslos in eine Falle getappt bist, die nie hätte gelegt werden dürfen. Sean dachte, er würde das Richtige tun, indem er dich in die Gruppe einführt. Dominic war so hardcore, dass ihm – zumindest am Anfang – scheißegal war, ob dir was passieren würde.«

»Sie haben mich gewarnt. Sie haben es wirklich versucht, aber ich wollte nicht auf sie hören«, gebe ich zu.

»Ich wusste, dass du damals noch nicht bereit warst«, flüstert er aufgebracht. »Obwohl du behauptet hast, du wüsstest, worauf du dich einlässt, stimmte das nicht. Ich habe gesehen, dass du das Ausmaß des Ganzen erst begriffen hast, als Dominic in deinen Armen gestorben ist. Ich weiß auch nicht …« Er stößt die Luft aus. »Vielleicht habe ich dir nicht genug zugetraut, aber ich wollte dir Leid ersparen. Aber dann …« Seine Stimme klingt brüchig vor Reue. »Du solltest keine Soldatin in dem Krieg werden, den ich angezettelt habe.«

»Sie haben mich dazu gemacht. Und wie sollte ich denn nicht kämpfen, wo ich dich zum Gegner hatte?«

Wir lächeln uns traurig an.

»Bitte erzähl mir, was in der Nacht damals passiert ist.«

Seine Miene verdunkelt sich, und er senkt wieder den Blick.

»An dem Nachmittag habe ich den Hinweis bekommen, dass Andre und Matteo auf Roman angesetzt worden waren.« Er schaut mich an. »Der Hinweis kam von deinem Vater selbst.«

KAPITEL DREIUNDVIERZIG

Ich starre ihn mit offenem Mund an. »Er wusste von euch?«

Tobias nickt langsam. »Kurz nachdem er mich angerufen hat, haben wir uns in seinem Büro in Charlotte getroffen. Ich kannte Matteo und Andre gut. Andre war einer der Ersten, die ich rekrutiert hatte. Und wenn sie einen Mordauftrag angenommen haben, dann haben sie sich persönlich darum gekümmert. Ich wusste also, dass sie Roman hier in diesem Haus oder in Charlotte auflauern würden. Sobald ich davon erfahren habe, musste ich eine schnelle Entscheidung treffen. In Florida gab es bereits eine Kluft innerhalb der Gruppe, man konnte nicht mehr allen vertrauen. Und nun spitzte sich das zu. Roman und ich haben also einen Deal ausgehandelt. Als Gegenleistung dafür, dass dein Dad die Sache weder anzeigen noch in die Medien bringen würde, sollte ich dafür sorgen, dass er und seine Tochter in Sicherheit waren, und das Chaos im Anschluss beseitigen.«

»Er wusste *die ganze Zeit* von euch?«

»Ich bin mir nicht sicher, wann er es rausgefunden hat, aber ich hatte ihn unterschätzt. Natürlich wäre er nicht dort hingekommen, wo er war, wenn er nicht wachsam gewesen wäre. Es hat eine Weile gedauert, bis ich erkannt habe, dass er uns schon länger im Blick hatte. Erst als ich schon ein paar Wochen auf dem Anwesen war, ist mir aufgefallen, dass er jegliche Security-Maßnahmen zurückgezogen hatte. Warum sollte so ein reicher

Mann seine einzige Erbin derart angreifbar machen? Nachdem er dich gehütet hat wie seinen Augapfel, hat er dich auf einmal ungeschützt auf diesem Anwesen wohnen lassen. Das hat keinen Sinn ergeben.«

»Er wusste, dass ich mit euch verbandelt war?«

Tobias nickt. »Nicht nur das, er wusste auch von deinen Plänen, was ihn betrifft. Aber du warst diejenige, die ihn und uns verband, und er hatte längst vor, dir das Ruder zu übergeben.«

»Warum war er mit alldem einverstanden und hat dir vertraut, obwohl er wusste, wer ihr seid und was ihr vorhabt?«

Er sieht mich eindringlich an. »Weil ich ihm an diesem Tag gesagt habe, dass ich seine Tochter liebe.«

Ich habe kaum eine Sekunde, um seine Worte zu verdauen, ehe er weiterspricht.

»Als er erkannt hat, dass unsere einzige Schwäche seine Tochter ist, hat er mit uns zusammengearbeitet, denn er wusste, dass ich meine Pläne verschieben oder sogar ganz aufgeben würde.«

»Er hat mich als Köder benutzt, um seine Firma zu retten?«

»Das musste er gar nicht. Es ist ganz von allein passiert. Um Sean war es geschehen, als er dich getroffen hat. Roman konnte sich also zurücklehnen und zusehen. Damit ist er ein kleines Risiko eingegangen, aber er wusste, wie wertvoll du bist und dass du unter unserem Schutz stehst. Es war wirklich ein Geniestreich.«

Als mir auffällt, dass immer mehr Schnee meine Jacke bedeckt, streiche ich ihn weg und versuche, die Kälte zu ignorieren, die mir in die Knochen kriecht.

Tobias steht auf und zieht seinen Mantel aus.

»Nicht nötig«, sage ich rau, doch er legt mir den Trenchcoat trotzdem um.

»Aber du täuschst dich, wenn du glaubst, dass er nur seine Firma retten wollte.«

»Spar dir die Erklärungen.« Ich ziehe den Mantel enger um meinen Körper.

»Er hatte an dem Tag eine Scheißangst, Cecelia. So große Angst, dass er mich angerufen hat. Er hatte nicht genug Security, um beide Orte zu schützen. Er hat uns um Hilfe gebeten.«

Als ich zu ihm aufschaue, sehe ich Mitleid in seinen Augen.

»Roman geht mir am Arsch vorbei.« Ich ignoriere die Sorge in seinem Blick. »Erzähl mir einfach, was passiert ist.«

Er fährt sich mit einer Hand durch sein immer nasser werdendes Haar und nickt. »Obwohl wir wussten, dass die Florida-Crew kommen würde, hatte ich keine Ahnung, dass sie so einen aggressiven Angriff geplant hatten. Weder ich noch Roman hatten diese Information. Also habe ich die Bruderschaft an allen Orten stationiert und bin wieder nach Charlotte geflogen. Ich hatte Angst, weil du total ausgerastet bist, als du dein Tattoo entdeckt hast.«

Die Werkstatt. Der Abend, an dem ich zu ihnen gefahren bin. Indem ich ihre Reifen aufgeschlitzt habe und jeglichen Kontakt unterbunden habe, hatte ich meine eigene Sicherheit aufs Spiel gesetzt. Natürlich habe ich schon früher darüber nachgedacht, aber erst jetzt wird mir bewusst, welche Auswirkungen es hatte, dass ich den Leuten den Krieg erklärt habe, die mich beschützen wollten.

»Alle haben dich gesucht, *alle*. Dominic und ich haben uns vor der Villa verabredet. Wir hatten nur eine kleine Crew dabei, weil alle ausgerückt waren, um dich zu suchen, oder um das Haus herum Wache standen. Dom hat dich in deinem Zimmer abgelenkt, während ich die Miami-Crew dabei beobachtet habe, wie sie mit zehn Wagen angerückt sind. Ich habe Sean angerufen, um Bescheid zu geben, dass alle herkommen sollen, doch es war zu spät.«

»Andre und Matteo waren schon im Haus.«

Tobias schluckt, und sein Blick wird traurig. »Ich habe so oft darüber nachgedacht, und der einzige Schluss, den ich ziehen kann, ist, dass sie in der Garage gewesen sein müssen. Das ist der einzige Ort, an dem ich nicht gesucht habe, nachdem ich Romans Wagen zum Haus gefahren habe.«

»Deshalb stand er hier.«

»Ich habe versucht, sie herzulocken.« Er hebt seinen sorgenvollen Blick. »Ich habe Roman versichert, dass seiner Tochter nichts passiert. Wir hatten Millionen auf der Bank, genügend Männer, aber auf ein paar verfickte Gangster aus Florida waren wir nicht vorbereitet.«

Es war meine Schuld. In meiner Wut habe ich alle Reifen aufgeschlitzt und bin verschwunden, sodass sie mich suchen mussten. Es war meine Schuld, dass sie sich aufgeteilt haben und überall in den Bergen nach mir gesucht haben, um mich zu retten. Ich bin der Grund dafür, dass wir wertvolle Sekunden verschwendet haben, die Dominic hätten retten können.

»Es tut mir so leid«, schluchze ich heiser.

Er schüttelt den Kopf, nimmt meine Hand und streichelt sie sanft mit seinem Daumen. »Was genau tut dir leid?«, fragt er und lässt meine Hand wieder los. »Dass du von beiden Seiten als Druckmittel benutzt worden bist, von den Männern, die du geliebt und denen du vertraut hast? Dass du keine Ahnung hattest, wem du dein Vertrauen schenkst, und dass du niemals hättest vorhersehen können, wer um dich herum welchen Schachzug machen würde? Dass Dominic sein Leben verloren hat, weil er zu starrsinnig war, logisch zu denken, bevor er den Helden gespielt hat?«

Der Schmerz in meiner Brust wird unerträglich, aber Tobias schüttelt wütend den Kopf.

»Hör mir zu. Hör mir ganz genau zu. Ich gebe dir nicht

die Schuld an Dominics Tod. Ich gebe ihm die Schuld. Und mir, weil ich all das in Gang gesetzt habe. Du hast recht. Ich wollte, dass es nach meinem Willen geht. Ich wollte, dass dein Dad leidet, und das hat mich meinen Bruder gekostet – meine Familie. Die einzige Person, der ich niemals richtig verzeihen kann, bin ich.«

»Tobias, so kannst du doch nicht leben.«

»Diese Wichser haben uns hintergangen, weil sie Geld wollten. Ausgerechnet *Geld*, Cecelia. Und ich bin derjenige, der sie in unsere Gruppe aufgenommen hat, weil sie ein notwendiges Übel waren.«

»Du bist nicht verantwortlich.«

Er schüttelt den Kopf. »Wir haben uns zu sicher gefühlt. Dominic ist zu leichtsinnig mit seiner Macht umgegangen. Ich hab mich zu sehr auf die geschäftliche Seite des Ganzen konzentriert, auf die Suche nach meinem Vater und …« Er wirft mir einen bedeutungsvollen Blick zu.

»Auf mich.«

Er kniet sich vor mir in den Schnee. »Du weißt, dass du in gewisser Weise recht hattest. Wir waren eine Gruppe Kinder, die sich zusammen eine Festung gebaut hatten, aber wir wussten nicht, wie wir sie verteidigen sollten. Wir waren noch nicht bereit.«

Da ist sie, die ganze Wahrheit. Die Wahrheit, um die ich gebettelt habe, die Wahrheit, die ich, ohne es zu wissen, zusammen mit ihm gelebt habe. Die Wahrheit, die ihn befreit und *von mir* befreit.

Dieses Wissen macht mich fertig. Er studiert mich lange, während ich mir alles durch den Kopf gehen lasse.

»Danke.« Ich strecke die Hand nach ihm aus, aber er weicht zurück, steht auf und blickt erwartungsvoll zu mir runter. Er hat sich an seinen Teil der Abmachung gehalten. Auch wenn er es nicht ausspricht, weiß ich, dass er darauf wartet, dass ich mich nun an meinen Teil halte.

»Willst du das wirklich? Ich soll verschwinden? Du willst mich nicht in deinem Leben haben?«

»Hast du gehört, was ich gesagt habe?«

»Jedes einzelne Wort.«

»Dann solltest du nicht darum kämpfen hierzubleiben, sondern schleunigst davonlaufen.«

»Das würde ich ja, aber du hast den besten Teil deiner Geschichte ausgelassen.«

Er zieht seine Augenbrauen hoch und schüttelt den Kopf. »Hör auf.«

»Uns. Das ist der beste Teil. Unser Teil.« Ich bewege mich auf ihn zu, aber er tritt zurück, einen Schritt, dann noch einen. »Sag mir, was ich dir sagen soll, was ich tun soll.«

Seine Stimme klingt heiser, als er spricht. »Gib mir meinen Bruder zurück.«

Ich schniefe, und ich spüre, dass mein innerer Widerstand wächst, obwohl er einen Schlag nach dem anderen austeilt und ich zusammensinken müsste. »Er ist das Einzige, was ich dir nicht geben kann.«

»Dann halte dein Wort und verschwinde.«

»Also gibst du mir doch die Schuld.«

»Nein, Cecelia, das tue ich nicht. Aber ich werde nicht noch mal die gleichen Fehler machen.«

»Es war kein Fehler.«

»Doch, und das weißt du.«

»Tobias, ich war die ganze Zeit bei dir. Von dem Moment an, in dem ich von hier weggegangen bin, bis jetzt war nichts in meinem Leben echt. Ich habe mich seit der Nacht, in der ich weggefahren bin, nicht mehr so lebendig gefühlt wie jetzt, wo ich dir sage, dass ich dich immer noch liebe, und du mir weismachen willst, dass ich ein Fehler bin. Aber ich kaufe dir nicht ab, dass du das ernst meinst.« Ich hebe das Kinn. »Ich würde mich jederzeit für ein Leben mit dir entscheiden und das Leben aufgeben, das ich bisher geführt habe. Wirf mich nicht weg. Schick mich nicht fort. Tu es nicht noch einmal.«

Er scheint sich ertappt zu fühlen, denn er beginnt, vor mir auf- und abzulaufen.

»Ich habe gestern Abend jedes Wort gehört. Du liebst mich immer noch.«

»*Tu me rends tellement fou!*« Du machst mich verrückt.

Er fährt sich mit den Händen in die Haare und dreht seinen Kopf, um mich wütend anzufunkeln. »Und wie stellst du dir das vor? Glaubst du, ich will dich … *heiraten*?« Er schüttelt den Kopf, als sei das ein lächerlicher Gedanke. Seine Grausamkeit trifft mich. »Bildest du dir ein, wir fahren einfach in den Sonnenuntergang und vergessen alles? Zu viel ist passiert, du wolltest mir nicht verzeihen. Du wirst die Dinge, die ich dir angetan habe, nicht vergessen. *Ich* kann die Dinge nicht vergessen, die ich dir und meinen Brüdern angetan habe. Alles ist aus dem Ruder gelaufen, und alles hat sich verändert.« Drohend kommt er einen Schritt auf mich zu und schaut mich resigniert an. »Wir bekommen kein glückliches Ende, Cecelia. Nur ein Ende.«

»Und warum muss es so enden? Wir können …«

»Du glaubst immer noch, dass Liebe und Sex die Antwort auf alles sind. Das ist dein Problem. Du hast selbst gesagt, dass du nie objektiv genug warst, um Wahrheit und Fantasie auseinanderzuhalten. Liebe und Sex sind am Ende nichts. Mein Bruder hat dich geliebt. Er war in dich verliebt, als er gestorben ist, um dich zu schützen, und Sean hatte die gleichen Gefühle für dich. Inwiefern hat das bitte geholfen? *Kein bisschen.* Es löst nichts, repariert nichts. Es bringt nur Probleme und Komplikationen. Du bist blind, wenn du was anderes glaubst.«

»Nein, *du* bist blind. Denn sie wussten, dass ich ihre Liebe erwidert habe. Und ich kann sie für das lieben, was sie für mich waren, und für das, was wir miteinander hatten, genauso wie jede andere Frau einen Ex-Freund. Ich bereue nichts, und ich werde es niemals bereuen oder mich dafür entschuldigen. Denn es ist nicht *nichts.* Und das musst du einfach akzeptieren, verdammt. Doch all das hat sich in Luft aufgelöst, als du zum ersten Mal das angerührt hast, was du nicht hättest anrühren sollen. Und auch das ist ganz bestimmt nicht nichts.«

Der Schnee fällt nun dichter vom Himmel, doch ich wende meinen Blick nicht von ihm ab, bis er ihn erwidert.

»Liebe und Sex sind alles, Tobias. Sie sind alles, was zählt. Wenn ich mich an eine Sache klammern will, dann daran.« Ich schlage mir mit der Faust an die Brust. »Zwischen uns war etwas, und das ist auch jetzt noch so. Du hast mein Herz gestohlen, und du hast zugelassen, dass ich dich liebe. Und du hast sichergestellt, dass ich wusste, wo mein Herz zu Hause ist. Jetzt machst du einen auf unschuldig, stellst mich als Hure dar, die euch in die Quere gekommen ist, aber du bist einfach nur feige. Wobei, das ist zu milde. Du bist ein verlogener Wichser, du wusstest ganz genau, was du tust.«

»Nein! Ich wusste es nicht! Ich wusste nichts! Ich wusste nicht, dass es mich zerstören würde, dich mit ihnen zu sehen, als sie zurückgekommen sind. Ich wollte nicht wissen …« Er schlägt mit der Faust gegen den kleinen Tisch zwischen den Liegestühlen und brüllt wie ein verletztes Tier, stößt ihn um. Sein Blick ist wild vor Eifersucht und Angst. Angst davor, das zuzugeben, was er jahrelang nicht zugeben konnte. »Ich wusste nicht, wie verdammt besessen ich von dir war, bis ich gesehen habe, wie sehr sie dich geliebt haben.«

Ich stehe regungslos da und schaue in seine wütenden Augen. Eine tiefe Ruhe legt sich über mich. »Ich gehöre immer noch dir, Tobias.«

Er schüttelt seinen Kopf, in dem ein Krieg tobt.

»Ich war immer dir bestimmt. Das hast du selbst gesagt, bevor alles in die Brüche gegangen ist. Und das wussten sie, als sie uns zusammen gesehen haben, genauso wie du es weißt. Deswegen kann ich nicht vergessen, deswegen quält mich mein Herz immer noch.«

Er bläht wütend die Nasenflügel, aber sein Blick wird mit einem Mal viel weicher. »Du musst dir die romantische Vorstellung von uns aus dem Kopf schlagen. Wir waren nie mehr als ein Fehler. Ein Fehler, für den wir beide teuer bezahlt haben. Lass los. Lass *mich* los.«

»Liebst du sie?«

»Ich vertraue ihr. Ich respektiere sie.«

Beide Aussagen treffen mich hart, lassen mich unvorstellbaren Schmerz empfinden. Doch die Wahrheit, die in dem Teil liegt, den er ausgelassen hat, ist so klar, dass ich ein wenig Trost daraus ziehe. »Aber du liebst sie nicht.«

»Ich bin mit ihr zusammen. Das genügt.«

»Nein, das genügt nicht. Du kannst sagen, was du willst, aber du hängst immer noch genauso sehr an uns wie damals. Ich spüre es. Jeden verdammten Tag spüre ich es. Du hast mich genauso wenig vergessen wie ich dich. Und ich will deine Vergebung nicht, weil ich dir auch nie vergeben werde. Aber ich gehöre dir. Die beiden haben einen Platz in meinem Herzen – aber dir gehöre ich. Alles gehört dir – mein Geist, mein Körper, meine geschundene, tief verletzte Seele. Du bist der Sieger, und das ist dein Gewinn, aber du bist so ein Scheißfeigling, dass du ihn ausschlägst. Du versteckst dich hinter deinem ach so wichtigen, ach so großen Ziel und hinter dem Tod deines Bruders. Du hast mich nicht zufällig für dich gewonnen, Tobias, ich habe längst dir gehört. Du hast mich für dich beansprucht, *bevor* dein Bruder gestorben ist.«

Er zuckt zurück, als hätte ich ihn geohrfeigt, und in gewisser Weise habe ich das auch. Wir stehen nebeneinander an der imaginären Grenze, die er gezogen hat und die uns verbietet zu glauben, dass wir den jeweils anderen verdient haben – nicht nach diesem Verlust.

»Einer von uns muss es aussprechen. Wir wussten es. Wir wussten, was wir aneinander gefunden hatten, aber wir wussten nicht damit umzugehen, weil es auf die falsche Art begonnen hatte – mit dem Betrug zweier Männer, die wir beide geliebt haben. Und du glaubst, du kannst oder darfst nicht mit mir zusammen sein, weil du diese Schuld mit dir herumträgst. Aber das ist jetzt unsere Realität, und du bist nicht der Einzige, der etwas verloren hat. Er ist tot, Tobias, und er kommt nicht mehr zurück. Das können wir genauso wenig ändern wie die Wahrheit: dass wir uns immer noch lieben.«

»Verdammt, Cecelia. Lass die Vergangenheit los!«

»Dominic wusste es, Tobias. Wenige Sekunden, bevor er gestorben ist, hat er mir gesagt, dass er dich noch nie so glücklich gesehen hat.«

Tobias schüttelt den Kopf, seine Augen werden trüb.

»Ich bin zurückgekommen, um Frieden zu schließen«, sage ich eindringlich. »Um den Verlust zu betrauern, um Antworten zu bekommen. Aber jetzt erkenne ich, dass ich auch zurückgekommen bin, um das Leben einzufordern, das ich will. Mit dir. Denn trotz aller Schuldgefühle weiß ich, dass wir es verdient haben, den Rest unserer Strafe zusammen abzusitzen. Wir sind die einzigen Menschen, die einander heilen können. Ich sage nicht, dass es einfach wird, ich sage nicht mal, dass es funktioniert, aber wir haben die Chance verdient, es zu versuchen.

Denn auch wenn die Wahrheit schmerzt, das mit dir war echt. So echt wie nichts, was ich vorher oder hinterher je hatte. Es ist stärker als dein Drang, dich zu rächen, oder dein Versprechen gegenüber irgendwelchen anderen Menschen. Richtig oder falsch, mein Platz ist bei dir, und du gehörst genauso zu mir. Gib es einfach zu.«

Abrupt zieht er mich zu sich heran und krallt sich in meiner Jacke fest. In seinen Augen erkenne ich, dass ihn meine Worte berührt haben. Ich sehe, dass sich seine Schultern entspannen, dass ein Widerstand in ihm bricht und sich etwas in seinem Inneren löst.

»Ich liebe dich«, sage ich leise. »Es ist noch nicht zu spät.«

»Cecelia?«

Ich erstarre.

Tobias schaut erschrocken über meine Schulter und lässt mich los. Dann tritt er von mir weg und dreht sich in die Richtung, aus der die Stimme gekommen ist.

Collin.

KAPITEL VIERUNDVIERZIG

»Collin, was machst du hier?«

»Ich bin dein Verlobter, verfluchte Scheiße.« Mit wutverzerrter Miene stößt er das Tor auf und funkelt den Mann an, der neben mir steht.

»Warst. Du warst mein Verlobter.«

Tobias mustert ihn von oben bis unten, während ich mich in Bewegung setze, um Collin abzufangen, der nun schnurstracks und mit vorwurfsvoll verengten Augen auf uns zukommt.

Ich sehe die Belustigung in Tobias' Blick, während er Collin immer noch abschätzend anschaut.

»Collin, halt!« Ich stelle mich ihm in den Weg und lege ihm eine Hand an die Brust. »Was machst du hier?«

Er deutet mit dem Kinn zu Tobias. »Was macht *der* hier?«

»Wir haben uns nur unterhalten.«

Collin stürmt an mir vorbei und baut sich vor Tobias auf.

Ich habe Angst, aber ich bemühe mich, so schnell wie möglich zwischen die beiden zu treten.

Tobias grinst hämisch. »Hab viel von dir gehört.«

»Merkwürdigerweise hab ich bis vor Kurzem kein Wort über dich gehört«, kontert Collin herablassend.

Tobias' Grinsen wird breiter, und er zwinkert ihm genüsslich zu. »Ich bin ihr größtes Geheimnis.«

»Collin«, unterbreche ich, »bitte geh ins Haus. Ich komme gleich nach.«

Collin dreht sich zu mir um. »Meinst du, ich hab Angst vor diesem … diesem«, er schnaubt, »Gangster im Anzug?«

Tobias' Lachen klingt wie das eines Wahnsinnigen. »Ich verstehe, was du an ihm findest. Er ist witzig.«

»Hört sofort auf!« Ich dränge mich zwischen die beiden, auch wenn ich weiß, dass es vergeblich ist.

»Ich wollte ohnehin gerade gehen«, sagt Tobias, der nun einen Schritt nach hinten macht und einen vielsagenden Blick auf den Ring an meinem Finger wirft. »Du bist am Zug, Cecelia.«

Ich bin am Zug. Nun ist es an mir, mich an meinen Teil der Abmachung zu halten. Ich soll abhauen.

Auf keinen Fall.

»Wir sind noch nicht fertig mit unserer Unterhaltung«, versetze ich und drehe mich zu Collin um. »Bitte warte drinnen auf mich.«

»Nicht nötig, sie gehört ganz dir«, entgegnet Tobias, womit er das Messer in meiner Wunde dreht.

Collin löst seinen Blick von mir und ruft Tobias hinterher, der gerade an ihm vorbeigegangen ist: »Den Spruch kannst du dir auf deinem Weg nach Hause aufsagen. Oder besser noch: Schreib's dir auf. Falls du schreiben kannst.«

»Tobias, nein«, rufe ich, doch da drückt er den ächzenden Collin bereits auf einen der mit Schnee bedeckten Liegestühle.

Er hebt eine Faust vor Collins Gesicht und rammt sie ihm fast spielerisch auf die Nase.

Hellrotes Blut tropft heraus.

Ich zerre an Tobias' Schultern. Er hat Collin mit einer einzigen grausamen Bewegung vollkommen lächerlich gemacht.

Tobias schüttelt meine Hände mühelos ab und beugt sich so weit hinunter, dass er nur noch zwei Zentimeter von Collins blutender Nase entfernt ist. »Wie fühlt es sich an zu wissen, dass deine Verlobte an mich gedacht hat, wenn du sie gefickt hast?«

Collins Augen treten hervor und tränen. Panisch sieht er mich über Tobias' Schulter hinweg an.

Wütend trommele ich auf seinen Rücken ein. »Verdammt, lass ihn los!«

»Sie will *meinen* Schwanz.« Tobias grinst hämisch und fährt mit seinem Schritt an Collins Bauch entlang.

Als er sich wieder vorbeugt, reiße ich erneut verzweifelt an seinen Schultern.

»Schaffst du es, sie mit nur einem Finger und einem Flüstern zum Orgasmus zu bringen? Das hab ich perfektioniert.« Er sieht sich mit brennendem Blick zu mir um, ehe er wieder Collin anschaut, ihn von der Liege zieht und ihm die Jacke richtet. »Wenn du Tipps brauchtest, hättest du nur fragen müssen.« Tobias' Blick verdunkelt sich, und jeglicher Anflug von Humor, und sei er noch so grimmig gewesen, ist verschwunden. Er klopft Collins Schultern ab.

Collin sieht ihn wütend an; seine Nase blutet immer noch.

»Beleidige mich nicht noch mal, Schönling, denn ich kann auch anders«, fährt Tobias fort. Dann lässt er ihn los und wendet sich mir zu. »Bring ihn nach Hause, und wenn du schon mal da bist, bleib dort.«

»Du bist so ein verdammtes Arschloch.«

»Ich hab nie behauptet, nett zu sein.« Mit großen Schritten geht er auf das Tor zu. »Noch nie. Das ist reines Wunschdenken von dir.«

»Ich gehe nirgendwo hin«, rufe ich ihm hinterher, als er durch das Tor marschiert.

»Oh doch!«

Wie aus dem Nichts fährt ein Wagen vor, und Tobias steigt auf der Beifahrerseite ein. Im nächsten Moment verlassen sie die Einfahrt durch den dichten Schnee und sind verschwunden.

Ich drehe mich wieder zu Collin um, der immer noch dasteht und mich wütend anfunkelt. Seine blutende Nase bedeckt er mit der Hand.

Fuck.

Ich beiße mir auf die Lippe, um ein Grinsen zu unterdrücken, während ich einen Tampon in Collins Nase schiebe. Er ist der krasse Gegensatz zu Tobias, mit seinen federweichen blonden Haaren, den dunkelblauen Augen und dem Körper eines Läufers – schlank und muskulös, aber kein Vergleich zu der brutalen Kraft, der er vorhin ausgesetzt war.

Und dafür liebe ich ihn nur noch mehr. Mit seinem charmanten Lächeln, seinen britischen Eigenarten und seiner treuen Freundschaft hat er sich langsam einen Weg in mein Herz gebahnt. Und ich liebe seine Geduld, seine Fürsorge, sein Verständnis, einfach den Mann, der er ist, und den Freund, der er mir gewesen ist.

Ich dagegen war egoistisch.

Er sieht vollkommen verblüfft zu mir auf. »Das ist nicht witzig.« Sein englischer Akzent klingt gedämpft und nasal durch die Tampons.

»Ich weiß. Tut mir leid, dass du das abbekommen hast, aber ich hab dir ja gesagt, leg dich nicht mit ihm an.«

»Wer zur Hölle ist das?«

»Mehr als ein Gangster im Anzug jedenfalls.« Ich grinse schon wieder.

»Das ist der Mann, den du angeblich immer noch liebst?« Ungläubig mustert er mich.

Ich nicke langsam, auch wenn ich weiß, dass ihn die Wahrheit verletzt.

»Warum?«

»Das wüsste ich auch gern. Ich würde sofort damit aufhören und mit dir vor den Altar treten, wenn ich könnte. Aber ich verdiene dich nicht.«

»Aber er hat nicht um dich gekämpft, kein bisschen. Er hat dir gesagt, du sollst verschwinden.«

Er hat für mich getötet und Deals mit seinem Feind für mich ausgehandelt. Er hat mich beschützt und dabei seinen Bruder verloren, wobei er sich sein eigenes Glück verwehrt hat.

»Er hat für mich mehr Opfer gebracht, als es ein Mann tun sollte.«

»Inwiefern?«

»Das ist eine lange Geschichte, und ich bin nicht diejenige, die etwas darüber preisgeben darf.« Ich sammele die vollgebluteten Taschentücher auf und säubere den Tisch, wobei ich Collins Blick auf mir spüre.

»Wieso kannst du mir die Geschichte nicht erzählen?«

»Weil ich erst dazugekommen bin, als sie schon lange begonnen hatte.«

»Wir waren die besten Freunde, bevor wir zusammengekommen sind«, erinnert er mich. »Und du hast mir nie was davon erzählt. Nur dass dein Vater gestorben ist und dass ihr keine enge Bindung hattet. Wie kann es sein, dass du hier ein vollkommen anderes Leben geführt hast und ich nichts davon wusste? Du hast diese Vergangenheit, über die du noch nicht mal eine Andeutung gemacht hast. Ich dachte, ich kenne dich, Cecelia.«

Meine Schuldgefühle sind unerträglich, als ich ihn ansehe. Noch ein Opfer meiner beschämenden Geschichte. »Es war ein Jahr. Nur *ein* Jahr, aber für mich hat sich danach alles verändert. Manchmal – oft sogar – wünsche ich mir, nichts davon wäre passiert, aber letztendlich hat all das mich zu der gemacht, die ich heute bin.« Ich knie mich vor ihn hin. »Es tut mir so leid. Wirklich. Ich wollte nicht, dass du von ihm erfährst. Oder von den anderen Dingen. Aber nun weißt du, wer ich bin. Ich bin aber auch die Frau, die du kennengelernt hast. Ich habe nur mehr erlebt, als ich erzählt habe, und ich habe es satt, meine anderen Seiten zu verbergen.«

»Weil du hier mit mehreren Männern geschlafen hast?«

»Das ist nicht alles, das ist nicht …« Ich seufze.

»Und ihn willst du?«

»Ja. Aber Collin, was wir beide hatten, du und ich, das war etwas Besonderes. Es basierte auf den richtigen Dingen – Freundschaft, Vertrauen, gegenseitigem Respekt. Es war eine gesunde Beziehung, für die ich unendlich dankbar bin. Und für dich. Ich habe deinen Heiratsantrag nicht auf die leichte Schulter genommen, und ich hätte glücklich sein sollen in unserer Beziehung, aber das war ich nicht. Ich habe mich dahinter versteckt.«

»Und weshalb bist du hier? Um ihn zurückzugewinnen?«

»Ich will dich nicht noch mehr verletzen, als ich es ohnehin schon getan habe.« Ich nehme seine Hand. »Ich will dir nicht noch mehr Dinge sagen, für die du mich hassen wirst.«

»Und wenn er dich zurückweist?«

»Das hat er längst getan, und er wird es auch weiterhin tun. Damit muss ich leben, aber ich werde nie wieder jemanden in die Lage bringen, in die ich dich gebracht habe. Dich zu verletzen war unter aller Sau, aber jetzt leugne ich meine wahren Gefühle nicht mehr länger.«

»Ist er ein guter Mensch?«

»Er ist ein sehr komplizierter Mensch, das steht fest. Aber trotz allem will ich ihn immer noch.«

»Dann willst du die Sache mit mir also wirklich für einen Typen beenden, den du vielleicht nie bekommen wirst?«

Ich stehe auf, fahre mit einer Hand durch seine Haare und umfasse sein Kinn. »Ich hoffe, du weißt, dass unsere Trennung nicht nur egoistisch ist. Ich habe die Beziehung beendet, weil du eine Frau verdienst, die ihre Vergangenheit vergessen und ganz dir gehören kann. Und ich will wirklich, dass du glücklich bist.«

»Was ist mit deinem Glück?«

»Ich weiß es nicht, Collin. Wahrscheinlich ...« Ich beschließe, Tobias' Worte zu wiederholen. »Wahrscheinlich bekomme ich kein glückliches Ende. Nur ein Ende.«

Nach vielen Stunden, in denen wir unser gemeinsames Leben auseinandergenommen, viele Tränen vergossen, gestritten haben, und einem letzten Versuch von Collin, mich mit nach Hause zu nehmen, zieht er niedergeschlagen seine Jacke über.

Als ich ihn zu seinem Wagen begleite, wird mir bewusst, dass es tatsächlich vorbei ist. In einer quälenden Verhandlung haben wir beschlossen, dass er aus unserer Wohnung ausziehen und meine Sachen in einem Miet-Container einlagern wird. Wenn ich Triple Falls verlasse, will ich nach vorn schauen, nicht zurück. Es gibt nichts, zu dem ich zurückkehren kann. Das Leben, die Lüge, die ich jahrelang gelebt habe, ist vorbei.

Als er mit meinem Ring in seiner Tasche davonfährt, sehe ich ihm noch mehrere Minuten hinterher, traurig darüber, dass ich ihn verloren habe, angekommen in der Wahrheit.

KAPITEL FÜNFUNDVIERZIG

Eine Woche ist vergangen, eine weitere einsame Woche, in der ich über die Hügel und durch die Täler gefahren bin, mit Dominic an seinem Grab gesprochen und mich durch alte Erinnerungen gekämpft habe. Jeden Tag komme ich an der Werkstatt vorbei, aber ich halte nie an. Da die Übergangsphase so gut wie beendet ist und Tobias überraschend gut kooperiert hat, weiß ich, dass meine Zeit hier fast zu Ende ist. Eigentlich bin ich hergekommen, um mit der Vergangenheit abzuschließen, aber nach allem, was passiert ist, nachdem ich erfahren habe, wie viel er für mich getan hat, wie er wirklich für mich empfunden hat und noch immer empfindet, kann ich nicht einfach fortgehen und alles vergessen. Er hat seine Entscheidung jedoch getroffen und hält mich weiterhin auf Abstand.

Doch mein armseliges Herz weigert sich zu vergessen, wie zerrissen er an dem Abend war, als er mich nach Hause gefahren hat. Seine Worte, die Art, wie er mich berührt hat. Er wollte mich berühren. Er hat Dinge zu mir gesagt, von denen ich bisher nur geträumt hatte.

Er liebt mich immer noch, aber will sich seine Gefühle nicht eingestehen.

Schuld. Schuld treibt einen Keil zwischen uns, nachdem es Fehler waren, die uns zusammengeführt haben.

Er will mich immer noch, trotz dieser Fehler, trotz unserer Vergangenheit. Trotz der schönen Frau, die in seinem Bett wartet.

Dennoch ist er mit ihr zusammen. Sie ist auch jetzt bei ihm, als er durch die Tür des Restaurants kommt.

Erschrocken über ihr plötzliches Auftauchen lasse ich mich auf meinem Stuhl zurücksinken, halte mein Buch höher und schaue nur vorsichtig über den Rand hinweg, als die Kellnerin mir ein neues Glas Wein bringt. Ich sende ein Stoßgebet zum Himmel, dass die Kellnerin die beiden so weit entfernt von mir wie möglich platziert. Aber ich kann nicht wegsehen, als Alicia ihn über die Schulter anlächelt und er ihr die Jacke abstreift.

Es ist die Hölle auf Erden, den beiden zuzusehen, wie sie sich wie ein normales Paar benehmen. Ich hebe mein Glas und leere es halb, um die rasende Eifersucht zu bekämpfen, die sich in mir rührt.

Obwohl wir fast einen Monat im gleichen Haus gewohnt haben, hatten wir nie den Luxus, uns in der Öffentlichkeit zu zeigen. Als wir unsere Feindseligkeit vergessen und uns auf den anderen eingelassen hatten, habe ich die erfüllendsten Wochen meines Lebens erlebt. Doch heute Abend macht er seine Entscheidung wieder einmal deutlich, indem er sie zum Dinner hierher ausführt. Der Appetit ist mir vergangen.

Ich bedanke mich bei der Kellnerin, als sie mir meine Pasta serviert, und fluche leise, als sie zu der Sitznische neben mir geführt werden. Tobias sitzt mit dem Rücken zu mir, aber es ist nur eine Frage der Zeit, bis Alicia mich sieht, bis sie sieht, dass ich *allein* an einem Tisch für zwei sitze, gleich neben dem Fenster zur Straße hin. Ich blättere in dem Buch, das ich nicht mehr lese, und schiebe mir einen Bissen in den Mund. Auch wenn das Essen fad schmeckt, zwinge ich mich zu kauen und zu schlucken.

Alicia lächelt Tobias strahlend an, und in meiner Kehle bildet sich ein Klumpen.

Fuck.

Ich hebe die Hand, um bei der Kellnerin die Rechnung zu bestellen, stoße dabei jedoch versehentlich meinen Wein um. Er ergießt sich auf den Teppich, und obwohl ich froh bin, dass es nicht klirrt, fällt Alicias Blick in dem Moment auf mich, als ich Anstalten mache aufzustehen. Ich greife nach der Serviette, um den Teppich abzutupfen. Doch es ist nicht meine Serviette, sondern die Tischdecke, und mit einem Mal ist nicht nur der Wein auf dem Boden, sondern auch mein Essen. Auf dem Boden hockend sehe ich aus dem Augenwinkel das Flackern der Kerze, die die Tischdecke eine Sekunde später in Flammen aufgehen lässt.

Ich höre den ängstlichen Schrei einer Frau zu meiner Linken, doch schnell gieße ich mein Wasser über das Feuer, das zum Glück sofort erlischt. Leider hat auch mein Buch bereits Feuer gefangen. Ehe ich es mit der Tischdecke ersticken kann, werde ich aus dem Weg gestoßen, und jemand anderes kümmert sich darum. Ein würziger Zitrusduft weht durch die Luft, und wieder verfluche ich mein Schicksal. Und mich selbst, weil ich offenbar nicht in der Lage bin, einen unauffälligen Abgang hinzulegen.

Ich kann ihn nicht ansehen. Ich will ihn nicht ansehen.

»Danke.«

Sein tiefes Lachen erklingt, erfüllt die Luft zwischen uns. »Mit elf warst du geschickter.«

»Eindeutig.«

Er hebt das halb verbrannte und halb nasse Buch auf.

Mit schmerzender Brust betrachte ich es, denn nun ist es nur noch ein weiterer zerstörter Teil meiner Vergangenheit – *unserer* Vergangenheit. Tränen steigen mir in die Augen, doch ich blinzele sie weg und greife nach meiner Tasche.

»Es ist doch nur ein Buch, Cecelia.«

Nein, es ist der letzte Teil von mir, der sich an einer Hoffnung festgeklammert hat. Es ist mehr als nur ein Buch, und das weiß er.

Endlich schaue ich zu ihm auf, und in unseren Blicken treffen Feuer und Wasser aufeinander. Ich denke an die Tage zurück, die wir im Haus seines Feindes verbracht haben. An die Stunden, in denen wir uns unterhalten haben, gelacht, gevögelt und uns geliebt haben und er mir Dinge zugeflüstert hat, die mir die Luft zum Atmen geraubt haben. »Genau, es ist *nichts*, richtig?«

»O mein Gott, alles in Ordnung?« Die Kellnerin drängt sich zwischen uns und bückt sich, um das Geschirr vom Boden aufzusammeln.

»Es tut mir so leid«, sage ich leise und schaue Tobias an. Meine Worte sind an ihn gerichtet, und er hört aufmerksam zu. *»J'espère que je pourrais …«* Ich wünschte, ich könnte …

»Könntest was?«, fragt Tobias leise.

Seine Worte legen sich um mein Herz, und die Sanftheit in seinem Blick raubt mir den Atem.

Ich weiß, dass Alicia uns beobachtet, aber ich weigere mich, meinen Blick von ihm zu lösen.

Die Kellnerin steht wieder auf. »Ich decke Ihren Tisch neu ein und bringe Ihnen das Gericht noch mal.« Sie lacht leise. »Sorry, das Buch kann ich nicht ersetzen.«

»Das ist nicht nötig. Und um ehrlich zu sein, war die Verfilmung sowieso besser«, scherze ich in einem schlechten Versuch, meinen Schmerz zu überspielen, aber das Zittern in meiner Stimme verrät mich. »Und ich wollte gerade gehen.«

Sie schaut Tobias an, und ihre Augen weiten sich anerkennend.

Er ist schön, nicht wahr? Er ist mein Dorn, und mit ihm habe ich das schönste Lied gesungen.

»Und ich habe ihn verloren«, beende ich laut meinen Gedankengang.

In den darauffolgenden Sekunden öffnet er sich mir voll und ganz. In seinem Blick liegen Sehnsucht und das Wissen um unsere gemeinsame Vergangenheit. Er erinnert sich. Er erinnert sich an uns. Er weiß noch alles.

»Pourquoi la vie est-elle si cruelle?« Warum ist das Leben so grausam? Diese Frage stelle ich ihm mit trübem Blick.

»Ist das Französisch?«, fragt die ahnungslose Kellnerin, die immer noch vergeblich versucht, alles wieder aufzuräumen. »Das klingt wunderschön.«

»Wie viel bin ich schuldig? Denn ich glaube nicht, dass ich noch viel mehr bezahlen kann.« Die Worte sind an den Mann gerichtet, der vor mir steht.

»Nichts, Schätzchen. Ich kümmere mich drum. Sie haben ja nicht mal was gegessen.«

Tobias schluckt, und in seinen Augen zeichnen sich widersprüchliche Emotionen ab.

Ich öffne meine Handtasche und lege Geld auf den neu gedeckten Tisch, ohne den Blick von ihm abzuwenden.

»Ich hole schnell Wechselgeld«, verkündet die Kellnerin, nimmt die Scheine vom Tisch und blickt zwischen uns hin und her. Ihr Gesicht wird mit einem Mal ernst.

Ich schüttele den Kopf. »Behalten Sie den Rest.«

Sie bedankt sich und geht eilig weg.

Mehrere Sekunden starren wir uns an, sehen einander zum ersten Mal richtig, nicht durch jenen Nebel aus Schmerz.

»Vielleicht hätte ich nicht herkommen sollen, aber ich wollte einfach sehen …« Tränen laufen mir die Wange hinab. Kopfschüttelnd schaue ich auf das Buch und lege seine Finger darum. Durch die Tränen stoße ich ein ironisches Lachen aus. *»Je suppose que je serai toujours la fille qui pleure à la lune.«* Ich werde wohl wie Meggie immer das Mädchen sein, das um den Mond weint.

Ich lasse Tobias mit dem Buch in der Hand an meinem leeren Tisch stehen und eile hinaus in den kalten Wind.

KAPITEL SECHSUNDVIERZIG

Abrupt setze ich mich im Bett auf. Ich bin von meinem Traum erschöpft, und meine Glieder sind noch schwer vom Schlaf. Ich blinzele und sehe Blitze hinter der Balkontür zucken.

Der Donner muss mich geweckt haben.

Als sich mein Atem langsam beruhigt, versuche ich, mich an den Traum zu erinnern, und bin erleichtert, als er mir nicht einfällt. Doch meine heißen Wangen und mein Hecheln verraten mir, dass er nicht harmlos war. Das sind meine Träume nur selten. Und ich habe es immer noch nicht geschafft, mich von ihnen zu befreien.

Bumm. Bumm. Bumm.

Das ist kein Donner.

Ich springe aus dem Bett und suche den Raum ab, finde aber nichts.

Das hier ist nicht damals, Cecelia. Geh zur Tür.

Aufgewühlt ziehe ich mir den Morgenrock über, hole die Pistole aus meiner Handtasche und versuche, die Angst abzuschütteln.

Das hier ist nicht damals, Cecelia.

Je länger ich hier bin, desto klarer wird für mich der Unterschied zwischen Vergangenheit und Gegenwart, und ich fühle mich relativ sicher. Ich werde nie wieder das Mädchen sein, das nicht in der Lage ist, sich zu wehren. Seit ich Triple Falls damals verlassen habe, bin ich eine bewaffnete Frau. Collin und ich haben uns oft wegen meiner Sammlung an kleinen Waffen gestritten, aber ich habe jedes Mal gewonnen.

Bumm. Bumm. Bumm.

Regen prasselt auf das Dach und spült den Schnee weg.

Ich halte die Pistole gesenkt und schleiche die Treppe hinunter.

Ding-dong. Ding-dong.

»Dominic, nein!«

Als ich die Haustür erreiche, atme ich ein, um mich zu beruhigen, spähe hinaus und sehe Scheinwerfer durch den Regen. Ich erkenne aber nicht, wessen Auto es ist.

Als das Hämmern wieder einsetzt, schreie ich so laut auf, dass die Person, die draußen steht, mich hören muss.

»Mach die verdammte Tür auf, Cecelia.«

Ich schalte das Licht auf der Veranda ein, und die Nackenhaare stellen sich mir auf, als er noch einmal klopft. Als ich die Tür öffne, sehe ich Tobias vor mir stehen, durchnässt vom Regen, mit glasigen Augen und versteinerter Miene. Er trägt immer noch den gleichen Anzug wie beim Abendessen, aber seine Krawatte hängt lose herab, und aus seinen glänzenden schwarzen Haaren tropft Regen hinab.

Er betrachtet mich von oben bis unten, sein Blick bleibt an dem Negligé hängen, das er mir vor Jahren gekauft hat. Schließlich kommt er erst einen und dann einen zweiten Schritt auf mich zu und drängt mich forsch an den Tisch im Eingangsbereich.

Ich strecke die Hand nach hinten aus, um mich abzustützen.

Sein Blick fällt auf meine Pistole, die er mir umgehend aus der Hand schlägt, sodass sie über den Boden schlittert und mit dem Lauf an der Wand liegen bleibt.

»Du Arschloch! Die war nicht gesichert.«

»Du machst dir Sorgen, weil du unbewaffnet bist?« Er beugt

sich vor, will mich offenbar mit seiner Haltung einschüchtern. Er ist betrunken und rasend vor Wut.

»Du wirst mir nicht wehtun.«

»Bist du dir sicher?«

»Was ist los? Was ist passiert?«

»Du bist passiert. Warum bist du noch hier?«

»Was für eine Rolle spielt das? Ich hab dir nichts getan. Ich störe dich nicht.«

»Deine Anwesenheit stört mich!« Er ist so durchnässt, dass Wasser von seinem Gesicht hinabtropft.

Ich hebe mein Kinn. »Dein Problem.«

Er funkelt mich wütend an. Hinter ihm hellt sich der Himmel auf, und aus der Ferne ist Donnergrollen zu hören.

»Du wirst mir nicht wehtun.«

»Da wär ich mir an deiner Stelle nicht so sicher.« Er umfasst mein Gesicht so fest, dass ich bestimmt blaue Flecke haben werde. »Ich hab dir doch gesagt, du sollst die Vergangenheit ruhen lassen. Aber das konntest du nicht. Wann begreifst du endlich, dass uns nichts miteinander verbunden hat als ein Moment der Schwäche?«

»Und wegen *nichts* warst du stundenlang in einer Bar, um diesen Vortrag einzustudieren?«

Er reißt mir meinen Morgenrock vom Leib, doch ich schlage seine Hände weg.

»Lass deine Wut an deiner Freundin aus. Ich hab keine Lust auf den Scheiß.«

»Keine Lust?«, zischt er und fährt mit dem Finger über den Träger meines Negligés, um ihn schließlich runterzuziehen und eine meiner Brüste zu entblößen.

»Denk an Alicia, Tobias. Es ist nicht richtig.« Ich drücke vergeblich gegen seine Brust. »So bist du nicht.«

»Nein, dafür hast du gesorgt.«

»Wovon zur Hölle redest du?«

»Sie war eine tolle Frau, die all meine Aufmerksamkeit verdient hätte.«

»Ihr habt Schluss gemacht?«

»Sie denkt offenbar, dass die Sache zwischen uns noch nicht beendet ist. Ich finde, sie hat recht. Lass es uns jetzt zu Ende bringen.« Er reißt an meinem Negligé, bringt meine andere Brust zum Vorschein und umschließt sie mit der Hand.

»Hör auf, Tobias, das Spiel haben wir schon mal gespielt.«

Er fegt die leere Vase von dem Tisch hinter mir, und sie zerbricht auf dem Boden.

Ich entreiße ihm mein Kinn. »Hör auf, du Arschloch! Sofort. Wir sollten es besser wissen.«

»Das tun wir aber nicht. So sind wir nun mal.« Er drückt mich fester gegen den Tisch, hält mich mit seinem Gewicht und seiner Kraft gefangen. »So sind wir. Und das …« Er kneift schmerzhaft in meinen Nippel und lässt so einen Blitz in meine Mitte fahren. »Das ist der Grund, aus dem du hier bist, richtig? Du wartest auf mich.« Er reibt seinen harten Schwanz an meinem Bauch, und ich muss mich beherrschen, um nicht zu wimmern. »Nun«, seine Stimme klingt bissig, »hier bin ich.«

»So willst du es? Na schön.« Ich drücke gegen seine Brust, sodass er zurücktaumelt. Dann hebe ich den Saum meines Negligés an, ziehe es aus und werfe es auf den Boden.

Als ich nur noch in meinem Slip vor ihm stehe, lässt er unverwandt seinen Blick an meinem Körper hinabwandern, und Lust scheint seine Wut zu vertreiben. Sein Blick lodert, und von seinen dichten Haaren fallen Wassertropfen auf meine Brüste, um an meinem Bauch hinabzurinnen.

»Du machst mir keine Angst, Tobias. Ich hatte noch nie Angst vor dir. Und das ist es, was dich am meisten abfuckt.«

»Nein.« Er beugt sich näher zu mir heran, sodass ich seinen

Leder-Zitrus-Duft und den Geruch von Regen einatme. »Was mich am meisten abfuckt, ist die Tatsache, dass du nicht einsiehst, warum ich dich weggeschickt habe. Weil ich dich nicht mehr will.«

»Nein, was dich am meisten abfuckt, ist die Tatsache, dass keine Frau dir jemals so viel bedeuten wird wie ich.«

Er lässt mein Kinn los, senkt den Kopf und beißt mir in die Brust.

Ich schreie auf und ziehe an seinen Haaren, aber er lässt nicht von mir ab, sondern saugt meinen Nippel in seinen Mund.

Ehe ich mich versehe, drückt er mich auf den Tisch und zieht mir den Slip runter. Als er seine Erektion über meinen Oberschenkel gleiten lässt und sich seine Finger fester um meinen Hals schließen, schnappe ich nach Luft.

»Wie oft hast du dich selbst berührt und an mich gedacht, wie oft hast du die Augen geschlossen und dir mich vorgestellt, während dich dein Verlobter gefickt hat?«

»Jede Nacht«, erwidere ich und klammere mich an ihm fest, um ihn näher an mich heranzuziehen. »Jede Nacht.«

Er hält inne und sieht mir in die Augen. »Du hast recht. Du bist krank. Genau wie die ganze Sache zwischen uns krank ist. *Wir* sind verdammt noch mal krank. Und es wird nicht so enden, wie du es dir wünschst«, zischt er.

»Ich weiß«, japse ich, als er die Hand wieder fester um meinen Hals legt. Er dringt mit einem Finger in mich ein, und ich presse heiser seinen Namen hervor. Ich bin feucht, so sehr, dass ich durch seine Hose spüre, wie sein Schwanz zuckt, als er feststellt, wie angetörnt ich bin.

Hinter der geöffneten Tür erhellen Blitze den Himmel, und Donner grollt.

Tobias fickt mich gnadenlos mit seinem Finger.

Ich reiße ihm das Jackett vom Leib, während er an meinem

Hals saugt. Langsam hebt er den Kopf, und in seinen Augen blitzt ein Feuer auf, als sich unsere Blicke treffen. Ohne wegzusehen, öffnet er seine Gürtelschnalle, befreit seinen Schwanz, und ich reiße ihm die Krawatte runter. Seine Hände sind überall, seine Berührungen markieren mich, schicken mich geradewegs in die Verdammnis.

Als ich ihn aus dem Hemd geschält habe, hält er in seinen Bewegungen inne, um mich mit seiner Handfläche flach auf den Tisch zu drücken und seine Eichel zwischen meinen Beinen entlanggleiten zu lassen. Dann dringt er mit einem einzigen tiefen Stoß in mich ein. Er flucht dabei mit gesenktem Kopf. Ich schreie auf und klammere mich an ihm fest.

Dann beginnt er, sich zu bewegen, lässt seinen Mund über mir schweben, aber küsst mich nicht. Er fickt mich leidenschaftlich und unerbittlich, lässt seiner Wut freien Lauf. Seine Stöße sind gnadenlos, und sein Gesicht verzieht sich vor Qual und Zorn.

Lust verschlingt mich; wieder und wieder rufe ich seinen Namen, flehe um ihn, bin irgendwo zwischen Himmel und Hölle gefangen. Das Klatschen unserer Leiber und unsere Verbundenheit verzehren mich, treiben meine Lust in neue Höhen, sodass ich zu erzittern beginne.

Er zieht sich zurück, sieht mich mit brennendem Blick an und stößt wieder bis zum Anschlag in mich hinein. Mit den Händen umschließt er meine Brüste, ist vollkommen im Bann seiner Lust. Er neigt die Hüften, um an meinen Wänden entlangzureiben, hält mich die ganze Zeit mit der Hand runtergedrückt.

»Tobias«, rufe ich bei einem weiteren tiefen Stoß, zu dem ihn die Wut antreibt.

Ächzend lässt er mich los, drückt meine Oberschenkel weiter auseinander und stößt wieder und wieder in mich hinein. Er beugt sich runter, fasst mir in den Nacken und hebt mich hoch, sodass sein Ächzen und Stöhnen auf meine Lippen treffen. Unsere Münder kollidieren miteinander, und er dringt tief mit der Zunge in meinen Mund ein. Lust schüttelt mich, ich verenge mich um ihn und stöhne in seinen Mund. Mein Orgasmus scheint ihn noch wilder zu machen, denn er fickt mich immer tiefer, und ich heiße seine brutalen Zungenschläge willkommen, denn das ist es, was er braucht und was ich will. Seine Wut, seine Leidenschaft, der Beweis, dass das Herz in seiner Brust noch schlägt. Seine Reue und sein Groll gegen die Liebe, die ich noch für beide Männer empfinde, und für das Monster, das in ihm lebt.

Er will mich besitzen und zurückerobern. Es gibt zu vieles, was er nicht hinter sich lassen kann, zu vieles, was er uns beiden nicht verzeihen kann. Sein Gesicht zuckt gequält, und er beginnt lauter zu stöhnen.

»Wir sind nichts.« Seine Stimme bricht unter der Lüge.

»Du liebst mich«, halte ich dagegen. »Du liebst mich immer noch.«

Er brüllt laut, als er kommt, presst seine Stirn gegen meine und ergießt sich auf den Tisch zwischen uns. Schwer atmend weicht er zurück und zieht sich die Hose wieder hoch.

Die Lampen der Veranda tauchen uns in Licht und erhellen sein Gesicht, das nun aschfahl ist. Eilig hebt er sein Hemd auf und sein Jackett und mustert mich. Ich bin zerrissen und gerötet von seinen Bissen und meinem Orgasmus.

Sein Gesicht verzieht sich gequält, und schließlich lässt er den Kopf hängen.

Ich erhebe mich vom Tisch. Meine Glieder zittern noch, aber ich schaffe es, meine Stimme fest klingen zu lassen. »Nur eine Königin kann einen König lieben und verstehen. Hast du gedacht, damit könntest du mich brechen? Du hast mich schließlich zu der gemacht, die ich bin.«

Sein Schweigen genügt als Antwort.

»Hast du echt gedacht, damit wäre die Sache erledigt? Damit könntest du das, was ich für dich empfinde, verändern und mich vergessen? Du solltest es besser wissen!« Ich wickele mir die zerrissene Seide um den Körper.

Er steht wie angewurzelt auf der Türschwelle, legt sich eine Hand auf den Mund, und Tränen steigen ihm in die von Panik erfüllten Augen. Als er spricht, klingt es wie ein Flehen. »Bitte geh von hier weg, Cecelia. Ich kann dir nicht das geben, was du willst.«

Die Schatten unseres Verderbens werfen Dunkelheit auf seine Gesichtszüge. Seine Augen wirken wild und panisch. Ein gequältes Ächzen kommt ihm über die Lippen. In dem Moment erkenne ich es. Die ironische Wahrheit, dass ich vielleicht stark genug bin, er jedoch nicht. Er wendet sich ab und geht, ohne die Tür zu schließen.

KAPITEL SIEBENUNDVIERZIG

Am nächsten Morgen wandere ich unruhig durch die Villa. In mir ist alles wund und pocht. Ich denke über meine nächsten Schritte nach. Ich weiß, dass ich gehen muss, weiß, was zu tun ist. Stattdessen habe ich versucht, eine Tür zu öffnen, die vor langer Zeit verschlossen und versiegelt wurde.

Ich werde weggehen, uns beiden zuliebe. Wenn ich bleibe, schade ich uns nur. Ich gestehe mir ein, dass ich gehofft habe, wir könnten alles hinter uns lassen – nicht Dominic, nein, ihn nicht –, aber all den anderen Herzschmerz und Betrug. Wir wurden auseinandergerissen, ehe wir die Chance hatten, zusammen zu sein. Dass er derart wütend auf mich ist, verstehe ich trotzdem nicht ganz. Schreckliche Umstände haben uns in jener Nacht auseinandergerissen, und jetzt weiß ich, dass es für ihn am einfachsten war, sich zu verbieten, mit mir zusammen zu sein, sozusagen als Buße. Und auch mir wurde die Strafe auferlegt, ganz egal, wie sehr ich mich nach Absolution sehne.

Benommen betrete ich das Zimmer meines Vaters. Als ich hier gewohnt habe, hat es mich nie interessiert, wie er lebt. Seine Räume waren einfach ein Teil des Hauses, den ich nicht zu betreten gewagt habe, außer in der Nacht, als Tobias verletzt hier aufgetaucht ist. Als ich mich nun umschaue, sehe ich das Zimmer eines Fremden. Die bodentiefen Fenster bieten einen spektakulären Ausblick auf die Berge. Seine dunklen Mahagoni-Möbel sind schlicht, elegant und ohne Leben. Abgesehen von dem schwachen Geruch nach Politur ist alles unberührt. Genauso wie er es an dem Tag verlassen hat, als er gestorben ist. Ich öffne seine Kommode, hebe ein paar seiner Socken an und nehme schließlich ein T-Shirt heraus. Ich wusste nie, wie mein Vater riecht. Er hat mich nie umarmt. Niemals. Dafür war er nicht der Typ. Ich atme dicht an dem sauberen T-Shirt ein und werde traurig. Plötzlich fällt es mir wie Schuppen von den Augen.

Als Roman gestorben ist, hat niemand um ihn getrauert, nicht mal seine einzige Tochter.

Nach meinem Weggang habe ich nie wieder mit ihm gesprochen, und er hat mich auch nicht oft kontaktiert.

Wenn ich nicht aufpasse, habe ich vielleicht auch niemanden, der um mich trauert, wenn meine Zeit gekommen ist. Soweit ich weiß, waren wir aber grundverschiedene Menschen, die vollkommen unterschiedliche Leben geführt haben.

Ich kann immer noch nicht glauben, dass Tobias über seinen Schatten gesprungen ist, sich mit ihm getroffen hat, ihm erklärt hat, dass er mich liebt, ihm geschworen hat, mich in Sicherheit zu bringen, und ihn beschützt hat – den Mann, der den Tod seiner Eltern, ob Unfall oder nicht, vertuscht und ihn mit Geld abgefunden hat.

Tobias hat statt Trost das Gleiche bekommen wie ich.

Geld. Das notwendigste aller Übel, das einen Menschen vollkommen verändern kann, zum Guten wie zum Schlechten.

Meine Mutter führt jetzt ein sorgenfreies Leben, aber sie hat sich daran gewöhnt, und es hat sie auch nicht glücklicher gemacht. Und auch meinen Vater hat sein Geld nicht glücklich gemacht.

Ich hasse Geld. Ich hasse die Macht, die es denjenigen verleiht, die es nicht mit ihrer eigenen Hände Arbeit verdient haben, und die Tatsache, dass andere sich versklaven, um nur ein bisschen davon zu bekommen. Ich hasse die Habgier, die Taten, die Menschen begehen, nur um es zu bekommen, und die Angst und die Verbitterung, die es in denen wachruft, die es nicht haben.

Ich hasse alles, wofür Geld steht.

Ich lege mich auf die weiße Tagesdecke auf Romans Bett und starre an die Decke.

Tatsächlich habe ich einen Teil von dem bekommen, was ich mir von meiner Rückkehr erhofft hatte – Antworten. Und ich bemühe mich, mich damit zufriedenzugeben.

Dass Tobias und ich in der vergangenen Nacht Sex hatten, hat eine alte Wunde wieder aufgerissen und lässt uns schneller verbluten. Aber die Wahrheit ist, dass wir so oder so verbluten. Zwar hat er seine Beziehung mit Alicia beendet, aber das hat nichts zu bedeuten, wenn er uns beide ohnehin nicht als Paar akzeptieren kann. Und seine Worte und sein Verhalten letzte Nacht haben mir gezeigt, dass sich das niemals ändern wird.

Was uns verbindet, ist Liebe, aber eine aussichtslose Liebe. Es ist an der Zeit, dass ich das einsehe.

Mit ihm zu streiten hat mich in gewisser Weise wieder zum Leben erweckt, und ihn in mir zu spüren, auch wenn er noch so wütend war, war der Beweis, dass nichts und niemand ihn ersetzen kann. Seine Berührungen werden immer die einzigen sein, die ich jemals will.

Ich drehe mich auf dem Bett um und schaue zum Fenster hinaus, frage mich, warum die Männer in meinem Leben mich nie voll und ganz akzeptieren, und der Liebe, die ich für sie hatte, nie richtig vertrauen konnten.

Habe ich es ihnen so schwer gemacht?

Kurz, nur ganz kurz, stelle ich mir vor, wie mein Leben verlaufen wäre, hätte ich einen Vater gehabt. Einen, der mich so liebt, wie ein Vater sein Kind lieben sollte. Der mehr tut, als mich nur finanziell zu unterstützen.

Ich hatte es nicht wirklich schwer im Leben.

Aber auf die Liebe meines Vaters musste ich verzichten.

Ich will mich nicht selbst bemitleiden, und trotzdem gestatte ich es mir, nur für ein paar Sekunden. Ich trauere um das Mädchen, das in dem Wissen aufwuchs, dass sie eine Verpflichtung war.

Eine leise Wut schleicht sich in mein Unterbewusstsein. Ich stemme mich hoch, setze mich auf die Bettkante und lasse mich von dem Gefühl vereinnahmen.

Scheiß auf sie alle.

Alle.

Ich habe mein Herz sinnlos verschenkt – vollständig und ganz. Ich habe es verschenkt, und es wird nie wieder mir gehören. Ich werde nie wieder die Alte sein.

Ich will die Jahre zurückhaben, die ich damit verbracht habe, zu hoffen und zu beten, dass meine Gefühle erwidert werden. Die Tage und Nächte und Jahre und Monate und Stunden und Minuten, in denen ich mich selbst verleugnet und mich in den Männern verloren habe.

Ich hasse meinen Vater und meine Liebe für ihn.

Ich hasse die Typen, die mich zu der gemacht haben, die ich nun bin.

Ich wünschte, ich hätte sie nie kennengelernt.

»Fickt euch!«

Wütend fege ich alles von Romans Kommode, sodass ein Parfümflakon auf dem Boden zerschellt.

Genauso schnell, wie die Wut in mir aufgestiegen ist, ebbt sie wieder ab. Meinen Stolz habe ich noch, meine Selbstachtung, nur auf mein verfluchtes Herz sollte ich nie wieder hören.

Ich liebe und bekomme nichts zurück. Ich habe mich selbst aufgegeben für ein bisschen Liebe.

Es war die Sache nicht wert.

Ich habe ja gar nichts gefordert, warum hat er dennoch so sehr betont, dass er mich nicht geliebt hat?

Ich bin die Tochter von niemandem.

Wie konnte meine Mutter einen Mann lieben, der so grausam war?

Wie konnte ich in ihre Fußstapfen treten und mich in einen Mann verlieben, der meine Gefühle nie wertschätzen wird, weil es ihm nur um sein großes Ziel geht?

Geld. Macht. All das würde ich aufgeben, nur damit ich wieder ich selbst bin.

Der Geruch von Parfüm erfüllt den Raum, und ich öffne ein Fenster, bevor ich mich hinknie, um die Scherben des zerbrochenen Flakons aufzusammeln. Als ich seine Nachttischschublade öffne, um die Stücke hineinzulegen, sehe ich einen Brief unter einem Uhrkästchen. Ich studiere den Umschlag und ziehe ihn schließlich unter der Box hervor. Die Notiz darauf ist an mich adressiert.

Cecelia,

ich bin all das, dessen du mich beschuldigt hast. Ohne mich warst du besser dran.

Vergib mir.

Roman

Ich öffne den Umschlag und ziehe den Brief heraus. Die Handschrift erkenne ich sofort, denn sie gehört meiner Mutter.

Roman,

verzeih, dass ich dich so bombardiert habe. Ich habe mich auf eine Art lächerlich gemacht, die nicht zu entschuldigen ist. Bitte verzeih mir.

Ich bin nach all den Jahren zurückgekehrt, um mich zu entschuldigen. Um dir für all das zu danken, was du für mich geopfert hast, weil du große Hoffnungen in mich hattest.

Du bist immer noch nicht verheiratet. Und das hat mir Hoffnung gemacht. Ich habe mich insgeheim immer gefragt, ob du meine anhaltenden Gefühle erwiderst. Ich hoffe, du nimmst mir nicht übel, dass ich dich kontaktiert habe, um es herauszufinden.

Aber ich habe es nun eingesehen. Ich muss aufgeben.

Noch immer kann ich mich lebhaft an unsere gemeinsame Zeit erinnern. Es kommt mir vor, als wäre es gestern gewesen, dass ich in der Fabrik angefangen habe, du hereingekommen bist und wir einander nur angestarrt haben.

Du hast mir auf mehr als eine Art das Leben gerettet, als du mich aufgenommen und dich um mich gekümmert hast.

Diese Art von Liebe habe ich vorher nicht gekannt und seitdem auch nicht wieder erlebt. Jeden Tag frage ich mich, ob es dir genauso viel bedeutet hat. Ich konnte nicht ertragen, dass unsere Liebe enden musste. Ich habe mich immer noch nicht davon erholt, dich verloren zu haben, und das wird auch nie geschehen.

Aber ich fühle mich, als hätte ich dir dein Leben geraubt mit diesem schrecklichen Geheimnis. Mein Gewissen zehrt jeden Tag an mir, weil ich damals die Tür abgeschlossen habe. Es war meine Schuld, dass das Feuer ausgebrochen ist. Mein schlechtes Urteilsvermögen hat zu diesem Verlust geführt. Wenn du mich nur die Verantwortung dafür übernehmen lassen würdest. Dann wärst du endlich von der Bürde befreit, die du mit dir herumträgst.

Aber du hast nie zugelassen, dass ich mich stelle, und das wirst du auch nie tun. Das weiß ich, auch wenn ich es nicht verstehe. Einst musst du mich geliebt haben. Du hast mich genug geliebt, um mich zu retten und dafür zu sorgen, dass unser Baby in Sicherheit war, und so werde ich mich an dich erinnern.

Unsere Tochter ist wunderschön. Sie entwickelt sich prächtig, doch ich weiß, dass du in ihr wahrscheinlich nur den Fehler siehst, den du begangen hast, indem du mich geliebt hast. Aber bitte versuche, dich zu öffnen, Roman, und zeige ihr den Mann, in den ich mich verliebt habe.

Wenn du sie anschaust, dann hoffe ich, dass du Frieden schließt mit dem Grund für das Opfer, das du gebracht hast. Denn ich liebe dich – und werde dich immer lieben.

D

Ich lese den Brief wieder und wieder, rechne die Zeit nach und bete, dass sich die Fakten ändern mögen.

Meine *Mutter* hat Tobias' Eltern getötet.

Meine Mutter.

Nicht mein Vater.

Horner Technologies war vor sechsundzwanzig Jahren eine Chemiefabrik. Sie hat fahrlässig zwei Menschen getötet, Unfall oder nicht, und mein Vater hat es vertuscht.

Ich renne ins Bad und übergebe mich, lasse mich auf die kalten Fliesen sinken.

KAPITEL ACHTUNDVIERZIG

Ich fahre vor dem Haus meiner Mutter vor, einer Villa am See mit drei Schlafzimmern. Sie ist nicht protzig, aber der Garten erinnert mich sehr an den meines Vaters. Ich gehe um das Gebäude herum, folge der Musik, die aus einem Lautsprecher im Freien kommt. Ich finde sie im Mantel neben einem kahlen Strauch auf einer Bank vor, mit einem Glas Wein auf dem Tischchen vor sich. Timothy beugt sich zu ihr runter, sie flüstern miteinander, und er drückt ihr einen Kuss auf die Schläfe.

Als er mich über ihre Schulter hinweg entdeckt, ist seine Begrüßung genauso warm wie sein Lächeln. »Hallo, Cecelia. Hab nicht damit gerechnet, dich heute zu sehen.«

Meine Mutter springt von ihrem Stuhl auf und wendet sich mir mit einem Lächeln auf den Lippen zu. »Hallo, Schatz. Ich hab gerade gedacht, dass ich dich anrufen muss.«

»Schön, dass du in Redelaune bist.«

Ihr Lächeln schwindet, als sie meine Miene sieht.

Ich ziehe den Brief aus meiner Handtasche.

»Was ist los?«

Timothy steht da und beobachtet uns beide. Ich gehe auf meine Mutter zu.

Sie richtet ihre Aufmerksamkeit auf den Brief, erbleicht und dreht sich zu Timothy um. »Gib uns einen Moment, ja?«

Timothy nickt und schaut mich an; er scheint zu spüren,

dass etwas im Busch ist. »Bleibst du zum Dinner? Ich wollte gleich ein paar Steaks braten.«

»Nein, ich muss zurück, danke.«

Die Atmosphäre ist mehr als angespannt.

Als Timothy geht, nimmt sich meine Mutter eine Zigarette, zündet sie an und betrachtet mich eingehend. »Mein Brief?« Sie stößt den Rauch aus und zieht sich ihren Mantel enger um den Körper. Dann hebt sie die Weinflasche, um mir etwas davon anzubieten, aber ich schüttele den Kopf.

»Ich bin nicht hier, um mich nett zu unterhalten.«

»Das ist mir bewusst.« Sie schluckt. »Gib mir eine Sekunde.«

»Um dir mehr Lügen auszudenken?«

Sie senkt den Blick und hebt das Glas an ihre Lippen, nimmt einen großen Schluck.

»Warum hast du mir immer gesagt, es wäre sicherer für mich, keinen Kontakt mit meinem Vater zu haben?«

»Dein Vater war der schönste Mann, den ich je gesehen habe. Ich bin mir sicher, dass es keine einzige Frau in der Fabrik gab, die nicht von ihm geträumt hat. Und ich war eine von ihnen.«

»Beantworte meine Frage.«

Sie sieht mich von der Seite an. »Willst du die ganze Wahrheit oder eine schnelle Antwort?«, fragt sie bissig.

»Wie konntest du nur? Wie konntest du mich glauben lassen, dass er nichts von mir wissen wollte? Wie konnte er das zulassen?«

»Weil es so sicherer war.«

»Und du glaubst, er hat dich geliebt?«

»Das weiß ich sogar. Genauso wie er dich geliebt hat.«

»Er hat uns in all den Jahren nicht beachtet. Er hat dich angesehen, als wärst du nichts, und hat dich fürchterlich behandelt. Das nennst du Liebe?«

»Ich nenne es Buße. Setz dich, Cecelia.«

Ich gehe zu ihr. Scham blitzt in ihren Augen auf, stumm fleht sie mich an, ihr zuzuhören.

Ich setze mich auf einen der beiden Stühle, die der Bank gegenüber an dem kleinen Gartentisch stehen, und greife nach ihrem Wein.

»Na schön. Sprich. Und ich schwöre es dir, Mom, wenn du irgendwas auslässt, wird das unsere letzte Unterhaltung sein.«

Ihr schwaches, gequältes Lächeln entgeht mir nicht. »In gewisser Weise bist du genauso wie er. Aber im Gegensatz zu ihm bist du schlecht darin, deine Gefühle zu verbergen. Du hast ein großes Herz, verschenkst vorbehaltlos deine Liebe, ganz egal, wie weh es tut. Und ich stelle mir gern vor, dass du das von mir hast.«

»Ich bin kein bisschen wie du.«

»Doch, Schatz, das bist du. Du liebst blind. Schon als du klein warst, wusste ich, dass du mein Herz geerbt hast, und es gab keinen Weg, dich davon abzuhalten, so zu lieben, wie es in deiner Natur liegt. Ich konnte nicht verhindern, dass dir das Herz wieder und wieder gebrochen wurde. Glaubst du, ich habe die Veränderung in dir nicht bemerkt?«

»Stell es bloß nicht so dar, als wärst du mir in den letzten sieben Jahren eine Mutter gewesen.«

»Den Tadel hab ich verdient. Und noch viel mehr. Aber es war dein Vater, der mich vor diesem Schicksal bewahrt hat.«

»Inwiefern?«

Sie drückt ihre Zigarette aus und wendet sich mir zu. »Er war ein Arschloch. Knallhart, geradlinig, machtgeil, geldgierig und so gut wie nicht zu durchschauen. Zuerst dachte ich, ich sei nur ein Spielzeug für ihn. Und das hat er mich eine Weile auch glauben lassen. Er war zu sehr darauf fokussiert, ein Imperium aufzubauen, als dass er sich Sorgen um eine Neunzehnjährige hätte machen können, die keine andere Zukunft als die verdammte Fabrik hatte. Ich wusste, dass es dumm war. Ich wusste, dass es leichtsinnig war, ihn so tief zu lieben, und er hat mich tatsächlich oft beinahe in den Wahnsinn getrieben. Aber dann hat sich eines Tages alles verändert. Es war, als hätte er sich selbst die Erlaubnis erteilt, mich zu lieben. Wir haben unsere Beziehung erfolgreich geheim gehalten. Deine Großmutter hat nichts geahnt. Es war schwer. Nur einer Person habe ich mich anvertraut, während wir zusammen waren. Einer wunderschönen Französin namens Delphine.«

Fast lasse ich das Glas fallen, aber irgendwie schaffe ich es, es an meine Lippen zu führen und einen großen Schluck zu nehmen.

»Wir haben uns angefreundet, weil sie auch nicht glücklich war. Ein paar Jahre zuvor war sie für einen Mann aus Frankreich weggezogen und hat ihn geheiratet. Aber als sie zum ersten Mal mit blauen Flecken bei der Arbeit erschienen ist … wusste ich einfach, dass sie jemanden brauchte, dem sie sich anvertrauen konnte. Und ich ja auch. Dein Vater war so ein Geheimniskrämer, er hat es mir wirklich schwer gemacht, ihn zu lieben. Es war, als würden wir beide die Erlaubnis brauchen, diese Männer zu lieben, und hätten sie uns gegenseitig erteilt. So falsch es auch war, wir waren beide das Opfer unserer naiven Herzen. Und so sind wir Freundinnen geworden.« Sie schluckt und nimmt sich noch eine Zigarette aus der Packung.

»Sie war die Einzige, die es wusste?«

Mom nickt und nimmt mir das Glas ab.

»In der Nacht … der Nacht des Feuers hatte ich einen fürchterlichen Streit mit Roman. Es ging um … dich. Er wollte dich nicht behalten, und ich wollte mich nicht von ihm zwingen lassen abzutreiben.«

»Dann wollte er mich also wirklich nie. Überraschung.«

»Es ist nicht so, wie du denkst. Es hatte nichts damit zu tun, dass er kein Vater sein wollte.«

»Das ergibt keinen Sinn.«

»Cecelia, du bist hergekommen, weil du eine Erklärung willst. Also lass mich reden.«

»Schon gut.«

»Wir waren so verliebt, als wir dich gezeugt haben. So sehr, dass ich gedacht habe … Ich dachte, er würde mir vielleicht einen Heiratsantrag machen. Aber dann ist alles so schnell gegangen. In einem Moment war ich sein Spielzeug, im nächsten hat er mir den Eindruck vermittelt, besessen von mir zu sein. So gut hab ich mich nie wieder in meinem Leben gefühlt, abgesehen von dem Tag, als die Ärztin dich in meine Arme gelegt hat.«

Sie schnippt die Asche von ihrer Zigarette, und ich schaue auf den See hinaus.

»Der Streit, den wir hatten, war fürchterlich. Dein Vater hat sich aufgeführt wie ein Monster, und ich habe all meine Gründe, ihn zu lieben, hinterfragt. Ich konnte nicht glauben, wie heuchlerisch er war.« Sie schluckt, und Tränen steigen ihr in die Augen. »Jedenfalls war ich unaufmerksam und so aufgebracht, dass ich nichts und niemanden um mich herum wahrgenommen habe. Ich fand den Gedanken, dass er nicht mit mir zusammen sein wollte, wenn ich dich zur Welt bringen würde, unerträglich. Ich war so verliebt in ihn, dass ich tatsächlich eine Abtreibung in Erwägung gezogen habe, Cecelia. Nur ganz kurz, aber dennoch. Und ich habe mich dafür gehasst.«

Ich schweige getroffen.

»Liebe kann einen dazu bringen, Fehler zu machen.« Sie trinkt einen Schluck Wein. »An dem Abend habe ich mit ein paar anderen Technikern gearbeitet, die aber gerade in der Pause waren. Ich war einfach … Ich war nicht ganz bei mir.

Als mir der Fehler also unterlaufen ist, habe ich versucht, mich zusammenzureißen und das Richtige zu tun. Laut Sicherheitsprotokoll sollte das Gebäude evakuiert und die Tür abgeschlossen werden, um die Gefahrenquelle abzuschirmen. Ich bin also rausgegangen und habe das Protokoll befolgt. Doch ich habe nicht gewusst, dass ich nicht allein im Labor gewesen war. Und als …« Sie schaut mich an. »Ich habe sie nicht gesehen. Ich dachte, ich wäre allein. In dem Moment, in dem sie an der Tür erschienen sind, gab es eine Explosion. Es war zu spät. Ich kann sie immer noch sehen, wie sie schreien und gegen die Tür hämmern, eine Sekunde vor dem Knall. Ich kann immer noch ihr panisches Kreischen hören. Ich hab es mitansehen müssen.«

Ich schließe die Augen und stelle mir vor, wie Tobias' und Dominics Eltern um ihr Leben flehen und meine Mutter panisch auf der anderen Seite der Tür steht.

»Ich habe sofort deinen Vater angerufen. Er hat mich weggeschickt, denn er wollte nicht, dass ich die Schuld auf mich nehme. Ich war fast im dritten Monat.«

»Aber es war ein Unfall, warum konntest du nicht alles gestehen?«

»Zuerst dachte ich, es wäre eine reflexartige Reaktion, um mich zu schützen, aber er hatte ganz andere Gründe. Er hat sich um alles gekümmert, alles von mir ferngehalten. Und er ist ein Mann, den man nicht infrage stellt. Monatelang habe ich mich gefragt, was er sich dabei gedacht hat … bis du zur Welt gekommen bist.« Sie zieht an ihrer Zigarette. »Nach der Beerdigung der beiden habe ich auf Romans Geheiß aufgehört, in der Fabrik zu arbeiten. Aber als ich Delphine auf der anderen Seite der Särge gesehen habe, ist mir klar gewesen, dass sie es wusste. Sie hat mich auf diese ganz bestimmte Art angeschaut. Sie war außer sich vor Wut, da sie in den Verlauf der Ermittlungen nicht eingeweiht wurde. Als sie mich dazu ausgefragt hat, habe ich mich verschlossen, und schließlich hat sie ganz aufgehört, mit mir zu reden. Ich habe so getan, als wüsste ich von nichts. Roman und ich haben versucht, unsere Beziehung weiterzuführen, aber das war der Anfang vom Ende. Er hat mir ein Apartment besorgt, damit ich bei meiner Mutter ausziehen konnte. Ich dachte, er wollte einen Ort haben, an dem wir zusammen sein könnten, aber er hat sich mehr und mehr zurückgezogen. Nach dem Unfall war es zwischen uns nie wieder so wie zuvor. Doch durch dich waren wir immer miteinander verbunden. Manchmal hat er mich angeschaut – und meinen Bauch –, und ich konnte sehen, dass er mehr sein wollte, uns beiden mehr bedeuten wollte. Manchmal habe ich alte Gefühle in ihm aufblitzen sehen, doch abgesehen von gelegentlichen Besuchen hatte er die Beziehung da schon beendet.«

»Weil er sich schuldig gefühlt hat?«

»Mit Sicherheit. Er hat das meiste abgekriegt. Das Geheimnis hätte alles, wofür er gearbeitet hat, ruinieren können.«

»Aber wenn du es einfach zugegeben hättest …«

»Das Risiko wollte er nicht eingehen.«

»Ich verstehe nicht, warum.«

»Weil er nicht wollte, dass irgendjemand von unserer Beziehung erfährt.«

»Dann warst du also sein schmutziges kleines Geheimnis?«

»Nein, Schatz, du und ich waren seine Achillesferse. Ich wusste, dass er ein kalter Mann war. Ich wusste, dass er große Pläne hatte, was sein Unternehmen betraf, aber ich wusste nicht, dass es Leute gab, die ihn beobachteten. Er hatte sich alte Geschäftspartner zum Feind gemacht, und er wollte nicht, dass sie von uns wussten. Eines Abends, drei Monate nach deiner Geburt, hat dich dein Vater zum ersten Mal besucht. Ich kann dir gar nicht sagen, wie schwer es war, dich allein zur

Welt zu bringen, in dem Wissen, dass er nichts mit uns zu tun haben wollte, dass er nicht dabei sein wollte. Er hat meine Anrufe ignoriert und mein Flehen, uns zu besuchen. Dafür habe ich ihn gehasst, aber du warst mein Trost. Du standest für all das Schöne, das wir erlebt haben, bevor unsere Beziehung in die Brüche gegangen ist. Am Tag, an dem du drei Monate alt geworden bist, bin ich neben deinem Bett im Schaukelstuhl eingeschlafen.« Ihr Blick verklärt sich, und sie klingt, als könne sie alles ganz klar vor ihrem inneren Auge sehen. »Mitten in der Nacht bin ich aufgewacht und habe gesehen, wie Roman neben deinem Bett stand und dich angeschaut hat. Seine Augen waren voller Liebe. Für ihn war es genauso wie für mich an dem Tag, als ich dich zum ersten Mal gesehen habe, daran habe ich keinen Zweifel. Für uns beide war es Liebe auf den ersten Blick. Ich bin aufgestanden und zu ihm gegangen, und zum ersten Mal seit dem Brand hat er sich mir wirklich geöffnet. Der Moment war wunderschön, und ich werde ihn nie vergessen. Er hat dich so voller Ehrfurcht angesehen, Cecelia, mit der Liebe eines Vaters. Aber als er dich aus dem Bettchen heben wollte, ist er plötzlich blass geworden.« Sie schaut mich an und schluckt. »Als er die Decke zurückgezogen hat, um dich zum ersten Mal in seinen Armen zu halten, lag neben dir eine geladene Pistole.«

»Eine Drohung?«

»Seine Feinde wollten Rache.« Sie schaut kurz auf den See hinaus und dann wieder zu mir. »Ich bin vollkommen ausgerastet, als ich die Waffe gesehen habe, und habe dich von Kopf bis Fuß untersucht. So große Angst hatte ich noch nie in meinem Leben gehabt. In dem Moment wusste ich, dass er sich nur von mir fernhält, um uns beide zu schützen. Er wollte dich nicht, weil er wusste, dass du eine Zielscheibe darstellen würdest. Mit einem Mal ist mir klar geworden, wie viel er mir verheimlicht hatte. So vorsichtig er auch war, ich wusste sofort, wer hinter der Drohung steckte.«

»Delphine.«

Mom nickt. »Ich hatte ihre Familie getötet, weil ich unaufmerksam gewesen war. Aber mir wäre im Traum nicht in den Sinn gekommen, dass sie zu so etwas fähig sein würde. Ich habe immer geglaubt, sie wäre wütend, weil ich mit Roman zusammen war. Ich habe ihm alles erzählt, und er war außer sich vor Wut.« Sie atmet tief durch, um sich zu beruhigen. »In dieser Nacht hat er dich zum ersten Mal in den Armen gehalten. Stundenlang. Irgendwann hat er zu mir aufgeschaut und mir ohne Umschweife gesagt, dass es zwischen uns vorbei ist und dass er uns nicht in seiner Nähe haben will. Ich wollte mich dagegen wehren, aber mit der Waffe in deinem Bett hatte er ein gutes Argument, das mich schließlich überzeugt hat. Also haben wir uns darauf geeinigt, dass ich einen Vaterschaftstest anfordere und gerichtlich gegen ihn vorgehe, um finanzielle Unterstützung von ihm zu bekommen. Er meinte, es würde überzeugender aussehen, wenn er sich erst nach einem richterlichen Beschluss um dich kümmern würde. Da man ohnehin schon von unserer Beziehung wusste, sollte es überzeugend wirken. Er hat den besten Anwalt engagiert, damit er so wenig Geld abtreten musste wie möglich.«

»Und du warst einverstanden?«

»Jemand hatte meinem Baby eine geladene Waffe neben den Kopf gelegt. Natürlich war ich einverstanden. Ich habe zugelassen, dass er mir das Herz bricht, dass er uns behandelt, als wären wir sein schmutziges kleines Geheimnis. Ich habe ihn losgelassen und alle Verbindungen zu ihm abgebrochen, weil es gefährlich war, einen Mann wie ihn zu lieben. Und für ihn war es gefährlich, uns in seinem Leben zu haben. Das war unsere Abmachung.«

»Dann bist du deshalb mit mir hierhergezogen und hast nie wieder mit ihm gesprochen?«

»Drei Jahre lang habe ich nichts von ihm gehört. Kein einziges Wort. Und jedes Gespräch, das wir danach geführt haben, handelte von dir und wann du ihn besuchst. Roman hat immer darauf geachtet, so abweisend und gemein zu sein wie nur möglich. Er war paranoid. Er hat mich nicht mal angesehen, als ich dich zum ersten Mal bei ihm abgesetzt habe.«

»Deshalb hat er mich während der ersten Sommer bei ihm auch ins Feriencamp geschickt?«

Sie nickt. »Er hat Männer engagiert, die uns rund um die Uhr bewacht haben. Wir standen immer unter seinem Schutz. Erinnerst du dich noch an Jason?«

Ich nicke. Einer der Männer, mit dem meine Mutter in einer längeren Beziehung war. »Er war einer von ihnen?«

Wieder nickt sie. »Es ist einfach irgendwie passiert.«

»Wie praktisch.«

»Das war es wirklich. Ich habe mich sicherer gefühlt, wenn er in meiner Nähe war. Aber zuerst hatte ich andere Gründe, etwas mit ihm anzufangen.«

»Du wolltest eine Reaktion provozieren.«

Mom nickt. »Doch die habe ich nie bekommen.« Sie runzelt die Stirn. »In dem letzten Sommer, den du bei ihm verbracht hast, muss irgendwas passiert sein. Ich vermute, er hat eine weitere Drohung erhalten. Irgendwas ist vorgefallen, und er hat sich geweigert, dich noch mal zu sich zu nehmen. Bis du erwachsen warst. Und selbst da hat er es aufgezogen wie eine geschäftliche Vereinbarung.«

»Deshalb hat er mir eine E-Mail geschickt?«

Sie nickt. »Eine digitale Spur, die alle, die es interessierte, sehen konnten.«

»Warum hast du mir das nie erzählt?«

»Weil ich dich schützen wollte.«

»Warum bist du nach all den Jahren zu ihm zurückgekehrt?«

»Weil ich ihn neunzehn Jahre lang geliebt habe und mich nach ihm verzehrt habe. Neunzehn Jahre lang habe ich für meinen Fehler bezahlt, und ich musste es einfach wissen. Ich musste wissen, ob er meine Gefühle in irgendeiner Form erwidert. Er hat mich eiskalt abgewiesen, als ich bei ihm aufgekreuzt bin, aber bei deiner Abschlussfeier ein paar Monate später habe ich ihn erwischt, wie er mich angesehen hat. Timothy war an meiner Seite und hat meine Hand gehalten, aber Roman hat mich auf eine Art angeschaut, die mir gezeigt hat, dass ich mit meinen Gefühlen nicht allein war. Da war ein Band zwischen uns, der Mann, in den ich mich verliebt hatte, war noch da. Das wusste ich. Ich wusste es einfach. Eine Frau spürt so etwas. Und als er mich so angesehen hat … Das hat mich vollkommen niedergeschmettert. Aber es war alles, was er mir noch zu geben hatte. Nur diese paar Sekunden in einem überfüllten Stadion.«

»Verdammt, Mom.«

»Ich habe jeden Tag an seinen Blick gedacht. Ich denke immer noch jeden Tag an *ihn*. War er ein guter Mensch? Nein. Aber er ist der Mann, den ich bis zu meinem Tod lieben werde.«

»Und das findest du fair gegenüber Timothy?«

»Ich war keinem Mann gegenüber fair, und manchmal fressen mich die Schuldgefühle auf, aber was soll ich denn tun? Timothy hat auch seine erste Frau verloren, und ich weiß, dass er manchmal die gleichen Schuldgefühle hat wie ich. Er und ich, wir haben Frieden damit geschlossen, dass wir nicht mit der Person zusammenleben, auf die wir gehofft haben. Und wir sind glücklich.« Sie wendet sich mir zu. »Wir sind wirklich zufrieden.«

»Zufriedenheit ist keine Liebe.«

»Es ist unsere eigene Version davon. Ich glaube nicht, dass Roman mich glücklich gemacht hätte. Im Grunde weiß ich das sogar ganz sicher. Was meine Gefühle für ihn nicht abschwächt.«

»Das ist …«

»Roman hat dich geliebt, Cecelia, wirklich. Aber es war schwer, ihn zu lieben und von ihm geliebt zu werden. Unmöglich beinahe. Was uns auseinandergebracht hat, war nicht nur mein Fehler, sondern auch seiner. Er wollte die Welt erobern. Er war unersättlich, und sein Ehrgeiz hat ihm Feinde gemacht und ihn seine Familie gekostet. All sein Reichtum konnte ihm nicht genug Schutz geben, denn er hatte schon zu viel Schaden angerichtet.«

Ich stelle ihr Weinglas ab und erhebe mich. »Du hast recht, Mom. Ich habe dein Herz geerbt. Darauf musst du nicht stolz sein, denn es ist ein verdammter Fluch.«

»Das weiß ich auch.« Als sie meine Haltung sieht, fleht sie mich an. »Bitte geh nicht, Cecelia. Nicht so.«

Ich schaue zu ihr hinab und schüttele den Kopf. »Du hast mich mein Leben lang angelogen.«

»Hätte ich dir alles erzählt, als du noch jünger warst, hättest du dich nur seiner Zurückweisung ausgesetzt. Er hat dich auf die einzige Art geliebt, die ihm möglich war – aus der Entfernung.«

»Das rechtfertigt deine Lügen nicht. Ich war fürchterlich zu ihm. Du konntest es mir nicht mal erzählen, als er im Sterben lag?«

»Er wollte dich nicht sehen.«

Verblüfft starre ich sie an. »Aber du warst bei ihm?«

»Ich habe neben ihm gesessen und seine Lippen geküsst, bevor er gestorben ist.«

»Verdammt, Mom!«

»Er wollte nicht, dass du da bist, weil er nicht wollte, dass du dich schuldig fühlst. Denn das hast du nicht verdient. Er wollte keine Absolution. Er war kein guter Vater, egal aus welchen Gründen. Er hat sich dafür entschieden, sich ein Imperium aufzubauen, das war ihm wichtiger als wir beide. Er war nicht in der Lage, seine wahren Gefühle zum Ausdruck zu bringen. Es wäre also ohnehin nicht der Abschied geworden, den du dir gewünscht hast.«

»Die Entscheidung hätte ich aber selbst treffen sollen.«

»Du hattest die Möglichkeit, dich zu entscheiden. Du hast ihn kennengelernt. Das war Roman. Und ich kann dir versichern, dass es keine Offenbarungen auf dem Sterbebett gab. So war er nicht.«

Ich erinnere mich noch an den Tag, als er mich unten an der Treppe abgefangen hat, an seinen Blick, der mich angefleht hat, über seine Fehler hinwegzusehen. Aber genauso habe ich ihn bei unserer letzten Begegnung im Konferenzsaal angebettelt und habe nichts zurückbekommen als einen leisen Anflug des gleichen Ausdrucks in seinen Augen.

»Die Villa, die er gebaut hat«, fährt sie heiser fort, »war ein Traum, den wir gemeinsam hatten, als wir noch glücklich miteinander waren. Jedes einzelne Detail bis hin zum Garten, der für mich bestimmt war. Er hat sich selbst bestraft, indem er sie dann ohne mich gebaut hat, eine schmerzhafte Erinnerung daran, was hätte sein können.«

Wütend wische ich mir die Tränen aus den Augen.

»Es hat sechsundzwanzig Jahre gedauert, bis ich mir selbst verzeihen konnte, Cecelia. Dein Vater war die Liebe meines Lebens. Ob er es verdient hat oder nicht. Wir haben tatsächlich nicht die Wahl.«

»Weißt du eigentlich, welchen Preis ich dafür bezahlt habe, dass du all das vor mir verheimlicht hast? Interessiert dich das überhaupt? Natürlich nicht. Du warst zu sehr damit beschäftigt, in Selbstmitleid zu zerfließen, als ich dich am meisten gebraucht habe. Du warst egoistisch. Und er war es auch.«

Sie streckt den Arm aus und nimmt meine Hand, doch ich schaue sie immer noch wütend an. »Natürlich interessiert es mich. Cecelia, ich liebe dich von ganzem Herzen. Ich habe das getan, was meiner Meinung nach für dich am besten war. So haben wir beide gehandelt. Auch du bist die Liebe meines Lebens. Es tut mir leid, dass ich egoistisch war und dass ich krank geworden bin, aber ich hoffe, dass du mir – uns beiden – eines Tages verzeihen wirst.«

»Ich muss gehen.« Ich entziehe ihr meine Hand.

Sie nickt, und neue Tränen treten ihr in die Augen. »Bitte tu nicht das, was er getan hat, Cecelia, verbanne mich nicht aus deinem Leben. Ich will dich nicht auch noch verlieren.«

»Du bist nicht die Einzige, die dafür bezahlt hat. Verstehst du das nicht?« Ich schüttele den Kopf über ihre Ignoranz.

Sie zieht die Augenbrauen zusammen.

»Ich habe einen hohen Preis für *deine* Lügen und *seine* Fehler gezahlt, und das tue ich immer noch.«

»Was meinst du damit?«

»Ich schätze, wir haben alle unsere Geheimnisse, Mom.« Mit diesen Worten drehe ich mich um und gehe zu meinem Wagen. Als ich die Tür zuschlage und zurücksetze, sehe ich, dass sie neben dem Haus steht und mir hinterhersieht.

KAPITEL NEUNUNDVIERZIG

Mit der Urne in meinen Händen stehe ich am Rande des Gartens und versuche, mir vorzustellen, wie es gewesen wäre, in diesem Haus aufzuwachsen. Ich male mir aus, wie ich durch den Garten flitze, während meine Eltern dasitzen und mir beim Spielen zuschauen. Wie ich mit meinem Prom-Date unter dem Glyzinen-Baldachin in die Kamera lächele, meine Mutter ein Foto schießt und Roman den Jungen warnend anschaut, damit er mich auch bloß zur vereinbarten Zeit nach Hause bringt. Wie ich am Weihnachtsmorgen die Treppe runtereile, um neben dem knisternden Feuer im Kamin die Geschenke auszupacken. In dem Jahr, das ich hier verbracht habe, habe ich mir oft vorgestellt, wie eine Familie hier leben könnte – eine glückliche Familie –, und fand, dass das Haus Verschwendung war. Aber genau das ist es, was das Haus immer repräsentieren sollte – das Leben, das wir hätten führen können.

»Du warst der erste Mann, der mir das Herz gebrochen hat, und das ist irgendwie passend. Aber das hättest du nicht tun müssen. Du hättest uns nicht beide bestrafen müssen. Ich bin hergekommen, um dein Vermögen zu erben, doch ich hätte zu gern darauf verzichtet, nur um ein paar Minuten mit dir zu haben. Aber nun, wo ich weiß, was du für meine Mutter getan hast, habe ich mich zum ersten Mal in meinem Leben wie deine Tochter gefühlt.«

Mein Atem stockt, als mir mein Traum von letzter Nacht

wieder einfällt. Ein kleines Mädchen, das immer wieder vergeblich versucht, nach der Hand seines Vaters zu greifen.

»Aber ich werde nicht die gleichen Fehler machen wie du. Ich gehe lieber ein Risiko ein und erfahre dafür die Liebe, als in Sicherheit zu sterben, ohne jedoch Menschen zu hinterlassen, denen ich etwas bedeute. Und das hat nichts mit Geld oder Macht zu tun. Ich glaube, das hast du auch erkannt, ich frage mich nur, wann.« Ich sinke ein wenig in mich zusammen. »Zumindest weiß ich jetzt, dass du fähig warst, etwas zu fühlen. Und dieses Haus hast du nicht umsonst gebaut. Hier war ich so glücklich wie nirgendwo sonst, und das will ich mit dir teilen.« Ich öffne die Urne und lasse die Asche im peitschenden Wind verwehen. Ein paar Meter wird sie von einer Böe getragen, ehe sie sich zwischen den kahlen Ästen in alle Richtungen verteilt. Für einen kurzen Moment stelle ich mir Roman im blühenden Garten vor, wie er um die Frau trauert, die er geliebt hat, und die Tochter, die er verstoßen hat. Und dieses Bild vor Augen schließe ich Frieden mit dem Haus, das noch immer von der Familie heimgesucht wird, die hier nie gelebt hat.

Die Luft vibriert unter einem weiteren aufziehenden Sturm, als ich auf dem Weg zum Grab bin. Ich betrachte die Grabsteine neben dem von Dominic und trauere um die zwei Menschen, die ich mittlerweile zu kennen glaube. Zwei Menschen, denen meine Eltern das Leben genommen haben und die zwei Jungen zurückgelassen haben, die wütend, verwirrt und voller Rachedurst aufgewachsen sind. Meine zukünftigen Liebhaber und Lehrer, zwei Männer, die mich geliebt haben und sich selbst geopfert haben, um mich zu schützen.

Es war so falsch – alles.

Ich knie mich vor Dominics Grab, lege die Hände auf

die gefrorene Erde und lasse mich von der Trauer einhüllen. Schluchzend bitte ich um Vergebung.

Dominics schönes Gesicht kommt mir in den Sinn. Und als mich eine weitere Windböe trifft, könnte ich schwören, ihn zu spüren, wie eine kühle Decke, die mich umgibt. Endlich stelle ich die Frage, für die mir zuvor immer der Mut fehlte. »Verzeihst du mir? Bitte verzeih mir.«

»Mach ihn glücklich.«

»Pass gut auf sie auf.«

Wäre er wütend, wenn er wüsste, dass keiner von uns, weder Tobias noch ich, das getan hat, worum er uns gebeten hat? Keiner von uns beiden hat sein Opfer geehrt. Stattdessen war sein Tod der Grund für unsere Trennung.

»Il ne me laisse pas l'aimer. Il ne me laisse pas essayer. Je ne sais pas quoi faire.« Er lässt nicht zu, dass ich ihn liebe. Er lässt es mich nicht einmal versuchen. Ich weiß nicht, was ich tun soll. »Ich würde alles dafür tun, die Zeit zurückzudrehen und mutiger zu sein. Ich hatte so große Angst. Ich war so feige, und du bist gestorben. Du bist tot … Ich hatte nie die Chance, dir zu sagen, wie sehr ich dich geliebt habe. Wie viel du mir bedeutet hast, wie sehr du mich geprägt hast. Wie viel Respekt ich für dich hatte. Du warst so mutig, Dominic, und so stark. Ich kann mich glücklich schätzen, dich gekannt zu haben. Dich lieben zu dürfen. Sosehr du dich auch bemüht hast, du warst nie ein Typ, den man schnell vergisst. Ich werde dich für den Rest meines Lebens vermissen.« Ich lege mir eine Hand auf die Brust. *»Attends-moi mon amour. Jusqu'à ce que nous nous revoyions. Jusqu'à ce que nous puissions sentir la pluie sur nos deux visages. Il doit y avoir une place pour nous dans la prochaine vie. Je ne veux pas d'un paradis où je ne te vois pas.«* Eines Tages sehen wir uns wieder, mein Liebster. Dann können wir den Regen auf unseren Gesichtern spüren. Im nächsten Leben wird unsere

Zeit kommen. Ich will nicht in den Himmel, wenn ich dich dort nicht haben kann.

Am Tor schaue ich mich noch ein letztes Mal zu seinem Grab um.

»A bientôt. Merci.« Bis bald. Danke.

KAPITEL FÜNFZIG

Ich schließe die Tür seines Büros hinter mir, als er sein Telefonat beendet.

Langsam lässt er seinen Blick an meinem Körper hinabwandern, ehe er ihn abwendet. Er fühlt sich schuldig. Schließlich erhebt er sich, schluckt und wendet sich ab, um aus dem Fenster zu schauen, das auf das Dach der Fabrik und einen Großteil von Triple Falls zeigt.

In diesem Moment wird mir bewusst, dass es mir egal ist, dass er den Platz meines Vaters einnimmt. In gewisser Weise scheint es stimmig zu sein.

»Ich war gestern an der Villa, aber du warst nicht da.«

Hat er geglaubt, dass ich fortgegangen bin? Seinem Blick nach zu urteilen schon. Aber ich lasse mich davon nicht aus dem Konzept bringen. »Wir müssen reden.«

Er dreht sich zu mir um und schiebt die Hände in die Taschen seiner maßgeschneiderten Hose. »Habe ich dir wehgetan?«

»Nein, und das weißt du auch.«

Er schaut wieder aus dem Fenster. »Ich weiß gar nichts.«

»Das ist eine Lüge.«

Er schnaubt. Die Atmosphäre im Raum ist angespannt, doch schließlich beginnt er, leise zu sprechen. »Cecelia, es tut mir leid. Ich hatte kein Recht dazu …«

»Wenn du dich schon entschuldigst, dann sieh mich wenigstens an.«

Er hat nicht geschlafen. Sein Jackett und seine Krawatte hat er abgelegt, sein Hemd ist zerknittert und aufgeknöpft. Er sieht genauso niedergeschlagen aus, wie ich mich fühle. Wieder öffnet er den Mund, um etwas zu sagen, doch ich komme ihm zuvor.

»Ich habe es zugelassen. Es war meine Entscheidung. Ich wollte es. Vielleicht hab ich sogar darauf gewartet, verdammt, ich weiß auch nicht. Aber es spielt keine Rolle. Ich gehe von hier weg.«

Er schluckt, und ich sehe, dass er kaum merklich nickt.

Einst war ich ein einsames Mädchen, das einen einsamen König getroffen hat, und wir haben beide gelitten, weil wir zu stolz waren. Wir haben uns ineinander verliebt, aber meine romantischen Vorstellungen und seine Pläne haben dazu geführt, dass wir uns etwas vorgemacht haben. Deshalb spüre ich jetzt nichts als Schmerz.

Ich trauere um die drei Waisenkinder, die auf sich allein gestellt waren, weil ihre Eltern schwerwiegende Fehler begangen haben.

Und aus diesem Grund bin ich hier – um an den Jungen in ihm heranzukommen und ihm die Erklärung zu liefern, die er verdient hat. Aber wie zur Hölle soll ich es nur ausdrücken? Ihm sagen, dass sein Imperium, das ihn so viel gekostet hat, auf einer Lüge basiert? Dass unsere Leben miteinander verwoben wurden, weil sich zwei Menschen ineinander verliebt haben, einer von ihnen einen Fehler begangen hat und daraus ein Krieg entstanden ist.

»Ich will dir was erzählen.«

Tobias mustert mich, und mir ist bewusst, dass man mir meine Schuldgefühle wahrscheinlich ansieht. »Ich …« Ich schüttele den Kopf, als ich den Umschlag aus meiner Handtasche ziehe.

»Cecelia.« Es klingt wie ein Befehl.

Mit einem Mal bricht alles aus mir heraus. »Meine Mutter war schuld an dem Feuer, bei dem deine Eltern ums Leben gekommen sind. Es war ein schrecklicher Unfall.«

»Woher weißt du das?«

»Ich habe einen Brief von meiner Mutter an Roman gefunden.« Ich halte ihm den Brief hin. »Ich war gestern in Georgia und habe mit ihr geredet. Hier steht alles drin, das ist ihr Geständnis. Sie hat den Brief ein paar Monate, bevor ich nach Triple Falls gezogen bin, geschrieben. Es ist die Wahrheit, und du verdienst es, sie zu erfahren.«

Er nimmt mir den Umschlag ab, schaut kurz darauf und legt ihn dann auf seinen Schreibtisch.

»Du willst ihn nicht lesen?«

»Nein.«

»Dann solltest du wissen, dass Roman es getan hat, weil sie …«

»Ich weiß.«

Ich zittere so heftig, dass ich einen Moment brauche, um seine Worte zu begreifen. »Moment, wie bitte?«

»Ich weiß es. Roman hat es mir an dem Tag erzählt, als ich bei ihm war.«

»Du weißt es seit … dem Tag, als du dich mit ihm getroffen hast?« Wut kocht in mir hoch. Ich stoße ein ungläubiges Schnauben aus. »Und du hast nicht daran gedacht, mir davon zu erzählen?«

»Das war eine der Bedingungen unseres Deals.«

Ich lasse die Schultern hängen. »Du Arschloch.« Ich wende den Blick von ihm ab und gehe zum Fenster seines Büros, um hinauszusehen und die neuen Informationen zu verarbeiten. »Und ich habe fieberhaft überlegt, wie ich es dir offenbaren soll.« Als ich mich umdrehe, sehe ich, dass er dicht vor mir steht.

»Fühlst du dich jetzt besser?« Er schenkt mir ein schwaches Lächeln.

»Verdammt, Tobias. Ich hätte nicht gedacht, dass ich dich hassen könnte, aber …« Ich kämpfe gegen die Gefühle an, die in mir hochsteigen.

»Das solltest du. Du hättest mich schon die ganze Zeit hassen sollen.«

»Aber das habe ich nicht.« Ich fühle mich benommen. Mein Vater hat niemandem sein Herz geschenkt, und Tobias verschließt seines vor jedem, der ihn liebt, besonders vor mir. Aber das liegt nicht daran, dass er meine Liebe nicht erwidert, sondern daran, dass er mich nicht verlieren will. Er will nicht, dass er noch einen geliebten Menschen in seinem Krieg verliert.

Das ist es, was uns auseinandergebracht hat.

Und nun wiederholt sich alles.

Ich habe gesehen, wie es passiert, den Moment, der ihn gebrochen hat. Es war sein Blick, als er seinen toten Bruder in den Armen hielt. Der gleiche Ausdruck, der auf Romans Gesicht gelegen haben muss, als er eine Waffe neben seiner kleinen Tochter entdeckt hat.

Die Liebe wird bei Männern wie Roman und Tobias niemals gewinnen.

Lieber schickt er mich weg, als meinen Tod zu riskieren und die Verantwortung dafür zu tragen.

Das ist ein feiger Ausweg.

Aber ich werde mein Herz niemals verschließen, obwohl es mir so viel Schmerz bereitet hat. Und für diesen einen Sieg hat es sich gelohnt, dass es noch immer Blut durch meinen Körper pumpt, dass es immer noch verlässlich in meiner Brust schlägt. Ich studiere ihn, aber sehe keinen Groll in seiner Miene.

»Ich verstehe nicht, warum du so ruhig bleibst.«

»Ich hatte Jahre, um es zu verarbeiten. Ich bereue nicht viel.

Ich mache immer noch das Gleiche wie früher, ganz egal, aus welchen Gründen ich damit begonnen habe. Und …« Er stößt die Luft aus.

»Und?«

»Und an dem Abend, an dem ich mich mit deinem Vater getroffen habe, hat mein Krieg mit ihm geendet.«

»Aber du hast trotzdem seine Firma gekauft.«

»Weil im Vorstand lauter korrupte Arschlöcher sitzen, die ihre Angestellten ausgenommen habe. Er war auch einer von ihnen.«

»Und du wolltest es mir nie erzählen?«

»Ich wusste, dass es deine Beziehung zu deiner Mutter ruinieren könnte.«

»Ich bin echt sprachlos«, erwidere ich heiser und stoße ein ungläubiges Lachen aus. »Du schaffst es immer wieder.«

»Du musst gehen, Cecelia. Dieser Ort war nie gut für dich.«

»Hör auf, dem Ort die Schuld zu geben. Es sind die *Menschen* in meinem Leben, die mich betrogen und belogen haben.«

Er lehnt sich gegen den Schreibtisch und legt die Hände zusammen. »Obwohl es echt mies von deinem Vater war, die Sache zu vertuschen, hat er sie immerhin nicht kaltblütig ermordet. Ich war froh, dass ich ihn nicht mehr hassen musste, weil ich dadurch mein Versprechen, ihm nichts anzutun, halten konnte, ohne dich dafür zu hassen. Bis …«

»Bis Dominic gestorben ist.« Ich kann meine eigene Stimme kaum hören. Ich weiß nicht, wie ich meine Mutter jemals wieder in mein Herz schließen soll. Vielleicht wird mir das nie gelingen. Vielleicht werde ich mich auch zurückziehen, so wie sie es bei mir getan hat. Vielleicht werde ich sie für die Zeit bestrafen, die ich in der Hölle verbracht habe, um dafür zu sorgen, dass sie abgesichert ist. Jahrelang habe ich danach versucht, mich wieder zu fangen, während sie im Luxus gelebt hat.

Vielleicht werde ich ihr immer vorhalten, dass mein Vater im Leben so viel versäumt hat, weil er ihren Fehler vertuscht hat, und dass ich nie eine Erklärung dafür bekommen habe, warum er sich nicht um mich gekümmert hat.

»Die Wahrheit ist, dass meine Eltern bei einem schrecklichen Unfall ums Leben gekommen sind«, fährt Tobias fort. »Und für das Feuer war ein verängstigter, schwangerer Teenager verantwortlich.«

»Heißt das, du hast ihr verziehen?«

»Das musste ich. Und eines Tages wirst du es auch tun.«

»Ich weiß nicht, wie viel ich noch verzeihen kann.«

Er nickt stumm. Obwohl er resigniert aussieht, strahlt er eine Ruhe aus, wie ich sie seit Jahren nicht mehr an ihm gesehen habe.

»Du wirkst … anders.«

»Dich zu sehen … die Tatsache, dass du zurückgekommen bist … und Erinnerungen geweckt hast, die ich zu lange verdrängt hatte, hat mich echt fertiggemacht.«

»Nun, dann hoffe ich, du kannst Frieden mit der Sache schließen. Das Leben ist kurz; das hat uns Dominic bewiesen. Aber mein Gegner war nie unsichtbar.«

Er schaut mich schweigend an.

»Du hattest immer mein Herz. Das wusstest du, das wusste ich, auch wenn ich mich dagegen gewehrt habe. Aber ich verschaffe dir einen Vorsprung, indem ich dir meine Dame gebe. Du hast das Schachspiel fast gewonnen.«

Stille. Ich weiß nicht, warum ich irgendwas anderes erwartet habe.

»Eines ist sicher. Ganz egal, wie ich mich in all den Jahren dagegen gewehrt habe. Ich *bin* die Tochter meiner Mutter.«

Verwirrung huscht über seine Züge.

Ich deute mit dem Kinn auf den Brief. »Lies ihn. Sie hat den gleichen armseligen Scheiß abgezogen. Ich bin vor Jahren hergezogen, weil meine Mutter versucht hat, das Herz des Mannes zurückzugewinnen, der sie nicht genug geliebt hat, um ihr all seine Geheimnisse anzuvertrauen. Der ihr nicht verzeihen konnte, dass sie jung und unbesonnen gewesen ist. Der sie für die fürchterlichen Fehler bestraft hat, von denen er sie gleichzeitig befreit hat. Und die ganze Zeit hat er sie aus der Ferne geliebt, weil er nicht darauf vertraut hat, dass sie ihre eigenen Entscheidungen treffen kann. Mein Vater hat ihr die Tür vor der Nase zugeschlagen. Und das hat sie gebrochen.«

»Cecelia, ich habe dich nie gehasst.«

»Doch, aber ich will mich davon nicht mehr runterziehen lassen. Dich zu lieben raubt mir zu viel Energie, deshalb muss ich damit aufhören. Du hast mir schon genug genommen. Nimm dir also auch noch den Rest und behalte ihn.« Ich bin endlich bereit, der Liebe zu entsagen.

Ich werde immer eine hoffnungslose Romantikerin sein, mich nach dem High sehnen, aber kein Rausch wird jemals mit dem mithalten können, den ich mit ihm erlebt habe. Und jetzt muss es enden.

Meggie hat sich in einen Priester verliebt, bei mir war es ein Prophet, aber für keine von uns ist es gut ausgegangen.

Doch ich halte meine Liebesgeschichte in Ehren – nicht weil eine Märtyrerin und ein Opfer darin vorkommen oder weil sie sich so abgespielt hat, wie ich es mir gewünscht habe, sondern weil ich sie niemals umschreiben würde. Ich würde sie noch einmal ganz genauso durchleben, nur um noch einmal mit ihm zu singen.

»Ich habe endlich einen Grund gefunden, dich zu hassen, Tobias.«

Er schaut mich erschrocken an.

»Nicht wegen deiner Vergangenheit, nicht weil du mich

abgewiesen hast, sondern weil du uns beide bestraft hast – genauso wie Roman es getan hat. Liebe ist keine Unannehmlichkeit, kein Fehler. Die Gefahr lohnt sich. Ich bin für dich durchs Feuer gegangen. Ich habe für dich die Hölle überlebt. Du verdienst mich nicht, das hast du noch nie. Aber ich verdiene dich. Es ist der König, den ich verdiene und den ich will.« Ich balle meine Hände zu Fäusten. »Ich habe den Scheißkerl geliebt, den ich kennengelernt habe, den Verbrecher, der mich gestohlen hat, und den König, der mich für sich beansprucht hat, aber ich weigere mich, den Feigling zu lieben. Ich *hasse* den Feigling.«

Ich wende den Blick von ihm ab, ziehe einen weiteren Umschlag aus meiner Tasche und werfe ihn ihm entgegen.

Der Brief trifft ihn an der Brust und ruht schließlich auf der Höhe der Flügelspitzen.

»Ein Nachtrag zu unserem Vertrag, mit dem ich mich ganz herausziehe. Ich will keine Anteile an deiner Firma halten. Es ist vorbei. Ich breche alle Brücken ab. Ich lasse dich gewinnen. Leb wohl, Tobias.«

Mein Herz schmerzt bei jedem Schritt, mit dem ich mich von ihm entferne, und fleht mich an, ihm das zu geben, wonach es sich sehnt, doch ich schließe leise die Tür hinter mir.

KAPITEL EINUNDFÜNFZIG

»Es sollte sich schnell verkaufen lassen. Besonders für den Preis. Sind Sie sicher, dass Sie nicht höher einsteigen wollen?«

Ich nicke.

Sie drückt das *Zu-verkaufen*-Schild in die Erde und sichert es mit ein paar Hammerschlägen. »Ich rufe Sie unter der Nummer an, die Sie mir gegeben haben.«

»Danke.«

Sie schaut sich noch einmal um. »So ein schönes Haus.«

»Ja, das ist es.« Das kann ich nicht abstreiten. Es ist ein Haus, das für eine Familie gebaut wurde, die nie eine Chance hatte, ein Symbol für die unrealistischen Träume zweier Menschen, die eine kurze Liebesbeziehung hatten.

Gleich zwei Träume sind im Abstand etlicher Jahre in diesem Haus gestorben, und beide Liebesbeziehungen ähneln sich auf erstaunliche Weise. Jetzt ist das Haus eine Erinnerung daran, was hier verloren ging.

Eine verdammte griechische Tragödie mit einer Wendung à la Shakespeare.

Und trotz all meiner Bemühungen werde ich meine Rolle nicht los. Ich werde immer eine Capulet ohne Romeo sein.

Es gibt keine Kräuterfrau, die uns von unserem Fluch befreien kann, kein Gift, das schnelle Abhilfe schafft.

Das Leiden geht immer weiter.

Alle werden bestraft.

Ich nicke, als sie die kleine Schlüsselbox neben der Tür verriegelt. In dem Moment sehe ich den Umschlag darin und ziehe ihn heraus.

»Ich bin dann mal weg«, sagt die junge Frau, »aber ich melde mich bald. Ich lade Melinda zum Mittagessen ein, weil sie mich als Maklerin empfohlen hat.«

»Bitte bestellen Sie ihr schöne Grüße von mir. Ich werde sie vor meiner Abreise nicht mehr sehen. Und vielen Dank für Ihre Hilfe.«

Ich greife nach dem Umschlag und befühle ihn in meinen Händen. Als ich das Gewicht spüre, setzt mein Herz einen Schlag aus.

Mehrere Minuten später fährt der Wagen vor, und ich greife nach meinem Gepäck. Nach einem letzten Rundgang durch das Haus lege ich den Schlüssel ins Schließfach.

Noch eine letzte Formalität, und mein Leben gehört wieder mir.

Als ich mit der Reisetasche in der Hand aus dem Taxi aussteige, höre ich die Gitarrenriffs des vertrauten Südstaatenrocks. Die bekannten Klänge heitern mich auf. Während ich mich dem Garagentor nähere, bricht die Sonne hinter den Wolken hervor, was ich als gutes Zeichen deute. Mit klopfendem Herzen spähe ich in die Werkstatt und entdecke ihn, gebückt vor der Motorhaube eines BMW.

Das Hämmern der Werkzeuge und sein leises Fluchen entlocken mir ein Grinsen. Ich betrachte ihn kurz, zumindest das, was ich von ihm sehen kann – dunkle Jeans und braune Arbeitsstiefel aus speckigem Leder.

»Entschuldigen Sie, Sir.«

»Bin gleich bei Ihnen«, erwidert er barsch.

Ich weiß, dass sein Tonfall nichts mit mir zu tun hat, sondern seiner Frustration geschuldet ist. Mein Lächeln wird breiter.

»Ich bin neu in der Stadt, und ich wollte nur fragen, ob Sie wissen, wo man hier am besten in Schwierigkeiten geraten kann.«

Sein Körper spannt sich merklich an, als er meine Stimme erkennt. Langsam richtet er sich auf und dreht den Kopf in meine Richtung.

Als sein Blick aus seinen grünbraunen Augen mich trifft, spüre ich ein qualvolles, vertrautes Ziehen.

Seine Haut ist gebräunt von der endlosen Sonne, die ihn immer zu umgeben scheint. Obwohl sein Haar mittlerweile kürzer ist, sehe ich immer noch ein paar hellblonde Strähnen in seiner dichten Mähne. Er sieht seinem jüngeren Ich so ähnlich, dass mir der Atem stockt.

»Schwierigkeiten?«, fragt er gedehnt. »Hm, ich glaube, das sollte ich dich fragen, darüber weißt du mehr.« Er betrachtet mich eine Sekunde, zwei Sekunden. Dann scheint er einen Entschluss zu fassen. Er steht auf und kommt gelassen auf mich zu, zieht mich in seine Arme und wirbelt mich herum, als wäre kein einziger Tag vergangen. Zedernholz und Sonne und Sean. Der Duft ist unverkennbar.

Ich sauge ihn tief ein, und sofort überfallen mich alte Gefühle.

Als er mich wieder absetzt und mich anlächelt, bilden sich tiefe Fältchen in seinen Augenwinkeln.

Eine Träne entwischt mir bei diesem Anblick.

Mehrere Sekunden schauen wir uns an, und ich genieße das Gefühl, solange ich kann, denn schon im nächsten Moment sehe ich, dass er sich zurückzieht und das Licht in seinen Augen erlischt, als ihn die Erinnerung überfällt.

Ein tiefer Schmerz setzt sich in meiner Brust fest.

Sean tritt zurück, zieht einen Lappen aus seiner Hosentasche und wischt sich die Hände ab. »Hab schon gehört, dass du hier bist, Süße.«

»Und du hast mich nicht besucht?«

»Ich war mir nicht sicher, ob ich das wollte – oder sollte.«

»Na ja, der Wolf hat mich zuerst gewittert, diesmal konntest du mich nicht beschützen.«

»Darin war ich ohnehin nie gut«, erwidert er leise.

»Du warst zu sehr damit beschäftigt, mich abzuhärten.«

Mir entgeht nicht das kurze Aufblitzen von Stolz in seinen Augen. »Das hab ich gut hinbekommen.«

Ich trete einen Schritt zurück, kann nicht ertragen, dass er direkt vor mir steht, aber dennoch so weit entfernt ist. Jahre entfernt, ein ganzes Leben weit weg. Ein Leben, das ich niemals zurückbekomme.

»Hab gehört, wie erfolgreich du bist.«

»Ich hatte gute Lehrer, also war es nicht allein mein Verdienst.«

»Da hast du recht.«

Ich schaue mich um. »Du führst jetzt also die Werkstatt?«

»Ja, alte Angewohnheiten kann man schwer ablegen. Sosehr es Tobias auch versucht hat, das Leben im Anzug passt einfach nicht zu mir.«

»Ja, das glaube ich. Wanderst du noch so viel?«

»Nicht mehr ganz so oft. Aber ich gehe raus in die Natur, sooft ich kann.«

»Eine Frau und zwei Kinder.«

Ein Lächeln legt sich auf sein Gesicht, ehe er schnell den Blick abwendet.

Ich verspanne mich instinktiv, denn ich weiß nicht, was ich als Nächstes sagen soll. Er hat die Entscheidung getroffen, mich nicht zu sehen, und das muss ich respektieren. »Ich gehe zurück nach Atlanta, aber ich … Ich nehme an, der kommt von dir?« Ich ziehe den Umschlag aus meiner Tasche und öffne ihn. Ich weiß ganz genau, was sich darin verbirgt.

Er sieht aufmerksam zu, wie ich den Autoschlüssel in meine Hand fallen lasse.

»Ist wieder wie neu. Hab ihn mir vorgenommen. Die Bremsen funktionieren einwandfrei.« Er schaut über die Schulter zu dem Wagen. »Er hätte gewollt, dass du ihn bekommst.«

»Und ich möchte das Geschenk annehmen. Ist das falsch?«

»Nein, überhaupt nicht. Er gehört dir.«

Ich schaue erst zu Dominics Camaro und dann wieder zu Sean. »Glaubst du das wirklich?«

Er holt eine Zigarette aus der Packung. »Du warst die Einzige, die den Wagen genauso geliebt hat wie er. Die Papiere sind im Handschuhfach.«

Ich deute mit dem Kinn auf seine Zigarette. »Du solltest aufhören.«

»Das höre ich immer wieder«, sagt er herzlich und stößt den Rauch aus.

»Sie ist toll, Sean, wirklich.«

»Ja.« Seine Stimme klingt stolz. »Das ist sie.«

»Ich bin froh, dass du …« Ich schüttele beschämt den Kopf.

Er pustet den Rauch über meine Schulter.

Am liebsten würde ich die kleine Narbe berühren, die dort verblieben ist, wo er früher sein Lippenpiercing getragen hat. »Na ja, ich sollte wohl besser …« Ich deute mit dem Daumen über die Schulter. »Ich hab noch was vor.« Wir wissen beide, dass das eine Lüge ist, das sehe ich in seinen grünbraunen Augen. »Danke noch mal für den Wagen, aber … hauptsächlich bin ich hergekommen, weil ich dich wirklich sehen wollte. Es ist lange her.«

Er nickt und schaut runter zu seinem Stiefel, mit dem er nun die Zigarette ausdrückt. »Ja.«

»Ich wollte mich so oft bei dir melden …« Meine Stimme beginnt zu zittern, als ich sein Zögern spüre. »Ich … konnte einfach nicht herkommen, ohne … Ich bin so froh, dass es dir offenbar gut geht. Ich freue mich wirklich.«

Nicht weinen. Nicht weinen.

Ich erlaube mir noch einen letzten Blick auf ihn und stoße zittrig die Luft aus. »Es war schön, dich zu sehen. Mach's gut, Sean. Und danke.« Ich hebe den Schlüssel.

»Gleichfalls«, ist alles, was er erwidert.

Ich greife nach meiner Reisetasche und präge mir seinen Anblick noch ein letztes Mal ein.

Mit zitternden Knien gehe ich zu dem Camaro. Die Wolken schieben sich wieder vor die Sonne, als wollten sie mich verspotten. Ich spähe in den Wagen und bemühe mich, ruhig durchzuatmen, ehe ich den Türgriff umfasse und öffne. Allein der Geruch treibt mir die Tränen in die Augen.

»Du hast mich vielleicht in Schwierigkeiten gebracht. Aber du bist mehr. So viel mehr.«

Seine tiefe Stimme bringt mich dazu, den Kopf abzuwenden, damit er nicht sehen kann, was seine Worte mit mir machen. Ich schaue auch dann nicht auf, als er neben mich kommt, sondern stehe weiterhin wie erstarrt neben dem Wagen. Meine Kehle brennt unter dem Schluchzen, das ich zu unterdrücken versuche. Ich wende ihm mein Gesicht nicht zu, halte den Blick weiter abgewandt, denn ich weiß, dass ich Sean nicht noch einmal anschauen kann, ohne meine wahren Gefühle zu offenbaren.

Er streicht mir die Haare von der Schulter, und ich bemühe mich, gegen die Empfindungen anzukämpfen, die seine Geste in mir auslöst. Wie oft hat er mich auf diese Weise berührt? Sichtlich zitternd umklammere ich den Türgriff so fest, dass meine Fingerknöchel weiß hervortreten, um mich davon abzuhalten zusammenzubrechen.

»Ich wollte dich einfach … nur sehen.«

»Du kannst mich aber nicht sehen, wenn du das Gesicht abwendest.« Er nimmt sanft mein Kinn in seine Hände, damit ich ihn anschauen muss, und sofort strömen mir Tränen über die Wangen. In seinen Augen sehe ich noch den Widerschein des Mannes, der mich einst voller Bewunderung, Liebe, Lust und Sehnsucht angeschaut hat. All das sehe ich innerhalb von Sekunden – die Liebe, unsere Freundschaft, unseren Sommer zusammen. Meine goldene Sonne. Ich habe so viel zu sagen, aber habe gleichzeitig Angst, dass ich nie die richtigen Worte finden würde, dass er sie nicht hören will.

»Ich denke immer noch an dich, Cecelia. Es ist unmöglich, das nicht zu tun.«

Schluchzend beiße ich mir auf die Lippe, um meinen bebenden Unterkiefer unter Kontrolle zu bringen. Ich habe immer noch so viele Gefühle für diesen Mann. Aber ich habe mir geschworen, sie zuzulassen, mich zu spüren, ihm dieses Geständnis abzulegen. Das bin ich uns beiden schuldig. »Ich kann dir gar nicht sagen …« Ich verliere mich in seinem Blick und in der Verletzlichkeit, die er mich sehen lässt.

Auch in seinen Augen schimmern Tränen der Erinnerung, der Liebe. Er schenkt mir weitere wertvolle Momente, und ich kann den Blick nicht abwenden und dieses Geschenk zurückweisen. »I-i-ich …« Ich schlucke. »Ich denke auch noch an dich.« Nun kann ich mich nicht mehr zurückhalten und lasse den Tränen freien Lauf. Sean war der erste Mann, den ich richtig geliebt habe, und einer der besten Menschen, die ich je kannte. »Bist du glücklich?«

Er nickt, ohne zu zögern, und in seinen Augen zeichnet sich Zärtlichkeit ab. »So verdammt glücklich, Süße. Wirklich.«

»G-g-gut. Das macht mich so … Ich hatte einfach nie die Chance, mich zu verabschieden«, presse ich hervor. »Ich konnte mich nie verabschieden, und«, ich schluchze in meine Hand und spüre, dass er seine Arme um mich schlingt, »du warst mein bester Freund. Nein, mehr als das, so viel mehr. Alles ist am Ende so scheiße gelaufen, und ich habe dich einfach, Gott, ich habe dich einfach so lange vermisst. Du warst meine erste Liebe, und ich habe dich aufrichtig geliebt, Sean. Und es tut mir so leid. So leid.«

»Unsinn«, murmelt er und zieht meinen Kopf an seine Schulter. »Mir tut es leid. Dass ich mich nie bei dir gemeldet habe nach allem, was passiert ist, dass ich zugelassen habe, dass er sich zwischen uns stellt, dass ich nicht mutig genug war, um … Ich habe dir die Schuld gegeben, weil das einfacher war. Ich habe genauso versagt. Aber ich habe mich so … verloren gefühlt. So verdammt verloren.«

»Ich weiß«, flüstere ich. »Ich mich auch.«

»Ich wollte dich nie verletzen, ich hoffe, das weißt du«, flüstert er an meiner Schläfe.

Ich nicke und bemühe mich, mich wieder zu sammeln. »Ich weiß. Und dass du glücklich bist … ist alles, was ich mir wünsche.«

»Ich habe eine Frau, die ich nicht verdient habe, und zwei wundervolle Kinder, die ich mehr liebe, als ich jemals für möglich gehalten hätte. Ich habe meinen Sohn nach Dominic benannt, und der kleine Racker führt sich genauso auf wie er. Es ist ein Fluch, aber so habe ich immer einen Teil von ihm.« Seine Stimme klingt traurig und sehnsüchtig. »Genauso wie ich immer einen Teil von dir haben werde.« Er streichelt meinen Rücken auf die gleiche beruhigende Art, die ich so lange vermisst habe. »Und du wirst immer einen Teil von mir haben.« Er tritt einen Schritt zurück und umfasst mein Gesicht mit den Händen. »Aber ich sehe es dir an. Du hast immer noch nicht losgelassen. Das musst du aber tun, wenn du auch dein

Glück finden willst. Dich trifft keine Schuld. Und ich weiß, dass Dominic dir das Gleiche sagen würde, wenn er könnte. Es war seine Entscheidung. Und er hat dich geliebt.«

Ich nicke immer wieder, während er mir die Tränen wegwischt, die einfach nicht versiegen wollen.

»Ich bereue eine Menge von damals, aber die Sache mit dir werde ich nie bereuen«, fährt er fort. »Ich habe dich geliebt, und das tue ich auch jetzt noch. Ich werde dich immer lieben.«

Unsere Blicke treffen sich, und ein kleiner Teil von mir zerspringt, doch ein anderer, größerer Teil erfährt Heilung bei seinen Worten. Ich spüre, dass sich etwas in mir wieder zusammenfügt, und verspüre Erleichterung.

Er beugt sich vor und legt seine Stirn an meine. Unser Atem vermischt sich. »Obwohl ich alles habe, was ich je wollte, mehr, als ich mir je hätte erhoffen können, wird sich ein kleiner Teil von mir immer wünschen, du hättest dich für mich entschieden.«

»Es tut mir leid«, flüstere ich. Mit tränenüberströmtem Gesicht schaue ich zu ihm hoch. »Manchmal wünsche ich mir, ich hätte ihn nie getroffen, hätte ihn niemals gesehen.«

»Wünsch dir das nicht. Alles ist so gekommen, wie es kommen musste. Du warst dazu bestimmt, sein Geheimnis zu sein.«

Es ist das erste Mal, dass ich seine Ehrlichkeit hasse, dass ich die Wahrheit hasse. »Du weißt, dass ich dich auch immer lieben werde.«

Er nickt. »Ja, das weiß ich. Und jetzt geh.« Er lässt mich los und drängt mich mit seinem zärtlichen Blick dazu, das Gleiche zu tun.

Nickend weiche ich zurück, und als er die Tür für mich aufhält, steige ich in den Wagen.

Er steht immer noch neben dem Seitenfenster, als ich den Motor anlasse, aber ich schaue ihn nicht an. Trotzdem weiß ich, dass er mich ansieht, gefangen in der Vergangenheit mit mir, in die ich ihn zurückgeführt habe. Er erinnert sich an mich, an *uns.* Seine Reue wiegt so schwer wie seine Hand, die flach auf dem Fenster ruht.

Als ich in den ersten Gang schalte und in den Rückspiegel schaue, sehe ich etwas Vertrautes, etwas, das einst mir gehörte. Ich hebe die Hand und nehme das Symbol sanft zwischen die Fingerspitzen, lasse die Kette, die am Rückspiegel hängt, in dem Moment los, in dem Sean vom Wagen wegtritt. Ich nehme seine Liebe an, alles, was er mir geben kann. Als ich losfahre, hoffe ich, dass er den Teil von mir erkennt, der immer ihm gehören wird.

Es war meine Entscheidung, zurückzukommen und mich den Geistern meiner Vergangenheit zu stellen, meine Wahrheit zu befreien, und das habe ich getan. Ich habe das geschafft, was ich mir vorgenommen habe, und dennoch ist mir schwer ums Herz. Ich umfasse das Lenkrad, stehe reglos am Straßenrand und überlege, in welche Richtung ich fahren soll.

Ich schaue hinauf in den grauen Nebel, der in der Ferne zwischen den Bergen hängt, als mir plötzlich ein Gedanke kommt. Schließlich setze ich den Blinker und gebe Gas. Mit jeder Meile, die ich zurücklege, wird es einfacher; mit jedem Windstoß, der durch meine Haare fegt, wird die bittersüße Erlösung fühlbarer. Ich greife nach meinem Telefon und tippe auf Play. Die ersten Klänge von *Keep on Smilin'* von Wet Willie versetzen mich in einen Zustand des inneren Friedens, wie ich ihn seit Jahren nicht mehr verspürt habe. Ich verlasse zwar den Ort, aber ich nehme sie alle mit. Während ich dem Highway entgegenrase, verspüre ich eine tiefe Dankbarkeit dafür, dass ich Liebe auf jede erdenkliche Art kennengelernt habe, dass ich sie erleben durfte, dass ich so viele Erinnerungen mitnehmen darf. Ich bin dankbar für die Liebe, die ich hatte und verloren habe, und für die Erinnerungen, die mich umgeben, die sich in mich eingebrannt haben.

Mit Seans Musik, die die Luft erfüllt, und Dominics Energie unter meinen Fingerspitzen und Füßen fahre ich in dem Moment über die Bezirksgrenze, in dem sich die Sonne wieder durch die Wolken kämpft. Ich beschließe, dass die Flügel auf meinem Rücken mir gehören. Und mit ihnen befreie ich mich.

KAPITEL ZWEIUNDFÜNFZIG

Acht Monate später …

»Wovon schwafelt er denn jetzt schon wieder?«, fragt Marissa und schiebt die Kasse mit ihrer Hüfte zu.

Als ich mich über die Schulter umsehe, erkenne ich, dass sie auf den Fernsehbildschirm hinter mir schaut.

Ich mache mich daran, für den Mann, der an der Bar sitzt, Kaffee aufzubrühen. »Darf es sonst noch was sein?«

»Nein danke«, erwidert er. Er sieht mich nicht an, als ich ihm seine Rechnung auf den Tresen lege. Er ist diese Woche schon zum dritten Mal hier. Er sieht gut aus, aber ich weiß es besser. Ich bin nicht mal annähernd bereit. Eines Tages.

Eines Tages.

Vielleicht.

Als ich Triple Falls zum zweiten Mal verlassen habe, habe ich etwas gewonnen, mit dem ich niemals gerechnet hätte. Vertrauen.

Es ist nicht so wie die Liebe, man kann viel davon haben oder wenig, es wird einen niemals zerstören. Vertrauen ist heilsam und der Grundstein für Hoffnung. Hoffnung ist mein nächster Schritt, aber bis dahin gebe ich mich mit Vertrauen zufrieden.

»Cee, zwei Spiegeleier«, ruft Travis, der Koch, als ich den Teller abhole und ihn dem älteren Mann hinstelle. Er deutet mit dem Kopf zum Fernseher, legt sein Besteck zurecht. »Machen Sie mal lauter bitte.«

Gerade wird eine Ansprache des Präsidenten übertragen, der im vergangenen Herbst neu gewählt wurde – schon die zweite lange Rede in dieser Woche. Er ist der jüngste Präsident aller Zeiten.

»Verdammt, es ist wieder wie 2008 – unser Geld ist nirgendwo sicher«, sagt der Mann kopfschüttelnd.

Ich greife nach der Fernbedienung und stelle lauter, bevor ich dem gut aussehenden Typen sein Wechselgeld gebe und das Trinkgeld einstecke. Kurz denke ich an die alte Selma, und ein Lächeln huscht über mein Gesicht. Aber ich stehle nicht vom Besitzer, denn es ist mein eigener Name, der auf den Gehaltsabrechnungen steht.

Ach, diese Ironie.

»Noch mehr Unsinn. Noch mehr Versprechen, die nicht gehalten werden.«

Billy, ein mürrischer Stammkunde, der gerade Ketchup auf sein Rührei drückt, pflichtet ihm bei. »Mir gefällt der Typ nicht. Ich sehe, dass er nicht ehrlich ist.«

Ich lache auf. »Woran machst du das fest? An seinem Anzug, seinem Haarschnitt?«

Billy schaut mich schockiert an, und ich fülle lachend seine Kaffeetasse auf, während er seinen Zuckerbeutel mit dem Finger antippt – einmal, zweimal, dreimal.

Ich verdränge den Stich, den ich dabei empfinde. Erinnerungen auf Schritt und Tritt. »Wir sind immer noch ein recht junges Land, gerade mal etwas mehr als hundertvierzig Jahre, andere dagegen sind über tausend Jahre alt. Vielleicht kriegen wir es auch irgendwann auf die Reihe.«

Der gut aussehende Typ nickt und sieht mich nachdenklich an. »So hab ich das noch nie betrachtet.«

»Ich gebe nur das wieder, was ich von anderen gehört habe«, flüstere ich mehr zu mir selbst.

»Er ist ein Schwindler«, sagt Marissa, und diesmal breche ich in schallendes Gelächter aus.

Sie sieht mich von der Seite an. »Was ist denn so witzig?«

»Nichts.« Ich schaue wieder zum Fernseher, wo der neue Präsident über die aktuellen Probleme der USA berichtet. In den letzten sechs Monaten haben mächtige Banken geschlossen, Richter wurden gefeuert, und Präsident Monroe hat neunzig Prozent der Angestellten im Weißen Haus ersetzt. Veränderungen sieht niemand gern. Ich aber möchte offen bleiben. Kurz habe ich mir durchgelesen, was er alles verspricht, und es ist im Prinzip genauso wie immer: wie unser Land überleben wird, dass wir zusammenhalten müssen, gemeinsam schwere Zeiten überstehen und am Ende stärker daraus hervorgehen werden.

Es sind die Worte, die jeder hören will, aber auch Worte, die trügerisch sind. Als ich seine Umgebung näher betrachte und den Mann zu seiner Rechten sehe, werde ich stutzig, und schließlich durchfährt mich ein Stromschlag.

Ich greife nach der Fernbedienung und lasse die Sendung zurücklaufen.

»Hey, ich gucke das«, protestiert Billy.

»Sorry«, flüstere ich schwach. »Sorry, nur eine Sekunde. Es geht gleich weiter.«

Als ich die entsprechende Stelle gefunden habe, drücke ich auf Pause und bedecke meinen Mund mit der Hand. »O mein Gott.« Dieses Gesicht würde ich überall wiedererkennen. Die Haare, die Augen, und – würde er lächeln – das Grübchen.

Tyler.

Marissa kommt um den Tresen herum und schaut mich an. »Cecelia? Was? Was ist los?«

Ich betrachte Tyler in der Reihe aus Männern, die hinter

dem Präsidenten Wache stehen. Seine Haltung ist stramm, sein Blick scharf und aufmerksam, seine Gesichtszüge starr. Er sieht kein bisschen aus wie der lockere, witzige Typ, den ich kennengelernt und ins Herz geschlossen habe. Aber er ist es. Es ist Tyler.

Er bewacht den Präsidenten.

Ich bringe keinen Ton heraus, obwohl mich alle misstrauisch ansehen. Ich versuche mich zu sammeln. Eine Sekunde, und dann noch eine Sekunde.

Schließlich räuspere ich mich und zucke mit den Schultern. »Nichts, sorry. Ich dachte, ich hätte jemanden erkannt. Tut mir leid, Leute.« Ich drücke auf Play.

»Er sieht nicht schlecht aus«, fährt Marissa fort, »aber er könnte ein bisschen Sonne vertragen.«

Mit zitternder Hand stelle ich die Kaffeekanne ab und atme durch. Die Raben sind überall. Sie haben sich in den Banken festgesetzt, an der Börse. Überall. Sie sind für die Veränderungen verantwortlich.

Und jetzt haben sie das Weiße Haus infiltriert.

Ich weiß nicht, warum es mich überrascht, aber Tyler in so einer exponierten Position zu sehen hat mich erschüttert. Ich versuche erneut, mich zu sammeln, aber es gelingt mir nicht.

Sie haben es geschafft.

Was für eine Erleichterung. Zu wissen, was sie vorhaben, verschafft mir ein Gefühl von Sicherheit. Sie haben die richtigen Absichten. Tränen des Stolzes drohen mir in die Augen zu treten. Schnell gehe ich durch die Schwingtüren in die Küche und stelle mich in eine Ecke in der Nähe der Backwarenablage.

»Ihr Wichser«, flüstere ich, bedecke kopfschüttelnd meinen Mund und grinse breit. Ich lasse meinen Tränen freien Lauf. Innerlich schreie ich vor Freude.

Nachdem ich ein paar Minuten lang tief durchgeatmet habe,

bemühe ich mich um eine neutrale Miene, gehe wieder ins Café und wende mich an Marissa. »Der Schlüssel liegt auf meinem Schreibtisch. Kannst du heute den Laden abschließen?«

»Klar, Schätzchen, alles in Ordnung?« Sie sieht besorgt aus.

»Alles gut. Ich … will nur früh nach Hause und mit dem Hund raus. Es soll ein Gewitter geben, und das macht ihm immer Angst.«

»Kein Problem. Bis morgen früh, Schatz.«

Schatz.

Es ist merkwürdig, dass dieses Wort als Waffe oder Zuneigungsbekundung genutzt werden kann. Dominic hat mich ein- oder zweimal so genannt. Aber ich empfinde keinen Groll mehr, wenn ich zurückblicke. Mittlerweile spüre ich nur noch Stolz, wenn ich mich an die Zeit erinnere, in denen ich die Strafe meiner Eltern abgesessen habe. Es sind nicht die schweren Zeiten, an die ich denke, sondern ich erinnere mich an die Wanderungen mit Sean, daran, wie ich Dominic beim Lesen zugesehen habe oder wie ich mit Tobias unter dem Nachthimmel umgeben von Glühwürmchen Wein getrunken habe.

Ich habe Liebe empfunden, und die habe ich mitgenommen und trage sie in mir.

Das ist meine größte Stärke. Meine Superkraft.

Donner ertönt, als ich das Café verlasse, und als ich die halbe Strecke zu meinem Auto zurückgelegt habe, spüre ich, dass die Luft um mich herum plötzlich stillsteht. Nachdem ich mich auf dem Parkplatz umgeschaut habe, ohne etwas zu entdecken, nehme ich mir einen Moment, um die Sache rational zu betrachten. Wahrscheinlich lag die Luftveränderung nur an dem Gewitter, das gerade aufzieht. Ich verdränge meine Enttäuschung. Die habe ich oft genug empfunden. Meine Tränen sind schon vor langer Zeit versiegt.

Ich lebe das Leben, für das ich mich entschieden habe – Tag

für Tag. Einfach. Unkompliziert. Ein Leben, das ich nicht verschwenden will, indem ich der Vergangenheit hinterhertrauere. Ich habe mich nicht für einen monotonen Job entschieden, um mich zu bestrafen, sondern um Frieden zu finden und darüber nachzudenken, was ich von der Zukunft erwarte. Ich möchte mich mit einfachen Dingen zufriedengeben, mit ehrlicher Arbeit und schmerzenden Füßen. Das holt mich auf den Boden der Tatsachen zurück, und für mich ergibt so alles Sinn. Ich möchte lächeln, während ich arbeite. Und an manchen Tagen – an den meisten sogar – tue ich das auch.

Mit der Handtasche über meiner Schulter gehe ich schnellen Schrittes zu meinem Auto und steige ein. Als ich mich angeschnallt habe und nach rechts schaue, stelle ich stirnrunzelnd fest, dass das Fenster auf der Beifahrerseite geöffnet ist. Ich kann mich nicht erinnern, es so zurückgelassen zu haben. Erleichtert, dass der Regen noch nicht eingesetzt hat, lasse ich den Motor an, doch zucke zusammen, als *K* von Cigarettes After Sex aus den Lautsprechern dringt. Den Song habe ich seit Jahren nicht mehr gehört – nicht mehr seit dem Tag, als ich den ganzen Wald damit beschallt habe …

Ich springe aus dem Camaro und drehe mich in alle Richtungen.

»Nur eine andere Person hat den Schlüssel zu diesem Auto, und der wird nie genutzt werden.«

Nein. Nein. Nein.

Die bedeutungsschwere Melodie dringt aus dem Fenster des Wagens mit dem laufenden Motor und versetzt mich zurück zu dem Tag, an dem sich mein Leben für immer verändert hat.

Panisch schaue ich mich auf dem Parkplatz um, aber sehe ihn immer noch nicht. Ich habe den Song nicht angewählt, das würde ich niemals tun. Als ich in den Wagen spähe, sehe ich, dass eine Bluetooth-Verbindung besteht, und ziehe schnell mein Telefon hervor, auf dem ich eilig alle Apps schließe. Doch der Song geht weiter. Es ist also nicht mein Handy, von dem er abgespielt wird. Ich lege meine Hand auf die Motorhaube. Sie ist warm.

Ist das ein weiteres Spiel?

Ich kann Spiele nicht mehr ertragen.

Ich habe die Vergangenheit – und uns – hinter mir gelassen. Ich bin fortgegangen. Ich habe das getan, was er von mir verlangt hat. Was zur Hölle soll das? Ich schaue wieder zu dem kleinen Einkaufszentrum zurück, und in dem Moment entdecke ich Tobias, der gerade mit einer Einkaufstüte aus dem A & P kommt. Er sieht fremd aus in seiner dunklen Jeans und dem T-Shirt, aber sein Anblick ist immer noch elektrisierend.

Seine Haltung wirkt entspannt, doch seine Augenbrauen sind konzentriert zusammengezogen. Ich erkenne den Moment, in dem ihm klar wird, dass ich hier bin, denn er verspannt sich und bleibt abrupt stehen. In der nächsten Sekunde hebt er den Blick und schaut mich an. Er betrachtet mich von oben bis unten.

Ich verschränke die Arme vor der Brust und stoße einen Pfiff aus. »Wow. Du hast den Wagen nicht nur für eine Spritztour entwendet, sondern warst anschließend auch noch im Supermarkt einkaufen? Du hast echt Nerven. Deine Arroganz kennt keine Grenzen.«

Mir entgeht nicht, dass seine Mundwinkel zucken, als er auf mich zukommt, doch sein Lächeln ist schnell wieder verschwunden.

Ich reiße meinen Blick von ihm los, auch wenn es mir schwerfällt. Er sieht so verdammt gut aus, dass mir das Hirn durchzubrennen droht, und das darf nicht passieren.

»Ich wusste, dass du den Wagen hast.«

»Es war ein Abschiedsgeschenk von Sean. Eigentlich gehört

er dir, aber bitte …« Meine Stimme klingt heiser. »Bitte nimm ihn nicht mit.«

»Ich bekomme sowieso immer das, was ich will, ganz egal wie. Das weißt du. Und du hast eigentlich erst um vier Feierabend.«

»Ich hab früher Schluss gemacht. Und es sieht dir ähnlich, dass du mir die eine Sache wegnehmen willst, die mir wichtig ist.« Ich steige in den Camaro ein und schalte den Motor aus, nehme meine Tasche und den Schlüssel und steige aus. »Er gehört dir. Jetzt hasse ich dich wirklich. Bist du zufrieden?«

»Nein. Überhaupt nicht. Du bist Kellnerin, hast mehrere Millionen Dollar aufgegeben und wohnst in einem Kaff am Arsch der Welt in Virginia. Glaubst du, das macht mich glücklich?«

»Mir ist egal, was dich glücklich macht. *Ich* bin glücklich. Ich liebe diesen Ort. Und ich bin nicht mittellos. Das Café und das Haus, in dem ich wohne, gehören mir. Meinst du wirklich, ich bin so dumm, jeden Cent aufzugeben? Ich bin in armen Verhältnissen aufgewachsen, so großzügig werde ich also nie sein.«

Ein verwirrter Ausdruck huscht über seine Züge. »Das Café gehört dir?«

»Streng genommen meiner Mutter.«

»Warum heißt es dann *Meggie's*?«

Beinahe muss ich lachen.

Männer.

»Das ist eine lange Geschichte.«

Er runzelt die Stirn. »Kenne ich sie?«

»Ja, in- und auswendig.«

»Gibst du mir eine vernünftige Antwort oder nicht?«

»Das ist *mein* Geheimnis.« Ich schaue ihn an. »Die Fernsehübertragung der Ansprache des Präsidenten hat mich ein bisschen schockiert. Deshalb bin ich heute früher gegangen.«

Stolz blitzt kurz in seinen Augen auf. »Dann ist es dir also nicht entgangen.«

»Ich habe die ganze Zeit gedacht, ich würde das gleiche Spiel spielen wie du. Aber ihr wart längst zum nächsten übergegangen. Tyler dort stehen zu sehen … Ach, ich kann gar nicht in Worte fassen, was das mit mir gemacht hat. Es ist bemerkenswert, was ihr geschafft habt und was ihr euch vorgenommen habt. In meinen wildesten Träumen … Ich kann mich glücklich schätzen, dass ich das erleben darf.« Ich lasse die Schultern sinken. »Ich wünschte nur, du hättest zugelassen, dass ich meinen Teil dazu beitrage.« Ich schüttele den Kopf. »Aber was soll's.«

»Du bekommst jeden Cent zurück, Cecelia.«

»Schon gut.«

»Sieh mich an.«

»Nein. Das muss ich gar nicht.«

»Cecelia …«

»Du hättest von dem Geld nichts erfahren sollen. Und das Geld spielt auch keine Rolle. Es ist dort, wo es sein soll – wieder in den Händen der Menschen, die dafür gearbeitet haben.«

»Hast du gedacht, eine solche Summe würde mir nicht auffallen? Schau mich an, Cecelia.«

Unsere Blicke treffen sich, und ich fluche innerlich angesichts des Prickelns, das mich durchfährt. Er ist der Mann, den ich kannte, und irgendwie auch ganz anders. Doch eines wird sich nie ändern. Unsere Verbindung, die mich immer gefangen hält, ganz egal, wie vehement ich behaupte frei zu sein.

Als ich ihm endlich meine volle Aufmerksamkeit schenke, schaut er mich so gefühlvoll an wie noch nie zuvor.

»Ich bin gekommen, um mir das zu holen, was mir gehört. Und du weißt, dass es nicht der verdammte Wagen ist.« Er stellt die Tüte ab und kommt einen Schritt auf mich zu, woraufhin ich einen Schritt zurücktrete.

»Es wäre aber besser, wenn du dich auf den Wagen konzentrierst.«

Seine Lippen zucken. »So schwer willst du es mir machen?«

Ich mache große Augen. »Nein, ich mache es dir *unmöglich*.«

Er kommt noch einen Schritt auf mich zu. »Gut. Ich rechne mit Widerstand. Ich rechne mit Rache. Ich rechne damit, dass mich Menschen überraschen werden. In diesem Fall *du*. Aber täusche dich nicht. Ich kenne meinen Gegner.«

»Ich bin fertig mit dir.«

»Nein, bist du nicht.«

»Selbstgefällig, arrogant, ignorant und vollkommen ahnungslos. Meinst du, jetzt nehme ich dich noch zurück?«

»Nein, ich glaube, dass ich monatelang jeden Tag durch die Hölle muss, aber ich bin bereit, mir meinen Platz an deiner Seite zu erkämpfen.«

»Du verschwendest deine Zeit.«

»Da bin ich mir nicht so sicher.«

»Das ist nicht witzig. Du kommst zu spät. Spar dir diesen Blödsinn.«

Er schluckt, und in seinen Augen liegt ein seltener Anflug von Angst. Jeglicher Humor ist aus seinem Blick gewichen. »Wie wäre es dann mit ein wenig Ehrlichkeit?«

»Das war ein Witz, oder?«

»Nein.«

»Nun, ich werde dir trotzdem niemals glauben.«

»Es war echt«, sagt er. »Alles. Es war echt.«

»Hör auf.« Ich senke den Blick. »Das kannst du nicht machen.«

»Bitte«, stößt er heiser hervor. »Bitte schau mich an.«

Mit zusammengebissenen Zähnen blicke ich zu ihm auf.

»Beau hat mir beigebracht, dass ein ›richtiger Mann‹ seine Forderung stellt und nicht zulässt, dass sich irgendetwas oder irgendjemand zwischen ihn und das stellt, ohne das er nicht leben kann. Und dazu war ich bereit. Ich war darauf vorbereitet. Ich wollte mich gegen meine Brüder stellen und jeden Tag für dich kämpfen, bis du mir verzeihst. Ich hatte tausend Träume, und du kamst in jedem einzelnen vor.« Er zieht mich an sich und mein T-Shirt aus dem Bund meiner Jeans, um seine warmen Handflächen über meinen Rücken mit den Rabenflügeln gleiten zu lassen. »Das hier«, er lässt seine Hände auf meinem Tattoo ruhen, »ist das Schlimmste, was ich jemals einer Person angetan habe, aber«, er schluckt, »du bist das Einzige, was ich jemals für mich selbst gestohlen habe. Aber dann war Dominic tot, und ich konnte den Gedanken, dich vielleicht auch noch zu verlieren, nicht ertragen. Noch nie in meinem Leben habe ich mich so sehr gefürchtet. Du warst alles, was ich noch hatte. Aber ich wollte dich damals, und ich will dich auch noch heute. Außerdem wollte ich, dass ich dich verdiene. Ich habe Dinge getan, die du mir nie verzeihen solltest. Deshalb konnte ich nicht glauben, dass du mich immer noch geliebt hast, als du zurückgekommen bist – nach allem, was du wegen mir durchgemacht hast. Ich konnte nicht fassen, dass du mich immer noch auf die gleiche Art angesehen hast.« Er schüttelt ungläubig den Kopf und streichelt mit den Daumen über meinen Rücken. »Vielleicht ist das kein glückliches Ende, aber es ist okay … Oder? Tut mir leid, dass ich so verdammt lange gebraucht habe, aber ich habe nie, wirklich nie damit gerechnet, dass du mir verzeihen würdest. Dass du mich zurückhaben wolltest.« Seine Augen füllen sich mit Tränen. »Wir können ihn nicht zurückholen, du kannst mir nicht alles verzeihen, aber wir können verdammt noch mal versuchen zu sein … wozu auch immer wir verflucht sind. Es ist mir egal, wie merkwürdig unsere Beziehung ist, solange ich nur dich an meiner Seite habe.«

»W-w-warum?« Ich räuspere mich. »Warum jetzt?«

»Weil es mich krank gemacht hat, dich zu lieben, und davon, dich zweimal zu verlieren, kann ich mich nicht erholen. Ich will kein Ende erleben, in dem du nicht vorkommst.«

Ich lege meine Hände an seine Brust und versuche, ihn wegzuschieben. »Tobias …«

»Ich habe doch gerade erst begonnen, mich dir zu beweisen. Lass es zu. Bitte. Wenn du mir nie wieder sagst, dass du mich liebst, dann habe ich es verdient. Ich werde dich nicht darum bitten, niemals. Aber es ist dein Herz, das ich am meisten will, Cecelia. Nicht dein hübsches Gesicht oder dein Körper. Es ist dein Herz, zu dem ich mich hingezogen fühle. Dein Herz ist das Schönste an dir, und es macht dich zu einem würdigen Gegner.« Er vergräbt sein Gesicht an meinem Hals. »Bitte. *Bitte*, Cecelia, lass mich dich endlich so lieben, wie du es verdient hast.« Er tritt einen Schritt zurück und schaut mich flehend an.

Seine Worte dringen durch meinen Schutzwall, durch den Stoff meiner Kleidung, durch meine Haut und in mein Inneres.

Ich schüttele den Kopf über mich selbst. »Du hast mich gezwungen, dich zu vergessen. Du verlangst zu viel.«

»Glaubst du, das weiß ich nicht? Ich habe das Gebot für die Firma deines Vaters am Tag nach deiner Verlobung abgegeben. Das war mein *einziger* Versuch. Und als ich keine Antwort erhalten habe, dachte ich, du hast tatsächlich dein Glück gefunden und ignorierst mich. Das war einer der schlimmsten Tage meines Lebens, denn ich wusste, dass du einen anderen heiraten würdest. Obwohl ich zu dieser Zeit mit Alicia zusammen war, hat mich meine Eifersucht dazu verleitet, dumme Dinge zu tun. Es war egoistisch. Ein schwacher Moment. Ich war feige.« Er legt meine Hand auf seine Brust. »An dem Tag, an dem du weggegangen bist, hast du mich vor die Wahl gestellt, entweder ein Feigling oder ein König zu sein.« Er löst sich von mir, holt eine Schachfigur aus seiner Tasche und legt sie mir in die Hand. »Und du hattest recht – du hattest immer das Herz einer Königin, aber du sollst wissen, dass ich nur dann ein König sein kann, wenn ich mir deine Liebe verdiene.«

Ich betrachte die Figur in meiner Hand – die Dame. Sie stammt vom Schachspiel meines Vaters. Mir war nicht aufgefallen, dass sie fehlte. Der Abend, an dem ich zurückgekommen bin. Der Gin. Er war dort.

Ich stoße frustriert den Atem aus. »Du bist so ein Wichser.«

»Aber ich bin *dein* Wichser.« Er lächelt schwach, doch in seinen Augen liegen Sorge und Sehnsucht.

Und für eine Sekunde erlaube ich mir, es zu genießen. Er massiert meinen Nacken, umschließt mich mit seinen Armen und sieht mich so forschend und voller Zärtlichkeit an, dass es mir einen Stich versetzt.

Sein Herz schlägt an meinem, beschwört mich nachzugeben.

Und ich weiß, dass mir mein Herz nicht glauben wird, ganz egal, wie viele Lügen ich ihm erzähle. Er ist der einzige Mann, der mir das geben kann, was ich will. Ich werde ihm für immer verfallen sein.

Mit funkelnden Augen betrachtet er mein Gesicht.

Aber so leicht werde ich es ihm nicht machen.

»Wir würden uns andauernd streiten.«

Er grinst. »Ich weiß.«

»Mir das Tattoo zu verpassen war komplett daneben.«

»Das weiß ich auch.«

»Dann lässt du also alles hinter dir?«, frage ich ängstlich. Denn das wäre die größte Lüge, die er jemals erzählt hat. Die Bruderschaft der Raben ist seine gesamte Identität. »Weil ich nicht will, dass du meinetwegen aufhörst. Das wärst nicht du.«

»Ich nehme mir gerade eine Auszeit, und die habe ich mir verdammt noch mal verdient.«

»Ich lasse nicht zu, dass du aufhörst.«

»Ich lasse nicht zu, dass du es zulässt.« Er fährt mit den Händen an meinen Seiten auf und ab. Seine Stimme klingt entschlossen. »Wenn du weggehst, gehe ich mit. Wenn du es dir anders überlegst, sorge ich dafür, dass du es noch einmal überdenkst. Ich werde jeden Tag so sehr um dich kämpfen, dass du niemals infrage stellen wirst, ob du die richtige Entscheidung getroffen hast.«

»Keine Geheimnisse mehr zwischen *uns*, Tobias. Nichts mehr, was wir uns verschweigen, keine Spiele, und du beschützt mich auch nicht mehr, weil du es für das Beste hältst. Wichtige Entscheidungen werden gemeinsam getroffen.«

Er nickt. »Das schwöre ich.«

»Aber du bist ein Lügner.«

Das bringt mir ein schwaches Lächeln ein. »Und du bist die einzige Frau, die mich jemals durchschaut hat.«

»Nachdem ich dir also ein paar Monate lang die Hölle heißgemacht habe, sind wir beide gleichermaßen in die Sache involviert?«

»*Oui.*« Er nickt langsam. »Das waren wir doch immer, oder? Ob wir wollten oder nicht.«

Ich nicke im gleichen Moment, in dem er angespannt den Atem ausstößt und mich an sich zieht.

Sein Kuss scheint eine Ewigkeit zu dauern. Er dringt tief in meinen Mund ein und streicht mit den Händen über meinen Rücken. Als er sich von mir löst, spüre ich, dass jegliche Anspannung von ihm abfällt. »Fuck.« Er stößt einen tiefen Seufzer aus. »Danke. Lass uns nach Hause gehen.«

Ich ziehe die Augenbrauen zusammen. »Und wo ist das?«

Er nimmt seine Tüte vom Boden hoch und zuckt mit den Schultern. »Verrate du es mir.«

»Dann hast du also die ganze Zeit im Wald geschlafen?«

Er schmunzelt. »Vielleicht.«

»Ich wohne mit jemandem zusammen, weißt du? Du wirst mit ihm um einen Platz in meinem Bett kämpfen müssen.«

»Ach ja?«

»Ja. Und er ist genauso dominant wie du. Ebenfalls Franzose. Du wirst dich ihm stellen müssen.«

»Ich kann es mit ihm aufnehmen.«

»Da wär ich mir nicht so sicher.«

Als ich auf die Beifahrerseite zugehe, schüttelt er den Kopf.

Ich ziehe die Augenbrauen zusammen. »Du lässt mich fahren?«

Wir sehen uns über das Autodach hinweg an. »Ich vertraue dir.«

Drei Worte.

Drei Worte, die ich niemals von Tobias King erwartet hätte. Mächtiger als alles, was er sagen könnte. Ich setze mich auf den Fahrersitz.

Tobias beißt sich auf die Lippe, als er einsteigt, um ein Lächeln zu unterdrücken, denn zusammen mit dem ersten Geräusch des Motors erklingt *Father Figure.*

Ich sehe ihn eingehend an. Er wirkt unverschämt zufrieden, und als er sich mir zuwendet, liegt Zärtlichkeit in seinen Augen. »Ich vertraue dir wirklich, und ich respektiere dich mehr als jede andere Person. Und ich habe gehört, was du gesagt hast, Cecelia. Das habe ich schon immer. Das Tattoo sollte mein Versprechen sein, dass sich das nie ändern wird.«

In meiner Zukunft gibt es keinen Platz mehr für Tränen. Ich habe genug für uns beide vergossen. Aber ein paar kann ich dennoch nicht unterdrücken – und diesmal sind es keine Tränen der Trauer, sondern der Erleichterung, was mir Angst macht.

Tobias streckt die Hand aus und berührt mein Gesicht. »Es gibt noch etwas, das du wissen solltest.« Er streichelt meine Wange mit dem Daumen. »Ich habe dich beobachtet. In der Nacht, in der du gesagt hast, du hoffst, dass ich dich beobachte. Die ganze Zeit«, flüstert er sanft. »Ich konnte nicht wegsehen.«

Ein Schluchzen entfährt mir, und er zieht mich zu sich heran, sodass seine Stirn an meiner ruht. »Ich werde es wiedergutmachen. An jedem Tag, an dem ich dich abgewiesen habe, habe ich mich selbst gequält. *Je t'aime*, Cecelia. Ich liebe dich so sehr. *Mon trésor.*« Sein Kuss ist nicht mehr sanft, sondern besitzergreifend und ein Zeichen dafür, dass wir für immer zusammengehören. Eine Strafe, die ich gerne bis an mein Lebensende und darüber hinaus mit ihm absitze.

Als er sich von mir löst, werfe ich einen Blick auf den Rücksitz. »Was ist in der Tüte?«

»Frühstück. Zutaten für French Toast.«

Ich ziehe eine Augenbraue hoch. »Darüber müssen wir noch diskutieren. Zimt?«

Er senkt das Kinn. »Zwei Gläser.«

Ich kann ein Lächeln nicht unterdrücken. Ich schnalle mich an, schalte in den ersten Gang und schaue ihn an. »Ich muss dich warnen, mein Haus ist nicht gerade ein Palast.«

Kein Palast, sondern ein wahr gewordener Traum.

Eine Vision, die ich an dem Abend hatte, an dem Dominic mir gesagt hat, dass er sich nichts für seine Zukunft wünscht, ist wahr geworden. Es war ein sehr plastischer Traum von einer langen Einfahrt mit Birnbäumen, die im Frühling weiß blühen. Eine Einfahrt, die zu einem Häuschen auf einem Hügel inmitten der Berge führt. Im Inneren gibt es Bücherregale, gemütliche Leseecken mit weichen Decken und Kissen. Ich habe fast einen Monat gesucht, bevor ich das Richtige gefunden habe. An dem Tag, an dem ich den Kaufvertrag unterschrieben habe, habe ich die Haustür blutrot angestrichen. Dann habe ich den Kühlschrank mit erlesenem Wein aufgefüllt. Als Letztes kam die Französische Bulldogge namens Beau.

Nach langen Tagen in meinem Café, wenn meine Füße schmerzen, sitze ich mit Beau auf der Veranda, blicke in den Garten und lasse Musik durch die Fenster nach draußen dringen. Es mag nicht Romans Palast sein, aber es ist ein *richtiges* Zuhause, in dem man sich wohlfühlen kann. Es ist gemütlich. Frei von Geheimnissen und Lügen. Ein Rückzugsort.

Tobias beugt sich zur mir herüber, fährt mit einem Finger über meine Lippen und an meinem Hals hinab. In seinen Augen liegt ein Versprechen. »Hat es einen Herd, damit ich dir Frühstück machen kann?«

»Ja.«

Sein Finger gleitet weiter hinab zu meinem Brustbein, und mein Puls rast.

Sein brennender Blick bohrt sich in mich hinein, als er an meinen Lippen flüstert. »Ein Bett, in dem ich dafür sorgen kann, dass du kommst – und zwar oft?«

»Ja.«

Er drückt seine Lippen auf meine, ehe er sich zurückzieht. »Was brauchen wir sonst?«

»Nichts.«

Auf seinem Gesicht zeichnet sich im gleichen Moment ein Lächeln ab, in dem der Regen einsetzt und auf die Windschutzscheibe einprasselt.

Ich setze den Blinker und fahre auf die Hauptstraße.

Tobias betrachtet die Tropfen, die auf die Motorhaube fallen, aber als ich mich ihm zuwende, erwidert er meinen Blick, und wir grinsen uns an.

Wir fahren definitiv nicht in den Sonnenuntergang.

Er zuckt mit den Schultern. »Typisch. *Merde, c'est nous.*« Scheiß drauf, so ist das mit uns.

»Das ist kein Gewitter, Tobias.« Ich schaue in den Himmel hinauf. »Es ist ein Segen.«

DANKSAGUNG

Zuallererst möchte ich allen Leser*innen danken, dass ihr dieser Reihe eine Chance gebt, egal ob es das erste Buch ist, das ihr von mir lest, oder ob ihr Teil eins schon kennt. Diese Romane waren definitiv ein Produkt meiner eigenwilligen Fantasie, und ich hatte unglaublich viel Spaß beim Schreiben. Ich möchte euch also von ganzem Herzen danken, dass ihr sie gelesen habt.

Danke an meine unglaubliche Gang, The Asskickers, dass ihr mich dieses Jahr begleitet habt. Es war wirklich eine aufregende Reise, und ohne euch hätte ich sie nicht überstanden. Ich sage es euch bei jeder Gelegenheit, aber ich werde nie eine Chance verpassen, es schriftlich zum Ausdruck zu bringen. Ich liebe euch. Ich liebe euch. Danke.

Danke an meine tollen Freund*innen und alle Autor*innen, die mich auf meinem Weg unterstützt haben – ihr wisst, wer ihr seid. Ich liebe euch über alles.

An meine Lektorinnen:

Grey: Keine Ansammlung von Worten, egal, wie gut strukturiert sie sind, könnte angemessen meine Dankbarkeit für die letzten fünf Monate, in denen du mich unterstützt hast, zum Ausdruck bringen. Du hast mich inspiriert, motiviert und mir geholfen, indem du mich dazu angespornt hast, kühn zu denken. Dank unserer vielen Gespräche ist unsere Freundschaft noch enger geworden, und dafür bin ich unendlich dankbar.

Du bist definitiv eine der selbstlosesten, fleißigsten Frauen, die ich kenne. Und eines will ich klarstellen: Ohne dich hätte ich es nicht geschafft. Danke, dass du so eine inspirierende Freundin bist und meine Gedanken so meisterhaft verfeinert hast, wenn es mir selbst nicht gelungen ist. Ich liebe dich.

Donna: Du bist eine der optimistischsten Frauen, die ich je getroffen habe. Du überraschst mich immer wieder damit, was für eine gute Zuhörerin du bist, was für tolles Feedback du gibst und dass du immer weißt, welche Worte ich hören muss und welche Worte mir fehlen. Du bist so ein lebendiger und toller Mensch, und ohne dich wäre ich vollkommen verloren. Viertausendeinundvierzig Meilen liegen zwischen uns, aber dennoch sind wir niemals getrennt. Ich liebe unsere Gespräche, und unsere Freundschaft bedeutet mir unendlich viel. Danke, dass du immer für mich da bist. Deine Güte ist grenzenlos, und ich kann mich unglaublich glücklich schätzen, dass ich dich kenne. Diese Buchreihe wäre nie das geworden, was sie ist, wenn du mich nicht motiviert hättest, besser zu werden. Danke, danke, ich liebe dich. Ich hoffe inständig, dass ich dir eine würdige Freundin bin, auch wenn ich dir nie gerecht werde.

An mein Team:

Danke an meine wunderbare französische beste Freundin Maïwenn, dass du dich um alle Übersetzungen gekümmert hast. Dass du sogar im Urlaub daran gearbeitet hast, um dieses Buch möglich zu machen. Deine Freundschaft ist unbezahlbar, und du bist eins der hellsten Lichter in meinem Leben. Ich danke dir so sehr. Ich liebe dich, *mon bébé*.

Autumn: Deine Hingabe, dein Glaube an mich und deine Freundschaft schätze ich mehr, als Worte ausdrücken können. Du bist ein Gebirge, nicht nur mein Fels. Du bist meine

Beschützerin, meine Vertraute und meine Heldin. Ich liebe dich von ganzem Herzen. Danke für alles, was du tust, um mich bei der Stange zu halten. Du bist auf jede erdenkliche Art toll. Danke.

Christy: So viele Bücher, so viele Erinnerungen. Ich hätte mir nie träumen lassen, dass wir so viel zusammen schaffen. Ich bin dankbar für deine Hilfe, aber am meisten bin ich dankbar für deine unumstößliche Freundschaft. Ich zähle die Tage, bis wir uns auf unser nächstes Abenteuer begeben können. Wir werden immer Boston (die beste Reise aller Zeiten) haben, und ich freue mich schon auf viele weitere.

Bex: Und schon wieder … Die Tatsache, dass du immer noch an meiner Seite bist, ist ein Wunder, und ich werde dich nie als selbstverständlich betrachten. Danke, dass du mich immer wieder auf den Boden der Tatsachen zurückholst, meine verrückten Nachrichten beantwortest, uns beim Organisieren hilfst und zu mir hältst. Ich liebe dich, Schatz. Freundinnen stehen an erster Stelle. Immer.

Danke an meine tollen Testleserinnen: Kathy, Rhonda, Maria, Marissa, Maïwenn, Malene, Christy, Stacey. Ohne euch würde ich es nicht schaffen. Euer Zuspruch motiviert mich immer wieder. Ich liebe euch alle.

An meine grandiosen Korrektorinnen – Bethany, Joy, Marissa –, danke, dass ihr alles überprüft und das entdeckt, was mir selbst entgeht. Ich wäre verloren ohne eure Adleraugen und euer Lachen. Ich liebe euch.

Danke an mein supertolles ARC-Team. Ihr werdet nie wissen, wie dankbar ich für euren Glauben an mich und eure Unterstützung bin. Ich liebe euch.

Danke an Stacey Ryan Blake dafür, dass du für mich da bist, dass du meine Fantasie beflügelst und immer weißt, was zu tun ist. Für deine endlose Geduld, aber am allermeisten dafür, dass du meine Freundin bist. Dreiundzwanzig Bücher zusammen, Baby! Und du hast mich nie im Stich gelassen. Du bist ein Genie, und ich bin so glücklich, dich als Freundin zu haben.

Danke, Sarah von Okay Creations, dass du meine Vision für die drei Cover realisiert hast.

Danke an meine unglaubliche Familie, dass ihr mir immer den Rücken stärkt. Ich bin so froh, dass wir einander haben, auch wenn wir meilenweit voneinander entfernt wohnen. Ich bin so stolz, Teil der Familie Scott zu sein, und bin stolz auf jede(n) Einzelne(n) von euch.

Danke an meine Schwester Angie, dass du auf deine Filmabende verzichtet hast, um mit mir FaceTime-Gespräche zu führen, die *alles* besser gemacht haben. Du hast mich aufgebaut, wenn ich erschöpft war. Ich liebe dich.

Danke an meine kleine Schwester Kristan, dass du mich immer zum Lachen bringst, dafür sorgst, dass ich organisiert bin, und dass du immer für mich da bist. Ich liebe dich.

Danke an meine wundervollen Eltern Bob und Alta, die mittlerweile meine besten Freunde sind. Ihr seid meine Helden und inspiriert mich, zeigt mir den richtigen Weg und tröstet mich. Ich bin so dankbar, euch zu haben, und liebe euch mehr, als ich in Worte fassen kann. Ohne euch wäre ich verloren.

Danke an meinen Mann Nick, der mein Rabe im wahren Leben ist. Mein Held, der ein Tattoo als Beweis trägt. Ich könnte diesen Beruf ohne deine Unterstützung keinen einzigen Tag durchstehen. Du hältst mich am Leben, du machst mich glücklich. Fünfzehn Jahre sind nicht genug, und fünfzehn weitere Jahre auch nicht. Ich liebe dich. Danke, dass du dich für mich entschieden hast, *mon trésor*.